Ingrid Wölk
Leo Baer

KLARTEXT

Ingrid Wölk

Leo Baer

100 Jahre deutsch-jüdische Geschichte

Mit den »Erinnerungssplittern eines deutschen Juden an zwei Weltkriege« von Leo Baer und einem Vorwort von Gerd Krumeich

Veröffentlicht im Rahmen der Schriftenreihe des Bochumer Zentrums für Stadtgeschichte

Titelbild: Leo Baer mit Eisernem Kreuz II, Familienarchiv Baer-Goldberg

1. Auflage Juni 2016
Umschlaggestaltung: Heike Amthor | Klartext Verlag, Essen
Satz und Gestaltung: Heike Amthor | Klartext Verlag, Essen
Druck und Bindung: Multiprint GmbH, Kostinbrod 2230, Slavianska Str. 10 A, Bulgarien

© Klartext Verlag, Essen 2016   **KLARTEXT**   Friedrichstraße 34-38, 45128 Essen
info@klartext-verlag.de, www.klartext-verlag.de

ISBN 978-3-89861-595-2

Alle Rechte der Verbreitung, einschließlich der Bearbeitung für Film, Funk, Fernsehen, CD-ROM, der Übersetzung, Fotokopie und des auszugsweisen Nachdrucks und Gebrauchs im In- und Ausland sind geschützt.

Bibliografische Information der Deutschen Bibliothek
Die Deutsche Nationalbibliothek verzeichnet diese Publikation in der Deutschen Nationalbibliografie; detaillierte bibliografische Daten sind im Internet über http://www.dnb.de abrufbar.

Inhalt

Vorwort von Gerd Krumeich 1
Prolog 5
Einführung 7

TEIL I

Vor dem großen Krieg (1881–1911) 13

Der Erste Weltkrieg (1914–1918) 19
Deutsche jüdische Soldaten 19
Von Bochum über Niederschlesien an die Westfront 22
Die Schlacht bei Virton/Belgien und die deutschen Massaker 25
Mit »Hurra« nach Frankreich 34
Die »zweite Erstürmung« der Maashöhen 37
Pardon wird nicht gegeben 41
Front und Etappe 48
Bei der Fliegertruppe 51
Kriegsende 54

Zwischen Kaiser- und »Drittem« Reich (1918–1936) 69
Nachkriegszeit und Antisemitismus 69
Gefallenengedenken und der »Löwe von Juda« 74
Die 154er und die Rote Ruhrarmee 76
Neustart und ›Normalität‹ in den 1920er Jahren 79
Expansion und Krise der Firma Baer 84

NS in Bochum (1933–1942) 97
Teil-»Arisierung« der Firma Baer 97
Persönliche Verletzungen und wirtschaftlicher Niedergang 98
Der Erfinder, Teil 1 102

Das Ende der Isaac Baer OHG 109
Nach dem Novemberpogrom: Verhaftung und Fluchtvorbereitung 113
Im KZ Oranienburg-Sachsenhausen 117
Die »Auswanderung« 121
Hugo Hirschberg 128

In Frankreich: Vom Zwangs- zum freiwilligen Exil (1939–1968/1991) 131
Paris 131
In der Fremdenlegion 134
Im Camp de Gurs und anderen französischen Lagern 139
Résidence Forcée und »Illegalität« 144
Karla Baer und die Résistance 152
Wieder Kriegsende und Neubeginn 154
Werner alias Verner 159
Zwischen Paris, Bochum und Toronto 177
Der Erfinder, Teil 2 180

Kampf um »Wiedergutmachung« (1949–1968) 189
Von der Militär- zur Bundesgesetzgebung: Rechtsgrundlagen der Wiedergutmachung ... 190
Organisation der Wiedergutmachung in Bochum 193
Rückerstattungen gemäß Gesetz Nr. 59 (britische Zone) 196
   Baer/Hirschberg gegen die Stadt Bochum: Die Grundstücke an der Gerberstraße 197
   Baer/Hirschberg gegen Krupp und die Hafenbetriebsgesellschaft
   Wanne-Herne mbH: Das Industriegrundstück in Wanne-Eickel 200
   Baer/Hirschberg gegen das Deutsche Reich: Die Firma Baer 205
Wiedergutmachung in der Bundesrepublik Deutschland 208
   Entschädigungsverfahren Leo und Else Baer gemäß BEG 209
   Entzogen oder zerstört? Entschädigungen nach BRüG und BEG: Firma Baer 212
   Der Wert der Patente 218
   Im Wiedergutmachungsdschungel verloren: Das Herrenzimmer 221
Hinter den Kulissen 223
Baer und Bochum – Versuch eines Fazits 227

»Moralische Wiedergutmachung« (1960–1973) 235
Baer, Strauß und die Wiederherstellung der Gefallenen-Ehre 236
»Wie eine lodernde Flamme fraß es um sich« – Gedenktafel für die Bochumer Synagoge .. 240
Erny und Baer und die Glut unter der Asche 246

Der Kreis schließt sich:
Vietnam, die Bundeswehr und die Maashöhen (1953) (1971–1984) 251
Calley und My Lai: Ein amerikanisches Kriegsverbrechen 251
Traum und Albtraum: Reflexionen über die Schlacht auf den Maashöhen 253
My Lai und das deutsche Soldatengesetz 258
Die letzten Jahre in Toronto 262

Epilog 265

TEIL II

Editorische Vorbemerkung zu Leo Baers »Erinnerungssplittern« 275

Leo Bear: Erinnerungssplitter eines deutschen Juden an zwei Weltkriege .. 277
Preface 279
Vorwort 279
Zwischentext 281
G. Klemt, Ein Tag der Ehre für unser Regiment, Jauersches Tageblatt, 18. Oktober 1914 282
Zwischentext 289
Kriegsbeginn, Schlacht bei Virton, 22. August 1914,
Schlacht auf den Maashöhen, 24. September 1914 291
Zwischentext 305
Mein Traum 306
Die letzten Kriegstage 352
Zwischentext 353
Gerd Schmückle, Deutsche Soldaten jüdischen Glaubens.
Rundfunkvortrag im RIAS, Berlin, 30.3.1961 355
Franz Josef Strauß, Kriegsbriefe gefallener deutscher Juden, Geleitwort 359
Erinnerungen an Reservist Carl Voelker während des I. Weltkrieges 363
Erinnerungen an die Kristallnacht 367
Hoch klingt das Lied vom braven Mann! Deutschland, 13. November 1938 369
Eine Unterhaltung im KZ Oranienburg, November 1938 371
Pastor Professor Dr. Ehrenberg. Gemeinsames Schicksal vom 10.11. bis 16.12.1938 374
Rabbiner Dr. David der Bochumer Synagogengemeinde 376
Gestapo-Kommissar Wnug 380
Eine »seltene« deutsche Mutter, Bochum, Ende Dezember 1938 382
Fremdenlegionär Polack, Frühling 1941 im Süden Algeriens 384
Zwischentext 393
Deserteur Morta, 1950 in Deutschland 394
Erlebnis mit Deutschen in Bad Freudenstadt in den 50er Jahren 403
Brauereibesitzer Moritz Fiege, Deutschland 1950 404

Anhang IX
Abkürzungsverzeichnis Teil I IX
Abkürzungsverzeichnis Teil II XI
Abbildungsnachweis XIII
Quellen und Literatur XIV

Danksagung XXI

Vorwort
Von Gerd Krumeich

Es ist lange her, dass ich einen so interessanten Text habe lesen dürfen, wie die *Erinnerungssplitter* von Leo Baer. Eigentlich sind wir Historiker ja sehr skeptisch gegenüber Jahrzehnte nach den Ereignissen geschriebenen Aufzeichnungen. Denn diese taugen normalerweise nur als Quelle für die Empfindsamkeiten eines alten Menschen, nicht aber zur Dokumentation und Klärung historischer Ereignisse. Dies umso mehr, wenn zeitgenössische Notizen oder gar ein täglich geführtes Tagebuch nicht oder nicht mehr vorhanden sind.

Im Falle von Leo Baer ist das anders und besser. Wir haben hier *Splitter* eines Lebensberichtes vor uns, die Leo Baer im Lauf seines Lebens geschrieben und als 80-Jähriger, nach dem Tode seiner Frau, zu einem Gesamttext zusammengefasst hat.

Dies ist der Bericht eines Menschen, der – wie die umfassende einleitende Darstellung von Ingrid Wölk bestens zeigt – in vieler Hinsicht ein Kind seiner Zeit war, einer zum großen Teil schrecklichen Zeit. Leo Baer war ein jüdischer Deutscher, national erzogen und nationalbewusst, der im Ersten Weltkrieg im schlimmsten Schlachtengetümmel dabei war, der dann das Glück hatte, zu einer ruhigeren Truppe, der Fliegertruppe, zu gelangen. In der Weimarer Republik baute er sich dann eine wirtschaftliche Existenz auf, und im Nationalsozialismus erfuhr er das Schicksal aller jüdischen Deutschen: Ausgrenzung, Bedrohung und Kampf um das nackte Leben. Ihm gelang die Flucht nach Frankreich, wo er sich in der Fremdenlegion verpflichtete, während seine Tochter Karla sich der Résistance anschloss.

Mit der Flucht aus Deutschland beginnt das, was mich an diesem Bericht besonders fasziniert hat, nämlich die zunächst unscheinbar anmutende Tatsache, dass er bei dem wenigen Gepäck, das er mitnehmen konnte, auch sehr sorgfältig Unterlagen aus dem Ersten Weltkrieg verwahrte. Insbesondere nahm er das »Jauersche Tageblatt« vom 18.10.1914 mit. Jauersches Tageblatt? Jauer (heute das polnische Jawor) war ein Städtchen im westpreußischen Niederschlesien, das auch ein Regiment beheimatete, nämlich das 154. Infanterie-Regiment. In diesem hat Leo Baer, der Bochumer, zu Beginn des Krieges gedient. Zu einer solchen Absurdität konnte es kommen, weil die deutschen Militärs zutiefst misstrauisch gegenüber den als »kommunistisch« eingestuften Bewohnern der Industrieviere im Westen waren. Aus diesem Grund wurden Reservisten aus diesen Regionen u. U. im Kriegsfall in ein Regiment aus preußisch-deutschen und eher konservativ orientierten ländlichen Regionen eingegliedert. Das Bochumer Reserve-Bataillon, dem Baer angehörte, wurde zu Kriegsbeginn erst einmal per Zug nach Osten verfrachtet und dem Regiment in Jauer eingegliedert und anschließend zur Westfront zurückgebracht.

Hier war es im September 1914 im Frontabschnitt Saint-Mihiel – Verdun in Ereignisse verwickelt, die Leo Baer sein Leben lang beschäftigt haben. In der folgenden biografischen Skizze ist Ingrid Wölk dankenswerterweise auf die Einzelheiten der Geschehnisse des 24. September 1914 eingegangen

Allein die Lektüre des Jauerschen Tageblattes, dessen Text Baer ja in die Emigration mitgenommen und dann in seine *Erinnerungssplitter* aufgenommen hat, lässt auch den nicht schon vorab gut informierten Leser in die Ereignisse dieses heißen Sommers des Kriegsbeginns regelrecht eintauchen. Dem Divisionsbefehl, keine Gefangenen zu machen, sondern diese einfach totzuschlagen, wurde gefolgt, das »Jauersche« beschreibt ausführlich und genüsslich die entsetzlichen Szenen vor Ort, wenn verwundeten Feinden kurzerhand der Schädel eingeschlagen wurde. Das alles kam nicht von ungefähr. Die »Hitze des August 14« und das unbedingt schnell siegen müssen schlugen sich im Verhalten der Soldaten und Offiziere nicht allein im Regiment von Leo Baer nieder. Überall wird in jenen ersten zwei Kriegsmonaten von Gräueltaten berichtet, die sich dann, als der Krieg zum Stellungskrieg überging, in dieser Form nicht wiederholen sollten. Gleich nebenan, in der *Tranchée de Calonne*, spielte sich einen Tag vor den Ereignissen, von denen Leo Baer berichtet, eine ähnlich grässliche Szene ab, als nämlich eine französische Gruppe einen deutschen Sanitätstransport überfiel und regelrecht massakrierte. Diese Gruppe wurde dann von deutschen Einheiten verfolgt und im Kampf erschossen – die Gebeine dieser 20 Soldaten sind vor 25 Jahren wiedergefunden worden. Das Besondere war, dass sich darunter Leutnant Alain-Fournier befand. Das ist derselbe Alain-Fournier, dessen Buch *Le Grand Meaulnes* ein heute noch in Frankreich, aber auch in Deutschland, sehr geschätzter Bericht über die friedliche und ruhige ländliche Welt vor 1914 ist. Was in der *Tranchée de Calonne* im Einzelnen vorgefallen ist, wissen wir nicht, aber beide Zwischenfälle dienten der jeweiligen Propaganda und trugen zur Erbitterung der Kämpfe bei, in denen es dann mit wenigen Ausnahmen keine Waffenruhe mehr gab, um Tote zu bergen und Verwundete zu retten.

Leo Baer hat sich in dieser Situation menschlich und korrekt verhalten. Er hat versucht, im Rahmen seiner Kompanie dafür zu sorgen, dass den Regeln der Haager Konvention von 1907 über den Umgang mit gefangenen und verwundeten Feinden entsprochen wurde, und er hat persönlich weitere Massaker verhindert. Dafür kam ihm allerdings keine Ehre zu, sondern es drohten Standgericht und Erschießung, widersetzte er sich doch angesichts des Feindes einem – völkerrechtswidrigen – Divisionsbefehl. Der Bestrafung entkam er nur, weil man ihm die Versetzung zu einem anderen Truppenteil, den Fliegern, gestattete. Sicherlich hat er das *Jauersche Tageblatt* noch Jahrzehnte später so sorgfältig aufbewahrt, um einen Beweis zu haben für das, was er erlebt hatte und wo er in einer unmenschlichen Situation unter Lebensgefahr Menschlichkeit bewahrte.

Wie Ingrid Wölk im Einzelnen sehr fein gezeigt hat, hat dieser Zwischenfall aus den Anfängen des Ersten Weltkriegs Leo Baer sein Leben lang begleitet. Er prägt durchgehend seine *Erinnerungssplitter*, in denen in größter Einfachheit und für jeden heutigen Leser leicht erkennbar das ganze Drama des vergangenen Jahrhunderts zutage tritt. Leo Baer hat sein Leben lang um Anerkennung seiner Leistung als Soldat und Mensch gekämpft. In den Zwanziger Jahren, wo er offensichtlich noch »national« dachte und mit den Kameraden seines ehemaligen Regiments in Kontakt blieb, schrieb er auch einen – nicht genau identifizierbaren – Teil der Regimentsgeschichte der 154er. Er hat dann nach den schrecklichen Jahren der NS-Herrschaft und des Zweiten Weltkrieges, nach Enteignung, KZ und Vertreibung schließlich 1953 begonnen, sein Leben literarisch aufzuarbeiten, wobei wiederum die Ereignisse von 1914 in den Vordergrund rückten. Baers »Traum«, 1953 geschrieben und dann wohl immer aufs Neue in die *Splitter* integriert, leistet etwas, das nur wenigen Menschen, die versuchen, ihre prägenden Erlebnisse niederzuschreiben, gelingt. Er hat tatsächlich eine literarische Form gefunden, diese zu verarbeiten und in einen großen Zusammenhang zu stellen. Das ist sein Bericht vom Tag der Großen Rechenschaft, wo er Gott, dem »Patriarchen«, gegenübersteht und erklären soll, warum er das, was da im September 1914 geschehen war, nachträglich noch in der Regimentsgeschichte »verherrlicht« habe. Es mag sein, dass Brecht ihm beim Verfassen ein Vorbild war, wie Ingrid Wölk vermutet, sein Text gemahnt aber auch an Fritz von Unruhs »Opfergang« von 1919 und an »Nyke« desselben Autors aus dem Jahre 1924. Sicherlich hat Baer nicht dessen literarische Qualität erreicht, aber seinen »Traum« wird nicht vergessen, wer ihn gelesen hat.

In diesen *Gedankensplittern* des Bochumer Kaufmanns Leo Baer findet sich im Grunde alles, was dieses Jahrhundert der Großen Kriege und des Totalitarismus, aber auch der Libertät, der Demokratie und der Entwicklung eines geeinten Europa, geformt hat und zusammenhält.

Wir dürfen Ingrid Wölk sehr dankbar sein, dass sie diesen glücklicherweise wieder aufgetauchten Text nun für ein interessiertes Publikum ediert und so sorgfältig kommentiert hat, dass man beginnt, eine Ahnung zu bekommen, auf welchen Wegen und in welch ungeheuren Abgründen sich das Leben eines ganz normalen Menschen im Laufe dieses Jahrhunderts vollziehen konnte.

Prolog

1950 trafen sich im »Hasselkuss«, einer Gastwirtschaft in unmittelbarer Nähe des Bochumer Rathauses, in der diverse Kriegervereine traditionell ihre Stammtische abhielten, etwa 15 betagte Herren, um »einige gemütliche Stunden« miteinander zu verbringen. Sie hatten im Ersten Weltkrieg demselben Regiment und danach dem entsprechenden Reservistenverein angehört, den Zweiten hatten sie auf unterschiedlichen Seiten erlebt – und überlebt. Einer der Männer war Leo Baer, der ehemalige Chef eines bis in die NS-Zeit hinein erfolgreichen Bochumer Unternehmens. Er war aus dem Ausland angereist. Die anderen hatten ihn in das Gasthaus eingeladen und gaben ihm zu Ehren nun »eine Runde Schnaps nach der anderen« aus. Das Bier zum Klaren stiftete die Schlegel-Brauerei.

Leo Baer wurde immer wieder aufgefordert zu erzählen, wie es ihm im Zweiten Weltkrieg ergangen war. Ein Gerücht kam zur Sprache: Er habe bei den Amerikanern ein Bombengeschwader gegen Deutschland geführt. Baer wies das als »leider« nicht den Tatsachen entsprechend zurück. Auch seine Erlebnisse in der französischen Fremdenlegion waren von großem Interesse für die Runde. Darüber konnte er tatsächlich viel erzählen und entschied sich für die Geschichte eines Deserteurs aus Bochum, dem er 1941 in Algerien begegnet war. Am Ende seiner Schilderung breitete sich »Totenstille« aus. Nur einer aus der Zuhörerrunde reagierte: Heinrich Küper, ein Volksschullehrer und »mustergültiger Soldat«, der im Ersten Weltkrieg Leutnant und im Zweiten Hauptmann gewesen war. »Deserteure gehören an die Wand«, so Küper. Baer warb um Verständnis für den jungen Bochumer und fragte: »Heinrich, bin ich denn nicht auch ein Deserteur? Habe ich Deutschland nicht auch verlassen und die Waffe gegen mein ehemaliges Vaterland gerichtet?«

»Nein, Leo, das ist bei Dir etwas ganz anderes.« Darauf erhob sich Küper von seinem Stuhl und verließ »ohne ein Wort des Abschiedes« den Raum.

Einführung

Nach dem Zweiten Weltkrieg hielt sich Leo Baer regelmäßig in Bochum auf, um seine Wiedergutmachungsangelegenheiten voranzutreiben. In der NS-Zeit hatte er seine Heimat verloren und war nur noch als Gast in der Stadt. Er nutzte die Aufenthalte, um alte Freunde zu treffen und über alte Zeiten zu sprechen. Dabei war es schwierig, eine gemeinsame Ebene zu finden. Zu unterschiedlich waren die Erfahrungen, die die ehemaligen Kriegskameraden aus dem Ersten im Zweiten Weltkrieg gemacht hatten.

1889 in eine jüdische Unternehmerfamilie in Bochum hineingeboren, zog Baer Anfang August 1914 in den Ersten Weltkrieg. Mit seinem Regiment war er zunächst an den Schlachten im belgisch-luxemburgisch-französischen Grenzgebiet beteiligt und kämpfte dann auf den Maashöhen gegen französische Einheiten. Ende Dezember 1914 entkam er dem zermürbenden Stellungskrieg vor Verdun durch Versetzung zur Fliegerstaffel. Als Flugzeugwaffenmeister war er bis 1918 in Bulgarien stationiert und erlebte das Kriegsende wieder an der Westfront. Sein Status als Kriegsveteran schützte ihn nicht vor Verfolgung im »Dritten Reich«. 1936 wurde die Firma Baer, deren Leitung Leo Baer 1919 gemeinsam mit seinem Schwager übernommen hatte, teil-»arisiert«, 1938 wurde der Rest der Firma beschlagnahmt und später liquidiert. Baer kam für circa sechs Wochen ins Konzentrationslager Oranienburg-Sachsenhausen. Im Februar 1939 gelang ihm zusammen mit seiner Frau Else und den Kindern Karla und Werner die Emigration nach Paris. Kaum angekommen, lud ihn der französische Auslandsgeheimdienst vor, der sich für die militärischen Erfindungen interessierte, die er im (oder nach dem) Ersten Weltkrieg gemacht hatte. Baer entzog sich und wurde zu Beginn des Zweiten Weltkriegs als »feindlicher Ausländer« interniert. Im Lager schloss er sich der Fremdenlegion an und kam in Algerien zum Einsatz. Nach der Besetzung Frankreichs durch deutsche Truppen erfolgte seine Demobilisierung und Zuteilung zu einer Zwangsarbeitereinheit im Süden Algeriens, die die Trans-Sahara-Eisenbahn bauen sollte. Zurück in Frankreich fand er seine Familie wieder. Auch seine Frau und die beiden Kinder waren als »feindliche Ausländer« in diversen französischen Lagern eingesperrt gewesen. Sie wurden aus den Lagern entlassen, bevor die deutsche Besatzungsmacht die Kontrolle übernahm – Baers Zugehörigkeit zur Fremdenlegion hatte sie gerettet. In südfranzösischen Dörfern, in der Résistance (Karla Baer) und in der »Illegalität«, unterstützt von französischen Bürgern, überlebte die Familie Baer. Alle vier gingen nach Kriegsende zunächst nach Paris zurück, dann trennten sich ihre Wege. Werner Baer ließ sich zum Kunstmaler ausbilden und zog an die Côte d'Azur, Karla Baer heiratete den Kanadier David Goldberg, dem sie nach Toronto folgte. Das Ehepaar Baer schloss sich zunächst seinem Sohn Werner in Südfrankreich an und dann seiner Tochter Karla in Kanada. Dort starb Else Baer 1978, Leo Baer 1984.

Die Geschichte der Familie Baer ist außergewöhnlich gut dokumentiert und etwa 130 Jahre lang nachvollziehbar. Ausgangspunkt für die Spurensuche, die desto faszinierendere Einblicke bot, je intensiver sie sich gestaltete, waren die bisher unveröffentlichten Lebenserinnerungen Leo Baers, die im zweiten Teil dieser Publikation abgedruckt sind. Die im Prolog beschriebene Szene ist ihnen entnommen.

Über Marianne Altenburg, die Tochter eines der Herren aus der Wirtshausrunde, gelangten die »Erinnerungssplitter eines deutschen Juden an zwei Weltkriege« ins Stadtarchiv Bochum. Dort stieß ich Ende der 1990er Jahre nicht nur auf das Manuskript, sondern auch auf die Kopie eines an Frau Altenburg gerichteten Briefs aus dem Jahr 1984. Absenderin war Marianne Keller, Toronto. Der Brief enthielt die Nachricht vom Tod Leo Baers. Es war zweifelhaft, ob die Adresse in Toronto noch aktuell war, aber einen Versuch war es wert. So schrieb ich Frau Keller an und hatte Glück. Sie antwortete prompt und stellte die Verbindung zu Baers Tochter Karla her, die noch in Toronto lebte. Der Kontakt lief zunächst aber über deren Sohn Gary Goldberg. Karla Goldberg, geborene Baer, beriet sich mit ihrer Familie, bevor sie bereit war, mit mir zu korrespondieren. In mehreren Briefen erzählte sie dann Teile ihrer Lebensgeschichte und stellte mir auch das Interview zur Verfügung, das die Steven-Spielberg-Foundation 1996 mit ihr gemacht hatte. Außerdem erteilte sie die Erlaubnis, Leo Baers Lebenserinnerungen auszuwerten und zu veröffentlichen. Im Jahr 2000 lernte ich Frau Goldberg und einen Teil ihrer Familie persönlich kennen. Sie hatte sich entschlossen, eine Einladung nach Bochum anzunehmen. Die Begegnungen dort waren ihr wichtig: mit Oberbürgermeister Ernst-Otto Stüber, der sie im Rathaus empfing, mit dem Auschwitz-Überlebenden Alfred Salomon, den sie als Kind nur flüchtig gekannt hatte, jetzt aber richtig kennenlernte, mit der Familie Fiege, mit deren Großvater Moritz Fiege Leo Baer befreundet gewesen war. Im Alter akzeptierte Karla Goldberg, wogegen sie sich früher gewehrt hatte: Sie hatte ihre Bochumer Wurzeln nicht kappen können. Eine verzeihende Geste denen gegenüber, die sie im NS verfolgt oder dies stillschweigend geduldet hatten, war damit nicht verbunden. 2002 durfte ich in Toronto noch einmal ein ausführliches Gespräch mit ihr führen. Die Familie überließ mir zudem zahlreiche Unterlagen aus dem Familienarchiv. Hinzu kamen Fotos und Zeitungsausschnitte aus Südfrankreich, die Nathalie Baer, die Tochter Werner Baers, nach Bochum schickte. Zusammen mit den »Erinnerungssplittern« Leo Baers und aufschlussreichem Archiv-Material bilden die Familien-Dokumente die Quellenbasis für dieses Buch. Dass sie die NS-Zeit in dieser Fülle überlebt haben, ist natürlich der Tatsache zu verdanken, dass die Baers 1939 halbwegs ›geordnet‹ nach Frankreich ausreisen konnten. Dort ist es ihnen gelungen, das Material über den Krieg zu retten.

Eingebettet in die Zeitgeschichte soll hier die spannende Geschichte Leo Baers (und seiner Familie) erzählt werden. Durch die »Erinnerungssplitter eines deutschen Juden an zwei Weltkriege« und Zitate aus anderen Ego-Dokumenten kommt Baer ausführlich selbst zu Wort. Die in den »Erinnerungssplittern« versammelten Texte entstanden in großem zeitlichem Abstand zum Geschehen, was ihren Wert, auch als historische Quelle, aber nicht entscheidend schmälert. Ob Baer sich bei der Niederschrift auf – heute nicht mehr vorhandene – Notizen stützte, ist zu vermuten, aber nicht zu belegen. Die neuere Biografieforschung geht davon aus, dass das Erlebte bereits in der Wahrnehmung interpretiert wird und hat einen Großteil ihres Interesses auf die Deutungen und rückschauenden Sinnkonstruktionen der Zeitzeugen verlagert. Auch dazu hat Leo Baer einiges zu bieten. Die von ihm hinterlassenen Selbstzeugnisse erlauben einen scharfen Blick auf seine Persönlichkeitsstruktur. Baer war wohl das, was man einen national gesinnten, heimatverbundenen deutschen Juden mit humaner und liberaler Grundüberzeugung nennen kann. Dass sein Denken seinen Erfahrungen aus dem Ersten Weltkrieg verhaftet und auf Bochum fixiert blieb, war auch dem Umstand geschuldet, dass er einen wirklichen Neuanfang im Ausland nicht schaffte. Er war Frankreich dankbar, das ihm eine »zweite Heimat« bot; sie war aber kein Ersatz für die erste. In seiner Heimatliebe war Baer vermutlich extrem, die Fremdheit im lebenslangen Exil dagegen war typisch für NS-Opfer seiner Generation und mit seinem Erfahrungshintergrund. Schlimm war, dass sie in den Nachkriegsjahren keine richtige »Wiedergutmachung« erfuhren. Wäre es anders gewesen, wären einige von ihnen, nicht nur Baer, sicher gern zurückgekehrt und hätten an ihr altes Leben angeknüpft.

Der Erste Weltkrieg steht im Zentrum von Leo Baers Lebenserinnerungen. Er beschreibt zahlreiche Details der Schlachten an der Westfront, an denen er beteiligt war. Er tut dies aus der »Froschperspektive«, wohl wissend, dass er seiner Schilderung damit Authentizität verleiht. Baer verschweigt weder die Plünderungen durch Soldaten seines Regiments in französischen Städten noch Kriegsverbrechen an der Front. Er reflektiert über Befehl, Gehorsam und Gehorsamsverweigerung und versucht in der Rückschau – und um die Erfahrung eines zweiten Weltkriegs reicher –, seine eigene Rolle zwischen Kriegsheldentum und Pazifismus zu definieren. Einen etwas geringeren Raum nehmen Beschreibungen seiner KZ-Haft 1938, von Begebenheiten in der Fremdenlegion 1939/40 und von ersten Besuchen im Nachkriegsdeutschland ein.

Während es sich bei der im zweiten Teil der Publikation edierten Autobiografie um Erinnerungs-»Splitter« handelt, nimmt die Darstellung im ersten Teil auch das mit in den Blick, was dort nur gestreift oder ganz ausgespart wird, wie den Antisemitismus nach dem Ersten Weltkrieg, die »Arisierung« der Firma Baer im NS, die Erfindungen, die Leo Baer machte und die Patente, die er dafür bekam, das Exil in Frankreich und die »Wiedergutmachung« in der Bundesrepublik Deutschland, deren Mechanismen und Abläufe am konkreten Beispiel fassbar und damit umso unfassbarer werden. Auch Baers Bemühungen, sich mit seinen persönlichen Erfahrungen vom Exil aus in den Diskurs über aktuelles Geschehen in Bochum, der Bundesrepublik Deutschland und sogar den USA einzubringen, finden Eingang in die Publikation. Sie fußt auf einer breiten Quellenbasis und berücksichtigt die zum Zeitpunkt der Niederschrift aktuelle

Forschung. Beide Teile zusammen – Baers Autobiografie und die sie einordnende Darstellung – ergeben ein vielschichtiges Bild deutsch-jüdischer Geschichte im 20. Jahrhundert. Dass diese von einer einzigen Person/Familie erlebt wurde, macht sie lebendig. Zusätzliche Spannung entsteht durch die unterschiedlichen Charaktere und politischen Haltungen der Familienmitglieder. Die Kinder Karla und Werner Baer hatten eine ganz andere Sicht auf die Dinge – und handelten auch danach – als ihr Vater. Nur selten in Erscheinung tritt Else Baer, eine mutige Frau, die, meist im Hintergrund, ihren Angehörigen einen starken Halt bot und manchmal auch die Fäden zog.

Die Geschichte soll nun von Anfang an erzählt werden. Dabei begegnen auch Personen der Zeitgeschichte, die Leo Baer ein Stück seines Weges begleiteten oder mit denen er vom Exil aus korrespondierte, wie zum Beispiel der durch sein politisches »Testament« bekannt gewordene jüdische Offizier Josef Zürndorfer, der Kaisersohn Prinz Oskar, der ein Regiment im Ersten Weltkrieg führte, der evangelische Pfarrer Dr. Hans Ehrenberg, der im NS der Bekennenden Kirche angehörte, der Rabbiner der Bochumer jüdischen Gemeinde Dr. Moritz David, der damalige Verteidigungsminister der Bundesrepublik Deutschland Franz Josef Strauß oder der Bochumer Kulturdezernent Dr. Richard Erny.

TEIL I

Vor dem großen Krieg (1881–1911)

Am 6. Mai 1881 meldete der 25 Jahre alte Isaac Baer beim Steuerbüro der Stadt Bochum ein Trödlergeschäft an.[1] Als Sohn des Lumpenhändlers Lazarus (Leiser) Bär und dessen Ehefrau Rosa war er am 25. Februar 1856 in Allner im Siegkreis zur Welt gekommen.[2] Seine Eltern waren verstorben, als er 15 beziehungsweise 17 Jahre alt war.[3] Der junge Bär (später Baer) blieb noch acht Jahre in Allner, bevor er sich auf den Weg nach Bochum machte. Am Altenmarkt 2 teilte er sich zunächst eine Wohnung mit Henriette Baer – einer älteren Verwandten? – und zog später mehrmals um.[4]

Isaac Baer war einer der Vielen, die ihr Glück in der aufstrebenden Industrieregion an der Ruhr suchten. Er wurde zum Zeugen des rasanten industrialisierungsbedingten Wachstums seiner neuen Heimat. War Bochum um 1800 noch ein beschauliches Landstädtchen mit nur circa 2.000 Einwohnern gewesen, so stieg seine Bevölkerungszahl im Laufe des Jahrhunderts sprunghaft an. Ende 1880, kurz vor Isaacs Zuzug, betrug sie 33.440 und nahm in den Jahren danach nahezu dramatisch zu. 1900 wurden bereits 65.551 Einwohner gezählt, 1905 – nach der Eingemeindung der bis dahin selbständigen Nachbarorte Grumme, Hamme, Hofstede und Wiemelhausen im Jahr 1904 – mehr als 118.000.[5] Ende der 1920er Jahre – nach zwei weiteren Eingemeindungsphasen – kam der Wachstumsprozess zum Stillstand. 1929 hatte Bochum 320.000 Einwohner.

---

1   Vgl. Gewerbesteuer-Anmeldungs-Bescheinigung Isaac Baer, Familienarchiv (FamA) Baer-Goldberg. Ein Teil der hier und im Folgenden genannten Dokumente aus dem Familienarchiv Baer-Goldberg wurde erstmals im Katalog zur Ausstellung Bochum – das fremde und das eigene (hier: Abteilung Fremd gemacht) veröffentlicht. Vgl. Ingrid Wölk, Bochum – das fremde und das eigene, in: Klaus Wisotzky/Ingrid Wölk, Fremd(e) im Revier!? Zuwanderung und Fremdsein im Ruhrgebiet, Essen 2010, S. 98–107.
2   Vgl. Geburtsschein Isaac Baer, in: ebd.
3   Lazarus Bär verstarb 1871, Rosa Bär 1873. Vgl. Sterbeurkunde Lazarus Bär und Sterbeurkunde Rosa Bär, geb. Frank, in: ebd.
4   Vgl. die Adressbücher der Stadt Bochum.
5   Vgl. z.B. Marco Rudzinski, Motive und Interessen: Eingemeindungen in Bochum und im Ruhrgebiet 1904–1929, in: Jürgen Mittag, Ingrid Wölk (Hg.), Bochum und das Ruhrgebiet, Essen 2005, S. 150.

Wie die Stadt, verzeichnete auch die Bochumer jüdische Gemeinde, der Isaac Baer sich anschloss, ein beachtliches Wachstum. Während im ausgehenden 18. Jahrhundert lediglich circa 50 Juden in Bochum gewohnt hatten,[6] waren es 1843 bereits 165[7] und zu Beginn des 20. Jahrhunderts mehr als 1.000, was aber nur etwa 1,3 Prozent der Gesamtbevölkerung ausmachte. Die jüdischen Einwohner gehörten allen Bevölkerungsschichten an. Sie mischten sich in das politische und gesellschaftliche Leben ein, übernahmen Funktionen in der Wirtschaft, der Kultur und im Vereinsleben, manche auch in der Stadtverordnetenversammlung oder im Magistrat, wo sie die Geschicke der Stadt mitbestimmten. Auch Isaac Baer und seine Familie waren Teil der Stadtgesellschaft.

Das vielfach harmonische Miteinander von Juden und Nichtjuden verhinderte aber nicht, dass sich in Bochum im ausgehenden 19. Jahrhundert auffällige antisemitische Bestrebungen zeigten. Die Versammlungen eines »patriotischen Vereins« füllten die Gasthaussäle und im Juni 1889 fand in Bochum sogar der »1. deutsche Antisemitentag« statt, der gleichzeitig als Parteitag einer im Entstehen begriffenen antisemitischen Partei diente.[8] Für die jüdische Bevölkerung ergab sich noch keine allzu gefährliche Situation. Sie genoss die Unterstützung prominenter Bochumer, die sich in öffentlichen Erklärungen und Veranstaltungen gegen die Antisemiten wandten. 1891 entstand in Bochum ein Verein »zur Abwehr des Antisemitismus«.[9] Im selben Jahr feierte die Firma Baer ihr zehnjähriges Bestehen.

Am 21. Juli 1882, ein gutes Jahr nach der Anmeldung seines Gewerbebetriebes, heiratete Isaac Baer die aus Dremmen im Kreis Heinsberg stammende Karoline Bonn, die am 11. März 1853 als Tochter des Metzgers Elias Bonn und dessen Ehefrau Sybilla, geborene Abrahams, zur

Abb. 1: Porträt Isaac Baer.

---

6   1789 lebten 11 jüdische Familien (49 Personen) in Bochum. Vgl. Karl Arnold Kortum, Nachricht vom ehemaligen und jetzigen Zustande der Stadt Bochum, Nachdruck Bochum 1990, S. 70.

7   Vgl. Stadtarchiv Bochum (StadtA Bo), B 212, Bl. 44R.

8   Vgl. z. B. Stadtarchiv Bochum (Hg.), Vom Boykott bis zur Vernichtung. Leben, Verfolgung, Vertreibung und Vernichtung der Juden in Bochum und Wattenscheid 1933–1945, Bochum 2002, S. 37, sowie die Berichterstattung im Märkischen Sprecher (MS), besonders die Ausgaben vom 7.6.1889 und 12.6.1889.

9   Diese wandten sich in öffentlichen Erklärungen gegen die Antisemiten, (vgl. MS, 12.7.1884) und ergriffen in Veranstaltungen das Wort. Vgl. z. B. MS, 14.3.1893, 1.12.1893 und 18.6.1894. 1891 entstand in Bochum ein Verein »zur Abwehr des Antisemitismus«. Vgl. z. B. MS, 2.2.1891.

Welt gekommen war.¹⁰ Vor ihrer Ehe hatte sie als Dienstmagd in Krefeld, Essen und Iserlohn gearbeitet.¹¹ Karoline Baer brachte sieben Kinder zur Welt, von denen zwei früh verstarben. Das älteste überlebende Kind war die Tochter Rosa (Röschen), das zweitälteste der am 22. Mai 1889 geborene Sohn Leo.¹² Die jüngeren Söhne hießen Albert, Salli (genannt Kurt) und Isidor (genannt Otto). 1892 verzog die junge Familie an die Gerberstraße 11. Hier, an der Gerberstraße, baute Isaac Baer seinen Betrieb aus;¹³ hier wuchs Leo Baer mit seinen Geschwistern auf. Von 1900 bis 1905 besuchte er die Oberrealschule (die spätere Goethe-Schule) in Bochum. Im September 1906 ließ er sich von seiner Schule ein Zeugnis »über die wissenschaftliche Befähigung für den einjährig-freiwilligen Dienst« ausstellen. Leo träumte von der Offizierslaufbahn und nahm die ersten Schritte dafür zielstrebig in Angriff. Er beschaffte die für den einjährig-freiwilligen Dienst erforderlichen Unterlagen – neben der Bescheinigung der Schule waren dies eine Geburtsurkunde und ein »Unbescholtenheitszeugnis« – und konnte auch die Zustimmung seines Vaters Isaac vorlegen.¹⁴ Dieser musste sich zudem verpflichten, die Kosten für Unterhalt und Ausrüstung seines Sohnes Leo für die Dauer des Dienstes zu tragen.¹⁵

Dazu kam es vorerst aber nicht. Leo Baer musste seine Pläne zurückstellen. Vermutlich war Isaac Baers Gesundheit zu diesem Zeitpunkt schon sehr angegriffen und sein ältester Sohn wurde in die Pflicht genommen. Um gegebenenfalls die Verantwortung für das Familienunternehmen (mit-)tragen zu können,

Abb. 2: Hochzeitsfoto von Isaac und Karoline Baer, 21.7.1882.

---

10 Vgl. Heiratsurkunde Issac Baer und Rosa Baer, geb. Frank, sowie Sterbeurkunde Elias Bonn und Sterbeurkunde Sybilla Bonn, geb. Abrahams, in: FamA Baer-Goldberg.
11 Vgl. Arbeitsbuch Karoline Bonn, in: ebd.
12 Vgl. Geburtsurkunde Leo Baer, in: ebd.
13 Vgl. die Adressbücher der Stadt Bochum. An der Gerberstraße 9 befand sich das Lagerhaus der Firma Baer.
14 Vgl. Zeugnis Leo Baer Oberrealschule Bochum, 30.9.1906; Erklärung Isaac Baer zum Diensteintritt als Einjährig-Freiwilliger, in: FamA Baer-Goldberg.
15 Vgl. ebd.

machte er vom 1. März 1907 bis zum 28. Februar 1910 eine Lehre bei der renommierten jüdischen Firma Orenstein & Koppel in Berlin.[16]

Der 1876 von Benno Orenstein und Artur Koppel gegründete Betrieb stellte vor allem Lokomotiven, Waggons, Straßenbahnwagen, Feldbahnen und Weichen her. Zudem produzierte er Bagger und Kräne, betätigte sich im Schiffsbau und als Eisengießerei. Die Firma unterhielt Werke in mehreren deutschen Städten, darunter in Bochum und in Dortmund-Dorstfeld, sowie Verkaufsstellen in allen bedeutenden Städten des In- und Auslandes. Zu den Hauptabnehmern ihrer Fabrikate zählten neben der Reichsbahn und ausländischen Bahnen auch Klein- und Straßenbahnen. Als besonders lukrativen Zweig entdeckte die Firmenleitung die Produktion von Feld- und Industriebahnen. 1914, kurz vor Beginn des Ersten Weltkrieges, beschäftigte sie insgesamt circa 14.000 Personen im In- und Ausland. Das Bochumer Werk hatte circa 1.000 Beschäftigte.[17] Dass die jüdische Firma auch eine wichtige »vaterländische Rolle« spielte und mit ihrer Produktion später nützliche Dienste im Krieg leistete, ist der Publikation »Die Juden im Weltkriege«[18] zu entnehmen, die sicher nicht zufällig 1916, dem Jahr der sogenannten Judenzählung, erschien.

Leo Baer lernte im Rahmen seiner Lehre außer der Firmenzentrale in Berlin auch die Dortmunder Filiale kennen, nicht aber den Bochumer Betrieb. Wie es scheint, machte er die kaufmännische Ausbildung vor allem aus Einsicht in die familiären Notwendigkeiten. Denn eigentlich wäre er lieber Ingenieur geworden.[19] So kam es ihm entgegen, dass er bei Orenstein & Koppel neben dem kaufmännischen Know-how auch Einblicke in die Produktion erhielt.[20] Die erworbenen Fähigkeiten sollten ihm später sowohl bei der

Abb. 3: Porträt Karoline Baer, geb. Bonn.

16 Vgl. Abgangszeugnis Fa. Orenstein & Koppel AG, Berlin, 31.5.1910, in: ebd. und Leo Baer, Erinnerungssplitter eines deutschen Juden an zwei Weltkriege, Toronto 1979, S. 291. Leo Baers »Erinnerungssplitter« werden hier und im Folgenden nach dem Abdruck in Teil II dieser Publikation zitiert.
17 Vgl. z. B. Industrie – Handel – Handwerk Bochum. Führer durch das Bochumer Gewerbe 1925, StadtA Bo, ZK 4, S. 11. Vgl. auch Max Seippel, Bochum einst und jetzt, Bochum 1901, S. 262.
18 Vgl. Felix A. Theilhaber, Die Juden im Weltkriege. Mit besonderer Berücksichtigung der Verhältnisse für Deutschland, Berlin 1916, S. 19.
19 Vgl. Baer, Erinnerungssplitter, S. 387.
20 Vgl. Bescheinigung Orenstein & Koppel AG, Berlin, 13.8.1918. Die Bescheinigung erhielt er ergänzend zu seinem Abgangszeugnis vom 31.5.1910, in: FamA Baer-Goldberg.

Weiterentwicklung der Firma Baer als auch im Krieg von Nutzen sein. Nach Abschluss seiner Ausbildung blieb Baer noch einige Monate als »Kommis« in der Einkaufsabteilung von Orenstein & Koppel. Seine Leistungen dort seien »zur Zufriedenheit« gewesen, seine Führung »tadellos«. Sein Austritt sei auf eigenen Antrag erfolgt.[21]

Am 13. Juni 1908 verstarb Leo Baers Vater Isaac. Das war zu früh für ihn, der ja noch in der Lehre war, um in das elterliche Geschäft einzusteigen. Seine Mutter Karoline fand eine andere Lösung. Als Leo dann eineinhalb Jahre später die Ausbildung beendet hatte, war sie nicht mehr auf seine Hilfe angewiesen. Er nutzte die Chance und absolvierte nun den schon länger geplanten Dienst als Einjährig-Freiwilliger und Offiziers-Aspirant. Sein Ausbildungs-Regiment war das 39. Füsilier-Regiment in Düsseldorf, wo er es bis zum Unteroffizier brachte. Die Offiziersprüfung bestand er wegen angeblich mangelnder Eignung aber nicht. Baer kannte den tatsächlichen Grund: Das preußische Offizierskorps war »judenrein« und sollte es auch bleiben.[22] So ließ man die jüdischen Offiziersschüler der Einfachheit halber durch die Prüfung fallen.

1911 trat Leo Baer als Prokurist in das Familienunternehmen ein. Dieses hatte sich längst von dem ursprünglich kleinen Trödler-Geschäft zu einem florierenden Betrieb mit circa 60 Beschäftigten entwickelt und die Rechtsform einer offenen Handelsgesellschaft angenommen. Die Isaac Baer OHG handelte nicht mehr nur mit Lumpen und altem Eisen, sondern mit Rohprodukten aller Art. Leos Vater Isaac hatte einen hohen Preis für den wirtschaftlichen Erfolg zahlen müssen. Die gesundheitlich belastende Arbeit hatte ihm eine Staublunge eingebracht, an der er letztlich auch verstorben war.[23] Isaac Baer scheint bei seinen Untergebenen beliebt gewesen zu sein. Seine Arbeiter und Angestellten würdigten ihn mit Nachrufen im Märkischen Sprecher, der damaligen Bochumer Lokalzeitung: als »gütigen Vorgesetzten«, dem das Wohl seiner Untergebenen jederzeit am Herzen gelegen habe, die Angestellten, als Chef mit »humane[n] Anschauungen den Arbeitern gegenüber« die Arbeiterinnen und Arbeiter.[24] Der Rabbiner der Synagogengemeinde Bochum, Dr. Moritz David, hob in seiner Trauerrede das soziale Engagement des Verstorbenen hervor: »Nicht Habgier und Erwerbssucht war es, was dich trieb, denn von dem Erworbenen gabst du ja so gern auch für andere.«[25]

Die Isaac Baer OHG war nach dem Tod des Firmengründers auf dessen Witwe Karoline Baer übergegangen. Laut Handelsregister bestand eine »westfälische Gü-

---

21 Vgl. ebd.
22 Vgl. Baer, Erinnerungssplitter, S. 292.
23 Vgl. ebd.
24 Die Angestellten nannten Isaac Baer einen »gütigen Vorgesetzten«, dem das Wohl seiner Untergebenen jederzeit am Herzen gelegen habe; die Arbeiterinnen und Arbeiter betonten seine »humane[n] Anschauungen den Arbeitern gegenüber«, MS, 15.6.1908 und Nachrufe der Arbeiter und Angestellten, in: FamA Baer-Goldberg.
25 Vgl. gedruckte Trauerrede vom 16.6.1908, in: ebd.

tergemeinschaft« Karolines mit ihren fünf Kindern.²⁶ Sie führte den Betrieb selbst und verließ sich dabei auf die Unterstützung eines langjährigen Angestellten. Außerdem – und das war so nicht geplant gewesen – engagierte sich ihr Schwiegersohn, der Kaufmann Hugo Hirschberg, in der Firma.²⁷ Am 25. November 1877 in Holzminden geboren, hatte Hirschberg ein Unternehmen in Dortmund geführt und lebte dort am Westenhellweg.²⁸ Im Dezember 1904 hatte er Leos Schwester Rosa geheiratet,²⁹ 1908 war sein Unternehmen in Konkurs gegangen. Karoline Baer hatte nicht lange gezögert und ihre Tochter samt Ehemann und zwei Kindern in ihr Haus an der Gerberstraße 11 in Bochum aufgenommen. Sie beschäftigte Hirschberg in ihrem Betrieb und beglich seine Schulden. Das, so stellte Leo Baer später fest, habe die Firma »bis ins Mark« erschüttert.³⁰ Leo war von der Anwesenheit seines Schwagers nicht begeistert und musste sich dennoch mit den Gegebenheiten arrangieren, als er in das Familienunternehmen eintrat. Der Erste Weltkrieg unterbrach die für alle Beteiligten unerfreuliche Situation.

26 »Das Handelsgeschäft ist nach dem Tode des Isaak Baer auf dessen Witwe Karoline, geb. Bonn, in Bochum übergegangen, die mit ihren Kindern 1) Rosa, 2) Leo, 3) Albert, 4) Sally und 5) Isidor Israel die westfälische Gütergemeinschaft fortsetzt. Die Firma bleibt dieselbe. H.R.A. 709«, MS, 30.7.1908.
27 Vgl. Baer, Erinnerungssplitter, S. 388.
28 Vgl. die Angaben in der Sterbeurkunde Isaac Baers, FamA Baer-Goldberg.
29 Vgl. StadtA Bo, Standesamt Bochum-Mitte, Heiratsurkunde 873/1904.
30 Vgl. Baer, Erinnerungssplitter, S. 388.

Der Erste Weltkrieg (1914–1918)

Deutsche jüdische Soldaten

In der deutsch-jüdischen Geschichte sind die Begriffe Emanzipation und Militär eng miteinander verzahnt. Seit den Befreiungskriegen nahmen jüdische Freiwillige regelmäßig an den Feldzügen des preußischen Heeres teil. Vorausgegangen war das »Edikt, betreffend die bürgerlichen Verhältnisse der Juden in dem Preußischen Staate« vom 11. März 1812, das ihre Rechte neu regelte. Es brachte wesentliche Fortschritte im Vergleich mit dem Alten Reich und Rückschritte gegenüber der ›französischen Zeit‹. Mit Napoleon und seinen Soldaten war ein Teil der Errungenschaften der Französischen Revolution in die besetzten Gebiete gelangt. Bochum hatte während der Besatzung zum Großherzogtum Berg gehört, das, in seiner Judenpolitik dem französischen Vorbild folgend, alle die jüdische Bevölkerung betreffenden Sondergesetze abgeschafft hatte. Nach dem Abzug der Franzosen wurde die preußische Verwaltung wieder eingeführt. So erwiesen sich die jüdischen Freiwilligen als echte Patrioten, als sie dabei halfen, die Franzosen wieder aus dem Land zu werfen. Sie hofften natürlich darauf, dass ihr Bekenntnis zum preußischen Staat mit der vollen bürgerlichen Gleichstellung belohnt werden würde.

Das Edikt von 1812 räumte den Juden zwar wesentliche Bürgerrechte ein, enthielt ihnen andere aber weiterhin vor. So waren sie zum Beispiel nach wie vor vom Staatsdienst ausgeschlossen. Anders als in Frankreich erfolgte die Gleichstellung nicht vorbehaltlos und durch einen einzigen gesetzgebenden Akt, sondern schrittweise und war mit hohen Erwartungen an die Integrationsbereitschaft der Juden in die christliche Gesellschaft verbunden.

Wesentliche Etappen auf dem langen staatlich gesteuerten Weg zur Emanzipation waren das vom preußischen Landtag 1847 beschlossene Gesetz »die Verhältnisse der Juden betreffend«, das die bisherige Gesetzgebung vereinheitlichte, der jüdischen Bevölkerung die Freizügigkeit innerhalb Preußens zugestand und ihr das passive Wahlrecht auf kommunaler Ebene gewährte sowie das am 3. Juli 1869 erschienene »Gesetz betreffend die Gleichbehandlung der Konfessionen in bürgerlicher und staatsbürgerlicher Beziehung«, das für den gesamten Norddeutschen Bund galt und 1871 in die neue Reichsverfassung aufgenommen wurde. Aber erst mit der von der Nationalversammlung im August 1919 beschlossenen Weimarer Verfassung verschwanden die letzten rechtlichen Benachteiligungen der Juden. Bekanntlich nur für kurze Zeit.

Am 3. September 1814 erschien das preußische Wehrgesetz, das die männlichen Preußen ab dem 20. Lebensjahr zum Militärdienst verpflichtete. Es galt auch für die jüdischen Männer.[1] Nun gab es »neben jüdischen Freiwilligen auch regulär zum Wehrdienst eingezogene jüdische Soldaten in der preußischen Armee.«[2] Später wurde die Wehrpflicht für Juden wieder eingeschränkt, die in den Befreiungskriegen gemachten Versprechen wurden nicht eingelöst. Ihrer patriotischen Haltung und der damit verbundenen Hoffnung auf Anerkennung tat das offenbar keinen Abbruch. Jüdische Soldaten beteiligten sich auch an den folgenden Kriegen Preußens und des Deutschen Reiches.

Am Preußisch-Österreichischen Krieg 1866 und am Deutsch-Französischen Krieg 1870/71 nahmen auch Bochumer Juden teil. Die Sedanfeiern – zur alljährlichen Vergegenwärtigung der Kapitulation der französischen Armee am 2. September 1870 nach der Schlacht von Sedan – wurden von der jüdischen Bevölkerung in Bochum mit großer Selbstverständlichkeit mitgetragen. Die Juden feierten entsprechende Gedenkgottesdienste in der Synagoge und nahmen an den Umzügen in der Stadt teil. Dazu mussten sie, anders als ›die‹ Katholiken, nicht sonderlich ermutigt werden. Am 2. September 1879 zum Beispiel berichtete der Märkische Sprecher über den am Folgetag geplanten Festzug, zu dem mehr als 3.000 Personen erwartet wurden. Die Bochumer aller Konfessionen seien zur »umfassenden« Beteiligung aufgerufen. Man hoffe, dass neben den evangelischen und »israelitischen« auch die katholischen Arbeitgeber ihre Gehilfen, Gesellen, Arbeiter und Lehrlinge am Nachmittag von der Arbeit frei stellten, um so ein »allgemeines, alle Klassen verbindendes Volksfest« zu ermöglichen.[3] Auch der »Toast« auf den Kaiser gehörte in der Jüdischen Gemeinde Bochum zum Ritual, sei es bei Gemeindeveranstaltungen oder Feierlichkeiten im privaten Kreis.

Leo Baer, der ganz und gar an Deutschland und an Bochum hing, folgte in seiner Haltung dem ›Mainstream‹ in der Gemeinde, in der er aufwuchs. Aber er lebte auch sein Judentum bewusst und reagierte gekränkt auf Beleidigungen und die mit seiner Konfession zusammenhängenden Benachteiligungen. Dass er als jüdischer

---

1   Vgl. Michael Berger, Eisernes Kreuz und Davidstern: die Geschichte Jüdischer Soldaten in Deutschen Armeen, Berlin 2006, S. 34. Michael Bergers Arbeit, der der kurze Überblick in diesem Kapitel in großen Teilen folgt, galt lange Zeit als Standardwerk. Vgl. auch Christoph Jahr, Episode oder Wasserscheide? Der deutsche Antisemitismus, in: Haus der Geschichte Baden-Württemberg (Hg.), »Hoffet mit daheim auf fröhlichere Zeit«: Juden und Christen im Ersten Weltkrieg. Laupheimer Gespräche 2013, Heidelberg 2014, S. 49–64, sowie Christoph Jahr, Der Krieg, Antisemitismus und nationale Integration. Neue Studien zur Geschichte der Juden im Ersten Weltkrieg und des Antisemitismus, in: MEDAON 15/2014: http://www.medaon.de/pdf/MEDAON_15_Jahr.pdf.
2   Vgl. Berger, Eisernes Kreuz und Davidstern, S. 35.
3   Vgl. MS, 2.9.1879.

Offiziersanwärter die Offiziersprüfung nach seinem Dienst als Einjährig-Freiwilliger 1911 angeblich nicht bestanden hatte, traf ihn tief. Obwohl – oder gerade weil – er den Grund dafür kannte.

Leo Baer war einer von Vielen: Zwischen 1880 und 1909 dienten in Preußen 25.000 bis 30.000 Einjährig-Freiwillige jüdischen Glaubens, von denen kein Einziger zum Reserveoffizier befördert wurde![4] Das Offizierskorps befand sich fest in den Händen des Adels[5] und wehrte sich strikt gegen die Aufnahme von Juden. Kaiser und Kriegsminister vertraten in dieser Frage offenbar eine andere Position als die Offiziere, setzten sie aber nicht durch.[6] 1913 befasste sich der Reichstag mit der Benachteiligung jüdischer Einjährig-Freiwilliger. Mit großer Mehrheit beschloss er, der Reichskanzler solle »ersucht« werden, »dahin zu wirken, dass erstens bei der Besetzung militärischer Stellen allein die persönliche Tüchtigkeit entscheiden soll«, dass zweitens »kein Angehöriger des Heeres wegen seiner religiösen oder seiner politischen Überzeugung irgendwelche Zurücksetzung erfährt« und drittens »dem Reichstag eine Statistik über die Beförderung der Einjährig-Freiwilligen zu Reserveoffizieren für sämtliche Kontingente und bezüglich sämtlicher Konfessionen jährlich mitzuteilen« ist.[7]

Der Erste Weltkrieg nahte, die jüdischen Soldaten wurden gebraucht. Wieder wurden ihnen Versprechungen gemacht und nach Kriegsbeginn wurden jüdische Offiziersaspiranten auch wieder – wie schon in den früheren Kriegen – zu Reserveoffizieren ernannt.[8] Am 4. August 1914, kurz nach der Mobilmachung, sprach der Kaiser die bekannten Worte: »Ich kenne keine Parteien mehr, ich kenne nur Deutsche.« Sein Publikum waren Vertreter aller Parteien, der Konfessionen und vieler Organisationen, die er im Berliner Schloss versammelt hatte,[9] um die Einheit der Nation zu demonstrieren und die gesamte Bevölkerung auf den bevorstehenden gemeinsamen Kampf einzuschwören.

Die in einigen Bevölkerungsteilen um sich greifende Kriegsbegeisterung löste auch bei den Juden »eine alle Bereiche des jüdischen Lebens erfassende Welle von Patriotismus aus«,[10] die erneut mit großen Hoffnungen einherging. Die jüdischen Kriegsteilnehmer waren wild entschlossen, ihren Beitrag zum Gelingen der deutschen und der jüdischen Sache gleichermaßen zu leisten. Josef Zürndorfer, ein Frontsoldat aus Württemberg, brachte später auf den Punkt, was viele dachten: »Ich bin als Deutscher ins Feld gezogen, um mein bedrängtes Vaterland zu schützen. Aber auch als Jude, um die volle Gleichberechtigung meiner Glaubensbrüder zu erstreiten.«[11]

---

4   Vgl. Berger, Eisernes Kreuz und Davidstern, S. 111. Dort, S. 110–112, wird eine größere Passage aus »Die Juden im Heere« zitiert.
5   Vgl. ebd., S. 109.
6   Vgl. ebd., S. 116f.
7   Zit. n. ebd., S. 122.
8   Vgl. ebd., S. 130.
9   Vgl. ebd.
10 Vgl. ebd., S. 128.
11 Vgl. Deutsche Jüdische Soldaten, 1914–1945, hg. vom Militärgeschichtlichen Forschungsamt zur Sonderausstellung im Wehrgeschichtlichen Museum Schloss Rastatt 16. April-31. Oktober

1889 im württembergischen Rexingen geboren, wurde Zürndorfer für seine herausragenden Aktionen in der ersten Kriegsphase schon im August 1914 mit dem Eisernen Kreuz II. Klasse ausgezeichnet.[12] Die zitierten Zeilen gelten als das »klassisch gewordene Vermächtnis Josef Zürndorfers«[13] und werden im Zusammenhang mit dem Kampf jüdischer Soldaten um Emanzipation häufig zitiert.[14] Einer größeren Öffentlichkeit bekannt wurden sie 1981, als im Wehrgeschichtlichen Museum Schloss Rastatt die vom Militärgeschichtlichen Forschungsamt (damals Freiburg) konzipierte Ausstellung »Deutsche jüdische Soldaten 1914–1945« zu sehen war, deren Ausgangspunkt der sogenannte Zürndorfer-Waldmann-Nachlass war. Ruth Waldmann, eine Nichte Josef Zürndorfers, hatte ihn dem Militärgeschichtlichen Forschungsamt für die Ausstellung zur Verfügung gestellt.[15] Sie wurde anschließend als Wanderausstellung in circa 50 Orten in der Bundesrepublik Deutschland gezeigt. 1996 überarbeitete und erweiterte das Militärgeschichtliche Forschungsamt (jetzt Potsdam) das Ausstellungskonzept in Kooperation mit dem Moses Mendelssohn Zentrum, Potsdam, und dem Centrum Judaicum, Berlin.[16]

Auf Zürndorfer wird im Folgenden zurückzukommen sein. Er und Leo Baer waren gut miteinander bekannt. Zu Beginn des Ersten Weltkriegs gehörten sie demselben Regiment an und zogen von Bochum aus gemeinsam in den Krieg.

Von Bochum über Niederschlesien an die Westfront

Am ›Vorabend‹ des Ersten Weltkriegs zeigten sich auch viele Bochumer im Taumel der nationalen Begeisterung. Am 31. Juli 1914 zog eine überwiegend aus Jugendlichen bestehende »Menge« unter Gesängen und Hochrufen zum Bismarckdenkmal am Rande des Stadtparks, wo zwei Bochumer Geistliche, die evangelischen Pastoren Klose und Zauleck, »begeisternde Ansprachen an die Versammelten richteten, die in Hochrufen auf Kaiser und Reich ausklangen.«[17] Philipp Klose war Pfarrer im Pfarrbezirk 3, zu dem der Moltkemarkt gehörte, Johannes Zauleck hatte gerade die Verwaltung des Pfarrbezirks 8 (Griesenbruch) übernommen und war zudem Jugendpfarrer.[18] Am frühen Abend des Folgetages, am Samstag, dem 1. August, erhielt

---

1981, Freiburg 1981, S. 40.
12 Vgl. z. B. Deutsche Jüdische Soldaten 1981, S. 40.
13 Vgl. ebd., S. 11.
14 Vgl. z. B. das Grußwort der früheren Präsidentin des Zentralrates der Juden in Deutschland Charlotte Knobloch, in: Berger, Eisernes Kreuz und Davidstern, S. 13.
15 Vgl. Deutsche Jüdische Soldaten 1981, S. 5 sowie Deutsche Jüdische Soldaten. Von der Epoche der Emanzipation bis zum Zeitalter der Weltkriege. Katalog der Ausstellung des Militärgeschichtlichen Forschungsamtes in Zusammenarbeit mit dem Moses Mendelssohn Zentrum, Potsdam, und dem Centrum Judaicum, Berlin, Hamburg-Berlin-Bonn 1996, S. 177.
16 Vgl. Deutsche Jüdische Soldaten 1996, Vorwort.
17 Vgl. MS, 1.8.1914.
18 Vgl. die Adressbücher der Stadt Bochum 1914f. Zu Zauleck vgl. auch Peter Friedemann, Johannes Zauleck – Ein deutsches Pfarrerleben zwischen Kaiserreich und Diktatur, Bielefeld 1990.

das Bochumer Bezirkskommando die telefonische Nachricht von der allgemeinen Mobilmachung. »Nun ist es geschehen«, stand am Montag, dem 3. August, im Märkischen Sprecher. Man habe es zwar »nicht gewollt und nicht verschuldet«, gab sich aber umso euphorischer und bekannte, den nun eingetretenen Kriegszustand heiß herbeigesehnt zu haben: »Der Kaiser hatte ans Schwert geschlagen, nun wußten wir, was wir zu tun hatten, und nun wollten wir auch, daß er das Schwert aus der Scheide ziehe.« Sofort nach der Verkündung der allgemeinen Mobilmachung erschienen an den Straßenecken »weiße Plakate« mit der Bekanntgabe der Mobilmachungstage. Die Menschen standen in großer Menge davor und lasen die »schwerwiegenden« Worte. Sie liefen durch die Straßen und auch zum Bahnhof, wo sie »still ergriffen« sahen, wie die »im Voraus Einberufenen mit ihren Paketchen« zu den Zügen wanderten.[19]

Leo Baer schreibt in den »Erinnerungssplittern«, als Reservist habe er sich bereits am 1. August 1914 zur Verfügung stellen müssen, zusammen mit circa 1.000 anderen Reservisten aus Bochum und Umgebung.[20] Das Regiment, dem die Männer zugewiesen wurden, war das in der niederschlesischen Stadt Jauer (heute Jawor in Polen) stationierte 5. Niederschlesische Infanterie-Regiment Nr. 154 (im Folgenden auch IR 154 oder: die 154er). Zusammen mit dem Grenadier-Regiment »König Wilhelm I.« Nr. 7, dem 1. Schlesischen Jäger-Bataillon »von Neumann« Nr. 5 und dem Westpreußischen Ulanen-Regiment »Kaiser Alexander III. von Russland« Nr. 1 bildete das IR 154 im Ersten Weltkrieg die 18. Infanteriebrigade, die wiederum der 9. Division im V. Armeekorps unterstellt war.[21] Das V. Armeekorps mit all seinen militärischen Untergliederungen gehörte zur 5. Armee. Diese war Teil des Westheeres und gemäß dem auf dem Schlieffen-Plan basierenden Aufmarschplan zur Offensive gegen Frankreich vorgesehen. Das Oberkommando über die 5. Armee hatte Kronprinz Wilhelm von Preußen; das Infanterieregiment Nr. 154 unterstand Oberst Daubert; das dem IR 154 eng verbundene Grenadier-Regiment »König Wilhelm I.« Nr. 7 (kurz: 7er Grenadiere oder Königsgrenadiere) wurde von Oskar von Preußen geführt, dem fünften Sohn des Kaisers.

Am 2. August schickte das IR 154 ein Transportkommando von Jauer nach Bochum, um eine »Ergänzungsmannschaft« aus dem Bereich des Bezirkskommandos Bochum abzuholen.[22] Mit den Männern aus dem Ruhrgebiet und weiteren Ergän-

---

19   Vgl. MS, 3.8.1914.
20   Vgl. Baer, Erinnerungssplitter, S. 292 und Leo Baer an Richard Erny, 10.5.1971, in: StadtA Bo, BO 41, Zugang Nr. 659/1596, Bd. 3. Der erste Mobilmachungstag war der 2.8. Vgl. dazu auch die Darstellung in der Regimentsgeschichte des IR 154. Vgl. Anm. 52. In der später erstellten Gefallenenliste der Stadt Bochum wird der 3.8. als Mobilmachungstag der 154er genannt. Vgl. StadtA Bo, B 1752.
21   Vgl. z. B. de.wikipedia.org/wiki/9. Division (Deutsches Kaiserreich).
22   Vgl. Das 5. Niederschlesische Infanterie-Regiment Nr. 154 im Frieden und im Kriege, hg. vom Verein der Offiziere, »Alt 154« e. V. Jauer, Diesdorf o. J. (1935), im Folgenden: Geschichte des IR 154, S. 85.

zungsmannschaften aus der Umgebung von Jauer und Striegau, wo auch ein Teil des IR 154 stationiert war, sollte das Regiment auf »Kriegsstärke« gebracht werden.[23]

In Bochum versammelten sich die Einberufenen wohl in der Regel auf dem Kaiser-Friedrich-Platz und marschierten dann gemeinsam zum Nordbahnhof.[24] Leo Baer berichtet, sie seien namentlich aufgerufen worden und die Unteroffiziere hätten sich »vor der Front« aufstellen müssen.[25] Dabei habe er viele alte Freunde und Bekannte wiedergetroffen, unter ihnen den oben erwähnten Josef Zürndorfer.[26] Dieser war in Rexingen, Württemberg, als achtes Kind des Textilhändlers Max W. Zürndorfer und seiner Ehefrau Ida aufgewachsen,[27] lebte zum Zeitpunkt seiner Einberufung aber in Bochum, wo er als Verkäufer in dem angesehenen Kaufhaus Ferdinand Koppel arbeitete. Wie Baer gehörte er zur liberalen jüdischen Gemeinde Bochums und engagierte sich besonders im Laubheimverein der jüdischen Jugend.[28] Leo Baer scheint ihn in einem Tango-Club näher kennengelernt zu haben.[29] Zu Baers Erstaunen trug Zürndorfer einen Offiziersdegen mit sich, als beide sich nun wiedersahen. Warum, ließ sich schnell erklären: Anders als Baer hatte Zürndorfer als Einjährig-Freiwilliger nicht in Preußen, sondern in seiner Heimat Württemberg gedient. Im 6. Württembergischen Infanterieregiment hatte er 1910 die Offiziersprüfung »mit gutem Erfolg« bestanden.[30] Er stand im Rang eines Vize-Feldwebels, war also Unteroffizier wie Leo Baer, durfte sich aufgrund der bestandenen Offiziersprüfung aber größere Hoffnungen auf baldige Beförderung machen. Oder doch nicht? Leo Baer gegenüber bedauerte er es, nicht mit seinem Württembergischen Regiment in den Krieg zu ziehen. In der preußischen Armee bestehe »keine Aussicht zur Beförderung zum Offizier«, da das preußische Offizierskorps ja »judenrein« sei.[31]

Als Baer und Zürndorfer mit der Bochumer Ergänzungsmannschaft den Weg – besser Umweg – an die Front antraten, hatten sie keine Ahnung wo das 154. Infanterie-Regiment lag und fragten die Begleitsoldaten. Von Jauer in Niederschlesien hatte noch »niemand« gehört. Man hatte Respekt vor der Westfront und nahm nun an, das Ziel sei der östliche Kriegsschauplatz. Das sorgte, wie Leo Baer schreibt, für allgemeine Erleichterung und nachdem die Soldaten in Viehwaggons mit Bänken

---

23 Vgl. die Geschichte des IR 154, S. 85f. Hier ist von »Ergänzungsmannschaften« aus Niederschlesien die Rede, die bereits am 1.8. in Jauer eintrafen: 200 Soldaten pro Bataillon. Bezüglich der Bochumer »Ergänzungsmannschaft« wird keine Zahl genannt.

24 So wird es zumindest für die Bochumer »Krieger« berichtet, die am 6.8. dem 16. Reserve-Infanterie-Regiment zugeführt wurden. Vgl. MS, 7.8.1914.

25 Vgl. Baer, Erinnerungssplitter, S. 292.

26 Vgl. ebd.

27 Informationen zu Zürndorfer, in: In Stein gehauen – Lebensspuren auf dem Rexinger Judenfriedhof. Dokumentation des Friedhofs und des Schicksals der 300 Jahre in Rexingen ansässigen jüdischen Gemeinde (Jüdische Friedhöfe der Stadt Horb, Bd. 1), hg. vom Stadtarchiv Horb, Stuttgart 1999, S. 100–102 und S. 346, Gräberdokumentation, Grab Nr. 799.

28 Vgl. Deutsche Jüdische Soldaten 1981, S. 40 und Deutsche Jüdische Soldaten 1996, S. 178.

29 Vgl. Baer, Erinnerungssplitter, S. 292.

30 Vgl. Deutsche Jüdische Soldaten 1996, S. 178.

31 Vgl. Baer, Erinnerungssplitter, S. 292.

untergebracht worden waren und der Zug sich in Bewegung gesetzt hatte, sangen sie begeistert »Siegreich wollen wir Frankreich schlagen« und »Lieb' Vaterland magst ruhig sein«. In Jauer wurden sie eingekleidet und ausgerüstet, nahmen an Marsch- und Gefechtsübungen teil[32] und verbrachten hier einige ›wilde‹ Tage.[33] Am 8. August wurden sie an die Front geschickt. Die Bochumer erstarrten in ihren Sitzen, als die Lokomotive sich nicht, wie angenommen, nach Osten, sondern zurück nach Westen in Bewegung setzte.[34] Die Eisenbahnfahrt dauerte mehr als 60 Stunden. Sie führte sie durch die Lausitz und Sachsen, durch Thüringen und das Maintal.[35] Erst als sie in Mainz den Rhein überquerten, hatten sie sich wieder gefangen und sangen »Zum Rhein, zum Rhein, wir wollen des Sturmes Hüter sein«.[36] Weiter ging es durch das Tal der Nahe und das Saarland bis ins damals deutsche Elsass-Lothringen. In Busendorf (heute Bouzonville) wurden sie am 10. August ausgeladen und schlossen sich den anderen Regimentern der 5. Armee an, die sich hier sammelte. Am 18. August begann »der Vormarsch gegen den Feind«. Die 154er marschierten durch Luxemburg und überschritten am 19. August westlich von Steinfurt die belgische Grenze.[37]

Mit dem am 4. August 1914 begonnenen Einmarsch in das neutrale Belgien hatte das Deutsche Reich das Völkerrecht gebrochen. Belgien hatte einem Ultimatum auf freien Durchzug deutscher Truppen nicht nachgegeben und wurde ungewollt in den Krieg hineingezogen. Die belgische Zivilbevölkerung zahlte einen hohen Preis dafür. Dass sie nicht willkommen waren, spürten auch Leo Baer und die anderen Bochumer, die mit ihrem Regiment in Belgien einmarschiert waren. Sie seien »feindselig« empfangen worden. Die Bevölkerung habe sich geweigert, Quartiere zur Verfügung zu stellen oder die Truppe mit Trinkwasser zu versorgen. Stattdessen habe sie sich nicht gescheut, Petroleum in die Brunnen zu gießen.[38] Spätestens jetzt hatten alle begriffen, dass sie sich im Krieg befanden. Von der zu Beginn vielleicht noch vorhandenen Kriegsbegeisterung wird angesichts des realen Krieges nicht viel geblieben sein.

Die Schlacht bei Virton/Belgien und die deutschen Massaker

Nach Beginn der deutschen Westoffensive Anfang August hatten die Franzosen sich zu Gegenangriffen formiert und auf einer Breite von circa 250 Kilometern kam es zu zahlreichen erbittert geführten Kämpfen im französisch-belgisch-luxemburgischen Grenzgebiet. Am 22. August schlug das IR 154 nahe der Stadt Virton, in der zur belgischen Provinz Luxembourg gehörenden Region Gaume, seine erste Schlacht im Ersten Weltkrieg. Die 5. Armee, der das Regiment angehörte, war bis in die »allgemeine

---

32 Vgl. Geschichte des IR 154, S. 36.
33 Vgl. Baer, Erinnerungssplitter, S. 335.
34 Vgl. ebd., S. 292.
35 Vgl. Geschichte des IR 154, S. 88.
36 Vgl. Baer, Erinnerungssplitter, S. 292.
37 Vgl. Geschichte des IR 154, S. 88.
38 Vgl. Baer, Erinnerungssplitter, S. 292.

Linie« Diedenhofen – Etalle vorgedrungen, wo sie mit der 4. Armee, die den Raum Neufchateâu – Léglise erreicht hatte, eine einheitliche Front bilden sollte.[39] Dieses Ziel schien gefährdet, als gemeldet wurde, dass »starke feindliche Kräfte« sich von Süden her näherten.[40] Es wurde gemutmaßt, die Franzosen wollten die von Teilen der 5. Armee belagerte Festung Longwy schützen, die zwischen Diedenhofen und Etalle (bei Virton) lag, um dann »die deutsche Front zwischen Vierter und Fünfter Armee zu durchbrechen, um entweder die Vierte Armee von der Südseite zu packen oder die Fünfte Armee entzwei zu reißen.«[41]

Um den Franzosen zuvorzukommen, entschieden sich der deutsche Kronprinz als Kommandant der 5. Armee und sein Stab am 21. August zum Angriff. Der deutsche Vorstoß sollte »beiderseits an Longwy vorbei« führen. Das auf dem rechten Flügel der 5. Armee operierende V. Armeekorps sollte auf Virton und Ethe zu marschieren – die 9. Division, zu der Leo Baers IR 154 gehörte, auf Virton, die 10. auf Ethe – und im Anschluss an das auf der linken Seite angreifende XIII. Armeekorps die Hügel zwischen Robelmont und Virton besetzen.[42]

Die 154er hatten die Nacht vom 19. auf den 20. August in Arlon verbracht, wo sie noch Barrikadentrümmer vorgefunden hatten, die von der Verteidigung der Bevölkerung vor einrückenden Truppen wenige Tage zuvor zeugten.[43] Am Morgen zogen sie in westlicher Richtung weiter und gingen in Vance (zwischen Arlon und Etalle) »zur Ruhe« über. Dort erreichte sie am Abend des 21. August der Angriffsbefehl. Nach einem Nachtmarsch bezogen sie »Alarmquartiere« in Etalle und setzten am 22. August, um 4 Uhr früh, ihren Marsch Richtung Virton fort. Unterwegs trafen sie auf die Marschkolonne des »Gros« der 9. Infanterie-Division und fädelten sich ein. Der Weg führte sie durch unübersichtliches Waldgelände, der Morgen sei empfindlich kühl gewesen und alles »in dichten Nebel gehüllt«. Nachdem eine Patrouille gegen 6.20 Uhr bei »Bellevue« (einem Gehöft an der Straße zwischen Etalle und Virton) auf den »Feind« gestoßen war, erhielt das die Vorhut der Division bildende Grenadier-Regiment Nr. 7 (die Königsgrenadiere) den Befehl, Stellung zu beziehen und die Franzosen »anlaufen« zu lassen.[44] Das sich entwickelnde Gefecht konnten die anderen bald »mit dem Ohr« verfolgen.[45] Gegen 7.30 Uhr wurden auch die 154er in den Kampf geschickt. Sich links von den Königsgrenadieren haltend, sollten sie sich »in Besitz der Höhen 1 Kilometer nördlich Virton [...] setzen.«[46] Als sie damit begannen, aus dem Wald, dem »Bois de Virton«, herauszutreten, sei weder von den Königsgrenadieren noch vom »Feinde« irgendetwas zu sehen gewesen. »Der deutlich

---

39 Vgl. Geschichte des IR 154, S. 92.
40 Vgl. ebd.
41 E. Bircher, Die Schlacht bei Ethe-Virton am 22. August 1914, Berlin 1930, S. 7. Dr. E. Bircher war Oberst und Kommandant der Schweizerischen Infanterie-Brigade 12.
42 Vgl. Geschichte des IR 154, S. 92.
43 Vgl. ebd., S. 91.
44 Vgl. Bircher, Die Schlacht bei Ethe-Virton, S. 47f.
45 Vgl. ebd., S. 49.
46 Vgl. Geschichte des IR 154, S. 93.

zu vernehmende Gefechtslärm und die am Waldrande einschlagenden französischen Infanteriegeschosse zeigten aber an, dass es nun ernst wurde.«[47]

Der Zug, dem Leo Baer zugeordnet war, sollte sich in südwestlicher Richtung auf die Straße Etalle-Virton zubewegen. Im Nebel sei er zu weit nach rechts abgekommen und habe schon früh empfindliche Verluste erlitten. Der »Feind« habe jenseits der Straße »inmitten von Getreidepuppen« gelegen. Er habe andauernd Verstärkungen erhalten und »schien zum Gegenangriff schreiten zu wollen.« Deshalb habe der Zugführer, Leutnant Schlichteisen, ihm zuvorkommen wollen. Um 8.15 Uhr sei er »allein mit seinem Zug über die Straße zum Sturm auf die feindliche Stellung vor[gebrochen]«, dabei aber, von mehreren Kugeln tödlich getroffen, zusammengebrochen. Schlichteisen sei an seiner Seite gefallen, schreibt Leo Baer in den »Erinnerungssplittern.«[48] Die »Reste« des Zuges, unter ihnen dann wohl auch Leo Baer, wurden von dem in der Nähe kämpfenden Grenadier-Regiment Nr. 7 aufgenommen.[49]

Die Kämpfe dauerten den ganzen Tag über an. Der starke Nebel behinderte beide Parteien erheblich. Von einer deutschen Einheit wird berichtet, die einrückenden Reserven hätten deutsche Lieder gesungen, um »sich nicht gegenseitig zu beschießen.«[50] Im Laufe des Vormittags ließ der Nebel nach, was zunächst offenbar die Franzosen in Vorteil brachte. Mittags war er ganz verschwunden, »und heiße Sonne strahlte über das Schlachtfeld, worauf starkes feindliches Art[illerie]feuer aus südlicher, südwestlicher und westlicher Richtung auf das Reg[imen]t prasselte, diesem erhebliche Verluste beibringend.«[51] Trotz starker französischer Gegenwehr wurde die Schlacht am Ende gewonnen; um 19.30 Uhr war sie vorbei.[52] Vor dem Abschnitt des IR 154 sei die Gefechtskraft des »Feindes« am Abend gebrochen gewesen, heißt es in der Regimentsgeschichte. Mit Einbruch der Dunkelheit sei völlige Ruhe eingetreten, »die nur durch die Hilferufe der bedauernswerten Verwundeten unterbrochen wurde, welche seit Stunden vor der Stellung lagen und geduldig auf ihren Abtransport gewartet hatten.«[53] Es wirkt makaber, wenn es an anderer Stelle heißt:

> »Nicht vergessen werden darf aber das vorbildliche Verhalten der zahlreichen Verwundeten, deren Abtransport zumeist erst nach Eintritt der Dunkelheit möglich war. Kein Schmerzenslaut kam von ihren Lippen, obwohl ihre Qualen durch den brennenden Durst und die heiße Augustsonne noch vermehrt wurden.«[54]

---

47 Ebd.
48 Baer, Erinnerungssplitter, S. 299.
49 Vgl. Geschichte des IR 154, S. 100.
50 Vgl. Bircher, Die Schlacht bei Ethe-Virton, S. 47.
51 Geschichte des IR 154, S. 105.
52 Vgl. ebd., S. 106.
53 Ebd.
54 Ebd., S. 95.

Da keine Krankentragen vorhanden waren, wurden zur Bergung der Verwundeten Zeltbahnen benutzt, aus denen behelfsmäßige Tragen geknüpft wurden.[55]

Den verletzten Franzosen erging es nicht besser. Auch sie mussten lange darauf warten, dass man sich um sie kümmerte und blieben teilweise liegen, nachdem ihre Einheiten abgezogen waren. Leo Baer zitiert in den »Erinnerungssplittern« einen französischen Sergeanten, den er unter den Verwundeten fand und offenbar aus seiner Feldflasche trinken ließ mit den Worten:

> »Die folgende Nacht war für mich und viele Verwundete unerträglich und unser Stöhnen war umsonst. Das Brüllen der umherirrenden Kühe, deren ungemolkene Euter schmerzten, war für uns Verwundete grausam anzuhören.«[56]

Die 154er verbrachten die Nacht nach der Schlacht auf dem Schlachtfeld. Bleierne Müdigkeit habe sich niedergesenkt auf die

> »durch die Eindrücke und Anstrengungen des ersten Schlachttages ermatteten Kämpfer die die sternklare, aber empfindlich kalte Nacht auf schnell von den Feldern zusammengetragenem Lagerstroh und in Mäntel gehüllt unter dem Schutze vorgeschobener Posten und Patrouillen in ihren Stellungen verbrachten. Ein schwerer Tag lag hinter dem Regiment.«

Dieses habe seinen ersten Sieg »über einen an Zahl weit überlegenen Feind unter schweren Opfern« erfochten.[57] Sie hätten einer starken Übermacht gegenüber gestanden, schreibt auch Baer, und »wir konnten von Glück sagen, daß wir den Feind zurückschlagen konnten.«[58] Dabei schlug sich einer offenbar besonders tapfer und riss auch andere mit: Josef Zürndorfer, der für Leo Baer der »Mann des Tages« war.[59] In der Regimentsgeschichte findet sich kein Widerspruch: Zürndorfer habe sich während des Kampfes »ganz besonders hervorgetan« und sei infolgedessen als einer der Ersten mit dem Eisernen Kreuz II. Klasse ausgezeichnet worden.[60] Die Nachrichten über Zürndorfers Rolle in der Schlacht und die Verleihung des Eisernen Kreuzes machten ihn zum Kriegshelden in seiner württembergischen Heimat.[61] Offenbar entstand damit aber auch Neid und Missgunst unter den Kriegskameraden. Leo Baer erwähnt die Empörung eines Unteroffiziers der 154er darüber, dass ausgerechnet ein Jude als einer der Ersten des Regiments das Eiserne Kreuz erhalten habe.[62]

---

55 Vgl. ebd., S. 106f.
56 Baer, Erinnerungssplitter, S. 316.
57 Geschichte des IR 154, S. 107.
58 Baer, Erinnerungssplitter, S. 293.
59 Vgl. ebd.
60 Vgl. Geschichte des IR 154, S. 100.
61 Vgl. Deutsche Jüdische Soldaten 1981, S. 40.
62 Vgl. Baer, Erinnerungssplitter, S. 289. Als Urheber dieser Bemerkung nennt Leo Baer hier G. Klemt, an einer anderen Stelle dagegen Feldwebel Schimke (vgl. ebd., S. 336), beide aus Jauer.

Die Schlacht bei Virton war Teil der an verschiedenen Schauplätzen im belgisch-französischen Grenzgebiet geführten Schlacht bei Longwy zwischen der 5. deutschen auf der einen und verschiedenen Einheiten der 3. und 4. französischen Armee auf der anderen Seite. Sie dauerte vom 22. bis zum 25. August. Danach war der »Feind [...] auf der ganzen Front der 5. Armee geschlagen worden und befand sich auf dem Rückzug.«[63] Nach Einschätzung von Militärhistorikern war der Sieg dennoch nicht vollkommen, denn die Franzosen seien nicht am Abzug gehindert worden und hätten sich so mit dem »Gefühl, unbesiegt zu sein«,[64] an die Maas zurückziehen können.

Der Krieg fand nicht nur in der freien Natur statt, sondern auch in Dörfern und Städten. In ihrem Leben bedroht waren nicht nur die Soldaten der kriegführenden Nationen, sondern auch Zivilisten. Neben den Wäldern, Wiesen und Feldern bei Virton gerieten am 22. August 1914 und den Folgetagen auch die benachbarten Dörfer zu Kriegsschauplätzen. Die deutschen Truppen nahmen bei ihrem Marsch durch Belgien offenbar wenig Rücksicht auf die Zivilbevölkerung. Das brachte ihnen den Vorwurf ein, »Gräueltaten« an Zivilisten zu begehen, vor allem zu Beginn des Kriegs. Nach amtlichen belgischen Veröffentlichungen wurden 1914 fast 6.000 Belgier von Deutschen vorsätzlich getötet.[65] Dazu kamen mehrere Hundert französische Zivilisten. Die Gaume-Region mit Virton und Ethe war massiv betroffen. Ethe und Umgebung zu erobern, lautete der Befehl, den die 10. Infanterie-Division am Vorabend der »Schlacht von Longwy« erhalten hatte, während die 9. – wie geschildert – ihren französischen Gegner in einem Waldgebiet nahe Virton fand. Im Raum Ethe, besonders aber in dem Ort selbst, spielten sich schreckliche Szenen ab. Hier tobten tagelange Kämpfe zwischen Deutschen und Franzosen, in die die Bevölkerung hineingezogen und brutal dafür bestraft wurde, dass sie, wie die Deutschen ihr vorwarfen, mit den Franzosen kollaborierte. Am 23. August hatte Ethe 256 zerstörte Häuser zu verzeichnen und 218 zivile Todesopfer zu beklagen. Sie waren nicht im Kampf gefallen, sondern in Massenerschießungen hingerichtet worden.[66] Als dafür verantwortliche deutsche Einheiten werden neben dem Niederschlesischen Infanterie-Regiment Nr. 50, das bei dem Kampf um Ethe die Vorhut gebildet und sich erstmals am Morgen des 22. August »in den Besitz von Ethe« gebracht hatte,[67] die Infanterie-Regimenter 46 und 47 sowie das Grenadier-Regiment 6 genannt.[68] Sie alle gehörten zur 10. Division im V. Armeekorps.

---

63   Geschichte des IR 154, S. 107.
64   Vgl. Bircher, Die Schlacht bei Ethe-Virton, S. 234.
65   Vgl. John Horne/Alan Kramer, Deutsche Kriegsgreuel 1914. Die umstrittene Wahrheit, Hamburg 2004, S. 336.
66   Vgl. ebd., S. 96f.
67   Vgl. Bircher, Die Schlacht bei Ehte-Virton, S. 112f.
68   Vgl. die Übersicht bei Horne/Kramer, Deutsche Kriegsgreuel 1914, S. 642. Hier heißt es auch »I[nfanterie]R[egiment] 6«. Laut Bircher handelte es sich aber wohl um ein Grenadier-Regiment. Vgl. Bircher, Die Schlacht bei Ethe-Virton, z. B. S. 111.

Auch die Bewohner des Dorfs Latour, das heute ein Stadtteil von Virton ist und mit Virton und Ethe ein räumliches Dreieck bildet, bekamen die Grausamkeit deutscher Soldaten drastisch zu spüren. Dabei war Latour im Unterschied zu Ethe kein unmittelbarer Kriegsschauplatz. Am 24. August 1914 geschah hier Folgendes:

Um 7 Uhr morgens erschien ein deutscher Offizier und befahl dem Bürgermeister von Latour, alle Männer des Ortes zu versammeln. Sie sollten nach Ethe aufbrechen und auf dem dortigen Schlachtfeld die Toten und Verwundeten bergen. Wer sich weigere, werde erschossen. Der Bürgermeister hatte keine Wahl und setzte sich selbst an die Spitze der aus 73 Männern bestehenden Gruppe, darunter auch die beiden Gemeindepfarrer. Ein Passierschein sollte ihnen freies Geleit gewährleisten. Ausgestattet mit zwei Karren, zogen sie um 8 Uhr los. Die Frauen und Kinder des Ortes blieben in ihrer Angst zurück, beaufsichtigt von deutschen Soldaten, die Posten auf den Straßen und in den Häusern bezogen hatten und alle Türen und Fenster öffnen ließen. Von den 73 Männern aus Latour überlebten nur zwei. Der eine, Joseph Graisse, zog bald danach aus Latour fort, der andere, Joseph Bourgignon, musste später oft erzählen, was geschehen war:

Unterwegs Richtung Ethe seien sie auf ein Dutzend verwundeter Franzosen gestoßen und hätten sie eingesammelt, um sie in eine Ambulanz zu bringen. Auf ihrem weiteren Weg hätten sie nur Tote gesehen. Länger als eine Viertelstunde lang hätten sie deutsche Kolonnen vorbeiziehen lassen. Deutsche Soldaten hätten Häuser in Ethe in Brand gesetzt und auf fliehende Zivilisten geschossen. Aus Angst vor Irrläufern seien die Männer aus Latour in einen Graben geflüchtet, um Deckung zu suchen. Als sie sich wieder gesammelt hätten, hätten ihre Bewacher gedroht, sie zu erschießen. Der alte Gemeindepfarrer habe einem Soldaten den Passierschein gezeigt. Der habe diesen noch nicht einmal angeschaut, sondern dem alten Mann mehrmals auf den Kopf geschlagen, bis er bewusstlos hingefallen sei. Die anderen Soldaten hätten geschrien und auf die Männer geschossen. Einige seien Richtung Wald geflohen, aber überall seien Soldaten gewesen. Er, Joseph Bourgignon, sei zusammen mit Joseph Graisse bei den beiden Karren auf der Straße geblieben. Sie hätten ihre armen Gefährten fallen sehen. Von einem Hügel aus hätten zwei deutsche Offiziere, den Revolver in der Hand, zugesehen. Erst seien es Infanteristen gewesen, dann Kavalleristen, die den Sterbenden den Rest gegeben hätten. Die beiden Überlebenden aus Latour setzten ihren Weg schließlich fort und brachten die verwundeten Franzosen zu einer Ambulanz. Später wunderte Bourgignon sich oft: »Ich werde nie verstehen, wie ich dem Massaker entkommen bin.« Im Dorf Latour erfuhr man zunächst nichts. Erst am 26. August verbreitete sich die schreckliche Nachricht. Einwohner des Nachbarortes Chenois waren verpflichtet worden, die Männer von Latour an Ort und Stelle zu bestatten. Auf dem Rückweg mussten sie Latour passieren. Sie vertrauten sich einem Geistlichen an, der dann der »Todesbote« war.

40 der Opfer waren Familienväter, 26 Ledige und fünf Witwer. Jean Dauphin, dessen Darstellung »22, 23 et 24 Août 1914 où l'impossible oubli« das Vorstehende entnommen ist, schließt mit den Worten: »Von den ehemals 290 Bewohnern des

Dorfes Latour blieben nur Greise, Witwen und Waisen.«[69] Als Verantwortliche für das Geschehen gelten das Infanterie-Regiment 50 und das Grenadier-Regiment 6, die schon die Bevölkerung von Ethe terrorisiert hatten.[70]

Für Latour war das Massaker am 24. August 1914 ein bis heute nachwirkendes traumatisches Ereignis. Dass wirklich jede Familie davon betroffen war und die Erinnerung daran von Generation zu Generation weitergegeben wird, war für Jean Dauphin, der aus Virton stammt und von 1947 bis zu seiner Pensionierung 1982 Dorfschullehrer in Latour war, Motivation genug, die Geschichte des Ortes bewahren zu helfen. Neben der Organisation regelmäßiger Gedenkveranstaltungen war er Mitgründer des »Musée Baillet-Latour et Musée de la guerre en Gaume«,[71] das 1969 in dem Gebäude eröffnet wurde, das damals die Schule und die Bürgermeisterei von Latour beherbergt hatte. 2014 – hundert Jahre nach den geschilderten Ereignissen – wurde das Museum vollständig renoviert und als »Musée des Guerres en Gaume. Musée Baillet Latour« wiedereröffnet. Es erinnert an die »blutigen Zusammenstöße« zwischen französischen und deutschen Armeen auf belgischem Boden und an die Leiden der Zivilbevölkerung: Mehrere Hundert Menschen aus der Region Gaume »wurden bei Vergeltungsmaßnahmen von deutschen Soldaten ermordet und ihre Häuser in Brand gesteckt.«[72] Der 71 Opfer des Massakers aus Latour, am 24. August 1914, wird namentlich gedacht.

Leo Baer und sein Regiment waren nicht an den Gräueltaten im Umfeld der Schlacht bei Virton beteiligt.[73] Am Morgen des 23. August, dem Tag nach der Schlacht, begann für sie das »Ordnen der Verbände«. Im Wesentlichen hieß das, dass die 154er, die an der Seite der Königs-Grenadiere gekämpft hatten, in ihr eigenes Regiment zurücktraten. Oberst Daubert fand lobende Worte für »das brave und tapfere Ausharren« seiner Soldaten »während des heißen Kampfes und für das Ertragen der schweren Verluste.«[74]

---

69 Frei übersetzt nach 1. Jean Dauphin: 22, 23 et 24 Août 1914 où l'impossible oubli (La bataille des Frontières), 2005 und 2. Jean Dauphin, Les habitants des Latour fusillés à Ethe, le 24 août 1914 et leurs familles, Jours de tristesse, 24.8.1994. Vgl. auch Horne/Kramer, Deutsche Kriegsgreuel 1914, S. 97f. Hier wird die Geschichte etwas anders erzählt: Männer und Frauen aus Latour und anderen Dörfern hätten den Befehl erhalten, die Leichen auf dem Schlachtfeld aufzusammeln. Unterwegs seien sie plötzlich von deutscher Kavallerie mit Lanzen und Revolvern angegriffen worden, »und in einer Art Racheorgie, die nicht einmal mehr an eine Hinrichtung erinnerte, wurden 96 Zivilisten getötet, 25 aus Ethe und 71 aus Latour.«

70 Vgl. ebd., S. 643.

71 Museumsgründer waren Jean Dauphin und Edmond Fouss. Anfang 2013 wurde der am 12.10.1924 geborene Jean Dauphin zum »chevalier de la Légion d'honneur« ernannt.

72 Zitat aus dem (deutschsprachigen) Museumsflyer »Musée des Guerres en Gaume. Musée Baillet-Latour«.

73 Vgl. die Liste deutscher Kriegsgräuel 1914, in: Horne/Kramer, Deutsche Kriegsgreuel 1914, S. 636–647. Hier sind ca. 130 »Zwischenfälle mit zehn oder mehr getöteten Zivilisten« aufgelistet. Darin finden sich weder das Infanterie-Regiment Nr. 154 noch die »7er Grenadiere«.

74 Geschichte des IR 154, S. 107.

Laut Baer ließ sich sogar der Kaiser blicken. Zusammen mit dem Kronprinzen und dessen Gefolge habe er das Schlachtfeld besichtigt und den zutiefst beeindruckten Soldaten seine Anerkennung ausgesprochen.[75] In der Regimentsgeschichte der 154er gibt es dafür zwar keine Bestätigung, doch scheint Kaiser Wilhelm tatsächlich vor Ort gewesen zu sein und das unter dem Kommando von Prinz Oskar stehende Königs-Grenadier-Regiment besucht zu haben. In einer zeitgenössischen Darstellung über die »wahrheitsgetreue Geschichte des großen Kriegs von 1914/15« steht, der Kaiser habe als oberster Kriegsherr die Truppe zu dem Sieg, »den sie einige Tage vorher errungen hatte«, beglückwünscht. Er habe zunächst seinen Sohn »mit Umarmung und Kuss« begrüßt und dann die Fronten des Regiments abgeschritten, »dabei fortwährend die Mannschaften begrüßend«. Sodann habe er eine Ansprache an das Regiment gehalten, die in dem Ausruf gipfelte, die Schlacht bei Virton werde »in der Kriegsgeschichte für ewige Zeiten mit goldenen Lettern eingegraben sein.«[76]

Wann und wo genau die geschilderte Begegnung zwischen dem Kaiser, dem Kronprinzen, Prinz Oskar und den Soldaten stattfand, ließ sich nicht ermitteln. Aber es ist gut vorstellbar, dass Leo Baer und seine Kameraden von den 154ern, die in den Wirren der Schlacht in die Reihen der Königs-Grenadiere geraten waren, daran teilnahmen. Die »kampfesfrohen und siegbegeisterten Grenadiere« hätten ihren Kriegsherrn »mit brausendem Hurra« begrüßt, heißt es in der Publikation über die »Geschichte des großen Kriegs von 1914/15«. Und weiter:

> »Regiment, Chef und Oberst zeigten sich hier auf schwer erkämpftem Boden als eine große Familie. Hatte doch ihr oberster Chef nicht bloß den einen Sohn als Regimentsobersten im Feld, sondern noch weitere fünf, worunter der Kronprinz Wilhelm eine Armee führte und der jüngste, Prinz Joachim, bei den Russenschlachten geblutet hatte.«[77]

Der Kaiser nutzte den Besuch bei der Truppe anscheinend zu einem kleinen Familientreffen. Dabei kamen ihm wohl auch die Familien seiner Soldaten in den Sinn, denen er laut Baer ein baldiges Kriegsende versprach. Zum bevorstehenden Weihnachtsfest seien alle wieder mit ihren Familien vereint.[78]

Auf ein Wiedersehen an Weihnachten hofften auch die Daheimgebliebenen und warteten begierig auf Sieges-Nachrichten von der Front. Sie bekamen sie von den Kriegsberichterstattern, die den Truppen folgten. In der Frankfurter Zeitung zum Beispiel war nach der Schlacht bei Longwy zu lesen, der Ansturm der deutschen Armeen am 22. August sei so gewaltig gewesen, dass die Franzosen »an verschiedenen Stellen in voller Auflösung« seien. Die Verfolgung dauere noch an. Aber der Sieg sei

---

75 Vgl. Baer, Erinnerungssplitter, S. 293. In der Regimentsgeschichte der 154er findet sich kein Hinweis auf den von Leo Baer erwähnten Kaiserbesuch.
76 Wilhelm Kranzler (Hg.), Für Vaterland und Ehre. Wahrheitsgetreue Geschichte des großen Krieges von 1914/15, Hamburg o. J., S. 246.
77 Ebd., S. 247.
78 S. o. und Baer, Erinnerungssplitter, S. 293.

»vollständig und glänzend«.[79] So kam der Krieg in die deutschen Wohnzimmer, auch in Bochum, auch wenn nicht die ganze Wahrheit in der Zeitung stand. Man erfuhr aber, wer wo den »Heldentod« gestorben war. Zumindest in den ersten Wochen noch wurden »Verlustlisten« veröffentlicht. Im Märkischen Sprecher abgedruckte »Verlustlisten« nennen die Namen der am 22. August 1914 bei Virton gefallenen Soldaten aus Bochum und Umgebung.[80] Insgesamt beklagte das IR 154 nach der Schlacht 119 Gefallene.[81] Sie wurden am nächsten Tag in Einzel- oder Massengräbern auf dem Schlachtfeld begraben. Genau dort, wo sie gefallen waren.[82]

Am 24. August verließ Leo Baer mit seinem Regiment um 9 Uhr morgens den Kriegsschauplatz in westlicher Richtung.[83] Als Nachhut der 9. Infanterie-Division marschierten sie mittags in praller Sonne über das Schlachtfeld der 10. Infanterie-Division und kamen folglich auch durch Ethe, das »noch an zahlreichen Stellen brannte.«[84] Es war derselbe Tag, an dem die Männer aus Latour massakriert wurden, und es ist nicht auszuschließen, dass die beiden Gruppen einander begegneten. Dem Bericht über die »Schlacht bei Longwy (Virton)« in der Regimentsgeschichte ist das Grauen anzumerken, das die Autoren in der Erinnerung daran empfunden haben mögen. Zu Ethe heißt es dort: Überall in dem Ort »zeigten sich deutlich mit allen Schrecknissen des Krieges die Spuren des erbitterten Kampfes, der hier stattgefunden hatte.«[85]

Was in Ethe, in Latour und in zahlreichen anderen belgischen Städten und Dörfern geschah, war der Heeresleitung bekannt und wurde von ihr gedeckt. Offenbar berichteten deutsche Zeitungen, auch im Bereich des VII. Armeekorps, zu dem Bochum gehörte, zu Beginn des Krieges von der deutschen »Barbarei« in Belgien. Um die ›Heimatfront‹ nicht zu verunsichern, schritt der kommandierende General des VII. Armeekorps, Freiherr von Bissing, »unverzüglich« dagegen ein. In einer »Bekanntmachung« vom 29. August 1914 rechtfertigte er das aggressive Verhalten deutscher Soldaten gegenüber der belgischen Zivilbevölkerung als Akt der Selbstverteidigung. Der Kampf gegen eine »feindliche« Bevölkerung, die mit »hinterlistigen und heimtückischen Überfälle[n]« gegen die »braven« deutschen Truppen vorgehe, sei ein »Gebot

---

79 Vgl. Bericht des Berichterstatters der Frankfurter Zeitung »auf dem westlichen Kriegsschauplatz« vom 23.8.1914. Die Berichte über die »siegreichen Schlachten in Lothringen« sind über das Internet recherchierbar.
80 Vgl. MS, 26.9. und 1.10.1914.
81 Vgl. Geschichte des IR 154, S. 108: 6 Offiziere, 11 Unteroffiziere und 102 Mannschaften. Insgesamt wurde der Verlust von 500 Soldaten beklagt. Vgl. ebd., S. 107. In dieser Zahl sind auch die Verwundeten und Vermissten enthalten. Vgl. auch Bircher, Die Schlacht bei Ehte-Virton, S. 111. Dort ist von 111 Toten des IR 154 die Rede sowie von 331 Verwundeten und 55 Vermissten.
82 Vgl. Geschichte des IR 154, S. 108. Später wurde für die Gefallenen des IR 154 ein »Ehrenfriedhof« des Regiments angelegt, für den der Verein der 154er nach dem Krieg die Patenschaft übernahm. Sie wurden dann noch einmal ›umgebettet‹ und befinden sich heute auf dem Soldatenfriedhof Belle Vue, auf dem neben den deutschen auch französische Gefallene des 22.8.1914 bestattet sind.
83 Vgl. ebd.
84 Vgl. ebd.
85 Ebd.

der Selbsterhaltung und eine heilige Pflicht der militärischen Befehlshaber«. Die Heeresleitung habe keinen Zweifel daran gelassen, dass auch »Unschuldige mit den Schuldigen leiden« müssten. Es sei gewiss beklagenswert, »dass Menschenleben bei der Unterdrückung der Schändlichkeit nicht geschont werden können, dass einzelne Häuser, ja blühende Dörfer und selbst ganze Städte dabei vernichtet werden«. Das dürfe aber nicht »zu unangebrachten Gemütsregungen« verleiten. Und: »Sie dürfen uns nicht soviel wert sein wie das Leben eines einzigen unserer braven Soldaten.«[86]

In der Geschichte der 154er ist von all dem nichts zu lesen. Auch Leo Baer spart die Konfrontation der deutschen Truppen mit der belgischen Zivilbevölkerung aus seiner Berichterstattung aus. Ob er als Soldat davon hörte, ist den »Erinnerungssplittern« nicht zu entnehmen, wie er später darüber dachte, dagegen schon.[87]

Mit »Hurra« nach Frankreich

Den »Feind« Richtung Maas verfolgend, überschritt Leo Baer mit den 154ern am 25. August 1914 »unter Hurra« die belgisch-französische Grenze.[88] Er und seine Kameraden waren Teil der großen Bewegung im Westen, wo nach dem modifizierten Schlieffen-Plan fünf deutsche Armeen, nachdem sie Belgien überrollt hatten, auf unterschiedlichen Wegen durch den Norden Frankreichs ziehen sollten, um in den »Rücken« der französischen Truppen zu gelangen und sie zu schlagen. Dass die Franzosen die Deutschen schon im Grenzgebiet empfangen hatten, änderte nichts an den strategischen Zielen. Noch erhoffte man einen schnellen Sieg über Frankreich, um sich dann verstärkt der Front im Osten zuwenden zu können. Hier befand sich zunächst nur eine der acht deutschen Armeen. Die Kriegsstrategen hatten angenommen, das genüge vorerst, weil die Russen ihre Truppen nur langsam würden mobilisieren können.[89] Die Ereignisse im Osten belehrten sie eines Besseren und störten die Pläne im Westen: Zwei russische Armeen marschierten Mitte August in Ostpreußen ein, wodurch die eine deutsche Armee (die 8.) hoffnungslos in die Defensive geriet. Nun sollten mehrere Armeekorps, darunter das V., zu dem Leo Baers 154. Infanterie-Regiment gehörte, von der Westfront abgezogen und in den Osten verlegt werden. Am 27. August befahl die Oberste Heeresleitung dem V. Armeekorps, auf Diedenhofen (Thionville) zuzumarschieren, um sich »zum Abtransport« bereitzustellen. Am Tag darauf betraten die Soldaten »unter begeistertem Jubel« wieder deutschen Boden.[90]

---

86 Bekanntmachung des VII. Armeekorps (Münster) vom 29.8.1914, in: StadtA Bo, Plakatsammlung.
87 Vgl. Baer, Erinnerungssplitter, z. B. S. 291.
88 Vgl. Geschichte des IR 154, S. 109.
89 Zum (modifizierten) Schlieffen-Plan und den bei seiner Umsetzung gemachen Fehlern gibt es zahlreiche Darstellungen. Einen knappen, aber informativen Überblick zu dieser und zahlreichen anderen Fragen zum Ersten Weltkrieg, gibt z. B. Gerd Krumeich, Der Erste Weltkrieg – Die 101 wichtigsten Fragen, München 2014, hier, S. 22f.
90 Vgl. Geschichte des IR 154, S. 110.

Sie freuten sich über den Befehl und den bevorstehenden Abzug von der Westfront. Aber das Kriegsglück im Osten sollte sich erneut wenden: Die 8. deutsche Armee, die jetzt unter dem Kommando des eigentlich schon pensionierten Generals von Hindenburg stand, schlug die Russen in der Schlacht von Tannenberg (26. bis 30. August 1914) vernichtend. Die beabsichtigte Verstärkung der Truppen im Osten durch das V. Armeekorps war nicht mehr erforderlich. Der entsprechende Befehl wurde am 30. August zurückgenommen und die Oberste Heeresleitung wies das Korps an, in den Verband der 5. Armee zurückzutreten und sich wieder Richtung Maas zu bewegen.[91] »Sehr enttäuscht« brachen die Soldaten aus den »gastlichen Quartieren« auf und marschierten zurück nach Frankreich.[92]

Sie zogen durch Lothringen (Lorraine), kamen durch die Woëvre-Ebene und näherten sich Verdun. Auf dem Weg dorthin wurde die Stadt Étain, am Fuße der Maashöhen, erobert.[93] Hauptmann Roehr, der die 3. Kompanie des Infanterie-Regiments 154 führte, wurde von der Division als Ortskommandant von Étain eingesetzt, um, wie es in der Regimentsgeschichte heißt, »mit Hilfe eines Zuges seiner 3. unter V[ize] Feldw[ebel] d[er] R[eserve] Zürndorfer die Ordnung aufrechtzuerhalten.«[94] Dem stand offenbar nicht entgegen, dass die Stadt, die von ihren Bewohnern aus Furcht vor den Deutschen verlassen worden war, geplündert wurde. Es wurde alles mitgenommen, »was nicht niet- und nagelfest war«: Frauen- und Kinderschuhe, Kleider, Seidenstoffe und anderes, das sich als ›Geschenk‹ für zu Hause eignete. Vielleicht hatten die Soldaten noch die Worte des Kaisers im Ohr, der ihnen ein baldiges Kriegsende und ein Wiedersehen mit ihren Angehörigen an Weihnachten in Aussicht gestellt hatte. Jedenfalls stahlen sie, »was sie zum Mitbringen für ihre Familien zu Weihnachten gebrauchen konnten.« Aber auch Wein war begehrt, der mit Kochgeschirren aus aufgeschlagenen Fässern aufgefangen und ins Quartier geschleppt wurde. Ganz Verwegene sprengten Geldschränke in dem von seinen Bewohnern verlassenen Ort, für deren Inhalt sie später Cognac und Zigaretten eintauschten.[95]

Wie es scheint, konnten die Soldaten sich vom Kommandeur des Regiments, Oberst Daubert, zu ihrem Tun ermutigt fühlen. Auf der Treppe seines Quartiers stehend, habe er gerufen: »Kerls, nehmt was ihr kriegen könnt; es kommen ein paar schwere Tage.«[96] Auch Leo Baer folgte der Versuchung und der Aufforderung, sich in dem verlassenen Städtchen zu bedienen. Aus einem »Kolonialwarenladen« nahm er einige Pakete Tabak und eine Pfeife mit. Doch konnte er das Erbeutete dann

---

91 Vgl. ebd.
92 Vgl. ebd.
93 Vgl. Baer, Erinnerungssplitter, S. 293. Étain liegt im Département Meuse, Region Lothringen, und gehört zum Arrondissement Verdun. Die Stadt hat heute knapp 4.000 Einwohner.
94 Vgl. Geschichte des IR 154, S. 112.
95 Vgl. Baer, Erinnerungssplitter, S. 364f.
96 Vgl. ebd., S. 293. Nach der Erinnerung von Klemt war es Hannonville, nicht Étain, wo Oberst Daubert die zitierten Worte sprach. Vgl. G. Klemt, Ein Tag der Ehre für unser Regiment, in: Jauersches Tageblatt. Amtlicher Anzeiger, Jauer, 18.10.1914, abgedruckt in: Baer, Erinnerungssplitter, S. 282. Das Regiment bezog in beiden Städten Quartier.

wohl doch nicht genießen: Nachdem er die Pfeife mit schwarzem Tabak gefüllt und angesteckt habe, sei ihm »speiübel« geworden.[97]

Am 13. September wurde das Regiment wieder in Alarmbereitschaft versetzt.[98] Grund dafür war die Schlacht an der Marne (5. bis 12. September 1914),[99] in der die daran beteiligten deutschen Armeen sich in eine prekäre Stellung manövriert hatten. Sie wurden hinter eine sichere Linie (nördlich der Aisne) zurückgezogen. Der Vormarsch der deutschen Truppen, deren Spitze Paris schon fast erreicht hatte, war gestoppt worden und die »Chance des Blitzkriegs« war vorbei.[100] Zu den taktischen Fehlern und Fehleinschätzungen, die zu dieser Situation geführt hatten, gehörte auch der zwischenzeitliche Abzug des V. Armeekorps von der Westfront, der die Soldaten des 154. Infanterie-Regiments gefreut hatte, der Erreichung der Kriegsziele aber nicht förderlich war. Den Marsch zurück mussten nach der Marneschlacht auch die Teile der 5. deutschen Armee antreten, die westlich der Maas vorgedrungen waren und »schon die Südwestfront von Verdun umklammert hatten«.[101] Damit konnten auch die Stellungen auf den Maashöhen (Côtes Lorraines) nicht gehalten werden, die am 2. September 1914 »erstürmt« worden waren. Die Côtes Lorraines dienten dem Schutz von Verdun. Sie gehörten zu dem »dreifachen Ring von Forts«, der die Stadt seit Ende des 19. Jahrhunderts umgab und aus ihr den Mittelpunkt eines »veritablen Festungsgebiets« machte.[102]

Für Leo Baer und seine Kameraden war der erlittene Rückschlag von schwerwiegender Bedeutung, denn das strategisch wichtige Gelände musste erneut erobert werden. Am 24. September sollte es geschehen und das 5. Niederschlesische Infanterie-Regiment 154 sollte dabei ebenso »Verwendung« finden wie das von Oberstleutnant Oskar Prinz von Preußen kommandierte Grenadier-Regiment »König Wilhelm I.« Nr. 7.[103] Beide Regimenter hatten bereits bei Virton nebeneinander gekämpft. Dass Oskar von Preußen viel von den 154ern hielt, konnte man am 18. Oktober 1914 im Jauerschen Tageblatt lesen, wo er mit den Worten zitiert wird, mit den Grenadieren (seinem eigenen Regiment) und den 154ern könne man »die Hölle stürmen.«[104] Der Autor des mit »Ein Tag der Ehre für unser Regiment« überschriebenen Artikels war G. Klemt, ein Unteroffizier der 1. Kompanie des IR 154, in Friedenszeiten »Volksschullehrer« in Jauer.[105] Zur Virton-Schlacht schreibt er:

---

97 Vgl. Baer, Erinnerungssplitter, S. 364.
98 Vgl. Geschichte des IR 154, S. 112.
99 Vgl. z. B. Wilhelm Deist, Die Kriegführung der Mittelmächte, in: G Gerhard Hirschfeld/ Gerd Krumeich/Irina Renz (Hg.), Enzyklopädie Erster Weltkrieg, 2. Auflage, Paderborn 2014, S. 250f.
100 Chickering, Das Deutsche Reich und der Erste Weltkrieg, S. 40f.
101 Geschichte des IR 154, S. 112f.
102 Vgl. Antoine Prost, Verdun, in: Piere Nora (Hg.), Erinnerungsorte Frankreichs, München 2005, S. 255.
103 Vgl. Geschichte des IR 154, S. 100.
104 Vgl. Klemt, in: Baer, Erinnerungssplitter, S. 285.
105 Vgl. Baer, Erinnerungssplitter, S. 310.

»Mit Blut ist das Königs-Grenadier-Regiment mit dem Regiment 154 zusammen geschweißt worden, wie schon damals bei Virton, und nicht mit Unrecht nannte uns Prinz Oskar ›Die Königsbrigade‹, denn gleichmäßig haben sich beide Regimenter die Blutarbeit geteilt.«[106]

Aus dem Artikel wird im Folgenden noch häufiger zitiert werden. Für Leo Baer war er ein Ärgernis und dennoch – oder gerade deshalb – so wichtig, dass er ihn 1939 in die Emigration rettete und ungekürzt in die »Erinnerungssplitter« aufnahm.

Die »zweite Erstürmung« der Maashöhen

Die Aufgabe, die Maashöhen ein zweites Mal zu erobern und dann auch zu halten, fiel der 9. Infanterie-Division unter dem Kommando von Generalleutnant von Below zu. Die der Division unterstellten Einheiten waren die 17. Infanterie-Brigade, die 9. Feldartillerie-Brigade und die 18. Infanterie-Brigade (Befehlshaber: General-Major Falckenheiner), zu der die 154er und die 7er Grenadiere gehörten.[107] Die Taktik für die Schlacht wurde von der Divisionsleitung (Generalleutnant von Below und seinem Stab) festgelegt. Sie erteilte den Kommandeuren der untergeordneten Einheiten die Einsatzbefehle. Der »Feind«, der die Deutschen auf den Maashöhen erwartete, war Teil des VI. Armeekorps der französischen Armee, des »sogenannten ›eisernen Korps‹«, und gehörte zur Hauptreserve der Festung Verdun.[108]

Am 23. September bezog das IR 154 »Alarmquartiere« in den Orten Hannonville und Thillot unterhalb der Maashöhen.[109] Leo Baer und seine Leute – etwa 25 an der Zahl – verbrachten die Nacht vor dem Sturm Alkohol trinkend auf einem Heuboden in Hannonville.[110] Der Aufbruch erfolgte um 6.30 Uhr.[111] Der Marsch auf die steilen Hänge war anstrengend und wurde durch die Nachwirkungen des Alkohols zusätzlich erschwert. Unterwegs erleichterten einige ihr Marschgepäck und ihr Gewissen, indem sie sich der Dinge entledigten, die sie bei der Plünderung der Stadt Étain gestohlen hatten. Auch Baer war froh, seine »Trophäen« los zu sein. In seinem Fall handelte es sich aber nicht um ›Beute‹ aus Étain, sondern um das Bajonett und die Mütze, die einem in der Schlacht bei Virton gefallenen französischen Soldaten gehört hatten. Er ließ sie in dem Heu zurück, das ihm in der Nacht als Bett gedient hatte.[112] Gegen 8 Uhr morgens stand das Regiment »an der von der Division befohlenen Stelle« bereit.[113] Die 154er sollten zusammen mit den 7er Grenadieren den »Sturm« an der Spitze bilden.

---

106 Klemt, in: ebd., S. 288.
107 Vgl. Geschichte des IR 154, S. 90. Die 9. und die 10. Infanterie-Division zusammen bildeten das V. Armeekorps.
108 Vgl. ebd., S. 127.
109 Vgl. ebd., S. 118.
110 Vgl. Baer, Erinnerungssplitter, S. 319.
111 Vgl. Geschichte des IR 154, S. 118.
112 Vgl. Baer, Erinnerungssplitter, S. 319.
113 Vgl. Geschichte des IR 154, S. 118.

Die Befehlshaber der einzelnen Einheiten des Regiments – Bataillone, Kompanien, Züge, Gruppen – bekamen ihre Anweisungen, auch Leo Baer, der eine Gruppe kommandierte.[114] Auf unterschiedlichen Wegen, zunächst auf der »Grande Tranchée de Calonne«, die nach Verdun führte, schon bald aber im Wald rechts und links davon, bewegten sie sich auf das von der Divisionsleitung vorgegebene Ziel zu: die Straße zwischen St. Remy und Vaux les Palameix.[115] Leo Baers Kompanie, die 3. des IR 154, war vom Regimentskommandeur zur Spitzenkompanie bestimmt worden. Sein neuer Zugführer – der alte war ja bei Virton gefallen – war ein offenbar nicht sehr erfahrener Leutnant der Reserve. Seinem Befehl folgend bildeten Baer und ein anderer Unteroffizier mit ihren Gruppen die beiden »Flügelgruppen«. Als erstes sollten sie auf einen Wald zustürmen und dort auf den Rest des Zuges und die Kompanie warten. Im Wald angekommen empfingen Baer und seine Leute von den Bäumen herab die ersten feindlichen Geschosse und es starben die ersten Menschen. Der Zug und die Kompanie rückten nach. Es gab neue Befehle und neue Ziele wurden ins Visier genommen.

Der Vormarsch »bergauf und bergab« war schwierig. In dem »endlosen, völlig unübersichtlichen« Buchenwald verloren sie schon bald die Orientierung,[116] das aus Brombeeren, Weißdorn und Haselgestrüpp bestehende nahezu undurchdringliche Unterholz versperrte den Weg[117] und Hecken ersetzten den Franzosen »den Stacheldraht«.[118] Diese nutzten ihre Ortskenntnisse und die Gegebenheiten der – wie es den deutschen Soldaten erscheinen mochte – mit ihnen verbündeten Natur, legten zusätzliche Hindernisse aus Draht, gefällten Bäumen und Astverhauen an und nisteten sich in blickdichten Stellungen ein. Auf den Bäumen postierte Beobachter – zu diesen hatten wohl auch die Franzosen gehört, auf die Baer mit seiner Gruppe beim ersten Vorstoß getroffen war – meldeten per Fernsprecher die Position der Deutschen. So wusste die französische Artillerie, wohin sie zielen musste.[119] Relativ früh schon scheint auf deutscher Seite die Befehlskette gerissen zu sein. Durch die zahlreichen Verwundungen und Todesfälle, auch unter den Offizieren und Unteroffizieren, lösten die Verbände sich auf, vermischten sich Mannschaften aller Kompanien miteinander. Leo Baers Schilderung des Geschehens vermittelt ein ziemliches Chaos auf deutscher Seite. Mittendrin Oskar von Preußen, der weit vorn agierte und durch sein Verhalten zur allgemeinen Verwirrung beitrug. Mittendrin auch Leo Baer, der an diesem Tag die besondere Aufmerksamkeit seiner Vorgesetzten auf sich zog. Unterwegs traf er mehrmals auf Prinz Oskar und dessen Regimentsstab und konnte das zeitweise seltsam anmutende Verhalten des Kaisersohns aus nächster Nähe beobachten. »154er verläßt mich nicht«, habe Oskar bei einer dieser Begegnungen den Beistand Baers und

---

114 Die Zusammenfassung der Ereignisse am 24.9.1914 folgt im Wesentlichen den »Erinnerungssplittern«, S. 291–305.
115 Vgl. Geschichte des IR 154, S. 119.
116 Vgl. ebd., S. 118.
117 Vgl. ebd., S. 120.
118 Vgl. Baer, Erinnerungssplitter, S. 295.
119 Vgl. Geschichte des IR 154, S. 120.

seiner Gruppe »flehend« erbeten.[120] Er scheint Grund dazu gehabt zu haben, denn zu diesem Zeitpunkt agierte er eigenmächtig und war auf Unterstützung angewiesen.

Teile des I. Bataillons der 154er drangen im Laufe des Tages zusammen mit 7er Grenadieren sehr weit Richtung Verdun vor und überschritten dabei die von der Division »befohlene Linie« um mehrere Kilometer.[121] Zum I. Bataillon gehörte Leo Baers 3. Kompanie ebenso wie die 1. des G. Klemt, der nach der Schlacht seinen Bericht für das Jauersche Tageblatt schrieb. »Wir sind in der Kampfeswut […] nach vorn ›durchgebrannt‹«, formulierte es Klemt.[122] Die Verbindung zu den anderen Einheiten des Regiments war gerissen: »Rechts, links, hinter uns ist nichts von eigenen Truppen. Wir haben jegliche Fühlung verloren und stehen im fremden Gelände vor einem starken Feinde.«[123] Bis zur Stellung der französischen Artillerie (»Batterie«) sei es aber nicht mehr weit gewesen, nur noch wenige hundert Meter und so sei der Entschluss gereift, »gegen sie vorzugehen und sie zu nehmen«, heißt es in der Regimentsgeschichte der 154er.[124] An der Spitze kämpfte Josef Zürndorfer, der am Morgen als Zugführer in die Schlacht gezogen war und nach der Verwundung des Kompanieführers, Hauptmann Roehr, das Kommando der 3. Kompanie übernommen hatte.

Leo Baer hatte aus Gründen, die an anderer Stelle noch erörtert werden, zwischenzeitlich den Anschluss an die Kompanie verloren und versuchte, mit zunächst nur einem Begleiter, wieder aufzuschließen. Vorbei an Toten und Verwundeten, übernahm er als Rangältester das Kommando, als er den Kommandeur des seiner Gruppe vorgeschalteten Zuges unter den Sterbenden fand. Als er hörte, dass Zürndorfer sich in »vorderster Linie« befand, beschloss er, dorthin vorzudringen. »Ihm muss ich beistehen«, habe er gedacht, sammelte versprengte und führerlose Soldaten um sich und trieb sie nach vorn. Die nur zögernd Folgenden motivierte er mit Drohungen und einem Appell an die Ehre: »Schämt Ihr Euch nicht, Eure Kameraden vorne im Stich zu lassen? Die Verwundeten können zurück, alles andere geht wieder vor.« Als er Zürndorfer erreicht hatte, wollte er wissen, was denn »eigentlich los sei« und erfuhr nun auch von dem geplanten Sturm auf die französische Artillerie. Er, Zürndorfer, habe ihrem verwundeten Hauptmann versprochen, sie zu »holen«. Von wem der Befehl dazu ursprünglich kam, ist nicht klar und war für Leo Baer in diesem Moment auch nicht relevant. Es war wohl Prinz Oskar, der ohne Abstimmung mit der Divisionsleitung nicht nur sein eigenes Regiment, sondern auch Teile der 154er mit sich gerissen hatte.

Nachdem er kurz mit Zürndorfer gesprochen hatte, machte Baer sich wieder auf den Weg, um bei dem bevorstehenden Angriff dessen »rechten Flügel« zu decken. Ein

---

120 Vgl. Baer, Erinnerungssplitter, S. 299.
121 Vgl. die Skizze in der Geschichte des IR 154, S. 119. Lt. Regimentsgeschichte betrug die Überschreitung der Linie zwei Kilometer. Leo Baer spricht in den »Erinnerungssplittern« von »fast« 3 Kilometern, Klemt von 4 Kilometern, in: Baer, Erinnerungssplitter, S. 303 und S. 286.
122 Vgl. Klemt, in: ebd., S. 286.
123 Ebd.
124 Vgl. Geschichte des IR 154, S. 121.

anderer Unteroffizier und zwölf Freiwillige begleiteten ihn durch unbekanntes und teilweise undurchdringliches Gelände: mal Wald, mal Lichtung, mal Dickicht. Karten hatten sie nicht, und »wo der Feind steckte«, wussten sie auch nicht. Sie gerieten mehrfach unter Beschuss und wehrten sich, wobei auf beiden Seiten wieder »ungezählte« Tote und Verwundete zurückblieben.[125] Baers Gruppe bestand schließlich noch aus ihm selbst, dem zweiten Unteroffizier und »4 Mann«. Sie hatten keine Verbindung mehr mit Zürndorfers Abteilung. Bei dem Versuch, sie wiederherzustellen, trafen sie auf Prinz Oskar und dessen Offiziere. Nicht nur in den »Erinnerungssplittern«, auch in der Regimentsgeschichte der 154er, wird berichtet, wie es zu dieser Begegnung kam: Oskar von Preußen und seine militärischen Begleiter hätten die Straße St. Remy – Mouilly gegen 5 Uhr nachmittags »unter schwerem feindlichen Infanterie- und Artilleriefeuer« überschritten und anschließend den steilen Südhang der Côte de Senoux erstürmt. Hier habe die »heftige feindliche Gegenwirkung dem weiteren Vordringen Einhalt« geboten. Die tapfere Truppe habe bis Sonnenuntergang »in einem rasenden Geschosshagel« ausharren müssen.[126] Auch Leo Baers Gruppe überquerte die Chaussee zwischen St. Remy und Mouilly während einer kurzen Feuerpause im »Sprung«. Sie flüchtete in den Wald, in dem Prinz Oskar mit seinem Regimentsstab schon in Deckung lag. Dazu aufgefordert, ließen Baer und seine Begleiter sich neben den Offizieren nieder, Baer fast direkt neben dem Kaisersohn. Gemeinsam warteten sie auf das Ende des Artilleriefeuers.[127]

Die französische Batterie wurde nicht erobert. Die einbrechende Dunkelheit und der Umstand, dass »die gänzlich erschöpfte Truppe [...] völlig in der Luft hing«, habe sie gezwungen, »die erreichte Stellung auf der Côte de Senoux aufzugeben«, heißt es in der Regimentsgeschichte der 154er,[128] sie seien nah herangerückt, hätten die Batterie aufgrund ihrer schwachen Kräfte aber »nicht nehmen« können, bei G. Klemt.[129] Von den 154ern seien nur zwei Offiziere und circa 240 Mann so weit vorn gewesen, von den Grenadieren noch weniger.[130] Den »schwer erkämpften Boden« hätten sie aufgeben müssen und »still« und »traurig« den Rückzug angetreten. Da standen bereits Sterne am Himmel.[131]

Leo Baer legt in seiner Darstellung Wert auf die Feststellung, dass Vizefeldwebel Zürndorfer den »spärlichen Rest« des Regiments zur Ausgangsstellung zurückgebracht habe. Dort angekommen, gab es offenbar nur noch kalten Reis für die hungrigen und erschöpften Soldaten. Zum Schlafen sei ihnen ein Chausseegraben angewiesen worden, »der angefüllt von Leichen war.«[132]

---

125 Vgl. Baer, Erinnerungssplitter, S. 301.
126 Vgl. Geschichte des IR 154, S. 123.
127 Vgl. Baer, Erinnerungssplitter, S. 302 und Geschichte des IR 154, S. 123.
128 Geschichte des IR 154, S. 123.
129 Vgl. Klemt, in: Baer, Erinnerungssplitter, S. 286.
130 Vgl. ebd.
131 Vgl. ebd., S. 287.
132 Vgl. Baer, Erinnerungssplitter, S. 304.

Prinz Oskar hatte es bequemer. Er fuhr mit dem Auto in sein Quartier zurück. Oskar habe die Truppe, »infolge von schweren Herzkrämpfen, die er sich durch den schonungslosen Einsatz seiner Person in vorderster Linie zugezogen hatte«, verlassen müssen, steht in der Regimentsgeschichte der 154er.[133] Leo Baer konnte beobachten, dass nach dem Befehl zum Sammeln der Soldaten beider Regimenter zwei Personenwagen erschienen, die den Prinzen und seinen Regimentsstab, darunter einen toten Offizier, mit zurücknahmen.[134]

Monate später erreichte ihn ein Souvenir an diesen denkwürdigen Tag: Ein Bild von Prinz Oskar mit Widmung.[135]

Pardon wird nicht gegeben

Leo Baer war als »kleiner Unterführer« in die Schlacht auf den Maashöhen gezogen. Relativ weit unten in der Befehlskette angesiedelt, hatte er nur eine eingeschränkte Perspektive. Das war ihm bewusst und anders als zum Beispiel die Autoren der Regimentsgeschichte bemühte er sich nicht um die Einordnung der Aktionen seiner Gruppe oder des Regiments in einen größeren Zusammenhang. Die Kriegsstrategie und -taktik spielen in den »Erinnerungssplittern« kaum eine Rolle. Baer gibt an, nur das erzählen zu wollen, was er in seinem Bereich und aus seiner »Froschperspektive gesehen, erlebt« hatte.[136] Er wird gewusst haben, dass der Verweis auf die »Froschperspektive« seinen Lesern signalisierte, ein authentisches Stück Kriegsgeschichte vor sich zu haben. Und dieses hat es in sich. Baers Darstellung der Schlacht auf den Maashöhen unterscheidet sich erheblich von dem, was Klemt geschrieben hatte. Allerdings hatte Klemt seinen Artikel für das Jauersche Tageblatt direkt im Anschluss an das Geschehen verfasst, während Leo Baer seine Schlachterinnerungen erst Jahre später zu Papier brachte. Den ersten Anlass dafür bot ein Aufruf Hauptmann Duvernoys vom IR 154,[137] der zu den Autoren der Regimentsgeschichte gehörte. Von Duvernoy stammt das Kapitel »Mobilmachung bis 3. Mai 1915«.[138] In einer Vorbemerkung zur Geschichte des IR 154 wird darauf verwiesen, dass »eine erhebliche Anzahl der Männer aus dem Trichterfeld« zu Wort gekommen sei.[139] Zu ihnen gehörte Leo Baer, der seinen Bericht von der Schlacht später ergänzte und kommentierte. Heute ist nicht mehr klar ersichtlich, welche Gestalt der Ursprungs-Text von 1928 hatte. Indem er sich allein auf selbst Erlebtes stützte, konnte Baer die »Froschperspektive« beibehalten. Gleichzeitig erlaubte er sich eine moralische Bewertung: der Ereignisse selbst und des Artikels von Klemt.

---

133 Geschichte des IR 154, S. 123.
134 Vgl. Baer, Erinnerungssplitter, S. 303.
135 Vgl. ebd.
136 Vgl. ebd., S. 295.
137 Vgl. ebd., S. 309.
138 Vgl. Geschichte des IR 154, S. 83–178.
139 Vgl. ebd., S. 12.

In der Auseinandersetzung Baer versus Klemt ging es zunächst um etwas scheinbar Persönliches: Baer beanstandet, dass sein Freund Zürndorfer bei Klemt keinerlei Erwähnung fand, obwohl er doch während der Schlacht auf den Maashöhen erneut in vorderster Front agiert und am Abend die mit ihm zusammen so weit – zu weit – vorgedrungenen Soldaten auf sicheres Terrain zurückgeführt habe.[140] Stattdessen habe Klemt die nicht wirklich erwähnenswerten Taten eines Offiziers seiner eigenen Kompanie »verherrlicht«. Natürlich ging es um mehr als Freundschaft und verletzte Eitelkeit. Baer vermutete ein antisemitisches Motiv. Denn derselbe Klemt, der die Verdienste des Vizefeldwebels Zürndorfer auf den Maashöhen verschwieg, habe sich zuvor schon darüber aufgeregt, dass ebendieser Zürndorfer nach der Schlacht bei Virton mit dem Eisernen Kreuz ausgezeichnet worden war. »Es ist eine Schande für unser Regiment«, habe er geschimpft, »daß als Erster ein Reservist und noch dazu ein Jude das Eiserne Kreuz erhalten hat.«[141]

Die Regimentsgeschichte, die erst 1935 publiziert wurde, übergeht die Taten ihrer jüdischen Soldaten übrigens nicht. Zürndorfer habe sich am 24. September 1914 »wieder durch ganz besonderen Schneid« ausgezeichnet, heißt es dort.[142] Und auch Baer findet lobende Erwähnung: Der Unteroffizier habe sich »im Laufe des Tages in den schwierigsten Lagen wiederholt besonders hervorgetan«.[143] Unter anderem habe er zusammen mit einigen anderen Leuten der 3. Kompanie »beim Vorgehen durch das unübersichtliche Waldgelände den Schutz der rechten Flanke gebildet« und später »die Schützenlinie beim Stabe des Grenadier-Regiments« (das waren Prinz Oskar und seine Offiziere) verstärkt.[144] Für seinen Einsatz auf den Maashöhen wurde auch Leo Baer das Eiserne Kreuz II. Klasse verliehen – allerdings erst Monate später.[145]

Als Baer im Herbst 1953 noch einmal auf seinen Bericht über die »zweite Erstürmung« der Maashöhen zu sprechen kam, betonte er, er habe ihn »objektiv und frei von Voreingenommenheit« verfasst. Sein einziger Beweggrund sei es gewesen, »in Zukunft von der treuen Pflichterfüllung aller der an dieser Kampfhandlung beteiligten Kameraden Zeugnis zu geben.«[146] Zu diesem Zeitpunkt war klar, dass die mit ihrer Kriegsteilnahme verbundenen Hoffnungen der jüdischen Soldaten, die Josef Zürndorfer in seinem »Testament« auf den Punkt gebracht hatte, grausam enttäuscht worden waren. Wie grausam, das war 1928, als der Aufruf zur Beteiligung an der Regimentsgeschichte erging, noch nicht absehbar. Leo Baer ergriff die Chance, seine Sicht der Dinge in die gemeinsame Erinnerungsarbeit einzubringen. Damit konnte er Zürndorfer, der wenige Monate nach der Schlacht auf den Maashöhen ums

---

140 Vgl. Baer, Erinnerungssplitter, S. 289.
141 Vgl. ebd. Leo Baer war bei der zitierten Äußerung Klemts nicht selbst dabei. Man hatte ihm davon erzählt. An anderer Stelle ist es – auch? – Feldwebel Schimke, der Zürndorfer das Eiserne Kreuz missgönnt. Vgl. Baer, Erinnerungssplitter, S. 334.
142 Vgl. Geschichte des IR 154, S. 123.
143 Vgl. ebd.
144 S. o. und Geschichte des IR 154, S. 123.
145 Die Ehrung Leo Baers mit dem EK II wird erwähnt im Israelitischen Familienblatt, 14.1.1915.
146 Vgl. Baer, Erinnerungssplitter, S. 309.

Leben gekommen war, posthum ehren. Er fühle sich »moralisch« dazu verpflichtet,[147] schreibt er, und tat es stellvertretend für alle tapfer kämpfenden jüdischen Soldaten des Ersten Weltkriegs.

Die Ehrung jüdischer Frontkämpfer war ein Motiv für Baers Niederschrift. Dass diese zu einer Art Gegen-Darstellung zu dem Artikel G. Klemts oder gar ›Abrechnung‹ mit seinem Autor geriet, hatte noch einen anderen Grund. Am 24. September 1914 waren von deutscher Seite Kriegsverbrechen begangen und von Klemt bejubelt worden. Geschehen war dies:

Vor Beginn der Kampfhandlungen hatte der die 9. Division führende Generalleutnant die Kommandeure der untergeordneten Einheiten zum Befehlsempfang zu sich gerufen. Von dort zurückgekehrt, habe Hauptmann Roehr, der Kommandant der Kompanie Leo Baers, den Befehl (weiter-)gegeben, in der Schlacht »kein Pardon« zu geben. Es dürften »keine Gefangenen und Verwundeten gemacht werden.« Begründet wurde dies damit, dass kürzlich eine deutsche Patrouille »mit den Beinen an den Bäumen« hängend gefunden worden sei. Die Kameraden seien zu rächen, habe Hauptmann Roehr seine Leute aufgefordert.[148]

Der Befehl wurde umgesetzt. Der mitten im Krieg erschienene Artikel »Ein Tag der Ehre für unser Regiment« des Unteroffiziers Klemt schildert in drastischen Worten, wie deutsche Soldaten dabei verfuhren und vermittelt zugleich einen Eindruck von der Haltung des Autors. Überzeugt vom eigenen Tun im fremden Land, gab er Details preis, die er mit einigem Abstand vom Geschehen vielleicht verschwiegen hätte. Zum Zeitpunkt der Niederschrift aber stand er noch ganz unter dem Eindruck der Ereignisse und scheint Euphorie empfunden zu haben. Ein Auszug mag das verdeutlichen:

> »Schon werden die ersten Franzmänner entdeckt. Von den Bäumen werden sie heruntergeknallt wie Eichhörnchen, unten mit Kolben und Seitengewehren ›warm‹ empfangen, brauchen sie keinen Arzt mehr. Wir kämpfen nicht mehr gegen ehrliche Feinde, sondern gegen tückische Räuber. [...] Pardon wird nicht gegeben. [...] Wir kommen an eine Mulde, tote und verwundete Rothosen liegen massenhaft umher; die Verwundeten werden erschlagen oder erstochen, denn schon wissen wir, daß diese Lumpen, wenn wir vorbei sind, uns im Rücken befeuern. Mit der größten Erbitterung wird gekämpft. Dort liegt ein Franzmann lang ausgestreckt, das Gesicht auf den Boden. Er stellt sich aber nur tot. Der Fußtritt eines strammen Musketiers belehrt ihn, daß wir da sind. Sich umdrehend ruft er ›Pardon‹, aber schon ist er [...] auf der Erde festgenagelt. [...] Leute mit besonders weichem Gemüt geben verwundeten Franzosen die Gnadenkugel, die anderen hauen und stechen nach Möglichkeit. An dem Eingang der Laubhütten liegen sie, vergeblich um Pardon winselnd, leicht und schwer verwundet, unsere braven Musketiere ersparen dem Vaterlande die teure Verpflegung der vielen Feinde. Die Offiziere [...] beteiligen sich am Kampfe und gehen mutig unserem Vorgehen voran.«[149]

147 Vgl. ebd.
148 Vgl. ebd., S. 295.
149 Klemt, in: ebd., S. 284.

Klemt verhöhnt die »Herrn französischen Strategen«, wenn er schreibt, sie hätten es sicher »schön« gefunden, »unsere vorbeimarschierenden Gruppenkolonnen zu beschießen, aber sie haben wohl geglaubt, unsere Herren Offiziere hätten so flache Verstandskästen, wie die ihrigen.« Die »grande Nation« habe sich mit ihrer Taktik verrechnet, »wie schon so manches Mal in diesem Krieg«. Er versagt den Gegnern den Respekt nicht ganz (und wertet die eigene Leistung damit auf), wenn er ihnen attestiert, sich tapfer geschlagen zu haben. Es habe sich um französische »Elitetruppen« gehandelt, die angesichts der »feldgrauen Unholde« aber massenhaft geflüchtet seien.[150]

»Unholde«, »Barbaren« oder »Hunnen« – das Bild der Deutschen bei den Kriegsgegnern war nicht sehr schmeichelhaft.[151] Durch die »Gräueltaten« gegenüber der belgischen Zivilbevölkerung zu Beginn des Krieges fand es seine Bestätigung. Besonders die britische Propaganda berief sich gern auch auf die sogenannte Hunnenrede, mit der Wilhelm II. im Juli 1900 deutsche Truppen zur Niederschlagung des Boxeraufstandes im Kaiserreich China verabschiedet hatte:

> »Kommt ihr vor den Feind, so wird derselbe geschlagen! Pardon wird nicht gegeben! Gefangene werden nicht gemacht! […] Wie vor tausend Jahren die Hunnen unter ihrem König Etzel sich einen Namen gemacht […], so möge der Name Deutscher in China auf 1000 Jahre durch euch in einer Weise bestätigt werden, daß es niemals wieder ein Chinese wagt, einen Deutschen scheel anzusehen!«[152]

Auch auf den Maashöhen hieß es nun: »Pardon wird nicht gegeben! Gefangene werden nicht gemacht!« Klemts Artikel im Jauerschen Tageblatt war voll des Lobes für seine Kameraden, die den Befehl skrupellos befolgten. Er war ein gebildeter Mann, der die Propaganda der anderen Seite kannte und mit ihr spielte. Die »feldgrauen Unholde« bemühte er mit Stolz und bestimmt nicht ohne Absicht.

So martialisch sein Bericht insgesamt auch war, so sentimental geriet sein Ende. Klemt schließt mit dem von ihm selbst verfassten Gedicht »Heimkehr vom Kampf«. Dessen letzte Zeilen lauten:

> »An der Straße geht der Trupp zur Ruh',
> Ermattung drückt uns die Augen zu,
> Im Traume umgaukelt uns süß und mild,
> Von Schlesiens Heimat ein liebliches Bild.
> Und wenn ihr die braven Soldaten nicht kennt?!
> Wir waren vom Jauerschen Regiment!«[153]

---

150 Vgl. ebd.
151 Zur Propaganda im Ersten Weltkrieg vgl. z. B. Michael Jeismann, Propaganda, in: Hirschfeld/Krumeich/Renz, Enzyklopädie Erster Weltkrieg, S. 198–208.
152 Zit. n. Manfred Görtemaker, Deutschland im 19. Jahrhundert. Entwicklungslinien, Opladen 1996, S. 357.
153 Klemt, in: Baer, Erinnerungssplitter, S. 288.

Der Artikel blieb nicht ohne Folgen. Laut Baer fiel er wenige Wochen nach Erscheinen den Franzosen in die Hände.[154] Er habe den Anlass »zu einem Notenaustausch zwischen Frankreich und der Schweiz« geboten, denn die Franzosen hätten damit ein Dokument besessen, das den Verstoß der Deutschen »gegen das internationale Abkommen hinsichtlich der Behandlung von Gefangenen und Verwundeten« beweise.[155] »Kein Pardon« zu geben, war ein Verstoß gegen das Völkerrecht, speziell die Haager Landkriegsordnung von 1907, die auch von Deutschland unterzeichnet worden war. Danach waren die »Tötung oder Verwundung eines die Waffen streckenden oder wehrlosen Feindes« und »die Erklärung, dass kein Pardon gegeben wird«, verboten.[156]

Die nach dem Ersten Weltkrieg verfasste Regimentsgeschichte verschweigt die im September 1914 auf den Maashöhen begangene Tötung wehrloser Franzosen. Die im Krieg erschienene Darstellung des daran beteiligten Unteroffiziers G. Klemt tat das nicht. Seine Leser erfuhren, dass auch, wer die Waffen fallen ließ und »Pardon« rufend die Hände hob, nicht auf ein Überleben in deutscher Gefangenschaft hoffen durfte und nicht einmal, wer schwer verwundet am Boden lag, mit Gnade rechnen konnte. Noch im Oktober 1914 habe eine Untersuchung stattgefunden, schreibt Baer. Die Verantwortlichen für das völkerrechtswidrige Vorgehen deutscher Soldaten und Offiziere hätten aber nicht ermittelt werden können. Die Angehörigen seiner Kompanie seien gefragt worden, wer den Befehl erteilt habe. Sie konnten (oder wollten) nur allgemein antworten, er sei »von Mund zu Mund weitergegeben worden.« Einen Namen habe niemand zu nennen gewusst. Den Franzosen sei mitgeteilt worden, von einem solchen Befehl sei nichts bekannt.[157] Diese hätten daraufhin »Selbstjustiz« geübt.[158] Nach einem Gefecht Anfang Mai 1915 hätten sie sich geweigert, einen Waffenstillstand zum Abtransport der Toten und Verwundeten abzuschließen, denn der 24. September 1914 sei nicht vergessen.[159] Mitte Oktober 1914 erreichte Leo Baer und seine Kameraden die Anweisung, dass »Berichte über Kampfhandlungen vor ihrer Veröffentlichung der zuständigen Militärbehörde zwecks Zensur vorgelegt werden müssen.« Sie schlussfolgerten, dies müsse im Zusammenhang mit dem Artikel im Jauerschen Tageblatt stehen.[160]

Auch anderswo in diesem Krieg wurde gegen internationales Recht verstoßen. Durch die Offenherzigkeit, mit der Klemt über den völkerrechtswidrigen Befehl und dessen Befolgung am 24. September 1914 auf den Maashöhen berichtete, ergab sich allerdings eine besondere Situation. Die Heeresleitung wird nicht nur wegen der zu erwartenden feindlichen (Mit-)Leser, sondern auch mit Blick auf die ›Heimatfront‹

---

154 Vgl. ebd., S. 289.
155 Vgl. ebd.
156 Vgl. Haager Landkriegsordnung, Art. 23, Abs. c) und d).
157 Vgl. Baer, Erinnerungssplitter, S. 290.
158 Vgl. ebd.
159 Das teilte ihm Josef Zürndorfer per Brief im Mai 1915 mit. Vgl. ebd.
160 Vgl. ebd. Ob dies tatsächlich der Grund für die ergriffenen Zensurmaßnahmen war, kann hier nicht weiter untersucht werden. Zur Zensur im Ersten Weltkrieg vgl. z.B. Michael Jeismann, Propaganda, in: Hirschfeld/Krumeich/Renz, Enzyklopädie Erster Weltkrieg, S. 203f.

mit der Veröffentlichung nicht glücklich gewesen sein und Mittel und Wege gesucht haben, Ähnliches künftig zu unterbinden.

Klemts Bericht war nicht die eigenmächtige Tat eines niederrangigen Soldaten, der die Folgen nicht bedacht hatte. Der Unteroffizier versicherte sich der Zustimmung seines Kompanieführers Leutnant de Niem, der die in dem Artikel gemachten Angaben bestätigte.[161]

Leo Baer nennt die Kampfhandlungen auf den Maashöhen am 24. September 1914 »unselig«.[162] Den Befehl, kein »Pardon« zu geben und keine Gefangenen zu machen, trug er nicht mit. Als sich die Gelegenheit dazu ergab, kehrte er ihn um: Bei einem ihrer Vorstöße fanden Männer seiner Gruppe auf einem von den Franzosen aufgegebenen Gelände einen verwundeten französischen Soldaten. Einer seiner Leute habe ihn sofort mit dem Gewehr auf den Kopf geschlagen und zu einem zweiten Schlag ausgeholt. Baer habe den Mann zurückgehalten. Den um sie Versammelten habe er gedroht: »Wer es noch einmal wagt, einen Gefangenen oder Verwundeten umzubringen, der wird von mir auf der Stelle erschossen.« Dann habe er befohlen, dem Sterbenden den Gnadenschuss zu geben.

Etwas später, an anderer Stelle, sei ein Franzose seitwärts aus einem Gebüsch gesprungen und direkt vor seiner Gewehrmündung gelandet. Er habe »Pardon« gerufen, das Gewehr weggeworfen und mit erhobenen Armen vor ihm gestanden. »Ein Fingerdruck und es hätte genügt.« Leo Baer schreibt, er habe ihm das Leben geschenkt. Der Franzose habe ein Foto von seiner Frau und zwei kleinen Kindern gezeigt und sich bereit erklärt, Angaben zu seiner Einheit zu machen. Unterwegs mit dem Gefangenen, seien sie auf Soldaten einer anderen Kompanie getroffen. Beim Anblick des Franzosen habe sich die Verbitterung der Leute »mit derben Worten« Luft gemacht. Auch für sie sei er der erste lebende Gefangene des Tages gewesen. Baer musste ihn verteidigen, auch einem jungen Leutnant gegenüber, der ihn brüllend an den Divisionsbefehl erinnert habe. Er übergab den Franzosen einem seiner Gefreiten mit dem Auftrag, ihn beim Bataillonsstab abzuliefern und suchte selbst, zusammen mit einem weiteren Gefreiten, wieder Anschluss an die Kompanie.[163] Der Gefangene kam nicht weit. Unterwegs sei er beschimpft und bedroht und schließlich von einem deutschen Soldaten niedergestochen worden.[164]

Leo Baer war nicht als Pazifist an die Westfront gezogen. Die folgende Szene mag beleuchten, dass auch er nicht zimperlich war: Aus einem Gebüsch sei eine Gruppe Franzosen gesprungen und gleich weitergerannt.

> »Ohne ein Wort zu sprechen, erhoben wir drei die Gewehre und schossen in die fliehende Menge hinein, wobei uns die roten Hosen als Zielscheibe willkommen waren. Wir

---

161 Vgl. Klemt, in: Baer, Erinnerungssplitter, S. 288.
162 Vgl. Baer, Erinnerungssplitter, S. 280.
163 Vgl. ebd., S. 297f.
164 Vgl. ebd., S. 326.

schätzten die Zahl der Fliehenden auf 30 bis 40 Mann, die sich in dem Gebüsch geschickt Laubhütten gebaut hatten.«[165]

Vor ihnen lagen schließlich 20 bis 30 tote Franzosen. Sie waren – so dürfte es Baer gesehen haben – im Gefecht gefallen und damit nach den Regeln des Krieges.
Darum ging es im Völkerrecht. Es sollte einen Ausgleich »zwischen dem, was als militärisch notwendig erachtet wird, und einem immer wieder neu zu spezifizierenden ›Interesse der Menschlichkeit‹« schaffen.[166] Natürlich war der Krieg kein Ort für Diskussionen zwischen Befehlsgebern und -empfängern. Die vorgegebene Hierarchie, das Funktionieren von Befehl und Gehorsam, standen außer Frage. So geriet Leo Baer in der Schlacht auf den Maashöhen in die Zwickmühle zwischen Befehl und Recht. Er entschied sich dafür, das Völkerrecht über den Befehl seiner Vorgesetzten zu stellen. Als er am Abend nach dem Kampfgeschehen zusammen mit dem »Rest« des Regiments im Nachtlager ankam, empfing ihn sein Feldwebel mit der Nachricht, es liege eine Meldung über ihn vor, dass er gegen einen Divisionsbefehl verstoßen habe. Am Vormittag des nächsten Tages solle er sich vor einem Kriegsgericht im Bataillonsgeschäftszimmer melden. Wie er ja wisse, werde »Gehorsamsverweigerung vor dem Feinde innerhalb 24 Stunden mit Erschießen bestraft«. Soweit kam es nicht. Leo Baer schlief schlecht, verteidigte sich am nächsten Morgen vor den vier Offizieren, die seine Sache verhandelten, aber gut. Aufgefordert, sich zur vorliegenden Anklage zu äußern, antwortete er:

> »Als Offiziersschüler wurde ich belehrt, daß ein Abkommen in Genf besteht, was auch Deutschland mit den übrigen internationalen Staaten unterschrieben hat, was in Kriegszeiten alle Verstöße gegen Gefangene, Verwundete und Privatpersonen, soweit diese gegen die Humanität verstoßen, regelt.«[167]

Natürlich wussten auch die Offiziere Bescheid. Im Zweifel mussten sie nur in ihre Felddienstordnung schauen, in deren Anhang der Text der Haager Landkriegsordnung (HLKO) abgedruckt war. So trug jeder Offizier »die HLKO buchstäblich im Tornister mit.«[168] Das scheint die bei der »zweiten Erstürmung« der Maashöhen eingesetzten Offiziere nicht daran gehindert zu haben, ihren Mannschaften mit schlechtem Beispiel voranzugehen. Ob alle wirklich mit Überzeugung dabei waren, steht auf einem anderen Blatt. So war es vielleicht die Nachricht über Baers in unterschiedlichen Kampfsituationen demonstriertes Heldentum, vielleicht aber auch die Einsicht, dass er den Divisionsbefehl am Tag zuvor zu Recht verweigert hatte, die das Urteil des

---

165 Ebd., S. 288.
166 Vgl. Hannah Franzki, Mit Recht Erinnern. Völkerrechtliche Ahndung von Kriegsverbrechen zwischen Aufarbeitungsimperativ und selektiver Geschichtsschreibung, in: Geschichte in Wissenschaft und Unterricht, Jg. 63, Heft 7/8, Juli/August 2012, S. 452.
167 Baer, Erinnerungssplitter, S. 304.
168 Vgl. Alan Kramer, Deutsche Kriegsgräuel im Ersten Weltkrieg?, in: Geschichte in Wissenschaft und Unterricht, Jg. 63, Heft 7/8, Juli/August 2012, S. 393.

Kriegsgerichtes bestimmte. Nach der Beratung der vier Offiziere, die es zu fällen hatten, teilte der Vorsitzende ihm mit: »Von einer Bestrafung kommen Sie nicht weg. Ich bestrafe Sie mit Nichtbeförderung, solange Sie beim Regiment sind. Sollte Ihnen jedoch an einer Beförderung liegen, gebe ich Ihnen die Gelegenheit, sich einen anderen Truppenteil zu suchen.«[169] Die gebotene Chance ergreifend, bat Leo Baer um sofortige Versetzung zur Fliegertruppe. Seine Befehlsverweigerung führte dazu, dass er einer anderen Einheit und einem anderen Kriegsschauplatz zugeteilt wurde. Er empfand es als großes Glück, auf diese Weise lebend aus der »Waldhölle vor Verdun« herauszukommen.[170] Bis es soweit war, sollten aber noch etwa drei Monate vergehen.

Front und Etappe

Am 25. September, dem Tag nach der Schlacht, begannen die Soldaten des IR 154 mit dem Bau von Unterständen. Das Regiment hatte von der Divisionsleitung den Befehl bekommen, die erreichten Stellungen auf den Maashöhen zu halten und zu verstärken. Erst Ende September wurde es abgelöst und ging hinter der Front, im Ort Avillers, »zur Ruhe« über. Die folgenden Tage dienten der Ausbildung sowie der Instandsetzung von Bekleidung und Ausrüstung. Große Freude sei durch »Liebesgaben« aus der schlesischen Heimat hervorgerufen worden: warme Kleidung, Esswaren, Getränke, Zigarren, Tabak und Pfeifen.[171]

Die Regimentsgeschichte lässt kaum eine Frage offen. So erfährt man auch, dass das Leben der Frontsoldaten nicht nur im Gefecht bedroht war. Auf den Märschen und hinter den Frontlinien lauerten ebenfalls Gefahren. Zu ihrer Bewältigung bedurfte es in der Regel aber keiner Helden. Zur Abwehr der schon bald nach Kriegsbeginn aufgetretenen Darmerkrankungen zum Beispiel erwies sich »die Durchführung der zur Besserung der sanitären und hygienischen Verhältnisse nötigen Maßnahmen« als hilfreicher.[172] Im Infanterie-Regiment Nr. 154 sei darauf geachtet worden, dass die jeweiligen Rastorte und deren Umgebung planmäßig gesäubert wurden: von Leichen, Kadavern, Biwakresten und Gerümpel. Auch im Ruheort Avillers habe man der »ruhrartigen Erkrankung« besondere Aufmerksamkeit widmen müssen.[173] Die hier ergriffenen Maßnahmen bestanden vor allem in ärztlicher Beratung und der Anlage von Latrinen, die »der Dorfbevölkerung unbekannt« gewesen seien.[174] Ab Oktober wurden dem IR 154 als Ruhequartiere die Orte Thillot (für den Regimentsstab und das I. Bataillon) und Hannonville (für das II. und III. Bataillon) zugewiesen.[175] Einsätze auf den Maashöhen und »Ruhetage« im Hinterland wechselten einander ab.

169 Baer, Erinnerungssplitter, S. 304.
170 Vgl. ebd.
171 Vgl. Geschichte des IR 154, S. 127f.
172 Vgl. ebd., S. 111.
173 Vgl. ebd., S. 130.
174 Vgl. ebd.
175 Vgl. ebd., S. 131.

Zu dem geplanten Angriff auf die Festung Verdun kam es »infolge des allmählichen Erstarrens der Westfront und der nötig gewordenen Verlegung des Schwerpunktes der Operationen nach anderen Fronten« für lange Zeit nicht.[176] Das Regiment richtete sich ein. Die Autoren der Regimentsgeschichte sprechen vom Beginn der Zeit »des abstumpfenden, die Nerven aufreibenden Graben- und Stellungskrieges.« Niemand habe damals geahnt, »dass es dem Regiment beschieden sein sollte, fast zwei Jahre auf den Maashöhen festliegen zu müssen, während« – wie sie glaubten – »es auf anderen Fronten dauernd vorwärts ging.«[177] Am 21. Februar 1916 begann die große Schlacht vor Verdun;[178] im Dezember 1916 endete sie in »allgemeiner Erschöpfung«. Die deutschen Linien verliefen »nicht einmal ganze fünf Kilometer weiter westwärts als im Februar.«[179] Das IR 154 war unter anderem an den Kämpfen um das Fort Douaumont und bei Fort Vaux am 24. Oktober 1916 beteiligt. Ende Oktober wurde es abgezogen und an die Aisne verlegt.[180] Leo Baer und Josef Zürndorfer blieben die Stellungskämpfe vor Verdun erspart. Sie gehörten dem Regiment zu diesem Zeitpunkt nicht mehr an.

Im Mai 1915 wurde Zürndorfer bei einem Angriff des IR 154 auf die französische Stellung »beiderseits der Grande Tranchée« verwundet.[181] Leo Baer, der sich bereits bei der Fliegertruppe befand, erhielt einen Brief von ihm aus dem Lazarett und erfuhr auf diese Weise, dass der Angriff von den Franzosen zurückgeschlagen worden war und das Regiment große Verluste erlitten hatte. Zürndorfer war jetzt Offiziersstellvertreter und gehörte zum Führungsstab des Regiments.[182] Er hatte es aber noch nicht ganz geschafft, denn bei einer Wahl ins Offizierskorps hatte man ihn offenbar ›durchfallen‹ lassen.[183] Nach seiner Genesung ließ auch er sich zur Fliegertruppe versetzen. Seine Fliegerkarriere endete allerdings auf tragische Weise, bevor sie richtig begonnen hatte. Bei seinem Examensflug auf dem Flugplatz Adlershof-Johannisthal bei Berlin kam es am 19. September 1915 zu einem Zusammenstoß mit einem anderen Flugschüler, bei dem beide »tödlich« abstürzten.[184] Nur zehn Tage vor seinem Tod war Zürndorfer im IR 154 doch noch zum Leutnant der Reserve berufen worden.[185] Hatte ein Brief seiner Schwester Rosa an König Wilhelm II. von Württemberg dies bewirkt? Rosa Zürndorfer hatte gefragt, ob ihr Bruder Josef, der seine Offiziersprüfung schon 1910 bestanden, sich im Feld mehrfach ausgezeichnet habe und verwundet worden sei,

---

176 Vgl. ebd., S. 130.
177 Vgl. ebd., S. 131f.
178 Vgl. z. B. Chickering, Das Deutsche Reich und der Erste Weltkrieg, S. 85.
179 Vgl. ebd., S. 88.
180 Vgl. Geschichte des IR 154, S. 226–254.
181 Vgl. ebd., S. 170.
182 Vgl. Geschichte des IR 154, S. 141 und Berger, Eisernes Kreuz und Davidstern, S. 169.
183 Das IR 154 gehörte zum V. Armeekorps, dessen Offizierskorps nach wie vor »judenrein« sei. Vgl. Baer, Erinnerungssplitter, S. 334.
184 Vgl. Deutsche Jüdische Soldaten 1981, S. 41.
185 Vgl. z. B. Stadtarchiv Horb (Hg.), In Stein gehauen – Lebensspuren auf dem Rexinger Judenfriedhof, S. 100–102 und S. 346.

»nur deshalb nicht zum Offizier ernannt werde, weil er überzeugter Glaubensjude sei.«[186] Es erscheint zweifelhaft, ob der Württembergische König bei den Preußen intervenierte. Vielleicht war die Zeit einfach reif. Während des Krieges wurden auch andere jüdische Unteroffiziere wieder in den Offiziersstand berufen.[187]

Josef Zürndorfer starb als preußischer Reserveoffizier, Träger des Eisernen Kreuzes II. Klasse und der Württembergischen Silbernen Militär-Verdienstmedaille. Auch zum Eisernen Kreuz I. Klasse hatte man ihn bereits vorgeschlagen.[188] Am 23. September 1915 wurde er »im Beisein seiner Berliner Fliegerkameraden mit militärischen Ehren«[189] auf dem jüdischen Friedhof in seiner Heimatstadt Rexingen beigesetzt. Seine Familie ließ ihm später direkt neben dem Ehrenmal für die jüdischen Gefallenen des Ersten Weltkriegs ein Ehrengrab errichten.[190] Im September 1915 erschienen mehrere Nachrufe auf Zürndorfer im Bochumer Anzeiger: Ferdinand Koppel bedauerte den Verlust seines »hochbegabten, unermüdlichen, fleißigen und pflichtschuldigen« Angestellten, das Personal des Kaufhauses Ferdinand Koppel versprach, ihm ein »ehrendes Andenken« zu bewahren, der Laubheim-Verein Bochum der Jüdischen Gemeinde bedauerte den Verlust seines »hochverehrten Vorstandsmitgliedes« und ein F. Zürndorfer aus Hörde teilte im Namen der Hinterbliebenen mit, dass die Beisetzung in Rexingen stattfinden werde.[191]

Leo Baers Bewunderung für Zürndorfer hinderte ihn nicht daran, die Entscheidungen seines Freundes zu hinterfragen. In den »Erinnerungssplittern« schildert er folgende Szene: In den Tagen nach der Schlacht auf den Maashöhen im September 1914 suchten verschiedene Patrouillen des IR 154 das Hintergelände nach »versprengten Franzosen« ab.[192] Eine davon, zu der auch Baer gehörte, stand unter Zürndorfers Kommando. Auf einer Waldlichtung stieß die Gruppe auf 15 Franzosen, die, wie Baer schreibt, »wie versteinert« zusammenstanden. Die Szene habe auf ihn gewirkt wie ein »Wachskabinett«. Die Deutschen hätten die Franzosen umzingelt und Zürndorfer habe befohlen, »sich zum Erschießen aufzustellen«. Er selbst habe als Erster geschossen. Als Baer ihn hinterher fragte, ob das nötig gewesen sei und warum sie die Franzosen nicht gefangen genommen hätten, habe Zürndorfer erwidert: »U[nter]off[i]z[ier] Baer, Befehl ist Befehl.«[193]

Als Jude war Zürndorfer kein besserer oder schlechterer Soldat als andere. Doch ist anzunehmen, dass er sich besonders ins Zeug legte – und sein »Testament« scheint dies zu bestätigen –, eben weil er Jude war. Die Anerkennungen, die seine Kriegstaten

---

186 Deutsche Jüdische Soldaten 1981, S. 41.
187 Vgl. Jahr, Episode oder Wasserscheide?, in: Laupheimer Gespräche 2013, S. 53.
188 Vgl. Deutsche Jüdische Soldaten 1981, S. 41.
189 Vgl. Berger, Eisernes Kreuz und Davidstern, S. 169.
190 Vgl. Datenbank Jüdische Grabsteinepigraphik, http://www.steinheim-institut.de/. Vgl. auch Berger, Eisernes Kreuz und Davidstern, S. 169.
191 Vgl. Bochumer Anzeiger (BA), 23.9.1915.
192 Vgl. Geschichte des IR 154, S. 127.
193 Vgl. Baer, Erinnerungssplitter, S. 305.

nach sich zogen, schienen ihm Recht zu geben. Dass das nur für den Augenblick galt, erfuhr er nicht mehr.

Bei der Fliegertruppe

In den Augen der Allgemeinheit habe die Fliegertruppe zunächst »mehr den Charakter eines gefährlichen Sportes als eines tatkräftigen Hilfsmittels der Truppe« gehabt,[194] konstatierte der Inspekteur der quasi erst im Krieg »geborenen« Luftstreitkräfte Wilhelm Siegert.[195] Das hinderte sie offenbar nicht daran, von Anfang an ins Kampfgeschehen einzugreifen. Ein an der Schlacht bei Virton am 22. August 1914 beteiligter französischer Offizier zeigte sich durchaus beeindruckt, als deutsche Flugzeuge Rauchbomben über dem Schlachtfeld abwarfen, um Ziele für die Artillerie zu markieren.[196] Laut Siegert entwickelte sich die Fliegertruppe im Lauf des Krieges zu einer »entscheidende[n] Kampftruppe im wahrsten Sinne des Wortes«.[197] Den Nimbus einer Ansammlung von Helden und Abenteurern behielt sie aber während des gesamten Ersten Weltkriegs. Zu ihr meldete sich freiwillig eine ganze Reihe von Soldaten, die erste Kriegserfahrungen an der Westfront gesammelt hatte, unter ihnen Leo Baer und Josef Zürndorfer. Auch der wohl bekannteste deutsche Kampfflieger des Ersten Weltkriegs kam von der Westfront und hatte sogar ein Stück des Weges gemeinsam mit Baer und Zürndorfer zurückgelegt: Manfred von Richthofen, der später als »Roter Baron« Furore machen sollte. Von Richthofen war mit dem Ulanen-Regiment »Kaiser Alexander III. von Russland« Nr. 1 in den Krieg gezogen. Zusammen mit Baers und Zürndorfers IR 154, den von Prinz Oskar geführten Königs-Grenadieren und dem Jäger-Bataillon »von Neumann« Nr. 5 bildete es in der 5. Armee die 18. Infanterie-Brigade in der 9. Division. Wie Baer und Zürndorfer erreichte von Richthofen mit dem Zug den Ort Busendorf und marschierte von hier aus über Luxemburg in Belgien ein. Auf dem Vormarsch machte er erste Erfahrungen mit der zu Beginn noch amateurhaft wirkenden Fliegertruppe. Er und seine Kameraden hätten jeden Flieger, der am Himmel auftauchte, »unter Feuer genommen«. Ob es ein deutscher oder ein »feindlicher« war, hätten sie nicht unterscheiden können. Die Piloten hätten später erzählt, »wie peinlich es ihnen gewesen sei, von Freund und Feind gleichermaßen beschossen zu werden.«[198]

Bei der Schlacht bei Virton hatte von Richthofen als Anführer einer aus Ulanen bestehenden Patrouille die Aufgabe, die Stärke und Position der französischen Truppen zu erkunden und Meldung zu machen, »wo der Feind geblieben war«.[199] Nach

---

194 Vgl. Wilhelm Siegert, Inspekteur der Fliegertruppen, Aufruf, 15.8.1917, in: StadtA Bo, A L-D 113/1–2.
195 Vgl. ebd.
196 Vgl. Robert Deville, Carnet de route d'un artilleur: Virton, la Marne, Paris 1916.
197 Vgl. Siegert, Aufruf, 15.8.1917, in: StadtA Bo, A L-D 113/1–2.
198 Manfred Freiherr von Richthofen, Der rote Kampfflieger, Berlin-Wien 1917, S. 11.
199 Ebd., S. 14.

der Schlacht marschierte auch seine Einheit über die französische Grenze Richtung Verdun, wo die Truppe nahe der Côte Lorraine (Maashöhen) zum Stillstand kam. Für von Richthofen begann nun eine Zeit der großen »Langeweile«. Lediglich die Jagd habe etwas Abwechslung geboten.[200] Er sei nicht in den Krieg gezogen, »um Käse und Eier zu sammeln, sondern zu einem anderen Zweck.« Deshalb ließ er sich im Mai 1915, vier Monate später als Leo Baer, zu den Fliegern versetzen.[201] 1917 wurde ihm die Führung der Jagdstaffel 11 (wegen der bunt angestrichenen Flugzeuge »Fliegender Zirkus« genannt) übertragen und kurz darauf das Kommando über das Jagdgeschwader 1, das mehrere Jagdstaffeln umfasste. Sein Spitzname geht wohl auf die Farbe seines Flugzeugs zurück. Am 21. April 1918 starb der »Rote Baron« bei einem Kampfeinsatz. Seine Nachfolge als Kommandeur des Jagdgeschwaders 1 trat ein weiterer ›Fliegerheld‹ an: Hermann Göring, der in der NS-Zeit zum Minister und Oberbefehlshaber der Luftstreitkräfte avancieren sollte.

War es Abenteuerlust, die die Soldaten zu den Fliegern trieb? Oder hatten sie einfach genug von den zermürbenden Kämpfen am Boden? Die Autobiografie Manfred von Richthofens bedient das Klischee des fliegenden Abenteurers, während Leo Baer als einleuchtendes Motiv für seinen Antrag auf Versetzung zu den Fliegern die Chance auf ein Entkommen aus der »Waldhölle vor Verdun« nennt. Hier wie dort – am Boden und in der Luft – ging man ein hohes Risiko ein. Und nicht nur von Richthofen und Josef Zürndorfer zahlten dafür mit ihrem Leben. Der schon erwähnte Inspekteur der Luftstreitkräfte Wilhelm Siegert lieferte eine anschauliche Beschreibung dessen, was die Soldaten in der Luft erwartete:

> »Im Flugzeug waren alle Waffen vereinigt: der Infanterist mit seinem Gewehr und Maschinengewehr, der Artillerist mit der Kanone, der Kavallerist als Aufklärer, der Pionier durch Aussetzen von Sprengkommandos im Rücken des Feindes, der Minenwerfer als Offizier, der die Bombe schleudert, und das Nachrichtenwesen in Gestalt der Photographen- und Radiotechnik. Mehr noch wurde von den Insassen des an und für sich gebrechlichen Luftfahrzeuges gefordert: Beurteilung strategischer und taktischer Zusammenhänge wie des Einzelkampfes. Beherrschung einer mehrhundertpferdigen Motortechnik, Kenntnis aller Elementarbegriffe der Statik, Aerodynamik, Meteorologie. Alle diese Notwendigkeiten mussten getragen werden von der Natur eines Jägers und Sportsmannes. Der Gesamtdienst wurde verrichtet in atemberaubender Höhe. Vor dem Führer ein Motor, der 1400 mal in der Minute seinen glühenden Atem ausbläst, der Beobachter auf einem Faß feuergefährlichen Benzins sitzend, 60 Kilogramm Sprengstoff auf dem Schoß, jede Sekunde zum Luftkampf bereit, unbegleitet von hilfsbereiten Brüdern und Schwestern des Roten Kreuzes, bewußt, daß eine Wunde, die auf Erden heilbar ist, zum Absturz und Flammentod führt, daß kein ›Hände hoch!‹ einer Nervenkrise den Abschluß zu geben vermag; ja daß schließlich bei Zwangslandungen hinter der feindlichen Front die Besatzung der rohen Wut der Bevölkerung preisgegeben war. Der Rumpf eines über dem

---

200 Vgl. ebd., S. 16. Danach verließ von Richthofen das Ulanen-Regiment am 1.9.1914 und wechselte als Nachrichten-Offizier zur 4. Armee. Seine Ausbildung als Flieger begann er im Mai 1915 in der Fliegerabteilung 7 in Köln.
201 Vgl. Richthofen, Der rote Kampfflieger, S. 16f.

Feinde fliegenden Flugzeuges war nie ein Gefäß für Etappenherzen, Schreiberseelen und Kantinengrößen.«[202]

Leo Baers Karriere bei den Fliegern verlief weniger glanzvoll als die des »Roten Barons«. In den »Erinnerungssplittern« bleibt seine Zeit bei der Fliegertruppe, die doch den größten Teil seines Militärdienstes im Ersten Weltkrieg ausmachte, weitgehend ausgespart. Einige verstreute Hinweise ergeben folgendes Bild: Weihnachten 1914 konnte Baer den Schauplatz vor Verdun verlassen. Er wurde zunächst nach Jauer, den Standort des IR 154, zurückgeschickt und von dort aus im Januar 1915 als Flugschüler zur Fliegerabteilung II in Posen.[203] Hier erhielt er endlich auch das Eiserne Kreuz II. Klasse. Es erreichte ihn mit der Feldpost, als Beilage zu einem Brief seines Kompanieführers beim IR 154, der Baer für die dem Vaterland erwiesene Treue dankte.[204] Dass die Auszeichnung mit Verzögerung kam, hing nach Baers eigener Einschätzung damit zusammen, dass er (zu) selbstbewusst seinen Vorgesetzten gegenüber aufgetreten war. Während er die einen durch sein Engagement und seinen Heldenmut wohl für sich einnehmen konnte, scheint er andere durch seine Art provoziert zu haben. Ob auch die Befehlsverweigerung am 24. September 1914 oder Antisemitismus eine Rolle spielten, sei dahingestellt.

Baers nächster Einsatzort war der Militärflugplatz Döberitz in Brandenburg, wo sich die zentrale Ausbildungs- und Erprobungsstelle der neu formierten Luftstreitkräfte befand. Aber nicht als Schüler war er dort, sondern als Ausbilder. In der Funktion eines »Instrukteurs für Flugzeugbewaffnung« unterrichtete er Offiziere.[205] Als er bei dieser Gelegenheit einen Vetter Prinz Oskars traf, bekam er wieder Kontakt zum Sohn des Kaisers. Er schrieb ihm und erhielt als Dank und zur Erinnerung »an den gemeinsam durchgemachten Sturm auf der Côte Lorraine« ein Bild des Prinzen mit Unterschrift und Widmung.[206]

Als »Instrukteur für Flugzeugbewaffnung« konnte Baer sein technisches Knowhow an die Kampfflieger weitergeben. Ob er damit zufrieden war oder lieber selbst ein Flugzeug gesteuert hätte, verrät er nicht. Für jüdische Soldaten war der Zugang zur Fliegertruppe keine Selbstverständlichkeit. Der Aufstieg dort erwies sich als schwierig, was im Wesentlichen wohl daran lag, dass »der Einsatz auf Kampfeinsitzern – die beste Möglichkeit, Meriten zu erwerben oder den Heldentod zu sterben – den Offizieren vorbehalten war.«[207] Dennoch zählten 1918 etwa 200 Juden zu den insgesamt circa 5.000 Fliegern.[208] Auch Zürndorfer, der ja noch zum Offizier befördert worden war, gehörte zu ihnen. Sein früher Absturz verhinderte, dass er sich in der Luft beweisen

---

202 Geleitwort von Oberstleutnant Siegert, in: Felix A. Theilhaber, Jüdische Flieger im Weltkrieg, Berlin 1924, S. 5f.
203 Vgl. Baer, Erinnerungssplitter, S. 305.
204 Vgl. ebd.
205 Vgl. ebd., S. 311.
206 Vgl. ebd.
207 Vgl. Berger, Eisernes Kreuz und Davidstern, S. 161.
208 Vgl. ebd.

konnte. Leo Baer blieb bis Kriegsende Unteroffizier. Ende 1915 – kurz nachdem Bulgarien auf der Seite der Mittelmächte in den Weltkrieg eingetreten war[209] – wurde er als Flugzeugwaffenmeister einem Kommando in Sofia zugeteilt. Mangels eigener Rüstungsindustrie war das Land ganz auf das Kriegsmaterial und die Unterstützung der Verbündeten angewiesen. Eine Militärkonvention zwischen Deutschland und Bulgarien regelte dies im Einzelnen.[210] Baer scheint sich um das Königreich Bulgarien verdient gemacht zu haben. In seinem Nachlass fand sich eine Bescheinigung des bulgarischen Kriegsministeriums über seinen Einsatz als Flugzeugwaffenmeister in der Fliegerausbildung, Kommando Sofia, 1915 bis 1918,[211] in der auch erwähnt ist, dass ihm eine Medaille am Grundband vom bulgarischen Zaren überreicht wurde: zum Gedenken an den Krieg, »zum Zeichen der Dankbarkeit und Erinnerung« und mit dem Recht, sie zu tragen.[212]

In seiner Zeit bei den Fliegern erwarb Leo Baer Spezialkenntnisse, die er sich nach dem Krieg zunutze machte. Bei seiner täglichen Arbeit als Flugzeugwaffenmeister fielen ihm Mängel bei der Flugzeugbewaffnung auf, die er beheben wollte. Er erfand eine »Streuvorrichtung für in Flugzeuge eingebaute Maschinengewehre« und machte Verbesserungsvorschläge für einen »Patronengurt für Maschinengewehre«. Beide Erfindungen konnte er erst Jahre später – 1935 und 1937! – beim Reichspatentamt anmelden. Darauf wird noch zurückzukommen sein.

Kriegsende

Das Ende des Krieges erlebte Baer dort, wo er ihn begonnen hatte: an der Westfront. Im November 1918 findet sich seine Spur in Nivelles/Belgien wieder. Wie es scheint, gehörte er zu diesem Zeitpunkt zur 17. Armee,[213] die ebenso wie die 18. erst 1918 im Zuge der sogenannten Frühjahrsoffensive (März bis Juli) neu gebildet worden war. Der mit Sowjetrussland nach der Oktoberrevolution geschlossene Separatfrieden hatte Kräfte für die Offensive im Westen frei gesetzt. Es war der letzte Versuch des Kaiserreichs, an der Westfront einen günstigen Ausgang des Krieges zu erzwingen. Er scheiterte.

Das Hauptquartier des Armeeoberkommandos 17 war zunächst in Saint-Amand in Nordfrankreich untergebracht und wechselte dann mehrfach seinen Standort. Im

---

209 Vgl. z. B. Hans Herzfeld, Erster Weltkrieg und Friede von Versailles, in: Propyläen Weltgeschichte. Eine Universalgeschichte, hg. von Golo Mann, Bd. 9, Frankfurt a. M. 1986, S. 92f.
210 Vgl. z. B. Gerd Hardach, Der Erste Weltkrieg, in: Wolfram Fischer (Hg.), Geschichte der Weltwirtschaft im 20. Jahrhundert, Bd. 2, München 1973, S. 84.
211 Die Bescheinigung trägt die Unterschriften des Generalmajors des Kriegsministeriums, des Leiters der Abteilung Kriegsmuseen, Denkmäler u. a. Vgl. Urkunde des Königreichs Bulgarien, Kriegsministerium, Sofia, 1.1.1918, in: FamA Baer-Goldberg.
212 Vgl. ebd.
213 Vgl. Baer, Erinnerungssplitter, S. 388.

Oktober 1918 befand es sich im belgischen Mons.[214] Der nahe gelegene Flugplatz von Nivelles, wo Leo Baer jetzt stationiert war, stand im November 1918 kurz vor der Übergabe an die einmarschierenden Amerikaner und wurde von der »feindseligen belgischen Bevölkerung« vollständig abgeschnitten. Es habe keine Verbindung mehr zum Eisenbahn-, Telefon- und Telegrammverkehr gegeben.[215] Auch zu Fuß habe keine Möglichkeit zum Rückzug bestanden. Was blieb, war der Luftweg. Ausgestattet mit dem Auftrag seines Hauptmanns, zwei Briefe nach Köln zu bringen und dem Kommandanten der dortigen Fliegerersatzabteilung persönlich auszuhändigen, traten Leo Baer und ›sein‹ Flugzeugführer am 14. November 1918 den abenteuerlichen Rückflug nach Deutschland an. Ihr Flugzeug sei das letzte der 17. Armee gewesen. Den Flug nannte Baer »reine[n] Selbstmord«, da sie sich aufgrund starken Nebels kaum hätten orientieren können und nur mit einem Kompass ausgestattet gewesen seien. Sie erreichten Köln und steuerten von dort aus – wieder mit dem Flugzeug – ihre Heimatorte an. In den Wirren der Novemberrevolution habe keine Chance bestanden, ihr Ziel auf dem Landweg zu erreichen. 30 Kilometer nördlich von Bochum stürzte das Flugzeug ab. Bauern und »Rotgardisten« befreiten beide aus dem Wrack und wollten sie dann verhaften. Leo Baer und sein Begleiter entkamen und Baer schlug sich nach Bochum durch.[216]

Der Krieg war vorbei. Dass er mit einer Niederlage enden würde, war im Sommer 1918 absehbar. Die Oberste Heeresleitung räumte dies gegenüber Kaiser Wilhelm II. im August auch ein, demonstrierte nach außen aber weiterhin Zuversicht. Es dauerte noch mehrere Wochen, bis sie die Regierung zu Verhandlungen über einen Waffenstillstand mit den Kriegsgegnern aufforderte. Als dieser am 11. November 1918 zwischen dem Deutschen Reich auf der einen Seite und Frankreich und Großbritannien auf der anderen vertraglich besiegelt wurde, war in Deutschland die Novemberrevolution in vollem Gange.

Trotz der am Ende drückenden Überlegenheit der Alliierten wollte »niemand« zugeben, »dass die deutsche Armee den Ersten Weltkrieg sehr wohl auf dem Schlachtfeld« verloren hatte[217] und es entstand die Lüge vom »Dolchstoß«. Ludendorff, Hindenburgs Stellvertreter als Chef der Obersten Heeresleitung, hatte schon im September 1918 auf »diejenigen Kreise« in der Heimat gezeigt, »denen wir es in der Hauptsache zu verdanken haben, dass wir so weit gekommen sind.« Die »siegreiche deutsche Armee sei durch den Dolchstoß kriegsmüder Zivilisten im Rücken getroffen worden.«[218] Die Dolchstoß-Legende wurde nach dem Krieg weiter ausgeschmückt. Insbesondere Juden und Sozialisten seien es gewesen, die dem »unbesiegten Heer« in

---

214 Vgl. http://de.wikipedia.org/wiki/17._Armee_(Deutsches_Kaiserreich). Nach Armand kam das Hauptquartier am 6.4. in Douai unter, dann am 1.5. in Denain und beim Rückzug ab dem 19.11. in Zülpich.
215 Vgl. Baer, Erinnerungssplitter, S. 352.
216 Vgl. ebd., S. 353.
217 Vgl. Jean-Jaques Becker/Gerd Krumeich, Der große Krieg. Deutschland und Frankreich im Ersten Weltkrieg 1914–1918, Essen 2010, S. 294.
218 Vgl. ebd., S. 315.

den Rücken fielen, behauptete die politische Rechte. Aber auch der Sozialdemokrat Friedrich Ebert, der nun Reichskanzler war, strickte an der Legende mit, wenn er zum Beispiel am 10. Dezember 1918 zurückkehrende Fronttruppen mit den Worten empfing: »Kein Feind hat euch überwunden.«[219]

Am 11. November 1918, dem Tag des Waffenstillstands, standen die deutschen Truppen noch mitten in »Feindesland«. Laut Waffenstillstandsvertrag mussten sie sofort den Rückzug antreten und das besetzte Gebiet innerhalb von 14 Tagen räumen. Das war aufgrund der äußeren Bedingungen eine schwierige, in den Augen der Autoren der Regimentsgeschichte des IR 154 gar eine »ungeheure«, Aufgabe – zumal »jetzt, wo überall die Soldaten- und Arbeiterräte die Führung sich anmaßten«.[220] Leo Baers früheres Regiment hatte die gesamte Kriegszeit an der Westfront verbracht. Zum Schluss – vom 5. bis 11. November 1918 – war es in die Rückzugskämpfe vor der »Antwerpen-Maas-Stellung« verwickelt.[221] Am 11. November hatten die 154er Thuillies in Belgien erreicht. Hier »traf« sie »das traurige Kriegsende«,[222] hier wurden sie über den Waffenstillstand und auch »die politischen Ereignisse in Deutschland« informiert. Danach seien alte Frontkämpfer weinend umhergeirrt, denn so habe man sich »den Ausgang des Krieges doch nicht gedacht!«[223]

Sie legten fast 600 Kilometer zu Fuß zurück, bevor sie – mitten in Hessen – in Züge verladen und Richtung »Heimat«, das heißt nach Jauer, transportiert wurden.[224] Am 17. Dezember 1918, mehr als fünf Wochen nach Kriegsende, kamen sie dort an und wurden feierlich empfangen. Nach Beethovens Hymne »Die Himmel rühmen« habe der Bürgermeister dem Regiment von der Freitreppe des Rathauses aus den »Willkommensgruß« der Stadt Jauer entboten: »Wir grüßen Euch, Ihr unbesiegten Helden! Euch Sieger von Virton, Euch Stürmer der Côtes und des Winterberges [...]«.[225] Ob sie sich wirklich für unbesiegt hielten? Enttäuscht waren sie sicher – und verunsichert in Bezug auf das, was sie erwartete.

Die »Ergänzungsmannschaften« aus Bochum und Umgebung hatten die letzte Strecke des Weges nicht mit zurückgelegt. Wie es scheint, setzten sie sich, nachdem die Truppe das »Feindesland« hinter sich gelassen hatte, nach und nach in die Heimat ab. Die »letzten Westfalen« wurden am 3. Dezember in Weidenau bei Siegen entlassen. »War das ein Händedrücken, ein Abschiednehmen!«, heißt es in der Regimentsgeschichte.[226] Weihnachten waren sie wieder zu Hause – vier Jahre später, als im August 1914 ›alle‹ dachten.

---

219 Vgl. z. B. www.klett.de/gug (Geschichte und Geschehen).
220 Vgl. z. B. Geschichte des IR 154, S. 381. Fortsetzung des Zitats: »..., wo viele Etappenkrieger den Posten einfach verließen, Verpflegungsdepots geplündert und Eisenbahnen zerstört wurden, Deserteure ihr Unwesen trieben«.
221 Vgl. Geschichte des IR 154, S. 378f.
222 Ebd., S. 379.
223 Vgl. ebd., S. 382f.
224 Vgl. ebd., S. 384f.
225 Ebd., S. 385.
226 Ebd., S. 384.

Abb. 4: Skizze des Vormarsches des 5. Niederschlesischen Infanterieregiments Nr. 154: von Busendorf (Bouzonville) über Luxemburg nach Belgien.

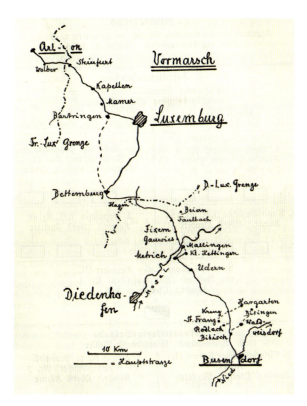

Abb. 5: Skizze der Schlacht bei Virton am 22.8.1914. Die Skizze zeigt die Stellung der einzelnen Regimenter zu Beginn der Schlacht.

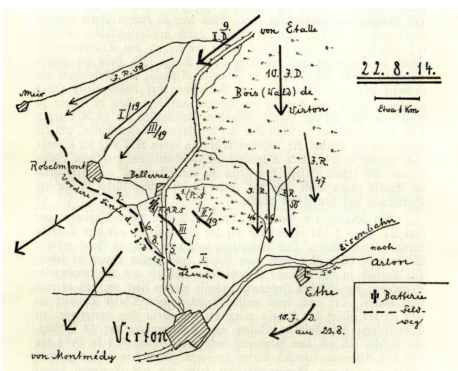

Der Erste Weltkrieg (1914–1918) | 57

Abb. 6 und 7: Am 22.8.1914 wurde rund um das Gehöft von Bellevue, nördlich von Virton, heftig gekämpft. Die Fotos zeigen das Gehöft (und seinen Besitzer) am Tag nach der Schlacht.

Abb. 7

Weltkrieg 1914/17 - La Croix Rouge (Virton)

Abb. 8: Auch das Café Croix Rouge wurde während der Schlacht bei Virton von deutschen Truppen zerstört.

Abb. 9–14: Nach der Schlacht wurden die Gefallenen direkt an Ort und Stelle begraben. So entstanden zahlreiche kleine Grabstätten rund um Virton.

Abb. 10

Abb. 11

Abb. 12

Abb. 13

Abb. 14

Abb. 15: Gedenkstein für die auf den Maashöhen gefallenen französischen Soldaten.

Inf.-Rgt. Nr. 154 (Jauer): Gefechtsort Virton, 22. Aug. 1914: Res. H. Bränder, Bochum, verw.; Unteroff. d. R. O. Flick, Herbede, tot; Res. Joh. Büttner, Bochum, tot; Gefr. d. R. P. Dahm, Lütgendortmund, l. verw.; Res. E. J. H. Wiemeier, Witten, schw. verw.; Res. H. Espei, Bochum, schw. verw.; Res. A. Böckmann, Bochum-Wiemelhausen, l. verw.; Gefr. d. R. A. Kötting, Witten, l. verw.; Musk. Walter, Recklinghausen, l. verw.; Gefr. d. R. Th. Grauthoff, Bochum, l. verw.; Gefr. d. R. A. Schipper, Bochum, l. verw.; Res. W. Rudowski, Bochum-Hofstede, verm.; Res. K. Hartmann, Witten, tot; Res. E. Winkelmann, Bochum-Wiemelhausen, tot; Res. Gebh. Schellenberg, Bochum, tot; Res. W. Faßbinder, Bochum, l. verw.; Res. R. Reinaus, Witten, verm.; Gefr. d. R. K. Koch, Bochum-Grumme, tot; Res. Fr. Großmann, Bochum-Hofstede, tot; Res. A. Krohm, Bochum, l. verw.; Res. A. Ellinger, Bochum-Grumme, l. verw.; Gefr. d. R. W. Schmidtmann, Bochum, tot; Res. Alf. Stachelhaus, Bochum, verm.

Infanterie-Rgt. Nr. 154: Gefecht bei Virton 22. Aug.: Reservist Ernst Pötter, Bochum, tot; Reservist Heinr. Zumhausen, Bochum, tot; Reservist Ad. Hoffmann, Gelsenkirchen, tot; Musk. Gust. Wisceuth, Bochum, tot; Gefreiter Wilh. Rittmann, Witten, leicht verw.; Gefreiter Heinr. Heerke, Wiemelhausen, schw. verw.; Gefreiter Karl Niklaus, Bochum, l. verw.; Reservist Alb. Keuchel, Bochum, l. verw.; Gefreiter Rich. Bock, Bochum, schw. verw.; Gefreiter Herm. Hillebrand, Bochum, verm.; Res. Aug. Mehring, Bochum, schw. verw.; Gefreiter Leo Drewer, Bochum, tot; Reservist Bernh. Diemel, Bochum, leicht verw.; Reservist Thomas Blacejczai, Bochum, l. verw.; Gefr. Wilh. Berkenkopf, Bochum, tot; Gefreiter Bruno Trappe, Bochum, tot; Gefreiter Aug. Altenberndt, Gelsenkirchen, l. verw.; Reservist Karl Doliwa, Altenbochum, l. verw.; Reservist Karl Göbels, l. verw.; Reservist Wilh. Kwaschnowski, Hofstede, schw. verw.; Reservist Aug. Schmidt, Hamme, verm.; Reservist Joh. Böger, Bochum, l. verw.; Res. Heinr. Germatka, Gelsenkirchen, schwer verwundet.

Abb. 16 und 17: Liste der in der Schlacht bei Virton gefallenen, vermissten und verwundeten Soldaten des IR 154 aus Bochum und Umgebung.

Abb. 18: Auf den Maashöhen kam das IR 154 am 24.9.1914 zu seinem zweiten großen Schlachteinsatz. Das Foto zeigt die Maashöhen heute.

Abb. 19: Die Kreuzung der Grande Tranchée de Calonne mit der Straße St. Remy – Vaux les Palameix war das vorgegebene Ziel des deutschen Angriffs am 24.9.1914. Teile des IR 154 stürmten über die »befohlene Linie« hinaus. Das Foto zeigt die Straßenkreuzung heute.

Schwimmbad in Hannonville

Abb. 20 – 22: Das Leben hinter der Front: das IR 154 in »Ruhestellung«.

Baracken in Neu-Jauer

Abb. 21

Regimentsstab 1914
Stabsarzt Dr. Randebrock, Oberstlt. Friederichs, Lt. Duvernoy, Lt. d. Ldw. Leuschner

Abb. 22

Abb. 23: Als »Held des Tages« in der Schlacht bei Virton am 22.8.1914 wurde Josef Zürndorfer mit dem EK II ausgezeichnet. Das Foto zeigt ihn im Kreis seiner Familie.

Abb. 24: Josef Zürndorfer schloss sich 1915 der Fliegertruppe an. Bei seinem Examensflug stürzte er ab. In Bochum gaben Zürndorfers Familie, sein Chef Ferdinand Koppel, seine Kollegen und der Laubheim-Verein der Jüdischen Gemeinde Todesanzeigen auf.

Der Erste Weltkrieg (1914–1918)

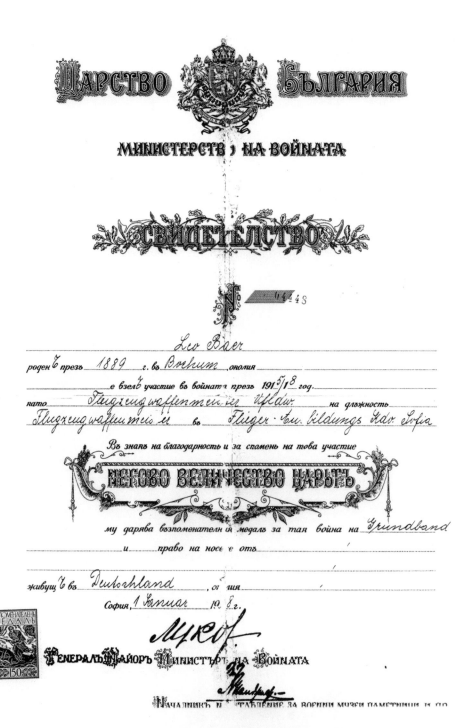

Abb. 25: Auch Leo Baer wechselte zur Fliegertruppe. Bis Ende 1917 gehörte er einem Fliegerkommando in Sofia an. Die vom Königreich Bulgarien am 1.1.1918 ausgestellte Urkunde würdigt seine Verdienste.

Abb. 26: Leo Baer als Soldat, sitzend.

Abb. 27: Für seinen Einsatz auf den Maashöhen wurde Leo Baer mit dem EK II ausgezeichnet.

Abb. 28: Leo Baer als Soldat, stehend.

Zwischen Kaiser- und »Drittem« Reich (1918–1936)

Nachkriegszeit und Antisemitismus

Während Leo Baer zusammen mit dem Piloten seines Flugzeugs auf eigene Faust und abenteuerlichen Wegen schon Mitte November 1918 heimatlichen Boden erreichte, erging es dem Gros der deutschen Soldaten wie den 154ern, die am 11. November den mehr oder weniger »geordneten« Rückzug antraten. Größtenteils »perfekt organisiert« strömten nach dem Waffenstillstand circa sieben Millionen Soldaten zurück in die Heimat.[1] Was sie dort vorfanden, war kaum geeignet, den erschöpften, oft »versehrten« und traumatisierten, über den Kriegsausgang verbitterten Männern die Stabilität und Sicherheit zu verleihen, die für einen Neuanfang im Frieden förderlich gewesen wären. Das Kaiserreich, für das sie in den Krieg gezogen waren, gab es nicht mehr, der Kaiser selbst befand sich im niederländischen Exil, Deutschland im Umbruch. Am 9. November 1918 hatte Philipp Scheidemann, MSPD, vom Balkon des Reichstags in Berlin aus die »Deutsche Republik« verkündet und sich damit gegen Karl Liebknecht, den Sprecher des Spartakusbundes, durchgesetzt, der etwa zeitgleich die »Freie Sozialistische Republik« ausgerufen hatte. Unter der Führung von Friedrich Ebert übernahm der »Rat der Volksbeauftragten«, eine von MSPD und USPD gebildete provisorische Revolutionsregierung, die Regierungsgeschäfte. Der offene Widerstand des Spartakusbundes gegen die Politik des »Rates der Volksbeauftragten« wurde am 15. Januar 1919 mit Hilfe von Freikorpstruppen niedergeschlagen, seine politischen Köpfe, Karl Liebknecht und Rosa Luxemburg, ermordet.

Mit der Proklamation der »Deutschen Republik« war die grobe Richtung der künftigen Entwicklung vorgegeben, auch wenn noch nicht abzusehen war, wohin genau die revolutionären Ereignisse führen und wie die zurückkehrenden Soldaten und ihre Verbände sich in das neue, demokratische Deutschland integrieren würden.

---

1 Vgl. z. B. Becker/Krumeich, Der große Krieg, S. 315. Zum Kriegsende vgl. auch Klaus Schwabe, Das Ende des Ersten Weltkriegs, in: Hirschfeld/Krumeich/Renz, Enzyklopädie Erster Weltkrieg, S. 293–302.

Trotz aller Unruhen konnte am 19. Januar 1919 die Verfassungsgebende Nationalversammlung gewählt werden, die in Weimar zusammentrat und eine Verfassung für die erste deutsche Demokratie erarbeitete. Die Weimarer Verfassung wurde am 31. Juli 1919 verabschiedet und trat am 14. August in Kraft. Bereits im Februar 1919 hatte die Nationalversammlung Friedrich Ebert zum Reichspräsidenten gewählt und Philipp Scheidemann mit der Regierungsbildung beauftragt. Ihre Mitglieder gehörten den Parteien der sogenannten Weimarer Koalition an: SPD, DDP und Zentrum. Aufgabe der neuen Regierung war es, den Friedensvertrag zu unterzeichnen, den die Siegermächte seit Januar 1919 untereinander aushandelten. Scheidemann und seine Regierung weigerten sich und traten zurück, sodass der neue – ebenfalls sozialdemokratische – Reichskanzler Gustav Baum am 28. Juni 1919 im Spiegelsaal von Versailles seine Unterschrift unter das Vertragswerk setzen musste. Damit erkannte er im Namen der Regierung an – musste anerkennen –, dass Deutschland den Krieg verursacht und infolgedessen hohe Reparationen zu leisten hatte. Deutschland sollte alle Schäden begleichen, die den Alliierten durch die »Aggression« des Deutschen Reichs entstanden waren.[2] Weiter beinhaltete der Versailler Vertrag Gebietsabtretungen und die Aufgabe der Kolonien und legte fest – was auf deutscher Seite wohl besonders schwer zu ertragen war –, dass deutsche Kriegsverbrechen vor internationalen Militärgerichten verhandelt werden sollten. Dabei ging es in erster Linie um Verbrechen gegen Zivilisten sowie Plünderung, Brandstiftung, Zerstörung und Diebstahl, aber auch die Tötung von Kriegsgefangenen, Deportationen und Zwangsarbeit.[3] Auch Kaiser Wilhelm II. wurde von den Alliierten »wegen schwerster Verletzung des internationalen Sittengesetzes und der Heiligkeit der Verträge unter öffentliche Anklage« gestellt.[4] Aber der Kaiser hatte sich ja der Verantwortung entzogen und blieb bis zu seinem Tod im Juni 1941 im niederländischen Exil.

Viele Deutsche hatten den offiziellen Verlautbarungen über das angeblich siegreiche Heer bis zum Schluss vertraut und waren nun fassungslos. Die Bedingungen der Alliierten für den Frieden empfanden sie als empörend, ungerecht und schmachvoll. Der Versailler Vertrag gilt als »schwere Hypothek«[5] für die neue Regierung und die junge deutsche Demokratie, die ja – ebenso wie der Vertrag selbst – aus dem Ersten Weltkrieg hervorgegangen war. Gruppierungen am rechten Rand wetterten gegen beide. Und besonders die 1920 gegründete NSDAP verstand es, ihre Propaganda wirkungsvoll gegen den »Schandfrieden« zu richten, den sie auslöschen werde.

Zum Entsetzen über die im Versailler Vertrag fixierten harten Friedensbedingungen gesellte sich die Erkenntnis, dass die an der Front Gefallenen, deren schockierende Gesamtzahl erst nach dem Krieg publik wurde, sich umsonst geopfert hatten. Auch die Überlebenden, die sich 1914 – wenn auch nicht alle mit Begeisterung – in den Dienst des Vaterlandes gestellt hatten, fühlten sich betrogen und reagierten darauf so unterschiedlich wie ihre auf den Krieg projizierten Hoffnungen gewesen waren.

2 Vgl. z. B. Becker/Krumeich, Der große Krieg, S. 301.
3 Vgl. Horne/Kramer, Deutsche Kriegsgreuel 1914, Anhang 4, S. 656f.
4 Vgl. Teil VII des Versailler Vertrags, Artikel 227, zit. n. ebd., S. 655.
5 Vgl. ebd., S. 317.

Die jüdischen Frontsoldaten einte die Enttäuschung, dass sich die mit ihrem eindrücklich demonstrierten Patriotismus verbundenen Erwartungen nicht erfüllt hatten. Dass es so kommen würde, merkten sie schon bald. Zwar hatte der Krieg die Situation der Juden zunächst tatsächlich verbessert und der vor dem Ersten Weltkrieg vorhandene Antisemitismus schien zurückzutreten.[6] Doch schwand die Anfang August 1914 beschworene nationale Einheit in dem Maße, in dem sich abzeichnete, dass der erhoffte schnelle Sieg nicht zu erringen war. Mit zunehmender Kriegsdauer traten alte Vorurteile und Ressentiments erneut zutage.[7] Bereits Ende August 1914 sammelte der antisemitische »Reichshammerbund« wieder »Belastungsmaterial« gegen die Juden.[8] Weil die Militärzensur die »schlimmsten Auswüchse antisemitischer Propaganda« zunächst unterdrückte und das kaiserliche Deutschland »systematisch [wenngleich keineswegs umfassend] mit staatlichen Exekutivmitteln die antisemitische Agitation in der Öffentlichkeit« verhinderte,[9] griffen die Judenfeinde zum Mittel der Denunziation. In der rechtsgerichteten Presse verdächtigten sie die Juden der »Drückebergerei« und verleumdeten sie als »Kriegsgewinnler«, während gleichzeitig das preußische Kriegsministerium mit antijüdischen Eingaben überschwemmt wurde. Die Agitation hatte Erfolg. Am 11. Oktober 1916 ordnete der preußische Kriegsminister von Hohenborn eine Erhebung über die von Juden im Feld bekleideten Positionen an,[10] im Volksmund »Judenzählung« genannt. »Das patriotische deutsche Judentum war empört; dieser diskriminierende Erlass, der ihren Einsatz für das deutsche Vaterland in Frage stellte, hatte sie mitten ins Herz getroffen.«[11] Zwar lautete die offizielle Begründung, »man wolle den Vorwurf der ›Drückebergerei‹ lediglich nachprüfen, um ihm ›gegebenenfalls entgegentreten zu können‹«,[12] doch war der entstandene Schaden kaum mehr zu beheben. Da half es auch nicht, dass der neue preußische Kriegsminister Hermann von Stein, der von Hohenborn am 29. Oktober 1916 ablöste, den Erlass wieder zurücknahm.[13]

Die Ergebnisse der »Judenzählung« wurden nie veröffentlicht. Stattdessen oblag es den jüdischen Verbänden selbst, die deutschen Juden nach dem Krieg mit seriösen Hochrechnungen zu ›rehabilitieren‹. Danach waren unter rund 500.000 deutschen Staatsbürgern jüdischen Glaubens 100.000 Kriegsteilnehmer, von denen 77 Prozent an der Front standen. Circa 12.000 fielen, circa 30.000 wurden mit Tapferkeitsmedaillen ausgezeichnet. »Diese Zahlen entsprachen denen einer vergleichbaren sozialen Gruppe.«[14]

---

6   Vgl. Berger, Eisernes Kreuz und Davidstern, S. 128.
7   Vgl. ebd., S. 171f.
8   Vgl. Jahr, Episode oder Wasserscheide? in: Laupheimer Gespräche 2013, S. 54.
9   Vgl. ebd.
10 Vgl. Berger, Eisernes Kreuz und Davidstern, S. 172. Die Ergebnisse der Erhebung wurden erst nach dem Krieg veröffentlicht. Vgl. ebd., S. 175.
11 Ebd.
12 Jahr, Episode oder Wasserscheide?, in: Laupheimer Gespräche 2013, S. 56.
13 Vgl. Berger, Eisernes Kreuz und Davidstern, S. 176.
14 Vgl. z. B. Jahr, Episode oder Wasserscheide?, in: Laupheimer Gespräche 2013, S. 57.

Als im August 1919 die erste demokratische Verfassung in Deutschland in Kraft trat, sah es so aus, als sei die jüdische Minderheit trotz aller Widrigkeiten ans Ziel gelangt. Die Weimarer Verfassung hob die letzten Beschränkungen für jüdische deutsche Staatsbürger auf. Ihre gesellschaftliche Integration schien erreicht – und war doch gleich schon wieder gefährdet. Die rechten politischen Gruppierungen machten die Juden zu Sündenböcken der Niederlage. Einerseits perpetuierten sie den Vorwurf der »Drückebergerei« und kritisierten andererseits den jüdischen Anteil an der von ihnen ungeliebten Republik. Vor allem der im Februar 1919 in Berlin gegründete Reichsbund Jüdischer Frontsoldaten (RJF)[15] übernahm die ›Gegenpropaganda‹. Er wehrte sich durch die Verbreitung von Flugblättern und Plakaten, publizierte Statistiken und lieferte Argumente. Besonders viel versprach er sich von der Veröffentlichung des Gedenkbuchs für die jüdischen Gefallenen des Ersten Weltkriegs 1932[16] und der »Kriegsbriefe gefallener Deutscher Juden« 1935[17] – als es schon zu spät war.

Auch in Bochum machten die Antisemiten nach dem Ersten Weltkrieg (wieder) mobil. Ganz in ihrem Sinne traten auch die beiden evangelischen Pastoren auf, die am 31. Juli 1914 am Bochumer Bismarckdenkmal ihr überwiegend jugendliches Publikum mit patriotischen Ansprachen begeistert hatten:[18] Philipp Klose und Johannes Zauleck.[19] Klose scheint sich in politischen Versammlungen antisemitisch geäußert zu haben,[20] während sein Amtsbruder Zauleck, der ja auch Jugendpfarrer war, evangelische Kirchenblätter zur Verbreitung seiner ›Wahrheiten‹ nutzte. Der Rabbiner der Bochumer jüdischen Gemeinde, Dr. Moritz David, wehrte sich. Im Krieg hatte er unermüdlich an der Bochumer »Heimatfront« gekämpft: nicht nur durch patriotische Gottesdienste, sondern auch indem er die »vaterländischen Abende« mit organisierte oder durch öffentliche Aufrufe zur Zeichnung von Kriegsanleihen.[21] Pfarrer Zauleck war

---

15   Zum Reichsbund Jüdischer Frontsoldaten (RJF) vgl. z. B. Ulrich Dunker, Der Reichsbund Jüdischer Frontsoldaten 1919–1938. Geschichte eines jüdischen Abwehrvereins, Düsseldorf 1977.

16   Vgl. Reichsbund Jüdischer Frontsoldaten (Hg.), Die jüdischen Gefallenen des deutschen Heeres, der deutschen Marine und der deutschen Schutztruppen 1914–1918, Hamburg 1932. Reichspräsident von Hindenburg quittierte die Übergabe des Gedenkbuchs im Oktober 1932 mit den Worten: »In ehrfurchtsvoller Erinnerung an die auch aus Ihren Reihen für das Vaterland gefallenen Kameraden nehme ich das Buch entgegen und werde es meiner Kriegsbücherei einverleiben.« Vgl. Stadtarchiv Bochum (Hg.), Vom Boykott bis zur Vernichtung, S. 67.

17   Vgl. Reichsbund Jüdischer Frontsoldaten (Hg.), Kriegsbriefe gefallener Deutscher Juden, Berlin 1935.

18   Vgl. ebd., S. 27.

19   Hier ist nicht der Ort, das Wirken der beiden genannten Pastoren in Gänze zu untersuchen. Eine überwiegend positive Würdigung der Biografie Zaulecks legte Peter Friedemann vor. Vgl. Friedemann, Johannes Zauleck.

20   Vgl. Offener Brief Moritz David an Pfarrer Zauleck vom 21.1.1919, in: StadtA Bo, ZGS A4 39/I A 3.

21   Vgl. z. B. den Aufruf zum ersten vaterländischen Abend, MS, 21.10.1914 oder den Aufruf zur Zeichnung der 6. Kriegsanleihe, in: StadtA Bo, Plakatsammlung, I 2 c/114.

anscheinend schon im Januar 1918 mit antisemitischen Parolen aufgefallen. Damals, schrieb Moritz David im Januar 1919, habe er sich noch nicht öffentlich zu Wort gemeldet, weil eine feindliche Welt »unser deutsches Volk hart bedrängte« und er nicht dazu habe beitragen wollen, »dass innerer Hader sich öffentlich breit machte.« Nun aber sei der Krieg zu Ende, nicht siegreich, wie erhofft, und die Revolution habe auch noch innere Gegensätze »in unserem Volk« ans Licht gebracht, »die uns mit nicht geringerer Sorge erfüllen als das, was uns die Feinde auferlegen.«[22] Von seinen christlichen Kollegen war er maßlos enttäuscht. Die Aufgabe der Geistlichen sei es doch, »ausgleichend« zu wirken.[23] Stattdessen verweigerte Zauleck (und wohl auch Klose) ihm und seiner Gemeinde Schutz und Fürsprache und beteiligte sich sogar selbst an der antisemitischen Propaganda. Gegen all die Flugblätter, die die Juden unter Beschuss nahmen, wolle er nichts unternehmen, schrieb David, auch wenn es bitter wehtue. Etwas anderes dagegen sei es, wenn ein evangelischer Pfarrer zum Kampf gegen das Judentum aufrufe. »Dann gebieten mir Pflicht und Gewissen, dagegen Front zu machen.«[24] Pfarrer Zauleck mit Argumenten und Appellen zu überzeugen, hatte er wohl aufgegeben und wandte sich jetzt, im Januar 1919, an ein größeres Publikum. In einem offen Brief an Zauleck erinnert er an die Opfer der deutschen Juden im Krieg. Diese hätten,

> »zumal in den letzten Monaten und Wochen ein seelisches Märtyrertum erduldet, von dessen Bitterkeit Sie vielleicht keine Vorstellung haben. Denn Sie und alle Nichtjuden mussten es ja noch nicht erleben, daß Sie in reinstem heiligstem Wollen ihr Blut oder das Ihrer Kinder fürs Vaterland eingesetzt und hingegeben haben und dass Sie, noch während Sie es taten, und erst recht hinterher mit ihren Glaubensgenossen geschmäht wurden in einer Weise, die ich nicht kennzeichnen will, weil ich sonst auf die Stufe der antisemitischen Propaganda und ihrer Hintermänner hinabsteigen müßte. Nachdem die jüdische Jugend in edelster Begeisterung ins Feld gezogen, nachdem von 100.000 deutschen Juden, die den Waffenrock getragen, 20.000 gefallen sind, nachdem in der Heimat die Männer und besonders die Frauen in selbstlosester Weise dem Dienste der Gesamtheit sich hingegeben, treibt man durch Flugblätter und Reden eine antisemitische Hetze, die zu Pogromen führen würde, wenn unsere Arbeiter so dumm wären, wie jene sie gerne hätten, die hinter diesem Treiben stehen und das Geld dafür hergeben. Auch in Bochum hat man solche Blätter verbreitet.«[25]

Der Angesprochene, Johannes Zauleck, verwahrte sich in seiner ebenfalls öffentlichen Antwort gegen den Vorwurf, ein Antisemit zu sein, um sogleich zu beweisen, dass er doch einer war. Er wolle »den Kampf an[nehmen],« tat er kund, und ließ sich auf vier

---

22 Ebd.
23 Vgl. StadtA Bo, ZGS A4 39.
24 Ebd.
25 Ebd. Bei der Zahl der gefallenen Juden greift David etwas zu hoch. Es waren wohl ›nur‹ 12.000. Zauleck greift das in seiner Replik dankend auf: Man habe ihn von verschiedenen Seiten gebeten, »die Zahlenangabe des Herrn Dr. David über die jüdischen Frontopfer recht kräftig in Zweifel zu ziehen.«

Druckseiten lang und breit über »das Judentum« aus, wobei er die bekannten Vorurteile und Stereotype – von der »jüdischen Geldsucht« über die »jüdische Herrschsucht« bis zur »sittliche[n] Skrupellosigkeit« der Juden – bemühte. Die rhetorische Frage, ob denn »die Juden in dem Maße, wie sie Richter- und Rechtsanwalts-, Verwaltungs- und Regierungsstellen einnehmen, auch im Kriege zu den Opfern beigetragen haben, die von unserem Volke gefordert wurden«, barg seine Antwort in sich. Besondere Sorge scheint ihm der »Geist der sittlichen Skrupellosigkeit« bereitet zu haben, der »von der jüdischen Presse und dem jüdischen Theater- und Lebeweltwesen ausgehend, unser ganzes christliches Volk völlig zu zersetzen droht«.[26] Diesem »Geist« entgegenzuwirken, fühle er sich berufen, denn: »Dies ist das ›Judentum‹, das wir nicht möchten zur Herrschaft gelangen sehen. Wir fühlen, was Treitschke sagt: ›Die Juden sind unser Unglück.‹ Und gegen dieses Unglück wehren wir uns als die berufenen Wächter des Volkes«.[27]

Gefallenengedenken und der »Löwe von Juda«

Natürlich gab es Bochumer Bürger, die weiterhin zur jüdischen Minderheit standen. Als die Jüdische Gemeinde Bochum im Mai 1921 in ihrer Synagoge eine Gedenktafel für die im Ersten Weltkrieg gefallenen jüdischen Soldaten einweihte, tat sie das in Gegenwart zahlreicher nichtjüdischer Gäste, darunter Vertreter des Kreiskriegerverbandes.[28]

Diese werden erstaunt zur Kenntnis genommen haben, dass die jüdischen Gefallenen die ersten waren, die in Bochum geehrt wurden. Leo Baer war es, der als Mitglied des Repräsentanten-Kollegiums der Bochumer jüdischen Gemeinde mit der Realisierung des Denkmals beauftragt worden war.[29] Es darf angenommen werden, dass auch die Idee selbst von ihm stammte. Während also die Jüdische Gemeinde ihren toten Soldaten schon 1921 ein Denkmal setzte, entstanden die meisten Erinnerungsmale für die Gefallenen des Ersten Weltkriegs auf dem Gebiet der heutigen Stadt Bochum erst in der zweiten Hälfte der 1920er Jahre. Ihre Initiatoren waren vor allem Kriegervereine, daneben Kirchengemeinden, Betriebe, Sportvereine und andere, die in erster Linie ihre ›eigenen‹ Gefallenen ehrten. Wie andernorts war auch in Bochum das Gedenken an die Weltkriegsopfer geteilt und uneinheitlich. Doch als am 13. Mai 1928 an der Königsallee/Ecke Waldring das zentrale Kriegerdenkmal der Stadt Bochum enthüllt wurde, beschworen die Veranstalter noch einmal die nationale Einheit. Alle »Stände« seien gekommen, ohne Unterschied des Glaubensbekenntnisses. »Über alle Schranken hinweg« reichten sie sich »im Geiste die Hand«, so der Vorsitzende

---

26 Ebd.
27 Ebd.
28 Berichte zur Einweihungsfeier enthalten der MS, 25.5.1921 und »Der Gemeindebote«, Beilage zur Allgemeinen Zeitung des Judentums, 27.5.1921.
29 Vgl. Leo Baer an Kulturamt Bochum, Januar 1968, in: StadtA Bo, BO 41, Zugang Nr. 659/1625 Bd. 1.

des Kreiskriegerverbandes Paul Hilgenstock, und seien sich »im Gedächtnis an die gefallenen Helden einig.«[30] Unter den Honoratioren, die bei der Grundsteinlegung »Hammerschläge« ausführten, befand sich Moritz David, der Rabbiner der Jüdischen Gemeinde.[31]

Die Ehrentafel für die jüdischen Gefallenen fand ihren Platz im Eingangsbereich der Synagoge. Sie setzte sich aus drei in roten Marmor eingelassenen Bronzeplatten mit den Namen der etwa 30 Bochumer Gefallenen zusammen. Schwarzer Marmor bildete den Rahmen. Oberhalb der Tafel leuchtete in goldener Schrift der Spruch: »Mit seinem Fittiche bedeckt er Dich und unter seinen Flügeln bist Du geborgen«. Darunter stand auf Hebräisch: »Das Andenken der Gerechten ist zum Segen.« Links und rechts neben der Gedenktafel befanden sich Bronzereliefs mit bildlichen Darstellungen: links ein Adler und rechts ein Löwe. Das Arrangement hatte hohen Symbolwert. Der Löwe war das Wappentier des israelitischen Stammes Juda. Adler und Löwe erinnerten an eine Geschichte aus dem Alten Testament: die Schlacht der Juden gegen die Philister auf dem Berg Gilboa und die Totenklage Davids auf Saul und dessen Söhne, die dabei gefallen waren. »Wie sind die Helden gefallen«, klagte David. »Schneller als Adler waren sie, stärker als Löwen.«

Rabbiner Dr. Moritz David hielt die Gedenkrede. Seine Betroffenheit über den nach dem Ersten Weltkrieg massiv zutage getretenen Antisemitismus verhehlte er nicht. Aber er hoffte noch, trotz aller Widrigkeiten, dass das »Blutopfer« der gefallenen jüdischen Soldaten sich über kurz oder lang auszahlen werde. In seiner Rede verknüpfte er die Berufung auf die auf dem Berg Gilboa gefallenen »Gerechten« mit der Erinnerung an die jüdischen Gefallenen des Ersten Weltkriegs. Diese würden im Gedenken der ganzen Gemeinde fortleben, denn: »Der Gerechte wird leben durch seine Treue«. Die Treue der Gefallenen habe dem deutschen Vaterland gegolten, wovon die Gedenktafel Zeugnis ablege. »Sollte dieser Maueranschlag«, so der Rabbiner, »nicht wichtiger und entscheidender sein als alle Zettel der Gasse?« Gegen die damit gemeinte antijüdische Hetze stellte er die Namen der Gefallenen, die »von unentwegter Treue zum deutschen Vaterland« sprechen würden, »so eindringlich und gewinnend wie nur Blutzeugen der Treue sprechen können«.[32]

Bekanntlich irrte David. Die bittersten Erfahrungen, auch für ihn persönlich, standen noch aus. Und als hätte es dieses Symbols für die enttäuschten Hoffnungen bedurft, zerschlugen SA-Banden am 9. November 1938 die Gedenktafel für die Bochumer jüdischen Gefallenen des Ersten Weltkriegs. Nur das Bronzerelief mit dem

---

30 Zur Grundsteinlegung und Einweihung des Denkmals an der Königsallee vgl. die Berichterstattung im MS, in: StadtA Bo, ZA-Slg. V K 5.
31 Bei Grundsteinlegung und Einweihung nicht dabei waren Vertreter der Arbeiterbewegung. KPD und SPD lehnten das im revanchistischen Stil gehaltene Denkmal ab, das einen von hinten von einem Pfeil getroffenen, sich aufbäumenden Löwen zeigte, der gen Westen – also Frankreich – brüllte und die Dolchstoßlegende symbolisierte. Zur Kritik der Sozialdemokraten vgl. z. B. den Artikel »Verkalkte Idee – Der Löwe heult – Die nationale Übertrumpfung«, in: Volksblatt, 16.5.1928.
32 »Der Gemeindebote«, 27.5.1921.

»Löwen von Juda« entging ihrer Zerstörungswut. Sein Schicksal ist eng mit dem der Familie Baer verzahnt.

Die 154er und die Rote Ruhrarmee

Einige der früheren Kriegskameraden Leo Baers werden bei der Einweihungszeremonie der Gedenktafel in der Bochumer Synagoge dabei gewesen sein. Die überkonfessionelle Gemeinschaft der Soldaten hatte nach dem Krieg vielerorts zunächst Bestand. Wie Baer betonte, fanden sich Ehemalige seines Regiments im Reservistenverein der 154er »ohne Unterschied des Standes, der politischen und religiösen Richtung« zusammen.[33] Das sagt natürlich nichts darüber aus, wie die 154er aus Bochum und dem Ruhrgebiet die revolutionären Ereignisse nach dem Ersten Weltkrieg in ihrer Heimat erlebten und bewerteten. Auf welcher Seite standen sie? Verhielten sie sich passiv und beobachtend oder beteiligten sie sich an den Kämpfen? Ein Teil ihrer Regimentskameraden aus Niederschlesien nahm aktive Rollen ein. Im Frühjahr 1920 marschierten ehemalige 154er ins Ruhrgebiet ein und halfen bei der Niederschlagung der Roten Ruhrarmee.

Den Ausgangspunkt für den Ruhrgebiets-Einsatz der noch im Militärdienst stehenden 154er bildete der Kapp-Lüttwitz-Putsch im März 1920, der die Sympathien zahlreicher Soldaten hatte. Auch der »Rest« des IR 154 hatte sich den Putschisten angeschlossen. Unter den Bedingungen des Versailler Vertrags war das Regiment reduziert und zu einem Bataillon unter der Bezeichnung »II. B[a]t[ail]l[on] Reichsw[ehr] Inf[anterie] Reg[imen]t 12« zusammengelegt worden. Es sei »auf die Seite der Kappregierung« getreten, heißt es in der Regimentsgeschichte,[34] die auch die Begründung dafür liefert: Es sei keine Freude gewesen, »in jener Zeit Soldat zu werden«, denn »Soldat sein bedeutete ja der bestgehaßteste [sic!] Mann der Republik zu sein.« Die Regierung, »eine Vereinigung von Pazifisten, Eidbrechern und Landesverrätern«, könne der Soldat »nicht achten«, während die Regierung ihrerseits »Abneigung und Angst« vor ihm habe. »Wer 1919 Soldat wurde, mußte vorher alle Brücken hinter sich abbrechen.«[35] Die junge Weimarer Republik war von Anfang an umstritten, durch den Kapp-Lüttwitz-Putsch war sie ernsthaft bedroht. Der Putsch scheiterte an der Gegenwehr der linken Parteien und der Gewerkschaften.

In Bochum erklärte der Magistrat der Stadt unter Führung von Oberbürgermeister Fritz Graff seine Loyalität gegenüber der gestürzten Regierung: Von der »Regierung Kapp« werde er keine Weisungen entgegennehmen.[36] Graff war Oberbürgermeister bereits seit 1904. An der personellen Kontinuität in diesem Amt hatten weder der

---

33 Baer, Erinnerungssplitter, S. 308.
34 Vgl. Geschichte des IR 154, S. 431.
35 Ebd., S. 421.
36 Vgl. Telegramm des Magistrats der Stadt Bochum an Reichspräsident Ebert in Dresden, den Präsidenten der Nationalversammlung Fehrenbach in Stuttgart sowie an die vier Bochumer Tageszeitungen, 15.3.1920, in: StadtA Bo, B 222.

Erste Weltkrieg noch die Novemberrevolution 1918, die unter der Führung des Sozialdemokraten Fritz Husemann auch in Bochum einen Arbeiter- und Soldatenrat hervorgebracht hatte, noch die Kommunalwahl am 2. März 1919 etwas geändert.[37] Nach dem Kapp-Putsch bildete sich in Bochum aus Mitgliedern der MSPD, der USP und der KPD erneut ein »Arbeiterrat«. Er rief zum Generalstreik auf und gab die Bewaffnung des »klassenbewussten Proletariats« bekannt.[38] Daneben entstand eine circa 1.500 Mann starke Bochumer »Arbeiterwehr«, die sich Mitte März 1920 an den Kämpfen der Roten Ruhrarmee bei Wetter, Dortmund, Hörde, Gelsenkirchen, Wattenscheid und Essen beteiligte.[39] Die in der Roten Ruhrarmee zusammengeschlossenen Einheiten legten die Waffen nach der Niederschlagung des Kapp-Putsches nicht nieder, sondern kämpften weiter. Dabei war ihre Struktur ebenso heterogen wie die politischen Ziele und Positionen der einzelnen Arbeiterräte.

In dieser Situation habe sich die nach der Abwehr des Kapp-Putsches wieder eingesetzte Regierung in Berlin »nach langem ängstlichem Zögern endlich« dazu entschlossen, Truppen ins Ruhrgebiet »in Marsch zu setzen«, steht in der Regimentsgeschichte des IR 154. Dazu gehörte auch das aus den 154ern hervorgegangene Bataillon.[40] Seine »Verladung nach dem Ruhrgebiet« fand Ende März statt. Auf der letzten Strecke wurde der Transport durch einen »vorwegfahrenden Panzerzug« begleitet. Die »Ausladung« des Bataillons erfolgte in Coesfeld, im westlichen Münsterland, wo es »zum Detachement von Amann« trat, das aus Prinz Oskars ehemaligem Grenadier-Regiment Nr. 7 entstanden war. Dem Bataillon wurden »1 Haubitzbatterie (15 cm), 1 10 cm-Kanonen-Batterie, 2 Schwadronen Hus.R.4, 1 Pionierkompagnie« unterstellt.[41] Auf diese Weise gut gerüstet, nahm es den Kampf gegen die Arbeiter auf. Es marschierte Richtung Buer (heute ein Stadtteil von Gelsenkirchen), das, glaubt man der Darstellung in der Regimentsgeschichte, nahezu mühelos »erobert« wurde. Am Ortseingang waren aber auch zwei Batterien in Stellung gebracht worden, die ihre Geschütze auf die Stadt richteten.[42] Nachdem es seinen Auftrag in Buer erfüllt hatte, zog das Bataillon auf der Straße Buer-Horst weiter Richtung Gelsenkirchen und schließlich nach Essen,[43] das noch im Besitz der »Roten Truppen« gewesen sei, die sich »am anderen Ufer des Kanals sehr geschickt in den Häusern mit Ma-

---

37 In Bochum konnte das Zentrum mit 19.313 die meisten der abgegebenen 51.437 Stimmen für sich verzeichnen. Vgl. BA, 3.3.1919.
38 Vgl. Artikel »Ein Aufruf des Arbeiterrats. Volksgenossen, Arbeiter!«, in: MS,15.3.1920.
39 Vgl. StadtA Bo, ZGS A 1 62.
40 Vgl. Geschichte des IR 154, S. 431.
41 Vgl. ebd.
42 Vgl. ebd. Eine ausführliche Darstellung über die Ereignisse im Ruhrgebiet im März/April 1920 liefert die zweibändige Publikation von Günter Gleising: 1. Kapp-Putsch und Märzrevolution 1920 (I). Ereignisse und Schauplätze in Bochum und Umgebung, Bochum 2010. 2. Kapp-Putsch und Märzrevolution 1920 (II). Gräber und Denkmäler zwischen Rhein und Weser erzählen Geschichte, Bochum 2014. Zu den Kämpfen in und um Buer vgl. ebd., Bd. II, S. 233f. Danach wurde nach der Besetzung von Buer ein »Kriegsgericht der Reichswehr installiert, das viele Terrorurteile fällte.« Ebd., S. 235
43 Vgl. Geschichte des IR 154, S. 431–434.

schinengewehren eingenistet« hätten und »mit allen Mitteln« versuchten, »Horst zu nehmen.«[44] Am zweiten Osterfeiertag sei dann aber einer Kompanie des Bataillons ein Vorstoß »über den Kanal bis in die Vorstadt von Essen hinein« gelungen. Dadurch sei »der feindliche Widerstand« zusammengebrochen, »da die Spartakisten sahen, dass Ernst gemacht wurde.«[45] Die Regimentsgeschichte behauptet, in Essen habe »großer Jubel« über den Einzug der Truppe geherrscht.[46] Sie verschweigt den Terror, dem die Bevölkerung dort und vor allem die aufständischen Arbeiter nach der Besetzung durch Reichswehrtruppen ausgesetzt waren. So gab es offenbar neben Hunderten von Hausdurchsuchungen, Gefangennahmen und Aburteilungen durch Standgerichte auch »zahlreiche ›rein willkürliche Erschießungen‹ von Leuten, ›die im Geruch des Bolschewismus oder Spartakismus standen.‹«[47]

Die Ereignisse im März/April 1920 können hier nicht en detail erörtert werden.[48] Die Uneinigkeit auf Seiten der organisierten Arbeiter trug dazu bei, dass diese ihre Forderungen nicht durchsetzen konnten.[49] In Bochum zum Beispiel kam es zu massiven Konflikten zwischen der »Arbeiterwehr« auf der einen und dem »Arbeiterrat«, dem im Laufe des Monats März auch Vertreter der Gewerkschaften aller drei Richtungen und der Angestelltenverbände beigetreten waren, auf der anderen Seite. Aber sie hatten ohnehin keine Chance mehr, als Anfang April 1920 Militär einmarschierte. Die Reichswehrtruppen schlugen den Arbeiteraufstand blutig nieder. Das aus dem IR 154 hervorgegangene Bataillon hatte wesentlichen Anteil daran. Am 8. Mai zog es sich nach Lünen, Kreis Unna, zurück, wo es eine Woche später »verladen« wurde. Am 16. Mai traf es wieder in Jauer ein.[50]

Leo Baer schreibt nichts über die Unruhen im März/April 1920 und den Einsatz seiner ehemaligen Kriegskameraden gegen die Arbeitereinheiten im Ruhrgebiet. Es ist aber kaum vorstellbar, dass er nichts davon mitbekam. Falls er nähere Informationen über die Aktionen und Akteure der schlesischen 154er erhielt, dürfte ihm ein Name besonders aufgefallen sein: der des Oberleutnants de Niem. Leo Baer behielt den Offizier vor allem deshalb in schlechter Erinnerung, weil er seinem Widersacher Klemt eng verbunden war, der in seinem Artikel über die Schlacht auf den Maashöhen im September 1914 de Niem überschwänglich gelobt hatte, zu Unrecht, wie Baer meinte, während er die Heldentaten des jüdischen Unteroffiziers Zürndorfer verschwieg.[51] Im Frühjahr 1920 führte de Niem eine Kompanie des aus dem IR 154 hervorgegangenen Bataillons gegen die Rote Ruhrarmee.[52] Der Autor dieses Teils der

---

44 Vgl. ebd., S. 434.
45 Vgl. ebd.
46 Vgl. ebd.
47 Vgl. Gleising, Kapp-Putsch und März-Revolution Bd. II, S. 214.
48 Dazu vgl. v. a. Gleising, Kapp-Putsch und Märzrevolution 1920, Bd. I und Bd. II.
49 Vgl. StadtA Bo, ZGS A 1 62.
50 Vgl. Geschichte des IR 154, S. 434.
51 Vgl. S. 42 dieses Buches.
52 Vgl. Geschichte des IR 154, S. 432f.

Regimentsgeschichte, ein Ekkehard Heuber, Vizefeldwebel der Reserve aus Jauer,[53] spricht vom »Bruderkampf« und davon, dass es ein »ekelhaftes Gefühl« gewesen sei, »auf Landsleute schießen zu müssen«.[54] Er erwähnt nicht, dass auch Kameraden des IR 154 auf der anderen Seite standen oder hätten stehen können. Wie die »Erinnerungssplitter« verraten, hatten auch Kommunisten aus dem Ruhrgebiet zum Regiment gehört. Im Kapitel »Mein Traum« lässt Leo Baer einen Feldwebel Schimke aus Jauer auftreten und über die »Roten Elemente« aus dem Ruhrgebiet schimpfen. Baer habe sich im Krieg mit ihnen gemein gemacht. Bei der Mobilmachung in Jauer hätten sie sich aufgeführt »wie die Herren der Welt« und man habe erst »Gewalt« über sie bekommen, als sie in Uniformen steckten.[55] Leo Baer deutet an, dass er sich nicht scheute, nach dem Krieg den Kontakt zu Kommunisten aus seinem Regiment zu halten.[56] Er teilte Kriegserinnerungen mit ihnen, die politische Überzeugung sicher nicht.

Neustart und ›Normalität‹ in den 1920er Jahren

Seit November 1918 war Leo Baer wieder in Bochum und versuchte, an sein ziviles Leben vor dem Ersten Weltkrieg anzuknüpfen. Am 4. September 1919 schloss er vor dem Standesamt der Stadt Bochum die Ehe mit Else Marx, einer Wäscheverkäuferin aus Dortmund.[57] Dass er das tun würde, hatte er sich beim Absturz des Flugzeugs vorgenommen, mit dem er nach dem Waffenstillstand aus Belgien geflohen war. Sollte er das Unglück überleben, so sein Schwur, werde er Else Marx heiraten.[58] Vermutlich waren Leo und seine spätere Frau sich während seiner Lehrzeit in der Dortmunder Filiale der Firma Orenstein & Koppel nähergekommen. Else war als Tochter des Synagogendieners Joseph Marx und dessen Ehefrau Pauline, geborene Edelstein, am 24. April 1891 in Dortmund zur Welt gekommen. 14-jährig begann sie eine Lehre bei der Firma Rose & Co., einem Unternehmen, das außer einem großen Geschäft mit Manufaktur- und Modewaren, Wäsche, Damen- und Herrenkonfektion am Westenhellweg in Dortmund auch eine Möbelfabrik nebst Lager und Polsterwerkstätten unterhielt.[59] Sie blieb in der Firma bis Ende Februar 1919. Leo Baer scheint ihr direkt nach seiner Heimkehr einen Antrag gemacht zu haben. Ihre Kündigung zum 1. März 1919 begründete Else Marx mit der bevorstehenden Hochzeit,[60] die allerdings erst ein halbes Jahr später stattfand. Es ist anzunehmen, dass Leo Baer zuvor seine

---

53 Vizefeldwebel d. R. Ekkehard Heuber, Jauer, schrieb das Kapitel »Das Regiment im Grenzschutz und an der Ruhr«.
54 Geschichte des IR 154, S. 434.
55 Baer, Erinnerungssplitter, S. 335.
56 Vgl. ebd., S. 363 ff.
57 Vgl. StadtA Bo, Standesamt Bochum-Mitte, Heiratsurkunde 1030/1919.
58 Vgl. Baer, Erinnerungssplitter, S. 353.
59 Vgl. FamA Baer-Goldberg.
60 Vgl. ebd.

wirtschaftlichen Verhältnisse ordnen wollte. Am 4. November 1919 traute Rabbiner Dr. Moritz David das Paar in der Synagoge Essen. Die Quellen verraten nicht, warum die Hochzeitsgesellschaft in die Nachbarstadt zog, denn Bochum hatte eine eigene prächtige Synagoge. Am 22. Dezember 1920 kam die Tochter Karola (Rufname: Karla) zur Welt, am 11. April 1923 der Sohn Werner.[61]

Die wirtschaftliche Basis der jungen Familie bildete die Firma, die von Baers Vater Isaac 1881 gegründet und nach dessen Tod 1908 von Leos Mutter Karoline weitergeführt worden war. Am 1. Februar 1916 – mitten im Krieg – war im Alter von 62 Jahren auch Karoline Baer verstorben. Leo als ältestem Sohn oblag es, ihren Tod vor dem Standesamt Bochum-Mitte anzuzeigen.[62] Doch nicht nur er, auch seine drei Brüder hatten Fronturlaub bekommen, um an der Beisetzung der Mutter teilzunehmen. Über die Zukunft des Familienunternehmens konnte erst nach Kriegsende entschieden werden. Alle fünf Geschwister hatten gleichberechtigt geerbt. Am 1. Januar 1919 wurde das Erbe unter notarieller Aufsicht verteilt. Rosa Hirschberg, geborene Baer, übertrug ihren Anteil auf ihren Mann Hugo Hirschberg, der zusammen mit Leo Baer die Isaac Baer OHG übernahm. Die Brüder Albert, Salli (genannt Kurt) und Isidor (genannt Otto) wurden in den kommenden Jahren abgefunden.[63] Dass Baer und Hirschberg eng zusammenarbeiten mussten, barg Konfliktstoff, denn die beiden Schwager verstanden sich nicht gut.

Als Miteigentümer eines Betriebes hatte Leo Baer deutlich bessere Startbedingungen für ein ›geregeltes‹ Leben nach dem Krieg als die meisten seiner ehemaligen Kriegskameraden. Dennoch waren die ersten Nachkriegsjahre auch für ihn schwierig. Der Krieg hatte nicht nur soziale, sondern auch schwere ökonomische Lasten hinterlassen, die die Weimarer Republik in der Nachfolge des Kaiserreichs zu tragen hatte. Um die kriegsbedingten Staatsschulden in den Griff zu bekommen, wurde die Geldmenge massiv erhöht. Die darauf folgende Inflation erreichte mit der Hyperinflation 1923 ihren Höhepunkt. Leo Baer bezeichnet die »Inflationsjahre« lapidar als »weniger erfreulich«. Die Situation verschärfte sich weiter durch die Ruhrbesetzung durch französische und belgische Truppen (aufgrund ausbleibender Reparationszahlungen an die Siegermächte) und den passiven Widerstand dagegen (»Ruhrkampf«).[64] Baer hatte Mühe, die Firma »über die Klippen« zu bringen, zumal er sich auch gegen seinen Schwager und einen langjährigen Angestellten durchsetzen musste, die seine unternehmerischen Entscheidungen oft in Frage stellten.[65] Mit der Währungsreform Ende 1923, die die Rückkehr zu einer stabilen Währung einleitete, begann eine Phase des wirtschaftlichen Aufschwungs, wovon auch die Isaac Baer OHG profitieren konnte. Sie entwickelte sich gut und stand bis 1928 »in voller Blüte«.

61 Vgl. ebd.
62 Vgl. ebd. (Sterbeurkunde Karoline Baer).
63 Vgl. ebd.
64 Der Begriff »Ruhrkampf« für den Widerstand gegen die Ruhrbesetzung ist allerdings umstritten. In der neueren Forschung wird er eher für die revolutionären Ereignisse im Ruhrgebiet nach der Niederschlagung des Kapp-Putsches verwandt.
65 Vgl. Baer, Erinnerungssplitter, S. 389.

Der Warenumsatz betrug in dieser Zeit durchschnittlich eine Million Reichsmark pro Jahr, der Reingewinn, den die beiden Firmeninhaber sich teilten, circa 30.000 Reichsmark.[66]

In dem Betrieb an der Gerberstraße wurde Metall getrennt – Eisen und Stahl von verrosteten Teilen. Die hereinkommenden Stücke kamen zunächst zum Wiegen auf eine große Waage, dann erfolgte die Trennung. Stahl wurde mit Hilfe eines Stahlschneiders zerkleinert.[67] Die Firma war eine der wenigen in Deutschland, die die Groß-, Mittel- und Kleinhandelskonzession für den Handel mit unedlen Metallen innehatte.[68] Laut Bochumer Adressbuch verwertete sie nicht nur Eisen, Metalle und Nutzeisen, sondern auch Rohprodukte für chemische und Kunstwoll-Fabriken. Die Isaac Baer OHG war mehr als ein Altwarenhandel und hatte mit dem ursprünglichen »Trödler«-Geschäft kaum noch etwas gemein. Ihr Betätigungsfeld beinhaltete auch die Demontage von Lokomotiven und von ganzen Zechenanlagen. Ein Großprojekt dieser Art war zum Beispiel die Demontage der am 30. Juni 1924 stillgelegten Zeche »Alte Haase III«.[69] Mit dem Abbruch der Tagesanlagen der zu »Alte Haase III« gehörenden Gewerkschaft Barmen (beide im Besitz der Gewerkschaft Lothringen) wurde die Isaac Baer OHG betraut.[70] Zur Firma gehörten neben der Betriebs-Zentrale an der Gerberstraße 11, wo auch die Weiterverarbeitung der demontierten Anlagen erfolgte, mehrere weitere Grundstücke an der Gerberstraße sowie ein Eisenlager auf einem angemieteten Industriegrundstück an der Wörthstraße (heute Ursulastraße) in Bochum-Stahlhausen.[71]

Offenbar galt Leo Baer als kompetent in seinem Metier, denn bereits seit dem 1. August 1921 fungierte er vor den Gerichten im Rheinisch-Westfälischen Handelskammerbezirk als öffentlich angestellter und beeideter Sachverständiger für den Handel mit Schrott. Von den Mitgliedern der Fachverbände wurde er außerdem als Schlichter in außergerichtlichen Streitigkeiten herangezogen. Dabei war die Bescheinigung seiner »technische[n] Erfahrungen«, die ihm die Firma Orenstein & Koppel 1918 ausgestellt hatte,[72] sicher nicht von Nachteil. Seine Gutachtertätigkeit brachte ihm im Schnitt ein zusätzliches Jahreseinkommen von circa 3.000 Reichsmark ein.[73]

Die Schwierigkeiten, die Leo Baer und sein Schwager Hugo Hirschberg miteinander hatten, dürften mit ein Grund dafür gewesen sein, dass Baer es vorzog,

---

66 Vgl. Landesarchiv NRW, Abteilung Westfalen/NRW Staatsarchiv Münster (StaMs): Regierung Arnsberg, Wiedergutmachungen, Nr. 427 165, Bl. 24.
67 Vgl. Interview Ingrid Wölk/Karla Goldberg in Toronto, 7.8.2002.
68 Vgl. StaMs, RP Arnsb., Wiedergutmachungen, Nr. 427 165, Bl. 24.
69 Vgl. z. B. Joachim Huske, Die Steinkohlenzechen im Ruhrrevier. 3. Auflage, Bochum 2006, S. 67. Für die Unterstützung bei der Recherche zur Gewerkschaft Barmen bedanke ich mich bei Walter Gantenberg und Ursula Jennemann-Henke.
70 Vgl. StaMs, Rückerstattungen, Nr. 9545, Bl. 142 ff.
71 Vgl. StadtA Bo, Adressbuch 1920.
72 Vgl. FamA Baer-Goldberg (Bescheinigung Orenstein & Koppel, 13.8.1918).
73 Vgl. StaMs, RP Arnsb., Wiedergutmachungen, Nr. 427 165, Bl. 26 und Bl. 42. Sein Gutachteramt durfte Baer bis 1934 ausüben. 1935 musste er das Original der Bestallungsurkunde der Handelskammer zu Bochum zurückgeben. Vgl. ebd.

sich mit seiner Familie nicht in der Nähe der Firma niederzulassen, sondern weiter weg. Während die Familie Hirschberg – Hugo Hirschberg und dessen Gattin, Leos Schwester Rosa, samt den Söhnen Walter und Kurt[74] – das Baersche Elternhaus an der Gerberstraße 11 im Stadtzentrum bewohnte, zog Leo Baer mit seiner Frau und seinen Kindern in ein Haus an der Wrangelstraße 28 (heute Akademiestraße). Mitte der 1920er Jahre, als es ihnen wirtschaftlich gut ging, richteten Else und Leo Baer sich dort neu ein. Die Ausstattung ihrer Wohnung entsprach ›gehobenem‹ bürgerlichem Standard und dokumentierte Baers sozialen Status auch nach außen. Neben dem Wohnzimmer gab es ein »Herrenzimmer«, in dem der Familienvater wohl seine (männlichen) Gäste empfing. Baer bezifferte später den Wert der aus Polsterstühlen, Tisch und Schreibtisch, Rauchtisch, Sofa, diversen Sesseln, Kunstwerken und einer Bibliothek bestehenden Einrichtung des Herrenzimmers auf 8.200 Reichsmark,[75] den des 1925 bei der Firma Eppinghausen in Dortmund, Westenhellweg, gekauften Esszimmermobiliars – Ausziehtisch mit gepolsterten Stühlen und einem Armsessel, Buffet, »Kredenz« und Vitrine – auf 6.500 Reichsmark.[76]

Ebenso wie seine Eltern war Leo Baer sozial engagiert. Er sei ein »gutmütiger Mensch« gewesen, erinnerte sich Marianne Altenburg, die Tochter seines Kriegskameraden Wilhelm Ronsdorf, und habe »vielen, vielen Menschen« geholfen.[77] Aber er gönnte auch sich und seiner Familie etwas. Die Baers beschäftigten verschiedene Haushaltshilfen, darunter einen Koch und einen Chauffeur. Im Sommer fuhren sie regelmäßig in den Urlaub, bevorzugt an die Nordsee, in den Schwarzwald und nach Bad Schwalbach.[78] Die Kinder besuchten gute Schulen. Die Tochter Karla kam nach der jüdischen Grundschule auf das Lyzeum Bochum, der Sohn Werner auf das Staatliche Gymnasium und Realgymnasium (das spätere Gymnasium am Ostring).[79] Vermutlich hatte Leo Baer die Hoffnung, dass sein Sohn einmal Ingenieur werden würde und damit den Beruf ergriff, den er selbst aus Rücksicht auf die Erwartungen seiner Eltern nicht hatte erlernen dürfen. Ob Werner diesen Wunsch teilte, sei dahingestellt. Er war eher der musische Typ. Vielleicht erging es ihm ähnlich wie einst seinem Vater und er sah sich in der Pflicht für die Familie und das Unternehmen, in dem technisches Know-how sicher ebenso gefragt war wie kaufmännisches. Jedoch

---

74 Vgl. FamA Baer-Goldberg. Ein dritter Sohn Rosa und Hugo Hirschbergs, Hans, war früh verstorben.
75 Leo Baer gab seinen Wert im späteren Wiedergutmachungsverfahren mit 8.200 Reichsmark an. Vgl. StaMs, RP Arnsb., Wiedergutmachungen, Nr. 427 165.
76 Kosten des 1925 gekauften Esszimmers: 6.500 RM. Vgl. StaMs, RP Arnsb., Wiedergutmachungen, Nr. 427 165. Ein zur Esszimmer-Einrichtung gehörender Stuhl war 2007 in einer Ausstellung zu sehen. Vgl. Bochumer Zentrum für Stadtgeschichte (Hg.), Sieben und neunzig Sachen. Sammeln, bewahren, zeigen. Bochum 1910–2007, Essen 2007, S. 85.
77 Vgl. Interview Ingrid Wölk/Marianne Altenburg, 27.5.1999. »Das war so ein gutmütiger Mensch, der hat vielen, vielen Menschen geholfen. […] Der war so, weil er ja ein gut gehendes Geschäft hatte, die waren schon reich. Isaac Baer, das war ein Begriff, und er hat das ja alles übernommen.« Ebd.
78 Vgl. Stadtarchiv Bochum (Hg), Vom Boykott bis zur Vernichtung S. 185f.
79 Vgl. Brief Karla Goldberg, 31.1.2000.

ist seine Erklärung im Wiedergutmachungsverfahren 1954, er habe das Gymnasium besucht, um sich auf die »Ausübung eines späteren Ingenieurberufs« vorzubereiten,[80] kein sicherer Hinweis auf seine Pläne. Werner Baer hatte großes Talent zum Zeichnen und Malen. Nach dem Zweiten Weltkrieg nutzte er es nicht für einen technischen Beruf, sondern als Künstler.

Auch Karla Baer hatte eine künstlerische Ader. In ihrem Fall wird Leo Baer es gern akzeptiert haben, dass sie sie auslebte. Nach dem Lyzeum bewarb Karla sich an der Akademie der Bildenden Künste in München und bekam offenbar auch eine Zusage.[81] Die zunehmende Verfolgung der jüdischen Bevölkerung verhinderte, dass sie ihr Studium aufnehmen konnte. Beide Baer-Kinder spielten ein Musikinstrument: Karla Akkordeon und Werner Geige.

Die Familie Baer war in Bochum fest verankert. Leo Baer selbst baute sich ein dichtes Netzwerk auf und pflegte zahlreiche berufliche und private Verbindungen. Zu seinen Freunden zählte er den Brauereibesitzer Moritz Fiege,[82] mit dem zusammen er die Schulbank gedrückt hatte. Nach dem Krieg waren beide häufig zusammen, um Erfahrungen »auf wirtschaftlichem Gebiete« auszutauschen.[83] Baer feierte das traditionsreiche Bochumer Maiabendfest mit, war vor dem Ersten Weltkrieg Leutnant in dessen Junggesellen-Offiziers-Korps gewesen[84] und hatte – auch dies vor dem Krieg und vor seiner Hochzeit – in einem Tangoclub getanzt.[85] Die Abende verbrachte er gern in einem Gasthaus in der Nähe seines Wohnhauses, das seine Gäste mit dem Wandspruch begrüßte: »Ob Jude, Heide oder Christ, herein, wer durstig ist.«[86] Auch in der Bochumer jüdischen Gemeinde betätigte er sich. Unter anderem war er Mitglied des Repräsentanten-Kollegiums.

Die Erinnerungen an den Ersten Weltkrieg teilte Leo Baer zuerst mit seinen Kameraden des IR 154, dessen Reservistenverein er angehörte. Zusammen mit dem Bochumer Lehrer Heinrich Küper, der im Krieg den Rang eines Leutnants bekleidet hatte, war er sogar im Vorstand des circa 150 Mitglieder starken Vereins. Es deutet nichts darauf hin, dass er selbst vor 1933 zur Zielscheibe antisemitischer Angriffe wurde – sei es im Krieg[87] oder danach. Die antisemitischen Bestrebungen, die nach

---

80 Vgl. Werner Baer an RP Köln, 23.1.1954, StaMs, Regierung Arnsberg, Wiedergutmachungen, Nr. 424 532, Bl. 2.
81 Vgl. Interview Wölk/Karla Goldberg, 2002.
82 1854 adoptierte der kinderlose Franz Moritz Wilhelm Bernhard Fiege seinen Neffen Johann Wilhelm Knühl. Der vollständige Familienname lautet seitdem Knühl-Fiege. Vgl. www.moritz-fiege.de/ueber_uns/historie.
83 Vgl. Baer, Erinnerungssplitter, S. 404.
84 Vgl. Leo Baer an Stadtrat Dr. Richard Erny, 4.3.1971, in: StadtA Bo, Registratur.
85 Vgl. oben, Kapitel »Der erste Weltkrieg«.
86 Vgl. Baer, Erinnerungssplitter, S. 279. Schon vor 1933 allerdings »stellten die Besucher des Wirtshauses fest, dass das Wort ›Jude‹ von dem Wandspruch verschwunden war. An dieser Stelle gähnte ein heller Fleck.«
87 Die »Erinnerungssplitter«, die allerdings nur einen kleinen Teil der Fronterlebnisse Leo Baers abdecken, erwecken den Eindruck, als habe er als Soldat die volle Anerkennung seiner Kameraden und der meisten Vorgesetzten genossen. Sofern es Streit gab, machte er dafür eher

dem Ersten Weltkrieg auch in Bochum um sich griffen und Rabbiner Dr. Moritz David kränkten und empörten, finden in den »Erinnerungssplittern« keine Erwähnung. Aber Baer war in dieser Hinsicht nicht blind. Und so war es für ihn selbstverständlich, sich auch im Reichsbund Jüdischer Frontsoldaten (RJF) zu engagieren, der im Februar 1919 als Reaktion auf die antisemitische Hetze nach dem Ersten Weltkrieg entstanden war,[88] und die Bochumer Ortsgruppe des RJF mitzugründen.[89]

Als er 1928 den Bericht über seine Fronterfahrungen für die Regimentsgeschichte des IR 154 schrieb und dabei den Heldenmut Josef Zürndorfers ins Zentrum stellte, war das seine persönliche Antwort auf den Antisemitismus im Allgemeinen und die Verleumdung der jüdischen Frontsoldaten im Besonderen. Den jüdischen Gefallenen aus Bochum setzte er schon 1921 ein Denkmal.

Expansion und Krise der Firma Baer

Nach dem Machtantritt der Nationalsozialisten zerbrach die bisherige Welt der Familie Baer. Ökonomisch bildete allerdings nicht erst das Jahr 1933 die Zäsur, sondern die Weltwirtschaftskrise, die auch die Isaac Baer OHG in ihren Strudel zog. Dabei war es sicher nicht von Vorteil, dass ihre Hausbank die Dresdner Bank war. Diese hatte die Zeit des Aufschwungs genutzt und sich Großkredite aus den USA beschafft, die sie weiterverlieh. Als die amerikanischen Investoren die Auslandskredite in der Krise wieder abzogen und zudem ein Großkunde der Bank (die Firma Nordwolle) in Konkurs ging, konnte die Dresdner Bank ihren Verbindlichkeiten nicht mehr nachkommen und setzte nun ihrerseits ihre Geschäftspartner unter Druck. 1931 stand sie kurz vor der Insolvenz. Hilfe kam von Seiten des Staates, der zur Bankenrettung schritt und unter anderem Großaktionär der zuvor mit der Danat-Bank[90] fusionierten Dresdner Bank wurde. Diese war damit faktisch verstaatlicht und blieb es bis 1937. Zum NS-Regime unterhielt die Dresdner Bank enge Geschäftsbeziehungen;[91] 1938 wurde sie reprivatisiert.

Die Isaac Baer OHG geriet 1929 in die Krise, nachdem sie in den ›goldenen‹ 20er Jahren ihre Blütezeit erlebt hatte. Als 1926 die Eigentümer des Grundstücks an der

---

sein selbstbewusstes Auftreten als sein Jüdischsein verantwortlich. Zu ähnlichen Ergebnissen kommen trotz »Judenzählung« und anderer negativer Ereignisse auch Herausgeber und Kommentatoren anderer jüdischer Biografien. Dazu vgl. z. B. Jahr, Episode oder Wasserscheide, in: Laupheimer Gespräche 2013, S. 59: »Zwar gab es immer wieder Anfeindungen, der Antisemitismus hat im Großen und Ganzen aber nicht die Kriegserfahrungen der jüdischen Soldaten geprägt.« Das bedeutet nicht, dass Leo Baer den auch im Heer vorhandenen Antisemitismus nicht wahrgenommen hätte, nur bezog er ihn offenbar nicht auf sich selbst.

88 Vgl. z. B. Berger, Eisernes Kreuz und Davidstern, S. 190.
89 Vgl. Interview Steven-Spielberg-Foundation Mrs. Starr mit Karla Goldberg, 19.3.1996.
90 Die Danat-Bank (Darmstädter und Nationalbank) entstand 1922 durch Fusion der Darmstädter Bank für Handel und Industrie mit der Nationalbank für Deutschland.
91 Zur Dresdner Bank während der NS-Zeit ist 2006 ein vierbändiges Werk erschienen: Klaus-Dietmar Henke (Hg.), Die Dresdner Bank im Dritten Reich, München 2006.

Wörthstraße, wo die Firma Baer ein Eisenlager unterhielt, den Pachtvertrag kündigten, scheint dies für Leo Baer den Anlass für die Expansion seines Unternehmens geboten zu haben. Er suchte nach einer Alternative für das zurückgegebene Grundstück, die aber mehr sein sollte als ein bloßer Ersatz für das Bisherige, und fand sie in Wanne-Eickel. Hier, an der Dorstener Straße, besaß die von der Stadt Wanne-Eickel getragene Hafenbetriebsgesellschaft Wanne-Herne mbH[92] eine Ackerfläche, die sie der Firma Baer zur industriellen Nutzung überließ. Das Gelände musste dafür aber erst hergerichtet werden.

Die Vertragspartner schlossen eine Vereinbarung, die sich für die Firma Baer als fatal erweisen sollte: Sie sollte die Fläche zuerst mit Gleisanlagen, Kränen und Bauten versehen und sie dann erst kaufen. Der Zweck des Grundstückserwerbs war laut Kaufvertrag die Errichtung eines Betriebs für die Lagerung und Bearbeitung von Eisen, Metallen und Rohprodukten.[93] Vielleicht plante Leo Baer sogar, die Isaac Baer OHG später ganz aus der Enge der Bochumer Altstadt heraus an den Hafen von Wanne-Eickel zu verlegen? Die Entwicklungsmöglichkeiten der Firma, die Baer eine der »renommiertesten« in Deutschland nannte, wären dadurch sicher noch einmal beflügelt worden.

In Baers Auftrag – sein Partner Hugo Hirschberg wird es mitgetragen haben – wurden auf dem Grundstück in Wanne-Eickel 450 Meter Gleise verlegt und mit einer elektrischen Rangieranlage versehen; das Gelände wurde eingefriedet, eine Entwässerungsanlage sowie Aufenthaltsräume für Arbeiter gebaut.[94] Die Isaac Baer OHG musste Kredite aufnehmen, um die dafür erforderlichen Investitionen tätigen zu können. Erst nach der Herrichtung des Geländes, am 30. September 1929, wurde der Kaufvertrag für das Grundstück abgeschlossen. Die Firma Baer hatte keine Mittel (mehr), um den Kaufpreis in Höhe von 35.523 Reichsmark auf einen Schlag zu entrichten. Sie vereinbarte mit der Hafenbetriebsgesellschaft Wanne-Herne mbH eine Anzahlung von 5.000 Reichsmark und jährliche Ratenzahlungen in Höhe von 2.000 Reichsmark.[95]

---

92 Die Hafenbetriebsgesellschaft Herne-Wanne mbH (unter diesem Namen seit 1913) ging aus der von der Gemeinde Wanne und dem Landkreis Gelsenkirchen 1905 gegründeten Gesellschaft »Kanalhafen Wanne-Gelsenkirchen-Land« hervor, »die die Errichtung eines Kohleumschlaghafens für die umliegenden Bergwerke in Crange, im Zuge der Planung des Rhein-Herne-Kanals planen und durchführen sollte.« Ab 1913 beteiligte sich auch die Stadt Herne an dem Projekt. Am 11.11.1914 wurde der Hafen eröffnet. Nach Auflösung des Landkreises Gelsenkirchen 1926 ging dessen Anteil am Stammkapital ebenso wie der Anteil der Gemeinde Wanne auf die neugegründete Stadt Wanne-Eickel über. Vgl. www.wikipedia.org/wiki/Wanne-Herner_Eisenbahn_und_Hafen.

93 Vgl. Kaufvertrag vom 30.9.1929, in: StaMs, Q 121 Nr. 2284 (früher: RÜ 838/50). Die Isaac Baer OHG firmierte als »Großhandlung in Rohmaterialien für die Eisen, Metall, Papier & Kunstwolle verarbeitende Industrie mit Gewerbebetrieben für Verarbeitung und Sortierung«. Vgl. auch StaMs, RP Arnsb. Wiedergutmachungen, Nr. 427 165, Bl 57.

94 Vgl. StaMs, Q 121 Nr. 2284, Bl. 46.

95 Vgl. StaMs, RP Arnsb., Wiedergutmachungen, Nr. 427 165, Teil IV, 50 und StaMs, Q 121 Nr. 2284.

Auf der Basis der bisherigen wirtschaftlichen Entwicklung wäre das Risiko, das Leo Baer und sein Kompagnon eingingen, überschaubar gewesen. Doch fand der Vertragsabschluss mit der Hafenbetriebsgesellschaft Wanne-Herne mbH nur knapp einen Monat vor dem »Schwarzen Freitag«, dem Börsencrash an der New Yorker Börse (am 25. Oktober 1929) statt, mit dem die Weltwirtschaftskrise ihren Lauf nahm. Die Firma Baer geriet in große Schwierigkeiten. Ihr Warenumsatz brach ein und sie konnte ihre Schulden kaum mehr bedienen. Leo Baer bezifferte den Vermögensverlust durch die Krise auf 70 Prozent. Sie hätten »furchtbare Jahre« durchmachen müssen.[96] Die Dresdner Bank, mit der die Firma Baer seit Jahrzehnten gute Geschäftsbeziehungen pflegte,[97] sah keine Möglichkeit, ihr in dieser Situation entgegenzukommen.

1928 hatte einer Bankschuld der Isaac Baer OHG in Höhe von 97.000 Reichsmark ein Warenumsatz von 911.800 Reichsmark gegenübergestanden. Dieses Verhältnis verschlechterte sich nun zusehends. Der Warenumsatz sank immer weiter ab und betrug 1932 nur noch 146.000 Reichsmark, während die Bankschulden mit 145.200 Reichsmark 1931 ihren Höchststand erreichten.[98]

Die Dresdner Bank, die in jenem Jahr selbst massiv in die Krise geraten war, verlangte von der Firma eine zusätzliche Absicherung der ihr gewährten Kredite. Nachdem Vertreter der Bank das Grundstück in Wanne-Eickel begutachtet und festgestellt hatten, dass dort »hervorragende werterhöhende Anlagen errichtet worden seien«,[99] forderte sie die Eintragung einer Hypothek in Höhe von 30.000 Reichsmark auf das Grundstück.[100] Auf die firmeneigenen Grundstücke an der Gerberstraße in Bochum hatte sie sich bereits eine Sicherheitshypothek in Höhe von 100.000 Reichsmark einräumen lassen. Gleichzeitig bestand sie auf der bevorzugten Rückzahlung ihrer Forderungen. Die Firma Baer musste sich dem wohl beugen und nahm Verhandlungen mit ihrer zweiten Gläubigerin, der Hafenbetriebsgesellschaft Wanne-Herne mbH, auf. Sie erreichte die Stundung der mit dieser vereinbarten jährlichen Ratenzahlungen. So konnte sie zuerst die 30.000 Reichsmark begleichen, für die sie der Dresdner Bank die Hypothek auf das Gelände in Wanne-Eickel hatte einräumen müssen, und leistete anschließend noch weitere Zahlungen auf das Debetkonto der Bank.[101]

Es ist erstaunlich, dass es der Isaac Baer OHG in den 1930er Jahren trotz der Schwierigkeiten, mit denen eine jüdische Firma nach 1933 zu kämpfen hatte, gelang, ihre Bankschulden peu à peu abzutragen und den Warenumsatz wieder zu steigern. 1936 erreichte der Umsatz wieder 310.800 Reichsmark (im Vergleich zu 146.000 Reichsmark 1932 und circa einer Million Reichsmark vor der Krise), während die Bankschuld im selben Jahr auf 91.400 Reichsmark gesunken war (im Vergleich zu 145.200 Reichsmark 1931).[102] Leo Baer führte das darauf zurück, dass seine »arischen

---

96 Vgl. Baer, Erinnerungssplitter, S. 389.
97 Vgl. StaMs, RP Arnsb., Wiedergutmachungen, Nr. 427 165, Bl. 23.
98 Vgl. StaMs, Oberfinanzdirektion Münster, Devisenstelle, Nr. 226, Bl. 17.
99 Vgl. StaMs Q 121 Nr. 2284, Bl. 46 R.
100 Vgl. ebd.
101 Vgl. ebd., Bl. 47.
102 Vgl. StaMs, Oberfinanzdirektion Münster, Devisenstelle, Nr. 226, Bl. 17.

Geschäftsfreunde« die Geschäftsbeziehungen »aller Gewalt zum Trotz« bis zur Pogromnacht am 9. November 1938 aufrechterhalten hätten.[103] Auch große Geschäfte, wie etwa die Demontage von Lokomotiven im Auftrag der Reichsbahn, habe die Firma bis Mitte der 1930er Jahre noch tätigen können. Danach bekam sie »derartige Projekte nicht mehr an die Hand«.[104] Seit 1935 durften staatliche und kommunale Stellen keinen Geschäftsverkehr mehr mit Juden unterhalten, was die Firma Baer empfindlich traf. Wenn der Umsatz der Firma zunächst aber noch etwas anstieg, so führte Baer das auf die gestiegenen Rohstoffpreise zurück. Mengenmäßig sei der Umsatz nach 1935 wieder um circa 60 Prozent gesunken.[105] Besonders seit 1937 habe sich der Boykott gegen jüdische Betriebe auch auf die Firma Baer immer stärker ausgewirkt. Sie geriet mehr und mehr unter Druck und musste schließlich »verbluten«.[106]

103 Vgl. Baer, Erinnerungssplitter, S. 389.
104 Vgl. StaMs, Rückerstattungen, Nr. 9545, Bl. 143.
105 Vgl. StaMs, RP Arnsb., Wiedergutmachungen, Nr. 427 165, Bl. 47.
106 Vgl. ebd.

Abb. 29: Wohn- und Geschäftshaus Gerberstraße 11. Unten Mitte: Karoline Baer mit einer Hausangestellten, auf dem Balkon: Rosa Hirschberg, geb. Baer, mit Familie und Angestellten.

Abb. 30: Die Bochumer Synagoge in der Wilhelmstraße (heute: Huestraße) um 1920.

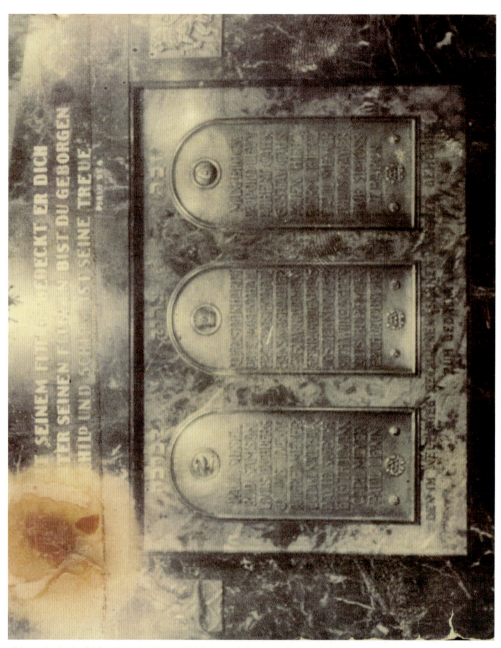

Abb. 31: Gedenktafel für die 30 im Ersten Weltkrieg gefallenen jüdischen Soldaten aus Bochum. Links oben: Bronzerelief mit einem Adler, rechts oben: Bronzerelief mit einem Löwen.

Abb. 32: Detailaufnahme von der Gedenktafel für die gefallenen jüdischen Soldaten: ›Bronzelöwe‹.

Abb. 33: Moritz David, Rabbiner der Jüdischen Gemeinde Bochum, 1922, mit Widmung für »Herrn und Frau Leo Baer«.

Abb. 34: Else Baer mit den Kindern Karla und Werner.

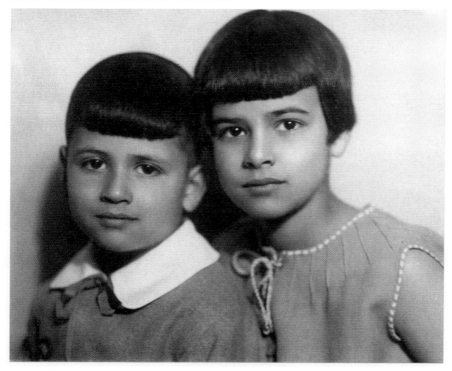
Abb. 35: Werner und Karla Baer.

Abb. 36: Klassenfoto Karla Baer.

Abb. 37: Karla Baer am Familiengrab auf dem jüdischen Friedhof in Bochum.

Abb. 38: Mit Moritz Knühl-Fiege (geboren 1879, verstorben 1961) tauschte Leo Baer in den 1920er Jahren geschäftliche Erfahrungen aus.

Abb. 39: Aus der Zeit gefallen: Teil der Esszimmereinrichtung der Familie Baer. Das Bochumer Zentrum für Stadtgeschichte zeigte das Ensemble im Rahmen einer Ausstellung 2010.

NS in Bochum (1933–1942)

Teil-»Arisierung« der Firma Baer

Ende 1935 musste Leo Baer den Betrieb in Wanne-Eickel aufgeben. Er bemühte sich um einen Verkauf und hoffte aufgrund der getätigten Investitionen auf einen Erlös von mindestens 100.000 Reichsmark. Diese Summe war ihm offenbar in Verhandlungen genannt worden, die er unter anderem mit der Bochum-Gelsenkirchener-Straßenbahnen AG (BOGESTRA) geführt hatte. Weil die BOGESTRA als öffentlicher Betrieb dem Verbot von Geschäftsbeziehungen mit Juden unterlag, kam ein Geschäftsabschluss mit ihr nicht zustande. Erschwerend kam hinzu, dass der Vertrag mit der Hafenbetriebsgesellschaft Wanne-Herne mbH eine Veräußerung des Grundstücks innerhalb der ersten zehn Jahre nach Vertragsabschluss untersagte. So kam nur sie selbst als Verhandlungspartnerin infrage. Sie nutzte die Situation aus und brachte das Gelände wieder in ihren Besitz. Dabei drohte sie zunächst die Zwangsvollstreckung der rückständigen Zahlungen an, die sie nun offenbar nicht weiter stunden wollte und nötigte Leo Baer dann am 5. März 1936 zu einem Vergleich. Das Objekt ging auf die Hafenbetriebsgesellschaft über, und zwar so, »wie es heute liegt und steht, d. h. mit allem Zubehör, insbesondere der elektrischen Winde, den Gleisanlagen und allen Bauten.«[1] Ein klassischer Fall von »Arisierung«. Die Investitionen, die die Firma Baer getätigt hatte, vergütete die Hafenbetriebsgesellschaft ihr nicht.

Um einen neuen Kaufinteressenten musste sie sich nicht lange bemühen. Sie gab das Grundstück an die im Februar 1937 gegründete Krupp-Treibstoffwerk GmbH weiter,[2] deren alleinige Gesellschafterin die Friedrich Krupp AG in Essen war.[3] Zweck der Unternehmensgründung waren die Errichtung und der Betrieb einer Kohleverflüssigungsanlage. Der Verkauf des Geländes »mit Gleisen und Weichen« an die

---

1 Vgl. StaMs, Q 121 Nr. 2284, Bl. 47R.
2 Vgl. StaMs, RP Arnsb., Wiedergutmachungen, Nr. 427 165, Bl. 19. Vgl. auch StaMs, Oberfinanzdirektion Münster, Devisenstelle, Nr. 226, Bl. 72/156 und Bl. 73.
3 Die Infos zur Krupp-Treibstoffwerk GmbH wurden einem im Februar 1937 ausgegebenen Wertpapier entnommen. Vgl. z. B. www.gutowski. de/Katalog (Historische Wertpapiere).

Firma Krupp wurde am 30. Dezember 1937 durch Vertrag besiegelt. Der Kaufpreis war niedriger als der mit der Isaac Baer OHG für das unbebaute Grundstück vereinbarte, nämlich 31.842,50 Reichsmark.[4] Damit war Krupp der Profiteur der Investitionen, durch die die Firma Baer das ehemalige Ackergelände aufgewertet und für eine industrielle Nutzung vorbereitet hatte – und mit ihm das »Dritte Reich«, in dessen Wirtschaftspolitik der Krupp-Konzern eng eingebunden war. Die Herstellung synthetischen Benzins, die nicht nur die IG Farben sich auf die Fahnen geschrieben hatte, diente den nationalsozialistischen Autarkiebestrebungen.

Die Bauabteilung der Krupp-Treibstoffwerke in Wanne-Eickel leitete ab 1. Februar 1937 ein in Bochum gut Bekannter: Clemens Massenberg, der Ende 1945 hauptamtlicher Beigeordneter wurde und seit Januar 1946 Stadtbaurat der Stadt Bochum war. Die städtebauliche Neuordnung Bochums nach dem Zweiten Weltkrieg ist mit seinem Namen eng verbunden.

Mit der »Arisierung« des Grundstücks am Hafen von Wanne-Eickel waren Leo Baers Hoffnungen und Träume der ›Goldenen Zwanziger‹, die er mit dem Ausbau seiner Firma verknüpft hatte, endgültig geplatzt. In der Bochumer Zentrale an der Gerberstraße konnte der Betrieb noch eine Zeit lang aufrechterhalten werden. Der Personalstand der Isaac Baer OHG betrug 1936 noch mindestens 26 Personen. So viele nämlich nahmen am Betriebsausflug teil, zu dem Baer die Belegschaft eingeladen hatte. Der letzte Betriebsausflug der Firma Baer, mit immerhin noch 19 Teilnehmern, fand 1937 statt.[5]

Persönliche Verletzungen und wirtschaftlicher Niedergang

Am 27. Mai 1935 verstarb Leo Baers Schwester Rosa Hirschberg im Alter von 51 Jahren.[6] Ende Juli 1935 zog Baer mit seiner Familie von der Wrangelstraße in sein Elternhaus an die Gerberstraße 11 um.[7] Das Wohn- und Geschäftshaus der Familie Baer bot nach Rosas Tod mehr Platz. Der Umzug dürfte vor allem aber wohl deshalb zustande gekommen sein, weil gespart werden musste. Im selben Jahr hatte Baer seine Bestallungsurkunde als öffentlicher Sachverständiger für den Handel mit Schrott zurückgeben müssen,[8] sodass der Familie nun auch die aus dieser Tätigkeit resultierenden Einkünfte fehlten.[9] Das Gebäude an der Gerberstraße gehörte zum Firmenvermögen und die Baers konnten mietfrei dort leben. Im Erdgeschoss befanden sich die Geschäftsräume der Isaac Baer OHG. Den Rest des Hauses hatte bis

---

4   Vgl. Brief Kreisbeauftragter für gesperrte Vermögen Wanne-Eickel an den Bezirksbeauftragten für gesperrte Vermögen, Arnsberg, 2.2.1950, in: StaMs, Q 121, Nr. 2284.
5   Vgl. StaMs, Rückerstattungen, Nr. 9545, Bl. 144.
6   Vgl. StadtA Bo, Standesamt Bochum-Mitte, Sterbeurkunde Nr. 870/1935.
7   Der Umzug von der Wrangelstraße 28 an die Gerberstraße 11 erfolgte am 15.7.1935. Vgl. StaMs, Oberfinanzdirektion Münster, Devisenstelle, Nr. 226, Bl. 13R.
8   Vgl. StaMs, RP Arnsb., Wiedergutmachungen, Nr. 427 165, Bl. 26.
9   Vgl. ebd.

zum Einzug Leo Baers mit Frau und Kindern die Familie Hirschberg bewohnt. Jetzt beschränkte sich Hugo Hirschberg auf die erste Etage (mit Küche und vier Zimmern) und zwei Mansardenzimmer.[10] Zu Baers Empörung war er nach dem Tod seiner Frau nicht lange allein geblieben. Auch Karla Baer bekam mit, dass ihr Onkel »die Mädchen gern« hatte.[11] Offenbar bemühte er sich den schweren Zeiten zum Trotz, die angenehmen Dinge des Lebens nicht aus den Augen zu verlieren.

Kurz nach ihrem Umzug an die Gerberstraße mussten Leo und Else Baer eine langjährige Hausangestellte entlassen. Else Baer stellte ihr am 31. Dezember 1935 ein Zeugnis aus und empfahl sie weiter: »Durch die Nürnberger Gesetze mußten wir uns trennen. Ich kann Elisabeth bestens empfehlen und wünsche ihr für die Zukunft das Beste.«[12]

Die ihn persönlich treffenden Einschnitte der Jahre 1935/36 verankerten sich deutlich stärker in Leo Baers Bewusstsein als die von 1933, als die NSDAP die Macht übernommen und mit der Verfolgung ihrer politischen Gegner und der jüdischen Bevölkerung begonnen hatte. Das mag auch daran gelegen haben, dass es mit seiner Firma nach dem Tiefstand 1931/32 langsam wieder aufwärts ging und er die Illusion hatte, das Schlimmste überstanden zu haben. Nach dem Erlass der Nürnberger Gesetze aber wurde ihm nicht nur seine wirtschaftliche Basis entzogen, auch sein soziales Umfeld brach weg. Als besonders verletzend wird er empfunden haben, dass er aus dem Vorstand des Reservistenvereins der 154er herausgedrängt wurde. Daneben musste Baer noch zahlreiche weitere Zurücksetzungen ertragen. Manches wurde ihm erst im Nachhinein bekannt. So erfuhr er zum Beispiel anlässlich eines Besuchs in Bochum nach dem Zweiten Weltkrieg, dass von einer Metallplakette mit den Namen der Mitglieder des Junggesellen-Offiziers-Korps der Maiabendgesellschaft die beiden jüdischen Namen – seiner und der des 1914 gefallenen Joseph Herz – herausgefeilt worden waren.[13]

Trotz aller Kränkungen war Leo Baer, wie so viele andere, bis kurz vor der Pogromnacht davon überzeugt, dass ihm als ehemaligem Frontsoldaten nichts Schlimmeres geschehen werde.

Seine Kinder Karla und Werner reagierten sensibler auf die fortschreitende Ausgrenzung.[14] Sie hätten zunächst aber »wirklich« nicht gewusst, was auf sie zukommen würde. Als Karla einmal Tennis mit anderen jüdischen Jugendlichen spielte, seien sie von der Hitlerjugend vom Platz vertrieben worden. Danach habe sie nie wieder einen Tennisschläger angefasst. Im Restaurant sei sie beschimpft worden: »Du verschmutzt die Luft. Warum isst Du nicht zu Hause?« Sie habe sich ein »dickes Fell« zugelegt.

---

10 Vgl. StaMs, Rückerstattungen Nr. 9962.
11 Vgl. Interview Wölk/Karla Goldberg, 2002. Karla Goldberg vermutete sogar, Hirschberg habe noch einmal geheiratet. »Der hat die Mädchen gern gehabt«, so Frau Goldberg. Ihr Vater habe sich sehr darüber aufgeregt.
12 Das Zeugnis Else Baers für Elisabeth Reckemeyer wurde dem Stadtarchiv Bochum vom Stadtarchiv Hattingen überlassen.
13 Vgl. Brief Leo Baer an Stadtrat Dr. Richard Erny, 4.3.1971, in: StadtA Bo, Registratur.
14 Vgl. Stadtarchiv Bochum (Hg.), Vom Boykott bis zur Vernichtung, S. 187.

Ihre Mutter habe zu Hause gut gekocht. Alles habe sich verändert. Karla Baer zog sich zurück und verabredete sich nur noch mit jüdischen Jugendlichen. In den Räumen des Reichsbundes Jüdischer Frontsoldaten hätten sie sich unbesorgt treffen können. Dort feierten sie »jüdische Festlichkeiten, veranstalteten Theaterspiele und kleine Konzerte, spielten Karten oder trieben Sport. Wir hatten eine Fußballmannschaft, Gymnastikgruppe, Tischtennis und je nach Alter auch Tanzabende. Hier hat man uns nicht gestört.«[15]

Leo Baer scheint nicht immer das nötige Verständnis für seine Kinder aufgebracht zu haben. So habe er zum Beispiel seinen Sohn Werner, der sich über einen antisemitischen Geografielehrer beschwerte, mit den Worten zurückgewiesen: »Ich weiß, warum er ein Antisemit ist. Weil Du dumm bist.«[16]

An Emigration verschwendete Baer vorerst kaum einen Gedanken. Als die Familie 1937 eine England-Reise unternahm, schlugen Karla und Werner vor: »›Lasst uns hier bleiben!‹ Zu dieser Zeit emigrierten schon viele. Mama sagte keinen Ton, Papa aber wollte nicht. Er sagte, er wolle nicht in England begraben sein, und wir gingen zurück nach Deutschland.«[17]

Karla Goldberg charakterisierte ihren Vater so: »Vielleicht war er ein Träumer. Im Großen und Ganzen hat mein Vater schon gut verstanden – doch vielleicht wollte er nicht hören.« Er habe sich verhalten wie der Vogel Strauß, der »den Kopf unter dem Sand versteckt.«[18]

1938 nahmen die Schwierigkeiten der Isaac Baer OHG überhand. Der Warenumsatz, der zwischen 1932 und 1937 von 146.300 auf immerhin 338.000 Reichsmark wieder angestiegen war,[19] stürzte innerhalb weniger Monate (bis Juni 1938) auf 146.200 Reichsmark ab. Er lag damit knapp unter dem des Jahres 1932, das für Leo Baer bis dahin den ökonomischen Tiefststand markiert hatte. Die Firma hatte Mühe, ihre Bankschulden weiter zu bedienen. Die Dresdner Bank hielt nach wie vor die Sicherheitshypothek in Höhe von 100.000 Reichsmark auf die zur Firma gehörenden Grundstücke. Dabei handelte es sich neben dem Wohn- und Geschäftshaus der Familie Baer an der Gerberstraße 11 um fünf weitere, teilweise bebaute, Grundstücke an der Gerberstraße 7, 11a, 13, 15 und 21.[20]

---

15 Vgl. Briefe Karla Goldberg, 23.9.1999 und 31.1.2000 sowie Interview Starr/Karla Goldberg 1996. Zusammenfassender Abdruck, in: Stadtarchiv Bochum (Hg.), Vom Boykott bis zur Vernichtung, S, 185–189.
16 Vgl. Interview Starr/Karla Goldberg, 1996.
17 Vgl. Stadtarchiv Bochum (Hg.), Vom Boykott bis zur Vernichtung, S. 187. England gehörte nicht zu den bevorzugten Urlaubsorten der Baers. Vermutlich waren sie 1937 dort, um Emigrationsmöglichkeiten – für die Kinder? – zu eruieren. Für Werner bemühten Leo und Else Baer sich später tatsächlich um eine Ausreisemöglichkeit nach England.
18 Vgl. Brief Karla Goldberg, 31.1.2000.
19 Nach Leo Baers Angaben hatte der Umsatz seiner Firma sich nach 1935 aufgrund der gestiegenen Rohstoffpreise (Aufrüstung) zahlenmäßig erhöht, war mengenmäßig aber um ca. 60% zurückgegangen. Vgl. StaMs, RP Arnsb., Wiedergutmachungen, Nr. 427 165, Bl. 47.
20 Vgl. StaMs, Oberfinanzdirektion Münster, Devisenstelle, Nr. 226, Bl. 17.

Anfang 1936 hatte die Bank mit Zwangsversteigerung gedroht,[21] sich dann aber, im April/Mai 1936, zu einem Schuldenerlass-Abkommen mit der Isaac Baer OHG entschlossen. Es sah fast so aus, als habe sie damit den Fortbestand des Betriebes sichern wollen. Aber sie ging keinerlei Risiko ein und behielt alle Trümpfe in der Hand. Das Abkommen versetzte die Bank in die Lage, ihre Außenstände bei der Firma Baer, die sich bisher als äußerst zahlungswillig erwiesen hatte, doch noch einzutreiben und gleichzeitig die Option auf Zwangsversteigerung der Firmengrundstücke zu behalten. Es sah bei Zahlung von 30.000 Reichsmark einen Schuldennachlass in Höhe desselben Betrags vor. Bei Barzahlung der dann noch verbleibenden Restsumme sollte die Sicherheitshypothek gelöscht werden.[22] Aber dazu kam es nicht. Die Firma Baer zahlte zwar zwischen 1936 und 1938 ihre Schulden bei der Dresdner Bank weiter fleißig ab. Doch wurde der größte Teil der getätigten Rückzahlungen auf »Sonderkonten« verbucht. Die Firmeninhaber hatten sich beim Abschluss des Schuldenerlass-Abkommens mit der Bank darauf einlassen müssen, dass die auf den Sonderkonten getätigten Gutschriften erst nach vollständiger Erfüllung des Vertrags wirksam werden und bis dahin lediglich »provisorischen« Charakter haben sollten.

Bis zum 9. November 1938 konnte die Isaac Baer OHG ihre Schulden bei der Dresdner Bank bis auf 57.000 Reichsmark abtragen. Laut Abkommen wären ihr 30.000 Reichsmark erlassen worden, hätte sie die Restschuld von 27.000 Reichsmark – laut späterer Übereinkunft mit der Dresdner Bank noch 20.000 Reichsmark – bar begleichen können. Sie wäre dann schuldenfrei gewesen.[23] Nach dem Novemberpogrom war das nicht mehr möglich. Die Isaac Baer OHG konnte sich länger halten.

Etwa im Frühjahr 1938 erkannte Leo Baer, dass seine Firma keine Chance hatte. Es war eine Frage der Zeit, bis sie »arisiert« werden würde oder aufgeben musste. Er schenkte dem Drängen seiner Familie Gehör und befasste sich nun doch mit Auswanderungsplänen. Seinem Schwager und Teilhaber schlug er vor, die Isaac Baer OHG zu liquidieren, »um zu retten, was noch zu retten ist.«[24] Hugo Hirschberg lehnte ab und wollte den Betrieb lieber allein weiterführen. So einigten sich beide auf einen Austrittsvertrag, in dem Leo Baer der Übertragung seines Anteils auf Hugo Hirschberg mit »Aktiven und Passiven« und mit allen Rechten und Pflichten unter der Bedingung zustimmte, von sämtlichen Verpflichtungen entbunden zu werden. Darin inbegriffen war eine Privatschuld Baers gegenüber der Firma in Höhe von 10.000 Reichsmark.[25]

---

21 Die Sicherheitshypothek der Dresdner Bank an dem Firmengrundstück in Wanne-Eickel war 1936 abgelöst worden. Vgl. oben.
22 Vgl. StaMs, RP Arnsb., Wiedergutmachungen, Nr. 427 165, Bl. 31f.
23 Vgl. ebd.
24 Vgl. ebd., Bl. 18: 1935/36: »Durch den immer mehr fühlbaren Boykott, der meine Kunden unter Druck setzte, die Geschäftsverbindungen mit unserer Firma abzubrechen, […] wurde der Geschäftsumsatz von Jahr zu Jahr geringer«.
25 Vgl. ebd., Bl 20. Bis zum Austritt Leo Baers waren beide Inhaber von der Dresdner Bank als Gläubigerin berechtigt, monatlich 750 RM zu entnehmen. Leo Baers Privatschuld gegenüber der Firma in Höhe von 10.443,74 RM war durch Mehrentnahmen seit 1935 entstanden. H. Hirschberg weigerte sich, diesen Passus zu unterschreiben. Vgl. ebd.

Nicht Gegenstand des Vertrags waren die zur Firma Baer gehörenden Grundstücke an der Gerberstraße, die Baer und Hirschberg je zur Hälfte verblieben.[26]

Wie vereinbart, erklärte Leo Baer seinen Rückzug aus der Firma. Nun machte Hugo Hirschberg aber einen Rückzieher und verweigerte seine Unterschrift, als im Oktober 1938 auf Baers Drängen die Unterzeichnung des Austrittsvertrags vor dem Bochumer Rechtsanwalt und Notar Wilhelm Hünnebeck anstand. Er akzeptierte den Passus nicht mehr, der Baer von seinen Privatschulden gegenüber der Firma entbunden hätte.[27] Baer verzichtete dennoch darauf, die bereits beantragte Streichung seines Namens aus dem Handelsregister rückgängig zu machen, sodass diese zum 1. November 1938 tatsächlich erfolgte. Nach dem Zweiten Weltkrieg – im Wiedergutmachungsverfahren – sollte ihn das in eine mehr als missliche Lage bringen. Aber er hatte keine Handlungsalternative, wollte er die Emigration seiner Familie nicht gefährden.

Über die beabsichtigte Auswanderung scheint Leo Baer auch mit seiner Hausbank, der Dresdner Bank, gesprochen zu haben. Diese wiederum hatte es eilig, der Devisenstelle bei der Oberfinanzdirektion für Westfalen in Münster zu melden, dass der »bisherige Mitinhaber der Isaac Baer OHG, Herr Leo Baer«, nach Amerika auswandern wolle. »Wir möchten dies zum Anlass nehmen«, schrieb die Dresdner Bank am 2. November 1938, »um darauf hinzuweisen, dass die Firma Isaac Baer bei uns noch grössere unerfüllte Verbindlichkeiten stehen hat.«[28] Die Oberfinanzdirektion reagierte prompt. Per Eilbrief vom 5. November 1938 forderte sie das Finanzamt Bochum auf, »weitere sachdienliche Angaben« zu machen und stellte anheim, »erforderlichenfalls in eigener Zuständigkeit Maßnahmen zu treffen, um Steuer- oder Kapitalflucht zu verhüten«. Als »Verdachtsgrund« nannte sie das Schreiben der Dresdner Bank. Abschriften des Eilbriefs gingen an die Staatspolizeistelle Dortmund-Hoerde, die Zollfahndungsstelle in Dortmund, den Bochumer Oberbürgermeister und die Reichsbankanstalt in Bochum.[29]

Der Emigration der Familie Baer stellten sich große Hindernisse entgegen. Durch den Novemberpogrom musste sie ihre Pläne aufgeben und später unter verschärften Bedingungen wieder aufgreifen.

Der Erfinder, Teil 1

In den Jahren, in denen Leo Baer um seine Firma kämpfte, blieben ihm offenbar noch Zeit und Energie für Dinge, die ihn technisch interessierten, eigentlich aber nichts (mehr) ›angingen‹. Es ging es um die Mängel bei der Flugzeugbewaffnung, die ihm in seiner Funktion als Flugzeugwaffenmeister im Ersten Weltkrieg aufgefallen waren. Baer machte Lösungsvorschläge. Als er diese dem Reichspatentamt vorlegte,

26 Vgl. StaMs, Oberfinanzdirektion Münster, Devisenstelle, Nr. 226, Bl. 17.
27 Vgl. StaMs, RP Arnsb., Wiedergutmachungen, Nr. 427 165, Bl. 20.
28 Vgl. StaMs, Oberfinanzdirektion Münster, Devisenstelle, Nr. 226, Bl. 8.
29 Vgl. ebd., Bl. 7.

existierte das »Vaterland«, für das er in den Krieg gezogen war, nicht mehr und die NSDAP war an der Macht.

Die Bestimmungen des Friedensvertrags von 1919 hatten Deutschland zur Abrüstung verpflichtet und unter anderem den Wiederaufbau der deutschen Luftstreitkräfte untersagt. Besonders die NSDAP opponierte heftig gegen die als demütigend empfundenen Friedensbedingungen und brachte damit viele Unzufriedene auf ihre Seite. Nach ihrem Machtantritt 1933 setzte sie alles daran, den Versailler Vertrag erst zu umgehen und dann außer Kraft zu setzen. Mit dem deutsch-britischen Flottenabkommen vom 18. Juni 1935 konnte sie einen diplomatischen Erfolg verbuchen. Großbritannien gestattete den Ausbau der deutschen Flotte, die sich allerdings am Umfang der britischen zu orientieren hatte. Im Interesse ihrer zu dieser Zeit verfolgten »Appeasement-Politik« akzeptierte die britische Regierung die Lockerung des Versailler Vertrags und nahm dabei die Proteste von französischer Seite in Kauf. Die Luftwaffe war nicht Gegenstand der bilateralen Vereinbarung. Doch fühlte die NSDAP sich nun ermutigt, sich auch über andere Regelungen des Vertrags hinwegzusetzen und unter anderem den Wiederaufbau der Luftstreitkräfte in Angriff zu nehmen. Im Mai 1935, also noch vor der Unterzeichnung des deutsch-britischen Flottenabkommens, wurde Hermann Göring, der seit 1933 Reichsminister für die Luftfahrt und von Hitler mit dem Aufbau der Luftwaffe beauftragt worden war, zu ihrem Oberbefehlshaber ernannt.[30]

Etwa zur gleichen Zeit, am 6. Juni 1935, erfolgte die Bekanntmachung über die Erteilung eines Patents »Streuvorrichtung für in Flugzeuge eingebaute Maschinengewehre« an »Leo Baer in Bochum« durch das Reichspatentamt. Es galt rückwirkend ab dem 1. September 1933.[31]

Mit seiner Erfindung reagierte Baer auf den starren Einbau von Maschinengewehren in deutschen Kriegsflugzeugen, so wie er sie aus dem Ersten Weltkrieg kannte. Die Schusslinie werde durch die Flugrichtung bestimmt, heißt es in der Patentschrift, und »schon bei kleinen Verwindungen und Erschütterungen des Flugzeugs« stimme »die Schußrichtung nicht mehr mit der Visierrichtung« überein. Deshalb sei es wichtig, die Streuung des Maschinengewehrs zu vergrößern. Das Ziel solle durch Anflug »einvisiert« und der Abzug durch die Propellerwelle gesteuert werden, entweder unter Ausnutzung »der natürlichen, von den Schuß- und Motorreaktionen herrührenden Erschütterungsimpulse« oder durch »Benutzung eigens vom Motor gesteuerter Erschütterungsimpulse«. Baer empfahl ein »an dem räumlich schwenkbar gelagerten Maschinengewehr befestigtes Organ«, dem »ein zum Schwenkpunkt des Maschinengewehrs starr befestigtes Organ zugeordnet ist«. Eine in der Patentschrift genau beschriebene Vorrichtung für die »stetige Veränderung der Größe der zusätz-

---

30   Zu Göring vgl. z. B. Joachim Carl Fest, Hermann Göring. Der zweite Mann, in: Fest, Das Gesicht des Dritten Reichs. Profile einer totalitären Herrschaft, München und Zürich 1993.
31   Vgl. Patentschrift des Reichspatentamtes Nr. 615390, ausgegeben am 10.7.1935. Die Bekanntmachung erfolgte am 6.6.1935. Das Patent ist recherchierbar über die Datenbank des Deutschen Patent- und Markenamtes: www.dpma.de.

lichen Streuung« und eine »Arretiervorrichtung für die die zusätzliche Streuung verursachende Schwenkbarkeit« ergänzten die Erfindung.[32]

Baers Tochter Karla drückte es einfacher aus: Ihr Vater habe Patente und Dokumente besessen, die sich damit beschäftigten, »wie man durch den Propeller schießt«.[33]

Außerdem erfand Leo Baer einen »Patronengurt für Maschinengewehre«. Die Patronen und Geschosse darin sollten von Hülsen dicht umschlossen sein. Die Form dieser Hülsen sollte »in ihrem Innern der konischen Gestaltung der Patronen angepaßt« sein und außen »auf der ganzen Länge einen gleichmäßigen Querschnitt mit parallel zueinander verlaufenden Seitenflächen haben, also ein Prisma oder einen Zylinder bilden.« Ein solcher Patronengurt mache die bisher gebräuchliche besondere Gelenkverbindung »in Form von Gelenkketten«, deren »Glieder Scharnierbänder bilden«, überflüssig. Auch den bisher verwandten Faserstoff hielt Baer für ungeeignet. Er reagiere nachteilig auf Witterungseinflüsse und verursache »Ungenauigkeiten«, »weil die Trockenheit oder Feuchtigkeit eine lockere bzw. eine zu feste Umspannung der Patrone zur Folge hat, was häufig zu Ladehemmungen führt«. Als alternativen Werkstoff schlug er Kunstharzstoff vor.

Am 6. Juli 1937 beantragte der Bochumer Patentanwalt J. Schnitzer beim Reichspatentamt in Berlin, den »Patronengurt für Maschinengewehre« auf den Namen des Kaufmanns Leo Baer aus Bochum in die Rolle der Gebrauchsmuster einzutragen.[34] Der Antrag enthielt eine genaue Beschreibung und Zeichnungen des Patronengurtes. Am 28. Juli 1937 meldete Baer seine Erfindung als Zusatzpatent an. Am 13. September desselben Jahres erfolgte unter der laufenden Nr. 1416297 die Eintragung in die Gebrauchsmusterrolle.[35]

Welcher praktische Nutzen kam den beiden Erfindungen zu? Zur Beantwortung dieser Frage bedarf es keiner großen Phantasie. Sie konnten nur im Krieg Verwendung finden. Und so musste Leo Baer seine Partner beim Militär suchen, wollte er seine Erfindungen nicht in der ›Schublade‹ lassen. Vor 1933 war das der logische Weg für einen Patrioten seines Schlags. Aber jetzt? Baer hatte bereits seine Erfahrungen mit dem NS-Regime gemacht und wusste, dass weder sein Status als Kriegsveteran noch seine persönlichen und beruflichen Verbindungen ihn und seine Familie vor Verfolgung bewahrten. Seine wirtschaftliche Existenz stand auf dem Spiel, Schlimmeres noch bevor. Dessen ungeachtet korrespondierte er 1935 bis 1937 nicht nur mit dem Reichspatentamt, sondern auch mit dem Reichswehrminister und dem Reichsminister der Luftfahrt/Luftwaffe. Ihnen unterbreitete er seine Überlegungen und gab Anregungen, wie man seine Erfindungen noch verbessern konnte.[36] Es entstand ein umfangreicher Schriftwechsel, der aber leider nicht mehr existiert.[37] Leo Baers Tochter

---

32 Vgl. ebd.
33 Vgl. z. B. Interview Starr/K. Goldberg, 1996.
34 Der Antrag mit ausführlicher Beschreibung und Zeichnungen ist recherchierbar in der Datenbank des Deutschen Patent- und Markenamtes. Vgl. ebd.: www.dpma.de.
35 Vgl. Erklärung Leo Baers vom 25.1.1939, in: StaMs, Devisenstelle Münster, Nr. 226, Bl. 48.
36 Vgl. ebd., Bl. 49.
37 Vgl. oben.

Karla erinnerte sich an die Unterlagen. »Alle wichtigen Leute« hätten unterschrieben, darunter auch Göring.[38]

Dass Baers Ideen interessant und innovativ waren, wird von Fachleuten bestätigt. Auch die Erteilung der Patente ist ein Hinweis auf die Relevanz der Erfindungen. Dass dies keine Selbstverständlichkeit war, erfuhr zum Beispiel der spätere Aerodynamiker Gustav Lachmann, der wie Baer zur Fliegertruppe im Ersten Weltkrieg gehört hatte. Die Bedeutung seines Vorschlags, mit Vorflügeln (den später so genannten Lachmann-Klappen) die Grenzschicht am Tragflügelprofil zu stabilisieren, wurde vom Reichspatentamt 1918 unterschätzt und abgelehnt.[39] Baers Erfindungen wurden – allerdings viel später als Lachmanns – nicht nur vom Reichspatentamt akzeptiert, sie waren es offenbar auch wert, dass Repräsentanten der genannten Ministerien sich mit ihm austauschten. Aber wurden sie auch verwertet? Zumindest bei dem »streuenden Maschinengewehr« darf das angenommen werden. Dem Leiter des Instituts für Gefahrstoff-Forschung der Berufsgenossenschaft Rohstoffe und chemische Industrie (IGF) in Bochum, Dr. Dirk Dahmann, ist der Hinweis zu verdanken, das Verfahren sei »so oder so ähnlich in Jagdmaschinen des Zweiten Weltkriegs realisiert worden«. Die Idee dabei sei gewesen: »Wenn man beim Schuss das Rohr nicht exakt fixiert, sondern ein wenig ›Spielraum‹ lässt, dann ergibt sich in etwa ein Schrotschusseffekt, der die Trefferwahrscheinlichkeit eines angreifenden Fliegers deutlich erhöht.«[40]

Der Militärhistoriker Dr. Lutz Budraß, Ruhr-Universität Bochum, der Baers Erfindungen ebenfalls als »interessant und durchdacht« bewertet, macht allerdings darauf aufmerksam, dass sie dem Kenntnisstand des Ersten Weltkriegs entsprachen.[41] So werden sie wohl nicht 1:1 umgesetzt worden sein, lieferten zumindest aber Denkanstöße. Leo Baer gab später im Wiedergutmachungsverfahren nach dem Zweiten Weltkrieg seiner festen Überzeugung Ausdruck, das Luftfahrtministerium habe das ihm erteilte Patent »als Geheimpatent« in Anspruch genommen. Er bezog sich dabei auf nicht näher bezeichnete »Unterlagen«, aus denen das klar hervorgehe. Seine Erfindung sei »zwecks Anstellung von Versuchen« an die Versuchsanstalt Adlershof weitergegeben worden.[42]

Adlershof-Johannisthal (bei Berlin) war 1909 als erster deutscher Motorflugplatz eröffnet und 1912 mit der Deutschen Versuchsanstalt für Luftfahrt (DVL) zum Wis-

---

38 Vgl. z. B. Interview Starr/Karla Goldberg, 1996.
39 Lachmann studierte ab 1918 an der TH Darmstadt Maschinen- und Flugzeugbau, war ab 1924 Konstrukteur der Flugzeugwerke Franz Schneider in Berlin und ab 1929 Direktor der Forschungsabteilung der Handley-Werke in Großbritannien. Zu Lachmann vgl. z. B. https://de.wikipedia.org/wiki/Gustav_Lachmann. Den Hinweis auf das Lachmann 1918 verweigerte Patent verdanke ich Dr. Lutz Budraß, Ruhr-Universität Bochum.
40 Schriftliche Mitteilung von Dr. Dirk Dahmann, Institut für Gefahrstoff-Forschung der Berufsgenossenschaft Rohstoffe und chemische Industrie (IGF) Bochum, 19.9.2011. Dirk Dahmann weist darauf hin, dass er keinen Nachweis dafür habe, nach welchem Patent das Verfahren realisiert worden sei.
41 Telefonat mit Dr. Lutz Budraß, Ruhr-Universität Bochum, am 12.9.2008.
42 Vgl. Eidesstattliche Erklärung Leo Baers, Menton, 30.12.1961, in: StaMs, Rückerstattungen, Nr. 9545.

senschaftsstandort ausgebaut worden. Unter Hochdruck wurde hier der Flugzeugbau vorangetrieben. Zudem wurden Kampfflieger hier ausgebildet, unter ihnen Josef Zürndorfer.[43] In den 1920er Jahren geriet die DVL aufgrund der Abrüstungsbestimmungen des Versailler Vertrags in die Krise. Nach 1933 wurde sie massiv gefördert und mit modernsten Versuchsanlagen ausgestattet; sie stand ganz im Dienst der nationalsozialistischen Rüstungspolitik.[44]

Hier also wurden Leo Baers Erfindungen getestet. Dass es erst jetzt geschah, lag nicht an ihm. Vermutlich hatte er schon während des Ersten Weltkriegs an den Erfindungen gearbeitet und ihre Verwertung geplant. Möglicherweise ist das auch der Grund für die Bescheinigung über »technische Erfahrungen«, die er sich im August 1918 – mitten im Krieg! – von seiner ehemaligen Lehrfirma Orenstein & Koppel ausstellen ließ,[45] was zunächst verwundert. Vielleicht wollte er bei der Werbung für seine Erfindungen nicht allein auf seine praktischen Kenntnisse als Flugzeugwaffenmeister verweisen, sondern als ›gelernter‹ Techniker auftreten können. Der verlorene Krieg durchkreuzte Baers Pläne. Erst 1933 konnte er sie wieder aufgreifen.

Die sachlichen Gründe, die einer zeitnahen Patentierung entgegen standen (Versailler Vertrag) erklären natürlich nicht hinreichend, warum Baer mit Repräsentanten des NS-Regimes in Kontakt trat und offenbar bereit war, ihnen die Früchte seiner Arbeit zu überlassen. Verschloss sein Erfinder-Ego die Augen vor der Wirklichkeit? Oder dachte er taktisch und hoffte, in Wehrmacht und Luftwaffe auf alte Kameraden zu treffen, die ihn und seine Familie vielleicht doch schützen und ihm ökonomisch wieder auf die Beine helfen würden? Vielleicht sogar erinnerte er sich dabei an Hermann Göring, der ja wie Baer der Fliegertruppe im Ersten Weltkrieg angehört hatte. Der Schriftwechsel zwischen Leo Baer und den beiden Ministerien ist nicht mehr vorhanden. So muss Spekulation bleiben, was ihn antrieb. Wissen konnte er zu diesem Zeitpunkt nicht, dass Göring einer der Hauptkriegsverbrecher im Zweiten Weltkrieg sein und sich maßgeblich an der Vorbereitung zur Vernichtung der Juden in Europa beteiligen würde.[46]

In den »Erinnerungssplittern« geht Leo Baer mit keiner Silbe auf seine Erfindungen und die damit zusammenhängende Korrespondenz mit den Mächtigen des »Dritten Reichs« ein. Ein gleichberechtigter Verhandlungspartner war er für sie natürlich nicht. Sein Patent und sein Gebrauchsmuster wurden ihm enteignet, als er 1939 die »Auswanderung« beantragte.[47]

43 Vgl. S. 49 dieses Buches.
44 Vgl. z. B. http://www.adlershof.de/geschichte.
45 Vgl. FamA Baer-Goldberg (Bescheinigung Orenstein & Koppel AG, Berlin, 13.8.1918). Die Bescheinigung erhielt Baer ergänzend zu seinem Abgangszeugnis vom 31.5.1910. Vgl. ebd.
46 Hermann Göring wurde im Nürnberger Prozess gegen die Hauptkriegsverbrecher vom Internationalen Militärgerichtshof schuldig gesprochen und zum Tode verurteilt. Vgl. z. B. http://www.topographie.de. Vgl. auch: Topographie des Terrors: Internationales Militär Tribunal, Vernehmung Hermann Görings durch Robert H. Jackson, Hauptankläger der Vereinigten Staaten von Amerika am 20.3.1946, in: ebd.
47 Vgl. weiter unten in diesem Kapitel: Die Auswanderung.

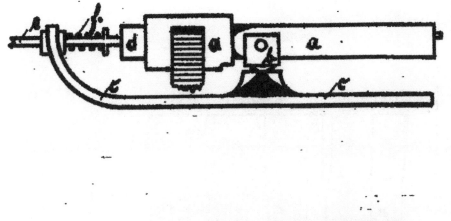

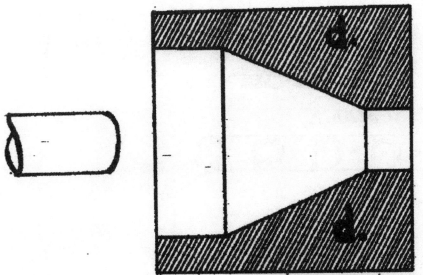

Abb. 40: Skizze zu Leo Baers Erfindung »Streuvorrichtung für in Flugzeuge eingebaute Maschinengewehre«. Die Erfindung wurde 1935 vom Reichspatentamt angenommen.

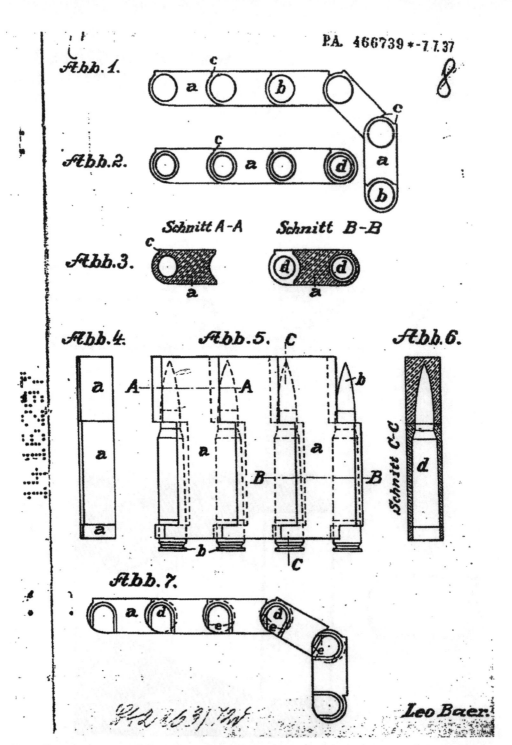

Abb. 41: Skizze zu Leo Baers Erfindung »Patronengurt für Maschinengewehre«. Das Patent wurde 1937 erteilt.

Das Ende der Isaac Baer OHG

In der Nacht vom 9. auf den 10. November 1938 zerstörten SA-Männer die prachtvolle Synagoge in Bochum, indem sie zuerst ihr Inneres verwüsteten und sie dann bis auf die Grundmauern niederbrannten. Die Feuerwehr beschränkte sich auf den Schutz der umliegenden Gebäude vor dem Übergreifen der Flammen. Jüdische Wohnungen und Geschäfte wurden demoliert und ausgeplündert.

Auch vor dem Wohn- und Geschäftshaus der Familie Baer an der Gerberstraße 11 versammelten sich »Menschenmassen« und forderten Einlass. Nachdem ihnen geöffnet worden war, »wurden sämtliche Fenster im Erdgeschoss sowie die Haustüre und das eiserne Einfahrtstor zerschlagen und die vier Büro-Räume restlos zertrümmert.«[48] Gegen Morgengrauen holten SA-Männer Leo Baer aus seiner Wohnung und führten ihn in die Büroräume. Dort habe er zwei »Herren« angetroffen, die ihm mit einer Taschenlampe das demolierte Büro zeigten und ihn zur Unterschrift unter eine Erklärung nötigten, dass nichts zerstört worden sei. Die »Herren« übergaben ihm die Lohnbücher der Arbeiter und Angestellten und forderten ihn auf, diese den Vertretern der Deutschen Arbeitsfront (DAF) auszuhändigen, die am nächsten Vormittag erscheinen würden, denn die Firma sei von jetzt an auf die DAF übergegangen.[49] Am selben Tag, dem 10. November, wurde Leo Baer verhaftet. Hugo Hirschberg, zu diesem Zeitpunkt Alleineigentümer der Firma, war geschäftlich unterwegs und erfuhr erst nach seiner Rückkehr von der Beschlagnahmung.

Die DAF legte den Betrieb still, sorgte für den Verkauf der noch im Lager befindlichen Rohprodukte und richtete ein Sonderkonto bei der »Bank der Deutschen Arbeit« in Bochum ein, »um dem Juden die Verfügung über die eingehenden Gelder seiner Kundschaft zu entziehen.«[50] Hirschberg durfte die Firmenräume nicht mehr betreten. Einen Teil der Lagerbestände übernahm im November/Dezember der Schrotthändler Heinrich Cronau, der Vorsitzender der Fachgruppe »Alt- und Abfallstoffe« war.[51] Nach eigener Aussage holte Cronau aber nur zwei Wagen Lumpen bei der Firma Baer ab, wozu er telefonisch aufgefordert worden sei und zahlte dafür am 15. Dezember 2.199,67 Reichsmark bei der »Bank der Deutschen Arbeit« ein.[52] Die Arbeiter und Angestellten wurden von der Deutschen Arbeitsfront entlassen und bis 31. Dezember 1938 entlohnt. Zwei langjährige Beschäftigte der Firma – ein Meister und eine Buchhalterin – erhielten ihr Gehalt sogar bis zum 30. Juni 1939.[53]

---

48 Vgl. StaMs, RP Arnsb., Wiedergutmachungen, Nr. 427 165, Bl. 20f.
49 Vgl. ebd., Bl. 21.
50 Vgl. StaMs, Gauleitung Westfalen-Süd, Gauwirtschaftsberater, Nr. 469 (Brief Gauwirtschaftsberater, Gau-Hauptstellenleiter Baller, an RP Arnsberg, 12.1.1939). Rechtsnachfolgerin der Bochumer Filiale der »Bank für Deutsche Arbeit« war die Bank für Gemeinwirtschaft Nordrhein-Westfalen A.G. Bochum. Vgl. ebd., Bl. 63.
51 Vgl. Aussage Max Herz, in: StaMs, RP Arnsb., Wiedergutmachungen, Nr. 427 165, Bl. 59. Cronau lebte später in Dortmund. Seine Adresse zum Zeitpunkt der ›Abwicklung‹ der Firma Baer geht aus den Akten nicht hervor.
52 Vgl. ebd., Bl. 62 und 64.
53 Vgl. ebd., Bl. 63 und 65.

Am 31. Dezember 1938 erstellte der Wirtschaftsprüfer der Isaac Baer OHG, Dr. Karl Friedrich Kröger, im Beisein Hugo Hirschbergs und seines Sohnes Kurt eine letzte Firmenbilanz. Kröger war 1922 an der Universität Münster in Staatswissenschaften promoviert worden, hatte von 1923 bis 1929 an der Märkischen Verwaltungsschule in Bochum gelehrt und war seitdem freiberuflich tätig.[54] Nach der von ihm aufgestellten Gewinn- und Verlustrechnung betrug das Vermögen der Firma Baer am 31. Dezember 1938 noch 40.000 Reichsmark. Es setzte sich aus dem Kassenbestand (3.000 Reichsmark), Außenständen (10.000 Reichsmark),[55] dem Warenbestand (6.000 Reichsmark), der Büroeinrichtung (5.000 Reichsmark) und der Betriebseinrichtung (16.000 Reichsmark) zusammen.[56]

Anfang 1939 schalteten sich der Regierungspräsident in Arnsberg und der Gauwirtschaftsberater des NSDAP-Gaus Westfalen-Süd ein. Die Firma Baer sollte endlich »entjudet« werden.[57] Am 17. Januar 1939 forderte der Regierungspräsident Hugo Hirschberg auf, den Betrieb »binnen einer Woche nach Zustellung« zu veräußern. Als Treuhänder setzte er auf Empfehlung des Gauwirtschaftsberaters den Diplom-Kaufmann Dr. G. Schwellenbach aus Bochum ein, der auch öffentlich bestellter Sachverständiger der Industrie- und Handelskammer war.[58] Allerdings fand Schwellenbach keinen Käufer, da der Betrieb vollständig zum Stillstand gekommen war. Er stellte keine Konkurrenz mehr für die »arischen« Altwarenhändler dar, zu denen, wie es im März 1939 hieß, die ehemaligen Kunden der Firma Baer bereits übergegangen seien. Der Gauwirtschaftsberater empfahl deshalb nach Abstimmung mit der Fachgruppe »Alt- und Abfallstoffe« die Liquidierung der Firma Baer.[59]

Zunächst aber galt es, die Ansprüche der Dresdner Bank zu befriedigen. Diese besaß nach wie vor die Sicherheitshypothek auf die Leo Baer und Hugo Hirschberg je zur Hälfte gehörenden Grundstücke an der Gerberstraße 7, 11, 11a, 13, 15 und 21 und behauptete, die Firma Baer schulde ihr noch 85.500 Reichsmark. Das war der Betrag, der vor Abschluss des Schuldenerlass-Abkommens 1936 zu Buche gestanden hatte. Die zwischen 1936 und 1938 erfolgten Rückzahlungen von fast 30.000 Reichsmark ließ die Bank unter den Tisch fallen. Leo Baer konnte sich nicht dagegen wehren. Auch im Wiedergutmachungsverfahren nach dem Zweiten Weltkrieg konnte er seine Angaben nicht eindeutig belegen. Die Geschäftsbücher der Firma Baer waren

---

54 Für die Informationen zur Biografie Dr. Friedrich Krögers danke ich dem Leiter des Hauses der Geschichte/Stadtarchiv in Essen, Dr. Klaus Wisotzky, 14.2.2011.
55 Die Außenstände der Firma waren zwischen 1935 und 1938 von 67.000 auf 10.000 RM abgesunken, weil laut Leo Baer zweifelhafte Forderungen abgeschrieben worden waren. Vgl. StaMs, RP Arnsb., Wiedergutmachungen, Nr. 427 165, Bl. 47.
56 Vgl. die auf dieser Bilanz beruhende Auflistung Leo Baers vom 10.3.1954, in: ebd. Bl. 24f. Ein ehemaliger Geschäftsfreund, der Schrotthändler Max Herz, sagte im November 1950 aus, dass zum Zeitpunkt der Übernahme der Firma Baer durch die DAF noch viel Material vorhanden gewesen sei. Den gesamten Wert des Warenlagers zum Zeitpunkt der Übernahme schätzte er auf mindestens 30–40.000 RM. Vgl. ebd., Bl. 59.
57 Vgl. StaMs, Gauleitung Westfalen-Süd, Gauwirtschaftsberater, Nr. 469.
58 Vgl. ebd.
59 Vgl. ebd. (Vermerk Gauwirtschaftsberater, 27.3.1939).

nicht mehr vorhanden und die Vertreter der Dresdner Bank vermochten sich weder an die auf »Sonderkonten« verbuchten Rückzahlungen noch an die Existenz eines Schuldenerlass-Abkommens mit der Firma Baer überhaupt zu erinnern. Allerdings bestätigte der ehemalige Wirtschaftsprüfer der Isaac Baer OHG, Dr. Karl Friedrich Kröger, 1961 Baers Angaben und betonte: »Tatsache ist, dass ein Sanierungsabkommen getroffen worden war.«[60] Nach dem Zweiten Weltkrieg (1951 bis Ende 1962) war Kröger Sozialdezernent der Stadt Essen.

Im Juli 1939 ordnete das Amtsgericht Bochum auf Betreiben der Dresdner Bank die Zwangsversteigerung der Grundstücke an der Gerberstraße an. Sie erfolgte aber erst am 17. Januar 1940.[61] Die Stadt Bochum war mit einem Gebot von 65.840 Reichsmark die einzige Bieterin und erhielt den Zuschlag.[62] Der Einheitswert der Grundstücke lag bei 71.430 Reichsmark,[63] ihr Realwert bei damals circa 100.000 Reichsmark.[64] Als Grund für den Erwerb nannte die Stadt die »Auflockerung der Innenstadt und damit Beseitigung eines ungesunden Wohnviertels.«[65]

Die Dresdner Bank hatte sich selbst nicht am Versteigerungsverfahren beteiligt, da die Stadt »ein akzeptables Gebot vor Gericht abgegeben hat.«[66] Im November 1939 hatte sie den Oberfinanzpräsidenten in Münster vorsorglich darauf hingewiesen, dass sie aufgrund der Höhe ihrer Forderung an die Isaac Baer OHG ein Interesse daran habe, »daß die Grundstücke nicht zu einem Preise veräußert werden, der wesentlich unter dem Einheitswert liegt.«[67] Da die Bankschulden der Firma Baer abzüglich der seit 1936 erfolgten Rückzahlungen (nur) noch 57.000 Reichsmark betrugen, machte die Bank ein gutes Geschäft. Der Versteigerungserlös, der ihr zufiel,[68] war um 8.840 Reichsmark höher, als ihr zugestanden hätte.

Nach der Versteigerung der Grundstücke liquidierte der vom Regierungspräsidenten eingesetzte »Treuhänder« die Firma Baer. Es wurde alles veräußert, was bis dahin keinen Abnehmer gefunden hatte. Im April/Mai 1940 wurde das Firmeninventar verkauft, das sich zu diesem Zeitpunkt noch auf dem Gelände befand: drei Flach-

---

60 Vgl. StaMs, Rückerstattungen, Nr. 9545, Bl. 148.
61 Der ursprünglich für den 10.11.1939 vorgesehene Termin war nicht zustande gekommen. Vgl. StadtA Bo, BO 23/38.
62 Vgl. ebd.
63 Vgl. ebd., S. 19.
64 Leo Baer wies 1957 darauf hin, dass wiederholt die Gelegenheit zum »freihändigen« Verkauf der Grundstücke bestanden habe und Angebote zwischen 90.000 und 110.000 RM vorgelegen hätten. Vgl. Brief Leo Baer an RP Köln, 2.10.1957, in: StaMs, RP Arnsb., Wiedergutmachungen, Nr. 427 165, Bl. 30 und 33.
65 Vgl. StadtA Bo, BO 23/38, Bl. 24. Die Grundstücke an der Gerberstraße waren nicht die einzigen, die die Stadt Bochum mit dem Ziel der Sanierung der Innenstadt von jüdischen Eigentümern erwarb.
66 Vgl. Brief Dresdner Bank an den Oberfinanzpräsidenten, Münster, 15.2.19140, in: StaMs, Oberfinanzdirektion Münster, Devisenstelle, Nr. 3683.
67 Vgl. Brief Dresdner Bank an den Oberfinanzpräsidenten, Münster, 15.11.1939, in: ebd.
68 Vgl. StaMs, RP Arnsb., Wiedergutmachungen, Nr. 427 165, Bl. 30f.

wagen, eine Dezimalwaage, eine Theke, ein Stehpult und vier Holzschränke.[69] Die beiden wertvollen, speziell für die Firma Baer angefertigten, Schrottscheren wurden verschrottet.[70] Welchen Weg das restliche Inventar nahm, bleibt unklar. Ein Zeuge berichtete in der Nachkriegszeit, dass vieles nach der Stilllegung der Firma »verkauft bzw. verschleudert« worden sei, »ein Teil der Werte wurde gestohlen.«[71]

Zwischen Treuhänder Dr. Schwellenbach und der Stadt Bochum, die die Grundstücke ersteigert hatte, entstand Streit über die Geschäftsunterlagen der Firma Baer. Schwellenbach hätte bei der Abwicklung des Betriebes gern auf sie zugegriffen, während die Stadt einem Altpapierhändler die Erlaubnis zu ihrem Abtransport erteilt hatte. Man habe nicht gewusst, dass die Unterlagen noch benötigt würden, schrieb das Grundstücksamt im April 1940. Sie seien seit Wochen in den Büroräumen gelagert und »bei einer Verwertung dieser Räume hinderlich« gewesen.[72] Der Altpapierhändler erzielte einen Erlös von 2,25 Reichsmark pro 100 Kilogramm. Für die 1.066 Kilogramm schweren Firmenunterlagen nahm er insgesamt 24 Reichsmark ein. Der Betrag stand dem Treuhänder zu und sollte auf dessen Anderkonto bei der Westfalenbank in Bochum überwiesen werden.[73]

Für insgesamt circa 2.000 bis 2.500 Reichsmark verkaufte Treuhänder Dr. Schwellenbach die Restbestände der Firma. »Nach Abzug der Schulden« blieben 415 Reichsmark übrig, die die Westfalenbank Anfang Oktober 1942 an die Oberfinanzkasse in Münster überwies.[74]

Die ›Abwicklung‹ der Isaac Baer OHG, die zu ihrer Blütezeit eine der größten Firmen ihrer Art in Deutschland und die bedeutendste in Bochum gewesen war, war damit abgeschlossen.

Der Essener Sozialdezernent und frühere Wirtschaftsprüfer Dr. Karl Friedrich Kröger fand später deutliche Worte: »Um die Zeit der Bilanzanfertigung [Ende Dezember 1938, I. W.] kam die durch die nationalsozialistischen Maßnahmen ruinierte Firma einem Kadaver gleich«, zu dessen »Fortschaffung« der damalige Regierungspräsident in Arnsberg den Treuhänder Dr. Schwellenbach bestimmt habe. Dieser habe den »Kadaver« zwischen 2.000 und 2.500 Reichsmark taxiert, und es sei ihm gelungen, hieraus noch 400 Reichsmark zu erlösen, die er gewissenhaft und mit Zinsabrechnung am 5. Oktober 1942 an die Oberfinanzkasse in Münster abgeführt habe. Das sei ein Beweis dafür, »dass die liquidierte Fa. Isaac Baer keine Schulden hinterlassen hat.«[75]

---

69   Vgl. StadtA Bo, BO 23/38, S. 53.
70   Vgl. ebd., S. 49.
71   Vgl. StaMs, RP Arnsb., Wiedergutmachungen, Nr. 427 165, Bl. 59.
72   Vgl. StadtA Bo, BO 23/38, S. 43.
73   Vgl. ebd., S. 42 und S. 54.
74   Vgl. StaMs, RP Arnsb., Wiedergutmachungen, Nr. 427 165, Bl. 60.
75   Vgl. StaMs, Rückerstattungen, Nr. 9545, Bl. 149.

Nach dem Novemberpogrom: Verhaftung und Fluchtvorbereitung

Am 10. November 1938 wurden Leo Baer und sein 15-jähriger Sohn Werner von zwei Gestapo-Beamten festgenommen[76] und in einem »langen Polizeiwagen, der an den Seiten offen war«, ins Polizeigefängnis gebracht. Eine Augenzeugin erinnerte sich, alle jüdischen Männer, die sie kannte, darin gesehen zu haben.[77] Etwa zur gleichen Zeit saß Baers Tochter Karla in einem Zug Richtung Bochum. Den Novemberpogrom hatte sie in Hofheim bei Würzburg erlebt und war nun auf dem Rückweg nach Hause.[78]

Karla Baer hatte nach dem Lyzeum Bochum eine Gewerbeschule besucht – als einziges jüdisches Mädchen – und arbeitete seit Mitte Oktober 1938 als »Hauslehrerin« in Hofheim.[79] Das jüdische Ehepaar Schuster hatte sie engagiert. Die Schusters seien »reich« gewesen und hätten »ein großes Anwesen und eine Fabrik« besessen. Sie wollten emigrieren. Herr Schuster war blind und Frau Schuster hoffte, ein Handwerk könne ihr im Ausland helfen. Karla sollte sie unterrichten. Sie brachte ihr die Fertigung von Leder- und Filzblumen »und allerlei anderes« bei. Am Abend des 9. November spielte Karla Akkordeon in ihrem Zimmer. Sie wurde durch ein Klopfen an der Haustür aufgeschreckt. Dann hörte sie, wie Leute ins Haus eindrangen. Frau Schuster kam in Karlas Zimmer und versteckte sich zunächst mit ihr. Sie hörten Geräusche von zerbrochenem Geschirr und von einer Axt, mit der etwas zerschlagen wurde. Als Herr Schuster verhaftet wurde, mischte Frau Schuster sich ein und versuchte, seine Abführung zu verhindern. Er sei doch blind! Sie konnte ihn nicht retten. Danach schickte sie Karla nach Hause. Eine Haushaltshilfe der Schusters kaufte ihr eine Fahrkarte und am nächsten Morgen stieg Karla Baer in den Zug nach Bochum. Was sie dort erwartete, schilderte sie wie folgt:

> »In der Nähe des Bahnhofs war ein zerstörtes jüdisches Gebäude. Überall lag zersplittertes Glas auf der Straße. Alles Mögliche war aus den Häusern hinausgeworfen worden. Die Kortumstraße war verwüstet, die Geschäfte waren leer, geplündert. Dann bin ich nach Hause. Mama begrüßte mich mit Tränen und sagte: ›Dein Vater ist weg!‹ ›Was heißt das, er ist weg?‹ ›Sie haben ihn mitgenommen. Sie sagten, er sei Jude. Deshalb habe er mitzukommen.‹ ›Und wo ist Werner?‹ ›Sie haben ihn auch mitgenommen.‹ Meine Mutter war hysterisch. Ich habe dann noch erfahren, dass mein Vater und Bruder auf der Polizeistation seien. Ich bin hingegangen, um zu fragen, wo sie sind. Ich erfuhr, dass

---

76 Vgl. Baer, Erinnerungssplitter, S. 281.
77 Vgl. den Bericht von Hannah Deutch, in: Stadtarchiv Bochum (Hg.): Vom Boykott bis zur Vernichtung, S. 193.
78 Vgl. Interview Starr/Karla Goldberg, 1996 sowie die Briefe von Karla Goldberg, 23.9.1999 und 31.1.2000. Eine Zusammenfassung findet sich in: Stadtarchiv Bochum (Hg.): Vom Boykott bis zur Vernichtung, S. 187f.
79 Eigentlich hatte Karla Baer die Kunstakademie in München besuchen wollen. Sie habe von dort auch eine Zusage bekommen. Doch habe ihre Mutter interveniert, die sich nun offenbar um ein Visum für die Vereinigten Staaten bemühte. So habe sie stattdessen eine Gewerbeschule besucht. Interview Wölk/Karla Goldberg, 2002.

mein Vater weg sei und dass mein Bruder im Gefängnis sei. Als ich zu unserem Haus zurückging, sah ich, dass die Synagoge zerstört war. Es war auch noch Rauch zu sehen. Zu Hause musste ich Mama berichten, was ich erfahren hatte. ›Was?‹ sagte sie. ›Über Nacht? Die haben keine Zahnbürste!‹ Ich wollte Werner eine Zahnbürste bringen. Mama sagte: ›Sei keine Närrin! Die halten dich auch fest.‹ Trotzdem ging ich mit Zahnbürste und Waschzeug zum Gefängnis. Dort sah ich die Jungen herum gehen, sah auch meinen Bruder und rief ihm zu: ›Werner, Werner, ich habe Deine Zahnbürste!‹ Ich wurde zurückgehalten. Mir sei nicht erlaubt, hier zu sprechen. Ein Wächter versprach mir, Werner die Zahnbürste auszuhändigen. Ich fragte: ›Warum ist er hier?‹ Die Antwort war: ›Warum sollte er nicht hier sein? Er ist Jude!‹ Ich gab die Zahnbürste heraus. Aber Werner wusste: Ich war da.«[80]

Werner Baer kam nach sechs Tagen Haft wieder nach Hause. Er habe großen Hunger gehabt und erst einmal alles gegessen, »was er kriegen konnte.«[81] Die Schule konnte er nicht mehr besuchen. In einem Brief an seinen abwesenden Vater teilte die Leitung des Staatlichen Gymnasiums mit, Werner dürfe das Gymnasium aufgrund der Verordnung des Reichserziehungsministers vom 14. November 1938 nicht weiter besuchen. »Er scheidet mit dem 15. November 1938 aus dem Schulverbande aus und ist hiermit entlassen.«[82] Werner Baer gehörte zu den letzten jüdischen Schülern, die die weiterführenden nichtjüdischen Schulen verlassen mussten. Die Bochumer NSDAP-Zeitung Rote Erde meldete am 16. November, dass die deutschen Schulen nun »judenrein« seien.[83]

Else Baer war in den nächsten Wochen weitgehend auf sich allein gestellt. Sie entwickelte ungeahnte Fähigkeiten, um ihre Familie zu retten und ihren Mann aus dem Konzentrationslager herauszuholen. Durch die Polizei erfuhr sie, dass er im KZ Oranienburg-Sachsenhausen war.[84] Sie sprach im Büro der Gestapo im Bochumer Polizeipräsidium vor, um seine Entlassung zu erwirken. Offenbar machte sie Eindruck auf einen Gestapo-Beamten, der ihr Leos baldige Heimkehr in Aussicht stellte.[85]

Bei den Baers zu Hause kamen viele Menschen vorbei. »Jetzt wachen sie auf, wissen nicht, was zu tun ist«, so Karla Goldberg, geborene Baer, im Interview.[86] »Fremde kamen, Freunde kamen, Bekannte kamen. Alle waren ängstlich, doch jeder wollte wissen, erfahren, was – wie + wohin!«[87] Auch die Frauen anderer verhafteter jüdischer Männer fanden sich bei den Baers ein. »Wir waren wie eine Bande Mäuse,

---

80 Interview Starr/Karla Goldberg, 1996 sowie Stadtarchiv Bochum (Hg.), Vom Boykott bis zur Vernichtung, S. 187f.
81 Werner wurde nach 6 Tagen freigelassen. Vgl. StaMs, RP Arnsb., Wiedergutmachungen, Nr. 424 532 und Interview Starr/Karla Goldberg, 1996.
82 StaMs, RP Arnsb., Wiedergutmachungen, Nr. 424 532, Bl. 11.
83 Die meisten jüdischen Kinder waren schon früher von den weiterführenden Schulen verwiesen worden, die letzten nach dem Novemberpogrom. Vgl. dazu z. B. auch: Stadtarchiv Bochum (Hg.), Vom Boykott bis zur Vernichtung, S. 159.
84 Vgl. Interview Starr/Karla Goldberg, 1996.
85 Vgl. Baer, Erinnerungssplitter, S. 380.
86 Vgl. Interview Starr/Karla Goldberg, 1996.
87 Vgl. Briefe Karla Goldberg, 23.9.1999 und 31.1.2000.

um die die Katze herum strich.«[88] Als sie hörten, was geschehen war, kamen auch nichtjüdische Freunde vorbei und fragten, ob sie helfen könnten. Sie erschienen meistens in der Nacht.

An einen der Besucher erinnerte sich Karla Goldberg besonders gut: an den berühmten Radrennfahrer Walter Lohmann. Noch heute gilt Lohmann als einer der erfolgreichsten Sportler Bochums. Er fuhr als Profi Radrennen sowohl auf der Straße als auch auf der Radrennbahn, wo er seine größten Erfolge bei Steher-Rennen feierte. In dieser Disziplin fuhr er einen Weltmeistertitel ein (1937 in Kopenhagen) und wurde zehnmal deutscher Meister. Lohmann, der Leo Baer und seine Frau kannte, suchte Else Baer auf und bot seine Hilfe an. Mit Hut und Brille sei er erschienen, um nicht erkannt zu werden.[89] »Wenn ihr Geld braucht, kann ich etwas kaufen«, habe er gesagt.[90] Er werde nachts zurückkommen, was er auch tat. Else Baer verkaufte ihm das Esszimmer-Mobiliar und bekam einen fairen Preis dafür. Später erzählte Lohmanns Witwe Irma, sie und ihr Mann seien damals noch jung gewesen. Es sei ihnen nicht ganz leicht gefallen, den Kaufpreis aufzubringen. Aber die Baers seien ja in Not gewesen und hätten dringend »weg« gemusst: »Ja, das konnten die gut gebrauchen, das Geld, die hatten ja nichts. Aber wir hatten ja auch noch nicht so viel.« Sie hätten gerade erst ihr Haus an der Roomersheide gekauft.[91] Für das Silber, das Else Baer ihnen ebenfalls angeboten habe, habe das Geld nicht mehr gereicht, sodass sie diesen Kauf nicht tätigen konnten. Walter und Irma Lohmann lebten mit den Esszimmer-Möbeln aus dem Hause Baer bis zu ihrem Tod. Walter Lohmann starb 1993, Irma Lohmann am 25. Februar 2006.

Spätestens seit ihrem Besuch bei der Gestapo wusste Else Baer, dass ihre Familie fliehen musste. Sie tat, was sie konnte, um Vorbereitungen zu treffen. Welcher Zufluchtsort kam für sie in Frage? Nach Karla Goldbergs Erinnerung suchte ihre Mutter das amerikanische Konsulat in Köln auf, um sich in die »Liste« eintragen zu lassen.[92] Offenbar war es da schon zu spät für eine Einreisegenehmigung in die Vereinigten Staaten. Ihre Wartenummer sei so hoch gewesen, »dass wir wirklich keine Chance hatten«, erzählte Karla Goldberg. »Wir waren die letzten, die gefragt haben, in die USA zu kommen.«[93] Else Baer fand eine andere Lösung: Sie traf sich mit einem Franzosen, an dessen Namen sich Karla Goldberg gut erinnerte: Albert Rodier. »Er exportierte Kohle von Deutschland nach Frankreich.«

Vermutlich war Rodier auf der Basis des Eisenerz-Koksabkommens zwischen Frankreich und Deutschland tätig. Der Vertrag von 1937 war Bestandteil des bilateralen Abkommens über den Warenverkehr, das zwischen 1935 und 1937 ausgehandelt

---

88 Vgl. Interview Starr/Karla Goldberg, 1996.
89 Vgl. Brief Karla Goldberg, 23.9.1999 und Interview Starr/Karla Goldberg, 1996.
90 Vgl. Interview Starr/Karla Goldberg, 1996.
91 Vgl. Interview Ingrid Wölk/Irma Lohmann, 10.12.2003.
92 Vgl. Interview Starr/Karla Goldberg, 1996. S. später: Interview Wölk/Karla Goldberg, 2002: Ihre Wartenummer sei so hoch gewesen, »dass wir wirklich keine Chance hatten«. »Wir waren die letzten, die gefragt haben, in die USA zu kommen.«
93 Vgl. Interview Wölk/Karla Goldberg, 2002.

worden war und einen früheren, seit 1927 bestehenden, Handelsvertrag abgelöst hatte.[94] Dieser wiederum war nach der Lockerung der Bedingungen des Versailler Vertrags zustande gekommen. Die seitdem guten Wirtschaftsbeziehungen zwischen den beiden Ländern, für die der Handelsvertrag stand, hatten in der zweiten Hälfte der 1920er Jahre »ein wesentliches Element auch der politischen Stabilisierung der deutsch-französischen Beziehungen« gebildet.

Der Vertrag von 1927 war bis 1935 wirksam; das neue Abkommen wurde am 10. Juli 1937 unterzeichnet. Zu seinen wesentlichen Bestandteilen zählte das Eisenerz-Koksabkommen, das der deutschen Stahlindustrie die Erzzufuhr aus Frankreich sicherte und im Gegenzug die französische Industrie mit Koks versorgte.[95] Und Koks (oder Kohle) war in Bochum reichlich vorhanden. Trotz zunehmender außenpolitischer Schwierigkeiten gelang es dem NS-Regime, den Wirtschaftsvertrag im Juli 1939 noch einmal zu verlängern und auf dieser Basis »bis zum Kriegsausbruch wichtige Rohstoffeinfuhren aus Frankreich sicherzustellen.«[96] 1938 – in dem Jahr also, in dem in Deutschland die Synagogen brannten und nicht nur Else Baer fieberhaft nach einer Ausreisemöglichkeit suchte – scheinen die bilateralen Wirtschaftsbeziehungen zur beiderseitigen Zufriedenheit verlaufen zu sein. Das Jahr gilt als »Normaljahr« in der Laufzeit des Vertrags.[97]

Albert Rodier war also wohl ›in Sachen‹ Kohle in Deutschland. Welche Mission genau ihn nach Bochum führte, muss offenbleiben. Es ist aber anzunehmen, dass er im Auftrag von beziehungsweise in Absprache mit französischen staatlichen Stellen handelte. Diese hatten, wie es scheint, nicht nur Bedarf an Koks oder Kohle, sondern auch an Informationen. Rodier kannte Leo Baer oder hatte zumindest von ihm gehört. Über dessen Erfindungen im Bereich der Flugzeugbewaffnung wusste er Bescheid – und wollte sie haben! Wie später noch zu zeigen sein wird, interessierte sich der französische militärische Auslandsnachrichtendienst, das sogenannte Deuxième Bureau, für Baer und seine Erfindungen. Else Baer war bereit, Rodier die Unterlagen ihres Mannes (Kopien der Patente? Zeichnungen und Niederschriften zu den Erfindungen?) im Tausch gegen Visa für Frankreich zu überlassen. Die beiden einigten sich und machten das »Geschäft« miteinander, während Leo Baer im Konzentrationslager war.[98]

Einer der zahlreichen Besucher, die nach dem Novemberpogrom die Familie Baer aufsuchten, war ein Mann, den Else Baer nur an der Haustür empfing. Wenige Tage

---

94 Vgl. Hans-Jürgen Schröder, Deutsch-französische Wirtschaftsbeziehungen 1936–1939, in: Klaus Hildebrand/Karl Ferdinand Werner (Hg.), Deutschland und Frankreich 1936–1939. 15. deutsch-französisches Historikerkolloquium des Deutschen Historischen Instituts in Paris, München/Zürich 1981, S. 387f.

95 Aus dem Eisenerz-Koks-Abkommen ergebe sich eine derartige »freundschaftliche Beziehung zwischen der deutschen und der französischen Industrie, dass sie auf eine Fortsetzung bedacht sein müsse«, hieß es in einem vertraulichen Bericht aus der Wirtschaftspressekonferenz am 13.7.1937. Zit. n. Schröder, Deutsch-französische Wirtschaftsbeziehungen 1936–1939.

96 Vgl. ebd.

97 Vgl. ebd.

98 Vgl. Interview Starr/Karla Goldberg, 1996.

nach dem 9. November sei er erschienen und habe gefragt, ob sie Leos Frau sei. Dann nämlich habe er ein Geschenk für sie.[99] Das »Geschenk« entpuppte sich als das Bronzerelief mit dem Abbild des Löwen von Juda, das zu der im Mai 1921 eingeweihten Gedenktafel für die gefallenen Bochumer jüdischen Soldaten des Ersten Weltkriegs gehört hatte. Im Vorraum der Synagoge, rechts neben der Gedenktafel, war sein Platz gewesen.

Der Zerstörung der Synagoge während des Novemberpogroms fiel auch die Gedenktafel zum Opfer. Wie Leo Baer später erfuhr, brachen »Nazihorden« die Bronzeteile aus der Gedenktafel heraus und verkauften das so gewonnene Metall an einen Altwarenhändler. Das Geld dafür gaben sie für Alkohol aus, »um in ihrem Rausch die hierauf folgenden Exzesse besser durchführen zu können.«[100] Karla Goldberg wusste nicht, wer der Mann war, der mit dem ›Bronzelöwen‹ an der Haustür ihres Elternhauses erschienen war. Ihre Mutter erzählte ihr nicht, ob sie seinen Namen in Erfahrung bringen konnte. Ganz offensichtlich aber kannte er Leo Baer. War es ein ehemaliger Kriegskamerad, der bei der Zerstörung und Plünderung der Synagoge dabei war und sich erinnerte, welche Bedeutung die Ehrentafel für Baer hatte? Oder handelte es sich um den erwähnten Altwarenhändler – und damit vielleicht einen früheren Geschäftspartner –, der das Bronzematerial aus der Synagoge verwertete und sich von seinem schlechten Gewissen ins Haus Baer treiben ließ? Seine Identität bleibt ebenso ungeklärt wie sein Motiv für die Übergabe des Reliefs an Else Baer.

Die Bochumer Synagoge wurde im Laufe der Pogromnacht vollständig niedergebrannt, ihre »Reste« wurden später »abgetragen«. Das Bronzerelief mit dem Löwen von Juda überstand das Zerstörungswerk. Es ›überlebte‹ die NS-Zeit in der Obhut der Familie Baer.

Im KZ Oranienburg-Sachsenhausen

In der Nacht vom 13. auf den 14. November 1938 wurden die am 10. November in Bochum verhafteten jüdischen Männer auf den Hof des Polizeipräsidiums getrieben, wo Autobusse auf sie warteten. Die Busfahrt war nur kurz. Sie endete vor dem Gestapo-Gefängnis Steinwache in Dortmund, das als Sammelpunkt für den Regierungsbezirk Arnsberg diente. Nach Baers Erinnerung standen sie dort unter der Bewachung von Schupobeamten stundenlang und »warteten auf das, was da noch kommen wird.«[101]

Gegen Mittag des 14. November wurde die auf 500 bis 600 Männer angewachsene Gruppe zum nahe gelegenen Hauptbahnhof geführt und unter den »verwunderten,

---

99 Else Baer erzählte ihrer Tochter anschließend von dem Besuch. Vgl. Interview Starr/Karla Goldberg, 1996 und Brief Karla Goldberg, 23.9.1999. Wann genau der Unbekannte kam, lässt sich nicht erschließen. Im Spielberg-Interview berichtet Karla Goldberg, der Mann habe ihre Mutter »zwei Tage später« aufgesucht.
100 Vgl. Baer, Erinnerungssplitter, S. 393.
101 Vgl. ebd., S. 367.

mitleidigen und leider auch schadenfrohen Blicken« der Passanten in einen Sonderzug gesetzt. Alle hatten Angst, dass es in das berüchtigte KZ Dachau gehe, sodass fast so etwas wie Erleichterung herrschte, als sie hinter Hannover erfuhren, ihr Reiseziel sei Oranienburg bei Berlin: »Dann werden wir wohl nach Sachsenhausen kommen.«

Am Bahnhof Oranienburg wurde der Zug auf ein Abstellgleis gelenkt. Er hielt noch nicht ganz, als blendendes Scheinwerferlicht in die Waggons drang, die Türen aufgerissen wurden und »ohrenbetäubendes Gebrüll« ertönte: »›Raus Ihr verdammten Judenschweine! Seid Ihr noch nicht heraus?‹ Kolbenschläge sausten auf uns nieder.« Bei Leo Baer dürften sich Erinnerungen an den Krieg eingestellt haben, als er etwas abseitsstehende Wachposten mit Maschinengewehren wahrnahm, die »wie in offener Feldschlacht bedient wurden. Das Geräusch, das das Einführen von Patronengurten in die Zuführer der Mgs machte [...], tappte auf unsere Nerven.« Von SS begleitet, marschierte die Gruppe – einige mit blutig geschlagenen Köpfen – vom Bahnhof Oranienburg ins Lager Sachsenhausen. Auf dem Weg wurden zwei der Männer von der SS erschlagen.[102]

Nach dem Einmarsch ins Lager wurden sie weiter schikaniert und gedemütigt. Sie mussten sich in Reihen auf dem Appellplatz vor dem elektrischen Draht aufstellen und im Chor nachsprechen, was auf Plakaten stand, die die SS vor ihnen aufgestellt hatte: »Wir sind die Mörder des Gesandtschaftsrats von Rath. Wir sind die Schänder der deutschen Kultur. Wir sind schuld an Deutschlands Unglück. Wir sind Volksbetrüger.«[103] Sie wurden 24 Stunden lang »in aufrechter Haltung, ohne Essen, Trinken und ohne ein Bedürfnis verrichten zu können« gedrillt.

Seine Verhaftung nach dem Novemberpogrom, der Transport nach Oranienburg und die Ankunft im KZ Sachsenhausen waren für Leo Baer der Beginn eines circa fünfwöchigen Martyriums. Mit seinen 49 Jahren musste er in den berüchtigten Klinkerwerken schuften. Wäre er älter als 50 gewesen, hätte man ihm eine »leichtere« Arbeit zugeteilt. Unter erbärmlichen Umständen musste er Sand transportieren. Begleitet vom Gebrüll von SS-Männern – »Wollt Ihr Saujuden nicht schneller laufen. Ihr bewegt Euch ja wie die Geldschränke« – und dem ziellosen Niedersausen ihrer Reitpeitschen mussten er und seine Leidensgefährten den Sand »im Laufschritt« an die befohlene Stelle tragen, »und zwar in unseren eigenen Jacken, die wir mit dem Rückteil nach vorne anziehen mußten. Im Schweiß gebadet war der Rücken bei der Kälte entblößt und viele blieben wegen Erschöpfung im Sande liegen.«[104] Erschöpfung ergriff auch ihn, dazu ein ständiger Husten und Fieber. Als er Mitte Dezember aus dem Lager entlassen wurde, war er »gebrochen an Leib und Seele«.[105]

Im Konzentrationslager begegnete Baer Bekannten aus Bochum und wurde Zeuge ihrer Erniedrigung. In den »Erinnerungssplittern« schildert er erschütternde Szenen. So sah er zum Beispiel einmal den von ihm hochverehrten Dr. Moritz David zusammen

---

102 Ebd., S. 370 ff.
103 Ebd., S. 378.
104 Ebd., S. 373.
105 Vgl. ebd., S. 380.

mit anderen alten Häftlingen auf einem Steinhaufen hocken und bei eisiger Kälte »mit einem Stück Eisen in den Händen« den Putz von alten Ziegelsteinen entfernen. »Ein trauriger Anblick in der dünnen Häftlingskleidung und ohne Kopfbedeckung. Ihre Gesichter und Hände waren blau-rot angelaufen.«[106] Schon am Tag ihrer Ankunft im KZ, während des 24-stündigen Ausharrens auf dem Appellplatz, hatte Leo Baer mit ansehen müssen, wie sein alter Rabbiner von der SS aus der Menge herausgepickt und besonders gequält worden war. Er hatte sich offenbar zunächst geweigert, die auf Plakate gemalten Selbstbezichtigungen nachzusprechen.[107]

Moritz David war als Rabbiner der Bochumer Synagogengemeinde 1934 in den Ruhestand getreten. Leo Baer bezeichnete ihn als »Vorbild eines deutschen Staatsbürgers jüdischen Glaubens«, der seine Gemeinde in diesem Geiste »beseelt« habe. Seine Schüler, zu denen auch Baer gehört hatte, habe er zur Vaterlandsliebe erzogen. Während des Ersten Weltkriegs hatte David sich unermüdlich an der ›Heimatfront‹ betätigt. Den Eingezogenen seiner Gemeinde gab er mit einer Widmung versehene kleine Feld-Gebetbücher mit in den Krieg.[108] Wie beschrieben,[109] hinderte sein Patriotismus ihn aber nicht daran, hellwach zu sein und sich zu wehren, wenn antisemitische Bestrebungen sich zeigten. Er tat es mit seinen Mitteln: Predigten, Ansprachen und offenen Briefen. Darüber hinausgehenden Widerstand lehnte er ab. In den »Erinnerungssplittern« schildert Leo Baer eine Begegnung mit dem Rabbiner im Januar 1933 in der Bochumer Innenstadt, als beide wenige Tage vor der »Machtergreifung« einen Umzug von SA-Leuten beobachteten, die antisemitische Parolen brüllten. Was denn wohl passiere, wenn Hitler an die Macht komme, fragte Baer. »Dann müssen wir Juden uns eben damit abfinden«, habe der Rabbiner sinngemäß geantwortet. Denn der Bibel nach hätten Juden »ebenso wie unsere christlichen Brüder die Verpflichtung, das Oberhaupt des Staates, in dem wir leben, anzuerkennen und zu respektieren.«[110] Als es dann soweit war, habe er die Parole des Zentralvereins Deutscher Staatsbürger Jüdischen Glaubens und des Reichsbundes Jüdischer Frontsoldaten, wonach eventuelle Auseinandersetzungen mit dem NS-System auf friedlichem Wege zu führen seien, »gewissenhaft« befolgt. Und ungeachtet des den Juden angetanen Unrechts habe Dr. David seiner Gemeinde das Gebet in abgewandelter Form »für den Führer Adolf Hitler« vermittelt, »wie es auch die Geistlichen der anderen Konfessionen getan haben.« Es sei aber »bar jeglicher Inbrunst« gewesen, »gedrückt und gezwungen, ganz im Gegensatz zu den Gebeten im I. und II. Reich für Kaiser und König.« In seinen Predigten habe Moritz David sich bemüht, die Moral seiner Gemeindemitglieder zu heben und immer betont, »daß die Juden auf ihre Rassenzugehörigkeit stolz sein dürfen und ihr Stammbaum bis auf König David zurückzuführen ist.«[111]

---

106 Ebd., S. 379.
107 Vgl. ebd.
108 Vgl. ebd., S. 376.
109 Vgl. oben, S. 69 ff. und S. 74 ff.
110 Baer, Erinnerungssplitter, S. 376.
111 Vgl. ebd., S. 377.

Rabbiner Dr. Moritz David überstand das KZ Sachsenhausen und konnte danach nach England emigrieren. Dank des Berliner Rabbiners Dr. Leo Baeck, mit dem er befreundet war, fand er zusammen mit seiner Frau Asyl in einem Altersheim in Manchester.[112] Bis zu seinem Tod im Januar 1956 in Manchester hielt er Kontakt zu Leo Baer.

Über die ihn bedrückende Begegnung mit Rabbiner David im Konzentrationslager sprach Leo Baer kurz darauf mit einem weiteren Geistlichen aus Bochum: dem bekannten früheren Pfarrer der evangelischen Altstadtgemeinde Dr. Hans Ehrenberg. Mit diesem teilte er sich sogar die Pritsche und einen Strohsack in seiner Baracke.[113] Ehrenberg war 1909 vom Judentum zum Christentum konvertiert und 1925 in der Bochumer Christuskirche in sein Pfarramt eingeführt worden. Nach 1933 gehörte er der Bekennenden Kirche an; 1937 legte er auf Druck der Nationalsozialisten sein Amt nieder. Baer kannte ihn dem Namen nach, persönlich lernte er ihn erst im Konzentrationslager kennen. Hans Ehrenberg habe sehr unter der Arbeit gelitten, die er dort verrichten musste. Sein Einsatzort sei die Leichenhalle gewesen, wo er die Totenscheine habe ausfüllen und die Angehörigen von dem jeweiligen »Todesfall« in Kenntnis setzen müssen.[114] Im Unterschied zu vielen anderen scheint Ehrenberg sein Gottvertrauen im KZ aber nicht eingebüßt zu haben und betätigte sich sogar seelsorgerisch. Leo Baer tröstete er mit den Worten »Hab weiter Gottvertrauen« und war entsetzt als dieser entgegnete, sein Gottvertrauen sei stark angeschlagen. »Mein lieber Pastor Ehrenberg«, so Baer, »ich stand während des Krieges in vorderster Linie vor Verdun und auf unser aller Koppelschlösser stand ›Mit Gott, für König und Vaterland‹. Mich haben alle Drei im Stich gelassen.«[115]

Auch Hans Ehrenberg überlebte die NS-Zeit nach seiner Entlassung aus dem KZ im englischen Exil, wohin er aufgrund einer Bürgschaft des Bischofs von Chichester 1939 ausreisen konnte.[116]

Das Konzentrationslager Sachsenhausen war 1936 zunächst für politische Gegner des NS-Regimes durch Häftlinge der aufgelösten Lager Esterwegen, Berlin-Columbia und

Abb. 42: Hans Ehrenberg.

112 Vgl. ebd., S. 381.
113 Vgl. ebd., S. 376.
114 Vgl. ebd., S. 377.
115 Ebd.
116 Zu Hans Ehrenberg vgl. Günter Brakelmann, Hans Ehrenberg: ein judenchristliches Schicksal in Deutschland, 2 Bde., Waltrop 1997 und 1999.

Lichtenburg errichtet worden. Leo Baer lässt in den »Erinnerungssplittern« auch politische Häftlinge in Erscheinung treten. Unter anderem schildert er die Begegnung mit einem kommunistischen Schriftsteller in einer »Ruhepause« von der Arbeit in den Klinkerwerken. Der Inhalt des wiedergegebenen Gesprächs klingt makaber. Danach versuchten beide, fast schon prahlerisch, sich gegenseitig mit ihren schlimmen Erfahrungen im Lager und mit der SS zu übertrumpfen. Und beiden fiel der Status des jeweils anderen sofort ins Auge. So bemerkte Leo Baer neben dem roten Dreieck die pergamentartige Gesichtshaut seines Gesprächspartners, die den »Jahre lang an KZ gewohnten Häftling« verriet, während dieser an Baers Judenstern, der »noch so schön sauber« sei, den Neuling erkannte. Er gab Baer den Rat, ihn ordentlich mit Dreck zu beschmieren, um den Wachposten und SS-Männern zu signalisieren, er sei ein guter Arbeiter. »Dadurch kannst Du manchem Tritt entgehen. Glaub mir, es hat seinen Vorteil.«[117] Im Lauf der Zeit konnte man offenbar Überlebensstrategien im KZ entwickeln, die den Neuankömmlingen fremd waren. Eine Garantie, das Lager heil zu überstehen, boten sie natürlich nicht.

Am 17. Dezember 1938 kam Leo Baer wieder frei. Zuvor musste er sich verpflichten, zusammen mit seiner Familie »auf dem schnellsten Wege Deutschland zu verlassen.«[118] Nicht nur die im KZ erlittenen gesundheitlichen Schäden hatten ihn verändert. Seine Kinder erkannten ihn kaum wieder und hatten Schwierigkeiten, mit ihm umzugehen. »Das war nicht mehr mein Vater«, stellte Leos Tochter Karla fest. »Er war ein gebrochener Mann, hatte Angst vor seinem eigenen Schatten.«[119]

Die »Auswanderung«

Zurück in Bochum, setzte Baer alles daran, die im KZ eingegangene Verpflichtung einzulösen, zumal ihm wiederholt damit gedroht wurde, ihn »wieder nach Oranienburg zu bringen.«[120] Er schaltete sich in die bis jetzt von Else Baer betriebenen Emigrationsbestrebungen ein und bemühte sich mit Hochdruck um die Beschaffung der dafür erforderlichen Papiere.

Weihnachten 1938, zwanzig Jahre nach dem Ersten Weltkrieg, den er von Anfang bis Ende als Soldat miterlebt hatte, beantragte Leo Baer beim Oberfinanzpräsidenten in Münster die Auswanderung.[121] Den Fragebogen, der ihm daraufhin zugesandt wurde, füllte er gemeinsam mit seiner Frau Else am 21. Januar 1939 aus.[122] Als Anlagen

---

117 Baer, Erinnerungssplitter, S. 372.
118 Vgl. StaMs, RP Arnsb., Wiedergutmachungen, Nr. 427 165, Bl. 21.
119 Vgl. Interview Starr/Karla Goldberg, 1996, S. 58.
120 Vgl. StaMs, RP Arnsb., Wiedergutmachungen, Nr. 427 165, Bl. 21.
121 Vgl. StaMs, RP Arnsb., Wiedergutmachungen, Nr. 427 165, Bl. 3. Der Antrag mit Datum vom 26.12.1938 erfolgte formlos. Leo Baer teilte mit, er beabsichtige, mit seiner Familie, »bestehend aus meiner Ehefrau u. 2 Kindern, auszuwandern und bitte [...] um Zusendung der Fragebogen«.
122 Vgl. ebd. und Oberfinanzdirektion Münster, Devisenstelle, Nr. 226.

fügte er bei: das für »Auswanderungszwecke« nötige polizeiliche Führungszeugnis mit Datum vom 3. Januar 1939, eine Bescheinigung der Gestapo, dass er »politisch nicht in Erscheinung getreten« sei, vom 9. Januar 1939, die steuerliche »Unbedenklichkeitsbescheinigung« des Finanzamtes Bochum, die es ihm erlaubte, Umzugsgut ins Ausland zu »verbringen«, vom 5. Januar 1939. Die Gefahr der »Kapitalflucht« bestand ja nicht, denn seine Firma war ihm enteignet, die Bankkonten und die – zu diesem Zeitpunkt noch nicht zwangsversteigerten – Grundstücke waren ihm entzogen worden. Die mit »J« und den Zwangsnamen »Sarah« und »Israel« versehenen »Kennkarten« für Else und Leo Baer trugen das Datum vom 25. Januar 1939.[123]

Die Baers konnten nur einen Bruchteil ihrer in vielen Jahren erworbenen Habe mitnehmen. Ihre Möbel versuchten sie zu verkaufen – mit mäßigem Erfolg. Das Doppelschlafzimmer »überließ« Leo Baer »einer armen Nachbarin zum Preise von RM 100.« Vieles teilte er unter Freunden und Bekannten auf, die bei der Flucht behilflich waren.[124] Der größte Teil des Mobiliars ging aufgrund der überstürzten Ausreise »verloren«. Auch für sein wertvolles »Herrenzimmer« mit Bücherschrank, Bibliothek, Bildern, Teppichen, Schreibtisch, Stühlen, Sesseln, Sofa, Kunstwerken, Beleuchtungskörpern und so weiter fand Leo Baer keinen Interessenten mehr, da »die Kreise, für die es in Frage kam, Hemmungen hatten, das Haus eines Juden zu betreten.«[125] Den Wert des Herrenzimmers bezifferte er 1955 auf 8.220 Reichsmark. Wie er später erfuhr, wurde es nach seiner Emigration vom Finanzamt gepfändet.[126] Auch einige Käufer kleinerer Gegenstände nutzten die Situation aus und blieben die versprochenen Zahlungen schuldig.[127] Einen Großteil der Wohnungseinrichtung übernahm der Nach-Bewohner des Hauses an der Gerberstraße 11, ein holländischer Gemüsehändler, für insgesamt 900 Reichsmark.[128] So blieb es bei einem einzigen regulären Verkauf: Wie geschildert, erwarb der Radrennfahrer Walter Lohmann die Esszimmer-Einrichtung und bezahlte dafür 2.000 Reichsmark.[129] Baers Anwalt teilte 1955 mit, von Rückerstattungsansprüchen werde in diesem Fall abgesehen, »da Herr Lohmann als einziger sich damals gegenüber dem Antragsteller anständig verhielt.«[130]

In dem der Auswanderung vorausgehenden Antrags- und Genehmigungsverfahren mussten Leo und Else Baer ihre Vermögensverhältnisse lückenlos offenlegen. Sie gaben an, außer den Immobilien an der Gerberstraße noch Bargeld in Höhe von circa 750 Reichsmark und Guthaben bei Banken und Lebensversicherungen in Höhe von insgesamt circa 8.660 Reichsmark zu besitzen.[131] Das Guthaben war

---

123 Vgl. Kopien der Dokumente, in: FamA Baer-Goldberg.
124 Vgl. StaMs, RP Arnsb., Wiedergutmachungen, Nr. 427 165, Bl. 21 und Bl. 49.
125 Vgl. ebd.
126 Vgl. ebd., Bl. 21 und Bl. 54. Vgl. auch S. 221ff. dieses Buches (Im Wiedergutmachungsdschungel verloren: Das Herrenzimmer).
127 Vgl. ebd., Bl. 49.
128 Vgl. ebd., Bl. 49.
129 Vgl. ebd., Bl. 49 und das Interview Wölk/Irma Lohmann, 2003.
130 Vgl. StaMs, RP Arnsb., Wiedergutmachungen, Nr. 427 165, Bl. 49.
131 Vgl. ebd.

zum größten Teil auf Else Baers Namen und den der Kinder Karla und Werner eingetragen worden, vermutlich in der Hoffnung, es so besser vor dem Zugriff der Behörden schützen zu können. Leo Baer musste ja nach wie vor fürchten, trotz seines Anfang November 1938 erfolgten Austritts aus der Isaac Baer OHG für angebliche Firmenschulden aufkommen zu müssen. Die Konten der Familie Baer standen unter Zwangsverwaltung,[132] das heißt: alle Buchungen wurden kontrolliert und mussten genehmigt werden. Die beim Notverkauf eines Teils der Möbel eingenommenen insgesamt circa 3.000 Reichsmark tauchen in den Akten der Finanzverwaltung nicht auf. Vielleicht konnte die Familie Baer die mit der Auswanderung zusammenhängenden Kosten davon bestreiten. Vielleicht gelang es ihr sogar – aber darüber schweigen die Quellen –, einen Teil des Geldes ›illegal‹ aus Deutschland herauszubringen. Erlaubt war lediglich die Ausfuhr von fünf bis zehn Reichsmark pro Person.[133]

Für etwa 600 Reichsmark ließ Leo Baer bei einem Schreiner in Bochum zwei »Lifts« anfertigen, mit denen der Großteil des Baerschen Umzugsgutes ins Ausland geschickt werden sollte. Für etwa 100 Reichsmark wurde zudem ein besonderer »Verschlag« für ein Klavier gefertigt.[134] Alles, was sie mitnehmen wollten – in den beiden Lifts oder im Handgepäck –, musste in den Listen enthalten sein, die für jedes Familienmitglied einzeln zu erstellen und von der Devisenstelle Münster zu prüfen und zu genehmigen waren. Das Klavier der Marke

Abb. 43: Walter Lohmann nach einem Rennen in Bochum, 10. Mai 1953.

132 Vgl. Schreiben Devisenstelle beim Oberfinanzpräsidenten in Münster an das Zollamt Saarbrücken, 21.3.1939, in: StaMs, Oberfinanzdirektion Münster, Devisenstelle, Nr. 226, Bl. 53.
133 In ihren Nachkriegsberichten nennen Karla, Werner und Leo Baer unterschiedliche Beträge: mal sind es 5 RM, die sie ausführen durften, mal 10.
134 Zur Mitnahme seines Umzugsgutes ließ Leo Baer bei einem Schreiner zwei »Lifts« anfertigen, für die er laut Angabe vor dem Wiedergutmachungsamt am 20.2.1958 600 RM zahlte. Vgl. StaMs, RP Arnsb., Wiedergutmachungen, Nr. 427 165, Bl. 86f.

Steinway, 1929 von einem Herrn van Bremen in Dortmund erworben, findet sich auf Else Baers Liste, ebenso ihre gesamte, schon vor der Ehe beschaffte Aussteuer (wie Handtücher, Tischdecken, Servietten, Bügeldecken), Geschirr, Küchengeräte, Regenschirme, »Nippsachen« und so weiter. Die Dinge auf der Liste Leo Baers reichen vom Bild des Prinzen Oskar, das dieser ihm im Ersten Weltkrieg geschenkt hatte, bis zu seinem Trauring. Karlas Liste enthielt neben vielen nützlichen Dingen auch die »Jungmädchen-Andenken«, die sie mitnehmen wollte. Jedes Stück war zu benennen, auch jedes Kleidungsstück: vom Smoking des Familienvaters über dessen Sommerhosen und Bergschuhe, die Mäntel und Kleider der beiden Frauen bis zur Nachtwäsche und jeder einzelnen Unterhose.[135] Dabei war zu differenzieren, ob die Sachen vor oder nach 1933 erworben worden waren und was die Baers »in unmittelbarem Zusammenhang mit der Auswanderung« gekauft hatten. Das waren vor allem Reisekoffer für alle Familienmitglieder. Die Kosten für die Lifts und deren Transport ins Ausland gab Leo Baer im Auswandererfragebogen nicht an. Dagegen erfuhren die Beamten der Devisenstelle, dass Else und Leo Baer für ihre Tochter Karla vor der Ausreise zusätzliche Wäsche, Handwerkszeug und ein »elekt[risches] Hausger[ät]« angeschafft hatten.[136] Auf Karlas Liste befand sich auch – recht unverdächtig – eine Ziehharmonika von Hohner, die sie 1934 als Konfirmationsgeschenk erhalten hatte.[137] Keine der Baerschen Gepäcklisten verweist auf den aus der zerstörten Synagoge entfernten »Löwen von Juda«. Er verließ Bochum in dem Instrumentenkoffer, in dem sich auch Karlas Ziehharmonika befand.[138]

Als Reiseziel nannte Leo Baer auf dem Auswanderer-Fragebogen Nord-Amerika,[139] während das Bochumer Polizeipräsidium dem Finanzamt am 31. Dezember 1938 die Information hatte zukommen lassen, Baer wolle in die »Dominikanische Republik über Holland« ausreisen. Offenbar hatte er dies angegeben, als er Reisepässe für sich und seine Familie beantragte.[140] Die unterschiedlichen Zielangaben verweisen auf die kritische Situation, in der Leo Baer und seine Angehörigen sich befanden. Die Ausreise war eine Flucht und keine sorgfältig vorbereitete Emigration. Baer hatte sich erst spät damit abgefunden, Bochum zu verlassen. Nun aber wusste er weder, wo die Reise enden noch wie er sich und seine Familie durchbringen sollte. Die Frage nach dem Beruf, den er im Ausland ergreifen wolle, beantwortete er im Fragebogen mit »ungewiß«.[141]

Für Werner Baer ergab sich Anfang Januar 1939 die Möglichkeit, auf Vermittlung des »Sozialen Ausschusses für jüdische Wohlfahrtspflege in Westfalen und Lippe«, der seinen Sitz in Bielefeld hatte, nach England auszureisen. Vielleicht mit einem der zahlreichen Kindertransporte, die in diesen Tagen Deutschland verließen? Mit noch

---

135 Vgl. StaMs, RP Arnsb., Wiedergutmachungen, Nr. 427 165, Bl. 73f.
136 Vgl. ebd., Bl. 79.
137 Vgl. ebd.
138 Vgl. weiter unten.
139 Vgl. StaMs, RP Arnsb., Wiedergutmachungen, Nr. 427 165, Bl. 66.
140 Vgl. StaMs, Oberfinanzdirektion Münster, Devisenstelle, Nr. 226, Bl. 5.
141 Vgl. StaMs, RP Arnsb., Wiedergutmachungen, Nr. 427 165, Bl. 67.

nicht ganz 16 Jahren war er dafür, anders als seine Schwester Karla, noch nicht zu alt. Leo Baer wollte wohl die Chance nutzen, wenigstens seinen Sohn in Sicherheit zu wissen und informierte die Devisenstelle beim Oberfinanzpräsidenten in Münster über die geänderten Pläne. Gleichzeitig bat er um Genehmigung, Werner neben dem Handgepäck einige ihm gehörende Sachen mitgeben zu dürfen: eine Geige mit Kasten, einen goldenen Ring (ein Abschiedsgeschenk Else Baers für ihren Sohn), ein silbernes Zigarettenetui und ein Reiseschachspiel.[142] Die England-Pläne für Werner kamen dann aber ebenso wenig zum Tragen wie die Ausreise der Familie in die Dominikanische Republik via Holland. Gemeinsam verließen Leo, Else, Karla und Werner Baer Bochum am 22. Februar 1939 mit dem Zug Richtung Paris. Sie hatten dank Else Baer die rettenden Visa für Frankreich im Gepäck. Wie sie unterwegs angaben, wollten sie versuchen, von dort aus in die USA zu gelangen und später vielleicht nach Brasilien.[143]

Im Januar 1939, kurz vor der Ausreise, verlor Leo Baer die Rechte an seinen Erfindungen an das Deutsche Reich. Am 24. Januar hatte er sich bei der Devisenstelle des Oberfinanzpräsidenten in Münster erkundigt, was er hinsichtlich seines Patentes und seines Gebrauchsmusters zu unternehmen habe. Man teilte ihm mit, dass beide der gesetzlichen Beschlagnahme unterstünden. Er sei verpflichtet, die Dokumente bei einem Notar zu hinterlegen. Könne er dies nicht nachweisen, werde er die für die Emigration notwendige »Unbedenklichkeitsbescheinigung« nicht erhalten. Gleich am nächsten Tag vollzog Baer den »notariellen Akt« und übertrug dem Deutschen Reich sämtliche Rechte an seinen Erfindungen.[144] Ein Entgelt beanspruche er nicht. Der Bochumer Notar Dr. Johann Josef Hubert Karlsfeld beglaubigte den Vorgang und bestätigte außerdem, alle mit den Erfindungen zusammenhängenden Unterlagen erhalten zu haben: die Urkunde über die Erteilung des Patentes Nr. 615390 (»Streuvorrichtung für in Flugzeuge eingebaute Maschinengewehre«), den Nachweis über die Eintragung des Gebrauchsmusters Nr. 1416297 (»Patronengurt für Maschinengewehre«), den mit dem Patentamt geführten Schriftwechsel sowie die Korrespondenz Leo Baers mit dem Reichswehrminister und dem Reichsminister der Luftfahrt.[145] Leo Baer trug dem Notar auf, die hinterlegten »Mappen mit Inhalt auf Anforderung dem Reichswehrministerium oder einer anderen Wehrmachtsbehörde auszuhändigen.« Sollte das bis zum 1. Januar 1945 nicht geschehen sein, war Karlsfeld berechtigt, das Material zu vernichten.[146]

---

142 Vgl. ebd., Bl. 81.
143 Vgl. Bericht der Zöllner Rath und Tunnat, Saarbrücken, 23.2.1939, in: ebd., Bl. 83.
144 Vgl. StaMs, Rückerstattungen, Nr. 9545 (Eidesstattliche Erklärung Leo Baer, Menton, 30.12.1961).
145 Vgl. notariell beglaubigte Erklärung Leo Baers und Bestätigung des Notars Karlsfeld gegenüber Baer vom 25.1.1939, in: StaMs, Oberfinanzdirektion Münster, Devisenstelle, Nr. 226, Bl. 48, 49.
146 Vgl. ebd., Bl. 49. Es ist davon auszugehen, dass die beim Notar hinterlegten Dokumente, wie verfügt, vernichtet wurden. Nach Auskunft des Bundesarchivs (Elfriede Frischmuth), Januar 2007, scheint auch die Gegenüberlieferung nicht erhalten geblieben zu sein. Die Findbücher

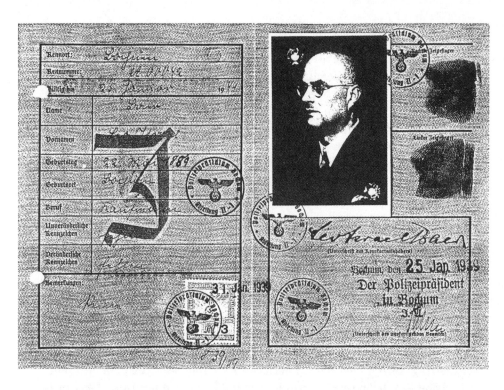

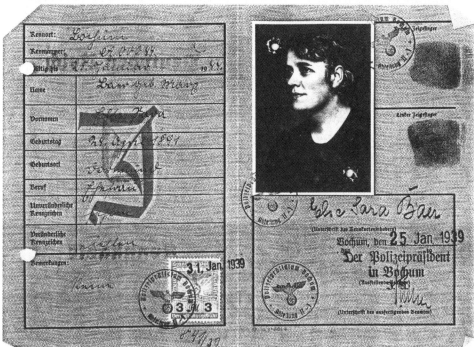

Abb. 44 und 45: Kennkarten Leo »Israel« und Else »Sara« Baer, ausgestellt vom Polizeipräsidenten in Bochum, 25.1.1939.

Die Übertragung der Patente Leo Baers auf das Deutsche Reich erfolgte, wie in vergleichbaren Fällen, zwangsweise. Der NS-Staat war an der Verwertung jüdischer Erfindungen interessiert. Die Devisenstelle in Münster hatte Baer zur Aufgabe seiner Rechte genötigt. »Diese Stelle«, so Baer später, »verfügte über mein Leben und das meiner Frau und beider Kinder«.[147] Der Notar Dr. Karlsfeld starb am 25. Januar 1967 in Bochum-Mitte. Seine Kanzlei hatte zum Zeitpunkt der notariellen Vereinbarung mit Leo Baer (1939) am Wilhelmsplatz 3 (heute Husemannplatz) gelegen und später an der Viktoriastraße 5. Ein anderer Rechtsanwalt übernahm sie nach Karlsfelds Eintritt in den Ruhestand und gab sie später auf.[148] Von Leo Baers Patent-Unterlagen findet sich heute keine Spur mehr. Ob sie von dem Notar nach Baers Ausreise der Wehrmacht ausgehändigt oder vernichtet wurden, lässt sich nicht nachweisen.

Die Patente spielten noch einmal eine Rolle, als die Baers auf dem Weg ins französische Exil waren. Fast hätten sie die Ausreise aus Deutschland verhindert. In Saarbrücken mussten die Vier umsteigen und am Bahnhof den Zoll passieren, ihr Gepäck wurde streng kontrolliert. Weil die Familie am 22. Februar keinen Anschlusszug mehr nach Paris bekam, übernachtete sie in einem kleinen Hotel in Saarbrücken. Leo Baer wurde am nächsten Morgen erneut von der Zollbehörde vernommen.[149] Von dem aufsichtführenden Obersturmführer sei er stundenlang verhört worden. Dabei sei ihm in Gegenwart zweier SS-Männer dreimal ein Revolver vor die Brust gehalten worden. Erst nach einem Telefonat mit einer Stelle in Bochum sei sein Verhör beendet gewesen. »Was ich während dieser Zeit durchlebte«, so Baer später, »kann ich nicht wiedergeben. Als mich meine auf mich wartende Frau und Kinder wiedersahen, waren sie über mein Aussehen entsetzt.«[150]

Die Beamten fanden in Baers Handgepäck Schriftstücke, die ihnen so suspekt erschienen, dass sie sie »wegen ihres Inhalts von amtswegen« beschlagnahmten. Unter anderem handelte sich dabei um das von dem Bochumer Notar beglaubigte Dokument zur Übertragung der Patente Baers auf das Deutsche Reich und die Bestätigung des Notars, alle damit zusammenhängenden Unterlagen erhalten zu haben. In Else Baers Papieren glaubten die Beamten zudem, Hinweise auf ein frei verfügbares Auswandererkonto entdeckt zu haben, auf das in letzter Zeit die Rückkaufswerte von Lebensversicherungen eingezahlt worden seien.[151] Dennoch ließen sie die Baers am 23. Februar – offenbar nach dem von Leo Baer erwähnten Telefonat mit einer Stelle in Bochum (oder Münster?) – aus Deutschland ausreisen. Die Familie bestieg den »um 12.36 nach Frankreich ausgehenden Personenzug P 1029.« Über das Verhör und

zum Bestand der Behörden, mit denen Baer korrespondierte, weisen die entsprechenden Unterlagen nicht nach.
147 Vgl. StaMs, Rückerstattungen, Nr. 9545 (Eidesstattliche Erklärung Leo Baers, Menton, 30.12.1961).
148 Vgl. die Adressbücher der Stadt Bochum 1940f.
149 Vgl. StaMs, RP Arnsb., Wiedergutmachungen, Nr. 427 165, Bl. 87.
150 Vgl. StaMs, Rückerstattungen, Nr. 9545, Bl. 150. (Eidesstattliche Erklärung Leo Baers, Menton, 30.12.1961).
151 Vgl. StaMs, RP Arnsb., Wiedergutmachungen, Nr. 427 165, Bl. 83f.

die beschlagnahmten Papiere fertigten die Zöllner einen Vermerk für den Vorsteher des Zollamtes am Hauptbahnhof Saarbrücken an. Dieser wiederum wandte sich am 3. März an die Devisenstelle beim Oberfinanzpräsidenten in Münster, sandte ihr die Dokumente zu und bat um Prüfung des Sachverhaltes. Der Beamte der Devisenstelle, der den Auswandererfragebogen der Familie Baer bearbeitet hatte und bestens im Sachstand war, konnte die Zöllner beruhigen. Am 21. März ließ er sie wissen, dass mit den Unterlagen der Baers alles in Ordnung sei. Die steuerlichen Unbedenklichkeitsbescheinigungen hätten vorgelegen und die in Deutschland verbleibenden Guthaben der Familie Baer würden als »Auswanderersperrguthaben geführt, über die ohne Genehmigung nicht verfügt werden kann.«[152] Die Hinweise auf die Patente Leo Baers überging er.

An die Ereignisse auf dem Bahnhof Saarbrücken erinnerte sich Karla Goldberg gut: Ihr Vater sei nach der Ankunft ihres Zuges am 22. Februar 1939 von einem Beamten in Nazi-Uniform ins Gesicht geschlagen worden, wobei Hut und Brille in hohem Bogen zu Boden geflogen seien. Als Jude habe er den Hut abzunehmen, wenn er zu einem deutschen Bürger spreche! Else Baer habe Hut und Brille aufgehoben und den Hut festgehalten, weil Leo ihn nicht wieder habe aufsetzen wollen. Vom Ergebnis der Kontrolle des Gepäcks ihrer Eltern bekam Karla nichts mit. Aber ein heftiger Streit mit ihrem Vater, abends in dem Hotel in Saarbrücken, blieb ihr im Gedächtnis. Karla hatte nämlich, nachdem auch ihr Gepäck am Zoll untersucht worden war, Dokumente zerrissen (wohl Zeugnisse, Sport-Diplome und Ähnliches), die die Zöllner begutachtet hatten und die sie nicht mehr haben wollte. Leo Baer sei außer sich gewesen, habe ihr im Hotelzimmer sogar eine Ohrfeige gegeben und dabei auf das verwiesen, was er im KZ habe durchmachen müssen.

Die Weiterreise nach Paris am nächsten Tag trat Karla Baer mit einem blauen Auge an. Im Zug war sie immer noch gekränkt. Als ihr Vater sich unterwegs nach dem Namen eines Ortes erkundigte, antwortete sie mit »Sortie«, was auf einem Hinweisschild am Bahnsteig zu lesen war. Natürlich war Leo Baer erneut erbost.[153] Trotz der zwischen Eltern und heranwachsenden Kindern auch in ›normalen‹ Zeiten ja nicht unüblichen Streitereien hatte Karla Baer (später Goldberg) zeitlebens ein gutes Verhältnis zu ihrem Vater. Sie sei immer »seine Tochter« gewesen.

Hugo Hirschberg

Mit der Enteignung, Stilllegung und Liquidierung der Firma Baer nach dem 9. November 1938 entzogen die Nationalsozialisten Hugo Hirschberg die Lebensgrundlage. Mehr schlecht als recht hielt er sich mit Verkäufen von Hausrat über Wasser. Auch auf ein Guthaben seines Enkelsohnes in Höhe von 1.200 Reichsmark konnte er noch eine Weile zugreifen. Das Bankkonto war ihm verblieben, nachdem seine beiden Söhne

---

152 Vgl. StaMs, Oberfinanzdirektion Münster, Devisenstelle, Nr. 226, Bl. 50–53.
153 Vgl. Interview Starr/Karla Goldberg, 1996.

mit ihren Familien nach Chile emigriert waren. Am Ende war Hugo Hirschberg auf Unterstützung durch die jüdische Kultusgemeinde angewiesen. Ein Antrag bei dem nach dem Ersten Weltkrieg eingerichteten städtischen Wohlfahrtsamt war sinnlos, »da diese Stelle nichtarische Bedürftige nicht mehr betreut.«[154]

Etwa seit Mai 1939 bemühte Hirschberg sich um die Ausreise nach Chile. Offensichtlich wollte er seinen Söhnen folgen. Er hatte ein Visum und war bereits im Besitz der »Unbedenklichkeitsbescheinigung« des Finanzamtes Bochum, als er am 30. November 1939 von der Devisenstelle der Oberfinanzdirektion in Münster die Genehmigung zur Mitnahme von Umzugsgut ins Ausland erhielt. Seine »Packerlaubnis« war bis Ende Februar 1940 befristet. Alles schien gut zu gehen. Doch dann verhängte Chile eine Einreisesperre und Hugo Hirschberg saß in Bochum fest. Er bat zweimal, am 14. Februar und am 18. Mai 1940, um Verlängerung der Erlaubnis, mit seinem Umzugsgut auszureisen.

Im Februar 1940 lebte er noch in dem Wohnhaus an der Gerberstraße 11, das durch die Zwangsversteigerung am 17. Januar 1940 der Stadt Bochum zugefallen war. Kurze Zeit später musste er ausziehen. Der jüdische Metzger Arthur Cletsoway und dessen Frau Berta nahmen Hirschberg als Untermieter in ihre Wohnung an der Kleinen Beckstraße 1 auf, wo er ein dürftig ausgestattetes Mansardenzimmer bezog.[155] Den letzten Antrag an die Devisenstelle der Oberfinanzdirektion schrieb er im Mai 1940 mit der Hand.[156] Seine Schreibmaschine hatte er wohl beim Umzug von der Gerberstraße in die Kleine Beckstraße zurücklassen müssen – oder verkauft.

Im Januar 1942 wurde Hugo Hirschberg zusammen mit seinen Gastgebern Berta und Arthur Cletsoway ins Ghetto Riga deportiert.[157] Vermutlich noch im selben Jahr kam er dort ums Leben. Lotte Nussbaum aus

Abb. 46: Grabstein von Rosa und Hugo Hirschberg auf dem jüdischen Friedhof in Bochum. Rosa Hirschberg starb 1935 in Bochum, Hugo Hirschberg 1941 im Ghetto Riga.

154 Vgl. StaMs, Oberfinanzdirektion Münster, Devisenstelle, Nr. 3683, Bl. 11 (Brief Hugo Hirschberg an Oberfinanzpräsident Westfalen, Devisenstelle, 26.7.1939).
155 Vgl. StaMs, Rückerstattungen, Nr. 9962.
156 Vgl. StaMs, Oberfinanzdirektion Münster, Devisenstelle, Nr. 3683.
157 Vgl. StadtA Bo, NAP 23/3.

Bochum, die mit ihrem Ehemann Fritz ebenfalls nach Riga verschleppt worden war, benachrichtigte später Kurt Hirschberg über den Tod seines Vaters. Sie habe zusammen mit ihrem Ehemann die Totenwache bei Hirschberg gehalten, schrieb Frau Nussbaum. Er sei auf dem jüdischen Friedhof in Riga beigesetzt worden.

Im Mai 1951 stellte Siegbert Vollmann, der damalige Vorsitzende der Jüdischen Gemeinde Bochum, eine »Deportationsbescheinigung« für ihn aus: »Da Hirschberg nach der Befreiung im Mai 1945 nicht nach Bochum zurückgekehrt ist und auch kein Lebenszeichen von sich gegeben hat, muss mit seinem Ableben gerechnet werden.«[158]

Das Amtsgericht Bochum erklärte Hugo Hirschberg am 3. Oktober 1951 offiziell für tot und setzte als Zeitpunkt seines Todes den 31. Dezember 1945 fest.[159]

158 Vgl. ebd.
159 Vgl. ebd., Teil 2.

In Frankreich: Vom Zwangs- zum freiwilligen Exil (1939–1968/1991)

Paris

Anders als sein Schwager Hugo Hirschberg hatte Leo Baer mit Frau und Kindern Bochum gerade noch rechtzeitig verlassen können und nach nicht ungefährlicher Ausreise Paris erreicht. Hier kümmerten sich Verwandte Albert Rodiers, des Mannes, der Else Baer die Visa beschafft hatte, um die Familie. Unter anderem halfen sie ihr dabei, in einer kleinen »primitiven« und sehr billigen Pension unterzukommen.[1] In dem Zweibettzimmer schlief Karla mit ihrer Mutter und Werner mit seinem Vater in einem Bett. Es versteht sich, dass das Leben im Exil hart war. Karla Goldberg erinnerte sich an ihren stets hungrigen Bruder Werner, der in unbeobachteten Augenblicken im Restaurant die Essensreste anderer Gäste aufgegessen habe, und auch daran, dass ihr Vater Leo einmal Bekannte aus Bochum in einem weit entfernten Stadtteil von Paris aufgesucht habe, um um Hilfe zu bitten. Mit nur mäßigem Erfolg. Es sei ihm schwergefallen, seinen Stolz zu überwinden. Leo Baer, der früher gern gespendet hatte, war nun selbst auf Unterstützung angewiesen. Er fand sie bei einer der in Paris tätigen Hilfsorganisationen für jüdische Flüchtlinge.[2] Die Geschwister Karla und Werner trugen mit Gelegenheitsarbeiten zum Familieneinkommen bei. Karla übernahm zum Beispiel Näh- und Stickaufträge und fertigte Stoffpuppen an, die sie verkaufte. Für Freunde habe sie auch gestrickt, dabei aber nur wenig verdient. Einmal habe sie einen weiten Weg zu Fuß zurückgelegt, um das Fahrgeld für die Metro zu sparen. Ihre Mutter habe nüchtern reagiert: ihre Schuhe neu zu besohlen, sei teurer als die eingesparte Fahrkarte.[3]

---

1 Vgl. Interview Starr/Karla Goldberg, 1996.
2 Vgl. Baer, Erinnerungssplitter, S. 391. Zu den jüdischen Hilfsorganisationen in Paris vgl. z. B. Ruth Fabian/Corinna Coulmas, Die deutsche Emigration in Frankreich nach 1933, München 1978, S. 40.
3 Vgl. Interview Starr/Karla Goldberg, 1996.

Abb. 47 und 48: Von Karla Baer im Exil in Paris gefertigte Puppen.

In ihrem Hotelzimmer konnten die Baers kaum mehr unterbringen als das, was sie im Handgepäck auf der Reise mit sich geführt hatten. Der Großteil ihres Umzugsgutes war von Bochum aus über Düsseldorf per »Lift« nach Paris gelangt. Das Verpacken und den innerdeutschen Versand hatte die Bochumer Spedition Adams übernommen, den Weitertransport nach Paris eine Düsseldorfer Firma. Hier, in Paris, lagerte das Umzugsgut in den Lagerhallen der Firma Danzag & Co. Leo Baer musste dafür umgerechnet circa 50 Reichsmark pro Monat aufbringen, insgesamt – von März 1939 bis September 1940 – circa 900 Reichsmark. Aber der Aufwand lohnte sich nicht: »Deutsche Dienststellen« beschlagnahmten das Umzugsgut der Familie Baer nach der Besetzung von Paris durch deutsche Truppen.[4]

Glücklicherweise war nicht alles verloren. Einen Teil ihres Eigentums hatten sie vorher an sich genommen: Kleidung und Schuhe, Werners Malutensilien, Familiendokumente, Fotoalben und Souvenirs. Einige größere Stücke verkaufte eine Freundin von Else Baer, die schon 1933 emigriert war und mit ihrem Mann in der Nähe von Paris wohnte, in ihrem Auftrag. In der Lagerhalle suchte und fand Karla Baer auch ihren Instrumentenkoffer mit dem Akkordeon und nahm ihn mit. Darin versteckt war nach wie vor das Bronzerelief mit dem »Löwen von Juda« aus der zerstörten Bochumer Synagoge.[5]

Vermutlich hätte die Familie Baer ein leichteres und relativ sicheres Leben im Exil führen können, hätte Leo Baer die Chance dazu nicht ausgeschlagen. Kurz nach Ankunft der Familie in Paris wurde er per Brief, der an der Hotelrezeption für ihn bereitlag, zum Besuch der Präfektur aufgefordert. Die Schwester und der Schwager Albert Rodiers begleiteten ihn. Dort angekommen, wurde er zum Deuxième Bureau,

[4] Vgl. StaMs, RP Arnsb., Wiedergutmachungen, Nr. 427165, Bl. 86f.
[5] Vgl. Interview Wölk/Karla Goldberg, 2002.

dem französischen militärischen Auslandsgeheimdienst, weitergeschickt. Dieser war dank Albert Rodier über Baers Kenntnisse auf dem Gebiet der Flugzeugbewaffnung informiert und machte ihm ein Angebot. Was genau von ihm erwartet wurde, ist nicht überliefert. Seiner Frau und seinen Kindern erzählte Leo Baer am Abend, er sei aufgefordert worden, für Frankreich zu spionieren. Im Gegenzug werde die ganze Familie mit neuen Papieren und einer neuen Identität ausgestattet. Das habe er abgelehnt. Er werde nicht spionieren, weder für die Franzosen noch für die Deutschen. Das entspreche nicht seinem Charakter. Infolge seiner Weigerung wurden die relativ komfortablen Aufenthaltspapiere, die die Baers besaßen, eingezogen. Sie mussten sich nun einmal wöchentlich bei der Präfektur melden.[6] Ihr Status war äußerst labil. Wie zahlreiche andere Flüchtlinge in Frankreich auch, bekamen sie keine Arbeitserlaubnis und durften sich nicht frei im Land bewegen.

Aber das Exil in Paris war nicht nur beschwerlich, sondern auch interessant und aufregend, vor allem für Karla. Sie lernte einen attraktiven französischen Polizisten kennen und scheint sich in ihn verliebt zu haben. Seine grauen Augen hätten es ihr angetan. Auch seinen Namen – Alfred Goullier – wusste sie noch Jahrzehnte später. Er zeigte ihr Paris und Karla offenbarte ihm, dass sie eine aus Deutschland geflohene Jüdin war.[7]

Mit dem deutschen Überfall auf Polen am 1. September 1939 und dem Beginn des Zweiten Weltkriegs verschärfte sich die Situation der Emigranten. Überall in Frankreich erschienen Anschläge, wonach sich »feindliche Ausländer« mit einer Wolldecke, Waschsachen und Nahrungsmitteln an einem bestimmten Ort, meist Stadien oder Kasernen, einzufinden hätten. Bei der Internierung wurde nicht nach politischer Einstellung oder religiöser Zugehörigkeit gefragt. Die Behörden begründeten ihr Vorgehen mit der Gefährdung der nationalen Sicherheit in Kriegszeiten und die französische Presse warnte vor Hitlerspionen unter den Emigranten.[8] Auch Leo Baer war von der Maßnahme betroffen. Wie die anderen erwachsenen männlichen Emigranten wurde er als »feindlicher Ausländer« behandelt und direkt nach Kriegsbeginn im Stadion Yves-du-Manoir in Colombes bei Paris interniert. Wie gefordert, hatte er einen gepackten Koffer und Proviant für drei Tage dabei. Seine Hotelwirtin hatte ihm zudem eine leichte Baumwolldecke überlassen. Gegen die kalten Nächte, die er wie die Anderen auf den Zementbänken des Stadions verbringen musste, bot sie nur dürftigen Schutz. Baer blieb im Stade de Colombes bis zum 15. September. Danach wurde er dem Lager Francillon in Villebaron im Kanton Blois zugewiesen, das für die Internierung älterer Männer zwischen 50 und 65 Jahren vorgesehen war. Beide Lager waren umzäunt und wurden militärisch bewacht. Mit seinen 50 Jahren zählte Leo Baer im Lager Francillon zu den jüngsten Inhaftierten.[9] Da er weder Geld hatte noch eine Aufenthaltsgenehmigung vorlegen konnte, nutzte er die einzig verbliebene

---

6   Vgl. Interview Starr/Karla Goldberg, 1996.
7   Vgl. Interview Wölk/Karla Goldberg, 2002.
8   Vgl. Fabian/Coulmas, Die deutsche Emigration in Frankreich nach 1933, S. 68f.
9   Vgl. StaMs, RP Arnsb., Wiedergutmachungen, Nr. 427 165, Bl. 53.

Möglichkeit, aus dem Lager zu entkommen und gleichzeitig etwas für seine Familie zu tun: Er meldete sich für den Einsatz in der Fremdenlegion. Der Entschluss dazu sei ihm nicht schwergefallen,

> »zumal aus dem Inhalt eines Briefes meiner Frau, den ich tags zuvor empfing, viel Trauriges zu entnehmen war. Infolge der vielen Flüchtlinge mussten die Komitees ihre Tore schließen, da sie dem Andrang nicht gewachsen waren. Das Versprechen des Lagerkommandanten, dass wir mit den Franzosen in Bezug auf Rechte gleichgestellt werden und wie alle Familien der Soldaten Allocation beziehen, wenn wir in die Fremdenlegion eintreten, gab meinem Entschluss den Ausschlag.«[10]

In der Fremdenlegion

Viele Emigranten hatten sich vor Kriegsbeginn als Freiwillige in die Listen der Rekrutierungsbüros der französischen Armee eingetragen. Man hatte ihnen aber nur angeboten, für fünf Jahre in die Fremdenlegion einzutreten, was den meisten zu lang war und auch nicht ihrer Intention entsprach, zusammen mit den Franzosen gegen Deutschland zu kämpfen. Im Oktober 1939 kam es zu einer Änderung. Der Einsatz der Emigranten in der Fremdenlegion, die wie Leo Baer in den Internierungslagern angeworben wurden, wurde auf die »Dauer der Feindseligkeiten« beschränkt.[11] Tausende der inhaftierten Flüchtlinge, darunter zahlreiche jüdische Emigranten, ließen sich nun rekrutieren.[12]

Leo Baer war also nicht der Einzige, der diese Chance nutzte. Am 27. Dezember 1939 trat er in die Fremdenlegion ein und wurde gleichzeitig aus dem Lager Francillon entlassen.[13] Die Militärverwaltung in Blois stellte einen Militärpass (MINISTÉRE DE LA GUERRE, LIVRET INDIVIDUEL) auf seinen Namen aus, der auch Angaben zur Art beziehungsweise Dauer seiner Verpflichtung enthielt: »engagé volontaire pour la duree de la guerre«. Als Berufsbezeichnung findet sich der Eintrag »spécialiste d'arm d'avions«.[14] Aber natürlich sollte er nicht als Spezialist für Flugzeugbewaffnung eingesetzt werden, sondern kam nur für die Infanterie in Betracht. In Marseille lag das Schiff, das ihn und seine neuen Kameraden nach Nordafrika bringen sollte. Mit seinen 50 Jahren war er hier der Älteste, stellte seine Tochter Karla beim Abschied fest, um ihn herum nur junge Burschen. Der jüngste sei 17 Jahre alt gewesen.[15] Ihr

---

10 Baer, Erinnerungssplitter, S. 392.
11 Vgl. z. B. Fabian/Coulmas, Die deutsche Emigration in Frankreich nach 1933, S. 71f.
12 Schätzungsweise betrug die Zahl der 1939/Anfang 1940 in den Internierungslagern rekrutierten, vor den Nationalsozialisten geflüchteten deutschen Legionären ca. 3.000–3.500. Vgl. Eckard Michels, Deutsche in der Fremdenlegion 1870–1965, Paderborn 1999, S. 119.
13 Vgl. StaMs, RP Arnsb., Wiedergutmachungen, Nr. 427 165, Bl. 53 und FamA Baer-Goldberg (Leo Baers Legionärspass).
14 Vgl. FamA Baer-Goldberg (Legionärspass).
15 Vgl. Interview Starr/Karla Goldberg, 1996

Ziel war das Hauptquartier der Fremdenlegion in Algerien bei Sidi-Bel-Abbès, wo die Neuankömmlinge ausgebildet wurden.

Der Einsatz in der Legion war nicht nur extrem hart und entbehrungsreich, sondern muss gerade für die jüdischen Freiwilligen eine große Enttäuschung gewesen sein. Offenbar stießen sie auch hier auf offenen und verdeckten Antisemitismus, obwohl die Legion »an sich bemüht [war], jegliche Diskriminierung aufgrund von Nationalität oder religiöser wie politischer Überzeugungen in ihren Reihen zu verhindern.«[16] Die jüdischen Legionäre entsprachen eben nicht dem Bild des traditionellen Söldners,[17] was aber auch für die anderen Emigranten galt, die als Gegner des NS-Regimes aus Deutschland geflüchtet waren und sich nun, aus unterschiedlichen Gründen, in der Legion wiederfanden. Antisemitische Vorurteile führten dazu, dass seit Anfang 1940 jüdischen Freiwilligen der Zutritt zur Fremdenlegion erschwert wurde.[18] Dass man mit ihnen keine kampffähigen Truppen bilden könne, widerlegten eindrucksvoll die Einheiten der Fremdenlegion, die im Mai und Juni 1940 in Frankreich gegen die vorrückenden Deutschen zum Einsatz kamen. Obwohl heterogen zusammengesetzt, nur oberflächlich ausgebildet und schlecht bewaffnet, leisteten sie entschlossenen Widerstand und straften damit »die antisemitischen Vorurteile der Legionärskader Lügen«. Viele polnische Juden kämpften mit. Die französischen Legionsoffiziere stellten ihnen nachträglich ein gutes Zeugnis aus. Sie hätten »tapfer ihre Pflicht erfüllt.«[19]

Leo Baer war nicht typisch für die Emigranten, die sich der Fremdenlegion anschlossen. Er war kein Widerstandskämpfer und hatte durch sein Alter und die Teilnahme am Ersten Weltkrieg einen anderen Erfahrungshintergrund als die meisten seiner – jüngeren – Kameraden. Ohne den Dienst in der Fremdenlegion zu verklären, zog er diesen offenbar allem vor, was er seit 1938 erlebt hatte. Er verschaffte ihm ein neues Selbstwertgefühl und gab ihm einen Teil seiner verlorenen Würde zurück. Als er »das erste Mal das Gewehr in die Hand nahm« nach den hinter ihm liegenden »Jahren der Ächtung«, habe er sich wieder gefühlt wie »ein Mann«[20] – und wie ein Mensch. In den »Erinnerungssplittern« schreibt er:

»Bis zur Nürnberger Gesetzgebung 1935 hat mein Herz nur für Deutschland geschlagen, aber nach der Kristallnacht, KZ und gezwungener Immigration [sic!] hat sich mein Herz in einen Eisblock verwandelt, der erst nach meiner Ankunft in der Fremdenlegion in Frankreich langsam aufzutauen begann, wo ich mich wieder zur Gattung Mensch zählen durfte.«[21]

---

16 Vgl. Michels, Deutsche in der Fremdenlegion 1870–1965, S. 120.
17 Vgl. ebd., S. 121 und Fabian/Coulmas, Die deutsche Emigration in Frankreich nach 1933, S. 72f.
18 Vgl. Michels, Deutsche in der Fremdenlegion 1870–1965, S. 123f.
19 Vgl. ebd., S. 124.
20 Vgl. Baer, Erinnerungssplitter, S. 394.
21 Ebd., S. 354.

Abb. 49: Führungszeugnis der Fremdenlegion für Leo Baer, 12.9.1940.

Der Zustand, als vollwertiger Soldat Dienst tun zu dürfen, hielt nicht lange an. Deutsche Truppen überfielen auch Frankreich und marschierten am 14. Juni 1940 in Paris ein. Am 16. Juni übernahm Marschall Pétain die Regierungsgewalt und bat um Waffenstillstand, der am 22. Juni vollzogen wurde.[22] Das Waffenstillstandsabkommen

---

22 Vgl. z. B. Hans-Ulrich Thamer, Verführung und Gewalt. Deutschland 1933–1945, Berlin 1994, S. 645f.

mit Deutschland sah unter anderem die Abrüstung der französischen Armee vor. In Nordafrika durften nur noch 120.000 Soldaten stationiert sein, die Fremdenlegion in Algerien und Marokko musste verkleinert werden. Bis Herbst 1940 erhielten die EVDG-Ausländer (»engagé volontaire pour la durée de la guerre«), die sich wie Leo Baer aufgrund der Sonderregelung vom Oktober 1939 nicht für die üblichen fünf Jahre, sondern für die Dauer des Krieges verpflichtet hatten, ihre Entlassungspapiere.[23] Die deutschen Emigranten in der Fremdenlegion waren nach dem deutsch-französischen Waffenstillstand in großer Sorge. Besonders die jüdischen Legionäre hatten Angst vor der Auslieferung und Deportation in die Konzentrationslager. Artikel 19 des Abkommens sah den Besuch deutscher Militär- und Zivilbeamter in den französischen Internierungslagern vor, um »alle wahren Deutschen zu befreien und zu repatriieren.«[24] Außerdem verfügten sie über Listen von Gegnern des NS-Regimes, die verhaftet und der Gestapo übergeben werden sollten.[25]

Auch in der algerischen Garnisonsstadt Sidi-Bel-Abbès tauchte kurz nach der Besetzung von Paris eine aus Deutschen und verbündeten Italienern bestehende »Waffenstillstandskommission« auf. Leo Baer und seine Kameraden waren auf das Schlimmste gefasst: »Unsere Nervosität steigerte sich auf das Äußerste, als wir eine Bekanntmachung in der Zeitung fanden, wonach sämtliche ehemaligen deutschen Staatsangehörigen, die in der Feindmacht Dienst tun«, zur Verantwortung gezogen werden sollten. An Flucht »durch die Sahara bis zum Senegal« sei nicht zu denken gewesen. Und alle stellten sich die bange Frage: »Werden uns die Franzosen an Hitler doch noch eines Tages ausliefern?«[26]

Am 1. Oktober 1940 wurde Leo Baer aus der Fremdenlegion entlassen und demobilisiert. Offenbar »mit Einverständnis der Deutschen« teilte man die Demobilisierten einer Zwangsarbeitereinheit, der »Arbeiterkompanie Nr. 2«, zu.[27] Nach französischer Verlautbarung sei dies geschehen, um sie »vor dem Zugriff der Gestapo zu bewahren.«[28] Wie alle ehrenhaft entlassenen Legionäre erhielt Baer ein »certificat de bonne conduite«. Sein Kommandant, Colonel Girard, stellte es am 12. September 1940 aus: Leo Baer aus Bochum im »département Allemagne« habe seinen Dienst in der Fremdenlegion mit Ehre und Treue versehen: »avec HONNEUR et FIDELITE«.[29]

Alle entlassenen Legionäre mit EVDG-Status, die keine Arbeit und keinen festen Wohnsitz in Frankreich hatten – und das waren die meisten –, wurden zur Zwangsarbeit unter den klimatisch harten Bedingungen Nordafrikas herangezogen. Baers Einheit war zunächst in Aïn Sefra und dann in Colomb-Béchar[30] im Süden

---

23 Vgl. Michels, Deutsche in der Fremdenlegion 1870–1965, S. 125.
24 Fabian/Coulmas, Die deutsche Emigration in Frankreich nach 1933, S. 85.
25 Vgl. ebd. Die Waffenstillstandskommission wurde von einem General namens Kundt geleitet (»Kundt-Kommission«).
26 Baer, Erinnerungssplitter, S. 385.
27 Vgl. StaMs, RP Arnsb., Wiedergutmachungen, Nr. 427 165, S. 36.
28 Vgl. ebd.
29 Vgl. FamA Baer-Goldberg.
30 Vgl. StaMs, RP Arnsb., Wiedergutmachungen, Nr. 427 165, Bl. 40.

Algeriens stationiert. Ihre Aufgabe war der Bau der Trans-Sahara-Eisenbahn, die Dakar mit Algier verbinden sollte. Insgesamt wurden Tausende von Emigranten beim Bau dieser Linie eingesetzt. Zahlreiche Flüchtlinge starben dabei an Überarbeitung und Erschöpfung.[31] Die Pläne, eine Eisenbahnlinie durch die Sahara zu bauen, waren nicht neu, bisher aber am Arbeitskräftemangel gescheitert, denn:

> »Wer war schon bereit, freiwillig die Entsagungen des Lebens in der Wüste auf sich zu nehmen, die glühende Sonne am Tag, die Kälte der Nacht, die heißen Sandstürme und den ständigen Mangel an Wasser? Von daher mußte es der Vichy-Regierung wie ein Geschenk des Himmels vorkommen, als sie plötzlich über Tausende von Arbeitern verfügte, Halb-Legionäre, die der Befehlsgewalt der Legion unterstanden, körperlich ausgebeutet werden konnten bis zum Umfallen und pro Tag nur ein paar Sous kosteten.«[32]

Die Trans-Sahara-Bahn war nicht nur für Frankreich von Interesse, sondern auch für Deutschland und Italien. So verwundert es nicht, dass die Waffenstillstandskommission nichts dagegen hatte, die deutschen Emigranten zum Bau der Bahnlinie zu verwenden. Wegen des unwirtlichen Klimas von Colomb-Béchar befand sich hier auch eine Strafkompanie der Fremdenlegion,[33] was ein weiteres Indiz dafür ist, wie hart die Arbeits- und Lebensbedingungen der demobilisierten Legionäre waren. Viele fragten sich zudem, ob sie deshalb »nach dem Süden« gebracht worden seien, um sie »ohne Schwierigkeiten in einem Konzentrationslager am ›Sichersten‹ zu wissen? War nicht unser Leben dem im KZ gleich?« Leo Baer widersprach. Er war der Meinung, dass für diejenigen, die das KZ wirklich erlebt hatten, das Leben in der Arbeitskompanie erträglicher sei.[34] Algerien nannte er später ein »fruchtbares und landschaftlich traumhaft schönes Land«.[35]

Die demobilisierten Legionäre trugen weiterhin die Uniform der Fremdenlegion, die nun aber mit einer weißen Armbinde versehen war. In der Arbeitskompanie habe Disziplin geherrscht und vieles sei von der Legion übernommen worden. »Es gab eine ständige Wache, jedoch ohne Waffen, und der Hornist blies die gleichen Signale. Auch erhielten wir jede Dekade 5 Fr[anc]s. Das reichte zur Beschaffung von einem Liter Rotwein und einigen Paketen Zigaretten.«[36]

In große Gefahr gerieten Baer und seine Leidensgefährten, als ihrer Einheit Anfang 1941 etwa 100 deutsche Deserteure zugeteilt wurden. Er habe deshalb täglich mit seiner Liquidierung rechnen müssen. Einen der Deserteure, einen gewissen Morta, kannte er aus Bochum. Dieser und circa 30 andere meldeten sich im Juni 1941 aber freiwillig nach Deutschland zurück, weil sie »das schwere Leben in der

---

31 Vgl. Fabian/Coulmas, Die deutsche Emigration in Frankreich nach 1933, S.73f.
32 Vgl. Moritz Neumann, Im Zweifel nach Deutschland. Geschichte einer Flucht und Rückkehr, Springe 2005, S. 152.
33 Vgl. Michels, Deutsche in der Fremdenlegion 1870–1965, S. 126.
34 Vgl. Baer, Erinnerungssplitter, S. 385.
35 Vgl. ebd., S. 395.
36 Ebd.

Arbeiterkompagnie nicht ertragen konnte[n].«[37] Wie Baer später erfuhr, wurden die Deserteure in Paris vor ein deutsches Kriegsgericht gestellt und sofort abgeurteilt. 17 von ihnen erhielten die Todesstrafe durch Erschießen, die anderen Zuchthausstrafen zwischen fünf und 15 Jahren.[38] Morta aus Bochum gehörte zu denen, die mit einer Zuchthausstrafe davonkamen. Er wurde im Zuchthaus Landsberg interniert und wieder entlassen, als die amerikanischen Truppen sich näherten. Doch überlebte er die Strapazen nicht: Als er ein Motorrad besteigen wollte, um nach Bochum zu fahren, brach er »an einem Lungenschlag tödlich zusammen«.[39]

Mitte Juli 1941 erfolgte Leo Baers Entlassung aus der Zwangsarbeiter-Einheit in Colomb-Béchar und damit sein endgültiger Abschied von der Fremdenlegion. Auch dieses Ereignis hält sein Militärpass fest: »Liberé definitivement [...] Béchar, le 17–7-41.«[40] Er kehrte nach Frankreich zurück. In einem südfranzösischen Dorf nahe der spanischen Grenze fand er seine Familie wieder.

Im Camp de Gurs und anderen französischen Lagern

Else Baer und die beiden Kinder mussten sich in der Abwesenheit des Familienoberhauptes erneut allein durchschlagen. Dabei war es hilfreich, dass der 16-jährige Werner einen Weg fand, etwas Geld zu verdienen. Vor Leo Baers Internierung im September 1939 war es ihm und seiner Frau Else mit Unterstützung einer jüdischen Organisation noch gelungen, Werner in einer Aufbauschule mit angeschlossenem Internat in der Nähe von Paris unterzubringen. Hier lernte er Technisches Zeichnen und sollte zum Flugzeugtechniker ausgebildet werden.[41] Er hatte Talent dazu, war aber nicht allzu begeistert. »Das gefällt mir nicht«, vertraute er seiner Schwester Karla an. »Meine Malbürste schmerzt, wenn ich das mache.«[42] In seiner Freizeit fertigte Werner ›schwarz‹ Zeichnungen für ein Patentbüro an – eine Arbeitserlaubnis hatte er als Ausländer nicht – und trug damit erheblich zum Lebensunterhalt seiner Mutter und seiner Schwester bei,[43] die nun allein in dem kleinen Hotelzimmer in Paris lebten.

Leo Baers Hoffnung, als Fremdenlegionär seine Familie schützen und unterstützen zu können, erfüllte sich zunächst nicht. Nach dem deutschen Angriff auf Belgien, die Niederlande und Frankreich im Mai 1940[44] gerieten auch Else, Karla und Werner in

---

37 Vgl. StaMs, RP Arnsb., Wiedergutmachungen, Nr. 427 165, S. 36.
38 Vgl. Baer, Erinnerungssplitter, S. 401.
39 Vgl. ebd.
40 Vgl. FamA Baer-Goldberg (Legionärspass).
41 Vgl. StaMs, RP Arnsb., Wiedergutmachungen, Nr. 424 532.
42 Vgl. Interview Wölk/Karla Goldberg, 2002.
43 Vgl. StaMs, RP Arnsb., Wiedergutmachungen, Nr. 424 532 und Interview Wölk/Karla Goldberg, 2002.
44 Die deutsche Westoffensive begann mit einem Vorstoß an der Maas entlang nach Süden bis zur schweizerischen Grenze am 11.5.1940. Am 14.6. marschierten die deutschen Truppen in

eine kritische Situation. Die Pariser Regierung beschloss eine zweite Internierungsmaßnahme gegen deutsche und österreichische Flüchtlinge. Sie betraf alle Männer zwischen 17 und 65 und nun auch alle Frauen zwischen 17 und 55 Jahren.[45] Else Baer war zu diesem Zeitpunkt 49 Jahre alt, Karla 19 und Werner am 11. April gerade 17 Jahre alt geworden. Nur vier Wochen später, am 13. Mai 1940, wurde Werner Baer als »feindlicher Ausländer« festgesetzt. Kurz zuvor war es ihm noch gelungen, seine beiden Koffer mit Kleidung, Wäsche und Malutensilien bei einer alten Dame zu deponieren, die wie die Baers aus Bochum stammte. Die Dame war Hermine Elias.[46] In Bochum hatte sie mit ihrem Mann Emil in der Herner Straße 6 gewohnt.[47] Emil Elias war 1936 verstorben,[48] Hermine Elias glückte danach die Flucht nach Paris. Von der Internierungsmaßnahme der Franzosen war sie aus Altersgründen nicht betroffen. Deshalb stellte Werner seine Koffer bei ihr ab. Frau Elias konnte in ihrer Wohnung bleiben, was sie auf Dauer aber nicht rettete. Kurz vor der Befreiung Frankreichs fiel sie den Nationalsozialisten in die Hände und gelangte vermutlich in einen der Transporte in die deutschen Vernichtungslager in Osteuropa. Die ihr anvertrauten Koffer Werner Baers wurden gestohlen.[49]

Werners erstes französisches Internierungslager war vom 13. bis 27. Mai 1940 ein Stadion in der Nähe von Paris. Als die Deutschen näher rückten, räumten die Franzosen das Stadion und verlagerten die Insassen. Werner kam in sein zweites Lager, das Lager Bassens bei Bordeaux.

Die Situation in Frankreich war chaotisch und die Lage der Emigranten extrem gefährlich. Nach der französischen Kapitulation besetzten deutsche Truppen Nordfrankreich und die Kanalküste, während sich im Süden und Südosten – mit Regierungssitz in Vichy – das mit Deutschland kollaborierende Regime unter Marschall Pétain etablierte. Die deutschen und österreichischen Flüchtlinge saßen in den französischen Internierungslagern in der Falle. Die Lagerkommandanten hatten keinerlei Instruktionen, »was mit den Häftlingen geschehen sollte, wenn die nationalsozialistischen Truppen das Gebiet besetzten.«[50] Einige Kommandanten ließen sie auf eigene Verantwortung entkommen, andere lieferten die Lager den Nationalsozialisten aus.[51]

Werner und seine Mit-Internierten in Bassens hatten das Glück, dass der Kommandant ihres Lagers am 22. Juni, dem Tag der Unterzeichnung des Waffenstillstandsvertrags, das Tor öffnen ließ. Den Lagerinsassen »empfahl« er, sich in Sicherheit zu

---

Paris ein. Vgl. Thamer, Verführung und Gewalt, S. 645.
45 Vgl. Fabian/Coulmas, Die deutsche Emigration in Frankreich nach 1933, S. 76.
46 Vgl. StaMs, RP Arnsb., Wiedergutmachungen, Nr. 424 532.
47 Vgl. die auf den Adressbüchern der Stadt Bochum beruhende Datei Bochumer Juden im Stadtarchiv Bochum.
48 Vgl. ebd.
49 Vgl. StaMs, RP Arnsb., Wiedergutmachungen, Nr. 424 532.
50 Vgl. Fabian/Coulmas, Die deutsche Emigration in Frankreich nach 1933, S. 76.
51 Vgl. ebd., S. 77.

bringen.⁵² Werner schloss sich einer Gruppe an, die nach Périgueux flüchtete. Dort verhafteten ihn Gendarmen »nach 2-tägiger Freiheit«, da er bei einer Kontrolle keine Aufenthaltspapiere vorzeigen konnte. Sie brachten ihn in das Lager Argèles an der spanischen Grenze, das ursprünglich für die Flüchtlinge des spanischen Bürgerkriegs gebaut worden war.⁵³ Wieder gelang Werner die Flucht. Zusammen mit einer Gruppe Spanier, die außerhalb des Lagers Arbeitsdienst verrichteten, konnte er am 1. Juli den bewachten Ein-/Ausgang passieren. Vergeblich versuchte er nun, bei den Bauern der Umgebung Arbeit und Unterkunft zu finden. Er wurde ein weiteres Mal verhaftet und im nächstgelegenen Lager abgeliefert, dieses Mal bei der Verwaltung des Lagers Albi.

Die vier französischen Lager, die Werner Baer durchlief, waren ummauert oder mit Stacheldraht umgeben und bewacht. Außer in Bassens, wo er als Hafenarbeiter beim Entladen von Lebensmitteln half, litt er Hunger.⁵⁴ In Albi, dem letzten Lager, saß er vom 5. bis 27. Juli 1940 fest. Er hatte Glück, denn hier erreichte ihn ein Brief seines Vaters aus Nordafrika, dem eine Bescheinigung der Fremdenlegion beilag. Der Nachweis, dass Leo Baer »bei der Truppe« war, führte zu Werners sofortiger Entlassung aus dem Lager.⁵⁵ Er befand sich im Süden Frankreichs, in der unbesetzten Zone. Aus dem Brief seines Vaters erfuhr er, dass seine Mutter und seine Schwester Karla ganz in seiner Nähe waren: in einem Dorf namens Lay-Lamidou.⁵⁶ Werner Baer machte sich auf den Weg, um sie zu finden.

Nach der deutschen Westoffensive hatten Else und Karla Baer keinen Kontakt mehr zu Werner. »Wir haben ihn verloren«, so Karla Goldberg.⁵⁷ Auch die beiden Frauen galten den Franzosen jetzt als Angehörige einer »Feindmacht« und wurden entsprechend behandelt. Polizisten holten sie aus ihrem Hotel ab und brachten sie Mitte Mai in das große überdachte Stadion Vélodrome d'hiver in Paris, wo sie mit Tausenden anderer Frauen und Kinder unter dramatischen Umständen festgehalten wurden. Der französische Polizist Alfred Goullier, den Karla Baer einige Wochen zuvor kennengelernt hatte, erwies sich als echter Freund. Von der Concierge ihres Hotels erfuhr er von Karlas Internierung und es gelang ihm, sie und ihre Mutter zu befreien. Leider nur für kurze Zeit. Zwei Tage später wurden Karla und Else Baer erneut verhaftet und ins »Vélodrome« zurückgebracht.

Eines Morgens erschienen Busse vor dem Stadion, die die Gefangenen – überwiegend Frauen – aufnahmen und einem unbekannten Ziel entgegenbrachten.⁵⁸

52 Vgl. StaMs, RP Arnsb., Wiedergutmachungen, Nr. 424 532.
53 Zum Lager Argeles vgl. Fabian/Coulmas, Die deutsche Emigration in Frankreich nach 1933, S. 81f.
54 Vgl. StaMs, RP Arnsb., Wiedergutmachungen, Nr. 424 532.
55 Vgl. ebd.
56 Vgl. ebd.
57 Vgl. Interview Wölk/Karla Goldberg, 2002.
58 Nach den Angaben Else Baers waren die Frauen vom 15.5. bis Ende Mai 1940 im Vélodrome d'hiver inhaftiert. Vgl. StaMs, RP Arnsb., Wiedergutmachungen, Nr. 424 531. Zu dem großen Transport mit über 2.000 Frauen, die von Paris aus nach Südfrankreich gebracht wurden, vgl. z.B. Michael Philipp (Hg.), Gurs – ein Internierungslager in Südfrankreich 1939–1943. Literarische Zeugnisse, Briefe und Berichte, Hamburg 1991, S. 19.

Nach Karla Goldbergs Schilderung war ihre erste Station ein Bahnhof, wo sie für die Weiterreise in Züge verfrachtet wurden. Nachts habe ihr Zug auf einem Abstellgleis gestanden, am nächsten Morgen sei er weitergefahren. Die hygienischen Bedingungen seien katastrophal – es habe kaum Toiletten gegeben –, die Passagiere hungrig gewesen. Niemand habe herausgekonnt, niemand hinein. Die Türen seien verschlossen gewesen, während die Fenster sich leicht hätten öffnen lassen. Unterwegs habe eine Hilfsorganisation Suppe verteilt und wer Geld hatte, habe sich auf den Bahnhöfen, durch das Fenster hindurch, versorgen können. Die Reisenden seien jüdisch gewesen und nichtjüdisch, Deutsche und Angehörige anderer Nationalitäten. »Es war ein Mix von Nationalitäten und Religionen«, so Karla Goldberg. Selbst Französinnen und Franzosen seien darunter gewesen. Ein französischer Staatsbürger, ein Nichtjude, sei zum Beispiel deshalb mitgenommen worden, weil er Freunde in Deutschland besucht und infolgedessen ein Hakenkreuz in seinem Pass gehabt habe.[59]

Die französischen Behörden reagierten hysterisch auf die sich nähernden deutschen Truppen, inhaftierten deren Sympathisanten und Gegner gleichermaßen und hielten sich nicht lange damit auf, den Hintergrund der Festgenommenen zu ermitteln. Das Ziel des Transportes war das Lager Gurs in den Pyrenäen. Doch das war Karla Baer und ihren Mitgefangenen nicht bekannt. Der Zug sei höher und immer höher hinaufgefahren. Die Fenster seien verschmutzt gewesen, und man habe nicht hinaussehen können. Endstation des Zuges war der Bahnhof in Oloron, einem Bergdorf in den Pyrenäen.[60] Karla und die anderen Gefangenen wurden nicht freundlich empfangen. Draußen auf dem Bahnsteig habe man sie angespuckt und als »boche« beschimpft. Man habe sie mit ihrem Gepäck auf Lastwagen geladen und weitertransportiert. Etwa zwölf Kilometer entfernt auf einem Hochplateau lag das Dorf Gurs.[61] Hier befand sich eines der größten Internierungslager in Frankreich. Zeitweise nahm es die Ausmaße einer Kleinstadt an. Gegründet wurde das Lager im April 1939 und diente zunächst – wie auch das Lager Argèles, in dem Werner einige Tage gefangen war, – als Auffanglager für Flüchtlinge des spanischen Bürgerkriegs. Im Sommer und Herbst 1940 wurde Gurs als Lager für »feindliche Ausländerinnen« genutzt. Im Juni, als auch Karla Baer und ihre Mutter dort waren, befanden sich über 9.000 Menschen im Lager Gurs, darunter mehr als 7.000 Deutsche, in der Mehrzahl Frauen.[62] Von Mai bis Oktober 1940 waren in Gurs insgesamt 14.795 »unerwünschte Personen« inhaftiert: 3.695 Spanier, 9.771 Deutsche und Österreicher und 1.329 Franzosen.[63]

---

59   Vgl. Karla Goldbergs Schilderung des Transports von Paris nach Gurs im Spielberg-Interview.
60   Zum Lager Gurs und dem Transport dorthin vgl. z. B. auch den Zeitzeugenbericht des Karlsruher Juden Paul Niedermann: www.lernen-aus-der-geschichte.de
61   Paul Niedermann beschrieb die Ankunft in Gurs wie folgt: »Dann ging es noch mal zehn bis zwölf Kilometer weiter rauf auf das Plateau, auf dem das Dorf Gurs liegt. Die Lastwagen bogen von der Landstraße ab. An diesem Tag stand dort ein breites Tor aus Stacheldraht offen und die Lastwagen fuhren einer nach dem anderen in die Lagerstraße ein.« Vgl. ebd.
62   Vgl. Philipp (Hg.), Gurs – ein Internierungslager in Südfrankreich 1939 – 1943, S. 19.
63   Vgl. http://de.wikipedia.org/wiki/Camp_de_Gurs.

Auch nach der Besetzung und dem Waffenstillstandsabkommen blieben die Internierungslager im unbesetzten Südfrankreich – und damit auch das Lager Gurs – unter französischer Verwaltung. Nun aber nutzte sie die mit den Deutschen kollaborierende Vichy-Regierung vor allem zur Internierung von »Ausländern jüdischer Rasse«. Ein entsprechendes Dekret erschien im Oktober 1940.[64] Traurige Berühmtheit erlangte das Lager durch die circa 7.000 deutschen Juden aus Baden, der Pfalz und dem Saarland, die bei einer Razzia festgenommen und am 22. Oktober 1940 in Zügen nach Südfrankreich verfrachtet wurden. Die über die Aktion nicht informierten Vichy-Behörden beschwerten sich zunächst, wiesen die Juden aber nicht zurück, sondern internierten sie in Gurs. Nur wenige von ihnen kamen wieder frei. Viele verstarben bereits in Gurs. »Alle anderen wurden später über Drancy nach Auschwitz deportiert, wo mehr als 95% von ihnen umkamen.«[65]

Die Lager Gurs und Le Vernet waren die berüchtigtsten in Frankreich. In nur drei Monaten war eine Todesrate von 5,8 Prozent zu verzeichnen.[66] Überlebende klagten über Hunger, extreme klimatische Bedingungen, überfüllte Baracken, fehlende medizinische Betreuung und ungenügende Sanitäranlagen. Im Camp de Gurs war es im Sommer heiß und staubig und im Winter eisig kalt. Das Lager war auf Lehm errichtet worden, was die Haftbedingungen zusätzlich erschwerte. Während der besonders im Frühjahr und im Herbst niedergehenden heftigen Regenfälle drang Wasser in die Baracken ein und der Lehmboden im Lager verwandelte sich in meterhohen Schlamm. Fast in allen Zeitzeugenberichten über Gurs ist davon die Rede. »Wenn ihr mit jemandem sprecht, ein Überlebender, der in Gurs war, das allererste Wort, das ihr hört, ist ›Matsch‹ oder ›Schlamm‹«, schrieb Paul Niedermann aus Karlsruhe, der zu den in Gurs internierten badischen Juden gehört hatte.[67]

Else und Karla Baer waren bis Mitte Juni 1940 im Lager. Auch Karla hatte schlimme Erinnerungen an das Camp de Gurs. Bei ihrer Ankunft fiel ihr ein hoher Wachturm auf, auf dem Männer mit Maschinengewehren standen. Das rief ihr die KZ-Haft ihres Vaters ins Gedächtnis. Sie suchte Schutz bei ihrer Mutter: »Mutter, mir ist nicht gut. Kommen wir nach Sachsenhausen?«[68] Das Lager sei von Elsässern bewacht worden, die sowohl Deutsch als auch Französisch sprachen, und in Blöcke unterteilt gewesen. Müttern mit Kindern sei ein besonderer Block zugewiesen worden. Die Baracken in den einzelnen Blöcken seien mit etwa 58 bis 60 Personen belegt und damit total überfüllt gewesen. Geschlafen habe man auf Strohballen. Sie hätten »nichts« gehabt, auch keine Töpfe, um das Wasser zu holen, das es morgens zwischen 9 und 10 Uhr gegeben habe. An Lebensmitteln sei morgens ein Stück Brot ausgegeben worden und mittags ein Teller Suppe, meist mit Erbsen oder ähnlicher

---

64 Vgl. Fabian/Coulmas, Die deutsche Emigration in Frankreich nach 1933, S. 79.
65 Vgl. ebd. Zur Deportation der badischen und pfälzischen Juden nach Gurs gibt es umfangreiche Literatur und einige Zeitzeugenberichte. Vgl. z. B. Philipp (Hg.), Gurs – ein Internierungslager in Südfrankreich 1939–1943.
66 Vgl. Fabian/Coulmas, Die deutsche Emigration in Frankreich nach 1933, S. 80.
67 Vgl. den Zeitzeugenbericht von Paul Niedermann.
68 Vgl. Interview Starr/Karla Goldberg, 1996.

Einlage. Karla Baer und ihre Mutter hätten aber nie Suppe bekommen. Wer Geld besaß, hatte bessere Möglichkeiten, sich im Lager durchzuschlagen. Else Baer erwies sich erneut als überlebenstüchtig. Sie habe für sie beide »geschnorrt«. Als besonders bedrückend empfand es Karla Baer, gemeinsam mit ihren Feinden, also deutschen Nationalsozialisten, interniert zu sein. Es sei ja durchaus nicht so gewesen, als habe man »in einem Boot« gesessen. Unter den Gefangenen hätten zahlreiche Spannungen und Konflikte geherrscht, auch Gewalt untereinander habe es gegeben. Eines Nachts wurde Karla durch Unruhen geweckt. Eine »feine Dame« sei beteiligt gewesen. Am nächsten Morgen habe man sie tot aufgefunden. Sie sei wegen ihres Schmucks getötet worden. Jeder habe gewusst, wer es war und keiner habe sich getraut, es zu sagen.[69] Vor allem ältere Menschen überstanden die harten Haftbedingungen oft nicht. Laut Karla Goldberg starben in der Zeit, in der sie im Lager war, zwei bis drei Personen pro Woche. Im Zuge des Waffenstillstandsabkommens wurden viele der deutschen Internierten entlassen. Wer deutscher Staatsbürger war, durfte zurück ins »Reich«.

Kurz vor Abschluss des Waffenstillstandsabkommens entkamen Karla und ihre Mutter dem Camp de Gurs. Der Grund war – wie etwas später bei Werner Baer – der Legionärsstatus Leo Baers, der sie nun doch noch rettete. Auch Else Baer hatte im Lager einen Brief von Leo Baer empfangen. Er erreichte sie anscheinend über das Rote Kreuz. Ein Scheck mit den Legionärsbezügen habe beigelegen. Damit hätten sie, Else und Karla Baer, aber nicht viel anfangen können.[70]

Résidence Forcée und »Illegalität«

Zusammen mit anderen Frauen, Müttern, Schwestern und Kindern von Angehörigen der Fremdenlegion wurden Else und Karla Baer am 19. Juni 1940[71] aufgefordert, sich am Lagerausgang aufzustellen und das Lager zu verlassen. Sie seien nach draußen gelaufen und hätten sich zunächst in die Kantonsstadt Navarrenx begeben. Von dort aus sei es am nächsten Tag weitergegangen nach Lay-Lamidou, das wie Gurs zum Kanton Navarrenx im Département Basses-Pyrénées[72] gehörte. Dort habe man die aus Gurs Entkommenen willkommen geheißen und sie konnten vorerst bleiben. Anders als im Lager, wohnten sie in festen Gebäuden und schliefen in Betten. Sie lebten nun unter »Résidence Forcée«. Sie seien frei gewesen und doch wieder nicht frei.[73] Regelmäßig mussten sie sich bei der Polizei in Navarrenx melden: »Wir hatten jeden Tag zweieinhalb Kilometer zur Polizeistation zu gehen […], alle von uns, circa 60 Leute.«[74]

---

69 Vgl. ebd.
70 Vgl. ebd.
71 Das Datum ist dem Entlassungsschein des Lagers Gurs für Else Baer zu entnehmen. Vgl. StaMs, RP Arnsb., Wiedergutmachungen, Nr. 424 531.
72 Heutiger Name des Départements (seit 1969): Pyrénées-Atlantiques.
73 Vgl. Interview Starr/Karla Goldberg,1996.
74 Vgl. ebd.

Die Einweisung in Zwangsresidenzen gehörte zu den ersten antijüdischen Aktionen des Pétain-Regimes. Eine gesetzliche Grundlage fand diese Maßnahme etwas später, in dem Dekret betreffend die Internierung von »Ausländern jüdischer Rasse« vom 4. Oktober 1940. »Ein Flüchtling in Zwangsresidenz stand unter ständiger polizeilicher Überwachung und hatte Arbeits- und Reiseverbot.«[75] Die Situation der Flüchtlinge war äußerst prekär, denn die Vichy-Behörden konnten sie jederzeit an die deutschen Besatzer ausliefern. Und die nach Lay-Lamidou Verwiesenen waren kaum zu übersehen. Der Ort selbst hatte nur circa 100 Einwohner,[76] zu denen nun, legt man Karla Goldbergs Zahlenangabe zu Grunde, etwa 60 Flüchtlinge stießen.

Else Baer hatte Briefkontakt mit ihrem Mann und von ihm erfuhr Werner Baer, wo seine Mutter und seine Schwester sich aufhielten. Nach seiner Entlassung aus dem Lager Albi machte er sich auf den Weg nach Lay-Lamidou, wo er beide im Juli 1940 wiederfand.[77] Offiziell in der Wohnung seiner Mutter gemeldet, ließ er sich tagsüber in dem kleinen Ort nicht sehen. Denn nur wenige Tage nach seiner Ankunft, so schilderte es Werner Baer,

> »erhielten sämtliche arbeitsfähigen Männer eine schriftliche Vorladung, sich bei der zuständigen Gendarmerie zu einer angegebenen Zeit zu melden. Sie wurden sämtlich zurückbehalten und in das Lager Gurs gebracht. Außer mir blieben in Lay-Lamidou noch 2 Männer, der eine über 70 und der andere über 50 Jahre. Das war eine der ersten Maßnahmen der Vichy-Regierung.«[78]

Um sich zu schützen, suchte und fand Werner Baer Arbeit bei einem Kleinbauern. Obwohl es unter Strafe stand, »feindlichen« Ausländern zu helfen, beherbergte der Bauer ihn auch nachts und versprach, ihn vor drohender Gefahr zu warnen und zu beschützen. Der Bürgermeister von Lay-Lamidou habe sich für das Schicksal der Flüchtlinge nicht interessiert und sein Sekretär, der von Beruf Schuster gewesen sei, habe die Anweisungen der Gendarmerie auf das Genaueste ausgeführt.[79] Seine Mutter und seine Schwester besuchte Werner nur in der Dunkelheit und brachte ihnen Lebensmittel mit, die ›sein‹ Bauer ihm gegeben hatte. Obwohl er sich nun nicht mehr hinter Stacheldraht befand, fühlte Werner Baer sich während des überwachten Zwangsaufenthaltes »bedrückt« und »unfrei«. Ständig sei er in Sorge gewesen, »von der Gendarmerie geholt zu werden, die um diese Zeit gefühllos die Anweisungen der Vichy-Regierung durchführte.«[80]

---

75 Vgl. Fabian/Coulmas, Die deutsche Emigration in Frankreich nach 1933, S. 79.
76 Vgl. StaMs, RP Arnsb., Wiedergutmachungen, Nr. 424 532.
77 Werner Baer gibt an, am 27.7. aus dem Lager Albi entlassen worden zu sein. Laut Bescheinigung der Bürgermeisterei von Lay-Lamidou vom 12.4.1945 lebte er aber bereits ab 23.7.1940 (bis 10.1.1941) in dieser Gemeinde. Vgl. ebd.
78 Ebd.
79 Vgl. ebd.
80 Vgl. ebd.

Im Januar 1941 mussten sämtliche Flüchtlinge den Ort Lay-Lamidou verlassen, weil er zu nah am Lager Gurs lag. Else, Karla und Werner Baer zogen weiter in den Ort Baudreix, der circa 17 Kilometer von Pau entfernt war, der Hauptstadt des Département Basses-Pyrénées.

Es ist nicht klar, wie lange Else Baer die staatliche Unterstützung erhielt, die den Familien der Legionäre, auch der demobilisierten, zustand.[81] Laut Karla Goldberg bekam ihre Mutter nach der Entlassung aus dem Lager Gurs »ein bisschen Rente«.[82] Es sieht so aus, als habe sie von dem Geld auch ihrem Mann etwas zukommen lassen. In Leo Baers »Erinnerungssplittern« ist zum Beispiel von einem Brief Elses »mit einem 10-Frankenschein« die Rede, der Baer nach dessen Demobilisierung in dem Zwangsarbeiterlager im Süden Algeriens erreichte.[83] Unter den Bedingungen der »Résidence Forcée« und mit Arbeitsverboten belegt, hatten Else und Karla Baer kaum Möglichkeiten, sich ›legal‹ durchzuschlagen. Sie hatten aber das Glück, dass sie, ebenso wie eine Zeit lang auch Werner, für die örtlichen Bauern arbeiten konnten. Nach Karla Goldbergs Schilderung kochte ihre Mutter Essen für die Bauern, strickte Socken oder übernahm die Fütterung der Enten, worin sie sich zu einer wahren »Expertin« entwickelt habe, während Karla selbst Mais und Bohnen pflanzte.[84] Da die Versorgung durch ihre Arbeitgeber nicht ausreichte, sahen Karla und ihre Mutter sich gezwungen, bei den Bauern zu stehlen: Butter, Eier, Speck und andere Lebensmittel. Butter habe Else Baer aus dem Rahm, den sie von der Milch abschöpfte, auch selbst produziert. Sie hätten aber auch »nach den anderen geguckt. Denn die hatten keine Möglichkeit, gar keine Möglichkeit.«[85]

Ihre Situation war gefährlich und es war lebenswichtig, nicht aufzufallen. Das bekam Karla Baer in einer Extremsituation noch einmal drastisch vor Augen geführt. Sie erkrankte an einer Blinddarmentzündung und musste ins Krankenhaus nach Pau. Da sie keine Papiere hatte, ging der Arzt ein hohes Risiko ein, wenn er sie operierte. Er tat es dennoch. Zum Schutz beider verlangte er, dass Karla ausschließlich Französisch sprach, um als Französin ›durchzugehen‹. Natürlich hatte sie Angst, unter der Narkose ins Deutsche zu verfallen. Das Narkosemittel sei aber so stark dosiert gewesen, dass sie beim Zählen nicht weit kam: »un – deux – trois …«. Nach der Operation wurde sie auf dem Dachboden des Krankenhauses versteckt und von einem Freund versorgt und gesund gepflegt. Else Baer bezahlte die Operation ihrer Tochter durch den Verkauf eines Ringes, den ihr Mann ihr geschenkt hatte und an dem sie sehr hing. Er war mit einem Saphir und zwei kleinen Brillanten besetzt und hatte sich unter den Dingen aus

---

81 Die im Sommer 1940 in Frankreich internierten ehemaligen Legionäre »trugen Uniform und erhielten den Sold regulärer Soldaten. Ihre Familien bekamen eine staatliche Unterstützung«. Vgl. Fabian/Coulmas, Die deutsche Emigration in Frankreich nach 1933, S. 74. Leo Baer nennt in den »Erinnerungssplittern« fünf Francs, die die demobilisierten Legionäre »jede Dekade« erhielten und die zur Beschaffung von Wein und Zigaretten reichten. Vgl. Baer, Erinnerungssplitter, S. 395.
82 Vgl. Interview Wölk/Karla Goldberg, 2002.
83 Vgl. Baer, Erinnerungssplitter, S. 393.
84 Vgl. Interview Starr/Karla Goldberg, 1996 und Interview Wölk/Karla Goldberg, 2002.
85 Vgl. Interview Wölk/Karla Goldberg, 2002.

dem Baerschen Haushalt befunden, die nicht im Handgepäck, sondern per Lift nach Frankreich gelangt waren. Nach Karlas erfolgreicher Blinddarmoperation kaufte eine Freundin Else Baers, die offenbar über größere Finanzmittel verfügte, den Ring für Else zurück. Diese Freundin sei mit ihnen zusammen schon im Lager Gurs gewesen und danach unter »Résidence Forcée« im Süden Frankreichs. Sie hatte sie wohl schon in Gurs unterstützt und bezahlte auch die Bettwäsche, die Karla im Krankenhaus brauchte und selbst mitbringen musste.[86]

Abb. 50: Gemälde von Karla Baer 1941. In diesem Haus in Baudreix kamen Else und Leo Baer zeitweise unter.

Im März 1956 bescheinigte Denis Jeangrand, der Bürgermeister von Baudreix, dass Else, Karla und Werner Baer vom 10. Januar 1941 bis zum 17. Mai 1943 in seiner Gemeinde unter »Résidence Forcée« lebten. Am 24. Juli 1941 sei, nach seiner Entlassung aus der Fremdenlegion, »Léon Baer«, der Ehemann und Vater, zu seiner Familie gestoßen und habe ebenfalls bis zum 17. Mai 1943 in Baudreix gelebt.[87] Nach fast zwei Jahren waren die Mitglieder der Familie Baer also wieder vereint. Aber die Umstände ihres Überlebens im Süden Frankreichs unterschieden sich.

Während Else und Karla Baer in dem kleinen Pyrénéen-Ort offiziell nicht arbeiten durften, galt für Leo Baer genau das Gegenteil. Auch nach seiner Rückkehr nach Frankreich wurde er zur Zwangsarbeit herangezogen, wenn auch unter deutlich

---

86 Vgl. ebd.
87 Vgl. StaMs, RP Arnsb., Wiedergutmachungen, Nr. 427 165 und StaMs, RP Arnsb., Wiedergutmachungen, Nr. 424 532 (Erklärung Jeangrand vom 26.3.1956; beglaubigte Übersetzung vom Generalkonsulat der BRD, Marseille, 23.8.1956).

besseren Bedingungen als beim Bau der Trans-Sahara-Eisenbahnlinie in Nordafrika. Denn auch in Frankreich selbst wurden die nach dem Waffenstillstandsabkommen demobilisierten Legionäre, die wie Baer den EVDG-Status hatten (»engagé volontaire pour la durée de la guerre«), in Arbeitsbataillonen zusammengefasst und in Arbeitslager eingewiesen. Hierzu dienten in der Regel die im Süden bereits vorhandenen Internierungslager. Am 28. November 1941 erließ die Vichy-Regierung ein Dekret zur Bildung von »Groupements de Travailleurs Etrangers« (GTE), in die sowohl die bis dahin noch nicht internierten Ausländer als auch die ehemaligen Legionärs-Einheiten eingegliedert wurden. Im Frühjahr 1942 gab es circa 50.000 GTE-Arbeiter in der französischen Südzone. Sie sollten beim Wiederaufbau der französischen Wirtschaft eingesetzt werden und arbeiteten vor allem am Bau von Nationalstraßen, im Forstwesen und in der Landwirtschaft.[88] Weil er sich dem Zugriff der Gendarmerie entziehen konnte, gehörte Werner Baer keinem der ausländischen Arbeitsbataillone an. Auch Leo Baer hatte relatives Glück und entging dem Arbeitslager. Er durfte mit seiner Familie zusammenwohnen, was nur wenigen verheirateten Zwangsarbeitern erlaubt war.[89] Baers eigene Darstellung vermittelt den Eindruck, er sei wie ein ganz ›normaler‹ Arbeiter morgens aus dem Haus und zur Arbeit gegangen und abends wieder heimgekehrt:

> »Nach meiner Entlassung aus der franz[ösischen] Fremdenlegion sah ich meine Frau und zwei unmündige Kinder in einem zerfallenen Bauernhause eines Dorfes in den Basses Pyrénées, unweit der spanischen Grenze wieder. Ich arbeitete als Holzfäller auf 10–12 km vom Dorf entfernten Arbeitsplätzen«.[90]

Auf dem Heimweg sei er halbwegs regelmäßig in einer kleinen Gastwirtschaft eingekehrt, um sich »bei einem Glase Wein etwas auszuruhen.«[91] In dieser Gastwirtschaft erreichten ihn 1942 Nachrichten aus Bochum:

> »Der Wirt, ein Verehrer de Gaulles, arbeitete als Kriegsgefangener des I. Weltkrieges bei der Union in Dortmund. Da ihm auch Bochum nicht unbekannt war und auch etwas Deutsch sprach, wurden wir mit der Zeit miteinander vertraulicher und erzählte mir vertraulich, dass er trotz strengen Verbotes regelmäßig den Londoner Rundfunk abhörte. Für feindliche Ausländer war der Besitz eines Radiogerätes unter strengster Strafe verboten. Als ich eines Tages einkehrte, empfing er mich in gehobener Stimmung mit den Worten: ›Leo, gute Nachricht für Dich. Bochum bombardiert, alles kaputt, warte einen Augenblick.‹ Kurz darauf kam er mit einem Zettel zurück, worauf er sich Notizen gemacht hatte. ›Kennst Du Zeche Präsident? Kennst Du Bahnhof Bochum Nord?‹ Als ich dies bestätigte, fragte er: ›Freust Du Dich?‹ und fügte nochmals hinzu: ›Bochum – alles kaputt.‹ Ich sah im Geiste meine Vaterstadt in Trümmern und gedachte der vielen treuen Freunde und Bekannten, die das grausige Schicksal nicht verdient hatten. Nach einer Weile

---

88 Vgl. Fabian/Coulmas, Die deutsche Emigration in Frankreich nach 1933, S. 83.
89 Vgl. ebd.
90 Brief Leo Baer an Stadtrat Dr. Richard Erny, 29.11.1970, in: StadtA Bo, Registratur.
91 Vgl. ebd.

hörte ich wieder seine Stimme: ›Warum weinst Du, freust Du Dich denn nicht über diese Nachricht?‹ ›Nein‹, erwiderte ich. ›Gerade in dieser Gegend, wo die Bomben fielen, bin ich geboren und die unschuldigen Opfer tun mir leid.‹ Im gleichen Augenblick sprangen zwei Bauernburschen vom Nachbartisch auf und kamen mit geballten Fäusten und funkelnden Augen auf mich zu und brüllten: ›Verfluchter Salboche!‹ Dann fuhr mich der eine von den beiden an: ›Du sympathisierst mit den Salboches. Weisst Du denn nicht, dass Goebbels den totalen Krieg erklärt hat und Hitler unsere Städte ausradieren will? Glaubst Du vielleicht, wenn die Bomben auf unser Dorf fallen, die anständigen Menschen nicht ebenso zugrunde gehen? Wenn es nach mir ginge, würden sämtliche Boches ausgerottet bis zum letzten Säugling in der Wiege!‹ Zum Glück trat der Wirt dazwischen und sprach beruhigend auf sie ein. Ich hörte ihn u. a. sagen, dass auch ich gegen Hitler und Pétain eingestellt sei und ich in der Fremdenlegion Dienst geleistet hätte. Die beiden Burschen gehörten der de Gaulle'schen Freiheitsbewegung an, und ich habe immer damit gerechnet, dass diese beiden Burschen nach der Befreiung Rache üben würden.«[92]

Die geschilderte Reaktion Leo Baers auf die Bombardierung Bochums ist bezeichnend. Trotz allem, was ihm und seiner Familie von Deutschen (und von Bochumern) angetan worden war, konnte er seine Heimatverbundenheit nicht verleugnen.

Solange der Süden Frankreichs »unbesetzt« war, hatten die Flüchtlinge es hier ›nur‹ mit den Vichy-Behörden zu tun, die mit den deutschen Nationalsozialisten kollaborierten, noch nicht mit diesen selbst. Das galt auch noch nach der Wannseekonferenz vom 20. Januar 1942, die die »Endlösung« der europäischen Juden beschlossen hatte. So waren es »Vichy-Gendarmen«, die im Mai 1942 erste Razzien in der Südzone durchführten und den Nationalsozialisten bei der Ermordung der Juden assistierten. Im August 1942 ordnete der französische Innenminister die Überführung der ausländischen Juden, die nach dem 1. Januar 1936 in Frankreich eingetroffen waren, von der unbesetzten in die besetzte Zone an. Bis zum 15. September wurden zwischen 10.000 und 12.000 Personen an die deutschen Besatzer ausgeliefert. Am 11. November 1942 – nach der Landung der Alliierten in Marokko und Algerien am 7./8. November – besetzten deutsche Truppen die französische Südzone.[93] Jetzt war die Gestapo in Südfrankreich auch offiziell vertreten. Alle Lager gerieten unter deutsche Kontrolle. Bei den Razzien, die nun unter der Leitung der Gestapo stattfanden oder die sie selbst durchführte, wurden neben ausländischen auch französische Juden gejagt und festgenommen. Aus den Lagern der Südzone fanden regelmäßig Transporte in die Sammellager der Nordzone statt.[94] Die wichtigsten unter ihnen waren die Transitlager Royallieu (bei Compiègne), Pithivier und Beaune-la-Rolande (im Loiret) sowie besonders Drancy (in einem nördlichen Vorort von Paris gelegen).[95] Von hier aus rollten die Deportationszüge nach Auschwitz.

---

92 Ebd.
93 Vgl. z. B. Putzger, Historischer Weltatlas, 103. Aufl., Berlin 2001, S. 172f.
94 Vgl. Fabian/Coulmas, Die deutsche Emigration in Frankreich nach 1933, 106f.
95 Vgl. ebd., S. 110.

Natürlich verschärfte sich auch die Situation der Baers nach der Besetzung der Südzone noch einmal drastisch. Doch gelang es ihnen immer wieder, den Razzien auf die noch auf freiem Fuß lebenden Juden zu entgehen. Die Gendarmen in Baudreix kannten und verschonten sie. Dann aber seien »fremde Gendarmen« aus den Nachbarbezirken gekommen, »deren politische Einstellung wir nicht kannten«, so Else Baer im Wiedergutmachungsverfahren nach dem Zweiten Weltkrieg. Sie hätten mit ansehen müssen, wie über 80 Prozent aller Ausländer in ihrer Gegend bei Razzien »gesammelt und ins Camp de Gurs abgeschoben wurden, von wo sie mit wenigen Ausnahmen in die Deportation geschickt wurden.«[96]

Die Familie Baer konnte auf vielfältige Unterstützung zählen. Denis Jeangrand, der Bürgermeister von Baudreix, gehörte zu ihren Helfern. In seiner Stellungnahme vom 26. März 1956 erklärte er, er habe die Familie während der Zeit ihres Aufenthaltes in seiner Gemeinde beschützt. Um der Gestapo zu entkommen, habe sie wiederholt ihren Wohnsitz wechseln und in benachbarten Orten unterkommen müssen. Er, Jeangrand, sei auch dann mit ihr in Verbindung geblieben. Er habe sie gewarnt, wenn die Gendarmerie auf der Suche nach ihr war, um sie der Gestapo auszuliefern und er habe ihr falsche Personalpapiere beschafft.[97]

Im Mai 1943 zogen Else, Leo und Karla Baer nach Mirepeix weiter, wo sie registriert wurden. In Mirepeix habe der Dorflehrer, der gleichzeitig bei der Bürgermeisterei beschäftigt war, mit der Vichy-Regierung sympathisiert. Aus Furcht vor Razzien wechselten die Baers ständig die Wohnungen. Die Polizei sei oft auf der Suche nach ihnen gewesen, berichteten Dorfbewohner nach dem Krieg. Ein Ehepaar gab an, Leo Baer einen ganzen Monat lang in seiner Wohnung versteckt zu haben.[98] Auch viele andere halfen. Der Bürgermeister der kleinen Gemeinde Lucgarier erklärte im Dezember 1955, die Baers seien offiziell in Mirepeix wohnhaft gewesen, hätten aber »gesetzeswidrig« bis zur Befreiung im August 1944 in seiner Gemeinde Zuflucht gefunden. Dort seien sie vor den Razzien der Gestapo und der Gendarmerie bewahrt worden.[99]

Werner Baer machte den ›Umzug‹ seiner Familie in das nicht weit entfernte Mirepeix nicht mit und blieb in Baudreix, wo er sich weiter versteckt hielt.[100] Der Gendarm Laurent Pfauwadel aus Lothringen gewährte ihm Unterschlupf. Pfauwadel und seine beiden Söhne hielten sich als »Vertriebene und Flüchtlinge während der Zeit von 1940 bis 1945 in Baudreix, Basses Pyrénées«, auf.[101] Offenbar waren sie nach der im Zuge des deutsch-französischen Waffenstillstands erfolgten Re-Annektierung

---

96 Vgl. StaMs, RP Arnsb., Wiedergutmachungen, Nr. 424 531.
97 Vgl. Erklärung Denis Jeangrand vom 26.3.1956, in: StaMs, RP Arnsb., Wiedergutmachungen, Nr. 427 165 und Wiedergutmachungen, Nr. 424 532. Denis Jeangrand war schon Bürgermeister, als die Baers in Baudreix lebten.
98 Vgl. StaMs, RP Arnsb., Wiedergutmachungen, Nr. 424 531.
99 Vgl. ebd.
100 Vgl. Erklärung Jeangrand, 26.3.1956, in: StaMs, RP Arnsb., Wiedergutmachungen, Nr. 427 165.
101 Vgl. StaMs, RP Arnsb., Wiedergutmachungen, Nr. 424 532 (Bescheinigung Laurent und Pierre Pfauwadel, Stiring-Wendel (Moselle), 16.7.1951).

Elsass-Lothringens an das Deutsche Reich[102] nach Baudreix geflüchtet, wo Laurent Pfauwadel unter der Vichy-Regierung weiter Dienst als Gendarm tat.

Nach den Beobachtungen Karla Goldbergs lebten zahlreiche Elsässer und Lothringer zusammen mit den Flüchtlingen aus Deutschland, Österreich und anderen Ländern in der Südzone.[103] Die französischen Behörden machten sich deren Zweisprachigkeit zunutze und rekrutierten zum Beispiel auch die Wachmannschaft des Lagers Gurs aus ihren Reihen, während andere Elsass-Lothringer mit der Résistance sympathisierten.

Familie Pfauwadel ging nach Kriegsende nach Lothringen zurück. Laurent Pfauwadel und sein Sohn Pierre bestätigten 1951 Werner Baers Angaben zu dessen prekärer Situation im besetzten Frankreich.[104] Sein Leben im Verborgenen scheint nicht allzu komfortabel gewesen zu sein. Tagsüber versteckte er sich im Kaninchenstall der Pfauwadels. Vorn seien zwölf Kaninchen gewesen und dahinter Werner, erzählte seine Schwester Karla. Werner habe selbst gerochen wie ein Karnickel.[105] Nachts wagte er sich aus seinem Versteck heraus. Er malte dann, um sich zu beschäftigen,[106] oder besuchte heimlich seine Familie.[107]

Werner Baer war in seiner Bewegungsfreiheit im südfranzösischen Exil extrem eingeschränkt: Als junger männlicher Ausländer hätte er in einem französischen Arbeitslager sein sollen; hätte man ihn aber für einen Franzosen gehalten, hätte ihm die Zwangsarbeit in Deutschland gedroht. Spätestens seit der Besetzung der Südzone schwebte er wie alle Juden ohnehin in permanenter Gefahr. So lebte er nach seiner Entlassung aus den französischen Internierungslagern von 1942 bis 1944 fast ununterbrochen in Verstecken. Sich in Baudreix sehen zu lassen, schätzte er als besonders riskant ein, weil das Dorf an der strategisch wichtigen Straße Pau – Tarbes lag und nach der Vollbesetzung »von deutschen Truppen belegt war.« Zudem habe sich im nur vier Kilometer entfernten Nay ständig ein deutsches Regiment zur Erholung befunden.[108]

---

102 Nach dem Waffenstillstand vom 22.6.1940 wurde Elsass-Lothringen vom französischen Staatsgebiet abgetrennt. Elsass-Lothringen »wurde faktisch reannektiert«, während die ebenfalls von Frankreich abgetrennten Departements Nord und Pas-de-Calais »in Vorbereitung einer späteren Annexion der Militärverwaltung in Brüssel angegliedert« wurden. Franz Knipping, Frankreich in der Zeit der Weltkriege (1914–1945), in: Ploetz. Geschichte der Weltkriege, hg. von Andreas Hillgruber/Jost Dülffer, Freiburg 1981, S. 245.
103 Vgl. Interview Starr/Karla Goldberg, 1996 und Interview Wölk/Karla Goldberg, 2002.
104 Vgl. StaMs, RP Arnsberg, Wiedergutmachungen, Nr. 424 532 (Bescheinigung von Laurent und Pierre Pfauwadel, 16.7.1951).
105 Vgl. Interview Wölk/Karla Goldberg, 2002.
106 Vgl. Interview Starr/Karla Goldberg, 1996.
107 Vgl. StaMs, RP Arnsberg, Wiedergutmachungen, Nr. 424 531. Dass Werner Baer sich »nächtlicherweise des öfteren aus der Wohnung entfernt hat«, erklärten auch Laurent und Pierre Pfauwadel, am 16.7.1951, in: StaMs, RP Arnsberg, Wiedergutmachungen, Nr. 424 532.
108 Vgl. Schreiben Hermann und Jünger, 28.9.1956, in: ebd., Bl. 9.

Karla Baer und die Résistance

Auch Karla ging im südfranzösischen Exil ihre eigenen Wege. Anfang 1942 schloss sie sich in Baudreix der Résistance an.[109] Im Nachhinein maß sie den Aktivitäten ihrer Widerstandsgruppe keine große Bedeutung zu und spielte ihren eigenen Anteil herunter. Sie strafte sich selbst Lügen, wenn sie im Interview ins Detail ging und von den Aktivitäten im Untergrund berichtete, an denen sie beteiligt war.

Es begann offenbar mehr oder weniger ›harmlos‹. Vor der Vollbesetzung bekam Karlas Gruppe den Auftrag, eine von den Deutschen genutzte Zugverbindung zu sabotieren und damit Armeezüge zu stoppen, die durch die unbesetzte Zone fuhren. Sie seien aber schlecht ausgerüstet gewesen, hätten so gut wie »nichts« gehabt, und so sei es ihnen lediglich gelungen, eine kleine Steinbrücke über einem Fluss in die Luft zu sprengen. »Es war für uns mehr ein Spaß«, erzählte sie. Als der Zug gekommen sei, habe er gestoppt und die Brücke sei schnell repariert worden. Der Zug habe ohne Schaden weiterfahren können.[110]

Ein Problem, um das Karlas Gruppe sich offenbar recht erfolgreich kümmerte, war die Versorgung der Flüchtlinge. Ein Mann namens Levy, »ein großer, vollkommen jüdisch aussehender Bursche«, habe viel vom Schwarzmarkt besorgt. Auch Karla wurde eingespannt. In einem Nachbarort sollte sie Kontakt mit der Dorfsekretärin aufnehmen, die ebenfalls zur Résistance gehörte. Sie fuhr nachts mit dem Fahrrad hin und klopfte an die Tür des Gebäudes, das man ihr beschrieben hatte. Es sei eine große Tür gewesen und sie hatte Angst in der Nacht. Sie erschrak, als sie rasch hineingezogen wurde und erschrak noch mehr, als sie Leontine, die Dorfsekretärin, zum ersten Mal sah. Deren Gesicht sei vollkommen entstellt gewesen und sie, Karla, habe vor Entsetzen zunächst kaum sprechen können. Später erfuhr sie, dass Leontine als Kind in einen Kamin gefallen war und bleibende Schäden davongetragen hatte. Wegen ihres Aussehens habe sie im Heu schlafen müssen und sei auch sonst sehr schlecht behandelt worden. Karla und Leontine freundeten sich an. Von Leontine bekam sie Lebensmittelmarken für die Flüchtlinge, auch für ihre eigene Familie, die sich dafür Nahrungsmittel kaufen konnten.[111]

Karla Baer hatte falsche Personalpapiere. Vielleicht bekam sie sie vom Bürgermeister von Baudreix, der ja später angab, die Familie Baer mit falschen Dokumenten ausgestattet zu haben,[112] vielleicht auch von ihrer Widerstandsgruppe. Wenn sie unterwegs war, suchte Karla Schutz hinter der ›geliehenen‹ Identität einer jungen Baskin. Aber sie konnte kein Spanisch. Deshalb hielt sie den Mund und stellte sich dumm, wenn sie angesprochen wurde oder wenn Polizisten, die sie nicht kannten,

---

109 Die »Résistance« entstand direkt nach dem deutsch-französischen Waffenstillstandsabkommen als Widerstandsbewegung gegen die Besatzungsmacht und die mit ihnen kooperierende Vichy-Regierung. Sie war nicht einheitlich organisiert.
110 Vgl. Interview Starr/Karla Goldberg, 1996 und Interview Wölk/Karla Goldberg, 2002.
111 Vgl. Interview Wölk/Karla Goldberg, 2002.
112 Vgl. die Erklärung Jeangrand, 26.3.1956, in: StaMs, RP Arnsb., Wiedergutmachungen, Nr. 427 165.

ihren Ausweis sehen wollten. Diese Strategie wird sie gerettet haben, als sie im Auftrag der Résistance als Kurier nach Pau, der Hauptstadt des Departements, unterwegs war. Sie sollte einen Briefumschlag übergeben. Was darin war, wusste sie nicht. »Besser, du weißt es nicht«, habe man ihr gesagt. Man gab ihr zwei Fahrkarten, für die Hin- und die Rückfahrt, und setzte sie in einen Zug. Es sei ein Bummelzug gewesen, der in vielen kleinen Dörfern gehalten habe. Unterwegs seien vier deutsche Soldaten zugestiegen und hätten sich zu ihrem Entsetzen zu ihr ins Abteil gesetzt. Sie habe natürlich jedes Wort verstanden, sich aber unbeteiligt gegeben. Die Soldaten hätten sie in gebrochenem Französisch angesprochen. Sie habe nicht geantwortet und damit die gewünschte Wirkung erzielt: Die Deutschen hätten sie für eine »Närrin« gehalten und in Ruhe gelassen. Karla verließ sich nicht auf deren Desinteresse. Nach dem nächsten Halt sprang sie aus dem anfahrenden Zug. Durchs Fenster! Mit einem Bauernfahrzeug gelangte sie nach Pau und erfüllte ihren Auftrag. Den Rückweg trat sie mit einem geliehenen Fahrrad an, das der Besitzer später von der Résistance zurückerhielt. Mit dem Zug wollte sie nicht mehr fahren.[113]

Karla Baer besaß offenbar die Anerkennung ihrer Gruppe; man vertraute ihrem Urteil. Als einmal in der Nacht zwei deutsche Deserteure auftauchten, die sich der Résistance anschließen wollten, sollte Karla sie prüfen und auf Deutsch befragen. An den Namen des einen erinnerte sie sich noch nach Jahrzehnten: Walter Schmidt aus Hamburg. Er habe keine Uniform mehr angehabt, aber seine Armeeschuhe noch getragen. Schmidt, ein »Roter«, sei in einem »Moorsoldaten-Camp« gewesen.[114] Zur Wehrmacht sei er erst sehr spät gekommen. Karla fragte ihn nach dem Moorsoldaten-Lied,[115] das, wie sie meinte, jeder kennen musste, der in einem solchen Lager war. Er konnte es singen und sogar auf der Gitarre spielen. Karla glaubte ihm und setzte sich bei der Résistance für ihn ein. Anders erging es ihr mit dem zweiten Deserteur. Dieser sei ein arroganter, gut aussehender Bursche gewesen, sehr deutsch, mit »bad blue eyes«. Karla hatte kein gutes Gefühl und lehnte es ab, für ihn zu bürgen. Walter Schmidt sei nach der Befreiung nach Hamburg zurückgekehrt, erfuhr sie später. Was aus dem zweiten Deserteur geworden war, wusste sie nicht.[116]

Als ihren wichtigsten Beitrag zum Widerstand nannte Karla Goldberg die Rettung von jüdischen Flüchtlingen. Das kam so: Über ihren Bruder Werner kannte sie den Lothringer Laurent Pfauwadel, der als Gendarm der Vichy-Behörden Zugang zu Deportationslisten hatte. Er setzte Karla davon in Kenntnis und gab ihr die Listen. »Karla, ich helfe Dir, wo ich kann«, habe er gesagt. Als Karla Baer mit der ersten Liste bei ihrer Gruppe erschien, habe man sie nicht ernst genommen, zumal sie die Quelle ihrer Information nicht preisgab. Sie habe doch nicht sagen können, dass sie die Liste von einem Polizisten hatte! Sechs Paare seien daraufhin deportiert worden.

---

113 Vgl. Interview Starr/Karla Goldberg, 19.3.1996 und Interview Wölk/Karla Goldberg, 2002.
114 Vermutlich war er in einem der Emslandlager, die von den Nationalsozialisten 1933 für politische Häftlinge errichtet wurden.
115 Das Lied entstand 1933 im KZ Börgermoor bei Papenburg im Emsland. Refrain: »Wir sind die Moorsoldaten und ziehen mit dem Spaten ins Moor«.
116 Vgl. Interview Starr/Karla Goldberg, 1996 und Interview Wölk/Karla Goldberg, 2002.

Das sei ein »wake up« gewesen. Karla bekam weitere Listen von Pfauwadel und nun hörte man auf sie. Die Betroffenen verschwanden im Untergrund. Karla Goldberg schätzte, dass etwa 70 bis 75 Prozent der Flüchtlinge aus ihrem Umfeld überlebten. Aus den Nachbardörfern habe sie leider keine Listen gehabt. Es sei furchtbar gewesen, überall auf den Anhöhen ringsum die deutsche Armee zu sehen.[117]

Durch die zunehmende Präsenz der Deutschen und die drohenden Deportationen waren die Flüchtlinge ständig auf der Hut. Karla Baer wurde vom Leiter ihrer Widerstandsgruppe, einem Lehrer aus Lothringen, gegen Kriegsende dazu gedrängt unterzutauchen. »Karla, es ist nicht gut, dass Du hier bei den Bauern lebst«, habe er gesagt und sie zu Freunden gebracht, in deren Haus sie bleiben konnte. Hinter dem Haus lag ein Hof, in den Karla Baer an einer Kordel entlang im Notfall hätte entkommen sollen. Keiner könne sie dort sehen. Nach der Befreiung stellte sie fest, dass sie den Fluchtweg nicht hätte nutzen können. Im Hof befanden sich zwei riesige bellende Hunde: »Oh, diese Zähne!« Glücklicherweise habe sie es »nicht nötig gehabt, raus zu springen.«[118]

Karla Baer spielte eine aktive Rolle in der örtlichen Résistance. Sie ging ein hohes Risiko ein und genoss im Gegenzug den Schutz ihrer Gruppe. Auch ihre Eltern und ihr Bruder konnten sich auf ein dichtes Netzwerk von Menschen verlassen, die sie im französischen Exil schützten. Ob Karla ihre Verbindungen in der Résistance nutzte, um ihrer Familie zu helfen oder ob sie umgekehrt – wie zum Beispiel im Fall des Gendarmen Pfauwadel, der ihr Deportationslisten zugänglich machte, – die Kontakte ihrer Familie in die Résistance einbrachte, ist nicht relevant.

Wieder Kriegsende und Neubeginn

Im Sommer 1944 änderte sich die Lage und die Flüchtlinge schöpften Hoffnung. Am 6. Juni, dem sogenannten D-Day, setzte die Landung alliierter Truppen in der Normandie ein. Bis zum 19. August erreichten sie die Seine. Die Résistance unterstützte die Operationen der Alliierten. Am 1. Februar 1944 hatten ihre militärischen Gruppierungen sich zu den »Forces Françaises de l'Intérieur« (F. F. I.) zusammengeschlossen.[119] Am 19. August begann die Résistance den Aufstand in Paris, am 25. August zog General de Gaulle mit seinen Truppen in die Hauptstadt ein.

Charles de Gaulle war ein entschiedener Gegner der Politik Pétains. Zu Beginn des Krieges noch Colonel in der französischen Armee, war er seit 1. Juni 1940 temporärer Brigadegeneral und am 6. Juni 1940 zum Staatssekretär ernannt worden. Als Kabinettsmitglied hatte er sich gegen den Waffenstillstand mit Deutschland ausgesprochen und war nach London geflüchtet, um dort, am Abend des 18. Juni, seine Landsleute über BBC zur Fortsetzung des Kampfes aufzurufen. Unter seiner

---

117 Vgl. Interview Wölk/Karla Goldberg, 2002.
118 Ebd.
119 Vgl. z. B. Ploetz, Enzyklopädie der Weltgeschichte, S. 1032. Deutsche Übersetzung: Französische Streitkräfte des Inneren.

Führung war in London das Nationalkomitee der Freien Franzosen entstanden und kurz darauf, am 28. Juni 1940, von der britischen Regierung anerkannt worden.[120] Im Mai 1943 war es de Gaulle gelungen, in Nordafrika Fuß zu fassen. Von hier aus hatte er das »französische Komitee für die nationale Befreiung« gegründet, seit Juni 1944: »Gouvernement provisoire de la République Française«. Nach der Befreiung von Paris bildete de Gaulle unter Hinzuziehung repräsentativer Vertreter der innerfranzösischen Résistance eine provisorische französische Regierung. Diese wurde am 23. Oktober 1944 von den Alliierten anerkannt.[121]

Am 12. August 1944, kurz nach der Landung der Alliierten in der Normandie, schloss sich auch Werner Baer der Résistance an. Ein »Vertrauensmann« brachte an diesem Tag Armbinden mit der Aufschrift »F. F. I.« (Forces Françaises de l'Intérieur) ins Haus Pfauwadel. Sie waren für Laurent Pfauwadels Sohn Pierre gedacht und auch für Werner Baer, der damit in die »illegale Kampftruppe« eintrat. Pierre Pfauwadel bestätigte später, er sei in derselben Kompanie der F. F. I. gewesen wie Werner.[122] Am 21. August konnte Werner sein Versteck endgültig verlassen. Die Angehörigen der F. F. I., unter ihnen Werner Baer, formierten sich »und marschierten nach Pau in die Kaserne des 18. I. R.«, eines amerikanischen Regiments, »zur Einkleidung und Ausbildung.«[123] Als Paris befreit war, erzählte Karla Goldberg, sei gefeiert und die ganze Nacht hindurch getanzt worden. »Vive la victoire!«[124] Ihr Bruder Werner habe an der offiziellen Parade seines Regiments anlässlich der Befreiung teilgenommen. Er sei der Einzige gewesen, der das Gewehr habe fallen lassen! Alle hätten stoppen müssen, bis er es wieder aufgehoben hatte. »Mein Bruder, der Künstler!«[125]

Am 22. November 1944 wurde Werner Baer aus dem Militär entlassen, nicht weil er im Gegensatz zu seinem Vater so gar kein Talent zum Soldatsein hatte, sondern weil er, dem die Nationalsozialisten die deutsche Staatsbürgerschaft entzogen hatten,[126] den Franzosen weiterhin als Deutscher galt.

Leo Baer hatte keine Ahnung von den Untergrundaktivitäten seiner Kinder. Während er sich vor Anhängern der »de Gaulle'schen Freiheitsbewegung« fürchtete, mit denen er in einem Wirtshaus in Baudreix aneinander geraten war,[127] hatten seine Kinder sich der Résistance angeschlossen, zuerst Karla und später auch Werner. Die Eltern wurden nicht um Erlaubnis gefragt. Karla war 1942 21 Jahre alt. Ihre Mutter habe zu dieser Zeit nicht viel zu sagen gehabt und ihr Vater sei ohnehin meistens draußen

---

120 Vgl. ebd., S. 1031.
121 Vgl. ebd., S. 1032.
122 Vgl. StaMs, RP Arnsb., Wiedergutmachungen, Nr. 424 532 (Bescheinigung Laurent und Pierre Pfauwadel vom 16.7.1951).
123 Vgl. ebd. Das »18. I. R.« war ein amerikanisches Infanterie-Regiment. Vgl. ebd., S. 3.
124 Vgl. Interview Starr/Karla Goldberg, 1996.
125 Ebd.
126 Mit der 11. Verordnung zum »Reichsbürgergesetz« vom 25.11.1941 verloren alle über die Reichsgrenze deportierten und geflüchteten Juden ihre deutsche Staatsbürgerschaft.
127 Vgl. S. 149 dieses Buches.

im Wald gewesen.[128] Spätestens seit der Vollbesetzung Frankreichs ging es um die nackte Existenz und die Mitglieder der Familie Baer versteckten sich dort, wo ihre Sicherheit am ehesten gewährleistet schien. Ein Familienleben fand im Untergrund nicht statt. »Mit welchen Leuten« sie »zusammengewürfelt« worden seien, das sei heute kaum noch vorstellbar. David Goldberg, Karlas späterer Ehemann, lernte in der Nachkriegszeit einige dieser Leute kennen – und konnte es kaum glauben. Da seien richtig »schwere Jungen« dabei gewesen.[129] Es sei ein »Kaleidoskop von Menschen aller Altersgruppen und aller Berufe« gewesen, die im Exil aufeinandertrafen. Karla Baer schloss viele Freundschaften. Sie und ihre Familienangehörigen seien mit Leuten zusammen gewesen, mit denen sie sich in ›normalen‹ Zeiten nicht abgegeben hätten. Sie hätten begonnen, Menschen zu mögen, die sie normalerweise nicht gemocht hätten. In ihrer gefährdeten Situation seien eben alle gleich gewesen: Leute, die überleben wollten.[130] Viele Franzosen schützten sie, während andere kollaborierten und als Erfüllungsgehilfen der Besatzer fungierten. Später, als die Alliierten kamen, hätten diese die Seiten gewechselt. »Sie haben auf beide Pferde gesetzt und am Ende feierten sie«.[131] Von dem, was in Deutschland geschah, hatten Karla Baer und ihr Umfeld keine konkrete Vorstellung. Alles, was sie wussten, hätten sie über BBC erfahren. Natürlich kannten sie die Lager in Frankreich und sahen die Züge mit den Deportierten. Aber Auschwitz? Davon habe sie erst später erfahren.[132]

Karla und Werner Baer gingen nach Paris zurück; ihre Eltern kamen etwas später nach. Karla fand ein im Universitätsviertel gelegenes Mansardenzimmer, das sie mit einem Pudel namens Dolly teilte. Sie hatte ihn von jemandem geschenkt bekommen, der mit ihrer Hilfe vor der Gestapo gerettet worden war. Wenn der Hund raus musste, schickte sie ihn aufs Dach. Es sei ein netter Hund gewesen, der dann aber sehr groß geworden sei. Ihr Zimmer sei absolut ungeeignet für die Hundehaltung gewesen und sie habe ihn zurückgegeben.[133]

Karla besann sich auf ihre kunsthandwerklichen Fähigkeiten und stellte Puppen her. Außerdem arbeitete sie für einen Fotografen, der ein Freund ihres Bruders war.

Werner malte und fand offenbar schnell Anschluss. Er habe gute französische Freunde gehabt, erzählte Karla Goldberg. Die Geschwister hatten kein Geld und dennoch seien es gute Zeiten gewesen. Sie trafen Amerikaner in Paris, von denen sie Zigaretten und Erdnussbutter bekamen. Eine Freundin Karla Baers, die Jutta hieß, habe »für die Amerikaner« gearbeitet; auch Karla bekam dort später einen Job.

Auf einem Ball zum Purimfest – die Eintrittskarte hatte ihr Jutta verschafft – lernte Karla Baer den Kanadier David Goldberg kennen. Er kam aus Toronto und

---

128 Vgl. Interview Starr/Karla Goldberg, 1996.
129 Vgl. Interview Wölk/Karla Goldberg, 2002.
130 Vgl. ebd. und Interview Starr/Karla Goldberg, 1996.
131 Vgl. ebd.
132 Vgl. ebd.
133 Vgl. ebd. und Interview Wölk/Karla Goldberg, 2002.

arbeitete für das Joint Distribution Committee (JDC),¹³⁴ eine seit dem Ersten Weltkrieg vor allem in Europa tätige jüdisch-amerikanische Hilfsorganisation.¹³⁵ Als David sie auf dem Ball zum Tanz aufforderte – »Voulez vous dancer?«, habe er gefragt – gab sie ihm einen ›Korb‹, denn sie habe »Nichts« zum Anziehen gehabt. Die billigen Schuhe, die sie von dem Geld kaufte, das ihre Mutter ihr gab, seien zum Tanzen nicht geeignet gewesen. Aber David Goldberg ließ sich nicht abschrecken. Er traf sich einige Male mit Karla und wollte dann ihre Eltern kennenlernen. Ihre Mutter sei glücklich gewesen. Von Davids Heimatstadt hatten Karlas Eltern noch nie gehört. Montreal, ja, das kannte man. Aber Toronto?

Karla und David heirateten 1947 in Paris. Es sei eine Hochzeit ohne religiöse Zeremonie gewesen. Ihr Bruder habe das Fest organisiert, das Karla Goldberg stets in glücklicher

Abb. 51: Die Brüder Albert, Leo und Otto Baer.

Erinnerung blieb. Später, so war es geplant, wollte sie ihrem Mann nach Toronto folgen. Bei der Vorstellung, dass ihre Tochter beziehungsweise Schwester bald »über den großen Ozean« gehen würde, hätten Leo, Else und Werner Baer geweint. Typisch für das raue und dennoch herzliche Klima zwischen Vater und Tochter Baer war die ›Empfehlung‹, die Leo Baer seinem Schwiegersohn mit auf den Weg gab: »Ich will sie nicht zurück, aber sie ist unerzogen und braucht eine harte Hand.«¹³⁶

Vorerst blieben Karla und David noch in der Nähe. 1948 zogen sie nach Brüssel, wohin David Goldberg vom Joint Distribution Committee beordert worden war. Die Hauptaufgabe des Komitees und damit auch Davids in dieser Zeit war die Unterstützung jüdischer displaced persons in Europa.¹³⁷ Nach Abschluss seiner Arbeit wäre er gern zunächst nach Israel gegangen. Doch seine Mutter wurde krank und so kehrte er im Herbst 1948 zusammen mit Karla nach Kanada zurück. Karla, nun Goldberg, saß zum ersten Mal in einem Flugzeug. In Montreal hätte das junge Ehepaar umsteigen sollen. Karla weigerte sich, weil ihr der Flug nicht gut bekommen war und sie fuhren

---

134   Vgl. Interview Wölk/Karla Goldberg, 2002, und e-mail Gary Goldberg, März 2009.
135   Vollständige Bezeichnung: American Jewish Joint Distribution Committee.
136   Interview Starr/Karla Goldberg, 1996 und Interview Wölk/Karla Goldberg, 2002.
137   Vgl. ebd. und e-mail Gary Goldberg, März 2009.

mit dem Zug nach Toronto, wo Davids Bruder sie abholte. Vorübergehend lebten sie bei den Eltern beziehungsweise Schwiegereltern und konnten schon nach einigen Monaten einen Bungalow beziehen, den David hatte bauen lassen. Ihre Nachbarn seien Einwanderer aus Italien und Irland gewesen.

Mit ihrem Mann bekam Karla drei Söhne: Marty, Gary und Robby.[138] Den Lebensunterhalt für die Familie verdiente David Goldberg durch den Handel mit Leder. Seine Söhne stiegen später in das Geschäft mit ein. Unter anderem belieferten die Goldbergs die amerikanische Firma Timberland, die das Leder zu hochwertigen Freizeitschuhen verarbeitete.[139]

Für Karla Goldberg war alles neu in Toronto. Ihre Herkunftsfamilie lebte in Frankreich und sie hatte oft Heimweh nach Europa. Besonders, wenn sie Akkordeon-Musik hörte, habe sie einen »Blues« bekommen. Ihr eigenes Akkordeon, das 1939 von Bochum aus per Lift nach Frankreich gelangt war, hatte auch die Reise nach Toronto mitgemacht. Karla gab es nicht mehr her, seitdem sie es in Paris wieder an sich genommen hatte. Es sei »immer mitgegangen« und habe sie auch im Untergrund in Südfrankreich begleitet. Wie sie das anstellte? Jahrzehnte später konnte sie es selbst kaum noch begreifen: »Fragen Sie mich nicht.« [140] In dem geretteten Instrumentenkoffer befand sich neben dem Akkordeon das Relief des »Löwen von Juda«. Es ist das einzige Stück aus der alten Bochumer Synagoge, das die Pogromnacht vom 9. auf den 10. November 1938 ›überlebte‹.

Trotz allem, was die Baers während der NS-Zeit erlebten und erlitten, hatten sie relatives Glück. Das war ihnen bewusst. Zwar war ihr Leben aus der Spur geraten, aber sie hatten es gerettet. Karla Goldberg sprach im Alter von einem »glücklichen Leben«. Da sei keine Bitterkeit (mehr).[141] Leo Baers Brüder und deren Familien gehörten ebenfalls zu den Überlebenden. Kurt und Albert Baer waren nach Südamerika entkommen, Kurt nach Lima in Peru und Albert nach Sao Paulo in Brasilien. Otto Baer hatte eine nichtjüdische Frau geheiratet und war in Herne geblieben, wo er mit seiner Familie seit 1937 lebte. Im Februar 1939 war er als Zwangsarbeiter in ein Arbeitslager in Dumte bei Steinfurt eingewiesen worden[142] und wurde später noch, wie Karla Goldberg wusste, nach Theresienstadt deportiert. Nach der Befreiung kehrte Otto Baer nach Herne zurück und starb dort 1968.[143] Aus dem näheren familiären Umfeld der Baers hatte es einzig Hugo Hirschberg, der Witwer von Leo Baers 1935 verstorbener Schwester Rosa, nicht geschafft. Nachdem ihm die Flucht aus Deutschland nicht

---

138 Vgl. Interview Starr/Karla Goldberg, 1996 und Interview Wölk/Karla Goldberg, 2002.
139 Das erzählten Gary, Marty und Robby Goldberg, als sie anlässlich ihres Besuchs in Bochum im Mai 2000 ein Schuhgeschäft mit Timberland-Boots entdeckten.
140 Interview Wölk/Karla Goldberg, 2002.
141 Vgl. Interview Starr/Karla Goldberg, 1996.
142 Vgl. Erklärung Otto Baers vom 4.3.1958, in: StaMs, RP Arnsb., Wiedergutmachungen, Nr. 427 165, Bl. 88.
143 Vgl. Interview Wölk/Karla Goldberg, 2002 und Todesanzeige Otto Baer, in: StadtA Bo, NAP 70/2.

geglückt war, war er 1942 ins Ghetto Riga deportiert worden und dort ums Leben gekommen. Die beiden Söhne Rosa und Hugo Hirschbergs überlebten in Chile.

Werner alias Verner

Nach seiner Rückkehr in das befreite Paris wollte Werner Baer Kunstmaler werden. Doch war ihm eine Ausbildung an der staatlichen Kunsthochschule, der École des Beaux-Arts, aus finanziellen Gründen nicht möglich. Seine Eltern konnten ihn nicht unterstützen und die »in Frage kommenden Wohlfahrtsorganisationen« lehnten eine Beihilfe zum Studium ab. Sie seien lediglich bereit gewesen, ihm »bei der Umstellung zu einem handwerklichen Beruf behilflich zu sein.«[144] Das war nicht das, was Werner sich vorgestellt hatte und er versuchte es aus »eigener Kraft.«[145] Er begann ein freies Studium an der Académie de la Grande Chaumière am Montparnasse in Paris.[146] Seine Lehrer waren der auch in Deutschland be-

Abb. 52: Werner Baer in französischer Uniform.

---

144 Vgl. StaMs, RP Arnsb., Wiedergutmachungen, Nr. 424 532, Bl. 3.
145 Vgl. ebd.
146 Die Académie de la Grande Chaumière, eine Kunstakademie am Montparnasse in Paris, wurde zu Beginn des 20. Jahrhunderts gegründet. Sie war (und ist) eine offene Kunstschule, an der man sich tage-, wochen- oder stundenweise einschreiben konnte. »Im ersten Drittel des 20. Jahrhunderts war sie die berühmteste Kunstakademie in Paris.« Vgl. http://de.wikipedia.org/wiki/Académie de la Grande Chaumière.

Abb. 53: Werner Baer mit einem von ihm selbst gefertigten Schachspiel.

kannte französische Maler Othon Friesz[147] und Gert Heinrich Wollheim,[148] der nach dem Ersten Weltkrieg der Künstlervereinigung »Das Junge Rheinland« angehört hatte, in der NS-Zeit, wie die Baers, nach Frankreich emigriert und nach dem Krieg ebenfalls dort geblieben war. Bereits 1947 und 1948 konnte Werner Baer seine Werke in Paris ausstellen: im Salon D'automn und im Salon des Intependants. 1949 – seine Schwester Karla lebte mittlerweile in Kanada – zog er wieder nach Südfrankreich, allerdings nicht in die Pyrenäen, sondern nach Cagnes-sur-Mer an der Côte d'Azur.[149] Der Ort war als Wirkungsstätte von Renoir und Modigliani bekannt und als Künstlerdomizil gefragt. Werner freundete sich mit vielen der dort lebenden Künstler an, unter anderem mit den Malern Manfredo Borsi und Enrico Fumi.[150]

147 Der französische Maler Othon Friesz (1879–1949) gehörte zu den bedeutendsten Vertretern der Modernen Malerei und des Fauvismus in der ersten Hälfte des 20. Jahrhunderts. Seit 1937 lehrte er an der Académie de la Grande Chaumière in Paris. 1959 wurden einige der Werke Othon Friesz' posthum auf der Documenta in Kassel gezeigt. Vgl. http://de.wikipedia.org/wiki/Othon_Friesz.
148 Vgl. Brief Nathalie Baer an Ingrid Wölk, 23.11.2011.
149 Renoir (1841–1919) verstarb auch in Cagnes-sur-Mer. In den 1960er Jahren galt der Stadtteil »Le Haut de Cagnes« als »Montmatre der Côte d'Azur«.
150 Vgl. Brief Nathalie Baer/Wölk, 2011.

Im April 1951 fand Werner Baers militärische Laufbahn – nach fast sieben Jahren – eine kurze Fortsetzung und unterbrach seine Künstlerkarriere. Er war gerade französischer Staatsbürger geworden und wurde eingezogen. Werner Baer kam als Besatzungssoldat nach Deutschland; sein Einsatzort war Speyer in der französischen Besatzungszone.[151] Seine Vorgesetzten hielten offenbar nicht viel von seinen soldatischen Fähigkeiten. Als sie hörten, dass er Maler war, ließen sie ihn die Wände der Baracken streichen. Werner habe es gemacht, aber er habe auch kleine Bilder von Soldaten gemalt, erzählte seine Schwester Karla.[152] Weil ihm die Zeit im bewaffneten Widerstand 1944 bei der F.F.I. und im 18. amerikanischen Infanterieregiment angerechnet wurde, endete sein Militärdienst vorzeitig im Juli 1952. Werner betrachtete seine Ausbildung zum Kunstmaler nun als »vollzogen«, zumal er von Künstlerkollegen und dem Publikum als solcher anerkannt worden sei.[153]

Finanziell jedoch konnte er noch nicht auf eigenen Füßen stehen. So richtete er seine Hoffnung auf die Bundesrepublik Deutschland, die in dieser Zeit Gesetze zur »Wiedergutmachung« der den NS-Opfern entstandenen Schäden erließ. 1953 erschien als erstes bundeseinheitliches Entschädigungsgesetz das Bundesergänzungsgesetz, das 1956 vom Bundesentschädigungsgesetz (BEG) abgelöst wurde. Im Januar 1954 stellte Werner Baer einen Antrag auf »Wieder-

Abb. 54: Werner Baer alias Verner mit Gemälde.

151 Vgl. StaMs, RP Arnsb., Wiedergutmachungen, Nr. 424 532.
152 Vgl. Interview Wölk/Karla Goldberg, 2002.
153 Vgl. StaMs, RP Arnsb., Wiedergutmachungen, Nr. 424 532.

gutmachung«, und zwar erstens für Schäden »an Freiheit durch Freiheitsentziehung« (gemäß §§ 43 bis 46 BEG) und zweitens für »Schäden im beruflichen und wirtschaftlichen Fortkommen«. In seinem Fall hieß das: »durch Ausschluss von der erstrebten Ausbildung oder durch erzwungene Unterbrechung«.[154] Den ihm entstandenen finanziellen Schaden durch die Be- und Verhinderung seiner ursprünglichen beruflichen Pläne[155] bezifferte Werner Baer auf schätzungsweise 3.000 Reichsmark jährlich, von 1938 bis 1952 insgesamt also circa 40.000 Reichsmark. Er sei mit einer Gesamtentschädigung von 5.000 DM zufrieden (nach der Währungsreform 1948 war die Reichsmark auf D-Mark umgestellt worden), denn dieser Betrag diene der Erleichterung seines Existenzaufbaus. Er wollte sich damit ein Atelier einrichten und eine Ausstellung vorbereiten.[156] 5.000 DM gestand man ihm »wegen Schadens in der Ausbildung« tatsächlich dann auch zu – allerdings erst 1956.

Die Behörde, die über Werners Antrag zu entscheiden hatte, war das Wiedergutmachungs-Dezernat bei der Bezirksregierung Arnsberg.[157] Die Ermittlungen vor Ort fielen in die Zuständigkeit des Amtes für Wiedergutmachung bei der Stadt Bochum.[158] Auch für den Schaden durch Freiheitsentziehung bewilligte ihm der Regierungspräsident (RP) in Arnsberg eine Entschädigung. Berechnet wurden 48 Monate und 19 Tage: erstens für die Inhaftierung im Bochumer Polizeigefängnis nach dem Novemberpogrom (vom 9. bis 15. November 1938) und zweitens für die Zeit der »Illegalität« in Südfrankreich (vom 1. August 1940 bis 12. August 1944). Jeder Monat wurde laut Gesetz mit 150 DM abgegolten. Für 48 Monate waren das insgesamt 7.200 DM.[159] Aus der Berechnung ausgeklammert blieb der Zeitraum, den Werner Baer nach der Besetzung Frankreichs durch deutsche Truppen in französischen Internierungslagern zugebracht hatte: vom 13. Mai bis 27. Juli 1940. Als Grund wurde angeführt, dies sei keine nationalsozialistische Verfolgungsmaßnahme gewesen, »sondern eine militärische Maßnahme der französischen Regierung gegen einen Angehörigen des mit ihr im Kriegszustand befindlichen Deutschen Reiches.«[160] Auch die letzten Tage vor Abzug der deutschen Truppen aus den Pyrenäen – zwischen dem 12. und dem 21. August 1944 – wurden nicht anerkannt. Die Wiedergutmachungsbehörde war der Meinung, das Ende des »Schadenszeitraums« sei nicht der 21. August 1944 – als Werner mit den Forces Françaises de l'Intérieur (F.F.I.) in die Kaserne nach Pau zog –, sondern der 12. August, der Tag also, an dem er »in die illegale Kampftruppe« eintrat.[161] Trotz der kleinlichen Berechnung blieben etwa vier Jahre der »Illegalität«,

---

154 Vgl. StaMs, RP Arnsb., Wiedergutmachungen, Nr. 424 532, Bl. 2. Im Bundesentschädigungsgesetz ist »Schaden in der Ausbildung« durch die §§ 115–119 geregelt.
155 Werner Baer gab an, er habe ursprünglich ein Ingenieur-Studium absolvieren wollen. Vgl. ebd. StaMs, Entschädigungssachen Werner Baer, Zk Nr. 424 532.
156 Vgl. ebd., Bl. 4.
157 Vgl. Kartei des Wiedergutmachungsamtes der Stadt Bochum, Z.K.Nr. 424 532.
158 Vgl. unten, Kapitel »Kampf um Wiedergutmachung«.
159 Vgl. Kartei des Wiedergutmachungsamtes der Stadt Bochum, Z.K.Nr. 424 532.
160 Vgl. StaMs, RP Arnsb., Wiedergutmachungen, Nr. 424 532.
161 Vgl. ebd., Bl. 10.

Abb. 55: Werner Baer mit Ehefrau Alexandra und den Töchtern Karina und Nathalie.

die er glücklicherweise durch Bescheinigungen des Bürgermeisters von Baudreix und des Polizisten Pfauwadel aus Lothringen belegen konnte. Es sei zutreffend, so heißt es zu den Entscheidungsgründen des RP Arnsberg, dass Werner Baer »wegen seiner Zugehörigkeit zur jüdischen Rasse verfolgt worden« sei und »durch das illegale Leben unter menschenunwürdigen Bedingungen einen Schaden an seiner Freiheit erlitten« habe.[162] Um in den Genuss der Entschädigung zu kommen, musste Baer aber noch eine eidesstattliche Versicherung abgeben und tat es am 6. April 1956. Offenbar reichte sein nachgewiesener Status als NS-Verfolgter nicht aus; er musste seine Bedürftigkeit offenbaren:

> »Außer meinem Talent besitze ich keinerlei Vermögen. Von jeglicher Zahlung von Einkommenssteuer bin ich befreit, weil ich kein eigenes Einkommen habe. [...] Da ich kein eigenes Einkommen habe, bin ich auf die Unterstützung meiner Freunde angewiesen. Meine Eltern können mir nicht helfen, da sie selbst unterstützungsbedürftig sind.«[163]

Im April 1956, zum Zeitpunkt der Erklärung, hielt Werner Baer sich vorübergehend wieder in Paris auf, um dort eine Ausbildung zum Bühnenbildner zu absolvieren. Werner war bereits ein recht bekannter Maler. Er hatte den Künstlernamen Verner

---

162 Vgl. ebd.
163 Ebd., Bl. 15.

Abb. 56: Werner Baer mit Ehefrau Alexandra und seinen Eltern Else und Leo Baer.

angenommen, in Anlehnung an Jan Vermeer, den er bewunderte.[164] Seine Arbeiten fanden Beachtung und er hatte nicht nur in Frankreich – zum Beispiel 1951 in seinem Wohnort Cagnes-sur-Mer –, sondern auch schon im Ausland ausgestellt: 1953 in Stockholm und 1956 in New York. 1957 folgte eine Ausstellung in Toronto, wo seine Schwester mit Familie lebte, 1959 in Monte Carlo und 1965 in Nizza. Vor allem die Ausstellung in Monaco scheint ein voller Erfolg gewesen zu sein. Schon während der Vernissage konnte Verner 80 Gemälde verkaufen.[165]

Von dem Künstlerort Cagnes-sur-Mer zog er Anfang der 1960er Jahre zusammen mit seinen Eltern, die ihm an die Côte d'Azur gefolgt waren, nach Menton und lernte dort 1963 die aus Lettland stammende Alexandra Zeberg kennen. Sie war aus politischen Gründen emigriert, hatte einige Länder durchquert und sich schließlich in England niedergelassen. An der französischen Riviera machte sie zusammen mit ihrer Schwester Urlaub. Werner Baer und Alexandra Zeberg heirateten 1964 und bekamen

---

164 Vgl. Brief Nathalie Baer/Wölk, 2011.
165 Vgl. Georges Bertolino, Le peintre Verner est mort, Nice Matin, 21.4.1991.

zwei Töchter: Karina und Nathalie.[166] 1966 zog Werner Baer erneut um. Mit seiner Familie bezog er ein Haus mit Atelier in La Colle sur Loup in der Nähe von Nizza.

Am 27. Mai 1967 erschien unter der Überschrift »Ein Bochumer Expressionist. Besuch des Malers an der Côte d'Azur – Sohn einer jüdischen Familie« ein Artikel in der Westdeutschen Allgemeinen Zeitung.[167] Sein Verfasser war Volker Frielinghaus, Rittergut Haus Laer in Bochum, der als Student unter dem Kürzel »f« bisweilen für die WAZ schrieb. Frielinghaus studierte Jura in Marburg an der Lahn und war im Frühjahr 1967 mit dem Auto in den Urlaub nach Südfrankreich gefahren. Als er anhielt, weil er sich verfahren hatte, sprach ihn jemand auf Deutsch an. Es war Werner Baer, dem das Bochumer Autokennzeichen aufgefallen war. Beide kamen ins Gespräch und stellten fest, dass sie dieselbe Schule besucht hatten: das Gymnasium am Ostring, das frühere Staatliche Gymnasium in Bochum. Baer lud Frielinghaus in sein Atelier in La Colle sur Loup ein und zeigte ihm seine Arbeiten.[168] Der Tourist fand die Begegnung mit dem Maler so interessant, dass er darüber berichtete. Werner Baer alias Verner sei ein »von den Kunstströmungen der heutigen Zeit unbeeindruckt erscheinender moderner Expressionist«, heißt es in dem WAZ-Artikel. Seine jüngsten Arbeiten zeigten »virtuose Ballettszenen, weiche Porträts, moderne romantisch durchwebte ›Stimmungsmalereien‹ und bisweilen gespenstisch wirkende Bühnenbilder zu Kafkas Stücken.« Sie würden bald in Belgien, Schweden und Paris präsentiert. Auch im Ruhrgebiet wolle Verner ausstellen, »erstmals in seiner alten Heimat«.[169] Dazu kam es nicht, obwohl Frielinghaus, nach Bochum zurückgekehrt, sich redlich mühte, eine Ausstellung für ihn zu organisieren.[170]

Stattdessen stellte Verner 1970 in Hollywood und Santa Barbara aus. Dazu eingeladen hatte ihn Gladys Lloyd Robinson, die Gattin des Hollywood-Schauspielers Edward G. Robinson. Mrs. Lloyd Robinson war selbst Malerin und eine bekannte Kunstsammlerin und Mäzenin. Der Künstler packe seine Koffer und sei bereit, diese höchst schmeichelhafte Einladung aus Los Angeles anzunehmen, stand am 27. Juni 1970 in der Zeitung Nice-Matin. Sein Flugticket habe er bereits. Nach seiner erfolgreichen Ausstellung im Oktober des Vorjahres sei Gladys Lloyd Robinson auf Verner aufmerksam geworden. Im Februar und März habe sie ihn getroffen und auch in seinem Atelier besucht, wo er sich zwischen Staffelei und Violine hin und her bewege.[171] Die Violine nähme einen bedeutenden Platz in seinem Gefühlsleben ein und als Konsequenz daraus auch in seinen Bildern. »Venez avec votre violon!«, habe die Mäzenin den Künstler per Kabel ermuntert.[172] Für Werner Baer war die

---

166 Vgl. Brief Nathalie Baer an Ingrid Wölk, 20.2.2009.
167 Vgl. Westdeutsche Allgemeine Zeitung (WAZ), 27.5.1967. Die obigen Angaben zu Werners künstlerischem Weg und seiner Arbeit entstammen diesem Artikel.
168 Das erzählte Volker Frielinghaus der Autorin am 17.11.2010.
169 Vgl. WAZ, 27.5.1967.
170 Er habe auch mit dem Direktor des Museums, Dr. Peter Leo, gesprochen, der aber abgelehnt habe. Gespräch Ingrid Wölk/Volker Frielinghaus, 17.11.2010.
171 Vgl. Georges Bertolino, Le peintre Verner est mort, Nice-Matin, 27.6.1970.
172 Vgl. ebd.

Une exposition com...

Bel hommage à Verner, le peintre néo-cagnois récemment disparu à la galerie Archibuild et Bostyl

Devant un[...]
toiles de [...]
ner, ses [...]
filles le jo[...]
verniss[...]
(photo Lo[...])

PEU d'expositions ont été autant placées sous le signe de l'émotion que celle qui se poursuit depuis quelques jours et jusqu'au 15 mai à la galerie « Archibuild et Bostyl », située au « Vélasquez » 3 boulevard Kennedy (1er étage) dans la localité.

En effet, on peut y découvrir les dernières toiles de Verner, un peintre cagnois sympathiquement connu et qui est malheureusement décédé — comme nous l'avions annoncé — quasiment à la veille du vernissage. C'est dire si tous ses amis avaient à cœur de se rendre à cette exposition-hommage qui se voulait non seulement une rétrospective des œuvres d'un artiste apprécié mais aussi et surtout une volonté de montrer que jusqu'au bout de sa vie, Verner, pourtant malade, avait voulu peindre.

Et donc chez certains de ceux qui avaient suivi toutes les étapes de son travail depuis son installation à Cagnes à la fin des années 40, les yeux étaient embuées de larmes quand les ultimes toiles de Verner leur sont apparues.

Adjoint délégué aux Beaux Arts, M. André Froumessol a rendu un bel hommage à un homme qui avait su dar[...] ville se gagner l'estime g[...] rale. A cause, bien sûr, d[...] légitime réputation due [...] incontestable talent rema[...] jusqu'à... Los Angeles et H[...] wood, mais aussi pour les [...] lités de générosité et discr[...] d'un cagnois d'adoption [...] on n'oubliera pas de sit[...] présence.

C'est dire au total si [...] exposition-souvenir lais[...] bien des traces. Les histor[...] de l'art pourront analyse[...] qui a toujours été sembl[...] chez Verner et ce qui a év[...] au fil des ans. Les conn[...] seurs seront sans doute [...]

NICE-MATIN — Samedi 4 mai 1991

Abb. 57: Werner Baers Töchter eröffneten dessen letzte Ausstellung.

un adieu poignant

sensibles à l'éclat de la
e. Les inconditionnels y
ouvriront des thèmes de
s les époques.

Paysagiste ou portraitiste, Verner — fuyant les modes picturales trop souvent passagères — peignait d'abord avec son cœur pour rester fidèle à lui-même et son style. Et c'est pourquoi sa sincérité nous touchera toujours...

G. B.

CAGNES F3

Violine das, was für Karla Baer das Akkordeon war. Er hatte schon als Fünfjähriger mit dem Geigenspiel begonnen.[173]

Sicher hätte Werner Baer seine Bilder auch gern einmal in seiner alten Heimat gezeigt. Außer Volker Frielinghaus bemühte sich, im November 1970 und hinter seinem Rücken, Leo Baer um eine Einladung für seinen Sohn nach Bochum. Baer korrespondierte zu dieser Zeit mit dem Bochumer Kulturdezernenten Dr. Richard Erny, den er für das Werk seines Künstlersohnes zu interessieren versuchte. Gerade von seiner Ausstellung in den USA zurückgekehrt, habe Baer seinen Sohn gefragt, warum er nicht in Bochum ausstelle. Er werde dies nachholen, wenn er einmal einen ganz großen Namen habe, habe Werner geantwortet.[174] Bis nach Bochum drang sein Ruf aber nicht durch. Der damalige Direktor des Kunstmuseums, Dr. Peter Leo, sah keine Möglichkeit, eine Ausstellung »Verner« durchzuführen, denn ein Künstler dieses Namens sei ihm »völlig unbekannt.«[175]

Am 15. April 1991 starb Werner Baer im Alter von 68 Jahren in Cagnes-sur-Mer, wohin er mit seiner Familie zurückgezogen war. Der Tod, infolge einer Herzattacke, ereilte ihn wenige Tage vor Eröffnung einer seit langem geplanten Ausstellung. In der Zeitung Nice-Matin erschien am 21. April 1991 ein Nachruf des Kunstkritikers Georges Bertolino, der einen Eindruck davon vermittelt, dass Verner ein nicht nur an der Côte d'Azur bekannter und geschätzter Künstler war: Er sei zum Maler berufen gewesen. Seine zentralen Themen seien das Atelier, der Zirkus, das Porträt, die Musik und das Theater gewesen. Er habe Kontakt zu den allergrößten Meistern wie Utrillo, Picasso, Miro und Cocteau gehabt, die seine große Aufrichtigkeit und seine glänzenden Farben geschätzt hätten. Auch mit Stars, die die Côte d'Azur besuchten, habe er verkehrt. Bertolino nennt die Namen Errol Flynn, Cary Grant, Lana Turner, Rita Hayworth und natürlich Edward G. Robinson.[176]

Werner Baer wurde am 25. April 1991 auf dem jüdischen Teil des Friedhofs in Cagnes bestattet. Seine letzte Ausstellung wurde von seinen beiden Töchtern Karina und Nathalie eröffnet. Nice-Matin titelte: »Une exposition comme un adieu poignant«.[177]

Die meisten Werke des Malers Verner sind heute in Privatbesitz, in den Ländern, in denen er ausstellte.[178] Auch Karla und David Goldberg gehörten zu den Sammlern. Karla hatte zeitlebens ein gutes Verhältnis zu ihrem Bruder und erfreute sich an seinen Bildern, die an ihren Wänden hingen. Verners Gemälde schmücken noch heute die Wohn- und Geschäftsräume der Familie Goldberg in Toronto.

---

173 Vgl. Brief Nathalie Baer/Wölk, 2011.
174 Vgl. Brief Leo Baer an Stadtrat Dr. Richard Erny, 29.11.1970, in: StadtA Bo, Registratur.
175 Vgl. Vermerk des Kulturamtes der Stadt Bochum an Stadtrat Dr. Erny, 19.1.1971, in: ebd.
176 Vgl. Georges Bertolino, Le peintre Verner est mort, Nice-Matin, 21.4.1991.
177 Vgl. Nice-Matin, 4.5.1991.
178 Vgl. Brief Nathalie Baer/Wölk, 2011.

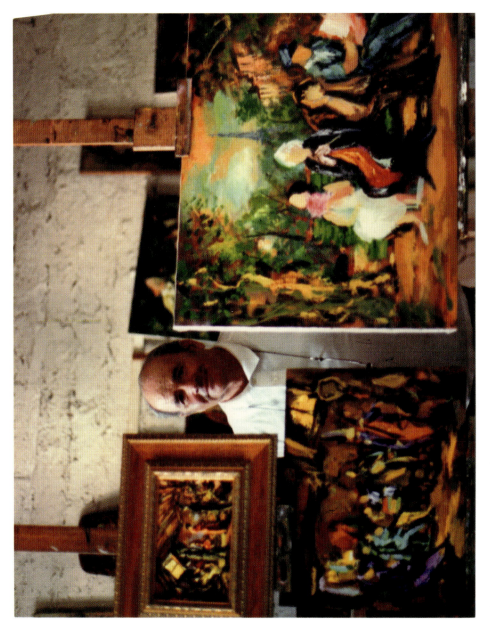

Abb. 58: Werner Baer in seinem Atelier.

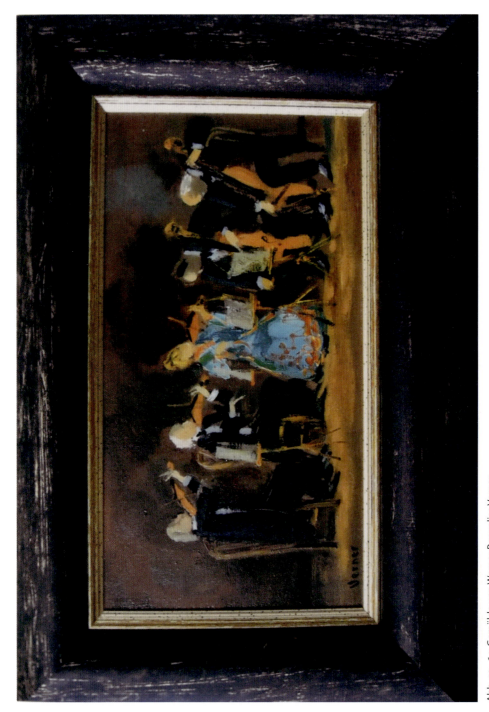

Abb. 59–64: Gemälde von Werner Baer alias Verner.

Abb. 60

Abb. 61

Abb. 62

Abb. 63

Abb. 64

Abb. 65: Karla Baer. Dieses Gemälde von Werner Baer entstand bereits 1945 in Paris.

Zwischen Paris, Bochum und Toronto

Während Leo und Else Baers Tochter Karla im kanadischen Toronto ein neues Leben fand und ihr Sohn Werner sich mutig in die Verwirklichung seines Traums vom Künstlerdasein stürzte, waren sie selbst unschlüssig, wo und wie sie ihren Lebensabend verbringen sollten. Die Rückkehr nach Bochum war dabei eine echte Option!

Schon bald nach Kriegsende suchte Leo Baer den Kontakt zu seiner alten Heimat, zunächst zu seiner Familie. 1945, kurz nach der Kapitulation Deutschlands, konnte er seinem Bruder Otto, »der mit Frau und Sohn der Hölle entkommen war« und wieder in Herne lebte, eine erste Nachricht zukommen lassen.[179] Otto Baer wird über das Lebenszeichen glücklich gewesen sein und seinen Bruder eingeladen haben. Natürlich war es in den ersten Nachkriegsjahren nicht einfach, von Paris nach Bochum/Herne zu gelangen und Leo Baer musste sich noch zwei Jahre lang gedulden. 1947 konnte er mit Hilfe und in Begleitung seines Schwiegersohnes, der aufgrund seiner Arbeit beim amerikanischen Joint Distribution Committee über einen Jeep verfügte, die Reise antreten. Karla schloss sich an und zu dritt fuhren sie ins Ruhrgebiet. In Herne besuchten sie Otto Baer mit Familie und sie fuhren nach Bochum, wo Leo Baer alte Bekannte traf.[180] Sie hätten ihn angestarrt wie einen Geist, wie jemanden, der aus einer anderen Welt gekommen sei, erinnerte sich Karla Goldberg. »Ja, ich habe es überlebt und sehe, ihr auch«, habe Leo Baer gesagt. Es seien keine sehr netten Zeiten gewesen. »Wir hatten so einen Ersatzreifen im Rückraum vom Jeep«, um den David sich Sorgen machte. »Karla, was machen wir bloß, wenn sie mir meinen Reifen wegnehmen?«, habe er gefragt.[181]

Leo Baer scheint ernsthaft darüber nachgedacht zu haben, an sein früheres Leben anzuknüpfen und nach Bochum zurückzukehren. Seine Frau war an seiner Seite, doch seine Tochter ließ es nicht zu. Kurz nach der Reise ins Ruhrgebiet habe ihre Mutter sie in Paris beiseite genommen und gesagt: »Kind, Papa und ich haben uns das überlegt. Wir haben uns entschlossen, zurück nach Bochum zu gehen.« Karla war empört. Sie sei so verbittert gewesen nach allem, was passiert war und stellte ihre Eltern vor die Wahl: entweder sie oder Deutschland. Besuchen werde sie sie dort jedenfalls nicht! Ihr Bruder Werner habe genauso gedacht. So blieben sie vorerst in Paris, wo Leo Baer dank der Kontakte seines Schwiegersohnes 1947 eine Stelle als Hauswart beim JDC (American Jewish Joint Distribution Committee) fand. Seine Arbeit dort unterforderte ihn, sicherte ihm aber ein regelmäßiges Einkommen und eine Unterkunft für sich und seine Frau Else. Vor dem Krieg, in Bochum, war Baer Unternehmer und Gutachter gewesen. Jetzt kümmerte er sich um die Verwaltung und Instandhaltung (»supervision and maintenance«) des Pariser Bürogebäudes der

---

179 Vgl. Baer, Erinnerungssplitter, S. 400.
180 Die in den »Erinnerungssplittern« geschilderten Begegnungen mit seinen ehemaligen Kriegskameraden und mit Moritz Fiege datiert Leo Baer auf das Jahr 1950.
181 Interview Wölk/Karla Goldberg, 2002.

amerikanischen Hilfsorganisation. Neben freier Wohnung, Heizung und Strom verdiente er jährlich umgerechnet zwischen 2.500 (1947) und 3.600 Reichsmark (1951).[182]

Ende März 1952 gab er seine Stelle auf, weil er und seine Frau Else sich entschlossen hatten, ihrer Tochter Karla nach Toronto zu folgen. Das Komitee bescheinigte ihm, die ganze Zeit über ein vertrauenswürdiger und sorgfältiger »housekeeper« gewesen zu sein. Er sei kooperativ den anderen Beschäftigten gegenüber gewesen sowie absolut ehrlich und hilfsbereit, wann und wo immer seine Dienste gebraucht worden seien. Er verlasse die Organisation, um nach Kanada zu emigrieren.[183]

Else und Leo Baer waren zwischenzeitlich französische Staatsbürger geworden. Das war keine Selbstverständlichkeit, denn die Regierung Frankreichs hatte den ehemaligen Flüchtlingen, die nach dem Zweiten Weltkrieg im Land bleiben wollten, zunächst nur – aber immerhin – ein zehnjähriges Aufenthaltsrecht und eine Arbeitserlaubnis zugestanden.[184] Über die Zuerkennung der Staatsangehörigkeit wurde im Einzelfall entschieden. Die Baers waren nach Kriegsende staatenlos gewesen, sodass die IRO (International Refugee Organization) sich um sie kümmern musste. Else Baer ließ sich im November 1947 von der französischen Niederlassung der IRO ein Zertifikat ausstellen, das ihren Flüchtlingsstatus bestätigte und ihr erlaubte, »aus familiären Gründen« nach Belgien zu reisen.[185] Pragmatisch, wie sie war, erledigte sie schon vor dem Umzug ihrer Tochter und ihres Schwiegersohnes nach Brüssel die notwendigen Formalitäten, um die beiden an deren neuem Wohnort besuchen zu können.

Auch Leo Baer wird im Besitz von Personal-Ersatzpapieren gewesen sein, um als Staatenloser nach Deutschland fahren zu können. Sein französischer Pass brachte auch in dieser Hinsicht Erleichterung. In den »Erinnerungssplittern« erwähnt Baer mehrere Besuche bei seinem Bruder Otto in Herne, Treffen mit alten Freunden und Bekannten in Bochum sowie einen Urlaub mit seiner Frau Else im Schwarzwald.[186] Der ersten Fahrt ins Ruhrgebiet 1947 folgten also weitere. Diese waren für Leo Baer mehr als sentimentale Reisen in die Vergangenheit. Seine Motive waren vielfältig. Anders als seine Tochter Karla glaubte, hatte er den Gedanken an eine Rückkehr nach Bochum noch nicht aufgegeben und wollte die Möglichkeiten dazu ausloten. So führte ihn einer seiner ersten Wege in Bochum am 28. Oktober 1949 ins Rathaus, wo er im Grundstücksamt vorsprach. Er wollte über seine Grundstücke an der Gerberstraße verhandeln, die nach der Zwangsversteigerung 1940 in den Besitz der Stadt Bochum

---

182 Vgl. StaMs, RP Arnsb., Wiedergutmachungen, Nr. 427 165, Bl. 42. Leo Baers Einkommen zwischen 1947 und Anfang 1952 wird hier trotz Währungsreform und der Einführung der D-Mark im Juni 1948 durchgehend in RM beziffert.
183 Vgl. Zertifikat des »American joint distribution committee«, Paris, vom 4.4.1952, in: FamA Baer-Goldberg.
184 Vgl. Fabian/Coulmas, Die deutsche Emigration in Frankreich nach 1933, S. 125.
185 Vgl. FamA Baer-Goldberg. Die IRO (International Refugee Organization), eine Behörde der Vereinten Nationen, wurde 1952 durch das Büro des »United Nations High Commissioner for Refugees« (UNHCR) ersetzt.
186 Vgl. Baer, Erinnerungssplitter, S. 403.

gelangt waren,[187] und tat dies auf der Grundlage des im Mai 1949 erschienenen Rückerstattungsgesetzes für die britische Zone.[188] Baer schlug seinem Gesprächspartner, dem damaligen Vermessungsbeamten Adam, einen Tausch seines Anteils an den Grundstücken gegen ein Industriegrundstück am Stadtrand vor. Offenbar dachte er ernsthaft darüber nach, seine Firma in Bochum wieder aufzubauen. Adam ließ sich nicht darauf ein.[189]

Leo Baer ahnte zu diesem Zeitpunkt sicher nicht, wie lange die Verhandlungen über die »Entschädigung« des ihm entzogenen Vermögens sich hinschleppen sollten. Die auf das erste Gespräch im Bochumer Rathaus folgenden zermürbenden Erfahrungen mit deutschen (und Bochumer) Nachkriegsbehörden trugen wahrscheinlich mehr dazu bei, dass er seine Rückkehrpläne aufgab, als der Einspruch seiner Tochter. In dieser Situation, in der das Ehepaar Baer schwerwiegende Entscheidungen für seine Zukunft treffen musste, war es gut zu wissen, dass ihre Bemühungen um ein dauerhaftes Bleiberecht in Frankreich erfolgversprechend waren. Zwar hatte das Ministerium für Gesundheit und Bevölkerung (Ministère de la Santé et de la Population; Direction generale de la Population et de l'Entr'aide) Leo und Werner Baer im März 1949 mitgeteilt, dass ihre Anträge auf »Naturalisation« noch zurückzustellen seien,[190] doch schon einige Monate später erhielten sie einen positiven Bescheid. 1950, sechs Jahre nach Kriegsende in Frankreich, wurde Leo, Else und Werner Baer die französische Staatsangehörigkeit verliehen.[191]

So waren sie also Franzosen, als sie 1952 ihren ersten Versuch einer Emigration nach Kanada wagten. Ihre Hoffnungen wurden schnell enttäuscht. Baer stellte fest, dass auch in Kanada nicht »alles mit Gold bedeckt« war.[192] Seine Tochter und sein Schwiegersohn bemühten sich nach Kräften und richteten den Eltern eine kleine Wohnung in ihrem Haus ein. Dabei sei die Situation auch für sie nicht einfach gewesen, so Karla Goldberg. Sie hätten damals recht beengt gewohnt und schon zwei kleine Kinder gehabt. Leo Baer suchte Arbeit in Toronto, konnte aber keine finden. Sein Schwiegervater sei ein stolzer Mann und sehr enttäuscht darüber gewesen, erzählte David Goldberg. Da er kein Englisch sprach und zu diesem Zeitpunkt schon 63 Jahre alt war, habe er auf dem kanadischen Arbeitsmarkt kaum Chancen gehabt und sich so entschlossen, nach Frankreich zurückzukehren.[193] Die Gründe für die Heimkehr nach Europa sind nicht eindeutig auszumachen. Offenbar spielte auch

---

187 Vgl. StadtA Bo, BO 23/12.
188 Zu den Grundlagen der Wiedergutmachung und zum Rückerstattungsgesetz (Gesetz Nr. 59) vgl. unten, Kapitel »Kampf um Wiedergutmachung«.
189 Vgl. StadtA Bo, BO 23/12, Bl. 3.
190 Vgl. FamA Baer-Goldberg.
191 Vgl. StaMs, RP Arnsb., Wiedergutmachungen, Nr. 424 532 und Brief Leo Baer an Stadtrat Dr. Richard Erny, 29.11.1970, in: StadtA Bo, Registratur.
192 »David, ich denke, das wäre hier alles mit Gold bedeckt«, habe Leo Baer zu David Goldberg gesagt. Interview Wölk/Karla Goldberg, 2002.
193 Vgl. ebd. David Goldberg war bei dem Interview dabei und ergänzte an dieser Stelle den Bericht seiner Frau.

eine Erkrankung Else Baers eine Rolle, die das heiße Klima in Toronto nicht vertrug.[194] Einen weiteren Grund, der den beiden Kanada verleidete, nennt Leo Baer in den »Erinnerungssplittern«: Bei ihrer Ankunft dort seien sie auf antisemitische Emigrationsbeamte gestoßen. Seine Angaben zur Nationalität im Fragebogen der Einwanderungsbehörde habe er mit »Französisch« beantwortet. Das habe man aber durchgestrichen und durch »Hebräer« ersetzt. Auf einen solchen Empfang war er nicht vorbereitet. »Dieser Vorgang genügte uns, um den Entschluss zu fassen, unser beider Lebensabende in Frankreich zu beschließen.«[195]

Zurück in Frankreich, zogen Leo und Else Baer nach Cagnes-sur-Mer an der Côte d'Azur, wo ihr Sohn Werner lebte. Mitte der 1950er Jahre folgten sie ihm nach Menton, Alpes-Maritimes, an der italienischen Grenze.[196]

Der Erfinder, Teil 2

Auch in Frankreich fand Leo Baer keine Arbeit mehr. So hatte er Zeit für seine Memoiren, mit denen er 1953 begann, und für seine »Wiedergutmachungs«-Angelegenheiten, die er seit 1949 betrieb. Außerdem betätigte er sich wieder als Erfinder.

Es mag merkwürdig erscheinen, dass er sich erneut mit dem »Patronengurt für Maschinengewehre« beschäftigte, den er schon einmal – 1937 beim Reichspatentamt – als Gebrauchsmuster angemeldet hatte. Jetzt hatte er eine neue Idee und aktualisierte die alte.

Mit der Wahrung seiner Interessen beauftragte er die Patentanwälte R. H. Bahr (Diplom-Ingenieur) und E. Betzler (Diplom-Physiker) aus Herne. Diese beantragten am 13. Januar 1960 beim Deutschen Patentamt in München die Eintragung eines Gebrauchsmusters »Patronengurt für Maschinengewehre für Leo Baer, Menton A.-M., 17 Avenue Général de Gaulle, France«. Am 11. Juni 1964 erteilte das Patentamt das Patent unter dem neuen Titel »Patronengurt aus Kunststoff« und der Nummer 1 158 409.[197] Es galt rückwirkend ab dem 15. Januar 1960 und bezog sich auf einen »Patronengurt aus Kunststoff mit Gliedern, die mit vor- und einspringenden Teilen in Art von Nut und Feder ineinander eingreifen.«[198] Ziel der Erfindung war es,

> »unter Vermeidung der Nachteile von bekannten Gurten einen Gurt zu schaffen, der es ermöglicht, die Länge der Patronen im Gurt und beim Einlegen des Gurtes in die Waffe genau festzulegen, wobei der Gurt aus Kunststoff herstellbar ist. Ein solcher Gurt

---

194 Vgl. Brief Leo Baer an RP Köln, 10.3.1954, in: StaMs, RP Arnsb., Wiedergutmachungen, Nr. 427 165.
195 Baer, Erinnerungssplitter, S. 314f.
196 Wann genau der Umzug erfolgte, ist nicht klar. Ein Schreiben von Leo Baer mit der Adresse Menton, 5 route de Lutétia, datiert von 1956. Vgl. FamA Baer-Goldberg.
197 Die Gebrauchsmuster und Patente Leo Baers sind über die Datenbank des Deutschen Patent- und Markenamtes recherchierbar: http//depatisnet.dpma.de.
198 Vgl. Spalte 4 der Patentschrift 1158408, in: ebd.

hat den Vorteil, daß maschinell gegurtet werden kann. Außerdem ermöglicht es die Einführungslasche, den Gurt direkt in die Waffe einzuführen, ohne daß diese hierzu geöffnet zu werden braucht. Dabei kann die Einführungslasche naturgemäß auch mit mehreren Patronen versehen werden, so daß sich dann ein brettartiges bzw. steifes Gebilde mit gegurteten Patronen ergibt, welches das Einführen des Gurtes weiter erleichtert.« [199]

Ergänzend dazu ließ Baer am 23. August 1963 eine Erfindung anmelden, die darauf abzielte, »einen besseren Schutz der Patronen gegen die korrodierenden Einflüsse der Witterung« zu erreichen, um »den Gegenstand des Hauptpatentes weiter zu verbessern.«[200] Auch sie wurde angenommen. Die Patentschrift erschien unter der Nummer 1 213 304 am 6. Oktober 1966.

Der Patronengurt diente der Vermeidung von Ladehemmungen beim Schießen und war eine kriegsrelevante Erfindung!

Hatte er noch immer nicht genug vom Krieg?[201] Wie es scheint, hatte Leo Baer keine Probleme mit der deutschen Wiederbewaffnung. Und da er seine Erfindung in der Bundesrepublik Deutschland anmeldete, hoffte er wohl auf das Interesse der Bundeswehr.

Die Rückkehr seines Erfindergeistes zu den Belangen des Militärs war aber eine Ausnahme. Baers Hauptinteresse in den 1950er/60er Jahren galt dem Arbeitsschutz. An der schönen Côte d'Azur suchte er nach technischen Lösungen für Probleme, die ihm aus seiner alten Heimat bekannt waren: das Einatmen gefährlichen Staubes und dadurch bedingten Berufskrankheiten. Leo Baer erfand mehrere Vorrichtungen zum Atemschutz beim Anbringen von Bohrlöchern unter Tage. Dabei ging es in erster Linie um die sichere Abführung des beim Trockenbohren im Gestein entstehenden Bohrmehls, das Silikose erregende Stäube enthielt. Zudem erfand er eine »Frischluftatemschutzvorrichtung«. Sie sollte ihre Träger allgemein »gegen schädliche Gase, Staub oder sonstige Verunreinigungen der Luft« schützen, nicht nur im Bergbau, sondern auch in Zementfabriken »und dergleichen«. Im Einzelnen meldete er neben dem Patronengurt zwischen 1952 und 1965, wieder über die Patentanwälte aus Herne, in chronologischer Reihenfolge, folgende Erfindungen beim Deutschen Patentamt an:

1. eine »Vorrichtung zur Staubbeseitigung bei Bohrmaschinen, insbesondere im Bergbau«. Das Patent galt ab dem 25. Dezember 1951. Die Bekanntmachung der Patentanmeldung erfolgte am 28. August 1952, die Ausgabe der Patentschrift Nr. 975 789 am 20. September 1962,
2. eine »Frischluftatemschutzvorrichtung«, die am 4. Dezember 1957 angemeldet wurde. Das Patent wurde unter der Nr. 1 163 152 am 20. August 1964 erteilt,

---

199 Spalte 1 der Patentschrift 1213304, in: ebd.
200 Ebd., Spalte 1f.
201 Dazu vgl. z. B. S. 258ff. dieses Buches

3. eine »Atemschutzvorrichtung für mit Pressluft betriebenen Hammerbohrmaschinen arbeitende Personen«. Das Patent wurde am 12. September 1962 angemeldet und unter der Nr. 1 865 909 am 24. Januar 1963 erteilt,[202]
4. ein »Bohrgerät« zur Herstellung von Bohrlöchern »in großer Teufe«. Die Anmeldung erfolgte am 9. Oktober 1964; das Patent wurde unter der Nr. 1 942 103 am 14. Juli 1966 bekannt gemacht,[203]
5. eine »Vorrichtung zur Staubbeseitigung bei mit Außenspiralgestänge arbeitenden Bohrmaschinen«. Das Patent wurde am 18. August 1965 angemeldet und unter der Nr. 1 232 089 am 27. Juli 1967 erteilt.[204]

Vermutlich hatte Leo Baer schon früher Ideen zur Silikoseverhütung entwickelt, auch aus persönlichen Gründen. Schließlich waren auch die Beschäftigten der Firma Baer gesundheitlichen Belastungen am Arbeitsplatz ausgesetzt gewesen und sein eigener Vater Isaac Baer war 1909 an einer »Staublunge« verstorben. Allerdings lagen Baers Erfahrungen Jahrzehnte zurück und in den 1950er und 60er Jahren war er örtlich und zeitlich zu weit weg vom Geschehen. Zu dieser Einschätzung kommt als Arbeitsschutz-Experte Dr. Dirk Dahmann vom Institut für Gefahrstoff-Forschung der Bergbau-Berufsgenossenschaft in Bochum, der sich mit Leo Baers Patenten beschäftigt hat. Danach waren dessen Schutzvorrichtungen bei Trockenbohrungen unter Tage (siehe oben, Nr. 1, 3, 4 und 5) nicht umsetzbar. Als wichtigstes Argument gegen ihren Einsatz müsse aber gelten, »dass 1965 das Nassbohren das Problem der Staubbelastung nachhaltig und wirksam bekämpft hatte. Es bestand schlicht kein Bedarf mehr für ein solches Verfahren.«[205]

Erfolgversprechender scheint die »Frischluftatemschutzvorrichtung« (siehe oben, Nr. 2) gewesen zu sein, die Baer so beschreibt:

> »1. Frischluftatemschutzvorrichtung mit Düsen, aus denen ein die Atemorgane gegen die Außenluft abschließender Frischluftschleier ausströmt, dadurch gekennzeichnet, dass die Düsen (4) in einer am Arbeitsplatz ortsfest angebrachten, oben mit einer Abdeckung (6) versehenen Ringleitung (1) derart angeordnet sind, daß der Benutzer ringsum von einem Frischluftschleier umgeben ist.

---

202 Baers Erfindung zielte darauf ab, »die staubbeladene aus der Bohrlochmündung austretende Luft zuverlässig vom Bereich der Atmungsorgane des Arbeiters fernzuhalten und diesen statt dessen ständig mit staubfreier Frischluft zu versorgen«. Vgl. die durch die Patentanwälte Bahr und Betzler, Herne, erfolgte Gebrauchsmusteranmeldung vom 12.9.1962, in: http//depatisnet.dpma.de.
203 Die Neuerung bezieht sich auf Bohrgeräte, die »hauptsächlich im untertägigen Bergbau und hier insbesondere zur Herstellung von Bohrlöchern in großer Teufe [...] verwendbar sind.« Vgl. die Schrift der Patentanwälte Bahr, Betzler und Herrmann-Trentepohl, Herne, vom 1.6.1966, in: ebd.
204 Vgl. auch hier die Datenbank des Deutschen Patent- und Markenamtes: http//depatisnet.dpma.de.
205 E-mail von Dr. Dirk Dahmann, IGF, an Ingrid Wölk, 19.9.2011.

2. Frischluftschutzvorrichtung nach Anspruch 1, gekennzeichnet durch eine an der Ringleitung (1) angeordnete verstellbare Blasdüse, deren Luftstrahl in das Innere des von dem Frischluftschleier umschlossenen Raumes gerichtet werden kann.

3. Frischluftatemschutzvorrichtung nach Anspruch 1 oder 2, gekennzeichnet durch einen von der Frischluftzuführungsleitung (2) zum Innenraum der hohl ausgebildeten Abdeckung (6) der Ringleitung (1) führenden Stutzen (5) und in der Abdeckung (6) angeordnete Austrittsöffnungen für die durch den Stutzen (5) eingeblasene Luft.«[206]

Schutzausrüstungen, die auf der Versorgung mit Frischluft basieren, wurden später tatsächlich realisiert, allerdings anders, als Leo Baer sie 1957 vorgeschlagen hatte. Die Bewertung des Arbeitsschutzexperten wird im Folgenden ungekürzt zitiert:

»Grundidee dabei ist es, als Mittel der persönlichen Schutzausrüstung (PSA) statt einer Staubmaske (also ein Staubfilter, durch das der Beschäftigte beim Einatmen die Luft selbst durch Filtration reinigt) eine Art virtueller Frischluftkabine einzusetzen. Der Beschäftigte soll dabei innerhalb eines Frischluftschleiers stehen, der durch über ihm ringförmig angeordnete Düsen erzeugt wird. Einige dieser Ideen haben sich später wirklich realisiert, allerdings doch deutlich in anderer Ausführung. Da gibt es heute den sogenannten Airstream Helm. Der Beschäftigte trägt einen doppelschaligen Helm. In die Zwischenräume zwischen den Schalen wird von hinten Frischluft geleitet, die aus einer am Gürtel der Person getragenen Pumpe herrührt. Die Pumpe saugt dabei Außenluft an und leitet sie durch ein ebenfalls an der Person mitgeführtes Filter, das gegen die schädlichen Luftbestandteile (Gase ODER Stäube) angepasst schützt. Die Frischluft wird nun nicht ganz um die Person herum zugeführt, sondern nur in deren Atembereich. Das Ganze funktioniert und zwar ortsunabhängig. Hier liegt der Hauptnachteil von Baers Erfindung, denn der Beschäftigte kann sich ja nicht von dem Ort der Frischluftvorrichtung entfernen. Es gibt aber durchaus auch heute noch sogenannte Frischluftkabinen im Bergbau. Etwa wenn beim Sprengen unter Tage, große Mengen giftiger Sprengschwaden durch eine Strecke ziehen, dann werden, etwa in der Steinkohle, Frischluftkabinen eingesetzt. Die Beschäftigten gehen vor der Sprengung dort hinein und werden IN EINEM ABGESCHLOSSENEN RAUM mit Frischluft versorgt. Baers Haube wäre hier nicht einzusetzen, da die Düsen nur einen begrenzt gegen Seitenströmungen wirksamen Luftschleier erzeugen können. Das funktioniert nur eng begrenzt (siehe Airstream Helm) oder bei sehr geringen Seitenströmungen (etwa im Labor bei bestimmten Abzugsystemen, bei denen laminar Zuluftführung für einen bestimmten Abschluss gegen die Außenluft sorgt). Auch diese Erfindung hat nach meiner Kenntnis keinen Einfluss in der Praxis gehabt.«[207]

Baer investierte Zeit und Geld in seine Erfindungen. Ein teures Hobby wollte er sich damit sicher nicht leisten. Er hoffte auf fachliche Anerkennung und wirtschaftlichen Erfolg. Dass Investitionen mit Risiken verbunden sind, wusste er aus seinem früheren Leben als Unternehmer. Um es kurz zu machen: Es scheint sich nicht gelohnt zu haben. Baer konnte von seinen Erfindungen nicht profitieren. Eine Passage in den

---

206 Patentschrift 1 163 152 für eine »Frischluftatemschutzvorrichtung«, patentiert für: Leo Baer, Menton (Frankreich), in: http://depatisnet.dpma.de.
207 E-mail Dr. Dirk Dahmann, 2011.

»Erinnerungssplittern« deutet darauf hin, dass seine Familie seine diesbezüglichen Bemühungen mit Skepsis verfolgte:

> »Während ich auf der Schreibmaschine meine Erinnerungen schrieb, steht plötzlich unser Maler-Sohn Verner vor mir und fragt: ›Bist Du immer noch mit Deinen Patenten für die Silikose-Verhütung beschäftigt? Schade für die verlorene Zeit und das viele Geld, was Du geopfert hast!‹«[208]

1964 heiratete Werner Baer und zog zwei Jahre später mit seiner neuen Familie nach La Colle sur Loup, das ganz in der Nähe seines früheren Wohnortes Cagnes-sur-Mer lag. Leo und Else Baer blieben allein im circa 50 Kilometer entfernten Menton zurück. Menton war (und ist) ein Ferienort an der französisch-italienischen Grenze und sie hatten einen phantastischen Ausblick aufs Meer. Was für andere nach paradiesischen Zuständen klingen mag, verlor für Leo Baer zunehmend an Attraktivität. Dort sei kein Platz für sein Grab. Als seine Tochter Karla das hörte, lud sie ihre Eltern erneut nach Kanada ein. Platz, um sich beerdigen zu lassen, sei dort genug vorhanden.[209] Im Juli 1968 kehrten Leo und Else Baer Frankreich endgültig den Rücken und zogen zu ihrer Tochter Karla nach Toronto.

Von hier aus setzte Baer die Bemühungen um eine Verwertung seiner Patente fort. Rat holte er sich unter anderem bei einer Mitarbeiterin des deutschen Generalkonsulats in Toronto, Marianne Keller, die er dort kennengelernt hatte. Neben ihrer Arbeit im Generalkonsulat unterstützte Frau Keller deutsche Emigranten bei ihrer Korrespondenz. Auch Baer, dessen Augenlicht im Alter stark nachließ, hatte entsprechenden Bedarf. Obwohl sie eigentlich ausgelastet war, entschloss sich Frau Keller, sein Jobangebot anzunehmen. Sie besuchte ihn regelmäßig und half ihm bei seinen Schreibarbeiten. Baer habe in seinem Leben viele Enttäuschungen erlebt, erzählte sie 2002 im Interview, besonders »mit diesen Patentverfahren für die Staublunge. Diese ganze Sache, das hat ihn unheimlich gestört.«[210] Er sei in seinem früheren Leben ständig in Kontakt mit Leuten gewesen, die an Staublunge litten. Und da er sehr human gewesen sei, habe er etwas dagegen unternehmen wollen. Aber mit seinen Erfindungen sei er nicht weiter gekommen. Er habe Zeichnungen gehabt, die er ihr zeigte und nahm wohl an, dass das später »so« auch entwickelt worden sei, »mehr oder weniger«.[211] Offenbar fühlte er sich betrogen. Folgt man der Einschätzung von Dirk Dahmann, dann in diesem Fall vermutlich nicht zu Recht. Leo Baers Lösungsvorschläge waren interessant, aber wohl zu praxisfern.

Ohne Erfolg korrespondierte er wegen der Patente mit diversen Behörden. Mit welchen, daran erinnerte Frau Keller sich nicht. »Da komme ich nicht gegen an«, habe er gesagt. Die Hindernisse, an denen er scheiterte, habe er »wie eine Wand«

---

208 Baer, Erinnerungssplitter, S. 281.
209 Vgl. Interview Ingrid Wölk/Marianne Keller, Toronto, 8.8.2002.
210 Ebd.
211 Ebd.

empfunden. Marianne Keller riet ihm davon ab, sich weiter um die Patente zu kümmern: »Lassen Sie es doch in Ruhe«, habe sie ihm gesagt, »da werden Sie nur krank davon.«[212] Schließlich folgte er ihrem Rat und konzentrierte sich auf seine »Erinnerungssplitter«. Damit wollte er »das alles so von der Seele runterkriegen«.[213]

212 Ebd.
213 Ebd.

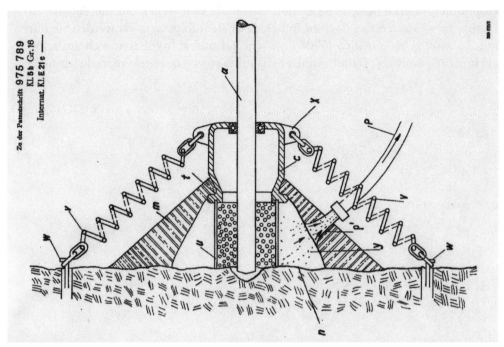

Abb. 66: Skizze zu Leo Baers Erfindung »Vorrichtung zur Staubbeseitigung bei Bohrmaschinen, insbesondere im Bergbau«, 1951.

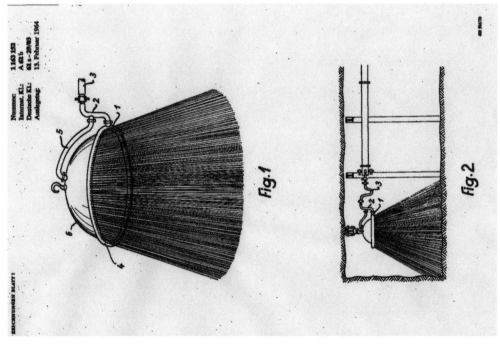

Abb. 67: Skizze zu Leo Baers Erfindung »Frischluftatemschutzvorrichtung«, 1957.

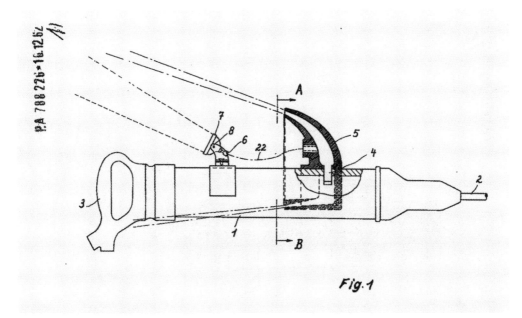

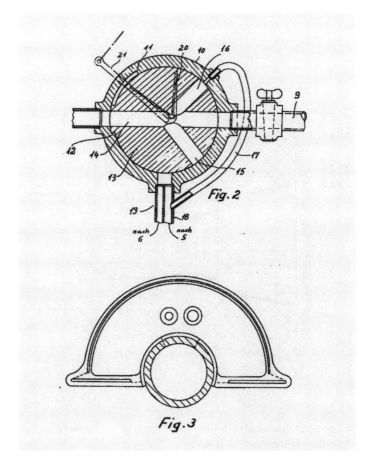

Abb. 68 und 69: Skizzen zu Leo Baers Erfindung »Atemschutzvorrichtung für mit Pressluft betriebenen Hammerbohrmaschinen arbeitende Personen«, 1962.

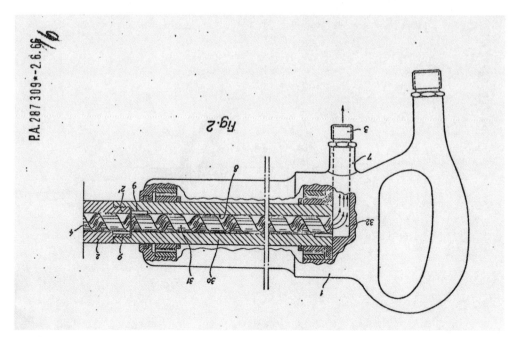

Abb. 70: Skizze zu Leo Baers Erfindung »Bohrgerät zur Herstellung von Bohrlöchern in großer Teufe«, 1964.

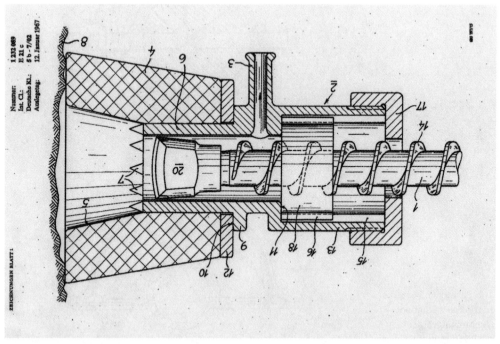

Abb. 71: Skizze zu Leo Baers Erfindung »Vorrichtung zur Staubbeseitigung bei mit Außenspiralgestänge arbeitenden Bohrmaschinen«, 1965.

Kampf um »Wiedergutmachung« (1949–1968)

Zunächst von Paris, dann von Südfrankreich aus – und immer wieder auch vor Ort in Bochum – bemühte sich Leo Baer fast zwanzig Jahre lang um »Wiedergutmachung«.

Unter diesen Begriff fielen in der Bundesrepublik Deutschland alle staatlichen Regelungen, durch die die NS-Verfolgten materiell entschädigt werden sollten. Dass durch die Wiedergutmachungspolitik nichts wiedergutzumachen war, ist häufig geschrieben worden und bedarf keiner besonderen Erwähnung. Das würde auch gelten, wenn die Wiedergutmachungsmaßnahmen zügig beschlossen und großzügig umgesetzt worden wären. Aber so war es nicht. Die Betroffenen mussten lange warten, hart um ihre Rechte kämpfen und zahlreiche Enttäuschungen dabei einstecken. Die Wiedergutmachungspolitik in den Westzonen und dann in der Bundesrepublik Deutschland stützte sich auf die beiden Säulen Rückerstattung und Entschädigung. Die sie regelnden Gesetze und Verordnungen waren kompliziert und für die Betroffenen oft undurchsichtig. Vor der Gründung der Bundesrepublik waren sie zudem uneinheitlich und unvollständig; die Zuständigkeit in den einzelnen Besatzungszonen lag bei den jeweiligen Militärregierungen.

Im Folgenden sollen die Rechtsgrundlagen der Wiedergutmachung und ihre Umsetzung in Bochum skizziert werden,[1] bevor mit Leo Baer ein facettenreiches Beispiel für einen hartnäckig um die Durchsetzung seiner Ansprüche streitenden NS-Verfolgten ausgebreitet wird. Baer hatte den dafür nötigen langen Atem, den viele andere, durch das Erlittene physisch und psychisch gebrochene, Überlebende nicht hatten. Zudem hatte er Anwälte, die ihn unterstützten.

---

1   Die politischen Auseinandersetzungen um die Entschädigung der NS-Opfer sind nicht Gegenstand dieser Arbeit. Dazu vgl. z. B. Constantin Goschler, Die Opfer-Politik der Rückerstattung in Westdeutschland, in: Constantin Goschler/Jürgen Lillteicher (Hg.), »Arisierung« und Restitution. Die Rückerstattung jüdischen Eigentums in Deutschland und Österreich nach 1945 und 1989, Göttingen 2002, S. 99f. und Constantin Goschler, Schuld und Schulden. Die Politik der Wiedergutmachung für NS-Verfolgte seit 1945, Göttingen 2005.

Von der Militär- zur Bundesgesetzgebung: Rechtsgrundlagen der Wiedergutmachung

Durch das 1945 in allen vier Zonen erlassene Militärregierungsgesetz Nr. 52 wurde das während der NS-Zeit geraubte Vermögen gesperrt und der Kontrolle der Militärregierungen unterstellt.[2] Nachdem die ursprünglich angestrebte gemeinsame Regelung der Rückerstattung nicht zustande gekommen war, verabschiedete die amerikanische Militärregierung im November 1947 für ihre Zone ein Rückerstattungsgesetz im Alleingang. In der britischen Zone, zu der Nordrhein-Westfalen gehörte, war im Oktober 1947 die Allgemeine Verfügung Nr. 10 mit Vorgaben zur Rückerstattung erschienen. Sie beinhaltete, unter Strafandrohung, eine Anzeigepflicht für Vermögen, die während der NS-Zeit aus Gründen der Rasse, Religion oder politischen Überzeugung entzogen worden waren. Die Anmeldung musste auf einem Formblatt erfolgen und an das Zentralamt für Vermögensverwaltung in Bad Nenndorf in Niedersachsen gerichtet werden, dem die Funktion einer Zentralmeldestelle für die gesamte Zone zukam. Ein Rückerstattungsgesetz für die britische Zone, das Gesetz Nr. 59, wurde im Mai 1949 erlassen.[3] Es entsprach in großen Teilen dem amerikanischen Gesetz von 1947. Auf der Grundlage dieses Gesetzes konnten die Verfolgten – vier Jahre nach Kriegsende – den Verlust ihres Eigentums anzeigen und die Rückgabe beantragen. Die zuständige Behörde war wiederum das Zentralamt für Vermögensverwaltung in Bad Nenndorf. Die eingegangenen Anträge wurden von hier aus an die Landgerichte weitergeleitet, wo auf Grundlage des Gesetzes Nr. 59 Wiedergutmachungsämter eingerichtet worden waren. Diese waren mit einem Leiter und »der erforderlichen Zahl von Mitgliedern« auszustatten. »Sowohl der Leiter als auch die Mitglieder mussten die Befähigung zum Richteramt oder zum höheren Verwaltungsdienst haben.«[4] Die Wiedergutmachungsämter forderten Erklärungen beider Parteien zum Sachverhalt an. Im besten Fall wurde dann dem zu verhandelnden Antrag auf Rückerstattung stattgegeben und der Antragsteller erhielt sein Eigentum zurück. Statt der »Naturalrestitution« war auch eine finanzielle Entschädigung möglich. Nach der gerichtlichen Entscheidung wurde das gesperrte Vermögen »entsperrt« und konnte wieder genutzt werden.

Die schnelle Einigung vor den Wiedergutmachungsämtern war die Ausnahme. In der Regel wehrten sich die »Ariseure« oder aktuellen Eigentümer vehement gegen den Vorwurf der ungerechtfertigten Entziehung und die Herausgabe des entzogenen Eigentums. Sie bestritten den »verfolgungsbedingten« Erwerb, behaupteten, einen angemessenen Kaufpreis gezahlt zu haben und/oder setzten den Wert des Erwor-

---

2 Vgl. Anna Gansel, Die Rückerstattung, in: forum historiae iuris 2001, S. 12: www.rewi-hu-berlin.de/FHI/seminar/0105gansel.htm.
3 Zum Ablauf der Verfahren gemäß Gesetz Nr. 59 vgl. z. B. Maik Wogersien, Die Rückerstattung von ungerechtfertigt entzogenen Vermögensgegenständen. Eine Quellenstudie zur Wiedergutmachung nationalsozialistischen Unrechts aufgrund des Gesetzes Nr. 59 der britischen Militärregierung, Diss. Jur., Münster 2000.
4 Vgl. ebd., S. 23.

benen herab.⁵ Zwar wurde im alliierten Regelwerk zur Rückerstattung aufgrund der »Kollektivverfolgung« generell Zwang bei Eigentumswechseln nach dem 30. Januar 1933 angenommen (was auch für ausgewanderte Juden mit Vermögen in Deutschland und für die in Deutschland ansässigen Juden mit nichtdeutscher Staatsangehörigkeit galt),⁶ doch konnte der grundsätzlichen »Raubvermutung« widersprochen werden.⁷ Die Entscheidung, ob es sich um Zwang – unterschieden in Kollektiv- und Situationszwang – gehandelt hatte oder nicht, oblag den Gerichten. Aber auch dann, wenn die strittigen Vermögenswerte »in einer nach den Begriffen des deutschen bürgerlichen Rechts einwandfreien Weise erworben und angemessene Kaufpreise entrichtet worden waren,« konnten die Verfolgten oder deren Rechtsnachfolger die Rückerstattung verlangen⁸ – mit zweifelhaften Erfolgsaussichten.

Die Rechtslage war alles andere als eindeutig. Konkret liefen die meisten Verfahren so ab, dass der Rückerstattungspflichtige – das war in der Regel der aktuelle Eigentümer, der nicht mit dem früheren »Ariseur« identisch sein musste – Widerspruch einlegte. Das zuständige Wiedergutmachungsamt lud die Parteien zu mündlichen Verhandlungen ein und vernahm Zeugen. Konnte eine gütliche Einigung erreicht werden, fertigte das Wiedergutmachungsamt eine Niederschrift an. Die Parteien mussten sich innerhalb einer gesetzten Frist dazu äußern. Stimmten sie zu, war der Vergleich rechtskräftig. Andernfalls wurde erneut verhandelt oder aber ein dreistufiges Gerichtsverfahren in Gang gesetzt. Dieses fand zunächst vor den Wiedergutmachungskammern der jeweiligen Landgerichte statt, dann vor den Oberlandesgerichten und schließlich vor der höchsten zonalen Berufungsinstanz, dem Board of Review. Im Unterschied zu den Vorinstanzen saßen hier ausschließlich Richter britischer Staatsangehörigkeit.⁹

Die persönlichen Begegnungen vor den Wiedergutmachungsämtern waren problematisch.¹⁰ Die Verfolgten empfanden es als demütigend, ihre Ansprüche beweisen zu müssen – was sie aufgrund verloren gegangener Unterlagen oft nicht konnten – und in den mündlichen Verhandlungen denjenigen zu begegnen, die ihre Notlage ausgenutzt und sich auf ihre Kosten bereichert hatten. Sie waren an einem schnellen Ende des Verfahrens interessiert. Viele zahlten dafür den Preis eines

---

5   Vgl. z. B. Marlene Klatt, Unbequeme Vergangenheit. Antisemitismus, Judenverfolgung und Wiedergutmachung in Westfalen 1925–1965, Paderborn 2009, S. 275f. und Marlene Klatt, Die Wiedergutmachungsrealität aus der Sicht der jüdischen Verfolgten. Ein Beitrag zum Klima der Wiedergutmachung in der frühen Bundesrepublik, in: Alfons Kenkmann/Christoph Spieker/Bernd Walter (Hg.): Wiedergutmachung als Auftrag, Essen 2007, S. 140.
6   Vgl. Gansel, Die Rückerstattung, S. 29.
7   Vgl. Klatt, Unbequeme Vergangenheit, S. 275.
8   Jürgen Lillteicher, Die Rückerstattung jüdischen Eigentums in Westdeutschland nach dem Zweiten Weltkrieg. Eine Studie über Verfolgungserfahrung, Rechtsstaatlichkeit und Vergangenheitspolitik 1945–1971, Freiburg (Diss.) 2002, S. 405.
9   Zum Rückerstattungsverfahren vgl. ebd., S. 72f.
10 Hierfür nennt z. B. Marlene Klatt eindrucksvolle Beispiele aus der Sicht der Betroffenen. Vgl. Klatt, Die Wiedergutmachungsrealität aus der Sicht der jüdischen Verfolgten, in: Kenkmann u. a. (Hg.): Wiedergutmachung als Auftrag, S. 137–156.

ungünstigen Vergleichs. Andere kämpften tapfer um ihr Recht, wovon zahlreiche Prozesse in Sachen Wiedergutmachung zeugen.[11]

Besonders schwierig und zermürbend für die Rückerstattungsberechtigten wurde es dann, wenn die zur Verhandlung stehenden Vermögen nicht von privater Hand, sondern vom Deutschen Reich, der NSDAP oder einer ihrer Gliederungen entzogen worden waren. Hier war zunächst die Rechtsnachfolge zu klären. Die Betroffenen, zu denen als Teilhaber der von der DAF beschlagnahmten Isaac Baer OHG auch Leo Baer gehörte, wurden jahrelang vertröstet. Statt des angestrebten schnellen Verfahrens mussten sie sich bis zum Erlass eines bundeseinheitlichen Gesetzes gedulden. Dieses, das Bundesrückerstattungsgesetz, erschien erst 1957! Im Oberlandesgerichtsbezirk Hamm, zu dem Bochum gehört(e), wurden alle zu diesem Zeitpunkt noch anhängigen Rückerstattungsverfahren beim Landgericht Dortmund zusammengefasst.[12] »Die dortige Rechtsprechungstätigkeit setzte sich insbesondere auf Grundlage des Bundesrückerstattungsgesetzes von 1957 fort und reichte bis in die 80er Jahre hinein.«[13]

Ein Fazit der aufgrund der alliierten Rückerstattungsgesetze und des Bundesrückerstattungsgesetzes erfolgten Entschädigungen ist kaum zu ziehen. Zwar verweisen spätere Berechnungen der Bundesregierung auf beeindruckende Leistungen. Die Zahlen sind aber wenig aussagekräftig, da eine Gegenüberstellung der Rückerstattungsleistungen und der tatsächlichen Schäden nicht erfolgte.[14] Zumindest im Fall der Ansprüche gegen das ehemalige Deutsche Reich wurde eine vollständige Entschädigung auch gar nicht angestrebt: Der hierfür zur Verfügung stehende Gesamtbetrag war »gedeckelt«.[15]

Die zweite Säule der Wiedergutmachung war die Entschädigung verfolgungsbedingter Schäden. In der britischen Besatzungszone erschien im Dezember 1945 eine zonenpolitische Anweisung, die Sondervergünstigungen bei der Lebensmittelversorgung, Arbeitsplatz- und Wohnraumbeschaffung sowie finanzielle Hilfen für rassisch, religiös und politisch Verfolgte vorsah. Ihr Ziel war die Fürsorge für die ehemaligen NS-Opfer.[16] Gleichzeitig wurde über ein zoneneinheitliches Entschädigungsgesetz beraten, wozu es aber nicht kam. In Nordrhein-Westfalen beschloss der Landtag 1947 ein Gesetz über Unfall- und Hinterbliebenenrente für Opfer der NS-Unterdrückung und im Februar 1949 ein Haftentschädigungsgesetz.[17] Die im Ausland lebenden Verfolgten,

---

11 Vgl. Lillteicher, Die Rückerstattung jüdischen Eigentums, S. 103.
12 Vgl. Wogersien, Die Rückerstattung von ungerechtfertigt entzogenen Vermögensgegenständen, S. 32.
13 Vgl. ebd., S. 33.
14 Nach Berechnungen von 1986 umfassten die Leistungen der Bundesrepublik Deutschland aufgrund der alliierten Rückerstattungsgesetze und des Bundesrückerstattungsgesetzes insgesamt rund 3,9 Mrd. DM. Vgl. Lillteicher, Die Rückerstattung jüdischen Eigentums, S. 97f.
15 Vgl. Goschler, Die Opfer-Politik der Rückerstattung in Westdeutschland, in: Goschler/Lillteicher (Hg.): »Arisierung« und Restitution, S. 116.
16 Vgl. Constantin Goschler, Wiedergutmachung. Westdeutschland und die Verfolgten des Nationalsozialismus 1945–1954, München 1992, S. 185f.
17 Vgl. ebd., S. 186.

zu denen ja auch die Familie Baer gehörte, blieben bei der Entschädigung – nicht bei der Rückerstattung! – in den ersten Nachkriegsjahren noch weitgehend außen vor. Eine einheitliche und umfassende Regelung, die auch sie mit einbezog, erfolgte erst nach Gründung der Bundesrepublik Deutschland. Das Bundesentschädigungsgesetz von 1956, kurz BEG, bildet das »Herzstück des Wiedergutmachungsprogramms«.[18] Es galt rückwirkend ab 1953 und wurde später mehrfach novelliert. Auf seiner Grundlage konnten Verfolgte individuelle Entschädigungen beantragen, und zwar für »Schaden an Leben«, »Schaden an Freiheit«, »Schaden an Eigentum«, »Schaden an Vermögen«, »Schaden durch Zahlung von Sonderabgaben, Geldstrafen, Bußen und Kosten« sowie »Schaden im beruflichen und wirtschaftlichen Fortkommen«. Außerdem enthielt das BEG Regelungen über Soforthilfen für Rückwanderer und die Krankenversorgung NS-Verfolgter.[19] Auch auf der Grundlage des BEG, das primär eine Entschädigung der erlittenen körperlichen und seelischen Schäden beabsichtigte, wurden wirtschaftliche und vermögensrechtliche Benachteiligungen kompensiert. »Für Schäden an Eigentum, Vermögen und für Zahlung von Sonderabgaben, Geldstrafen, Bußen und Kosten wurden ca. 1,261 Mrd. DM ausgezahlt.«[20]

Die unscharfe Abgrenzung der Rechtsbereiche Rückerstattung und Entschädigung erschwerte es den Berechtigten, ihre Anträge form- und fristgerecht einzureichen. Ein weiterer Nachteil ergab sich durch die Währungsreform. Durch das Umstellungsgesetz der Militärregierungen vom 21. Juni 1948 wurden Reichsmarkverbindlichkeiten im Verhältnis zehn zu eins auf D-Mark umgestellt.[21] Davon waren auch die Leistungen nach den Rückerstattungsgesetzen und dem Bundesentschädigungsgesetz betroffen, die nach der Währungsreform in D-Mark abgegolten wurden. Wurde die Entschädigung nicht nach aktuellem Wiederbeschaffungswert, sondern auf der Grundlage des damaligen Reichsmark-Wertes ermittelt, erlitten die Betroffenen immense Nachteile. Bei vielen stellte sich das Gefühl ein, durch die Währungsreform ein zweites Mal enteignet worden zu sein.

Organisation der Wiedergutmachung in Bochum

Auf der örtlichen Ebene oblagen die im Zusammenhang mit der Wiedergutmachung stehenden Aufgaben seit Ende 1945 den städtischen Ämtern für Wiedergutmachung (ÄfW), nicht zu verwechseln mit den etwas später gemäß Rückerstattungsgesetz von 1949 bei den Landgerichten eingerichteten Wiedergutmachungsämtern! Eine erste Grundlage für die Arbeit der kommunalen ÄfW bot die zunächst auf Sonderver-

---

18   Constantin Goschler, Wiedergutmachung. Ein Grundbegriff des deutschen Politikdiskurses von der Nachkriegszeit bis heute, in: Kenkmann u. a., Wiedergutmachung als Auftrag, Essen 2007, S. 82.
19   Vgl. Bundesgesetz zur Entschädigung für Opfer der nationalsozialistischen Verfolgung (Bundesentschädigungsgesetz – BEG) vom 18.9.1953.
20   Lilltteicher, Die Rückerstattung jüdischen Eigentums, S. 99.
21   Vgl. Gansel, Die Rückerstattung, S. 50.

günstigungen und Fürsorge für ehemalige Verfolgte zielende zonale Anweisung der britischen Militärregierung vom 11. Dezember 1945, die in Bochum am 25. Februar 1946 einging. Hier bestand aber bereits seit Mitte 1945 eine »Betreuungsstelle für Verdrängte und Befreite«. Sie wurde kurze Zeit später in »Betreuungsstelle für die Verfolgten des Naziregimes« umbenannt, dann in »Wiedergutmachungs- und Betreuungsstelle« und mündete schließlich in das Bochumer »Amt für Wiedergutmachung«.[22] Auf der Grundlage der zonenpolitischen Anweisung vom Dezember 1945 entstand zudem auch in Bochum ein Kreissonderhilfsausschuss (KSHA), der im März 1946 seine Tätigkeit aufnahm und gemäß Anordnung der Militärregierung vom 13. Dezember 1950 wieder aufgelöst wurde.[23] Dem KSHA oblag die Anerkennung der Antragsteller als Opfer des Nationalsozialismus. Er entschied darüber, »ob und in welchem Umfang die Berechtigung zur Sonderhilfe bestand.«[24] Seine – bis dahin noch nicht erledigten – Aufgaben übernahm der auf der Grundlage des Gesetzes »über die Anerkennung der Verfolgten und Geschädigten der nationalsozialistischen Gewaltherrschaft und über die Betreuung der Verfolgten« vom 4. März 1952 gebildete Kreis-Anerkennungs-Ausschuss (KAA).[25] Das Amt für Wiedergutmachung (AfW) führte die Geschäfte des KSHA und des KAA und war für die Umsetzung der dort getroffenen Entscheidungen zuständig. Seine Aufgaben veränderten sich im Laufe der Zeit entsprechend den Bestimmungen der zonenpolitischen Anweisungen, der Landes- und schließlich Bundesgesetze. Organisatorisch gehörte das AfW zunächst zum städtischen Wohlfahrtsamt, ab November 1947 zum Rechtsamt und war dem Dezernenten direkt unterstellt. Gemäß Verfügung des Oberstadtdirektors vom 12. Februar 1951 wurde es wieder dem Wohlfahrtsamt angegliedert. Die direkte Unterstellung unter den Dezernenten blieb bestehen.[26]

Eine Zeitlang nahm das Amt für Wiedergutmachung auch Aufgaben im Zusammenhang mit der Sperrung und Kontrolle entzogener Vermögen gemäß Verordnung Nr. 10 der britischen Militärregierung vom 20. Oktober 1947 wahr, was der Grund für die zwischenzeitliche Zuordnung zum Rechtsamt war. Laut Verfügung des Oberstadtdirektors vom 11. November 1947 und Erlass des Ministeriums des Innern in Nordrhein-Westfalen vom 11. Dezember 1947 fungierte es als örtliche Anmeldebehörde für entzogene Vermögen. Die eingegangenen Formulare wurden von hier aus fortlaufend an das Zentralamt für gesperrte Vermögen in Bad Nenndorf weitergegeben. Ursprünglich war auch die Verwaltung der gesperrten Vermögen durch das AfW geplant gewesen, wozu es aber nicht kam. Am 12. Mai 1949 erließ die britische Militärregierung das Gesetz Nr. 59 (Rückerstattungsgesetz), auf dessen Grundlage bei den Landgerichten – auch in Bochum – die schon erwähnten Wieder-

---

22 Zur Tätigkeit des Amtes für Wiedergutmachung in Bochum (AfW) vgl. den »Vorläufige(n) Schlussbericht über die Tätigkeit des Amtes für Wiedergutmachung Bochum für die Zeit von Mai 1945 bis 31. August 1961«, in: StadtA Bo, BO 10/239, S. 34–103.
23 Vgl. ebd., S. 52.
24 Vgl. ebd., S. 40.
25 Vgl. Bericht AfW Bochum, S. 72, in: ebd.
26 Vgl. ebd., S. 76.

gutmachungsämter und Wiedergutmachungskammern entstanden. Sie befassten sich mit den nun eingehenden Anträgen auf Rückerstattung. Die bis dahin beim AfW der Stadt Bochum entstandenen Vorgänge zu den entzogenen und gesperrten Vermögen wurden an den Kreisbeauftragten für gesperrte Vermögen beim Finanzminister des Landes Nordrhein-Westfalen für den Stadtkreis Bochum abgegeben.[27]

Mit der Verabschiedung des Bundesentschädigungsgesetzes (BEG) 1953/56 erhielt die Tätigkeit des Amtes für Wiedergutmachung eine neue und umfassende Grundlage. Nun konnten auch die im Ausland lebenden Verfolgten Anträge auf Entschädigung stellen und das AfW wurde vor neue Aufgaben gestellt. »Es trat ein neuer Kreis von Antragstellern auf, eine Flut von Anträgen setzte ein, die manchmal bei über 100 Anträgen pro Tag lag.«[28] Die Aufgaben des Kreisanerkennungsausschusses gingen auf den Regierungspräsidenten in Arnsberg über, der zu diesem Zweck ein Wiedergutmachungsdezernat eingerichtet hatte. In der Praxis sah das so aus, dass das Amt für Wiedergutmachung alle unerledigten Anträge »auf Anerkennung als Verfolgter und Geschädigter« bearbeitete und dem Regierungspräsidenten zur Entscheidung vorlegte. Antragsteller aus dem europäischen Ausland mussten sich zunächst aber an den Regierungspräsidenten in Köln wenden, bei dem die Sonderzuständigkeit für diesen Personenkreis lag. Von hier aus wurden ihre Anträge weitergeleitet.

Am 28. September 1961 erschien ein »Vorläufiger Schlussbericht« des Amtes für Wiedergutmachung der Stadt Bochum für die Zeit von Mai 1945 bis zum 31. August 1961. Der damit von dem damaligen Amtsleiter, Stadtamtmann Kurt Ehrich, vorgelegte Tätigkeitsnachweis verweist auf Tausende von Anträgen, die von den Mitarbeitern seines Amtes bearbeitet worden waren.[29] Der umfangreiche – mit vielen Zahlen und Fakten gespickte – Bericht hebt die effektive Arbeitsweise der Behörde und deren schnelle und gute Erledigung der Anträge hervor. Zur Vereinfachung des aufgrund der Vielfalt der entschädigungsfähigen Einzelansprüche äußerst komplizierten Verfahrens hatte das AfW Bochum eine eigene Ordnung geschaffen, die, nachdem sie sich in Bochum bewährt hatte, von allen ÄfW im Regierungsbezirk Arnsberg übernommen wurde. Dazu gehörten die sogenannten Mantelanträge, mittels derer zunächst einmal nachgewiesen werden musste, ob überhaupt ein Antrags- und Anspruchsrecht bestand. Für Antragsteller aus dem Ausland wurde, wie im Bericht zu lesen ist, der überwiegende Teil dieser Nachweise »von Amts wegen geführt«.[30]

Der Leiter des Bochumer Amtes für Wiedergutmachung hatte selbst zum Kreis der NS-Verfolgten gehört.[31] Er wusste, dass die Opfer des Nationalsozialismus angesichts der hohen bürokratischen Hürden auf dem Weg zur »Wiedergutmachung« enttäuscht und verbittert waren und warb in seinem Schlussbericht um Verständnis für die mit den Anträgen befassten Angestellten und Beamten. Dabei verwies er auf die »vielen Schwierigkeiten, wie sie die Antragsachbearbeitung [...] mit sich brachte« und meinte

---

27 Vgl. ebd., S. 50f.
28 Vgl. ebd., S. 53.
29 Vgl. ebd., S. 89.
30 Vgl. ebd., S. 55.
31 Vgl. weiter oben in diesem Kapitel.

damit auch den »Verkehr mit den Antragstellern«,[32] die das Amt während der Öffnungszeiten in großer Zahl persönlich aufsuchten. Ihnen gegenüber mussten er und seine Mitarbeiter die lange Bearbeitungsdauer der Anträge rechtfertigen. Das galt in besonderem Maße für Vermögensschäden, bei denen die »fast immer umfangreichen Ermittlungen [...] in günstigen Fällen durchschnittlich 1 Jahr, in ungünstigen Fällen bis zu 4 und 5 Jahren« benötigten.[33] Zusätzliche Schwierigkeiten habe »die komplizierte Auslegung und Anwendung des BEG bei Zusammentreffen rückerstattungs- und entschädigungsrechtlicher Tatbestände« gebracht. Oft hätten sogar »kurz vor dem Abschluss stehende Ermittlungen gänzlich umgestellt werden [müssen], weil durch die Rechtsprechung eine völlig veränderte Rechtslage eingetreten war.«[34]

So hatte einen Großteil der mit der Antragssachbearbeitung zusammenhängenden Probleme der Gesetzgeber zu verantworten, der sehr lange bis zur Verabschiedung endgültiger rechtlicher Regelungen brauchte. Den Nachteil hatten die Wiedergutmachungsberechtigten. Für sie war es ein zusätzliches Ärgernis und eine Demütigung, »dass die Verwaltungsbürokratie ihr persönliches Verfolgungsschicksal in verschiedene Tatbestände auseinanderriss, die dann meist misstrauisch geprüft sowie äußerst kritisch und kleinlich bewertet wurden.«[35]

Rückerstattungen gemäß Gesetz Nr. 59 (britische Zone)

Ende Oktober 1949, wenige Monate nach Erlass des Rückerstattungsgesetzes für die britische Zone (Gesetz Nr. 59), reiste Leo Baer von Paris nach Bochum, um direkt mit der Stadt Bochum über die 1940 per Zwangsversteigerung in den Besitz der Stadt gelangten Grundstücke an der Gerberstraße zu verhandeln und »seine Rückerstattungssache selbst [zu] vertreten.«[36] Zu der erhofften schnellen Einigung in Form eines Tauschgeschäftes seines Anteils an den Grundstücken gegen ein Industriegrundstück am Stadtrand kam es nicht.[37] Stattdessen verwies ihn sein Gesprächspartner, Vermessungsrat Adam, an die für Rückerstattungsanträge in der britischen Zone zuständige Stelle: das Zentralamt für Vermögensverwaltung in Bad Nenndorf.[38] Zurück in Paris, machte Baer seine Ansprüche geltend. Mit Antrag vom 2. November 1949 meldete er den Grundbesitz der Isaac Baer OHG (Grundstücke Gerberstraße), mit Antrag vom 9. November 1949 das Firmenvermögen zur Erstattung an. Sowohl an den Grundstücken als auch am Firmenvermögen sei er zur Hälfte beteiligt gewesen, die Firma Baer

---

32 Bericht AfW Bochum, S. 55, in: StadtA Bo., BO 10/239.
33 Ebd., S. 56.
34 Ebd.
35 Klatt, Die Wiedergutmachungsrealität aus der Sicht der jüdischen Verfolgten, in: Kenkmann u. a. (Hg.): Wiedergutmachung als Auftrag, S. 140.
36 StadtA Bo, BO 23/12, Bl. 66.
37 Vgl. S. 179 dieses Buches.
38 Vgl. StadtA Bo, BO 23/12.

sei am 9. November 1938 von der Deutschen Arbeitsfront (DAF) enteignet worden.[39] Rückerstattungspflichtig in Sachen Grundbesitz war die Stadt Bochum, in Sachen Isaac Baer OHG das – seit dem 8. Mai 1945 nicht mehr existente – Deutsche Reich. Weitere Rückerstattungspflichtige waren die Hafenbetriebsgesellschaft Wanne-Herne mbH, Wanne-Eickel, und das Krupp Treibstoffwerk GmbH, Essen. Hier ging es um das frühere Grundstück der Isaac Baer OHG in Wanne-Eickel, das 1936 »arisiert« wurde. In allen drei Fällen rückerstattungsberechtigt war neben Baer sein im Ghetto Riga umgekommener Schwager und Kompagnon Hugo Hirschberg.

Obwohl Leo Baer sich selbst um seine Angelegenheiten kümmerte, brauchte er einen Bevollmächtigten vor Ort. Diese Funktion übernahm zunächst Hugo Schatz, Prokurist der Bochumer Firma Hegerfeld.[40] Weitere Rechtsbeistände waren die Anwälte der Kanzlei Herrmann und Jünger, Kortumstraße 63, in Bochum. Während Hugo Schatz Baer bald bitter enttäuschen sollte, blieb die Anwaltskanzlei bis zum Schluss an seiner Seite.

Am 20. Juni 1950 entschied das Wiedergutmachungsamt beim Landgericht Bochum, die drei Rückerstattungsverfahren getrennt voneinander zu verhandeln.[41]

Baer/Hirschberg gegen die Stadt Bochum: Die Grundstücke an der Gerberstraße

Während der Zwangsversteigerung am 24. Januar 1940 hatte die Stadt Bochum für rund 66.000 Reichsmark den Zuschlag für die Grundstücke samt Gebäuden an der Gerberstraße 7 (Geräteschuppen mit Hofraum, Stall und »Automobilraum«), 11/11a (Wohnhaus mit Hofraum, zwei Lagerhäuser, Arbeitsgebäude), 13 (Wohnhaus mit Hofraum), 15 (Wohnhaus mit Hofraum) und 21 (Wohnhaus mit Hofraum) erhalten.[42] Der Einheitswert der Grundstücke hatte nach dem Stand vom 1. Januar 1935 71.430 RM betragen, der von der nationalsozialistischen »örtlichen Preisbehörde« festgesetzte Verkehrswert 68.000 RM.[43] Der von Leo Baer später angegebene Realwert lag bei 150.000 RM.[44] Der Versteigerungserlös war der Dresdner Bank zugefallen, die eine Sicherheitshypothek auf die Grundstücke gehalten hatte.

Die Stadt verhielt sich wie die meisten Rückerstattungspflichtigen und widersprach am 7. Juli 1950 gegenüber dem Wiedergutmachungsamt beim Landgericht Bochum dem Antrag Leo Baers auf Rückerstattung. Sie wies ergänzend darauf hin, dass die Gebäude Gerberstraße 7, 11/11a, 13 und 21 »durch Kriegseinwirkung« 1943 zerstört worden seien; auch das Wohnhaus Gerberstraße 15 sei stark beschädigt und

---

39 Vgl. StaMs, Rückerstattungen, Nr. 2285 und StaMs, RP Arnsberg, Wiedergutmachungen, Nr. 427 165.
40 Vgl. StaMs, RP Arnsb., Wiedergutmachungen, Nr. 427 165.
41 Vgl. StaMs, Rückerstattungen, Nr. 2285.
42 Vgl. StadtA Bo, BO 23/38.
43 Vgl. Brief Stadt Bochum, OStD, an das Wiedergutmachungsamt beim Landgericht Bochum, 7.7.1950, in: StadtA Bo, BO 23/12.
44 Vgl. Antrag Leo Baer auf Rückerstattung von Vermögen, in: ebd.

auf Kosten der Stadt wieder für Wohnzwecke hergerichtet worden. Für die zerstörten Häuser seien Ansprüche beim Kriegssachschädenamt angemeldet worden.[45]

So ging es nur um die Grundstücke, nicht um die darauf stehenden Häuser,[46] als Leo Baer und die Stadt Bochum am 19. September 1950 in einer nichtöffentlichen Sitzung des Wiedergutmachungsamtes beim Landgericht Bochum miteinander verhandelten. Baer forderte eine Entschädigung in Höhe von 35.000 DM. Er war selbst anwesend und wurde von seinem Bevollmächtigten Hugo Schatz begleitet. Gemäß Bestallungsurkunde des Amtsgerichtes Bochum vom 8. September 1950 fungierte Schatz gleichzeitig als »Abwesenheitspfleger« für Hugo Hirschberg. Die Stadt Bochum wurde von Vermessungsrat Adam vertreten, den Baer ja bereits kannte. Das Wiedergutmachungsamt schlug einen Vergleich vor. Danach sollte die Stadt Eigentümerin des insgesamt 1.516 Quadratmeter großen Geländes bleiben und im Gegenzug an jeden der beiden Berechtigten 9.500 DM, insgesamt also 19.000 DM, zahlen.[47] Bei der Berechnung des »Rückkaufpreises« ging das Wiedergutmachungsamt vom aktuellen Grundstückspreis (15 DM pro Quadratmeter) aus,[48] berücksichtigte aber auch, dass die Stadt in dem Zwangsversteigerungsverfahren 1940 schon einmal 66.000 RM (= 6.600 DM) gezahlt hatte.[49] Die Stadt Bochum hatte die Gerichtskosten und außerdem 1.000 DM von den außergerichtlichen Kosten Leo Baers zu tragen.[50] Sämtliche gegenseitigen Ansprüche sollten damit abgegolten sein. Die Parteien einigten sich »nach längeren Verhandlungen.«[51] Bezüglich der Forderungen, die in dem Verfahren nicht berücksichtigt worden waren (Entschädigung für die im Krieg zerstörten Gebäude an der Gerberstraße) wurde Leo Baer sowohl vom Wiedergutmachungsamt als auch von der Stadt selbst auf die noch ausstehenden Bundesgesetze hingewiesen. In deren Rahmen könne er seine weitergehenden Ansprüche geltend machen. Weiter bestimmte das Gericht, dass der Anteil Hugo Hirschbergs an den Abwesenheitspfleger und Bevollmächtigten Schatz zu überweisen sei, der das Geld auf ein noch anzulegendes Konto einzuzahlen habe.

Um den Vergleich wirksam werden zu lassen, mussten ihn neben Leo Baer die zuständigen Gremien der Stadt auf der einen und das Amtsgericht Bochum (vormundschaftlich für Hugo Hirschberg) auf der anderen Seite billigen. Der städtische Grundstücksausschuss stimmte am 12. Oktober 1950 mit der Begründung zu, die

---

45   Vgl. Stadt Bochum an Wiedergutmachungsamt beim Landgericht Bochum, 7.7.1950, in: ebd. sowie StAMs, Rückerstattungen, Nr. 2249.
46   Allein die Baukosten des Hauses Nr. 11 bezifferte Leo Baer später mit 80.000 Goldmark. Vgl. Brief Anwälte Herrmann und Wolff vom 29.1.1962 an Landgericht Dortmund, in: StaMs, Rückerstattungen Nr. 9545, S. 143.
47   Vgl. StadtA Bo, BO 23/12. Vgl. auch StaMs, RP Arnsb., Wiedergutmachungen, Nr. 427 165 (Brief Leo Baer, 26.2.1955).
48   Vgl. Vermerk Grundstücksamt Stadt Bochum, 19.9.1950, in: StadtA Bo, BO 23/12.
49   Vgl. Schreiben Leo Baer an OStD, 26.2.1955, in: StaMs, RP Arnsb., Wiedergutmachungen, Nr. 427 165. Nach der Währungsreform 1948 betrug das Verhältnis Reichsmark: D-Mark 10:1
50   Vgl. Beschluss des Grundstücksausschusses vom 12.10.1950, in: StadtA Bo, BO 23/12.
51   Vgl. Vermerk Grundstücksamt Stadt Bochum, 19.9.1950, in: ebd.

Grundstücke würden »zur Sanierung der Altstadt benötigt«,[52] das Amtsgericht »namens des abwesenden Hugo Hirschberg z[ur] Z[ei]t unbekannten Aufenthalts« am 11. Januar 1951.[53] Am 3. Oktober 1951 erklärte es Hugo Hirschberg offiziell für tot.[54] Als seine Erben wurden die in Chile lebenden Söhne Walter und Kurt Hirschberg ermittelt, auf die das Amtsgericht am 1. Februar 1952 einen Erbschein ausstellte.[55]

Leo Baer hatte den Vergleich akzeptiert, weil ihm an einer schnellen Einigung gelegen war und nahm dabei in Kauf, dass er nur etwas mehr als die Hälfte der von ihm geforderten Summe (19.000 statt 35.000 DM) durchsetzen konnte. In dem Verfahren hatte er auch darauf hingewiesen, dass die Dresdner Bank bei der Versteigerung 1940 den gesamten Versteigerungserlös eingestrichen hatte, was ihr aufgrund des Schuldenerlass-Abkommens mit der Isaac Baer OHG und der auf dieser Grundlage bereits erfolgten Rückzahlungen nicht zugestanden habe.[56] Vergeblich. Die Rechtsnachfolgerin der Dresdner Bank, die Rhein-Ruhr Bank AG,[57] war in das Rückerstattungsverfahren nicht einbezogen. Auch später war sie für Leo Baer nicht greifbar. Wie ursprünglich mit der Stadt, wollte er sich gütlich mit der Bochumer Filiale der Rhein-Ruhr Bank einigen. Die Vertreter der Bank ließen nicht mit sich handeln. Sie gaben an, »seit dem Versteigerungstermin 1940 nur kurze Aufzeichnungen zu besitzen«; die Akten vor diesem Zeitraum seien »alle verbrannt«. Zudem erinnere sich auch »keiner der Angestellten eines Schulden-Erlass-Abkommens und der Führung von Sonderkonten«.[58]

Nachdem der Vergleich wirksam geworden war, konnten die Grundstücke entsperrt und für den vorgesehenen städtebaulichen Zweck genutzt werden. Kurz vor der Verhandlung vor dem Wiedergutmachungsamt, am 16. September 1950, war der Bochumer Stadtverwaltung ein Fragebogen des Kreisbeauftragten für gesperrte Vermögen für den Stadtkreis Bochum zugegangen. Sie sollte sich zu den Grundstücken Gerberstraße äußern. Dies war nun nicht mehr nötig und der eigentlich obligatorische Ermittlungsbericht konnte entfallen. Am 27. September informierte der städtische Vermessungsrat Adam den Kreisbeauftragten über den geschlosse-

---

52   StadtA Bo, BO 23/12, S. 36 und S. 38. Am 9.11.1950 stimmte auch der Hauptausschuss zu, am 14.12.1950 die Stadtverordnetenversammlung. Vgl. ebd., S. 66. Den Beschluss des Grundstücksausschusses unterschrieb Clemens Massenberg, Baurat der Stadt Bochum. Während des NS hatte Massenberg die Bauabteilung der Krupp Treibstoffwerke geleitet, die ihren Standort auf dem ehemaligen – 1936 »arisierten« – Firmengelände der Isaac Baer OHG in Wanne hatten.

53   Vgl. ebd., S. 52.

54   Vgl. StadtA Bo, NAP 23/3, Teil 2.

55   Vgl. StaMs, Rückerstattungen, Q 121 Nr. 2249 (Wiedergutmachungsamt beim Landgericht Bochum, 20.7.1956).

56   Vgl. Brief Leo Baer an RP Köln, 2.10.1957, in: StaMs, RP Arnsb., Wiedergutmachungen, Nr. 427 165, S. 30–34 und S. 66.

57   1945 wurde die Dresdner Bank von den Alliierten Militärverwaltungen entflochten. In den westlichen Besatzungszonen wurden 1947 mehrere rechtlich unselbständige Nachfolge-Institute gebildet. In Nordrhein-Westfalen entstand die Rhein-Ruhr Bank AG mit Sitz in Düsseldorf.

58   Brief Leo Baer an RP Köln, 2.10.1957, in: StaMs, RP Arnsb., Wiedergutmachungen, Nr. 427 165.

nen Vergleich und wies gleichzeitig darauf hin, dass er bezüglich des ebenfalls zur Rückerstattung angemeldeten »Geschäftes des Leo Baer, Gerberstr. 11 (von der ehem. DAF übernommen)«, zu seinem Bedauern leider nicht in der Lage sei, »irgendwelche Angaben« zu machen.[59]

Baer/Hirschberg gegen Krupp und die Hafenbetriebsgesellschaft Wanne-Herne mbH: Das Industriegrundstück in Wanne-Eickel

1936 war die Hafenbetriebsgesellschaft Wanne-Herne mbH in Wanne-Eickel in den Besitz eines Industriegrundstücks der Isaac Baer OHG im Hafen von Wanne-Eickel gelangt, das sie selbst 1929 der Firma Baer – als Ackergrundstück – verkauft hatte. Bereits vor dem Wirksamwerden des Kaufvertrags, seit Mitte der 1920er Jahre, hatte die Firma Baer das Gelände aufwendig für industrielle Zwecke hergerichtet. Ihre umfangreichen Investitionen waren bei der Rückübertragung auf die Hafenbetriebsgesellschaft unberücksichtigt geblieben. 1937 hatte die zum Krupp-Konzern gehörende Krupp Treibstoffwerk GmbH das Objekt übernommen und von den Baumaßnahmen der Firma Baer profitiert. Als rückerstattungspflichtig in dem von Leo Baer 1949 angestrengten Rückerstattungsverfahren galten die Hafenbetriebsgesellschaft und die Firma Krupp als Gesamtschuldner.

Die Friedrich Krupp AG war nach wie vor ein »Familienunternehmen«; die Firmenaktien wurden fast vollständig von Familienmitgliedern gehalten. Firmenchef Alfried Krupp von Bohlen und Halbach war im April 1945 von amerikanischen Truppen unter Arrest gestellt, sein Vermögen beschlagnahmt worden. Die Krupp AG befand sich unter alliierter Kontrolle, war teilweise enteignet und demontiert worden. 1947 war Alfried Krupp von Bohlen und Halbach zusammen mit weiteren Führungskräften der Firma Krupp in einem Nachfolgeprozess zum ersten Nürnberger Prozess gegen die Hauptkriegsverbrecher angeklagt und 1948 vor allem wegen »Sklavenarbeit« (Einsatz von Zwangsarbeitern) und »Plünderung von Wirtschaftsgütern im besetzten Ausland« zu zwölf Jahren Haft und Einziehung seines gesamten Vermögens verurteilt worden. Ende Januar 1951 wurde er begnadigt und vorzeitig aus der Haft entlassen. 1953 erhielt er – unter Auflagen – sein Vermögen zurück und übernahm wieder die Leitung des Konzerns.[60]

Das unterschied ihn von Leo Baer, der keine Chance hatte, seine frühere Position zurückzuerlangen.

Am 2. Februar 1950 legte der für den Stadtkreis Wanne-Eickel zuständige Kreisbeauftragte für gesperrte Vermögen beim Finanzminister des Landes Nordrhein-Westfalen dem Bezirksbeauftragten für gesperrte Vermögen in Arnsberg seinen

---

59 StadtA Bo, BO 23/12, S. 19–32. Der Fragebogen war am 16.9.1950 bei der Stadt eingegangen; am 27.9. meldete sie den geschlossenen Vergleich.
60 Zu Krupp im NS und in der Nachkriegszeit vgl. z. B. Werner Abelshauser, Der Kruppkonzern im Dritten Reich und in der Nachkriegszeit 1933 bis 1951, in: Lothar Gall (Hg.), Krupp im 20. Jahrhundert, Berlin 2002.

Ermittlungsbericht zum »Entziehungsvorgang« in Sachen Baer/Hirschberg vor und stellte fest, das Grundstück in Wanne-Eickel sei »als Krupp-Vermögen bereits in Kontrolle«.[61]

Weder die Hafenbetriebsgesellschaft Wanne-Herne mbH noch der Krupp-Konzern waren zur Rückgabe des Grundstücks bereit. Im Auftrag der Hafenbetriebsgesellschaft beantragte der Rechtsanwalt und Notar Max Bruch, Wanne-Eickel, am 29. September 1950, die Rückerstattungsansprüche Leo Baers kostenpflichtig zurückzuweisen. Der 1936 erfolgte Verkauf sei »nicht unter Nötigung« erfolgt.[62] Das Wiedergutmachungsamt lud die Parteien zur nichtöffentlichen Sitzung am 17. November 1950 ins Landgericht Bochum ein. Für die Berechtigten nahm Leo Baer persönlich teil. Er wurde wieder von seinem Bevollmächtigten Hugo Schatz begleitet, der gleichzeitig als Abwesenheitspfleger und gesetzlicher Vertreter Hugo Hirschbergs fungierte. Außerdem nahm an Baers Seite auch der Rechtsanwalt und Notar Dr. Paul Herrmann von der Kanzlei Herrmann und Jünger, Bochum, Kortumstraße 63, an der Sitzung teil. Für die Gegenseite erschienen Direktor Erich Krome, Prokurist Wälke und Rechtsanwalt Bruch für die Hafenbetriebsgesellschaft Wanne-Herne mbH sowie Prokurist Heinrich Siepe und Dr. Maschke für die Geschäftsführung der Krupp Treibstoffwerk GmbH. Die Herren reisten aus Essen an, wo sie (in der Konzernzentrale, Altendorfer Straße 103) ihre Arbeitsräume hatten.

Nach Anhörung der von beiden Seiten vorgetragenen Argumente machte das Wiedergutmachungsamt einen Vergleichsvorschlag. Danach sollte die Firma Krupp Eigentümerin des im Grundbuch von Wanne-Eickel, Band 20, Blatt 1005, Nr. 17, eingetragenen Grundstücks bleiben und im Gegenzug 37.000 DM an die Berechtigten zahlen. Diesen Betrag sollte sie sich mit der Hafenbetriebsgesellschaft teilen. Ersatzweise konnten die beiden Schuldner 12.000 DM zahlen sowie bis zum 31. Dezember 1951, als Naturalrestitution, 456 Meter Gleis und zwei genormte »betriebsfähige« Weichen liefern: Staatsbahnweiche 1:7, Form 15. Sämtliche Ansprüche zwischen den Beteiligten sollten damit abgegolten sein und das Grundstück könne entsperrt werden. Beide Parteien benötigten Bedenkzeit und verlangten einen neuen Verhandlungstermin, den das Wiedergutmachungsamt auf den 19. Dezember 1951 setzte. Den Rückerstattungsberechtigten gab es auf, ihren Anspruch innerhalb einer Woche schriftlich und ausführlicher als bereits erfolgt zu begründen.[63] Diese Arbeit übernahm der Rechtsanwalt und Notar Dr. Paul Herrmann für Leo Baer. Er war der Richtige dafür, denn er hatte Baer bereits 1936 bei den Verhandlungen mit der Hafenbetriebsgesellschaft Wanne-Herne mbH beraten und war somit über die Details der »ungerechtfertigte[n] Entziehung« im Bilde. In einem fünfseitigen Schriftsatz beschrieb Herrmann zunächst die Situation der Isaac Baer OHG, die Ende der 1920er

---

61 Schreiben des Kreisbeauftragten für gesperrte Vermögen beim Finanzminister Nordrhein-Westfalens für den Stadtkreis Wanne-Eickel an den Bezirksbeauftragten für gesperrte Vermögen in Arnsberg vom 2.2.1950, in: StaMs, Q 121 Nr. 2284.
62 Vgl. ebd.
63 Vgl. Protokoll der Sitzung des Wiedergutmachungsamtes beim Landgericht Bochum zum Verfahren RÜ 838/50 am 17.11.1950, in: StaMs, Q 121 Nr. 2284.

Jahre durch die Weltwirtschaftskrise und seit 1933 durch die Boykottmaßnahmen gegen jüdische Firmen erheblich unter Druck geraten war. Er ging auf den Grundstückserwerb der Firma Baer in Wanne-Eickel in den 1920er Jahren und die mit der Hafenbetriebsgesellschaft getroffenen Vereinbarungen ein, bezifferte den durch Investitionen erreichten erheblichen Wertzuwachs und erklärte, warum die Firma Baer ihren Zahlungsverpflichtungen gegenüber der Verkäuferin während der NS-Zeit nicht mehr hinreichend habe nachkommen können.[64] Die mit der Hafenbetriebsgesellschaft am 5. März 1936 getroffene Vereinbarung sei für Baer aufgrund der politischen Lage unumgänglich gewesen. Dabei komme es nicht darauf an, »ob ein Individualzwang ausgeübt worden ist«, das heißt, ob Baer von der Hafenbetriebsgesellschaft direkt zum Verkauf genötigt worden sei. Vielmehr genüge die Tatsache, »dass zu diesem Zeitpunkt der Kollektivzwang bereits bestand«. Dieser sei die Ursache dafür gewesen, dass Leo Baer »seine berechtigten Ansprüche damals nicht weiter« habe verfolgen können.[65]

Im Namen seines Mandanten stimmte der Anwalt dem Vergleichsvorschlag des Wiedergutmachungsamtes vom 17. November 1950 zu, obwohl die Berechtigten dadurch »erheblich viel aufgegeben haben.« Leo Baer scheint auch mit dem Alternativvorschlag (teilweise Naturalrestitution durch Lieferung einer Gleisanlage statt vollständiger finanzieller Entschädigung) einverstanden gewesen zu sein, allerdings nur unter Einhaltung einer deutlich kürzeren Lieferfrist als der im Vergleichsvorschlag genannten. Ob er diese Variante tatsächlich in Betracht zog und wie er sich die Abwicklung vorstellte, muss offen bleiben. Rechtsanwalt Dr. Herrmann wies darauf hin, dass sein Mandant Wert auf einen zügigen Ablauf des Verfahrens legte. Er forderte die Gegenseite auf, ebenfalls eine Stellungnahme abzugeben, damit, falls der Vergleich nicht zustande komme, noch vor Abschluss des Jahres vor der Wiedergutmachungskammer als zweiter Instanz verhandelt werden könne.[66]

Am 14. Dezember 1950 legte die Geschäftsführung der Krupp Treibstoffwerk GmbH, vertreten durch die Herren Althaus und Siepe, ihre Sicht der Dinge dar.[67] Dabei ließ sie jede Einsicht in die Verpflichtung zur »Wiedergutmachung« und jede Sensibilität den NS-Opfern gegenüber vermissen. Die enge Verflechtung der Friedrich Krupp AG mit den Institutionen des »Dritten Reichs« und die nachgewiesene Verstrickung der Konzernchefs in Kriegsverbrechen und Verbrechen gegen die Menschlichkeit hinderte ihr aktuelles Führungspersonal nicht an der rücksichtslosen Durchsetzung seiner Interessen.

---

64 Vgl. S. 97f. dieses Buches.
65 Anwälte Herrmann und Jünger an Wiedergutmachungsamt beim Landgericht Bochum, 18.11.1950, in: StaMs, Q 121 Nr. 2284, Bl. 46f. U. a. hatte Baer in den Verhandlungen 1936 offenbar die auf dem Grundstück errichteten Anlagen zurückgefordert. Ihm sei aber bedeutet worden, dass das nicht in Frage komme, »weil diese Anlagen als wesentliche Bestandteile des Grundstücks anzusehen seien«, in: ebd., Bl. 47R. Leo Baer habe bald die geringen Chancen auf Durchsetzung seiner Position erkannt. Vgl. ebd.
66 Vgl. ebd., Bl. 48.
67 Vgl. Brief Krupp Treibstoffwerk GmbH an Wiedergutmachungsamt beim Landgericht Bochum, 14.12.1950, in: StaMs, Q 121 Nr. 2284, Bl. 49.

Die Krupp-Geschäftsführer argumentierten formal-juristisch: Die 1936 beim Abschluss der Vereinbarung mit der Hafenbetriebsgesellschaft bestehende Zwangslage Leo Baers erkannten sie nicht an. Als einzigen Grund für den Verlust des Grundstücks nannten sie die »jahrelange Zahlungsweigerung« der Firma Baer gegenüber der Hafenbetriebsgesellschaft, für die auch die »angebliche Wertsteigerung des Grundstücks« keinen Grund geboten habe. Das Verhalten der Antragsteller selbst sei also die Ursache für den damaligen Vergleich gewesen, der »aus vernünftigen kaufmännischen und wirtschaftlichen Erwägungen« heraus zustande gekommen sei, »judenfeindliche Überlegungen [hätten] die Maßnahmen der Hafenbetriebsgesellschaft in keiner Weise beeinflusst.« Das Rückerstattungsgesetz greife im vorliegenden Fall nicht, denn es liege keine »kausale Beziehung« zwischen dem »als rückgängig zu machenden geschäftlichen Vorgang und der Verfolgung aus rassischen Gründen« vor. Das »Vorhandensein eines individuellen Zwanges bei dem Abschluss jenes Vergleichs« wurde ebenso bestritten wie der von Rechtsanwalt Dr. Herrmann ins Feld geführte »Kollektivzwang«.[68]

Falls die Hafenbetriebsgesellschaft Wanne-Herne mbH eher geneigt war, Baer und Hirschberg entgegenzukommen als der Krupp-Konzern, lässt sich das den Akten nicht entnehmen. Offenbar tat sie nichts für einen tragbaren Kompromiss und überließ den Konzern-Beauftragten die Verhandlungsführung. Das Wiedergutmachungsamt ließ sich beeindrucken, zumal die Krupp-Vertreter ihre Stellungnahme mit zahlreichen Verweisen auf diverse Kommentare zum Rückerstattungsgesetz anreicherten, die ihre Argumentationslinie angeblich stärkten. Im Gegenzug sanken Baers Chancen auf einen fairen Vergleich.

Die Rückgabe des der ehemaligen Firma Baer entzogenen und in den Besitz der Firma Krupp gelangten Industriegrundstücks in Wanne-Eickel stand nicht zur Debatte. Folglich ging es bei dem Rückerstattungsverfahren um nicht mehr (und nicht weniger) als eine angemessene Entschädigung. Unstrittig für alle Beteiligten war dabei lediglich der Umstand, dass die von der Isaac Baer OHG getätigten Investitionen bei der Rückübertragung des Grundstücks auf die Hafenbetriebsgesellschaft Wanne-Herne mbH 1936 nicht vergütet worden waren. Das begriff der Krupp-Konzern aber nicht als sein Problem. Seine Vertreter argumentierten, dass die Isaac Baer OHG die Gleisanlage ja hätte entfernen lassen können. Baers Anwälte hielten dagegen, Leo Baer habe das tatsächlich versucht und die Gleisanlage Dritten zum Kauf angeboten. Zum Vollzug sei es aufgrund der mangelnden Kooperationsbereitschaft der Hafenbetriebsgesellschaft beim Abbau und Transport der Gleise aber nicht gekommen. Die Krupp-Vertreter wiederum meinten, es sei nicht einsichtig, »warum den Antragstellern der Abtransport der Gleise nicht auch auf andere Weise möglich gewesen sein soll«.[69]

---

68 Ebd.
69 Ebd. Die Verfasser der Stellungnahme reagierten damit auf die Stellungnahme von Rechtsanwalt Dr. Herrmann vom 18.11.1950. In den Verhandlungen 1936 habe der Beauftragte der Hafenbetriebsgesellschaft damit gedroht, »dass, falls die Firma Baer die Geleise entfernen wolle, er keinesfalls Waggons zur Abfuhr stelle«, in: ebd., Bl. 47R.

Ganz gegen Baers Ansprüche sperren wollte der Krupp-Konzern sich offenbar aber auch nicht. In der vierseitigen Stellungnahme der Geschäftsführung seiner Treibstoffwerk GmbH findet sich auch dieser Satz:

> »Wenn wir uns trotz der u[nseres] E[rachtens] eindeutig zu unseren Gunsten sprechenden Rechtslage bisher nicht abgeneigt gezeigt haben, einer vergleichsweise[n] Bereinigung dieser Sache in gleicher Weise wie die Hafenbetriebsgesellschaft zuzustimmen, dann geschah das nicht aus dem Gesichtspunkt einer rechtlichen Verpflichtung heraus, sondern weil wir einem Mann, der zu den Verfolgten des Naziregimes gehört und der seine Heimat deshalb verlassen musste, eine moralische Wiedergutmachung seines allgemeinen Unglücks zuteil werden lassen wollten.«[70]

»Moralische Wiedergutmachung« des »allgemeinen Unglücks« Leo Baers wollte Krupp also leisten, um gleich einzuschränken, dass diese »in irgendwelchen vertretbaren Grenzen bleiben« müsse! Man sei zu dem Ergebnis gekommen, »dass auch eine aus moralischen Gründen geleistete Zahlung nicht höher sein sollte als eine solche, die sich auf rechtliche Umstände gründen könnte.« Mögliche Rechte aber könnten die Antragsteller allenfalls daraus herleiten, dass sie das Grundstück mit Gleisanlagen versehen hatten. Doch konnten sie beweisen, dass diese Gleisanlagen ihnen »ungerechtfertigt« entzogen worden waren? Die Geschäftsführung der Krupp Treibstoffwerk GmbH sah das nicht so und demütigte ihren Kontrahenten auch noch damit, dass sie sich ›großzügig‹ gab: Sie wolle den geforderten Beweis dennoch als erbracht betrachten und die Gleisanlagen vergüten. Dabei machte sie folgende Rechnung auf: Für 379,5 Meter Gleisanlagen bei einem aktuellen Preis von 48,49 DM pro Meter kam sie auf 18.405,75 DM, die sie bereit sei, auf 25.000 DM aufzustocken. Darin sollte dann aber auch der Preis für die Weichen enthalten sein.[71] Auf der Grundlage dieser Berechnung machte die Krupp Treibstoffwerk GmbH in ihrem eigenen und im Namen der Hafenbetriebsgesellschaft Wanne-Herne mbH einen »endgültigen und letzten Vergleichsvorschlag«: Die Rückerstattungspflichtigen seien bereit, an die beiden Antragsgegner bis zum 31. Januar 1951 insgesamt 25.000 DM zu zahlen. Man sei auch bereit, anstelle des Geldes »für DM 25.000 Gleise zu liefern.«[72]

Das Wiedergutmachungsamt kam der Firma Krupp und der Hafenbetriebsgesellschaft weit entgegen. In der Sitzung am 19. Dezember 1950 machte es einen neuen Vergleichsvorschlag. Danach sollten die beiden Antragsteller nur noch insgesamt 27.500 DM erhalten (im Unterschied zu den in der Sitzung am 17. November vorgeschlagenen 37.000 DM). Der Betrag stellte kaum mehr als den Gegenwert für die von der Firma Baer angelegten Gleise samt Weichen dar, die ja nur einen Teil der umfangreichen Investitionen ausgemacht hatten. Ein Ersatz für das, was die Geschädigten verloren

---

70   Ebd., Bl. 51.
71   Vgl. ebd. Im Unterschied zu den von Leo Baer angegebenen 456 Metern verwies die Firma Krupp auf die Unterlagen der Hafenbetriebsgesellschaft, nach denen lediglich 379,50 m verlegt worden seien.
72   Ebd., Bl. 51f.

hatten – und dabei ging es auch um die durch den Entzug zerstörte wirtschaftliche Perspektive! – war das nicht.

Obwohl der zweite Vergleichsvorschlag des Wiedergutmachungsamtes eine herbe Enttäuschung für Leo Baer gewesen sein muss, nahm er ihn an. Sein Bevollmächtigter Hugo Schatz teilte das dem Wiedergutmachungsamt beim Landgericht Bochum am 27. Dezember 1950 in Baers Auftrag mit. Gleichzeitig erkannte Schatz den Vergleich als Abwesenheitspfleger für Hugo Hirschberg an und bat darum, die Zustimmung des Vormundschaftsgerichtes einzuholen.[73] Als Erben Hugo Hirschbergs wurden später – wie schon im Rückerstattungsverfahren gegen die Stadt Bochum – Walter und Kurt Hirschberg in Santiago de Chile ermittelt.[74]

Das Beispiel zeigt, wie schwer die Rückerstattungsberechtigten es hatten, ihre durch die alliierten Gesetze geregelten Ansprüche durchzusetzen, zumal dann, wenn es sich um einen solch mächtigen – wenn auch noch nicht wieder zu alter Stärke gelangten – Kontrahenten wie die Krupp AG handelte. Leo Baer war mehrmals von Paris nach Bochum gereist, um seine Sache persönlich zu vertreten. Es war erst der Anfang eines langen Kampfes um »Wiedergutmachung«.

Baer/Hirschberg gegen das Deutsche Reich: Die Firma Baer

Hatte sich der Krupp-Konzern auch als übermächtig erwiesen, so war er doch wenigstens ein realer Gegner, mit dem Baer sich auseinandersetzen und einen schnellen Vergleich aushandeln konnte. Anders verhielt es sich mit dem Deutschen Reich, das sein Antragsgegner in Sachen der 1938 von der Deutschen Arbeitsfront enteigneten und später im Auftrag des RP Arnsberg liquidierten Isaac Baer OHG war.[75] Beide, sowohl das Deutsche Reich als auch die DAF, existierten nicht mehr und über entsprechende Rückerstattungsansprüche konnte vorerst nicht entschieden werden. Dennoch lud das Wiedergutmachungsamt beim Landgericht Bochum die Kontrahenten zu einer ersten Verhandlungsrunde ein. Den auf den 21. Juni 1951 festgesetzten Termin nahm als Vertreter des rückerstattungspflichtigen Deutschen Reichs ein Beamter des Finanzamtes Bochum wahr. Für die Antragsteller war wieder Leo Baer persönlich erschienen, begleitet von seinem Bevollmächtigten Hugo Schatz.

Im Landgericht erwartete ihn eine böse Überraschung. Hatte er in den beiden vorangegangenen Verfahren die Interessen der Firma Baer auch im Namen seines 1942 nach Riga deportierten Schwagers und Kompagnons vertreten, so stand seine eigene Rückerstattungsberechtigung plötzlich und unerwartet in Frage. Dem Wie-

---

73 Vgl. Hugo Schatz an Wiedergutmachungsamt beim Landgericht Bochum, 27.12.1950, in: StaMs, Q 121 Nr. 2284, Bl. 55.
74 Vgl. Beschluss des Wiedergutmachungsamtes beim Landgericht Bochum vom 20.7.1956, in: ebd., Bl. 66.
75 Vgl. StaMs, Rückerstattungen, Nr. 2285 und StaMs, RP Arnsb., Wiedergutmachungen, Nr. 427 165.

dergutmachungsamt lag der Handelsregisterauszug vor, demzufolge Leo Baer zum 1. November 1938 aus der Firma ausgetreten war. Das dürftige Sitzungsprotokoll lässt nicht erkennen, was genau besprochen wurde,[76] doch musste Baer sich erklären und tat es mit den Worten: »Ich, der Kaufmann Leo Baer, bin auch bei Beschlagnahme der Firma Isaac Baer in Bochum noch Mitinhaber der Firma gewesen, obwohl ich nach dem Handelsregisterauszug am 1.11.1938 aus der Firma ausgeschieden bin.«[77]

In diversen später verfassten Stellungnahmen machte er geltend, dass der Austrittsvertrag zwischen ihm und seinem Schwager 1938 zwar vereinbart, von Hugo Hirschberg aber niemals unterzeichnet worden war.[78] Sein Sozius habe ihn weiterhin als Miteigentümer betrachtet und ihm deshalb auch noch die Firmenbilanz vom 31. Dezember 1938 übergeben. Den Eintrag im Handelsregister habe er nur deshalb nicht rückgängig gemacht, weil er die für die geplante Emigration seiner Familie notwendige »steuerliche Unbedenklichkeitsbescheinigung« nicht habe gefährden wollen.

Wer oder was hinter dem Konflikt steckte, lässt sich nicht eindeutig klären. Fakt ist, dass das Amt für Wiedergutmachung der Stadt Bochum die Vorermittlungen führte und dass die beiden in Chile lebenden Söhne Hugo Hirschbergs, Kurt und Walter Hirschberg, Vorteil aus der Situation ziehen konnten. Sie hatten sich bis zu diesem Zeitpunkt nicht in die Verfahren eingeschaltet, taten es aber kurze Zeit später. Bisher war Hugo Schatz als Bevollmächtigter beider Gesellschafter der Isaac Baer OHG und damit zugleich auch als Abwesenheitspfleger Hugo Hirschbergs aufgetreten. In der Sitzung am 21. Juni 1951 wurde er aufgefordert, zu der Frage der Rückerstattungsberechtigung Leo Baers Stellung zu beziehen. Er bat um Aufschub, denn er wolle sich zunächst »mit den Söhnen des Kaufmanns Hugo Hirschberg in Verbindung setzen«.[79] Am 17. Juli 1951, nach erfolgter Kontaktaufnahme mit Walter und Kurt Hirschberg in Chile, erklärte Schatz, dass die Hirschberg-Söhne als »alleinige Erben der F[irm]a Isaac Baer« Baer als Mitinhaber der Firma nicht anerkannten.[80] Man kann sich vorstellen, wie das auf Leo Baer, der ja immer der eigentliche Firmenchef gewesen war, gewirkt haben mag.

Angesichts der dramatischen Situation geriet die am 21. Juni im Landgericht ebenfalls angesprochene Frage, ob die angemeldeten Ansprüche sich nur gegen das Deutsche Reich oder auch gegen Personen richten sollten, die Vermögensgegenstände vom Abwickler der Firma gekauft hatten, zur Nebensache. Sowohl Hugo Schatz als auch Leo Baer ließen die Entscheidung darüber offen[81] – und versäumten später Fristen, um entsprechende Anträge noch stellen zu können.

---

76   Vgl. Protokoll des Wiedergutmachungsamtes beim Landgericht Bochum vom 21.6.1950, AZ: RÜ 839/50, in: StaMs, Q 121 Nr. 2285.
77   Vgl. Protokoll Wiedergutmachungsamt, 21.6.1950, in: ebd.
78   Vgl. StaMs, RP Arnsb., Wiedergutmachungen, Nr. 427165, Bl. 20.
79   Vgl. Protokoll Wiedergutmachungsamt, 21.6.1950, in: StaMs, Q 121 Nr. 2284.
80   Vgl. ebd., Bl. 41.
81   Vgl. StaMs, Rückerstattungen, Nr. 2285, Bl. 35–40.

Am 29. August 1951 tagte das Wiedergutmachungsamt in Sachen Baer/Hirschberg gegen das Deutsche Reich ein zweites Mal. Hugo Schatz hatte sich ganz auf die Seite der Erben Hirschberg begeben und legte die Vollmacht für Leo Baer offiziell nieder. Zu Baers Vertretern bestellten sich nun der Anwalt Dr. jur. Paul Herrmann und sein Kompagnon Alfred Jünger mit entsprechender Vollmacht.[82] Die Kanzlei Herrmann und Jünger hatte Baer (und Hirschberg) ja bereits in dem Verfahren gegen die Hafenbetriebsgesellschaft Wanne-Herne mbH/Friedrich Krupp AG unterstützt. Es entstand nun die absurde Situation, dass Baers Anwälte sich an die Erben Hugo Hirschbergs halten mussten, der formal seit dem 1. November 1938 als Alleineigentümer der Firma Baer galt. Sie stellten einen Rückerstattungsantrag »gegenüber Hirschberg«, den sie aber bereits am 27. November 1951 wieder zurückzogen, »da im Wege der Rückerstattung von Seiten des Antragsgegners keinerlei Leistung zu erzielen war.«[83] Leo Baer selbst war ohnehin unglücklich mit der neuen Sachlage und beharrte auf seiner Rückerstattungsberechtigung gegenüber dem Deutschen Reich.

Die örtlichen Ermittlungen oblagen dem Amt für Wiedergutmachung (AfW) der Stadt Bochum, dessen Stellungnahmen Baers Position schwächten. Noch 1954 habe es den Standpunkt vertreten, Baer sei »am 1.11.38 aus der Firma freiwillig ausgeschieden.«[84] Dabei konnte doch kaum ein Zweifel daran bestehen, dass das nicht der Fall war. Sein Pech war, dass sein Schwager kein »Arier« und damit auch kein »Ariseur« gewesen war, an den er seinen Anspruch guten Gewissens hätte richten können. Die Klärung des Dilemmas ließ jahrelang auf sich warten. Im Februar 1955 beklagte sich Leo Baer über das seit 1951 schwebende Verfahren und die ihm auferlegten Zumutungen bei der Stadt Bochum:

»Wäre mein Sozius Arier gewesen, so wäre er bzw. seine Erben 100%ig zur Rückerstattung mir gegenüber verurteilt worden. Wie kann man aber von mir verlangen, die Erben Hirschberg in Santiago de Chile zu verklagen, deren Erblasser am 9. November 38 infolge Übernahme der F[irm]a durch die DAF ebenso wie ich 8 Tage vorher vor einem nichts stand.«[85]

Er stellte »mit Bedauern« fest, dass die Ermittlungen des Amtes für Wiedergutmachung »zu einem so wenig positiven Ergebnis geführt haben.« Das Bundesentschädigungsgesetz, das zwischenzeitlich erschienen war, sehe keinen Unterschied darin, »ob ich

---

82 Vgl. ebd., Bl. 45.
83 Vgl. Anwälte Herrmann und Jünger an Stadt Bochum, AfW, 10.12.1955, in: StaMs RP Arnsb., Wiedergutmachungen, Nr. 427165.
84 Vermerk Stadt Bochum (AfW), 2.12.1954, in: ebd. Der Vermerk entstand im Zusammenhang mit den Ermittlungen zum Entschädigungsantrag Leo Baers nach BEG. Dazu vgl. weiter unten. Auf der Grundlage des BEG konnten auch Eigentums- und Vermögensschäden reguliert werden. Weiter heißt es im Vermerk: Da Baer »zu den Gruppenverfolgten gehört, ist eine Entschädigung mindestens nach diesem Zeitpunkt [nach seinem Ausscheiden aus der Firma, I. W.] anzunehmen.« Ebd.
85 StaMs, RP Arnsb., Wiedergutmachungen, Nr. 427 165 (Brief Leo Baer an Stadt Bochum, OStD und Amt für Wiedergutmachung, 26.2.1955).

am 1. Nov[ember] die F[irm]a im Stich liess oder am 9. Nov[ember] 38 durch die Arbeitsfront mit Pauken und Trompeten aus der F[irm]a gewaltsam heraus entfernt worden wäre.«[86]

Leo Baer und Hugo Hirschberg hatten sich nicht gut verstanden. In ihre Streitigkeiten waren Hirschbergs Söhne sicher involviert gewesen. Vielleicht war es der alte Groll, der sie im Rückerstattungsverfahren gegen ihren Onkel auftreten ließ. Baer akzeptierte die neue Konstellation nicht und bemühte sich weiterhin um Wiederherstellung der Ausgangslage. Dabei musste er etwa zwölf Jahre lang – so lange dauerte es, bis die Dinge sich klärten – eine Art ›Zwei-Fronten‹-Kampf führen.

Im November 1951, als Baers Anwälte den Rückerstattungsantrag in Sachen Isaac Baer OHG zurückzogen, war klar, dass auf der Grundlage des im Mai 1949 erlassenen zonalen Rückerstattungsgesetzes keine Erfolgsaussichten mehr bestanden.[87] Leo Baer setzte seine Hoffnungen auf die neuen gesetzlichen Regelungen, die für die gesamte Bundesrepublik Deutschland gelten sollten. Dies umso mehr, als man »um das Jahr 1950 schon von kommenden Wiedergutmachungsgesetzen sprach«.[88] Auch die Hirschberg-Erben, die auf ihrem Status als Allein-Berechtigte beharrten, warteten auf die neuen Gesetze. Am 23. Februar 1952 nahm auch Hugo Schatz den Antrag in der Rückerstattungssache Kurt und Walter Hirschberg, Santiago de Chile, gegen das Deutsche Reich, »namens und in Vollmacht der Berechtigten« zurück.[89]

Wiedergutmachung in der Bundesrepublik Deutschland

Zwar bestand die Bundesrepublik Deutschland schon seit Inkrafttreten des Grundgesetzes im Mai 1949, doch ließen die Bundesgesetze, auf die zahlreiche NS-Opfer ihre Hoffnungen setzten, auf sich warten. Erst 1957, sechs Jahre nach dem ergebnislos beendeten ersten Rückerstattungsverfahren zur Firma Baer, wurde das Bundesrückerstattungsgesetz (BRüG) verabschiedet. Auf seiner Grundlage konnten die zurückgestellten Ansprüche gegen das Deutsche Reich endlich verhandelt werden. Auch in Sachen Isaac Baer OHG ergaben sich neue Perspektiven und sowohl Leo Baer als auch die Erben Hirschberg unternahmen neue Anläufe.

Zugleich konnten Leo und auch Else Baer »Wiedergutmachung« für die in der NS-Zeit erlittene Verfolgung beantragen. 1953 war als erstes bundeseinheitliches Entschädigungsgesetz das Bundesergänzungsgesetz erschienen, das 1956 durch das

---

86   Ebd.
87   Vgl. Schreiben Leo Baer an das AfW der Stadt Bochum, 20.2.1958, in: ebd.
88   Vgl. ebd., Bl. 62.
89   Ebd. Ein weiterer Rückerstattungsantrag in Sachen Isaac Baer OHG wurde 1952 als »unbegründet« zurückgewiesen. Eingereicht hatte ihn Dr. Pesta, Mülheim an der Ruhr, im Namen der Jewish Trust Corporation (JTC). Er hatte keine Aussicht auf Erfolg, weil Baer/Hirschberg als »Individualberechtigte« selbst Anträge gestellt hatten. Vgl. StaMs, Rückerstattungen, Akte Nr. 3147.

Bundesentschädigungsgesetz (BEG) abgelöst wurde. Es galt rückwirkend ab dem 1. Oktober 1953. Gemäß BEG durften erstmals auch ›Ausländer‹ Entschädigungsanträge stellen. Dabei mussten sie auf wechselnde Zuständigkeiten und die Gesetzeslage achten und sich durch ein kompliziertes Geflecht von »Schadenstatbeständen« kämpfen, die sich noch dazu häufig überlappten. Bei Eigentums- und Vermögensschäden kam erschwerend hinzu, dass sie sowohl nach BEG als auch dem später in Kraft getretenen BRüG reguliert werden konnten.

Die folgende Darstellung des langen Wegs Leo Baers durch die Instanzen beleuchtet die Wiedergutmachungspraxis in der Bundesrepublik Deutschland am konkreten Beispiel und nimmt gleichzeitig die persönliche Situation des Protagonisten in den Blick. Einschließlich der Verfahren gemäß Gesetz Nr. 59 (britische Zone) war seine Lebenswirklichkeit fast zwei Jahrzehnte lang von enttäuschenden Wiedergutmachungserfahrungen geprägt. Heimweh und ein Gefühl der Entwurzelung kamen hinzu.

Entschädigungsverfahren Leo und Else Baer gemäß BEG

1954 stellten Leo und Else Baer, ebenso wie ihr Sohn Werner,[90] Anträge auf Entschädigung. Adressat war der Regierungspräsident (RP) in Köln, bei dem die Sonderzuständigkeit für Antragsteller aus dem europäischen Ausland lag. Für das weitere Verfahren war für ehemalige Bürger der Stadt Bochum der Regierungspräsident in Arnsberg zuständig. Dieser nahm die Anträge vom RP Köln entgegen und leitete im Oktober 1954 den Entschädigungsantrag Leo Baers[91] und einen Monat später den Antrag Else Baers[92] an das Amt für Wiedergutmachung bei der Stadtverwaltung Bochum weiter, das er um »weitere Veranlassung« bat.[93] In Bochum wurden die Angaben von Leo und Else Baer überprüft. Nach Abschluss der Ermittlungen vor Ort war wieder der RP Arnsberg ›dran‹, der aber nicht in einem Zug entschied, sondern sich einen »Schadenstatbestand« nach dem anderen vornahm. Dafür benötigte er mehrere Jahre – und dennoch blieb ein Teil der Ansprüche offen, über den dann an anderer Stelle weiter verhandelt werden musste.

Am 17. August 1956 erhielt Leo Baer einen ersten positiven Bescheid: Wegen Schadens »im beruflichen Fortkommen durch Verdrängung aus und Beschränkung in einer selbständigen Tätigkeit« wurde ihm eine Kapitalentschädigung in Höhe von 40.000 DM oder – wahlweise und rückwirkend ab 1. November 1953 – eine monatliche Rente in Höhe von 600 DM zuerkannt.[94] Berechnungsgrundlage waren Baers Angaben

---

90 Zum Wiedergutmachungsverfahren Werner Baers vgl. oben, S. 166 ff. dieses Buches.
91 Vgl. StaMs, RP Arnsb., Wiedergutmachungen, Nr. 427 165.
92 Vgl. ebd., Nr. 424 531.
93 Vgl. ebd., Nr. 427 165.
94 Vgl. ebd.

zu seinem jährlichen Durchschnittseinkommen bis 1933 und, im Vergleich dazu, während NS- und Nachkriegszeit.[95] Er entschied sich für die Rente und kam in den Folgejahren auch in den Genuss regelmäßiger Rentenerhöhungen.[96]

Ein halbes Jahr später – und zwölf Jahre nach Kriegsende! – folgte der Bescheid wegen »Schadens an Freiheit«: Am 20. Februar 1957 bewilligte der RP Arnsberg Leo Baer eine Kapitalentschädigung in Höhe von 5.700 DM auf der Grundlage der §§ 1, 3, 43 und 47 des Bundesentschädigungsgesetzes (BEG) vom 29. Juni 1956.[97] Danach war zu entschädigen, wer »aus Gründen der Rasse durch Freiheitsentziehung und Freiheitsbeschränkung« geschädigt worden war. Leo Baer und seine Anwälte Herrmann und Jünger waren mit ihrem Antrag und den nachgereichten Begründungen nur zum Teil erfolgreich. Baers Haft im KZ Oranienburg-Sachsenhausen vom 9. November bis 15. Dezember 1938 wurde natürlich anerkannt, die Internierung in französischen Lagern dagegen nicht. Wie schon bei Werner Baer spielte es bei der rechtlichen Würdigung keine Rolle, dass Leo Baer nicht aus freien Stücken nach Frankreich gezogen und dort nach Kriegsbeginn in die absurde Situation geraten war, als Angehöriger einer »Feindmacht« interniert zu werden. Auch die Zwangsarbeit in Nordafrika, nach Baers Demobilisierung als Fremdenlegionär, wurde nicht entschädigt. Weder hier noch in den Internierungslagern auf französischem Boden, so hieß es im Bescheid, habe er sich »im Machtbereich der deutschen Dienststellen« befunden.[98] Die Zeit der »Illegalität« in Südfrankreich dagegen – in seinem Fall vom 27. Juli 1941 bis zur Befreiung am 22. August 1944 – floss in die Berechnung ein. Insgesamt wurden 38 Monate entschädigt. Bei einer Zahlung von 150 DM pro Monat ergab das die genannte Summe in Höhe von 5.700 DM.

Eine Entschädigung wegen Schadens »an Freiheit« stand auch Else Baer zu. Sie machte ihre Internierungen im Vélodrome in Paris und im Lager Gurs ebenso geltend wie die Zeit des Zwangsaufenthaltes und der »Illegalität« in Südfrankreich. Ihre Angaben konnte sie mit Bescheinigungen belegen, die sie von den Bürgermeistern der Orte bekam, in denen die Baers sich aufgehalten hatten. Auch französische Bürger waren offenbar gern bereit, die Angaben Else Baers zu bestätigen.[99] Wie es scheint, war vor allem sie es, die sich um diesen Teil der Nachweisbeschaffung kümmerte. Die von ihr beigebrachten Bescheinigungen fanden auch in die Ermittlungsverfahren zu den Anträgen von Leo und Werner Baer Eingang. Am 11. Februar 1957 schickte der RP Arnsberg einen positiven Bescheid, denn »durch das ihr aufgezwungene Leben aus Gründen der Rasse« sei Else Baer die Freiheit entzogen worden. Bei der Berechnung der »Schadenszeit« kam er auf 48 Monate und 22 Tage. Abgerundet auf 48 Monate, ergab das – bei 150 DM pro Monat – eine Entschädigung von insgesamt 7.200 DM.

---

95 1938 bis 1947 hatte Leo Baer gar kein Einkommen; zwischen 1947 und 1952 war er in Paris, mit geringen Bezügen und freier Wohnung, Hauswart gewesen. Vgl. oben, Kapitel »In Frankreich: Vom Zwangs- zum freiwilligen Exil«.
96 Vgl. StaMs, RP Arnsb., Wiedergutmachungen, Nr. 427 165.
97 Vgl. ebd. (Bescheid RP Arnsberg, 20.2.1957).
98 Vgl. ebd.
99 Vgl. StaMs, RP Arnsb., Wiedergutmachungen, Nr. 424 531.

Auch ihrem Antrag gab der RP nur teilweise statt und erkannte die Zeit vor dem 1. August 1940 nicht an, denn die von den französischen Dienststellen »wegen des Kriegszustandes Frankreich-Deutschland« angeordnete Internierung in französischen Lagern sei nicht entschädigungspflichtig.[100]

Else Baer hatte in den Lagern und im Untergrund in Südfrankreich, immer in Furcht vor der Gestapo und der mit ihr kollaborierenden Gendarmerie der Vichy-Behörden, Schäden »an Körper und Gesundheit« davongetragen. Sie wurden anerkannt und so erhielt auch sie, zusätzlich zur Entschädigung für den Freiheitsentzug, eine kleine Rente.[101]

Bei der Geltendmachung von Schäden »an Eigentum und Vermögen« gemäß BEG verwies Leo Baer auf seine schon 1949 dem Zentralamt für Vermögensverwaltung in Bad Nenndorf gegenüber gemachten Angaben, die er »in allen Teilen« aufrechterhalte. Einige kleinere Vermögensschäden – Aufwendungen im Zusammenhang mit der Auswanderung 1939 (Verpackung, Lift, Reisekosten, Lagerkosten für das Umzugsgut in Paris, Auswandererabgabe) sowie ein während der KZ-Haft 1938 entstandener materieller Schaden – wurden anerkannt und mit insgesamt 935 DM entschädigt. Die entsprechenden Bescheide des RP Arnsberg ergingen am 2. August und 16. September 1958 sowie am 30. November 1960.[102] Die Anträge auf Entschädigung der Leo Baer 1939 enteigneten Patente sowie des wertvollen »Herrenzimmers«, das die Familie bei ihrer Flucht aus Bochum in ihrem Haus an der Gerberstraße hatte zurücklassen müssen, wurden zurückgestellt.[103] In anderen Fällen, wie zum Beispiel gegen eine »Juwelierfirma« wegen der »Abgabe von Gold- und Silbergegenständen«, hatte Baer erst gar keinen Antrag gestellt, weil er keinen Nachweis vorlegen konnte.[104]

Schlecht stand es auch um die im September 1950 im Rückerstattungsverfahren gegen die Stadt Bochum offen gebliebenen Ansprüche: Entschädigung der im Krieg schwer beschädigten oder zerstörten Häuser an der Gerberstraße. Damals war Leo Baer vertröstet und auf die kommende Gesetzgebung verwiesen worden. Das BEG war nun da, brachte ihn aber keinen Schritt weiter. Die Stadt sperrte sich. Ermittelnde Behörde war erneut das AfW Bochum, das, wie Baer monierte, als städtisches Amt parteilich sei und nicht neutral ermittelt habe.[105] Am 26. Februar

---

100 Vgl. ebd.
101 Vgl. ebd.
102 Vgl. StaMs, RP Arnsb., Wiedergutmachungen, Nr. 427 165 (Bescheide RP vom 2.8.1958, 16.9.1958, 30.11.1960). Auch Else Baer machte Vermögensschäden nach BEG geltend, und zwar nach § 56 BEG: »Schaden an Vermögen« (durch Verlust einer Darlehensforderung gegenüber der Isaac Baer OHG und Verlust eines Bankkontos) sowie nach § 59 BEG: Schaden durch Zahlung von Sonderabgaben. Ihr Anspruch wurde vom RP Arnsberg am 28.1.1961 zurückgewiesen. Vgl. StaMs, RP Arnsb., Wiedergutmachungen, Nr. 424 531. Die Details wurden nicht recherchiert.
103 Dazu vgl. weiter unten in diesem Kapitel: Verweigerte Anerkennung – Die Patente Leo Baers sowie: Im Wiedergutmachungsdschungel verloren – Das Herrenzimmer.
104 Vgl. StaMs, RP Arnsb., Wiedergutmachungen, Nr. 427 165.
105 Vgl. Brief Leo Baer an den OStD und das AfW Bochum, 26.2.1955, in: StaMs, RP Arnsb., Wiedergutmachungen, Nr. 427 165.

1955 wandte er sich direkt an den Oberstadtdirektor der Stadt Bochum, Dr. Gerhard Petschelt, und begründete seine Nachforderung auch damit, dass ihm Details der Zwangsversteigerung 1940 erst nach dem Vergleich von 1950 bekannt geworden seien. Besonders verärgert war er darüber, dass die Stadt nicht, wie im Vergleichsverfahren behauptet, als »Meistbietende« den Zuschlag bekommen hatte, sondern dass sie die einzige Bieterin gewesen war. Der niedrige Versteigerungserlös erkläre sich durch das »gentleman-agreement« zwischen Stadt und Dresdner Bank. Bei einem freien Verkauf hätte ein deutlich höherer Preis erzielt werden können.[106] Baer ging wohl davon aus, dass das Wissen um die Vorgänge im Januar 1940 seine Verhandlungsposition im September 1950 gestärkt und zu einem besseren Ergebnis geführt hätte. Er machte dem Oberstadtdirektor einen Vergleichsvorschlag, der sich nicht allein auf die Grundstücke Gerberstraße samt Gebäuden bezog, sondern seine Ansprüche auf Entschädigung der 1940 liquidierten Firma Baer mit einschloss. Offenbar wollte er die Sache vom Tisch haben. Doch rechnete er wohl nicht (mehr) damit, dass die Stadt ihm entgegen kam. »Sollte Ihnen aber an einer Bereinigung des Komplexes gelegen sein«, schrieb er, »liegt es allein bei Ihnen, um meine berechtigten Entschädigungsansprüche zur beiderseitigen Zufriedenheit aus der Welt zu schaffen.« Sonst werde er sein Recht auf anderem Wege suchen.[107]

Während die Verhandlungen mit der Stadt Bochum auf der Grundlage des BEG sich festgefahren hatten, entstand neue Hoffnung, als 1957 das Bundesrückerstattungsgesetz in Kraft trat. Es kam dann zur Anwendung, wenn eine Entziehung stattgefunden hatte, die auf der Basis des Zonengesetzes Nr. 59 nicht hatte reguliert werden können. Bei allgemeinen Vermögensschäden und zerstörtem Eigentum dagegen sollte das BEG greifen. Beide Sachverhalte trafen auf die Firma Baer zu. Die in der Pogromnacht am 9./10. November 1938 durch Demolierung der Büroeinrichtung entstandenen Schäden zum Beispiel fielen unter die Bestimmungen des BEG, die Entziehung der Firma durch die DAF hingegen unter die des Bundesrückerstattungsgesetzes (BRüG).

Entzogen oder zerstört? Entschädigungen nach BRüG und BEG: Firma Baer

Alle im Oberlandesgerichtsbezirk Hamm nach Erscheinen des BRüG noch anhängigen Verfahren wurden dem Wiedergutmachungsamt beim Landgericht Dortmund zugewiesen, das seit 1958 auch die Rückerstattungsanträge Leo Baers gegen das Deutsche Reich bearbeitete.[108] Weil ein akzeptabler Vergleich nicht zu erzielen war,

---

106 Vgl. Leo Baer an RP Köln, 2.10.1957, in: ebd. und Brief Leo Baer an den OStD und das AfW Bochum, 26.2.1955, in: ebd. Vgl. auch Vermerk Grundstücksamt, Adam, 28.10.1949, in: StadtA Bo, BO 23/12.
107 StaMs, RP Arnsb., Wiedergutmachungen, Nr. 427 165 (Brief Leo Baer an den OStD und das AfW Bochum, 26.2.1955).
108 Die früher verwendeten Aktenzeichen (12 rü/sp 457/58 und 5 rü 627/58) wurden mitgeführt. Aktentitel: Wiedergutmachungsamt beim Landgericht Dortmund. Berechtigter: Leo Baer; Rückerstattungspflichtiger: Deutsches Reich.

gingen die Verfahren in die zweite Instanz. Es dauerte weitere fünf Jahre, bis eine Entscheidung zustande kam. Zuständig war nun die I. Wiedergutmachungskammer beim Landgericht Dortmund. Sie zog die alten Vorgänge heran, vernahm erneut Zeugen und holte Gutachten ein. Am 14. November 1963 verkündete die Kammer in öffentlicher Sitzung, sie werde den Beteiligten einen begründeten Vergleichsvorschlag unterbreiten.[109] Für die Gegenseite war ein Beamter der Oberfinanzdirektion Münster erschienen, für die Antragsteller hingegen »niemand«. Leo Baer hatte offenbar keine Lust (oder keine Kraft) mehr, persönlich an den zermürbenden Verhandlungen teilzunehmen. Dabei konnten er und seine Anwälte einen wichtigen Erfolg verbuchen: Das Gericht erkannte seine Rückerstattungsberechtigung in Sachen Isaac Baer OHG, die die Bochumer Behörden ihm bis zuletzt verweigert hatten, endlich an! Leo Baer sei, obwohl laut Handelsregister am 1. November 1938 aus der Firma ausgeschieden, neben den Erben Hirschberg »aktivlegitimiert«. Denn er habe seinen Anteil an der Firma nicht freiwillig aufgegeben, sondern weil er verfolgt worden sei und auswandern wollte. Für die Richter bestand kein Zweifel, dass er die Rückerstattung »von Jedermann in Natur hätte verlangen können«, wenn die Firma noch vorhanden gewesen wäre. Da sie untergegangen sei, wandle sich sein Herausgabeanspruch in einen Schadensersatzanspruch um.[110]

Bei der Ermittlung der Entschädigungssumme stützte sich das Gericht auf ein Sachverständigengutachten. Diesem folgend erkannte es an, dass der Firma Warenbestände in Form von Metallen entzogen worden waren, deren Wiederbeschaffungswert 13.846,08 DM betrage. Der Wiederbeschaffungswert der Betriebseinrichtung wurde auf 9.764 DM geschätzt.[111] Bei der Büroeinrichtung sei zunächst zu klären gewesen, ob es sich um Zerstörungen oder um Entziehungen gehandelt habe. Da laut Erklärung Leo Baers nach der »Kristallnacht« nur die Panzerschränke und die Einrichtungen der Privatbüros erhalten geblieben seien, kämen Rückerstattungsansprüche auch nur dafür in Betracht. Der Wiederbeschaffungswert für diese Teile der Büroeinrichtung wurde auf 1.695 DM festgesetzt. Das war schon alles. Laut Sachverständigengutachten betrug der gesamte Wiederbeschaffungswert damit 25.305,08 DM. Das Gericht erkannte die Entziehung an und hielt es für »gerechtfertigt«, den genannten Betrag auf 30.000 DM zu erhöhen. Zum einen nämlich seien nach der Firmenbilanz vom 31. Dezember 1938 noch Außenstände und Bankkonten vorhanden gewesen, deren Verbleib nicht exakt habe eruiert werden können und zum anderen hatten die Antragsteller Einwände gegen das Sachverständigengutachten geäußert. Diese wollte das Gericht nicht unberücksichtigt lassen. Es wies aber darauf hin, dass eine genauere Prüfung der Einwände und die damit erforderliche erneute Anhörung von Sachverständigen das Verfahren erheblich verzögern werde[112] und empfahl die

---

109 Vgl. StaMs, Rückerstattungen, Nr. 9545, Bl. 236.
110 Vgl. ebd., Bl. 240. Zum Rückerstattungsverfahren vgl. auch: StaMs, Rückerstattungsakte Q 121 Nr. 2249.
111 Vgl. StaMs, Rückerstattungen, Nr. 9545, Bl. 243.
112 Vgl. ebd., Bl. 245.

Annahme des Vergleichsvorschlages.[113] Von der zuerkannten Entschädigungssumme sollten den Erben Hirschberg 15.500 DM, Leo Baer aber nur 14.500 DM zugestanden werden. Denn es sei dem Umstand Rechnung zu tragen, dass Baer zum Zeitpunkt seines Rückzugs, wie von ihm selbst angegeben, Privatschulden in Höhe von circa 10.000 Reichsmark bei der Firma gehabt habe.[114] Diese waren zu berücksichtigen und schlugen mit 1.000 D-Mark zu Buche.

Am 2. Dezember 1963 übersandte das Landgericht Dortmund Abschriften des Beschlusses in der Rückerstattungssache der Firma Baer gegen das Deutsche Reich an die Rechtsanwälte Leo Baers und der Hirschberg-Erben sowie an die Oberfinanzdirektion Münster. Es erläuterte die dem Vergleich zugrunde liegenden Erwägungen und gab den Beteiligten auf, innerhalb von zwei Monaten Stellung zu nehmen. Leo Baer entschied sich schneller; sein Rechtsanwalt, Dr. Herrmann, stimmte am 16. Dezember 1963 im Namen seines Mandanten zu.[115] Kurt und Walter Hirschberg hatten sich in den 1950er Jahren von dem Bochumer Rechtsanwalt und Notar Dr. Karl Rawitzki vertreten lassen,[116] der auch zahlreiche andere Wiedergutmachungsverfahren jüdischer Berechtigter betreut hatte. Im April 1963 war Rawitzki verstorben und der in Santiago de Chile ansässige Rechtsanwalt Dr. Herbert Hannach nahm nun ihre Interessen wahr. Hannach reiste hin und wieder nach Deutschland und konnte sich so vor Ort einen gewissen Überblick verschaffen. Dem Vergleichsvorschlag der I. Wiedergutmachungskammer am Landgericht Dortmund stimmte er am 18. Dezember 1963 ebenfalls zu.[117] Die Empfehlung hatte Wirkung gezeigt. Baer und die Hirschberg-Erben bildeten keine Ausnahme von der Regel, dass die Rückerstattungsberechtigten sich mit dem zufrieden gaben, was das Gericht ohne weitere umständliche Prüfungen anzuerkennen bereit war.

Am 13. Februar 1964 schloss die I. Wiedergutmachungskammer beim Landgericht Dortmund das Rückerstattungsverfahren Baer/Hirschberg gegen das Deutsche Reich ab. Zu der für diesen Tag anberaumten öffentlichen Sitzung war für Leo Baer Rechtsanwalt Ottfried Rumberg, der neue Kompagnon seines langjährigen Anwalts Dr. Paul Hermann, erschienen, für die Oberfinanzdirektion Münster, die das Deutsche Reich ›vertrat‹, ein Dr. Kemper und für die Hirschberg-Söhne ein Justizangestellter beim Landgericht, der im Besitz einer entsprechenden Untervollmacht war. Das Gericht stellte fest, dass Kurt und Walter Hirschberg die alleinigen Erben von Hugo Hirschberg seien und dass ein Vergleich geschlossen worden sei, aufgrund dessen Leo Baer und die Hirschberg-Erben für die 1938/39 erfolgte Entziehung der Firma Baer mit insgesamt 30.000 DM zu entschädigen seien. Abschließend hieß es: »Im

---

113 Vgl. ebd., Bl. 247.
114 Vgl. ebd., Bl. 246. Nach der Währungsreform wurden Geldbeträge im Verhältnis 10:1 entschädigt. Zu den Privatschulden Leo Baers bei der Firma vgl. oben, Kapitel »NS in Bochum«.
115 Vgl. StaMs, Rückerstattungen, Nr. 9545, Bl. 248 und 250. Vgl. auch StaMs Rückerstattungsakte Q 121 Nr. 2249.
116 Vgl. StaMs, Rückerstattungen, Nr. 9962.
117 Vgl. StaMs, Rückerstattungen, Nr. 9545, Bl. 248 und 250. Vgl. auch StaMs Rückerstattungsakte Q 121 Nr. 2249.

Übrigen nehmen die Antragsteller die Rückerstattungsanträge zurück. Damit ist das Verfahren erledigt.«[118]

Mit seinem Anspruch auf Regulierung der Schäden, die im Rückerstattungsverfahren gegen die Stadt Bochum 1950 nicht behandelt worden waren, war Leo Baer erneut gescheitert. Er hatte ihn auch vor dem Landgericht Dortmund geltend gemacht. Dieses betrachtete das Verfahren durch den am 19. September 1950 vor dem Landgericht Bochum geschlossenen Vergleich aber als erledigt. Weitere Forderungen könnten nicht erhoben werden.[119]

Offen dagegen blieben einige Eigentums- und Vermögensschäden, die nicht in den Bereich des BRüG fielen und über die das Landgericht Dortmund nicht entschieden hatte. Über sie konnte, als letzte Chance, auf der Grundlage des BEG weiterverhandelt werden.

Die Sonderzuständigkeit für die erforderlichen Ermittlungen lag zu diesem Zeitpunkt beim Amt für Wiedergutmachung der Stadt Dortmund; Entscheidungsbehörde war – oder blieb – der Regierungspräsident in Arnsberg. Sowohl Baer als auch die Söhne Hugo Hirschbergs stellten entsprechende Anträge. Nun aber war eine weitere Hürde zu nehmen: Im November 1964 wies der Regierungspräsident die Anwälte Leo Baers darauf hin, dass Ansprüche auf Entschädigung nach BEG nur aus einer unmittelbaren Schädigung abgeleitet werden könnten. Baer und die Hirschberg-Erben hätten durch die »Auflösung« der Firma aber keinen unmittelbaren, sondern einen mittelbaren Schaden erlitten. Deshalb könnten sie auch nicht unmittelbar entschädigt werden, sondern nur mittelbar, indem nämlich die Isaac Baer OHG eine Entschädigung erhalte. Der RP stellte anheim, dass die Firma einen entsprechenden Antrag einreichte![120] Die Anwälte Herrmann und Rumberg forderten die Arnsberger Behörde Ende Dezember 1964 zur Übersendung der dort bereits vorliegenden Unterlagen nach Dortmund auf. Den Antrag betrachteten sie als gestellt.[121]

Anfang 1965 waren die Ermittlungen abgeschlossen. Aufgrund von »Beweisschwierigkeiten« schlug der Regierungspräsident eine vergleichsweise Regelung vor. Dabei stützte er sich auf den im Rückerstattungsverfahren beim Landgericht Dortmund vereinbarten Vergleich. Zunächst musste aber auch hier der Berechtigtenstatus Leo Baers formal geklärt werden. Der RP Arnsberg schloss sich der Argumentation des LG Dortmund an und stellte fest, dass Baer zur Geltendmachung von Ansprüchen bezüglich der Firma Baer berechtigt sei.[122] Die verbliebenen, nach dem BEG in der Fassung vom 29. Juni 1956 zu regulierenden, Entschädigungsansprüche der Isaac Baer OHG bezogen sich erstens auf Schäden an Eigentum, und zwar a) durch Verlust der Büroeinrichtung, b) durch Verlust der Betriebseinrichtung und c) durch Verlust

---

118 Ebd., Bl. 253.
119 Vgl. Beschluss in der Rückerstattungssache Baer ./. Deutsches Reich, in: ebd. Bl. 246f.
120 Vgl. RP Arnsberg an Anwälte Herrmann und Rumberg in Bochum, 13.11.1964, in: StaMs, RP Arnsb., Wiedergutmachungen, Nr. 427 165.
121 Vgl. Anwälte Herrmann und Rumberg an RP Arnsberg, 3.12.1964, in: ebd.
122 Vgl. Schreiben RP Arnsberg an Anwälte Herrmann und Rumberg in Bochum sowie Hannach, Wiesbaden, 2.2.1965, in: StaMs, RP Arnsb., Wiedergutmachungen, Nr. 462 257.

des Warenlagers sowie zweitens auf Schäden an Vermögen durch a) Verlust der Außenstände und b) Verlust des sogenannten Goodwill.

Um Entschädigung des Goodwill genannten Firmenwertes hatte Leo Baer jahrelang gekämpft, denn die Firma Baer war ja mehr ›wert‹ als die Einrichtung, Lagerbestände und Maschinen, über die vor den verschiedenen Instanzen bisher verhandelt worden war. Mit der Vergütung des »Goodwill« sollte ein materieller Ausgleich für entgangene künftige Gewinne geschaffen werden. Sie stand den Betroffenen verfolgungsbedingter Liquidationen zu und konnte entweder nach BRüG oder nach BEG erfolgen. Doch scheint es den wenigsten früheren Firmeninhabern gelungen zu sein, den Wert ihrer Firmen nachzuweisen und angemessene Ausgleichszahlungen dafür durchzusetzen. Diese Erfahrung machte auch Leo Baer, der seinen Antrag auf Anerkennung des Goodwill in das Rückerstattungsverfahren vor der I. Wiedergutmachungskammer des LG Dortmund eingebracht hatte. Das Gericht wies ihn mit der Begründung ab, für einen immateriellen Firmenwert müsse nur dann Ersatz geleistet werden, wenn er bei der Bestellung des Abwicklers der Firma noch vorhanden gewesen sei. Auf die Firma Baer treffe das nicht zu, denn sie sei zum Zeitpunkt der Entziehung durch die vorangegangenen Boykottmaßnahmen fast zugrunde gerichtet gewesen.[123] Leo Baer und seine Anwälte widersprachen dieser Definition des Goodwill und verfolgten ihren Anspruch auf der Grundlage des BEG weiter: Die Firma Baer wäre »unter normalen Verhältnissen […] angesehen und lebensfähig« gewesen.[124] Sie habe seit über 50 Jahren bestanden und besonders in der Metall-, Eisen- und Rohproduktenbranche eine bedeutende Rolle gespielt. Die internationale Wirtschaftskrise, »ja selbst die tödlichen Boykottjahre«, habe sie überstanden und trotz Beschlagnahme durch die DAF eine aktive Bilanz hinterlassen.[125] Insgesamt habe sich die Firma in der Wirtschaft eines hohen Ansehens und Vertrauens erfreut, »andernfalls wäre sie sicher schon um 1933 ausgelöscht worden.«[126]

Nun also lag es am RP Arnsberg, den Goodwill und andere noch offene Eigentums- und Vermögensschäden der Isaac Baer OHG zu entschädigen. Im Februar 1965 bot er dafür »nach dem jetzt geltenden Bundes- und Landesrecht« insgesamt 5.050 DM an.[127] Seine Behörde erkannte lediglich die verloren gegangenen Außenstände und die am 9./10. November 1938 durch Zerstörung der Büroeinrichtung entstandenen Schäden an.[128] Die restlichen Ansprüche lehnte sie mit folgender Begründung ab:

---

123 Vgl. Beschluss der I. Wiedergutmachungskammer beim Landgericht Dortmund vom 2.12.1963, in: StaMs, Rückerstattungen, Nr. 9545, Bl. 246.
124 Vgl. Stellungnahme Herrmann und Rumberg in der Rückerstattungssache Baer ./. Deutsches Reich, 24.10.1963, in: StaMs, Rückerstattungen, Nr. 9545.
125 Vgl. ebd.
126 Ebd.
127 Vergleich zwischen der Firma Isaak Baer und dem Land Nordrhein-Westfalen, in: ebd., Bl. 13f.
128 Vgl. RP Arnsberg an Anwälte Herrmann und Rumberg sowie Hannach, 2.2.1965, in: ebd. Bl. 5f.

- Zur Betriebseinrichtung: Für einen Teil der Betriebseinrichtung war im Rückerstattungsverfahren gemäß BRüG eine Entschädigung zugebilligt worden. Ein darüber hinausgehender Antrag nach BEG habe keine Aussicht auf Erfolg, weil sich für eine Zerstörung, Beschädigung oder Plünderung von Teilen der Betriebseinrichtung keine Anhaltspunkte ergeben hätten.
- Zum Warenlager: Ein Teil des Warenlagers (Metalle) war im Rahmen des Rückerstattungsverfahrens entschädigt worden. Auch der andere Teil (Lumpen) hätte nach dem BRüG entschädigt werden können. Antragsgegner wäre in diesem Fall der Schrotthändler Heinrich Cronau gewesen, der die Lumpen 1938 übernommen hatte.[129] Leo Baer und die Erben Hirschberg hatten in der Sitzung vor dem Wiedergutmachungsamt beim Landgericht Bochum am 21. Juni 1951 offengelassen, ob sich ihre Forderungen nur gegen das Deutsche Reich oder auch gegen Privatpersonen richten sollten[130] und es danach offenbar versäumt, einen entsprechenden Antrag zu stellen. Ihre Ansprüche waren jetzt verjährt und der RP Arnsberg sah keine Möglichkeit, eine Entschädigung im Rahmen des BEG zu gewähren.[131]
- Zum Goodwill: Nachdem die I. Wiedergutmachungskammer beim Landgericht Dortmund zu Ungunsten der Antragsteller entschieden hatte, musste der Regierungspräsident prüfen, ob eine Entschädigung auf der Grundlage des Bundesentschädigungsgesetzes möglich war. Im November 1964 hatte er die Anwälte Herrmann und Rumberg belehrt, dass nur der »good will« berücksichtigt werden könne, »der eventuell bei der Entziehung vorhanden war. Insofern bestehen erhebliche Zweifel.«[132] Im Rahmen seines Vergleichsvorschlages ›berechnete‹ er dann aber doch, nach einer gemäß BEG vorgegebenen Formel, den Goodwill der Firma Baer auf der Grundlage des Durchschnitts-Reineinkommens »in den letzten 3 von Verfolgungseinflüssen freien Jahren.«[133] Das waren die Jahre, in denen die Firma in den Sog der Weltwirtschaftskrise geraten war. So überrascht es nicht, dass die Arnsberger Entschädigungsbehörde zu dem Schluss kam, ein »Übergewinn« habe nicht vorgelegen. Ein Antrag auf Entschädigung des Goodwill der Firma Baer sei damit aussichtslos.[134]

---

129 Vgl. oben, S. 109 dieses Buches.
130 Vgl. StaMs, Rückerstattungen, Nr. 2285, Bl. 35–40.
131 Vgl. RP Arnsberg an Anwälte Herrmann und Rumberg in Bochum sowie Hannach, 2.2.1965, in: StaMs, RP Arnsb., Wiedergutmachungen, Nr. 462 257, Bl. 5f.
132 RP Arnsberg an Anwälte Herrmann und Rumberg in Bochum, 13.11,.1964, in: ebd. Der RP berechnete den angeblich nicht vorhandenen »Übergewinn« wie folgt: Gesamtgewinn (= durchschn. Reineinkommen) aus den letzten 3 Jahren vor Beginn der Verfolgung: 30.000 RM. Abzüglich a) Unternehmerlohn in Höhe des einfachen Diensteinkommens eines vergleichbaren Beamten des höheren Dienstes (für Hugo Hirschberg und Leo Baer zusammen): 28.920 RM, b) Kapitalverzinsung: 1.500 RM, c) Prämie für das allgemeine Unternehmerrisiko: 1.500 RM.
133 StaMs, RP Arnsb., Wiedergutmachungen Nr. 462 257.
134 Vgl. RP Arnsberg an Anwälte Herrmann und Rumberg sowie Hannach, 2.2.1965, in: ebd. Bl. 8R.

Wieder waren Baers Ansprüche nur zu einem geringen Teil anerkannt worden. Und wieder wurde er unter Druck gesetzt: Sollte der von ihm vorgeschlagene Vergleich nicht zustande kommen und ein Bescheid erlassen werden müssen, so drohte der RP, »dürften zunächst weitere, im übrigen wenig Erfolg versprechende Ermittlungen voraussichtlich längere Zeit in Anspruch nehmen, so dass mit einer abschliessenden Entscheidung in Kürze nicht gerechnet werden könnte.«[135] So mussten die Antragsteller wohl zustimmen. Leo Baer tat es am 13. Februar,[136] Kurt Hirschberg am 15. März 1965, während Walter Hirschberg zu Gunsten seines Bruders verzichtete. Gleichzeitig akzeptierte Kurt Hirschberg, dass die gesamte Vergleichssumme in Höhe von 5.050 DM Leo Baers Anwälten Herrmann und Rumberg in Bochum überwiesen wurde. Der Regierungspräsident hatte bestimmt, dass die Zahlung in voller Höhe an nur eine Person zu erfolgen habe und damit die zerstrittenen Antragsteller zur Kooperation gezwungen.[137] Der zugestandene Betrag musste nach Eingang bei den Anwälten zwischen Baer und Hirschberg geteilt werden.

Voraussetzung für das Zustandekommen des Vergleichs war die Zurücknahme der Anträge, denen der Regierungspräsident nicht hatte folgen wollen.[138] Erst danach leistete der Vertreter des RP Arnsberg seine Unterschrift.[139] Auch das Entschädigungsverfahren in Sachen Isaac Baer OHG war damit abgeschlossen.

Die Parteien, die sich in dem Verfahren gegenüber gestanden hatten, waren die ehemaligen Inhaber der Firma Baer auf der einen und das Land Nordrhein-Westfalen auf der anderen Seite. Dieses wurde vom Regierungspräsidenten in Arnsberg vertreten.[140] Es ist nicht ohne Pikanterie, dass der RP damit eine Doppelrolle spielte: Er war Partei und ›Richter‹ in einem.

Der Wert der Patente

Die noch offenen Ansprüche Leo Baers, die seit 1958 vor dem Landgericht Dortmund verhandelt wurden, betrafen in erster Linie die Firma Baer, daneben aber auch ihm persönlich entzogenes Eigentum und Vermögen, wie das Patent und das Gebrauchsmuster zu seinen militärischen Erfindungen, die er 1939 an das Deutsche Reich hatte abtreten müssen. 1949 hatte er beide gegenüber dem Zentralamt für Vermögensverwaltung in Bad Nenndorf als »Vermögensschäden« angemeldet. Zunächst hatte das Wiedergutmachungsamt beim Landgericht Bochum darüber zu befinden, das am 20. Juli 1956 zu dem Schluss kam, eine Entziehung der Patente sei »nicht feststellbar«. Sollte sie dennoch stattgefunden haben, so sei »jedenfalls

---

135 Ebd.
136 Vgl. Vergleich zwischen der Firma Isaak Baer und dem Land Nordrhein-Westfalen, in: ebd., Bl. 13f.
137 Vgl. ebd., Bl. 19–22.
138 Vgl. ebd., Bl. 13f.
139 Vgl. Vergleich zwischen der Firma Isaak Baer und dem Land Nordrhein-Westfalen, in: ebd.
140 Vgl. ebd.

kein Wert« nachweisbar, weder bei der Entziehung noch am 1. April 1956,[141] der laut Wiedergutmachungsgesetzgebung der Stichtag für den Wiederbeschaffungswert entzogener Objekte war.

Leo Baer erhielt seine Forderung aufrecht, bis die I. Wiedergutmachungskammer beim Landgericht Dortmund sich abschließend damit befasste. Sie holte Auskünfte ein und forderte Gutachten an. Auch das Deutsche Patentamt, das sich etwa zeitgleich mit den neuen Patentanträgen Leo Baers zu beschäftigen hatte,[142] wurde befragt. Im Oktober 1961 teilte es mit, Baer sei in der NS-Zeit aufgrund der damaligen Devisengesetzgebung dazu verpflichtet gewesen, die Unterlagen bei einem Notar zu hinterlegen. Daraus ergebe sich, dass er seine Rechte »wahrscheinlich ohne dazu verpflichtet zu sein, auf das Deutsche Reich ohne Entgelt übertragen« habe.[143] Das Dortmunder Gericht ging trotzdem davon aus, dass er die Patente nicht freiwillig aufgegeben hatte. Nun galt es zu klären, ob das Deutsche Reich die Erfindungen verwertet hatte. In einer hierzu erbetenen Stellungnahme des Bundesministeriums für Verteidigung bestätigte dieses im November 1962, Baers Patent zur »Streuvorrichtung für in Flugzeuge eingebaute Maschinengewehre« habe dem ehemaligen Reichsluftfahrtministerium vorgelegen und sei »dort seinerzeit geprüft worden«. Entsprechende Unterlagen seien nicht mehr vorhanden. Das Patent sei aber in der ehemaligen Luftwaffe nicht verwendet worden, denn es sei für starre Flugzeugbewaffnungen nicht in Betracht gekommen, »weil die Steuerung starr eingebauter Waffen in Flugzeugen schon an sich groß ist, so daß alles technisch Mögliche getan wurde, um die Steuerung klein zu halten.« Zu Leo Baers Patronengurt könne er keine verbindliche Auskunft erteilen. Als Sachverständigen für beide Erfindungen nannte er einen Major bei der Erprobungsstelle der Bundeswehr für Waffen und Munition in Meppen/Ems.[144] Dieser war dann derjenige, der, wie er selbst angab, genau im Bilde war. Er habe nämlich »in der Zeit der Patenterteilung zu dem engen Kreis der Personen« gehört, »die die Bewaffnung der Flugzeuge ausführte und erprobte.« In seinem Gutachten vom 13. März 1963 führte er aus, Baers Patent über die »Streuvorrichtung für in Flugzeuge eingebaute Maschinengewehre« sei im Bereich der deutschen Luftwaffe nicht verwendet worden. Es hätte

> »niemals eine Verwertung stattfinden können, weil der Einbau von starren Maschinengewehren ein schwieriges Problem wegen der auftretenden Schwingungen war. Starke Schwingungen störten oft die Funktion. Das Patent aber hätte die Schwingungen unbeherrschbar gemacht. Darüber hinaus ist der Raum zwischen den einzelnen Luftschraubenblättern so gering für den Durchflug des Geschosses durch den Luftschraubenkreis, daß hierzu die präziseste Halterung der Waffe notwendig ist.«[145]

---

141 Vgl. StaMs Rückerstattungsakte Q 121 Nr. 2249 (früher RÜ 801/50).
142 Vgl. S. 180ff. dieses Buches.
143 StaMs, 12 RÜ Sp 457/58/Rückerstattungen Nr. 9545.
144 Vgl. ebd.
145 Gutachten Major Otto Schulz, Meppen, 13.3.1963, in: StaMs, Rückerstattungen, Nr. 9545.

Am Stichtag 1. April 1956 habe das Patent schon deshalb keinen Verkehrswert gehabt, weil es durch die »vollständige Entwaffnung [...] keine Anwendungsmöglichkeit im Bereiche der deutschen Bundesrepublik« gegeben habe.

Auch das Gebrauchsmuster »Patronengurt« sei im Reichsluftfahrtministerium nicht verwendet worden. Diese Feststellung könne er, Major Schulz, treffen, weil er »der Bearbeiter für Patronengurte im Bereich des Reichsluftfahrtministeriums und seines Vorgängeramtes von 1933 bis 1945« gewesen sei. Und am 1. April 1956 habe das Gebrauchsmuster ebenfalls keinen Verkehrswert gehabt, denn: »Durch vollständige Entwaffnung gab es keine Wehrmacht. Die Waffenträger zu dieser Zeit, Bundesgrenzschutz und Bereitschaftspolizei, waren mit Waffen ausgerüstet, die eine direkte Zuführung der Patronen erforderlich machen.«[146]

Leo Baer hatte am 30. Dezember 1961 eine eidesstattliche Erklärung zu seinen Patenten abgegeben, die er aufrecht erhielt: Von der Devisenstelle beim Oberfinanzpräsidenten Münster sei er am 24. Januar 1939 belehrt worden, dass Patente und Gebrauchsmuster der »gesetzlichen Beschlagnahme« unterständen und bei einem Notar zu hinterlegen seien. Daraufhin habe er seine Unterlagen dem Bochumer Notar Dr. Karlsfeld übergeben. Aus ihnen gehe das Interesse sowohl des deutschen Luftfahrtministeriums als auch des Reichswehrministeriums klar hervor, »vor allem aber, dass das Luftfahrtministerium das mir erteilte Patent für sich als Geheimpatent in Anspruch genommen hat und meine Erfindung an die Versuchsanstalt Adlershof zwecks Anstellung von Versuchen weitergegeben worden ist.«[147]

Im Rückerstattungsverfahren kam Baer gegen das Gutachten des Bundeswehr- und früheren Wehrmachtsoffiziers nicht an, obwohl dieses nur darauf abgehoben hatte, dass die Erfindungen nicht direkt »verwendet« worden seien. Die Frage, ob sie der Versuchsanstalt Adlershof – die mittlerweile auf dem Territorium der DDR lag – für Versuche zur Verfügung gestanden hatten, wurde nicht erörtert. Die Dokumente, mit denen Baer seine Angaben hätte beweisen können, waren verloren.[148] In seiner eidesstattlichen Erklärung gab er an, er wisse nicht, »wo sie sich z[ur] Z[ei]t befinden.«[149] Der Notar, der die Unterlagen 1939 in Verwahrung genommen hatte, wurde nicht befragt. Dr. Johann Josef Hubert Karlsfeld lebte in Bochum, wo er am 25. Januar 1967 verstarb.

Leo Baer zog seinen Antrag auf Rückerstattung/Entschädigung der ihm entzogenen Patente 1963 zurück,[150] um den von der I. Wiedergutmachungskammer beim Landgericht Dortmund angebotenen Vergleich in Sachen Isaac Baer OHG nicht zu gefährden, der im Februar 1964 wirksam wurde.

---

146 Ebd.
147 Ebd.
148 Vgl. S. 112 dieses Buches.
149 StaMs, Rückerstattungen, Nr. 9545.
150 Vgl. ebd.

Sein Erfindergeist war noch rege. Parallel zum Wiedergutmachungsverfahren beschäftigte er sich ein letztes Mal mit dem Patronengurt und aktualisierte seine alte Erfindung, um sich dann neuen Feldern zuzuwenden.[151]

Im Wiedergutmachungsdschungel verloren: Das Herrenzimmer

Das abschließende Beispiel wirft noch einmal ein Licht auf die komplizierte Wiedergutmachungsgesetzgebung, die unbefriedigende Wiedergutmachungspraxis und die Ohnmacht, die die Betroffenen empfunden haben mögen, wenn ihre Anträge jahrelang verschleppt wurden und am Ende doch kein Ergebnis zu verzeichnen war. Dabei geraten auch die Finanzbehörden in den Blick, deren Rolle bei der Entziehung und Verwertung jüdischen Eigentums mittlerweile ja gut aufgearbeitet, in diesem Fall aber nicht zu greifen ist.

Für sein wertvolles »Herrenzimmer« hatte Baer vor der Emigration keinen Käufer mehr finden können.[152] Ende Februar/Anfang März 1939 ›verschwand‹ es. Leos Bruder Otto Baer erklärte im März 1958 gegenüber dem Amt für Wiedergutmachung der Stadt Bochum, das auch in diesem Fall die Ermittlungen führte, es sei Ende Februar 1939 noch vollständig vorhanden gewesen. Er habe das während eines Besuchs bei seinem Schwager Hugo Hirschberg festgestellt, der sich das Haus an der Gerberstraße mit Leo Baer geteilt hatte. Hirschberg habe ihm aber mitgeteilt, das Mobiliar könne jetzt nicht mehr verkauft werden, denn es sei vom Finanzamt wegen einer offen Steuerschuld der Isaak Baer OHG beschlagnahmt worden.[153] Im März 1939 hatte der Gemüsehändler Hendrik Veening die frühere Wohnung der Baers bezogen. Die fällige Miete zahlte er an die Stadt Bochum, einen Teil der Wohnungseinrichtung hatte er für 900 Reichsmark übernommen.[154] Das Herrenzimmer befand sich nicht darunter. Der Preis für die wertvollen Stücke sei für den Gemüshändler zu hoch gewesen, erklärte Leo Baer gegenüber Stadtamt Ehrich, dem Leiter des Amtes für Wiedergutmachung, 1958.[155] Veening selbst gab an, zum Zeitpunkt seines Einzugs in das Haus an der Gerberstraße sei das Herrenzimmer nicht mehr vorhanden gewesen. Er habe es »nie gesehen« und auch nichts davon gehört, dass es vom Finanzamt oder einer anderen Behörde aus der Wohnung herausgeholt worden sei.[156] Ähnlich äußerte sich, bereits im November 1951, Kurt Hirschberg, den Baer um Auskunft gebeten hatte. Von der Abneigung gegen seinen Onkel machte er dabei keinen Hehl:

---

151 Vgl. S. 180 ff. dieses Buches.
152 Vgl. S. 122 dieses Buches.
153 Vgl. Vermerk AfW Bochum vom 4.3.1958, in: StaMs., RP Arnsb., Wiedergutmachungen, Nr. 427 165.
154 Vgl. Anwälte Herrmann und Jünger an Stadt Bochum, 7.1.1956: in: ebd.
155 Vgl. z. B. Vermerk Stadtoberinspektor Ehrich, AfW Bochum, 20.2.1958, über die Verhandlung mit Leo Baer am selben Tag, in: ebd.
156 Vgl. RP Arnsberg an die Anwälte Herrmann und Rumberg, Bochum, 24.11.1964, in: ebd.

»Mir ist von einer Zwangsversteigerung deiner Möbel nichts bekannt und würde mich auch nicht interessieren. Mir ist aber bekannt, dass bei Nacht und Nebel deine Wohnung geräumt wurde, ohne dass mein Vater, der eine Forderung an dich hatte, herausgefunden hat, wohin dieselben verschwunden sind.«[157]

Die Aussagen Veenings und Kurt Hirschbergs, die von einer Pfändung der Möbel durch das Finanzamt nichts wussten, waren zunächst im Sinne Baers, der sich immer gegen die Behauptung gewehrt hatte, die Firma Baer habe vor ihrer Liquidierung noch Steuerschulden gehabt. Das Finanzamt sei »restlos befriedigt« worden, erklärten seine Anwälte am 7. Januar 1961 gegenüber dem AfW Bochum. Bei ihrem Mandanten sei bis zum 22. Februar 1939, dem Tag seiner Auswanderung, keine Ankündigung von Zwangsvollstreckungsmaßnahmen eingegangen, obwohl sowohl er als auch Hugo Hirschberg über wertvolle Wohnungseinrichtungen verfügt hätten.[158] Offensichtlich konnte Leo Baer sich nicht vorstellen, dass eine deutsche Finanzbehörde sein Eigentum bei ›Nacht und Nebel‹ aus der Wohnung holte, ohne dazu berechtigt zu sein. Dass das Finanzamt doch im Spiel war, mutmaßte wiederum Bernhard Peschel, der die Grundstücke und Immobilien an der Gerberstraße nach deren Beschlagnahmung 1938 als Treuhänder verwaltet hatte. Im Mai 1958 gab er im AfW den Inhalt eines Gesprächs mit Leo Baer vor dessen Emigration zu Protokoll. Baer habe die Absicht verfolgt, das Herrenzimmer zum Preis von 8.000 Reichsmark zu verkaufen. Da dies nicht gelungen sei, sehe er, Peschel, nur die Möglichkeit, dass die Möbel für Forderungen des Finanzamtes durch die Vollstreckungsstelle des Finanzamtes Bochum gepfändet und versteigert worden seien.[159]

Alle Aussagen beruhten auf Hörensagen. Das Amt für Wiedergutmachung konnte bei seinem Bemühen um Rekonstruktion der Vorgänge nicht ermitteln, wer das wertvolle Mobiliar an sich genommen hatte und Baer hatte das Nachsehen. Genaue Angaben seien nicht möglich, stellte das AfW fest, da »die alten Zwangsverwaltungs- und Zwangsversteigerungsakten nicht erhalten geblieben sind.«[160] Verwertbare Zeugenaussagen von Mitarbeitern des Finanzamtes scheint das Amt nicht eingeholt zu haben.

Baer hatte den Verlust seines Herrenzimmers im März 1954 gegenüber dem RP Köln als »Schaden an Privatvermögen« angemeldet und eine Entschädigung auf der Grundlage des BEG beantragt. Entscheidungsbehörde war der Regierungspräsident in Arnsberg. Nach Abschluss der Ermittlungen durch das Bochumer Amt für Wiedergutmachung, zehn Jahre später(!), stellte der RP Arnsberg fest, es habe nicht einwandfrei geklärt werden können, wer das Herrenzimmer »erworben« habe. Es sei jedoch »mit an Sicherheit grenzender Wahrscheinlichkeit« anzunehmen, dass das Finanzamt das Mobiliar aufgrund von Steuerrückständen der Firma Baer gepfändet

157 Zitiert in der Stellungnahme der Anwälte Herrmann und Jünger zum Bescheid des RP vom 30.11.1960 am 7.1.1961, in: ebd.
158 Vgl. Stellungnahme der Anwälte Herrmann und Jünger vom 7.1.1961, in: ebd.
159 Vgl. Vermerk AfW Bochum, 8.5.1958, in: ebd.
160 Ebd.

und zwangsversteigert habe. Damit war die Arnsberger Behörde raus und konnte den ›Schwarzen Peter‹ weitergeben. Den Anwälten Leo Baers teilte sie am 24. November 1964 mit, es handle sich

> »um einen Tatbestand, der seiner Rechtsnatur nach unter die besonderen rückerstattungsrechtlichen Vorschriften fällt. Der Anspruch auf Wiedergutmachung dieses Schadens ist ausschließlich nach den Rückerstattungsgesetzen zu verfolgen, für deren Durchführung der Regierungspräsident als Entschädigungsbehörde nicht zuständig ist.«[161]

Der RP empfahl, einen neuen Antrag gemäß dem Bundesrückerstattungsgesetz von 1957 zu stellen. Zuständige Behörde sei das Verwaltungsamt für Innere Restitutionen in Stadthagen.[162] Leo Baer verzichtete. Die Erklärung, sein Herrenzimmer habe für die Begleichung von Steuerschulden der Firma Baer herhalten müssen, scheint er nun doch akzeptiert zu haben. Seine Anwälte teilten mit, er hoffe auf eine Entschädigung auf privatem Wege durch die Erben Hirschberg. Denn für eventuelle Firmenschulden sei er als Mitinhaber der Firma ja nur zur Hälfte haftbar gewesen.[163] Ob er sich tatsächlich an seine Neffen wandte, lässt sich nicht nachprüfen. Interessant ist, dass Leo Baer erst im November 1963 die Rückerstattungsberechtigung in Sachen Isaac Baer OHG zuerkannt wurde. Dass ihm privat entzogenes Vermögen zur Regulierung von Schulden der Firma gedient haben sollte, war für den RP und das Bochumer Amt für Wiedergutmachung offenbar kein Widerspruch.

Hinter den Kulissen

1956 machte der damalige Oberstadtdirektor der Stadt Essen, Dr. h. c. Hellmuth Greinert, Urlaub an der Côte d'Azur und lernte dort, in ihrem damaligen Wohnort Cagnes-sur-mer, Leo und Else Baer kennen. Wahrscheinlich hatte Baer ihn angesprochen. Laut Karla Goldberg saß er, der im Ausland nie richtig heimisch wurde, oft an der Straße und hielt Ausschau nach Autos mit Bochumer Kennzeichen. Da wird ihm auch ein Fahrzeug aus Essen willkommen gewesen sein. Die Baers beeindruckten den Essener Oberstadtdirektor. Nach Hause zurückgekehrt, machte er den Innenminister des Landes Nordrhein-Westfalen, dem die Entschädigungsbehörden in NRW – die Regierungspräsidien, Landkreise und kreisfreien Städte – nachgeordnet waren, auf den Fall des Ehepaares aufmerksam. Das Ministerium wiederum, ein Dr. Goldfarb, wandte sich, auf Dr. Greinert Bezug nehmend, am 12. Juni 1956 an den Regierungspräsidenten in Arnsberg. Die Eheleute Baer lebten in »ausserordentlich dürftigen Verhältnissen«, schrieb er. Sie seien praktisch auf die Unterstützung ihrer Kinder angewiesen und »ausserordentlich bedrückt darüber, dass ihr Wiedergutmachungsantrag nicht

---

161 RP Arnsberg an die Anwälte Herrmann und Rumberg, 24.11.1964, in: StaMs, RP Arnsb., Wiedergutmachungen, Nr. 427 165.
162 Vgl. ebd.
163 Vgl. Anwälte Herrmann und Rumberg an RP Arnsberg, 3.12.1964, in: ebd.

vorangeht«. Der Ministerialbeamte wies den RP Arnsberg an, »sich des Falles, der angeblich z[ur] Z[ei]t beim Amt für Wiedergutmachung in Bochum bearbeitet wird, anzunehmen und dafür zu sorgen, dass die Angelegenheit baldigst zum Abschluss kommt.« Über den weiteren Gang der Dinge wolle er unterrichtet werden.[164] Der Brief zeigte Wirkung. Der Regierungspräsident forderte vom Amt für Wiedergutmachung in Bochum am 29. Juni 1956 einen Zwischenbericht und bat »mit Rücksicht darauf, dass ich dem Herrn Innenminister zu berichten habe«, um beschleunigte Erledigung.[165] Am 25. August 1956 konnte er dem Innenminister Vollzug melden: Leo Baer habe einen ersten Bescheid erhalten. Im Ministerium wird man zufrieden gewesen sein. Ein Oberregierungsrat des Innenministeriums hatte die Baers zwischenzeitlich ebenfalls in Südfrankreich besucht und nach seiner Rückkehr berichtet, sie befänden sich wirklich in »bedrängten Verhältnissen«.[166] Auch Oberstadtdirektor Greinert in Essen, dessen Initiative die Beschleunigung des Verfahrens zu verdanken war, wurde Ende August 1956 vom RP Arnsberg über den Sachstand informiert: Mit Bescheid vom 17. August 1956 sei über den Entschädigungsantrag Leo Baers wegen Schadens im beruflichen Fortkommen entschieden worden. Der Antragsteller könne zwischen einer Kapitalentschädigung und einer monatlichen Rente wählen. Die restlichen Entschädigungsansprüche sollten »baldmöglichst abschließend bearbeitet werden.«[167] Dr. Hellmuth Greinert bedankte sich am 5. September 1956 für die Erledigung des Antrags und fügte an:

> »Ganz abgesehen von der menschlichen Seite habe ich es deshalb im Interesse des deutschen Ansehens sehr begrüsst, dass eine befriedigende Regelung erfolgt ist. Die Eheleute Baer, die bereits im Besitze ihrer Entschädigung sind, haben mir einen sehr glücklichen Brief geschrieben.«[168]

Wie dargelegt, wurde das dem Essener Oberstadtdirektor vom RP Arnsberg gegebene Versprechen, auch die restlichen Entschädigungsansprüche »baldmöglichst abschließend« zu bearbeiten, nur zum Teil gehalten. Zwar erfolgte etwas später, im Februar 1957, auch eine Entschädigung wegen »Schadens an Freiheit«,[169] die Regulierung der Eigentums- und Vermögensschäden jedoch schleppte sich hin bis 1965.

Bei der Beschäftigung mit der komplizierten Wiedergutmachungsproblematik gerät leicht in Vergessenheit, dass es den überlebenden NS-Opfern nicht allein um Gerechtigkeit ging. Sie brauchten die Entschädigungen zum Weiterleben, und zwar nicht irgendwann, sondern sofort! Vor allem die Älteren hatten kaum Möglichkeiten, sich ihren Lebensunterhalt anders zu ›verdienen‹. Das galt auch für Leo Baer, der nach dem kurzen Intermezzo in Kanada 1952 auch in Frankreich keiner Erwerbstätigkeit

---

164 StaMs, RP Arnsb., Wiedergutmachungen, Nr. 427 165.
165 Vgl. ebd.
166 Vgl. ebd.
167 Vgl. Brief RP Arnsberg an Reinert, 30.8.1956, in: ebd.
168 Ebd.
169 Vgl. oben.

mehr nachgehen konnte. Schuld sei ein »Bruchleiden«, aufgrund dessen er »der körperlichen Arbeit nicht mehr gewachsen war.«[170] 1955 – er war jetzt 66 Jahre alt! – legte er dem RP Arnsberg über seine Anwälte Herrmann und Jünger ein ärztliches Gutachten vor. Es müsse berücksichtigt werden, schrieben diese, dass Baer

> »aufgrund seines Alters und der Nichtbeherrschung der franz[ösischen] Sprache in Wort und Schrift bis zum heutigen Tage nicht in der Lage war, in Frankreich eine Anstellung für geistige Berufe zu finden. Körperliche Arbeit konnte er aufgrund seines Bruchleidens nicht leisten.«[171]

Else und Leo Baer würden von ihren Kindern unterstützt, hatte das Innenministerium dem RP Arnsberg geschrieben. Damit gemeint waren vor allem wohl die Tochter Karla und der Schwiegersohn David Goldberg, während Werner Baer selbst noch auf Hilfe angewiesen war. So hatte sich Leo Baer 1947 gegenüber »der franz[ösischen] Behörde« verpflichten müssen, für Werners Unterhalt aufzukommen, während dieser studierte. Er habe dafür sein »Letztes« aufbringen müssen.[172] Jetzt, im Jahr 1954, arbeite Werner als Kunstmaler, allerdings »mit unsicherem Einkommen.«[173]

Auch Werner Baer nahm Wiedergutmachungsleistungen in Anspruch, seine Schwester Karla dagegen verweigerte sich. Sie mochte kein deutsches Geld annehmen. Vor allem aber wollte sie sich dem Prozedere, das sie als demütigend empfand, nicht unterwerfen. Dass ihr Vater diverse Wiedergutmachungsverfahren betrieb, wusste sie natürlich, dass aber auch ihr Bruder Werner einen Antrag gestellt hatte, war ihr nicht bekannt.[174] Vermutlich hatte er es ihr verschwiegen. Werner Baer mag die Haltung seiner Schwester geteilt haben, ihren Stolz aber konnte er sich nicht leisten.

Auch in den 1960er Jahren war die Not beim ›französischen‹ Teil der Familie noch groß. Das offenbart ein weiteres Schreiben der Bochumer Anwaltskanzlei. Adressat war das Landgericht Dortmund, das zu diesem Zeitpunkt die noch offenen Wiedergutmachungs-Anträge Leo Baers prüfte. Baer lasse durch den Unterzeichneten darum bitten, »dass ihm, soweit das Gesetz hierzu eine Möglichkeit vorsieht, auf die noch anhängigen geltend gemachten Ersatzansprüche eine angemessene Vorschusszahlung durch den Beklagten angewiesen wird.«[175] Die Anwälte verwiesen auf die schlechte Verfassung ihres Mandanten. Der Antragsteller sei »ein körperlich gebrochener Mann«, schrieben sie. »Er ist wirtschaftlich aufgrund der Zeitereignisse praktisch um sein Lebenswerk gebracht worden.«[176]

---

170 Brief Leo Baer an RP Köln, 10.3.1954, in: StaMs, RP Arnsb., Wiedergutmachungen, Nr. 427 165.
171 Anwälte Hermann und Jünger an RP Arnsberg, 10.12.1955, in: ebd.
172 Vgl. Leo Baer an RP Köln, 10.3.1954, in: ebd.
173 Ebd.
174 Vgl. Interview Wölk/Karla Goldberg, 2002.
175 Anwälte Herrmann und Wolff, 29.1.1962, Stellungnahme in der Rückerstattungssache Baer gegen das Deutsche Reich, an das Landgericht Dortmund, in: StaMs, Rückerstattungen, Nr. 9545.
176 Ebd.

Die viele Jahre dauernden Wiedergutmachungsverfahren kosteten Baer Kraft und Geld. Immer wieder fuhr er nach Bochum, um seine Sache selbst zu vertreten. Oft hielt er sich in der Kanzlei seiner Anwälte Herrmann und Jünger, in der Kortumstraße 63, auf. Hier traf er auch auf einen jungen Anwaltsgehilfen, der sich von seinem Schicksal anrühren ließ. Noch Jahrzehnte später erinnerte sich Gerhard Breuer an Leo Baer als einen traurig wirkenden Menschen, der sich in seiner alten Heimat »fremd vorkam«. Baer sei ein mittelgroßer schlanker Mann gewesen, »nicht so ein bulliger Typ«, der in den Pausen zwischen den Gesprächen mit seinem Rechtsbeistand oft auf einer Couch im Esszimmer gesessen habe, wo er sich ausruhen konnte. Dort habe er sich seinen Erinnerungen hingegeben und hatte wohl auch das Bedürfnis sich mitzuteilen. Bei einer Tasse Kaffee habe er von seiner Familie erzählt, die zu den alten Bochumer Familien gehört habe und vom Gerberviertel, wo sich der Familienbetrieb und das Wohnhaus der Familie befunden hatten. Baer sei bei seinen Aufenthalten in Bochum auch in der Stadt unterwegs gewesen, um »alte Plätze« zu suchen, was schwer gewesen sei, »weil alles zerbombt war.« Er erzählte von seiner Mitgliedschaft in der Maiabendgesellschaft, sogar Maischützenoffizier sei er gewesen, und kam auch auf den Ersten Weltkrieg zu sprechen. Er erschien Breuer als ein »ganz typischer deutscher Bürger«. »Wenn ich mir das vorstelle, dass ich als deutscher Unteroffizier im Kaiserreich so abgeschoben wurde …'«, habe er gesagt. Sogar im KZ sei er gelandet. Bei der Erinnerung daran »kam eben diese Trauer auf.« Baer »saß da und weinte bitterlich«. Breuer wusste damit nicht umzugehen. Er sei dann immer »abgezogen«. Eigentlich sei Leo Baer ja relativ sachlich gewesen, nur eben traurig. »Er war tief traurig. Das ist das, was ich in Erinnerung habe.«[177] Auch von seinen Kindern habe Baer gesprochen und deren Unverständnis dafür, dass er selbst noch immer an Bochum hing. Die Kinder seien inzwischen Franzosen. Sein Sohn spreche nur noch Französisch. Zwar könne er noch Deutsch, spreche es aber nicht mehr. Gerhard Breuer war in den 1950er Jahren ein junger Mann (Jahrgang 1931), der Interesse zeigte. So ein »unmittelbarer Kontakt zu einem früheren Bochumer Mitbürger jüdischen Glaubens« sei neu für ihn gewesen.[178]

Die Erinnerungen des Kanzleimitarbeiters Breuer an die Begegnungen in der Anwaltskanzlei erlauben einen Blick auf die Gefühlslage Leo Baers. In der geschützten Atmosphäre dort gab er zu erkennen, dass die Situation ihm zusetzte. Dabei wird ihn nicht nur das Fremdsein in der Heimat belastet haben, sondern auch die Rolle, die ihm in den Verfahren zugewiesen worden war: Er verhandelte nicht auf Augenhöhe mit den Behörden, wie er es von früher kannte und gewohnt war, sondern aus einer unterlegenen Position heraus. Indem er keinen seiner Ansprüche vorzeitig aufgab, erwies er sich zumindest als unbequemer Gegner und konnte am Ende immerhin Teilerfolge verbuchen.

177 Interview Ingrid Wölk mit Gerhard Breuer, 13.12.2007.
178 Ebd.

Baer und Bochum – Versuch eines Fazits

In einer Studie über »Antisemitismus, Judenverfolgung und Wiedergutmachung in Westfalen 1925–1965« beschäftigt sich die Autorin, Marlene Klatt, auch mit der Wiedergutmachungspraxis im Regierungsbezirk Arnsberg. Dem dafür zuständigen Dezernat stellt sie ein schlechtes Zeugnis aus, denn bei der Betrachtung seiner Entscheidungen komme man zu dem Ergebnis, »dass die Mitarbeiter über die ohnehin sehr restriktiven gesetzlichen Vorgaben hinaus den jüdischen Antragstellern zahlreiche zusätzliche Hürden in den Weg stellten.« Das Arnsberger Dezernat habe zu jenen Behörden gehört, »die dazu neigten, die gesetzlichen Bestimmungen zu Lasten der jüdischen Verfolgten auszulegen.«[179] Zwar habe es viele Verfahren jüdischer NS-Opfer problemlos und korrekt erledigt. Bei zahlreichen Entscheidungen jedoch sei der Grundsatz die Minimierung der Ansprüche gewesen. Das habe nicht allein am vorgegebenen Etat und an den komplizierten gesetzlichen Vorschriften gelegen. Oft habe es sich um »bewusste Abwehrstrategien gegen berechtigte Entschädigungsansprüche« gehandelt. »Antisemitische Einstellungen, Arroganz und teils offener Sozialneid spielten ebenfalls eine nicht zu unterschätzende Rolle.«[180]

Der Fall Baer ist nicht geeignet, das negative Urteil Klatts über den RP Arnsberg zu revidieren. Dessen Wiedergutmachungsdezernat verschleppte Baers Wiedergutmachungsangelegenheiten jahrelang und kam zu enttäuschenden Ergebnissen. Dass die Behörde auch schnell und effektiv arbeiten konnte, lässt sich ebenfalls am Beispiel Baer belegen. Sie tat es, als durch die Einflussnahme des Innenministeriums auf die Bearbeitung der Anträge Leo und Else Baers Mitte der 1950er Jahre Druck von außen beziehungsweise ›oben‹ ausgeübt wurde.

Die Wiedergutmachungsbehörden hatten gewisse Spielräume. Das galt auch für die für die Ermittlungen vor Ort zuständigen Ämter für Wiedergutmachung.[181] Klatt stellt die Arbeitsweise zweier Kommunen (Hagen und Niedermarsberg) und einer Kreisbehörde (Arnsberg) exemplarisch auf den Prüfstand und kommt zu unterschiedlichen Ergebnissen: Während bei der Stadt Hagen offensichtliches Bemühen zu erkennen sei, die jüdischen NS-Opfer bei ihren Anträgen zu unterstützen, habe die Verfahrenspraxis im Kreis Arnsberg eine bürokratische Gleichgültigkeit widergespiegelt, »hinter der sich offensichtliches Desinteresse verbarg« und in Niedermarsberg sei der Versuch unverkennbar, »die Berechtigung der Wiedergutmachungsansprüche jüdischer NS-Opfer in Zweifel zu ziehen, herabzumindern oder gar zu dementieren.«[182]

Welche Haltung im Bochumer Amt für Wiedergutmachung vorherrschte, wird sich kaum noch eindeutig ermitteln lassen. Für Bochum liegen Darstellungen zu einzelnen Wiedergutmachungsfällen vor,[183] doch gibt es keine systematische, ver-

---

179 Klatt, Unbequeme Vergangenheit, S. 435.
180 Ebd., S. 444.
181 Vgl. ebd., S. 443.
182 Ebd., S. 456.
183 Vgl. v. a. Hubert Schneider, Die »Entjudung« des Wohnraums – »Judenhäuser« in Bochum, Berlin 2010 und Hubert Schneider, Leben nach dem Überleben: Juden in Bochum nach 1945,

gleichende und auch das Personal einbeziehende Untersuchung der kommunalen Wiedergutmachungspraxis.[184] Die Stadtverwaltung leistete sich zu Beginn Fehlgriffe bei der Bekleidung wichtiger Funktionen. So war sie bei der Besetzung der Stelle des ersten Geschäftsführers des Kreissonderhilfsausschusses mit Ernst Rodenhorst einem Betrüger aufgesessen, der seinen Posten dann verlor und gegen den Anklage erhoben wurde.[185] Auch dessen Nachfolger im Amt, Stadtoberinspektor Teimann, war äußerst umstritten.[186] Doch lässt dies kaum Rückschlüsse auf das Gesamtpersonal zu. Leo Baer hatte mit den genannten Personen nichts zu tun. Für einen ›Ausländer‹ wie ihn war das Bochumer AfW erst nach Erlass des Bundesentschädigungsgesetzes zuständig, als das Amt unter der Leitung von Stadtoberinspektor, später Stadtamtmann, Kurt Ehrich stand. Dieser war selbst ein Opfer des NS – 1948 war er vom KSHA Bochum als »rassisch Verfolgter« anerkannt worden[187] – und hatte eigene Wiedergutmachungsanträge gestellt.[188] Doch auch Ehrich geriet in die Kritik. Er wurde massiv von dem jüdischen Antragsteller Arthur Cohn attackiert, mit dem er zunächst eine persönliche Freundschaft eingegangen war. Cohn und dessen Ehefrau waren 1933 nach Belgien geflohen und planten 1950 die Rückkehr nach Bochum. Hier wurde ihr Antrag auf Anerkennung als »Opfer des Faschismus« abgelehnt,[189] wofür Cohn Ehrich verantwortlich machte. Er beschwerte sich beim Oberstadtdirektor der Stadt Bochum. Die Schärfe seines Angriffs verwundert: Ehrich sei zwar selbst »Halbjude«, aber dennoch ein bekannter »Antisemit« und ein »Henker«, in dessen Händen das Amt für Wiedergutmachung und sein »mörderisches Treiben an den Verfolgten« liege.[190] Der Oberstadtdirektor ließ den Fall untersuchen. Ehrich wehrte sich mit einer ausführlichen Stellungnahme und seine Vorgesetzten akzeptierten seine im Großen und Ganzen von Zeugenaussagen gestützte Darstellung. Die Vorwürfe wurden

Berlin 2014. Vgl. auch Alfred Hinz, Die »Arisierung« jüdischen Haus- und Grundbesitzes durch die Stadtgemeinde Bochum unter der NS-Herrschaft und die Restitution nach Kriegsende, Bochum 2002 (Hausarbeit).

184 Das beklagt z. B. auch Hubert Schneider (»Entjudung« des Wohnraums, S. 33), der selbst in seinen beiden Arbeiten (»Entjudung« des Wohnraums und Leben nach dem Überleben) zahlreiche Beispiele für Wiedergutmachungsverfahren ehemaliger jüdischer Verfolgter aus Bochum, mit ihren oft niederschmetternden Ergebnissen, ausbreitet. Die Rolle des AfW Bochum wird dabei nicht deutlich.

185 Der erste Geschäftsführer des KSHA, Ernst Rodenhorst, war kein »Opfer des Faschismus«, wie von ihm selbst behauptet, wohl aber Mitglied der NSDAP gewesen. Die von ihm bei der Einstellung vorgelegten Papiere waren gefälscht. Vgl. StadtA Bo, BO 11/591. Der Vorgang wird auch von Hubert Schneider beschrieben. Vgl. Schneider, »Entjudung« des Wohnraums, S. 26f.

186 Vgl. ebd. Der Nachfolger war ab 28.10.1946 Stadtoberinspektor Teimann. Die VVN – Vereinigung der Verfolgten des Nazi-Regimes – beklagte sich beim OStD über dessen Amtsführung. Vgl. StadtA Bo, BO 11/591.

187 So steht es in der von Ehrich formulierten Schilderung des Verfolgungsvorgangs (undatiert), in: ebd.

188 Dazu vgl. z. B. Schneider, Leben nach dem Überleben, S. 114f.

189 Vgl. StadtA Bo, BO 11/591. Auch dieser Fall ist dargestellt bei Schneider, »Entjudung« des Wohnraums, S. 30f.

190 Ebd.

zurückgewiesen, der Leiter des Amtes für Wiedergutmachung blieb im Amt und Arthur Cohn wurde entsprechend unterrichtet.

Stand der Ausgang der Untersuchung von Vornherein fest und wurde deshalb einseitig ermittelt? Anlass zur Kritik bot zum Beispiel, dass Rechtsanwalt Dr. Rawitzki, der von Cohn als Zeuge benannt worden war, nicht gehört wurde. Hubert Schneider, der die Familiengeschichten zahlreicher jüdischer NS-Opfer aus Bochum untersucht hat, nennt die Antwort der deutschen Behörden auf die Anklage gegen Ehrich »unbefriedigend«. Denn: »Nicht nur, dass man nicht alle von Cohn benannten Zeugen hörte, glaubte man den Bochumer Zeugen eher als dem ›Ankläger‹ Cohn.«[191]

Weitere Details zu dem geschilderten Vorgang sind hier nicht von Belang[192] und es wäre unredlich von dem Fall Cohn/Ehrich, bei dem private Verletzungen eine nicht unerhebliche Rolle gespielt zu haben scheinen, auf die Arbeit des Amtes für Wiedergutmachung und die politische Einstellung seines Personals zu schließen. Das heißt natürlich nicht, dass es nicht dennoch Gründe gäbe, kritisch mit dem Amt ins Gericht zu gehen. Bei der Betrachtung der unterschiedlichen Wiedergutmachungsverfahren Leo Baers, in die in den 1950er Jahren das AfW Bochum entscheidend einbezogen war, lassen sich genug Anhaltspunkte dafür finden.

Der Leiter des AfW Bochum Kurt Ehrich legte 1961 einen »vorläufigen Schlussbericht« für die Jahre 1945 bis 1961 vor. Der mit der Darstellung der Gesetzeslage, der Bochumer Behördengeschichte und statistischen Angaben unterlegte Bericht vermittelt einen Einblick in die Arbeitsweise des AfW, das sich anscheinend redlich mühte. Das in der Spitze mit sieben Mitarbeiter/innen besetzte Amt bearbeitete auf der Grundlage des Bundesentschädigungsgesetzes mehr als 3.000 Mantelanträge: 2.191 von im Inland lebenden Antragstellern, 997 aus dem Ausland.[193] Das Personal leistete, wie der Berichterstatter betonte, in den ersten Jahren nach Erscheinen des BEG freiwillig zahlreiche Überstunden, um der Antragsflut gerecht werden zu können.[194] Ehrich beziffert den Gesamtbetrag der während des Berichtszeitraumes getätigten Aufwendungen auf 24.713.075,99 DM. Davon seien 24.572.914,39 DM aus Bundes- und Landesmitteln an die Berechtigten ausgezahlt worden [im Schnitt also circa 7.700 DM pro Antragsteller, I. W.] und 140.161,60 DM aus städtischen Mitteln.[195] Bei diesen entfiel der Großteil auf die Personalkosten, 1960 zum Beispiel 70.600 DM von insgesamt 81.900 DM, während 10.800 DM »sächliche Ausgaben« waren und 5.000 DM in Heilverfahren für NS-Opfer flossen. Die Spitze der städtischen Wiedergutmachungs-Aufwendungen wurde 1956 mit 125.406 DM erreicht.[196]

---

191 Schneider, »Entjudung« des Wohnrauns, S. 33.
192 Vgl. dazu StadtA Bo, BO 11/591.
193 Vgl. Bericht AfW Bochum, S. 52/86.
194 Zwischen 1953 und 1954 seien von den insgesamt sieben Bediensteten (2 Beamten, 3 Angestellten und 2 Stenotypistinnen) freiwillig 856 Überstunden geleistet worden. Vgl. ebd., S. 77 und 80.
195 Vgl. ebd., S. 89.
196 Vgl. ebd., S. 43/77 sowie Haushaltssatzung und Haushaltsplan der Stadt Bochum Rechnungsjahr 1960, S. 20: Amt für Wiedergutmachung.

Natürlich sagt die Vielzahl der im AfW bearbeiteten Vorgänge und abgeschlossenen Verfahren nichts darüber aus, »in welchem Geiste diese Verfahren liefen.«[197] Man nimmt dem Amtsleiter aber ab, dass er die prekäre Situation der Antragsteller einschätzen konnte – er kannte sie ja aus eigener Erfahrung – und wusste, dass »Leid nicht zu entschädigen« war.[198] Diese Bemerkung fehlt in seinem Bericht ebenso wenig wie das Bedauern darüber, dass die Wiedergutmachung »viele Verfolgte zu Lebzeiten [leider] nicht mehr erreicht« habe.[199]

Ehrich hob die besondere Unterstützung seines Amtes für Antragsteller aus dem Ausland hervor. Dass die »Beweisführung« für diese zum großen Teil »von Amts wegen« erfolgt sei, habe die Bearbeitung der Anträge sehr beschleunigt und sei schon deshalb im Interesse der Betroffenen gewesen, weil sie aufgrund des Verlustes von Urkunden und anderen Nachweisen »vor fast unüberwindlichen Beweisschwierigkeiten« gestanden hätten.[200] Die Ermittlungen des Amtes für Wiedergutmachung hätten »alle Rechtsgebiete und Verwaltungszweige« berührt und seinen Bediensteten »ein hohes Maß an Können, Verantwortungs- und Einsatzfreudigkeit und nicht zuletzt auch Einfühlungsvermögen« abgefordert. Stolz stellte der Amtsleiter fest, »dass das AfW und mit ihm die Stadtverwaltung Bochum in allen Ländern der Erde, in denen von hier betreute Antragsteller wohnen, den denkbar besten Ruf geniesst.«[201] Die Betroffenen durften das anders sehen – und nicht nur Leo Baer sah es anders. So gingen die Selbsteinschätzung des AfW und die Wahrnehmung seiner Arbeitsweise durch die Bochumer NS-Verfolgten weit auseinander. Was nutzte all der Fleiß, mit dem die Behördenmitarbeiter ihre Arbeit erledigten, wenn nicht viel dabei herauskam, das ihre Forderungen stützte und am Ende, wie bei Leo Baer, der Großteil der »Beweisschwierigkeiten« bestehen blieb?

Generell war es ein großes Problem für die Wiedergutmachungsberechtigten, dass sie ihre Forderungen detailliert nachweisen und nicht etwa die »Ariseure« den Gegenbeweis antreten mussten. So scheiterten viele Entschädigungs- und Rückerstattungsbegehren an den hohen Anforderungen an die Beweispflicht, während die Gegenseite sich entziehen konnte. Das gelang zum Beispiel der Dresdner Bank beziehungsweise ihrer Rechtsnachfolgerin, die in den unterschiedlichen Wiedergutmachungsverfahren Leo Baers gar nicht in Erscheinung trat, obwohl sie doch 1940 den Erlös aus der Versteigerung der Grundstücke an der Gerberstraße eingestrichen hatte. Baers Anspruch auf Ausgleich des Vermögensverlustes, der ihm durch die Negierung des 1936 getroffenen Schuldenerlass-Abkommens zwischen der Isaac Baer OHG und der Dresdner Bank entstanden war (40.000 RM),[202] begegneten die Vertreter der Bank mit dem Hinweis auf nicht mehr existente Unterlagen.[203] Dass Baers eigene Unterlagen

---

197 Schneider, »Entjudung« des Wohnraums, S. 26f.
198 Bericht AfW Bochum, in: StadtA Bo, BO 10/239, S. 56.
199 Ebd., S. 59.
200 Ebd., S. 55.
201 Ebd., S. 56.
202 Vgl. oben, Kapitel »In Frankreich: Vom Zwangs- zum freiwilligen Exil«.
203 Vgl. StaMs, ZK Nr. 427 165 (Brief Baer an RP Köln, 2.10.1957).

deshalb nicht herangezogen werden konnten, weil sie im Zuge der Abwicklung der Firma Baer als Altpapier ›entsorgt‹ worden waren,[204] scheint bei den Verfahren keine Rolle gespielt zu haben.

Leo Baer hatte ein besonderes Problem mit Bochum. Er liebte seine Heimatstadt und konnte es zeitlebens nicht über sich bringen, die emotionalen Brücken dorthin abzubrechen. Umso tiefer war die Enttäuschung darüber, dass eine gütliche Einigung mit den städtischen Behörden nicht möglich war. Seine unmittelbaren Ansprechpartner fand er zunächst im Grundstücksamt und später im Amt für Wiedergutmachung. Dieses agierte in seinen Wiedergutmachungsangelegenheiten bestenfalls unglücklich. Im Fall der Grundstücke an der Gerberstraße, die der Stadt bei der Zwangsversteigerung 1940 zugefallen waren, war es zudem Partei, wie Baer monierte, und keine neutral ermittelnde Instanz. Seinen Unmut darüber hielt er lange zurück und wandte sich erst 1955 an den Oberstadtdirektor der Stadt Bochum. Wenn er bisher geschwiegen habe, so schrieb er, dann doch nur, um seine »alte Vaterstadt vor der Öffentlichkeit nicht bloßzustellen.« Nun aber fand er deutliche Worte: Der Erwerb der Grundstücke durch die Stadt sei ein »schmutziges Erbe aus der unseligen Systemzeit«.[205] Mit seiner Zurückhaltung war es nun vorbei und er beschwerte sich beim RP Köln über die Stadt Bochum.[206]

Bei den Ermittlungen des AfW ging es immer wieder auch um Baers Anspruch auf Rückerstattung in Sachen Isaac Baer OHG, den das Amt bis zuletzt – bis ein Dortmunder Gericht ihn anerkannte – bestritt. Gleichzeitig setzte es den Wert der Firma herab, indem es etwa feststellte, diese habe »schon vor 1933 mit wirtschaftlichen Schwierigkeiten zu kämpfen« gehabt.[207] Warum das AfW Bochum sich so deutlich zum Nachteil Leo Baers positionierte, erschließt sich nicht. Hier ging es ja nicht darum, wie etwa bei den Häusern an der Gerberstraße, den Anspruch auf Rückerstattung ganz zurückzuweisen. Denn wäre Baer ›ausgebootet‹ worden, hätte den Hirschberg-Erben auch sein Anteil an der Entschädigung zugestanden.

Die Frage nach den Gründen für die Leo Baer auch emotional schwer belastende Haltung des AfW wirft ein Licht darauf, wie sehr die Antragsteller auf das Wohlwollen der Behördenmitarbeiter angewiesen waren. Das vor Ort ermittelnde Amt hatte großen Einfluss auf die Entscheidungen des Arnsberger Wiedergutmachungsdezernats. Dass dabei auch persönliche Neigungen, Sympathie und Antipathie eine Rolle spielten, lässt sich – auch angesichts des oben geschilderten Streits zwischen dem Amtsleiter Ehrich und dem Antragsteller Cohn – nicht ausschließen. Vielleicht war es ja so, dass man sich im Bochumer Amt für Wiedergutmachung den im fernen Chile weilenden Hirschberg-Erben eher verbunden fühlte als Baer, der das Amt persönlich hin und

---

204 Vgl. oben und StadtA Bo, BO 23/38, S. 43.
205 StaMs, RP Arnsb., Wiedergutmachungen, Nr. 427 165 (Brief Leo Baer an den OStD und das AfW Bochum, 26.2.1955).
206 Vgl. S. 231 dieses Buches.
207 Ermittlungsbericht des AfW Bochum, 6.7.1956, in: StaMs, RP Arnsb., Wiedergutmachungen, Nr. 427 165.

wieder aufsuchte, der unbequem war und es zudem vermocht hatte, Mitarbeiter des Innenministeriums für sich einzunehmen. Deren Eingreifen hatte das AfW-Personal sicher geärgert. Aber das ist Spekulation.

Auch die Rechtsbeistände der beiden Parteien, die im Auftrag ihrer Mandanten mit dem AfW und dem RP Arnsberg verhandelten – die Kanzlei von Dr. Paul Herrmann auf Baers Seite und Dr. Carl Rawitzki auf der Seite der Hirschberg-Erben – hatten Einflussmöglichkeiten. Während Rawitzki sich für die Interessen zahlreicher jüdischer Antragsteller einsetzte,[208] scheint die Vertretung Leo Baers in Wiedergutmachungsangelegenheiten für die Kanzlei Herrmann eine Ausnahme gewesen zu sein. Die Anwälte, die sich bestimmt kannten, hätten sich miteinander verständigen, zwischen ihren Klienten vermitteln und gemeinsam gegenüber den Behörden auftreten können. Es bleibt im Dunkeln, warum sie es nicht taten.

Fakt dagegen ist, dass die für die Wiedergutmachung zur Verfügung stehenden Gelder begrenzt waren. So entstand die tragische Situation, dass die Antragsteller, die ihr Schicksal als Verfolgte des NS einte, bei der Verteilung der Mittel in Konkurrenz zueinander standen. Das war ihnen nicht immer bewusst – und was hätten sie auch dagegen tun können?

Die pro Haushaltsjahr beschlossenen Etats bildeten die Grundlage für die zur Auszahlung kommenden Beträge, nicht die Höhe der tatsächlich entstandenen Schäden oder gar die den Verfolgten entgangenen wirtschaftlichen Perspektiven. Auch hier liefert der Fall Baer ein Beispiel: Mit seinem Antrag auf Entschädigung des Goodwill der 1939 liquidierten Firma Baer konnte sich Leo Baer weder beim Landgericht Dortmund noch beim RP Arnsberg durchsetzen. Laut BEG war beim Goodwill der geschätzte Firmenwert vor der Entziehung ausschlaggebend. Bei einer großzügigen Regelung hätte ein ganz anderer Maßstab angelegt und zum Beispiel der Wert ermittelt werden können, den die Firma hätte haben können, wäre sie nicht verfolgungsbedingt zum Erliegen gekommen, sondern in der »Wirtschaftswunder«-Bundesrepublik noch am Markt gewesen.[209] Baer wäre dann wohl ziemlich sicher, trotz der Bedenken seiner Kinder, nach Bochum zurückgekehrt und hätte einen wirtschaftlichen Neubeginn gewagt. So stand er vor den Trümmern seines Lebenswerks, um das er, wie seine Anwälte es 1962 formulierten, »aufgrund der Zeitereignisse« gebracht worden war.[210]

Die Wiedergutmachung gehörte nicht zu den zentralen Verwaltungsaufgaben der Nachkriegszeit. Das legt zumindest ein Blick in die Verwaltungsberichte der Stadt Bochum nahe, in denen das Amt für Wiedergutmachung nur am Rande vorkam.

---

208 Hierzu vgl. z. B. Hubert Schneider, Dr. Carl Rawitzki (1879–1963), Der vergessene Ehrenbürger der Stadt Bochum, in: Bochumer Zeitpunkte. Beiträge zur Stadtgeschichte, Heimatkunde und Denkmalpflege Nr. 30, S. 34–57.
209 Hierzu vgl. auch die Anforderungen an die »Wiedergutmachung« aus moraltheologischer Sicht von Rupert Angermair. Vgl. S. 235f. dieses Buches.
210 Stellungnahme der Anwälte Herrmann und Wolff, an das LG Dortmund, 29.1.1962, in: StaMs, Rückerstattungen, Nr. 9545.

Dessen Leiter verfasste seinen umfangreichen »vorläufigen« Schlussbericht 1961 auch deshalb, weil es ihm notwendig erschien, »der häufigen Unterbewertung des AfW zu begegnen.«[211] Sein Ziel war wohl der Fortbestand des Amtes, dessen Funktion und Bedeutung er hervorhob. Die kritisierte Geringschätzung des AfW traf am Rande dessen Mitarbeiter, die Ehrich lobte. Sie betraf vor allem aber wohl die dem Amt zugewiesene Aufgabe. Diese war ein lästiges Relikt aus der Vergangenheit, die man schnell überwinden wollte.

Andere Erfahrungen machten bekanntlich die Flüchtlinge und Vertriebenen, die Entschädigungen nach dem Lastenausgleichsgesetz beantragten und erhielten und offenbar eine größere Lobby hatten. Anders als sie stellten die Wiedergutmachungs-Berechtigten »›keine erhebliche und geschlossene Wählerschicht‹« dar.[212] Sie bildeten »kein relevantes Wählerpotential und waren so«, zumal viele von ihnen im Ausland lebten, »von den eingespielten sozialpolitischen Verteilungsmechanismen der Bundesrepublik ausgeschlossen.«[213] Für die überlebenden Opfer des Nationalsozialismus mag es ein sonderbares Gefühl gewesen sein, dass sie Opfer blieben, obwohl Deutschland den Krieg verloren hatte. Zwar genossen sie den Schutz der Siegermächte, konnten aber nicht einfach die Herausgabe ihres Eigentums oder angemessene Entschädigungen verlangen. Stattdessen gerieten sie als »Antragsteller« in die Rolle von Bittstellern, deren Begehren von deutschen Beamten umständlich geprüft und kleinlich beschieden wurden.

Warum ließen die West-Alliierten, die nach dem Krieg die Weichen stellten, das zu? Hier sind natürlich der beginnende Kalte Krieg und die Westintegration der Bundesrepublik Deutschland zu nennen. Vielleicht aber wollte man auch nicht denselben Fehler begehen wie nach dem Ersten Weltkrieg, als dem besiegten Deutschland (zu?) harte Friedensbedingungen diktiert worden waren. Die Erfolgsgeschichte der Bundesrepublik Deutschland konnte, wenigstens zum Teil, auch deshalb geschrieben werden, weil es ihr gelang, die nach dem Zweiten Weltkrieg fälligen Entschädigungen und Reparationen im überschaubaren Rahmen zu halten. Der sarkastische Kommentar eines Kabarettisten: Deutschland habe zwar den Krieg verloren, die Nachkriegszeit aber gewonnen.[214]

Leo Baers Kampf um Wiedergutmachung endete 1968. In seinen diversen Rückerstattungs- und Entschädigungsverfahren hatte er es mit ganz unterschiedlichen Gegnern zu tun: von der Stadt Bochum über den Krupp-Konzern bis zum ehemaligen Deutschen Reich. Andere konnten sich entziehen. Was die Entschädigungsbehörden

---

211 Bericht AfW Bochum, in: StadtA Bo, BO 10/239, S. 55/89
212 Vgl. Erklärung des Politikers Martin Hirsch 1963 im Zusammenhang mit der Novellierung des BRüG, zit. n. Goschler, in: Goschler/Lillteicher (Hg.), »Arisierung« und Restitution, S. 119. Was die politische Seite angeht, »müsse berücksichtigt werden, dass die Anspruchsberechtigten im Gegensatz beispielsweise zu den Kriegsopfern und Lastenausgleichsberechtigten keine erhebliche und geschlossene Wählerschicht darstellen. Gerade deshalb halte sich aber der Ausschuss für Wiedergutmachung verpflichtet, die Rechte und Interessen der Anspruchsberechtigten als Treuhänder wahrzunehmen.«
213 Ebd.
214 Vgl. ZDF-Sendung »Die Anstalt« vom 31.3.2015.

ihm zugestanden, war ein Bruchteil dessen, was ihm enteignet worden war. Dass er am Ende dennoch relativen Erfolg hatte, lag an seiner und seiner Anwälte Beharrlichkeit.

Im September 1968 wanderte Leo Baer zusammen mit seiner Frau Else nach Kanada aus. Den Regierungspräsidenten in Arnsberg ließ er wissen, sie hätten ihren Wohnsitz in Südfrankreich »aus Alters- und Gesundheitsgründen« aufgegeben und seien nach Toronto gezogen, wo ihre Tochter sich ihrer angenommen habe. Mit gleicher Post bat er die Regierungshauptkasse der Landesrentenbehörde Nordrhein-Westfalen, seine und Elses Rentenbeträge nach Toronto zu überweisen.[215]

Von Kanada aus hatte Baer keine Gelegenheit mehr, sich persönlich um eventuell noch offene Wiedergutmachungsangelegenheiten zu kümmern. Mit der Stadt Bochum war er vermutlich noch immer nicht im Reinen. Noch im April 1968 war eine Klage gegen die Stadt »wegen Anerkennung des Schadensfeststellungsantrages« anhängig,[216] die die Anwälte Herrmann und Rumberg am 8. April in seinem Namen eingereicht hatten. Dabei ging es noch einmal um die im Krieg zerstörten Gebäude an der Gerberstraße, für die Baer keinerlei Entschädigung erhalten hatte. Wie es scheint, lehnte die Stadt es auch ab, ihm den beantragten Lastenausgleich zu gewähren. Der Verwaltungsbeamte Adam, der zwischenzeitlich zum städtischen Vermessungsdirektor aufgestiegen war und den Baer seit 1949 kannte, nahm am 24. April auf Aufforderung des Rechtsamtes der Stadt Bochum Stellung. Er erinnerte sich, dass er selbst als Vertreter der Stadt in dem Vergleichsverfahren 1950 erklärt hatte, die Stadt könne für die zerstörten Häuser keine Zahlung leisten, »da die Ansprüche auf Lastenausgleich bzw. Kriegsschädenvergütung bei dem früheren Eigentümer und Rückerstattungsberechtigten Leo Baer verblieben.« Zwar sei damals vereinbart worden, dass mit dem Vergleich sämtliche gegenseitigen Ansprüche abgegolten seien. Doch beziehe sich dieser Passus »natürlich nicht auf Lastenausgleichsansprüche«.[217] Der Ausgang des Verfahrens konnte nicht ermittelt werden.

---

215 Vgl. Leo Baer an RP Arnsberg, 15.9.1968, in: StaMs, RP Arnsb., Wiedergutmachungen, Nr. 427 165.
216 Vgl. StadtA Bo, BO 23/12, S. 66f.
217 Vgl. ebd., S. 67.

»Moralische Wiedergutmachung« (1960–1973)

War »moralische Wiedergutmachung« einfacher – weil kostengünstiger – zu bewerkstelligen als die materielle? Was verbarg sich hinter diesem Begriff? Sicher nicht das, was die Krupp-Vertreter im Sinn hatten, die im Rückerstattungsverfahren 1951 Leo Baer »eine moralische Wiedergutmachung seines allgemeinen Unglücks zuteil werden lassen« wollten[1] – und dabei rücksichtslos um eine möglichst niedrige Entschädigungssumme für das der Krupp AG 1936 zugefallene Industriegrundstück in Wanne-Eickel feilschten. Auch die Kirchen benutzten den Begriff. Die Nachkriegs-Katholikentage in Mainz 1948, Bochum 1949 und Passau 1950 hatten in Resolutionen »die Schuld des NS eindeutig ausgesprochen und vom Nachfolgestaat eine wirtschaftliche wie auch moralische Wiedergutmachung eindringlichst gefordert.«[2] Die moraltheologische Position zur »Wiedergutmachung«, zunächst zur wirtschaftlichen, legte Rupert Angermair, Professor für Moraltheologie an der katholisch-theologischen Hochschule Freising, dar. In seinem Artikel »Die Wiedergutmachung an die Juden als moralische Pflicht« schreibt er:

»Die […] Absicht des Wiedererstattenden muss sein, sämtliche betrogene und bestohlene oder wenigstens faktisch geschädigte Mitmenschen nach Möglichkeit in die Besitzlage zu versetzen, deren sie sich erfreuten, wenn sie einstens nicht geschädigt worden wären. Dazu sind ihnen nicht nur die entwendeten Güter in ihrer Substanz, sondern auch deren seitherige Früchte zu ersetzen bzw. die Früchte, die die Geschädigten daraus sicher gezogen hätten, die ihnen also seit der Entwendung neben der Substanz ebenfalls entgingen.«[3]

---

1   Vgl. S. 204 dieses Buches (Baer/Hirschberg gegen Krupp …) sowie StaMs, Rückerstattungsakte Q 121 Nr. 2284, Bl. 51.
2   Vgl. Rupert Angermair, Die Wiedergutmachung an die Juden als moralische Pflicht, in Freiburger Rundbrief. Zeitschrift für schriftlich-jüdische Begegnung, V. Folge 1952/53, Nr. 17/18, August 1952, S. 3–6, hier: S. 4.
3   Ebd., S. 3.

Wer »momentan« nicht voll restituieren könne, müsse »sparsam leben, um später zurückgeben zu können, es sei denn, dass der Betrogene darauf verzichtet und sich mit einer Abschlagszahlung zufrieden gibt.«[4] Angermairs Artikel war 1952, also noch vor Erlass der Bundesentschädigungsgesetze, erschienen. Dass die Wiedergutmachungspraxis dann anderen Überlegungen folgte, mussten die Berechtigten bitter erfahren. Auch Leo Baer, dem ein freiwilliger Verzicht fern lag. Dabei wusste er natürlich, dass die »Wiedergutmachung« die erlittenen Verletzungen nicht heilen, sondern allenfalls lindern konnte. Mit dem Folgenden ging er sicher konform:

> »Die tiefsten Wunden, die deutsche Menschen den Juden schlugen, sind indes nicht die wirtschaftlichen. Geraubtes Leben und geraubte Freiheit, schrecklichste Schikanen in Gefängnissen und Konzentrationslagern lassen sich nicht mehr restituieren. Was von all dem sich höchstens noch teilweise gutmachen lässt, ist die verletzte Ehre.«[5]

Die Wiederherstellung der verletzten Ehre als »moralische Wiedergutmachung« – dieser Forderung verschrieb sich Baer und verfolgte sie glühenden Herzens. Dabei ging es ihm besonders um die Ehre der gefallenen jüdischen Soldaten im Ersten Weltkrieg und er reagierte beinahe euphorisch, als er 1960 von einer Initiative des damaligen Bundesverteidigungsministers Franz Josef Strauß hörte, die genau darauf abzielte.

Baer, Strauß und die Wiederherstellung der Gefallenen-Ehre

Im Dezember 1960 schrieb Baer Strauß einen Brief. Durch die Zeitung habe er in Erfahrung gebracht, dass der Verteidigungsminister es sich zur Aufgabe gemacht habe, »das während des Dritten Reiches geschändete Andenken der 12.000 im Ersten Weltkrieg gefallenen Deutschen jüdischen Glaubens wieder herzustellen«.[6] Dabei ging es um die im NS erfolgte Tilgung der Namen der gefallenen Juden von den Ehrenmalen und Gedenktafeln. Der Minister setzte sich dafür ein, sie »überall« rückgängig zu machen.[7] Leo Baer dankte ihm »bewegten Herzens« für seine »edle Geste«, die ihm, einem ehemaligen Frontkämpfer, sein »seelisches Gleichgewicht« wieder herstelle. Allein schon die Anregung des Bundesverteidigungsministers trage »zu einer moralischen Wiedergutmachung bei«, die er, Leo Baer, höher bewerte, »als alle Anstrengungen auf dem Gebiete der materiellen Wiedergutmachung.«[8] Baer berichtete Strauß von der Zerstörung der Gedenktafel für die 30 jüdischen Gefallenen des Ersten Weltkriegs in der Bochumer Synagoge während des Novemberpogroms 1938. Dass

---

4 Ebd., S. 4.
5 Ebd., S. 5.
6 Der Brief Leo Baers ist abgedruckt, in: Baer, Erinnerungssplitter, S. 355–358. (Rundfunkvortrag Schmückle, 30.3.1961).
7 Vgl. ebd.
8 Ebd.

ihm die Nazis seine Staatsangehörigkeit, seine Ehre, sein Hab und Gut genommen hätten, habe ihn schwer mitgenommen, doch die Wunde, die sie ihm mit der Schändung der Gedenktafel geschlagen hätten, werde Zeit seines Lebens nicht zur Heilung kommen. Dennoch dürfe Strauß versichert sein, dass »nach all dem Geschehen« seine Liebe zu seinem »alten wahren deutschen Vaterland nicht erloschen« sei.⁹ Strauß ließ nicht antworten, sondern antwortete selbst. Er freue sich, schrieb er im Januar 1961, dass Baer trotz der »schweren Erlebnisse die Liebe zur alten Heimat bewahrt« habe. Er habe das zuständige Wehrbereichskommando beauftragt, »Vorschläge zu einer Wiederherstellung der Gedenktafel in Bochum zu unterbreiten«, und lud Leo Baer zu einem Besuch im Bundesministerium für Verteidigung ein. Dabei werde er gern zu einem Gespräch zur Verfügung stehen, falls ihn »besondere Aufgaben oder dienstliche Reisen nicht hindern sollten.«¹⁰

Abb. 72: Franz Josef Strauß, Bundesverteidigungsminister 1956 bis 1962.

Aus Dankbarkeit und zum »Beweis« für seine Vaterlandsliebe überließ Baer dem Verteidigungsminister Dokumente und Erinnerungsstücke an den Ersten Weltkrieg, die große emotionale Bedeutung für ihn hatten, darunter das von diesem selbst signierte Porträt von Prinz Oskar und das »Feldgebetbuch für die jüdischen Mannschaften«, das Rabbiner Dr. Moritz David den eingezogenen jüdischen Soldaten aus Bochum mit in den Krieg gegeben hatte. Das Exemplar, das Strauß erhielt, war im Schlachtgetümmel von einer französischen Kugel zerfetzt worden und hatte Baers Freund Josef Zürndorfer gehört.¹¹ Strauß bedankte sich im Mai 1961 für die Dokumente, die er »mit großer Bewegung« zur Kenntnis genommen habe. Das von

9   Ebd.
10 Franz Josef Strauß an Leo Baer, 23.1.1961, in: StadtA Bo, BO 41, Zugang Nr. 659/1625, Bd. 1.
11 Vgl. Baer, Erinnerungssplitter, S. 376. Es bleibt im Dunkeln, wie Leo Baer in den Besitz von Zürndorfers Feldgebetbuch gelangt war. Vielleicht zusammen mit dem Brief, den Zürndorfer Baer schickte, als er 1915 verwundet im Lazarett lag?

einer Kugel zerfetzte Feldgebetbuch werde einen Ehrenplatz erhalten, die anderen Dokumente, die er »für zeitgeschichtlich sehr aufschlussreich« halte, werde er in aller Sorgfalt studieren. Er hoffe, Baer irgendwann persönlich für sein »hochherziges Vertrauen« danken zu können.[12]

Leo Baers Brief von Dezember 1960 gab Strauß an seinen Pressesprecher Gerd Schmückle weiter, der sich ebenfalls mit Baer in Verbindung setzte. »Überall im Bundesgebiet«, ließ er ihn wissen, würden Ermittlungen nach den Namen gefallener Frontkämpfer durchgeführt. »Dort, wo sie von den Nationalsozialisten entfernt wurden, werden sie wieder eingefügt.« Auch die Stadt Bochum und die für den »Bereich Bochum« zuständige jüdische Gemeinde seien bereits unterrichtet worden.[13]

Schmückle, damals im Rang eines Obersts, stieg 1978 als erster Deutscher zum stellvertretenden Oberbefehlshaber der NATO in Europa auf. Er war ein selbstbewusster Pressesprecher, der mehr tat, als die Anweisungen seines Ministers zu befolgen. Bei dem Bemühen um die Erinnerung an die jüdischen Frontkämpfer scheint er die treibende Kraft gewesen zu sein. Das Thema habe ihn schon lange bewegt, doch er habe nicht gewusst, wie er es anpacken sollte, schrieb er 1982 in seinen Memoiren – bis eines Tages ein in Brasilien lebender jüdischer Freund ein Buch auf seinen Schreibtisch gelegt habe: die vom Reichsbund Jüdischer Frontsoldaten 1935 herausgegebenen Kriegsbriefe gefallener Deutscher Juden. Schmückle schlug Franz Josef Strauß vor, das Buch neu aufzulegen. Er sei »sofort einverstanden« gewesen.[14]

Ende März 1961 hielt Oberst Schmückle im RIAS Berlin[15] einen Rundfunkvortrag über »Deutsche jüdische Soldaten«. Er stellte der interessierten Öffentlichkeit Strauß' Plan vor, die »Kriegsbriefe« für die Bundeswehr neu herauszugeben und ging auch auf die Initiative ein, die Leo Baer mit Strauß hatte in Kontakt treten lassen: die Wiederanbringung der Namen der jüdischen Kriegsopfer auf den Gefallenen-Denkmälern des Ersten Weltkriegs. Schmückle las dazu den Brief eines »ehemals deutschen Juden, der heute in Südfrankreich lebt«, ungekürzt vor, ohne Baers Namen zu nennen.[16] Er schloss mit der Vermutung, dass ähnlich bittere Gefühle wie der Briefschreiber viele Männer »jüdischer Abstammung« empfunden hätten, »die – ohne zu ahnen, dass sie unter die sogenannten Arierparagraphen fielen – in der Wehrmacht dienten«, bis man ihre Abstammung entdeckt und sie aus der Wehrmacht entfernt habe.[17] Das Schicksal der jüdischen Frontsoldaten »in das Geschichtsbild der Bundeswehr aufzunehmen«, war ihm ein Anliegen, das er in seinem Rundfunkvortrag wie folgt begründete:

---

12   Vgl. Brief Franz Josef Strauß an Leo Baer, 15.5.1961, in: Archiv für Christlich-Soziale Politik der Hanns-Seidel-Stiftung (ACSP), Nachlass Strauß. Mit Brief vom 31.7.2006 an das Stadtarchiv Bochum teilt die Hanns-Seidel-Stiftung mit, dass das »Feldgebetbuch für jüdische Mannschaften […] im Nachlass nicht vorhanden ist.«
13   Oberst Gerd Schmückle an Leo Baer, 28.2.1961, in: StadtA Bo, BO 41, Zugang Nr. 659/1625, Bd. 1.
14   Vgl. Gerd Schmückle, Ohne Pauken und Trompeten. Erinnerungen an Krieg und Frieden, München 1984, S. 244f. Die Erstauflage erschien in Stuttgart 1982.
15   R[undfunk] i[m] a[merikanischen] S[ektor]
16   Vgl. Rundfunkvortrag Schmückle, in: Baer, Erinnerungssplitter, S. 357f.
17   Vgl. ebd., S. 358.

»Tradition, will sie richtig verstanden sein, kann nicht nur das Erbe im Guten sondern muss auch das Bewusstsein des Erbes im belastenden Sinne enthalten. Nur so kann die Bundeswehr redlich bleiben bei ihrem Versuch, aus der Geschichte zu lernen, um Gegenwart und Zukunft zu bewältigen.«[18]

1961, nur wenige Monate nach der Ankündigung im RIAS, erschien die mit einem Geleitwort des Bundesverteidigungsministers versehene Neuauflage der »Kriegsbriefe gefallener deutscher Juden« im Seewald Verlag, Stuttgart Degerloch. Wie Schmückle in seinen Memoiren schreibt, meldeten sich daraufhin nun auch viele andere Juden »aus aller Welt«, die Strauß schrieben, »dieses Buch sei für sie wichtiger als jede finanzielle Wiedergutmachung.«[19]

Die Neuauflage war nicht identisch mit der Erstausgabe von 1935. Interessanterweise schloss sie nicht wie diese mit dem letzten Brief des Rabbiners Alfred Zweig »an seinen Freund«,[20] sondern mit den schon mehrfach zitierten Zeilen Josef Zürndorfers: »Ich bin als Deutscher ins Feld gezogen, um mein bedrängtes Vaterland zu schützen. Aber auch als Jude, um die volle Gleichberechtigung meiner Glaubensbrüder zu erstreiten.«[21] Zürndorfers »Testament« fehlt in der Ausgabe von 1935. Es wurde von Schmückle (oder Strauß selbst?) hinzugefügt. Vermutlich fand es so – über Baer, der Strauß seine Erinnerungsstücke überlassen hatte, – erstmals den Weg in die Öffentlichkeit.

Noch 1961 folgte Leo Baer der Einladung von Franz Josef Strauß ins Verteidigungsministerium nach Bonn. Aufgrund »dringender Dienstgeschäfte« traf er den Minister dort aber nicht an. Das sei »ausgerechnet in den Tagen der Aufregung im Zusammenhang mit dem Baubeginn der unseligen Berliner Mauer« gewesen. Die Herren Schmückle und Obst hätten ihren Chef aber »würdig vertreten.«[22] 1964 lud Baer Strauß, der nun nicht mehr Verteidigungsminister war, zu sich nach Menton an der Côte d'Azur ein. Er gebe die Hoffnung nicht auf, ihn und seine Gemahlin doch noch persönlich kennenzulernen. Sollte ihn also sein Weg nach Italien via Menton führen, freuten er, Leo Baer, und seine Frau sich, das Ehepaar Strauß »bei uns« begrüßen zu können.[23] Strauß brauchte mehr als ein Dreivierteljahr um zu antworten, aber er antwortete. Er entschuldigte sich mit der Fülle seiner politischen und allgemeinen Verpflichtungen für die Verspätung. In der Zwischenzeit habe sich ja viel ereignet und auch im deutsch-israelischen Verhältnis sei ein Fortschritt festzustellen. Seinen und den Besuch seiner Gattin bei den Baers konnte er nicht in Aussicht stellen, denn »leider« sei ihr Aufenthalt an der Südküste Frankreichs immer

18   Ebd.
19   Schmückle, Ohne Pauken und Trompeten, S. 246
20   Vgl. Kriegsbriefe gefallener Deutscher Juden, hg. vom Reichsbund Jüdischer Frontsoldaten e. V., Berlin 1935, S. 92f.
21   Kriegsbriefe gefallener deutscher Juden. Mit einem Geleitwort von Franz Josef Strauß, Stuttgart 1961, S. 135.
22   Brief Leo Baer an Franz Josef Strauß, 8.9.1964, in: ACSP, Nachlass Strauß.
23   Vgl. ebd.

so kurz, »dass wir kaum dazu kommen, irgendwelche Besuche zu machen. Ich habe mir aber vorsorglich Ihre Adresse vorgemerkt.«[24]

»Wie eine lodernde Flamme fraß es um sich« – Gedenktafel für die Bochumer Synagoge

Am 28. Juni 1967 verlangte Leo Baer »moralische Wiedergutmachung« von der Stadt Bochum, mit der er ja noch immer im Streit wegen der noch offenen Forderungen in seinem materiellen Wiedergutmachungsverfahren lag. Der Adressat seines Schreibens war Oberstadtdirektor Dr. Gerhard Petschelt und damit derselbe wie 1955, als er sich bitter über die Stadt beklagt hatte, die als »Partei« in seinem Rückerstattungsverfahren (Grundstücke Gerberstraße) nicht neutral ermittelt und ihn benachteiligt habe.[25] Moralische Wiedergutmachung forderte er, indem er seinem Schul- und Kriegskameraden Max Cahn zur Seite trat, der im April 1967 »als Jude und Frontkämpfer 1914–1918« eine Gedenktafel auf dem Platz der 1938 niedergebrannten Synagoge vorgeschlagen hatte.[26] Seine Unterstützung für das Projekt Cahns verband Baer mit dem Hinweis auf die mittlerweile sechs Jahre alte Initiative des damaligen Bundesverteidigungsministers (und jetzigen Finanzministers) Franz Josef Strauß, der »die örtlichen Behörden in Deutschland aufgefordert [hat], auf allen Ehrenstätten die Namen der 12 000 gefallenen deutschen Soldaten jüdischen Glaubens des I. Weltkrieges wieder anzubringen, die von den Nazis entfernt wurden.«[27]

Baer legte seinem Schreiben ein Foto der Gedenktafel in der Bochumer Synagoge bei und erinnerte eindringlich an die Geschehnisse am 9. November 1938: Vor »Inbrandsetzung der Synagoge« seien die Bronzeteile der Tafel »von einer Horde SA herausgebrochen und darauf an einen Althändler verkauft« worden. Die Täter hätten den Erlös in Alkohol »umgewertet«, sodass sie die anschließende »Zerstörung der Wohnungseinrichtungen der jüdischen Mitbürger gewissenhafter vornehmen konnten.« Die Wiederherstellung der Tafel zum Gedenken an die »im Kampf für Deutschlands Ehre« gefallenen 30 Mitglieder der Synagogengemeinde sei eine weitere »Ehrenschuld« der Stadt Bochum »auf der Debetseite der moralischen Wiedergutmachung«. Er wolle es noch erleben, dass seine ehemalige Vaterstadt »als letzte Großstadt der Bundesrepublik der Aufforderung des Herrn Bundesfinanzministers Strauß« nachkomme.[28]

---

24 Brief Franz Josef Strauß an Leo Baer, 30.6.1965, in: ACSP, Nachlass Strauß.
25 Vgl. S. 211 dieses Buches.
26 Vgl. Max Cahn an den OB der Stadt Bochum, 10.4.1967, in: StadtA Bo, BO 41, Zugang Nr. 659/1625, Bd. 1.
27 Leo Baer an die Stadtverwaltung, z.Hd. OStD Dr. Petschelt, 28.6.1967, in: ebd.
28 Ebd. Bochum war vermutlich nicht die einzige Großstadt, die der Strauß-Initiative nicht gefolgt war. Gerd Schmückle stellt zu der Anregung, »die Namen der jüdischen Gefallenen wieder auf den Denkmälern anzubringen«, lapidar fest: »In einigen Gemeinden soll dies auch geschehen sein.« Schmückle, Ohne Pauken und Trompeten, S. 246.

Baers Brief an den Oberstadtdirektor landete beim Kulturdezernenten der Stadt Bochum, Stadtrat Nelles. Dieser schickte ein ermutigendes Antwortschreiben, dem er »Schriften« über Bochum beifügte, unter anderem Franz Peines »So war Bochum«. Leo Baer bedankte sich artig, wobei er sich einen Seitenhieb nicht verkneifen konnte: Mit besonderer »Genugtuung« habe er nicht nur eine Fotografie der Synagoge, sondern auch die Wiedergabe eines Teils seines »ehem[aligen] Grundbesitzes in der Gerberstraße« in dem Buch entdeckt, »der durch nat[ional]soz[ialistische] Massnahmen geschlossen in den Besitz der Stadt Bochum überging.«[29]

Der Vorschlag Max Cahns fiel in Bochum auf fruchtbaren Boden. Der Kulturausschuss beschloss die Errichtung einer Gedenktafel am Standort der niedergebrannten Synagoge und beauftragte das städtische Planungsamt mit dem Entwurf.[30] Der Textvorschlag lautete: »Zur Erinnerung an die am 9.11.1938 durch die nationalsozialistischen Machthaber zerstörte Synagoge«.[31] Der von Baer und Cahn erbetene Hinweis auf die »1914–1918 gefallenen jüdischen Mitbürger«[32] fehlte. Hierzu verwies Stadtrat Nelles Leo Baer auf ein bereits realisiertes Mahnmal an der Pauluskirche: die von Professor Gerhard Marcks, Köln, geschaffene Skulptur »In die Ferne blickende alte Frau«.[33] Das Denkmal war 1953 beschlossen und am 4. November 1956 enthüllt worden. Ursprünglich sollte es als »Mahnmal zu Ehren der Gefallenen und der Opfer des Bombenkrieges und zur Erinnerung an die Nöte und Leiden der Kriegszeit« dienen.[34] Die in den Sockel eingemeißelte Inschrift »4. November 1944« verweist auf die Opfer des schwersten Luftangriffs auf Bochum im Zweiten Weltkrieg. 1966 wurde die Erinnerungsfunktion der »trauernden Alten« erweitert: Laut Beschluss des Kulturausschusses vom 24. Mai und des Hauptausschusses vom 8. Juni 1966 wurde ihr eine Bronzetafel mit der Inschrift »Den Opfern von Gewaltherrschaft und Krieg 1933–1945« beigegeben.[35] Wie Leo Baer aus dem Brief des Kulturdezernenten vom 30. August 1967 erfuhr, sollte das Mahnmal an der Pauluskirche nun sogar dem »Gedenken der Toten aller Kriege und der politischen und rassischen Verfolgung« gewidmet sein. Die im Ersten Weltkrieg gefallenen dreißig »jüdischen Mitbürger« seien darin eingeschlossen.

Max Cahn gegenüber hatte die Stadt wohl ähnlich argumentiert. Cahn halte das Mahnmal an der Pauluskirche deshalb für »ausreichend«, erfuhr Leo Baer vom Bochumer Kulturdezernenten.[36] Baer beeilte sich zu versichern, auch er beharre nicht auf seinem Vorschlag. Er sei mit dem Vorhaben »in allen Teilen einverstanden«,

---

29 Leo Baer an das Kulturdezernat der Stadt Bochum, 24.9.1967, in: StadtA Bo, BO 41, Zugang Nr. 659/1625, Bd. 1
30 Vgl. Stadtrat Nelles an Leo Baer, 30.8.1967, in: ebd.
31 Ebd.
32 Vgl. Max Cahn an OB Heinemann, 10.4.1967, in: ebd.
33 Vgl. Stadtrat Nelles an Leo Baer, 30.8.1967, in: ebd.
34 Vgl. Vermerk vom 8.10.1969, in: StadtA Bo, BO 41, Zugang Nr. 659/1596, Bd. 3.
35 Vgl. ebd.
36 Vgl. Stadtrat Nelles an Leo Baer, 30.8.1967, in: StadtA Bo, BO 41, Zugang Nr. 659/1625 Bd. 1.

um »Kompetenzstreitigkeiten auszuschalten und die Verwirklichung Ihres obigen Projektes nicht zu verzögern.«[37]

Die Stadt Bochum stellte Haushaltsmittel bereit und auch die Zustimmung der Bank für Gemeinwirtschaft lag vor.[38] Sie war erforderlich, weil das Bankgebäude auf dem ehemaligen Synagogengrundstück stand/steht und dessen Giebelwand an der Huestraße die praktischste Lösung für die Anbringung der Tafel bot. So schien der Realisierung des Projektes nichts im Wege zu stehen. Unerwarteter Widerstand kam von anderer Seite: Die Jüdische Gemeinde sperrte sich.

Weil die kleine Bochumer jüdische Nachkriegsgemeinde nicht lebensfähig gewesen war, hatte sie sich 1953 mit Herne und Recklinghausen zusammengeschlossen. Die neue Jüdische Kultusgemeinde Bochum-Herne-Recklinghausen wurde von der Recklinghäuserin Minna Aron geführt, die ihre gesamte Familie verloren und selbst diverse Konzentrationslager überlebt hatte. Der Sitz der Gemeinde war in Recklinghausen, wo sie 1955 neue Räumlichkeiten bezogen hatte.

Der Bochumer Oberstadtdirektor Petschelt hatte Anfang Juli 1967 verfügt, Vorschläge wie der von Max Cahn eingebrachte seien mit der Jüdischen Kultusgemeinde abzustimmen.[39] Ein Anruf des Bochumer Kulturamtes in Recklinghausen ergab, dass man dort von den Bochumer Plänen nicht begeistert war und Wert auf die Feststellung legte, Cahn könne nicht im Namen der Jüdischen Kultusgemeinde sprechen. Die Geschäftsführerin Minna Aron kündigte einen Vorstandsbeschluss an.[40] Im Oktober 1967 teilte Frau Aron mit, der Vorstand habe sich mit der Angelegenheit befasst und sei zu dem Ergebnis gekommen, »dass man davon absehen solle, in der Bochumer Innenstadt eine derartige Tafel anzubringen.«[41] Stattdessen schlage er vor, »auf dem jüdischen Teil des Friedhofs an der Wasserstraße, also abseits des Großstadtverkehrs, einen Stein zur Erinnerung an die im Krieg umgekommenen jüdischen Mitbürger aufzustellen.«[42]

Auf den ersten Blick lässt sich der zitierte Beschluss kaum nachvollziehen. Was sollte die Jüdische Gemeinde gegen eine Gedenktafel am Standort der zerstörten Synagoge haben? Das Dilemma wird verständlicher, wenn man die handelnden Personen und ihren Erfahrungshorizont genauer betrachtet: Leo Baer und Max Cahn auf der einen, Minna Aron und ihre Vorstandskollegen auf der anderen Seite. Während die einen die Erinnerung an die Zerstörung der Bochumer Synagoge 1938 mit dem Gedenken an die jüdischen Gefallenen des Ersten Weltkriegs und die Schändung der für diese im Vorraum der Synagoge angebrachten Gedenktafel verknüpfen wollten, hatten die anderen vor allem die Shoa-Opfer im Blick. Offenbar fanden sie die Vorstellung unerträglich, ihrer mitten im Großstadtlärm zu gedenken und hielten die stille Form der Erinnerung – wie etwa in Recklinghausen, wo die Überlebenden ihren Toten

---

37 Leo Baer an Stadt Bochum, Kulturdezernat, 24.9.1967, in: ebd.
38 Vgl. Schreiben BfG an Kulturdezernat, 22.5.1967, in: ebd.
39 Vgl. Vermerk Kulturamt, 10.10.1967, in: ebd.
40 Vgl. Vermerk Kulturamt, 12.7.1967, in: ebd.
41 Vermerk Kulturamt, 10.10.1967, in: ebd.
42 Ebd.

einen Gedenkstein auf dem jüdischen Friedhof geweiht hatten – für angemessener. Hinzu kam möglicherweise, dass der Vorstand – zu dem mit Karl-Heinz Menzel ja auch ein Bochumer gehörte[43] – sich von Cahn und Baer übergangen fühlte, während diese wiederum genau das wohl auch im Sinn hatten. Dass Lokalpatriotismus im Spiel war, ließ Leo Baer im März 1971 durchblicken, als er zugab, er habe »die zuständigen jüdischen Instanzen übergangen« und direkt mit der Stadt Kontakt aufgenommen. Es sei nämlich »eine Ironie des Schicksals, dass die Belange der Bochumer Juden innerhalb der Jüdischen Kultusgemeinde Bochum-Herne-Recklinghausen dem Vorstand der letztgenannten Stadt als federführende Instanz unterstellt sind.«[44] Das berühre ihn als ehemaligen Repräsentanten der Bochumer Synagogengemeinde »besonders peinlich« und lasse ihn daran denken, dass »als vor einem Jahrhundert die erste Eisenbahnlinie über Herne verlief […] für Bochum bestimmte Postsendungen mit dem Vermerk ›Bochum bei Herne‹ versehen werden mussten.«[45]

Baer war wohl zu weit weg vom Geschehen, um Verständnis für die aktuelle Situation der jüdischen Nachkriegsgemeinde aufbringen und den Pragmatismus nachvollziehen zu können, der der Entscheidung für die Verlegung des Sitzes der Verbund-Gemeinde von Bochum nach Recklinghausen zugrunde lag.

Der Wille des Vorstandes der Jüdischen Gemeinde war für Politik und Verwaltung in Bochum bindend. So beschloss der Kulturausschuss am 25. Oktober 1967 einstimmig: »Auf Wunsch der Jüdischen Kultusgemeinde Bochum-Herne-Recklinghausen wird von der Anbringung einer Erinnerungstafel an dem früheren Standort der Synagoge abgesehen.«[46] Dem Kulturamt verblieb die undankbare Aufgabe, Max Cahn und Leo Baer darüber in Kenntnis zu setzen.[47]

Die beiden gaben nicht auf. Am 8. Januar 1968 erhob Max Cahn »als Bochumer Einspruch« und verlangte, »dass die Interessen der noch gebürtigen Bochumer Juden respektiert werden.« Die Gedenktafel sei dort anzubringen, »wo einst das Gotteshaus gestanden hat als Erinnerung der gesamten Bochumer Bevölkerung.« Die Recklinghäuser Begründung lehne er ab, denn selbst »im größten Verkehrszentrum in Essen und Dortmund« seien derartige Tafeln angebracht worden.[48] Leo Baer meldete sich ebenfalls im Januar 1968 zu Wort. Er bedauerte, dass man sich dreißig Jahre nach Zerstörung der Synagoge über den Standort »eines Erinnerungs- bez[iehungs]w[eise] Sühnemales« nicht einig sei und griff seine ursprüngliche Forderung – Wiederherstellung der Erinnerung an die im Ersten Weltkrieg gefallenen jüdischen Soldaten – wieder auf. »Das Symbol der Stadt vor der Pauluskirche in Ehren!«, aber es stehe in keinem Zusammenhang »mit den vielen geschändeten Ehrenmalen für die Gefallenen

---

43 Vgl. z. B. Schneider, Leben nach dem Überleben, S. 171.
44 Brief Leo Baer an Stadtrat Dr. Richard Erny vom 4.3.1971, in: StadtA Bo, Registratur.
45 Ebd.
46 Auszug aus der Niederschrift des Kulturausschusses vom 25.10.1967, in: StadtA Bo, BO 41, Zugang Nr. 659/1625, Bd. 1.
47 Vgl. Brief Winner, Kulturamt, an Cahn, 22.12.1968 sowie Brief Winner an Leo Baer, 28.12.1967, in: ebd.
48 Cahn an Kulturamt Bochum, 8.1.1968, in: ebd.

jüdischen Glaubens innerhalb der Bundesrepublik, für deren Wiederherstellung sich das Bundesministerium für Verteidigung eingesetzt« habe. Er wies nun mit deutlichen Worten darauf hin, dass auch die Stadt Bochum und die Kultusgemeinde Bochum-Herne-Recklinghausen Ende Februar 1961 entsprechend unterrichtet worden seien, »ohne dass nach Ablauf von sieben Jahren auch nur das geringste in dieser Angelegenheit unternommen wurde.« Die »Ersatzbeschaffung für das Ehrenmal der gefallenen Bochumer Juden« liege ihm auch deshalb so am Herzen und komme quasi seinem »letzten Willen« gleich, weil er selbst nach dem Ersten Weltkrieg, als Repräsentant der Bochumer Synagogengemeinde, mit der Realisierung des Projektes betraut worden sei. Das Gedenken an die dreißig gefallenen Mitglieder der Gemeinde sehe er »zusammen mit der Gedenktafel für die Synagoge am besten gewahrt«. Er bat darum, seinen Vorschlag auch der Kultusgemeinde zu unterbreiten, »in der Erwartung, dass alles zum guten Ende führt.«[49] Seinem Brief legte er die 1961 von Franz Josef Strauß neu herausgegebenen »Kriegsbriefe gefallener deutscher Juden« bei und widmete das Buch seiner »ehemaligen Vaterstadt«.[50] Vielleicht war es kein Zufall, dass er nun, als er die »moralische Wiedergutmachung« gefährdet sah, in seinem materiellen Wiedergutmachungsverfahren noch einmal aktiv wurde. Im April 1968 verklagte er die Stadt Bochum »wegen Anerkennung des Schadensfeststellungsantrages« bezüglich der im Zweiten Weltkrieg zerstörten Gebäude an der Gerberstraße.[51]

Bei dem Bemühen um eine Lösung des Konfliktes um die Gedenktafel führte Max Cahn die Autorität Leo Baers »als ehem[aliger] Repräsentant der Bochumer Synagogengemeinde« ins Feld. Offenbar auf Cahns Bitte hin gab Baer im Januar 1968 die formale Erklärung ab, er stimme dessen Projekt »vorbehaltlos« zu.[52] Es ist nicht zu erkennen, ob die beiden ›Parteien‹ sich im Hintergrund aufeinander zubewegten. Jedenfalls berieten die Gremien der jüdischen Verbundgemeinde erneut und im März 1968 fassten Vorstand und Gemeindevertretung der Jüdischen Kultusgemeinde Bochum-Herne-Recklinghausen den Beschluss, »eine Gedenktafel für die ehemalige Bochumer Synagoge anzubringen.«[53]

So konnte Cahns Anregung schließlich doch noch realisiert werden. Bei der Umsetzung bezog das damit betraute Kulturamt die Jüdische Gemeinde eng mit ein. Auch der Kulturausschuss der Stadt Bochum musste das Projekt erneut auf seine Tagesordnung setzen. Am 3. Mai 1968 beschloss er die Anbringung einer Bronzetafel am

---

49 Leo Baer an Kulturamt Bochum, Eingang 16.1.1968, in: ebd.
50 Vgl. Leo Baer an Kulturamt Bochum, Januar 1961, in: ebd. Der Leiter des Kulturamtes, Winner, gab die Publikation an die Stadtbücherei weiter (vgl. Winner an Baer, 22.1.1968, in: ebd.), deren Lesern sie jahrzehntelang zur Verfügung stand. Mittlerweile ist das Buch in den Bestand des Stadtarchivs übergegangen.
51 Vgl. StadtA Bo, BO 23/12, S. 66f.
52 Vgl. Leo Baer an Max Cahn, 25.1.1968, in: StadtA Bo, BO 41, Zugang Nr. 659/1625, Bd. 1.
53 Schreiben der Jüdischen Kultusgemeinde Bochum-Herne-Recklinghausen an das Kulturamt der Stadt Bochum, in: ebd.

BfG-Gebäude an der Huestraße zum zweiten Mal. Der mit der Jüdischen Gemeinde abgestimmte Text lautete:

> »Wie eine lodernde Flamme fraß es um sich – Hier stand die im Jahre 1861 erbaute Synagoge der Jüdischen Kultusgemeinde Bochum. Sie wurde während der nationalsozialistischen Gewaltherrschaft niedergebrannt.«[54]

Am 10. November 1968 – genau dreißig Jahre nach der Zerstörung der prachtvollen Bochumer Synagoge – wurde die Gedenktafel von Oberbürgermeister Fritz Heinemann feierlich enthüllt. Landesrabbiner Emil Davidovic hielt die Gedenkrede und sprach das Kaddisch, Oberstudienrat Werner Schneider hielt als Vertreter der Gesellschaft für Christlich-Jüdische Zusammenarbeit eine Ansprache und der Kinderchor der Stadt Bochum sang zwei Lieder.[55] Die Westdeutsche Allgemeine Zeitung berichtete am 11. November 1968 unter der Überschrift »Damit Menschlichkeit herrsche …!« über die »schlichte Feierstunde«.[56]

Abb. 73: Einweihung der Gedenktafel für die am 9. November 1938 zerstörte Synagoge in Bochum, 10.11.1968.

54 Auszug aus der Niederschrift des Kulturausschusses vom 3.5.1968, in: ebd.
55 Vgl. Programm der Feierstunde, in: ebd.
56 WAZ, 11.11.1968.

Leo Baer wird zufrieden gewesen sein, auch wenn seinem Vorschlag, die Erinnerung an die Zerstörung der Synagoge 1938 mit dem Gedenken an die 1914–18 gefallenen jüdischen Soldaten zu verbinden, nicht gefolgt worden war. Die feierliche Enthüllung der Gedenktafel konnte er allenfalls aus der Ferne beobachten, denn im Juli 1968 waren er und Else Baer von der französischen Côte d'Azur nach Toronto verzogen. Dort erreichten ihn Presseausschnitte über den Festakt am 10. November sowie einige Fotos. Sein Schulkamerad Max Cahn hatte sie auf Bitten des Kulturamtes »mit den besten Empfehlungen« an ihn weitergeleitet.[57]

Erny und Baer und die Glut unter der Asche

Im September 1970 nahm Leo Baer, nun von Kanada aus, den Korrespondenzfaden mit der Stadt Bochum wieder auf. Er antwortete auf ein Schreiben des Kulturdezernenten mit Informationen über die Steinskulptur an der Pauluskirche, das er etwa ein Jahr zuvor empfangen hatte. Aufgrund seiner früheren Korrespondenz war Baer gut über das Mahnmal »In die Ferne blickende alte Frau« unterrichtet. Doch hatte er anscheinend keine Vorstellung davon, wie es aussah und bat um ein Foto.[58] Kurz darauf betrat ein neuer Kulturdezernent die Bühne: Dr. Richard Erny, der – noch gar nicht richtig in Bochum angekommen – auf das an seinen Vorgänger gerichtete Schreiben Baers reagierte.

Erny stammte aus Mannheim, wo er Leiter der Volkshochschule und seit 1962 auch des neu eingerichteten Kulturamtes sowie Geschäftsführer der dortigen Gesellschaft für Christlich-Jüdische Zusammenarbeit gewesen war. In seinen unterschiedlichen Funktionen hatte er immer wieder Gedenkfeiern für die NS-Opfer mit veranstaltet und war an Ausstellungen und Vortragsabenden zur jüdischen Geschichte beteiligt.[59] Auch hielt er selbst Vorträge, wie etwa den über »Deutsche und Juden« im Rahmen einer Tagung der Pädagogischen Arbeitsstelle für Erwachsenenbildung im November 1966 in Inzighofen/Sigmaringen.[60] In dem gut vorbereiteten Vortrag setzte sich Erny mit den deutschen Nachkriegs-Wortschöpfungen »Vergangenheitsbewältigung« und »Wiedergutmachung« auseinander, die ihm »suspekt« waren. Anders als etwa der Bundeswehroffizier Schmückle hielt Richard Erny nicht viel davon, »aus der

---

57 Vgl. Kulturamt Bochum an Cahn, 5.12.1968 (Bitte an Cahn, »die zusätzlich beiliegenden Abzüge mit den besten Empfehlungen an Herrn Baer« weiterzuleiten). Cahn an Kulturamt, 7.12.1968 (hat der Bitte entsprochen, die Erinnerungsbilder seinem Schulkameraden einzureichen). Beide Briefe, in: StadtA Bo, BO 41, Zugang Nr. 659/1625, Bd. 1.
58 Vgl. Schreiben Leo Baer an das Kulturdezernat Bochum, 2.9.1970, in: StadtA Bo, BO 41, Zugang Nr. 659/1596, Bd. 3
59 Vgl. Chronik der Stadt Mannheim, in: https://www.stadtarchiv.mannheim.de. Hier sind diverse Veranstaltungen zur jüdischen Geschichte im Zuständigkeitsbereich Dr. Richard Ernys aufgeführt.
60 Die Tagung fand im Volkshochschulheim Inzighofen/Kreis Sigmaringen statt. Vgl. StadtA Bo, Teilnachlass Erny (unverz.)

Geschichte zu lernen, um Gegenwart und Zukunft zu bewältigen.«[61] In seinem Vortrag spitzte er seine Kritik zu. Jeder »einigermaßen präzise denkende Mensch« wisse,

> »dass weder ein Individuum noch ein Volk Gewalt über seine Vergangenheit gewinnen kann. Bewältigen lässt sich nur Gegenwärtiges. Was geschehen ist, kann man nicht bewältigen. Es ist Geschichte geworden und steht irgendwo geschrieben. Man kann auch nicht Geschichte ändern, indem man restituiert.«[62]

In den beiden »Wortmonstren« sah er mehr als einen »unüberlegten Umgang mit der deutschen Sprache«. Vielmehr seien sie »mit voller Absicht« geprägt worden. Sie seien unglaubwürdig und belasteten das Verhältnis zwischen Deutschen und Juden »ungemein«.[63]

So war Richard Erny im Thema, als er nach Bochum kam und dort das Schreiben Leo Baers vorfand. Er schickte ihm das erbetene Foto wie Informationen über das Mahnmal an der Pauluskirche und legte auch die »Bochumer Aspekte 1969« bei, in denen Baer Artikel über das kulturelle Leben in Bochum finden könne.[64] Sein Interesse sei nicht nur »amtlich«, versicherte Erny Baer in seinem nächsten Brief, denn in seiner Heimatstadt Mannheim gebe es »eine lebendige jüdische Gemeinde«, zu der er als Geschäftsführer der Gesellschaft für Christlich-Jüdische Zusammenarbeit viele persönliche Kontakte gehabt habe.[65] Es interessiere ihn, »was Sie mir aus Ihrer Sicht über das Schicksal der Bochumer Juden berichten können.«[66]

Leo Baer genoss es offenbar, in Erny einen Korrespondenzpartner gefunden zu haben, der nicht aus Bochum kam und zu dem er ein von der Vergangenheit unbelastetes Verhältnis aufbauen konnte. Er begrüßte Erny als denjenigen, dem als Leiter der Bochumer Kulturverwaltung in erster Linie »die moralische Wiedergutmachung an den Opfern der Gewaltherrschaft und Krieg 1933–1945 obliegen dürfte«.[67] Erny wird es mit gemischten Gefühlen gelesen haben, denn mit dem Begriff »Wiedergutmachung« – egal ob materiell oder moralisch – stand er ja auf Kriegsfuß.

»Moralische Wiedergutmachung« mahnte Leo Baer übrigens auch für seinen Sohn Werner an und sah auch hier den Kulturdezernenten in der Pflicht. Er bat Erny, seinem Sohn, der sich »als Kunstmaler in Frankreich eines großen Ansehens« erfreue, ein Exemplar der »Bochumer Aspekte 69« zu übersenden, ließ aber durchblicken, dass es ihm eigentlich um etwas Anderes ging: Er wünschte sich eine Kunstausstellung Werner Baers in Bochum.[68] Erny verstand den Wink, doch kam es nicht dazu. Der

---

61 Vgl. Rundfunkvortrag Schmückle, in: Baer, Erinnerungssplitter, S. 358.
62 StadtA Bo, Teilnachlass Erny (unverz.).
63 Ebd.
64 Vgl. Stadtrat Dr. Richard Erny an Leo Baer, 19.10.1970, in: StadtA Bo, BO 41, Zugang Nr. 659/1596, Bd. 3.
65 Vgl. Stadtrat Dr. Richard Erny an Leo Baer, 3.12.1970, in: ebd.
66 Ebd.
67 Leo Baer an Stadtrat Dr. Richard Erny, 27.11.1970, StadtA Bo, Registratur.
68 Vgl. ebd.

Abb. 74: Richard Erny bei der Vereidigung als Kulturdezernent der Stadt Bochum, 24.9.1970.

Direktor des Kunstmuseums lehnte eine Ausstellung des Künstlers »Verner« ab[69] und der Kulturdezernent setzte sich nicht über ihn hinweg.

Der Wertschätzung Leo Baers für Richard Erny tat dies offenbar keinen Abbruch. Er fühlte sich ermutigt, Teile seiner Lebensgeschichte zu erzählen und begann, angeregt durch die Informationen zum Mahnmal an der Pauluskirche und die Sockel-Inschrift »4. November 1944«, mit der Schilderung einer Szene im südfranzösischen Exil 1942: In einer Gastwirtschaft hatte er von einem der ersten Bombenangriffe auf Bochum erfahren und Bestürzung und Trauer gezeigt – zur Verwunderung und zum Ärger der dort anwesenden Gaullisten.[70]

Die folgende Korrespondenz zwischen Erny und Baer drehte sich überwiegend um Fragen der Erinnerung und des Gedenkens an die NS-Opfer. Eine erste Übersicht über die Bochumer Opfer – mit 230 Namen – war dank der Vereinigung der Verfolgten des Naziregimes (VVN) bereits 1948 entstanden. Leo Baer hatte sie von seinem in Herne lebenden Bruder Otto zugesandt bekommen. Er ergänzte sie nun für Erny um die Namen von vier jüdischen Opfern: »Landgerichtsdirektor Nachmann (In der Gefängniszelle ermordet)«, »Adler aus Bochum-Linden (Im KZ Oranienburg umgekommen)«, »Martin Meyer (In der Gefängniszelle ermordet)« und »Dr. jur Meyersberg (durch Nazis umgebracht worden)«. Aus welchen Gründen er auch »Gen[eral] Dir[ektor] Borbet vom Bochumer Verein (Selbstmord)«, dessen Sekretär Kaiser (»Selbstmord, Sohn eines nordd[eutschen] Pastors«) und »Syndicus Dr. Hugo der Bochumer Handelskammer (Selbstmord)« mit auf die Liste setzte, erschließt sich nicht.[71]

---

69 Vgl. Vermerk Kulturamt, 19.1.1971, StadtA Bo, Registratur.
70 Vgl. S. 148f dieses Buches.
71 Vgl. Schreiben Leo Baer an Dr. Richard Erny, 4.3.1971, in: StadtA Bo, BO 41, Zugang Nr. 659/1596, Bd. 3.

Besonders wertvoll für Erny und die Stadt Bochum waren zwei Berichte, die Leo Baer im Januar und März 1971 nach Bochum schickte: über die Verfolgungsgeschichte von Prof. Dr. Hans Ehrenberg, dem vom Judentum zum Christentum konvertierten evangelischen Pfarrer, der der Bekennenden Kirche angehört hatte, und die von Dr. Moritz David, dem von Leo Baer hochverehrten Rabbiner der jüdischen Gemeinde Bochums. Beiden war er 1938 im KZ Sachsenhausen begegnet.[72] Von dem 1960 in Manchester verstorbenen Rabbiner David, mit dem er im Exil den Kontakt gehalten hatte, schickte er Erny zudem ein Foto (von 1922) und einen Briefauszug.[73] Der Kulturdezernent überließ die Briefe, Dokumente und Fotos, darunter auch eines, das Leo Baer selbst und seine Frau Else auf ihrer Goldenen Hochzeit zeigte,[74] dem Stadtarchiv.[75] Baer wiederum hatte eine »Bochumer Erinnerungsmappe« angelegt, der er das Material aus Bochum anvertraute.

Die Schicksalsberichte über Hans Ehrenberg und Moritz David fertigte Baer eigens für den Bochumer Kulturdezernenten an – angeblich mit Unbehagen, weil »die Glut unter der Asche noch nicht ganz zum Erlöschen gekommen« sei und nichts ihm ferner liege »als das Feuer wieder anzufachen«. Er wollte, wie er am 5. Januar 1971 schrieb, »im versöhnenden Geiste« wirken. Wenn seine Ausführungen dazu beitragen sollten, so würde er »hierin eine Satisfaktion finden.«[76] Beide Darstellungen fanden Eingang in die »Erinnerungssplitter eines deutschen Juden an zwei Weltkriege«. Zusammen mit dem Text über »Pastor Professor Dr. Ehrenberg« schickte Leo Baer die bereits früher, in Cagnes-sur-mer, verfasste »Unterhaltung im KZ Oranienburg« nach Bochum, die Erny ebenso beeindruckte wie der Bericht über Ehrenberg. »Mit Bestürzung« habe er beide Schilderungen gelesen. »All das Elend, das Menschen in der damaligen Zeit zugefügt wurde«, habe wieder vor seinem geistigen Auge gestanden. »Es ist gut, wenn man sich heute bisweilen an die damaligen schweren Zeiten erinnert, um immer wieder dessen eingedenk zu sein, dass sich so etwas nie wiederholen darf.«[77]

Der Briefverkehr mit Richard Erny scheint ein gutes halbes Jahr lang – von Oktober 1970 bis April 1971 – angedauert zu haben und wurde danach in Ernys Auftrag vom Leiter des Kulturamtes fortgeführt. Der Kulturdezernent ließ grüßen und sich entschuldigen. Zeitnot, unter anderem verursacht durch den endgültigen Umzug von Mannheim nach Bochum, hinderte ihn wohl daran, die doch recht aufwendige Korrespondenz selbst fortzusetzen.[78]

Den Folgebriefen Leo Baers lagen keine biografischen Informationen und Darstellungen über Dritte mehr bei. Erny hatte vielleicht darauf gehofft, um ein

---

72   Vgl. Anlagen zu den Schreiben Leo Baer an Stadtrat Dr. Richard Erny, 5.1.1971 und 15.3.1971, in: ebd.
73   Vgl. Leo Baer an Stadtrat Dr. Richard Erny, 15.3.1971, in: ebd.
74   Vgl. Stadtrat Dr. Richard Erny an Leo und Else Baer, 14.1.1971, in: ebd.
75   Vgl. Stadtrat Dr. Richard Erny an Leo Baer, 22.4.1971, in: ebd. Vgl. auch Brief Kulturamt (Winner) an Leo Baer, 26.8.1971, in: ebd.
76   Leo Baer an Stadtrat Dr. Richard Erny, 5.1.1971, in: ebd.
77   Stadtrat Dr. Richard Erny an Leo und Else Baer, 14.1.1971, in: ebd.
78   Vgl. Brief Kulturamt (Winner) an Leo Baer, 26.8.1971, in: ebd.

beim Stadtarchiv angesiedeltes Projekt zu befördern, über das er sich schon ganz am Anfang seines Wirkens in Bochum informiert hatte: eine Übersicht über die im NS verfolgten Bochumer Juden.[79] Sollte Baer noch weitere Erinnerungen an die damalige Zeit verfassen, hatte Erny im Januar 1971 geschrieben, »dann würde damit sicher das eine oder andere Schicksal in dieser Archivübersicht noch ergänzt werden können.«[80]

Im Februar 1973 schrieb Leo Baer seinen letzten Brief an das Kulturamt der Stadt Bochum. Er bedankte sich für die ihm und Else Baer übermittelten Neujahrswünsche sowie die Übersendung von Informationen über die Woche der Brüderlichkeit im Frühjahr 1972 in Köln und die Einweihung eines neuen jüdischen Gemeindezentrums in München. Das Schreiben endete mit:

> »Seien Sie versichert, dass ich alle ehrbaren vaterlandsliebenden Bochumer über die große zeitliche und räumliche Distanz hinweg in guter Erinnerung halten werde.
>
> Mit verbindlichen Grüßen, ebenso von meiner Frau, zeichne ich mit vorzüglicher Hochachtung Leo Baer.«[81]

Es scheint so, als habe er am Ende seines Lebens wieder halbwegs versöhnt auf Bochum geblickt.

---

79 Die Übersicht basiert auf den Adressbüchern der Stadt Bochum und ergänzenden mündlichen und schriftlichen Informationen. Zu den Details vgl. das Vorwort von Ingrid Wölk, in: Schneider, Die »Entjudung« des Wohnraums.
80 Vgl. Stadtrat Dr. Richard Erny an Leo Baer, 14.1.1971, in: StadtA Bo, BO 41, Zugang Nr. 659/1596, Bd. 3.
81 Leo Baer an Kulturamt Bochum, 7.2.1973, in: ebd.

Der Kreis schließt sich: Vietnam, die Bundeswehr und die Maashöhen (1953) (1971–1984)

Calley und My Lai: Ein amerikanisches Kriegsverbrechen

Während Leo Baer mit der Kulturverwaltung seiner alten Heimatstadt korrespondierte, tobte der Krieg in Vietnam. 1969 erschütterten Berichte über das schon mehr als ein Jahr zurückliegende »Massaker von My Lai« die Weltöffentlichkeit: Angeführt von dem Leutnant William Calley hatten amerikanische Soldaten im März 1968 den Ort My Lai und andere Dörfer in der südvietnamesischen Provinz Quảng Ngãi eingenommen, deren Bewohner dem US-Militär als potentielle Unterstützer des Vietcong galten. In My Lai hatten die Soldaten besonders brutal gewütet. Sie hatten Frauen vergewaltigt und fast alle Dorfbewohner getötet, darunter zahlreiche Frauen, Kinder und Greise. Nur wenige hatten den Befehl dazu verweigert. Nach dem Massaker waren führende Offiziere zunächst um Vertuschung bemüht gewesen,[1] doch war es im Frühjahr 1969 zu einer internen Untersuchung gekommen, die im September 1969 zur Anklage gegen den während des Einsatzes befehlshabenden Offizier William Calley geführt hatte. Die Gerichtsverhandlung begann im November 1970. Calley, der sich während des Prozesses auf »Befehlsnotstand« berief, wurde Ende März 1971 der vorsätzlichen Tötung von 22 Zivilisten schuldig gesprochen und zu einer lebenslangen Haftstrafe verurteilt. Doch nur kurze Zeit später verfügte Präsident Richard Nixon die Umwandlung der Haft in einen Hausarrest. 1974 wurde Calley – wiederum durch Nixon – endgültig begnadigt.[2]

Am 9. April 1971 erschien unter der Überschrift »Calley und Mylai – Krise einer Nation« in der in New York verlegten deutsch-jüdischen Zeitschrift Aufbau ein Artikel des aus Österreich stammenden Sozialisten Otto Leichter.[3] Der Autor verglich das Calley-Verfahren mit den Nürnberger Prozessen gegen die Hauptkriegsverbrecher des NS. Sein Kernthema war die Verantwortung für im Krieg begangene Verbrechen, sei

---

1 Vgl. z. B. https://de.wikipedia.org/wiki/Massaker_von_Mỹ_Lai.
2 Vgl. z. B. https://de.wikipedia.org/wiki/William_Calley.
3 Vgl. Otto Leichter, Calley und Mylai – Krise einer Nation, in: Aufbau, New York, 7.4.1971.

es in dem »weltabgeschiedenen« Dorf My Lai oder anderswo. »Gibt es noch andere Mylais?« fragte er und weiter: »Wo beginnt die persönliche und menschliche Verantwortung?« Leutnant Calley sei nur »ein kleines Rädchen in einer Riesenmaschine« und es sei »ein verhängnisvoller Fehler, ihn allein als Sündenbock herauszustellen.« Die quälenden Probleme lägen tiefer. Das erste Problem sei der Krieg selbst, das zweite »der unheimliche Gehorsam, den militärische Disziplin erzeugt« und aus willensschwachen Menschen wie Calley Roboter mache, »die mechanisch und bedenkenlos Befehle durchführen.« Das dritte Problem liege in der »Vergröberung aller politischen Fragen der Welt.« Wenn Calley als Entschuldigung ins Feld führe, dass die Militärerziehung den Kommunismus als den Feind hingestellt habe, dann liege die Tragödie von My Lai »in der unmoralischen Polarisierung, die in dem anderen nicht mehr den Menschen, sondern nur einen abstrakten Feind erblickt.« Wenn das Ganze einen Sinn habe, dann den, den Krieg in Vietnam so schnell wie möglich zu beenden.[4]

Otto Leichter und Leo Baer teilten das Schicksal des deutsch-jüdischen Emigranten in Paris 1939/40; politisch waren sie sicher nicht auf einer Wellenlänge. Beide waren nach Beginn des Zweiten Weltkriegs als »feindliche Ausländer« festgenommen und im Stade de Colombes bei Paris inhaftiert worden. Ob sie sich dort vielleicht sogar begegnet waren? Baer hatte sich Ende 1939 der französischen Fremdenlegion angeschlossen, während Leichter 1940 die Flucht nach New York gelungen war.[5] Dreißig Jahre später las Leo Baer Leichters Artikel im Aufbau – und schrieb einen Leserbrief.

Wie Leichter verknüpfte auch er den Vietnamkrieg mit seinem eigenen Erfahrungshorizont. Doch ging er weiter zurück. Er fühlte sich an den Ersten Weltkrieg erinnert, der ihm gedanklich mindestens so nah war wie der Zweite, zu dem Leichter die Brücke geschlagen hatte. Und dabei kreisten seine Gedanken einmal mehr um die Schlacht auf den Maashöhen am 24. September 1914. Die dort befohlenen und begangenen Kriegsverbrechen, an denen er selbst sich ja nicht beteiligt hatte, beschäftigten ihn zeitlebens. Auf der anderen Seite derselben Medaille stand seine »Gehorsamsverweigerung vor dem Feind«. Um sie zu rechtfertigen, hatte er sich auf das Völkerrecht berufen. Danach war der gegebene Befehl völkerrechtswidrig und Baer hatte sich herausgenommen, dagegen zu verstoßen.

Wäre das Völkerrecht konsequenter umgesetzt worden, wären die im Ersten Weltkrieg begangenen Kriegsverbrechen tatsächlich geahndet worden, dann wäre der Welt manches erspart geblieben, meinte er. So hielt er es für einen Fehler, dass die Siegermächte in Bezug auf die deutschen Kriegsverbrechen zu viel Milde hätten walten lassen. Aus »Großmütigkeit« hätten sie auf die Auslieferung der Kriegsverbrecher

---

4 Vgl. ebd.
5 Otto Leichter, geboren 1897 in Wien, gestorben 1973 in New York, war Jurist und Journalist. Im Exil gründete er die Auslandsvertretung der österreichischen Sozialisten mit und war Mitglied der Auslandsvertretung der Freien Gewerkschaften Österreichs. Auch der Sozialistischen Partei Österreichs (SPÖ) gehörte er an. Vgl. z. B. https://de.wikipedia.org/wiki/Otto_Leichter.

verzichtet.[6] Auf der Auslieferungsliste hätten auch die Namen des Divisionskommandeurs, seiner Stabsoffiziere und der Kommandeure der Regimenter 7 und 154 gestanden, die am 24. September 1914 die deutschen Truppen auf den Maashöhen befehligt hatten.[7] »Wäre die Auslieferung auch nur gelinde vorgenommen worden«, so Baer,

> »wäre der Welt ein Hitler erspart geblieben und die Einfälle in die verschiedenen Länder ohne vorherige Kriegserklärung nicht geschehen. […] Jedenfalls wäre der Welt ein II. Weltkrieg erspart geblieben, wenn die Kriegsverbrecher nach dem I. Weltkrieg gehängt worden wären.«[8]

Der Erste Weltkrieg und Vietnam – Leo Baer sah die Verbindung durch die in beiden Kriegen begangenen Verbrechen. Bevor seine Gedanken zum Vietnamkrieg in den Fokus rücken, geht der Blick noch einmal zurück.

Traum und Albtraum: Reflexionen über die Schlacht auf den Maashöhen

Im September 1953, im französischen Haut de Cagnes, wagte Baer unter der Überschrift »Mein Traum« eine literarische Annäherung an sein Thema: Schuld und Verantwortung des Einzelnen im (und für den) Krieg. Darin hat ein »Patriarch« darüber zu richten, ob Baer nach seinem Tod ins »Reich des ewigen Friedens« – das er als eine Art utopischen Himmel für alle Menschen »ohne Unterschied der Nation, Hautfarbe und Religion« beschreibt – aufgenommen werden kann. Der zu verhandelnde Vorwurf wiegt schwer: Er sei auf Erden ein »Kriegsverherrlicher« gewesen und habe in seinem Bericht über die Schlacht auf den Maashöhen am 24. September 1914 die Wahrheit unterschlagen. Als Zeugen treten zahlreiche Soldaten auf – deutsche und französische –, die mit Baer zusammen die Kämpfe an der Westfront erlebt hatten.

Baers »Traum« erinnert stark an das Hörspiel »Das Verhör des Lukullus« von Bertolt Brecht. Auch hier muss der Protagonist, der römische Senator und Feldherr Lukullus, sich nach seinem Tod für seine Kriegstaten verantworten, in seinem Fall vor einem »Schattengericht«. Auch hier hängt es von den Aussagen der Zeugen ab, ob Lukullus in den Hades oder in die »Gefilde der Seligen« kommt.[9] Zwar unterscheiden sich die Details und die Ausführung von Baers »Traum« und Brechts »Lukullus«

---

6   Vgl. Baer, Erinnerungssplitter, S. 291.
7   Vgl. Leo Baer an Dr. Richard Erny, 10.5.1971, in: StadtA Bo, BO 41, Zugang Nr. 659/1596, Bd. 3.
8   Baer, Erinnerungssplitter, S. 291.
9   Vgl. z. B. die in der Edition Suhrkamp 1999 erschienene Ausgabe: Bertolt Brecht, Das Verhör des Lukullus. Hörspiel. Brecht schrieb das Stück 1940 im schwedischen Exil. Im selben Jahr wurde es von dem Schweizer Sender Beromünster erstmals ausgestrahlt, 1949 vom Bayrischen Rundfunk. Das später zur Bühnenoper umgestaltete Hörspiel wurde 1951 an der Berliner Staatsoper uraufgeführt.

beträchtlich und es bedarf eigentlich nicht der Erwähnung, dass sich ein Vergleich Baers – der auf literarischem Gebiet dilettierte – mit Brecht in stilistischer Hinsicht verbietet, doch ist die Ähnlichkeit der Grundideen der beiden ›Stücke‹ verblüffend. Ob Leo Baer Brechts Hörspiel, das erstmals 1940 und dann wieder 1949 (im Bayrischen Rundfunk) ausgestrahlt wurde, kannte, ist nicht nachweisbar, aber keinesfalls ausgeschlossen. Er hatte ein waches Auge auf das, was sich in Deutschland tat.

Baer scheint Spaß am Schreiben gefunden zu haben und setzte im »Traum« auch das Stilmittel der Ironie gekonnt ein. Vermutlich wählte er die literarische Form, weil sie ihm tauglicher erschien, die Ereignisse aus verschiedenen Blickwinkeln zu betrachten, als ein Sachtext. Ein weniger starkes Motiv war vielleicht auch, dass er seine Meinung – durch den Mund einer literarischen Figur – unverblümt äußern konnte. Aber anders als bei Brecht, der seine Kritik am Nationalsozialismus und am Krieg (der »Lukullus« entstand 1939/40) ins Reich der Toten verlagerte und im historischen Stoff versteckte, ging es bei Baer ja nicht um ›Sein‹ oder ›Nichtsein‹ seines Textes.

Im »Traum« werden auf circa dreißig Seiten reale Vorkommnisse und Begebenheiten geschildert: Konflikte zwischen einfachen Soldaten und Vorgesetzten, antisemitische Haltungen, die Kameradschaft zwischen den Soldaten im Schützengraben, humanes und nichthumanes Handeln gegenüber den Kriegsgegnern. Zahlreiche Details der zwei großen Schlachten an der Westfront, an denen Baer beteiligt war, kommen zur Sprache; auch Bezüge zum NS und Leo Baers Haft im KZ Sachsenhausen werden hergestellt. Bei der Darstellung der Kriegsereignisse hätte Baer genauso gut auf die Form des Berichtes zurückgreifen können, nicht aber bei den zahlreichen Dialogen – teils echten, teils erdichteten – mit seinen Kriegskameraden und -gegnern und vor allem mit sich selbst. In der Doppelrolle von »Patriarch« und Sünder breitet er seine inneren Konflikte aus.

Baers Stück »Mein Traum«, dem eine Straffung sicher gutgetan hätte, kann nachgelesen werden.[10] Im Folgenden wird eine Passage herausgegriffen und analysiert, die den Blick auf die Frage lenkt, die hinter allem steht: Wie stand Leo Baer zum Pazifismus?

Die Anklage der Kriegsverherrlichung, die der »Patriarch« gegen ihn erhebt, gründet sich auf seinen »Originalbericht« über die Schlacht auf den Maashöhen im September 1914; Baer hatte ihn 1928 auf Aufforderung eines Offiziers der 154er geschrieben.[11] Der Vorwurf, er habe dabei die Wahrheit verschwiegen, bezog sich wohl darauf, dass seiner Darstellung des Schlachtgetümmels die abschreckende Wirkung fehlte. Der Text sei zu heroisch geraten, kritisiert der »Patriarch«. Baer habe sich und andere für den Krieg begeistert und sei aus Idealismus zur Hingabe seines Lebens bereit gewesen. Deshalb sei er – was schlimmer sei als ein Kriegsverbrecher zu sein – ein Kriegsverherrlicher und habe als solcher zur Vorbereitung des Zweiten Weltkriegs

---

10 Vgl. Baer, Erinnerungssplitter, S. 306–352.
11 Die ursprüngliche Darstellung von 1928 liegt nicht mehr vor. Für die »Erinnerungssplitter« aktualisierte, ergänzte und kommentierte Leo Baer sie später.

beigetragen!¹² Baers Verteidigung: Er sei das Produkt seiner Erziehung und seiner Umgebung gewesen. Die Niederlage Deutschlands 1918 habe ihn schwer getroffen. Als einer von wenigen überlebenden Augenzeugen der Ereignisse jenes Tages habe er sich für moralisch verpflichtet gehalten, den Bericht zu schreiben, um in Zukunft »von der treuen Pflichterfüllung« aller an der Kampfhandlung beteiligten Kameraden Zeugnis abzulegen. Damals habe er nichts begangen, »was mit der Ehre meines ehemaligen wahren Vaterlandes nicht in Einklang zu bringen ist!«¹³

Baers Bericht über die Schlacht auf den Maashöhen wird vom »Patriarchen« in Bausch und Bogen verdammt. Überhaupt werde das »Geschreibsel« der Kriegsberichterstatter im »Reich des ewigen Friedens« nicht gern gesehen. In hohem Ansehen stünden lediglich die Werke derer, die sich für den wahren Frieden auf Erden eingesetzt hätten. Der »Patriarch« nennt die Namen der Franzosen Maurice Genevoix und Henri Barbusse sowie den des Deutschen Fritz von Unruh.¹⁴ Während Genevoix eingezogen worden war, hatten sich Barbusse und von Unruh 1914 freiwillig gemeldet. Sie waren begeistert in den Krieg gezogen, um sich dann zu Pazifisten zu wandeln. Alle drei ließen die im Krieg gemachten Erfahrungen – anders als Leo Baer 1928 – mahnend in ihre Werke einfließen.

Im »Traum« setzt sich Baer mit Fritz von Unruhs »Flügel der Nike« von 1924 auseinander.¹⁵ Darin spielt der Kaisersohn Oskar eine Rolle, dem Baer 1914 in der Schlacht auf den Maashöhen ja mehrmals begegnet und dem er beim Überschreiten der »befohlenen« Linie gefolgt war.¹⁶ Nach dem Ersten Weltkrieg war Oskar von Preußen dem Frontsoldatenbund »Stahlhelm« beigetreten, der in Opposition zur Weimarer Republik stand und keine Juden aufnahm. Auch auf mehreren der sogenannten Deutschen Tage war Oskar in Erscheinung getreten. Sie wurden von deutschvölkischen, nationalistischen und paramilitärischen Verbänden ausgerichtet und boten auch der jungen NSDAP eine Bühne.¹⁷ In »Flügel der Nike« beschreibt Fritz von Unruh, wie auf solchen Großveranstaltungen in Halle und Leipzig Menschenmassen Fahnen und Fähnchen schwingend, »mit dem Hakenkreuz an der Spitze?«, an den »Schlächtern unseres Volkes« vorbei marschieren, unter ihnen Prinz Oskar:

> »Ein Prinz von Hohenzollern, der an der Côte-Lorraine, als er den ›gemeinen‹ Soldaten ›mit Gott für König und Vaterland‹ tapfer in den leibzerfetzenden Angriff befahl, angesichts der blutbespritzten Bataillone wegen ›Herzkrämpfen‹ vom Posten seiner Verantwortung fortgetragen werden mußte – dieser Prinz, der dann, aus Rußlands Leichenhaufen kommend, erschüttert vor mir saß, wild den Krieg verdammend – hält in seinen Händen schwarzweißrot bebänderte Sträußchen! Blümchen, die ihm Mütter gaben,

---

12   Vgl. Baer, Erinnerungssplitter, S. 307 f.
13   Ebd., S. 309.
14   Vgl. ebd., S. 312. Außerdem nennt er den Namen »Lamarque«. Möglicherweise handelt es sich dabei um einen Tippfehler und Leo Baer meint eigentlich Erich-Maria Remarque, dessen Roman »Im Westen nichts Neues« ja zu den bekanntesten pazifistischen Werken gehört.
15   Erstmals publiziert wurden die »Flügel der Nike« 1925.
16   Vgl. S. 37 ff. und S. 295 ff. dieses Buches.
17   Vgl. z. B. http://de.wikipedia.org/wiki/Deutscher_Tag

die ihre ›blonden Jungens‹ wiederum geboren haben für ›Gott, für König und Vaterland‹, den glänzenden Spruch auf dem Grabstein des Massengrabes! Wie? Dieser königliche Herzkrampf peitscht in den Jungens, die da endlos vorüberjubeln, den Revanchegeist? Warum verschweigt er, was er auf der Côte-Lorraine gesehen hat? Warum verschweigt er Euch seinen Herzkrampf? […] Wie erduldet es sein Gewissen, neben dem General zu stehen, der unserem Volke zweimal den Frieden nicht gab? […] Heldenhafter, Oskar, erschienst Du mir, als Du vom Jammer des Soldaten gepackt, in Dir erwachen fühltest zum ersten Male – den Menschen. Daß Du es gefühlt hast, wofür ich Zeuge bin, das macht Dich schuldig!«[18]

Für Fritz von Unruh hatte Oskar also nicht nur deshalb Schuld auf sich geladen, weil er 1914 während der Schlacht auf den Maashöhen die ihm untergebenen Soldaten in einen aussichtslosen Kampf gegen überlegene französische Stellungen gehetzt hatte, sondern vor allem deshalb, weil er wider besseres Wissen (und Fühlen) dem Revanchismus nach dem Krieg Vorschub leistete. Damit verrate er den »Front-Eid von Verdun«, den er, wie Fritz von Unruh an anderer Stelle schreibt, 1916 geschworen habe, als sich beide, die sich als ehemalige Klassenkameraden gut kannten, im Hauptquartier des Kronprinzen begegnet seien:

»Langsam, und jedes Wort würgend, sagte er: ›Fritz, – ich komme aus dem Osten! Ich habe überall Leichenberge gesehen! Versprich mir, daß Du Dein Talent nur noch für dieses eine Ziel anwendest, nämlich, daß so etwas unter Menschen nie mehr möglich sein kann …‹ Ich fragte ihn: ›Meinst Du … für den Frieden?‹ Da gab er mir die Hand – und dann drehte er sich überwältigt um, und ging.«[19]

Den »schweigenden Front-Eid von Verdun« habe er später noch mit vielen Kameraden geschworen, schreibt von Unruh weiter. Er habe die Verheißung eines neuen Lebens in sich geborgen und sei später »überall« gebrochen worden.[20]

Die Vorgänge auf den Maashöhen, die die mehrfach beschriebenen »Herzkrämpfe« bei Prinz Oskar ausgelöst hatten, interessieren auch den »Patriarchen« in Baers »Traum«: »Kannst Du mir Fritz v[on] Unruhs Frage beantworten: ›Warum verschweigt Prinz Oskar Euch, was er auf der Côte-Lorraine gesehen hat?‹«[21] Baer, der ja dabei war und dasselbe gesehen haben dürfte wie der Prinz, antwortet lapidar: »Nein, ehrwürdiger hoher Richter, diese Frage vermag ich nicht zu beantworten.« Aber eines Tages werde ja auch Prinz Oskar »vor dem ehrwürdigen hohen Richter stehen« und aussagen, »was er an jenem Tage auf der Côte-Lorraine gesehen hat.« Der »Patriarch« blickt Baer »mit finsteren Augen an« und spricht: »Wir kommen so nicht weiter. Ich will mal auf den Kern der Sache eingehen«. Dieser bestand darin, dass am 24. September 1914 viel Blut geflossen war und beide Seiten hohe Verluste zu beklagen

---

18   Fritz von Unruh, Flügel der Nike, in: Ders., Sämtliche Werke, Endgültige Ausgabe, hg. im Einvernehmen mit dem Autor, von Hanns Martin Elster, Bd. 7, Berlin 1970, S. 13.
19   Von Unruh, Sämtliche Werke, hg. von Hanns Martin Elster, Bd. 17, Berlin 1970, S. 311
20   Vgl. ebd.
21   Baer, Erinnerungssplitter, S. 311.

hatten. Dafür seien Baer und der Kaisersohn verantwortlich. Der »Patriarch« donnert: »All das vergossene Blut kommt zum größten Teil über Prinz Oskar und Dich!«

War die Konsequenz daraus: Nie wieder Krieg!? Wer an dieser Stelle ein nachträgliches Einschwören Leo Baers auf Fritz von Unruhs Friedens-Eid von Verdun erwartet, wird enttäuscht. Dem »Patriarchen« (und mit ihm Baer) geht es zunächst um etwas anderes: Welche persönliche Schuld hatten Baer und der abwesende Prinz Oskar durch das Überschreiten der »befohlenen« Linie auf sich geladen?

Nach Fritz von Unruh war Oskars Schuld am Tod der vielen Soldaten, der auf sein eigenmächtiges Handeln zurückging, groß. Der »Patriarch« kommt überraschend zu einem anderen Ergebnis: Dass der Prinz zwei Bataillone seines Regiments über die markierte Linie hinaus in den »leibzerfetzenden« Angriff geschickt habe, komme zwar einem Ungehorsam gleich, doch habe jeder Soldat während der Kampfhandlung nicht nur das Recht, sondern die Pflicht, in entscheidenden Augenblicken selbstständige Entscheidungen zu treffen, wenn das zum Erfolg führe. Hier sei Oskars guter Wille unverkennbar. Die Schuld an der Niederlage und für die zahlreichen Todesopfer auf der eigenen Seite trage der Divisionsgeneral in weit höherem Maße, denn dieser habe keine Verstärkung geschickt, obwohl mehr als die Hälfte der beiden Regimenter in Reserve gelegen habe! Laut »Patriarch« (und Baer) waren die Motive des Generals, der den Erfolg des erst 28-jährigen Regimentskommandeurs vereitelte, Neid und Selbstsucht: »Der junge Hohenzollernspross musste zur Raison gebracht werden.«[22]

Leo Baer dagegen sei ja nur ein kleiner Unteroffizier gewesen und habe, als er seinen Hauptmann dazu aufforderte, Oskar bei dem Angriff zu unterstützen, nicht wissen können, dass dieser gegen einen Divisionsbefehl verstieß. Der »Patriarch« urteilt: Der Kaisersohn sei ein Vorbild an »Tapferkeit und treuer Pflichterfüllung« gewesen und allen, die ihm gefolgt seien, werde es der Himmel lohnen. So steht Baers Aufnahme ins »Reich des ewigen Friedens« nichts im Wege. Dass auch fast alle »Zeugen« für ihn sprechen, brauchte er wohl zur Selbstvergewisserung.

War Leo Baer mit sich und seinen Taten im Ersten Weltkrieg im Reinen? Im »Traum« wägt er alles gegeneinander ab und bezieht auch die späteren Erfahrungen – in der NS-Zeit und im Zweiten Weltkrieg – mit ein. Sein innerer Konflikt wird noch einmal deutlich, wenn er bekennt, er habe seit dem 24. September 1914 nicht mehr beten können, denn an jenem Tag habe er gemordet, »entgegen dem göttlichen Gebot: ›Du sollst nicht töten!‹« Der »Patriarch« tröstet: »Du tatest dies auf Befehl.« »Ob mit oder ohne Befehl«, so Baer, »ich habe getötet. Ich habe getötet am heiligen Versöhnungstag, der mir als oberstes Gebot vorschreibt, mich mit meinen Mitmenschen auszusöhnen.« Der »Patriarch« tröstet noch einmal: »Ich weiß, braver Erdensohn, Du hast als Jude auf der irdischen Welt viel erdulden müssen.«[23]

22 Baer, Erinnerungssplitter, S. 312.
23 Vgl. ebd., S. 313f.

My Lai und das deutsche Soldatengesetz

Leo Baers Leserbrief zu dem Artikel Otto Leichters über die amerikanischen Kriegsverbrechen in dem vietnamesischen Dorf My Lai erschien am 30. April 1971 im Aufbau, in New York. Noch einmal reflektierte er seine eigenen Erfahrungen aus dem Ersten Weltkrieg:

>»Es dürfen keine Gefangenen gemacht werden! Ein desavouierter Befehl im Ersten Weltkrieg.
>
>Mit grösstem Interesse habe ich als Nichtamerikaner den problemgeladenen Leitartikel Otto Leichters ›Calley und Mylai – Krise einer Nation‹ im ›Aufbau‹ vom 9. April 1971 gelesen. Ich muss Ihnen gestehen, dass er mich, einen 82jährigen, der seinerzeit auf deutscher Seite den Ersten Weltkrieg in vorderster Linie erlebte, tief bewegt hat. Als kleiner Unterführer war auch ich an dem schwersten deutscherseits begangenen Kriegsverbrechen bei der Erstürmung der Maashöhen vor Verdun am 24. September 1914 beteiligt. Der Befehl des Divisionsgenerals kurz vor Beginn der Kampfhandlung lautete: ›Es dürfen keine Verwundeten und keine Gefangenen gemacht werden!‹ Dieser Befehl wurde durch die Kompagnieführer der beteiligten Regimenter an die Chargierten ihrer Kompagnien weitergegeben. Nachdem mein Hauptmann und sämtliche Offiziere durch Tod oder Verwundung ausgeschieden waren, übernahm ich als Unteroffizier als Dienstältester in meinem Bereich das Kommando und erteilte den Gegenbefehl: auf der Stelle jeden zu erschiessen, der es wagen sollte, einen Gefangenen oder Verwundeten umzubringen. Ich bin nicht innerhalb 24 Stunden wegen Gehorsamsverweigerung standrechtlich erschossen worden. Mir wurde nur erklärt, dass eine weitere Beförderung im Regiment ausgeschlossen sei; man stellte mir frei, einen anderen Truppenteil zu wählen. Ich entschied mich für das Letztere und ging zur Fliegertruppe. Toronto, Ont[ario], Leo Baer.«

Leichters Artikel und Baers Leserbrief fielen in die Zeit seines Schriftwechsels mit der Bochumer Kulturverwaltung. Zusammen mit einem Begleitschreiben an Kulturdezernent Dr. Richard Erny schickte Leo Baer Kopien von beiden am 10. Mai 1971 nach Bochum. Offenbar hatte die Aufbau-Redaktion seine Zusendung gekürzt und ausgerechnet das herausgestrichen, was ihm besonders wichtig war. Der seinem Leserbrief zugrunde liegende Gedanke sei dahin gegangen, eine »Anregung« an »die zuständige amerikanische Stelle« zu geben.

>»Hiernach empfahl ich die Anpassung des amerikanischen Militärgesetzes an das der Bundesrepublik Deutschland aus dem Jahre 1955, wonach u[nter] a[nderem] ein markanter Paragraph lautet: ›Befehle, die gegen Strafgesetze und humanitäre Grundsätze verstossen, sind gegenstandslos.‹«[24]

---

24 Leo Baer an Dr. Richard Erny, 10.5.1971, in: StadtA Bo, BO 41, Zugang-Nr. 659/1596, Bd. 3.

Das Bonner Gesetz habe ihm sein »seelisches Gleichgewicht« zurückgegeben.[25] Leider sei die Bundesrepublik Deutschland der einzige Staat, der aus der Vergangenheit gelernt und vielleicht eingesehen habe, dass die bestehenden internationalen Abmachungen die Verhütung von Kriegsverbrechen nicht garantieren könnten. In Bochum wird man sich verwundert die Augen gerieben haben, als er anfügte: »Vielleicht kann doch noch mal die Welt an deutschem Wesen genesen!«[26]

Dr. Richard Erny hatte Zeitnot und so oblag es dem Leiter des Bochumer Kulturamtes, Baers Brief zu beantworten. Er schrieb höflich: Die angeschnittenen Fragen seien »ja wieder sehr aktuell« und er freue sich, dass Baer die vom deutschen Bundestag erlassene Militärgesetzgebung »auf diesem speziellen Gebiet als humanitär und nachahmenswert« ansehe.[27] Was hatte es mit dem von Leo Baer so gelobten Gesetz auf sich? Noch einmal rücken die 1950er Jahre ins Blickfeld:

Zu der Zeit, als Leo Baer in Südfrankreich an dem Stück »Mein Traum« arbeitete, war in der Bundesrepublik Deutschland die Debatte über die Wiederbewaffnung im Gange. Der Weg dorthin war frei, nachdem der Deutschlandvertrag 1952 das Besatzungsstatut abgelöst hatte. Die Befürworter der Remilitarisierung schürten die Angst vor einer angeblich aggressiven Sowjetunion; die Gegner argumentierten pazifistisch – die Aufrüstung werde wieder zum Krieg führen – und verweigerten sich unter dem Motto »Ohne mich!« Bekanntlich setzte die erste Friedensbewegung der Bundesrepublik Deutschland sich nicht durch. 1952 trat die BRD der Europäischen Verteidigungsgemeinschaft bei, 1955 der NATO; im selben Jahr erfolgte die Gründung der Bundeswehr. 1956 wurde Franz Josef Strauß Bundesverteidigungsminister.

Während die Streitkräfte im Kaiserreich – sowie natürlich in der NS-Zeit – der parlamentarischen Kontrolle entzogen waren und die Soldaten kaum staatsbürgerliche Rechte hatten, sollte die neue Bundeswehr kein »rechtsfreier Raum« sein, sondern sich in das demokratische Gefüge der Bundesrepublik Deutschland einordnen. Unter dem Slogan »Staatsbürger in Uniform« wurde das militärische Dienstverhältnis grundlegend neu gestaltet. Rechte und Pflichten der Soldaten wurden erstmals gesetzlich geregelt.[28] Am 19. März 1956 trat das Gesetz über die Rechtsstellung der Soldaten, das sogenannte Soldatengesetz, in Kraft. Paragraph 11 des Gesetzes befasst sich mit dem »Gehorsam« und enthält die Bestimmungen, die Leo Baer faszinierten:

> »(1) Der Soldat muß seinen Vorgesetzten gehorchen. Er hat ihre Befehle nach besten Kräften vollständig, gewissenhaft und unverzüglich auszuführen. Ungehorsam liegt nicht vor, wenn ein Befehl nicht befolgt wird, der die Menschenwürde verletzt oder der nicht zu dienstlichen Zwecken erteilt worden ist; die irrige Annahme, es handle sich um einen solchen Befehl, befreit nicht von der Verantwortung.

---

25 Und zwar deshalb, weil er sich durch dieses Gesetz nachträglich für die im September 1914 auf den Maashöhen begangene Befehlsverweigerung rehabilitiert sah.
26 Leo Baer an Richard Erny, 10.5.1971, StadtA Bo, BO 41, Zugang-Nr. 659/1596, Bd. 3.
27 Winner, Kulturamt Bochum, an Leo Baer, 26.8.1971, in: ebd.
28 Vgl. Hans Georg Bachmann, Militärgerichtsbarkeit der Deutschen Wehrmacht 1939–1945 und Wehrdienstgerichtsbarkeit in der Bundeswehr seit 1947. Eine Gegenüberstellung, in: www.deutsches-wehrrecht.de/Aufsaetze/UBWV_2009_407.pdf.

(2) Ein Befehl darf nicht befolgt werden, wenn dadurch ein Verbrechen oder Vergehen begangen würde. [...]«[29]

Nachrichten über die Gründung der Bundeswehr gelangten auch nach Frankreich und zu Leo Baer. Das Soldatengesetz interessierte ihn sehr, die Remilitarisierungsdebatte dagegen weniger. Baer, der sich intensiv mit Krieg und Frieden beschäftigte, zog seine eigenen Schlüsse. Zwar konnte er nach dem Zweiten Weltkrieg die pazifistische Denkweise Fritz von Unruhs nachvollziehen, stimmte mit ihr oder der bundesdeutschen »Ohne mich«-Bewegung aber nicht überein und kam später auch zu – teilweise – anderen Schlüssen als Otto Leichter angesichts des Vietnamkrieges. Für Baer war der Krieg »eine Geißel der Menschheit« und »alt wie Methusalem«. Schon im »biblischen Zeitalter« hätten die Menschen gewusst, »daß der Beste nicht in Frieden leben kann, wenn es dem bösen Nachbarn nicht gefällt.« Daher müsse, wer den Frieden wolle, für den Krieg gerüstet sein.[30] Wenn also gegen den Krieg kein Kraut gewachsen war, so sollte er wenigstens humanitären Regeln unterworfen sein. Zur Vermeidung von Kriegsverbrechen waren internationale Konventionen vonnöten. Das wusste Leo Baer aber schon 1914 auf den Maashöhen. Dass sie nicht ausreichen, hatte er genau dort selbst erlebt. Seiner Überzeugung nach bedurfte es zusätzlich eines im Frieden entwickelten Bewusstseins für die Selbstverantwortung des Einzelnen, das auch im Krieg noch funktionierte. Hatte ausgerechnet die Bundesrepublik Deutschland dies erkannt und den Soldaten mit dem Soldatengesetz ein Regelwerk an die Hand gegeben, das sie schützte, wenn sie sich gegen inhumane Befehle auflehnten?

Im aktuellen Fall, dem Kriegsverbrechen in My Lai, waren Baer und Otto Leichter sich einig, dass William Calley als Kriegsverbrecher verurteilt und konsequent hätte bestraft werden müssen. Beide fragen nach der Verantwortung für das Massaker. Ihre Antworten unterscheiden sich. Während Leichter nicht Calley allein als »Sündenbock« sieht, sondern die politisch und strategisch Handelnden in den Vordergrund rückt, betont Baer die Handlungsalternativen der einfachen Soldaten. Als Beispiel führt er sein eigenes Vorgehen 1914 auf den Maashöhen ins Feld. Er riet den Vereinigten Staaten zur Übernahme des bundesrepublikanischen Soldatengesetzes. Hätte es 1914 schon gegolten, wäre er mit seiner Befehlsverweigerung nicht nur moralisch im Recht gewesen. Hätte es in My Lai gegolten, hätten amerikanische Soldaten sich dem verbrecherischen Befehl zur Tötung von Zivilisten nicht nur widersetzen können, sondern müssen.

Der Redaktion der in New York verlegten Zeitschrift Aufbau ging das wohl zu weit. Sie strich die heikle Passage, die der U.S. Army die Orientierung an der deutschen Bundeswehr empfahl, vor der Veröffentlichung aus Baers Leserbrief.

---

29 Gesetz über die Rechtsstellung der Soldaten (Soldatengesetz) vom 19.3.1956, Bundesgesetzblatt 1956, Teil I.
30 Vgl. Baer, Erinnerungssplitter, S. 291.

Sieben Jahre später, im Oktober 1978, erinnerte sich Leo Baer an Franz Josef Strauß, in dessen Amtszeit als Bundesverteidigungsminister das Soldatengesetz ja fiel. Auch Strauß übersandte Baer nun seinen am 30. April 1971 im Aufbau veröffentlichten Leserbrief zu dem Massaker in My Lai. Dass er sich damals zu Wort gemeldet habe, begründete er Strauß gegenüber mit dem bundesdeutschen »Militärstraf-Gesetzbuch« (womit er das Soldatengesetz meinte). Noch immer könne er nicht fassen, dass die ehemaligen »feindlichen Mächte« sich diesem gegenüber »schweigend« verhalten hätten, »zumal die Amerikaner aus dem unmenschlichen Verhalten ihres Oberl[eu]t-[nants] Calley in Vietnam eine Lehre hätten ziehen müssen.« Auf seine Anregung beim »Department of the Army«, dem Strafgesetzbuch der deutschen Bundeswehr zu folgen, habe er keine positive Antwort erhalten. Er sei deshalb zu der Ansicht gekommen, dass »eine zufriedenstellende Lösung des Kriegsverbrechen-Problems von allen Beteiligten nicht gefunden werden« könne, »solange das neue Strafgesetz nicht Allgemeingut aller Feindmächte geworden« sei.[31]

Strauß war schon lange nicht mehr Verteidigungsminister. 1966 bis zum Beginn der sozialliberalen Koalition (1969) war er Bundesfinanzminister gewesen. Als Baers Brief ihn erreichte, schickte er sich zur Übernahme des Amtes des bayerischen Ministerpräsidenten an. Leo Baer verfolgte Strauß' Karriere aus der Ferne. Dass Strauß immer wieder in Affären verwickelt war, scheint ihn nicht beeindruckt zu haben. Mit »großer Genugtuung« habe er erfahren, dass »Sie sich in vorderster Linie der politischen Front befinden.« Für Baer war und blieb Franz Josef Strauß ein Mann mit »anständige[r] Gesinnung«, der es sich zur Aufgabe gemacht habe, »die durch das Naziregime geschändete Ehre der deutschen Kriegsteilnehmer jüdischen Glaubens im Ersten Weltkrieg wieder herzustellen«. Das rechne er ihm hoch an.[32]

Diese Facette seines Wirkens fehlt im öffentlichen Bild des schillernden CSU-Politikers, der am 6. September 2015 100 Jahre alt geworden wäre.

Es mag verwundern, dass Leo Baer nach so langer Zeit an seine frühere Korrespondenz mit Strauß anknüpfte und ihm einen nicht mehr aktuellen Leserbrief übersandte. Vermutlich brachte er gerade seine Lebenserinnerungen in Ordnung. Bei der Sichtung des Materials scheint ihm auch eine »kleine Unterlassungssünde« aufgefallen zu sein, die ihn bedrückt habe. Dabei ging es um Josef Zürndorfer, Baers jüdischen Kriegskameraden aus dem Ersten Weltkrieg, dessen Feldgebetbuch Baer Strauß 1960/61 überlassen hatte. Offenbar hatte er vergessen, Kopien aus der Regimentsgeschichte der 154er, die Zürndorfers Heldentaten belegten, mitzuschicken. Er holte dies nun nach und bat darum, diese »Zitationen« dem Feldgebetbuch einzuverleiben.[33] Strauß antwortete am 15. Januar 1979. Die Kopien aus der Regimentsgeschichte habe er aufmerksam gelesen und werde sie gern dem Feldgebetbuch für die jüdischen Mannschaften beifügen.[34] Zum Soldatengesetz für die Bundeswehr, das Baer zum Vorbild für andere erhoben hatte, äußerte der ehemalige Bundesverteidigungsminister sich nicht.

---

31 Leo Baer an Franz Josef Strauß, 17.10.1978, in: ACSP, Nachlass Strauß.
32 Ebd.
33 Vgl. ebd.
34 Vgl. Franz Josef Strauß an Leo Baer, 15.1.1979, in: ebd.

Die letzten Jahre in Toronto

Leo Baers Lebensgeschichte ist nun schnell zu Ende erzählt. Im Exil bildete er keine Wurzeln mehr aus. Er lebte in der Vergangenheit und schlug so manche Brücke nach Deutschland und besonders Bochum. Dorthin zu reisen, war von Frankreich aus schon schwierig und nahezu unmöglich, nachdem er 1968 seinen Wohnort nach Kanada verlegt hatte. Was blieb, waren Zeitungen (um sich zu informieren) und die Post (um zu korrespondieren). Mit Neuigkeiten aus Bochum versorgten ihn zuerst seine Kriegskameraden vom IR 154, dann »drei Kameradenwitwen«[35] und schließlich Marianne Altenburg, die Tochter eines seiner Kameraden. Informationen über Bochum erhielt er eine Zeitlang auch von der Stadtverwaltung, genauer: der Kulturverwaltung. Es waren nur wenige jüdische Emigranten, die den Kontakt suchten und sich Material aus ihrer alten Heimatstadt zuschicken ließen;[36] Leo Baer gehörte dazu. Bei seinen Korrespondenzen hatte er, wie gezeigt, keine Scheu vor großen Namen. Seine Frau Else unterstützte ihn, indem sie seine Briefe korrigierte, als seine Sehkraft schwächer wurde.[37] Später übernahm Marianne Keller diese Aufgabe. Baer hatte sie im deutschen Generalkonsulat in Toronto kennengelernt, das er und Else Baer gelegentlich aufsuchen mussten. Denn um in den Genuss ihrer Rente zu kommen, waren die beiden verpflichtet, der Landesrentenbehörde Nordrhein-Westfalen alljährlich eine Lebensbescheinigung und eine Erklärung über ihre persönlichen Verhältnisse vorzulegen, die die deutsche Auslandsvertretung an ihrem Wohnort bestätigen musste.[38]

Von Frau Keller versprach Leo Baer sich nicht nur Hilfe bei seinen Schreibarbeiten, sondern auch Unterhaltung. Sie wurde eine wichtige Gesprächspartnerin für ihn und seine Frau, denn außer mit ihr konnten die beiden nur mit ihrer deutschen Haushaltshilfe reden sowie natürlich mit ihrer Tochter Karla, die sie täglich besuchte. Das Ehepaar Baer hatte eine große Familie in Toronto: Tochter und Schwiegersohn, drei Enkelsöhne samt Ehefrauen und zahlreiche Urenkel. David Goldberg konnte ein wenig Deutsch, die Enkel und Urenkel dagegen sprachen nur Englisch. Karla Goldberg wollte es so. Sie hatte bewusst darauf verzichtet, mit ihren Kindern Deutsch zu sprechen. Leo und Else Baer ihrerseits erlernten die englische Sprache nicht mehr. So konnten sie das Familienleben ihrer Enkelsöhne beobachten und ihre Urenkel aufwachsen sehen, sich aber kaum mit ihnen verständigen. Umso wichtiger waren die Kontakte nach Deutschland und mit Deutschen in Kanada. Marianne Keller wurde

---

35 Vgl. Schreiben Else Baer an Stadtrat Dr. Richard Erny, 10.5.1971, in: StadtA Bo, Registratur.
36 So erhielten z. B. zwei in Israel lebende frühere Bochumerinnen »gelegentlich« Material über Bochum zugesandt. Vgl. Schreiben Winner/Kulturamt an Stadtrat Erny, 30.10.1970, in: StadtA Bo, BO 41 (unverz.), Zugang Nr. 659/1625, Bd. 1.
37 Vgl. Schreiben Else Baer an Stadtrat Dr. Richard Erny, 10.12.1970: »Mein Mann bittet mich, Sie wissen zu lassen, daß er bei seinem schwachen Licht wohl noch die Typen der Schreibmaschine erkennt, doch das Geschriebene in seinem Alter von 82 Jahren nicht mehr lesen kann. So bittet er mich, seine Briefe zu korrigieren.« StadtA Bo, Registratur.
38 Vgl. StaMs, RP Arnsb., Wiedergutmachungen, Nr. 427 165.

Abb. 75: Else und Leo Baer 1969 in Toronto. Das Foto zeigt sie am Tag ihrer Goldenen Hochzeit.

oft zum Mittagessen eingeladen. Dort habe es, wie sie erzählte, immer wieder auch Schweinefleisch gegeben. Darauf angesprochen, habe Else Baer gesagt: »Wir sind deutsch erstens und zweitens jüdisch.« Schweinefleisch zu essen, sei keine Sünde.[39]

Am 27. April 1978 verstarb Else Baer. Nach ihrem Tod arbeitete Leo Baer noch einmal mit Hochdruck an seinen Lebenserinnerungen, die er nun endlich abschließen wollte. Dabei ging es hauptsächlich darum, den zu unterschiedlichen Zeiten entstandenen Texten mit Unterstützung Marianne Kellers eine Form zu geben.

Am 22. Mai 1979 wurde Leo Baer 90 Jahre alt. Zur Feier des Tages schenkte er seine Memoiren, die er »Erinnerungssplitter eines deutschen Juden an zwei Weltkriege« nannte, seinen nächsten Verwandten und einigen Freunden. Er freue sich, ihnen das Buch anlässlich seines 90. Geburtstages aushändigen zu können und bedankte sich bei seiner Tochter Karla, seinem Schwiegersohn David und seinen Enkelsöhnen Marty, Gary und Roby »für all ihre Mühen und Sorgen, unseren Lebensabend hier in Kanada so schön wie möglich zu gestalten.«[40]

Ein Exemplar von Leo Baers »Erinnerungssplittern« gelangte auch nach Bochum. Empfängerin war die 1922 geborene Tochter seines 1969 verstorbenen Kriegskameraden Wilhelm Ronsdorf, Marianne Altenburg. Frau Altenburg hielt den Kontakt zu Baer bis zu dessen Tod, der ihn am 18. März 1984 ereilte. Er war fast 95 Jahre alt geworden. Seine Korrespondenzen scheint er bis zum Schluss gepflegt zu haben. In ihrer Todesnachricht an Marianne Altenburg in Bochum schrieb Marianne Keller,

39 Interview Wölk/Marianne Keller, 2002.
40 Baer, Erinnerungssplitter, S. 279.

Leo Baer habe in den letzten Tagen nicht mehr diktieren wollen. Er habe sich nur sehr kurz konzentrieren können »und musste sich nach 3 Sätzen wieder hinlegen.« Am Sonntagmorgen sei er einfach »eingeschlafen«. Baers Tochter Karla Goldberg fügte dem Schreiben einige handschriftliche Zeilen hinzu: Sie bedanke sich herzlich, »dass Sie für meinen Vater die Verbindung zur alten Heimat so treu aufrecht erhalten haben.«[41]

Leo Baer fand seine letzte Ruhestätte neben seiner Frau Else im Beth Tzedec Memorial Park in Toronto.

---

41 Brief Marianne Keller an Marianne Altenburg, 27.3.1984, Kopie zur Verfügung gestellt von Frau Altenburg.

Epilog

Am 18. September 2010, ein Vierteljahrhundert nach ihrem Vater, starb Karla Goldberg im Alter von fast 90 Jahren. Sie hinterließ ihre drei Söhne und Schwiegertöchter und 14 Enkelkinder. Ihr Mann David, mit dem sie über sechzig Jahre lang zusammengelebt hatte, war 2008 verstorben.

Karla Goldberg, geborene Baer, hatte zur jüngeren Emigranten-Generation gehört und anders als Leo Baer, war es ihr gelungen, sich ein zweites Leben aufzubauen. Aber ebenfalls anders als er, hatte sie versucht, alle Brücken hinter sich abzubrechen, obwohl sie oft Heimweh nach Europa hatte.

Zehn Jahre vor ihrem Tod nahm sie eine Einladung in ihre alte Heimatstadt an. Im Jahr 2000 besuchte sie Bochum, begleitet von ihrem Ehemann David, ihren Söhnen und mehreren Enkelkindern. Im Alter war es ihr wichtig geworden, an den Ort zurückzukehren, in dem sie ihre Wurzeln hatte.

Zurück in Toronto, entschloss sich die Familie Goldberg, Bochum ein Geschenk zu machen: Eine Kopie des Bronzereliefs mit dem Löwen von Juda. Das Relief hatte als einziges Stück aus der alten Bochumer Synagoge den Pogrom am 9. November 1938 überlebt. Es hatte zu der Gedenktafel für die Bochumer jüdischen Gefallenen des Ersten Weltkriegs gehört, die Leo Baer hatte anfertigen lassen und deren Wiederherstellung er in den 1960er Jahren vergeblich gefordert hatte. Der ›Bronzelöwe‹ hatte Karla Baer (später Goldberg) ins Exil und durch ihr ganzes Leben begleitet. Die Goldbergs schickten die Kopie, die sie hatten anfertigen lassen, nach Bochum, wo der damalige Oberbürgermeister Ernst-Otto Stüber sie in Empfang und in Verwahrung nahm. Sie sollte ihren Platz in der neuen Synagoge der neuen jüdischen Einheitsgemeinde Bochum-Herne-Hattingen finden, die damals in Planung war.

Während der Einweihungszeremonie der Synagoge, am 16. Dezember 2007, überreichte Stübers Nachfolgerin, Oberbürgermeisterin Dr. Ottilie Scholz, den ›Bronzelöwen‹. So findet sich nun ein Relikt aus der alten in der neuen Synagoge. Es ist ein Symbol für die Verbindung der jetzigen mit der früheren Jüdischen Gemeinde Bochums, die sonst nicht viel miteinander verbindet.

Wie ihr Bruder Werner hatte Karla Goldberg eine künstlerische Ader, die sie auslebte. Sie pendelte zwischen Kunst und Kunsthandwerk und konnte am Ende ihres Lebens auf ein umfangreiches Werk zurückblicken. Ihr Markenzeichen sei die Farbe gewesen, hieß es in dem am 29. September 2010 erschienenen Nachruf des Herausgebers der Canadian Jewish News, Mordechai Ben-Dat, auf Karla Goldberg. Auch ihr Sohn Gary schilderte sie als »colourful person«. Sie selbst sah ihre künstlerische Arbeit eng mit ihrem Leben verwoben. Die »ups and downs« hätten ihre Phantasie herausgefordert und in kreatives Schaffen – in den unterschiedlichsten Medien und Formen, vom dunkelsten Grau zu den lebhaftesten Farben – transformiert. Das schrieb sie im Vorwort eines kleinen Buchs mit Abbildungen ihrer Arbeiten, das sie anlässlich ihres 65. Geburtstages herausgegeben hatte. Es war ihrer Familie und ihren Freunden gewidmet und sollte ihnen helfen, sie besser zu verstehen: »I hope that this book will pass on to my family […] and friends a better understanding of the variations and emotions of my own world«.

Einige Jahre vor ihrem Tod erlitt sie einen Schlaganfall, der ihre rechte Seite lähmte und sie zunächst an der (Hand-)Arbeit hinderte. Sie gab nicht auf und verlegte sich auf links. Es entstanden noch zahlreiche, mit der linken Hand gemalte, Bilder.

Karla Goldbergs Grab liegt auf einem Friedhof im Norden Torontos. Mordechai Ben-Dat schloss seinen Nachruf so:

> »Karla was layed to her final rest in a secluded, well-groomed cemetery in northern Toronto, a continent, an ocean and a full, daring, momentous, colourful life away from the small industrial town of Bochum in northwest Germany, where it began 90 years ago.«

Abb. 76: Kunstwerk »Siebenarmiger Leuchter« von Karla Goldberg an seinem Bestimmungsort, der Beth-Tzedec-Synagoge in Toronto.

Abb. 77: Empfang im Bochumer Rathaus: Karla und David Goldberg mit Oberbürgermeister Ernst-Otto Stüber, Mai 2000.

Abb. 78: Gary Goldberg vor der Kopie des ›Bronzelöwen‹ in der neuen Bochumer Synagoge, mit einem Foto der 1921 eingeweihten Gedenktafel aus der alten Synagoge.

Abb. 79: Karla Goldberg im Kreis ihrer Familie in Toronto.

Abb. 80–84 : Gemälde von Karla Goldberg, entstanden in ihren letzten Lebensjahren in Toronto.

Abb. 81

Abb. 82

Abb. 83

Abb. 84

TEIL II

Editorische Vorbemerkung zu Leo Baers »Erinnerungssplittern«

Von Ingrid Wölk

Wie Leo Baer selbst mitteilt, begann er seine Memoiren am 24. September 1953, dem 39. Jahrestag der »zweiten Erstürmung« der Maashöhen, mit dem Kapitel »Mein Traum«. Darin verarbeitete er seine Kriegserlebnisse literarisch. Im Lauf der Jahre folgten in lockerer Reihenfolge Texte zu unterschiedlichen Stationen seines Lebens: zu seiner KZ-Haft in Sachsenhausen, zur Fremdenlegion in Algerien und zu ersten Reisen ins Nachkriegsdeutschland. Hinzu kamen Porträts von Menschen, die seinen Lebensweg kreuzten. Die Berichte über Hans Ehrenberg und Moritz David – beiden war er im Konzentrationslager begegnet – schrieb er auf Bitten des Bochumer Kulturdezernenten Richard Erny 1971. Einige seiner Texte sind mit Ort und Datum der Niederschrift versehen, andere nicht. Als schwierig erwies sich die Einordnung seiner aus der »Froschperspektive« verfassten Schilderung der Schlacht auf den Maashöhen am 24. September 1914. Einen ersten Bericht darüber schrieb er 1928, dem Aufruf eines Offiziers des 5. Niederschlesischen Infanterieregiments Nr. 154 folgend, der an der Regimentsgeschichte arbeitete. Baers Darstellung, von der ja nur Bruchstücke in die Regimentsgeschichte aufgenommen wurden, existiert in der Ursprungsform nicht mehr. Die Version, die sich in den »Erinnerungssplittern« findet, überarbeitete er im Lauf der Jahre mehrmals, ergänzte und aktualisierte sie.

Vermutlich trug Leo Baer sich schon in Frankreich mit dem Gedanken, die Erinnerungen an einzelne Ereignisse seines Lebens zu einer Autobiografie zusammenzufassen, doch vollendete er die Arbeit daran erst in Kanada. Marianne Keller, eine Mitarbeiterin des deutschen Generalkonsulats in Toronto, unterstützte ihn dabei. Dem Gesamttext eine Form zu geben, scheint beide vor nicht unerhebliche Herausforderungen gestellt zu haben, handelte es sich doch nicht um in einem Guss entstandene Memoiren, sondern um Erinnerungs-Splitter. Zudem sollten Arbeiten anderer Autoren in den Text integriert werden, die Baer – im positiven oder im negativen Sinne – wichtig waren und auf die er sich bezog.

Leo Baers autobiografische Niederschrift erschien in sehr kleiner Auflage, fotokopiert und spiralgebunden, im März 1979 und war für seine Familie und enge

Freunde bestimmt. Die einzelnen Ausgaben unterscheiden sich in Nunancen. So enthält zum Beispiel das Marianne Altenburg, Bochum, zugedachte Exemplar neben einer persönlichen Widmung[1] auch das 1796 verfasste Glaubensbekenntnis des katholischen Theologen Ignaz Heinrich Karl Freiherr von Wessenberg, das in dem Exemplar für die Familie fehlt. Anscheinend hatte einer von Baers Kriegskameraden, Felix Dreher, ihm eine Abschrift des Gedichts »Mein Glaube« im Januar 1939, kurz vor der Emigration nach Frankreich, in die Hand gedrückt. Auch Dreher wird ein Empfänger der Memoiren gewesen sein.

Seine Bemerkung, diese seien nicht für die Öffentlichkeit bestimmt, scheint Leo Baer nicht ganz ernst gemeint zu haben. Wenn er an unterschiedlichen Stellen im Text den »lieben Leser« anspricht, stellt sich der Eindruck ein, dass er dabei nicht nur eine Handvoll Freunde und Verwandte vor Augen hatte, sondern ein größeres, anonymes Publikum.

Der nachstehende Abdruck der »Erinnerungssplitter eines deutschen Juden an zwei Weltkriege« von Leo Baer folgt dem Exemplar seines Enkelsohnes Gary Goldberg. Dabei wurde neben dem Titel auch die Form beibehalten, für die der Autor selbst sich entschieden hatte. Auch die Fremdtexte – ein Gedicht von Heinrich Heine, ein im Oktober 1914 erschienener Zeitungsartikel über die Schlacht auf den Maashöhen am 24. September desselben Jahres, eine Rundfunkansprache von Gerd Schmückle, dem Pressesprecher von Franz Josef Strauß, das Vorwort von Strauß zu den von ihm selbst neu aufgelegten Kriegsbriefen gefallener deutscher Juden – bleiben an Ort und Stelle.

Die Rechtschreibung wurde vorsichtig modernisiert, Leo Baers Schreibweise weitgehend beibehalten. Die Auflösung der von Leo Baer benutzten Abkürzungen findet sich im Anhang. Zur besseren Orientierung wurde der Text abschnittsweise durchnummeriert und – ergänzend zu den von Baer selbst gewählten Überschriften – betitelt. Soweit bekannt, wurden Ort und Datum der Niederschriften an den Rand gesetzt. Alle Hinzufügungen der Herausgeberin erscheinen in eckigen Klammern, die Fremdtexte sind grau hinterlegt.

---

1 »Zur Erinnerung an gemeinsam erlebte Zeiten mit Ihren Eltern habe ich Ihnen, Frau Altenburg, dieses Buch, das nicht für die Öffentlichkeit bestimmt ist, gewidmet. Ihr getreuer Leo Baer.«

Leo Bar

Erinnerungssplitter eines deutschen Juden an zwei Weltkriege

Dieses Buch mit meinen Erinnerungen an schwere Zeiten habe ich meinen nächsten Verwandten und Freunden gewidmet für all die Liebe und Aufmerksamkeit, die sie mir und meiner Frau Else, die am 27. April 1978 verstorben ist, erwiesen haben.

Meiner Tochter Karla Goldberg, ihrem Mann David und [ihren] verheirateten drei Söhnen Marty, Gary und Roby aufrichtigen Dank für all ihre Mühen und Sorgen, unseren Lebensabend hier in Kanada so schön wie möglich zu gestalten.

Ich freue mich besonders, ihnen das Buch aus Anlass meines bevorstehenden 90. Geburtstages im Mai 1979 aushändigen zu können.

[1.]
Preface
[Toronto, Ontario, März 1979]

Wo wird einst des Wandermüden letzte Ruhestätte sein,
Unter Palmen in dem Süden, unter Linden an dem Rhein?
Werd ich einst in fremder Erde eingescharrt von Fremder Hand,
Oder ruh ich an dem Strande eines Meeres in dem Sand?
Immerhin mich wird umgeben Gottes Himmel dort wie hier,
Und als Totenlampe schweben nachts die Sterne über mir.

Heinrich Heine

Lieber Leser, ob Heide, Jude oder Christ!
Sollte Dir diese Anrede in der Seele wehtun, Dich in dieser erlesenen Gesellschaft zu finden, empfehle ich Dir, dieses Buch nicht zu lesen. Sollte jedoch Dein Herz für Brüderlichkeit und Humanität schlagen, bitte ich Dich darum, es zu lesen. Eigentlich ist meine Anrede in normalen Zeiten nicht erwähnenswert, aber in diesem Falle bedarf es einer näheren Erklärung. Sie ist nicht mehr als ein Körnchen am Meeresstrand, welches aber die Fähigkeit besitzt, das Getriebe der wertvollsten Uhr zum Halten zu bringen.

In meiner Vaterstadt Bochum, West-Germany, stand vor dem II. Weltkrieg ein Jahrhunderte altes Wirtshaus mit angebauter Brauerei am Fuße der Propsteikirche und wenige Schritte von meinem Geburtshaus entfernt.

[2.]
Vorwort
[Ohne Datum]

Die eintretenden Gäste wurden mit einem Wandspruch begrüßt, der wie folgt lautete: »Ob Jude, Heide oder Christ, herein, wer durstig ist.«

Die Buchstaben waren in bunten lustigen Ölfarben. Seit meiner Jugendzeit sehe ich sie im Geiste noch immer vor mir. Nach dem für Deutschland verlorenen I. Weltkrieg und der Unterzeichnung des Versailler Vertrages setzte eine Hetzpropaganda ein, woran die nationalsozialistische Arbeiterpartei ihr ungerütteltes Maß beitrug. Die SA begann mit eisenbenagelten Stiefeln durch die Straßen zu marschieren mit den Rufen: »Heil Hitler – Juda verrecke.« Voran die Musikkapelle und die Fahnen, dabei der Gesang: »Wenn das Judenblut vom Messer rinnt« und »Heute gehört uns Deutschland und morgen die ganze Welt«. Schuld an Deutschlands Unglück seien die Juden. Die Zuschauer, die den rechten Arm zum Gruß der Fahne nicht erhoben, wurden misshandelt und die Gleichgesinnten versuchten, sich in die offenen Türen oder um die nächste Straßenecke zu retten. Eines Tages stellten die Besucher des Wirtshauses fest, dass das Wort »Jude« von dem Wandspruch verschwunden war. An dieser Stelle gähnte ein heller Fleck. Als dann bald darauf Hitler die Macht ergriff, sprach er am Grabe von Friedrich de[m] Großen zum ersten Mal an das deutsche Volk. Er begann mit: »Gott der Allmächtige, hat mich berufen, die Geschicke Deutschlands zu lenken …« Die Berufung endete in einem Meer von Blut und Tränen, in dem über 20 Millionen russische Opfer zu beklagen sind, 6 Millionen Juden, 5 Millionen deutsche Arier – Gegner des Systems – sowie Millionen von Opfern der kriegsführenden Mächte. Hinzu kommt ein geteiltes 1000-jähriges Reich und an Stelle der Rufe »Jude verrecke« entstand, wie der Phönix aus der Asche, der neue Israelstaat.

Nun, lieber Leser, wirst Du Verständnis für meine Anrede haben.

Mit der Niederschrift meiner Memoiren begann ich am 24. September 1953, am 39. Gedenktage eines unvergesslichen Erlebnisses. Von vornherein war ich mir darüber klar, dass diese Aufzeichnung mit Dokumenten für unseren Malersohn bestimmt ist mit der Bitte, alles nach meinem Tode mit ins Grab zu geben.

So wie Versteinerungen stumme Zeugen von millionenalten Naturkatastrophen sind, so haben sich die Erlebnisse dieses unseligen 24. Septembers 1914 in meinem Gedächtnis eingeprägt. Es ist daher verständlich, wenn man nachts von Träumen solcher markanten Ereignisse gequält wird. Ich habe versucht, diese Einprägungen in Schrift umzuformen. Wenn mir dieses nicht formstilgerecht gelungen ist, vergib mir lieber Leser, in meinem Leben war ich alles andere als Schriftsteller.

39 Jahre sind im menschlichen Leben eine lange Zeit, die das vorwärtstreibende Weltenrad jedoch wie ein Nichts erscheinen lässt. Ein Nichts sind auch meine Erlebnisse jenes Tages, gemessen an all den ungezählten Menschenschicksalen und Weltgeschehen unserer Zeit.

Versprich mir, lieber Leser, meine Ausführungen ohne Voreingenommenheit für Nation und Rasse zu lesen. Bedenk, dass ich mit meiner Naturalisierung Frankreich als meine zweite Heimat anerkannt habe. Fern liegt mir auch, die Ehre und Ansehen Deutschlands, das einst mein geliebtes Vaterland war, nur im Geringsten zu schmälern.

Bevor ich mit der Aufzeichnung meines Traumes beginne, lasse ich eine Abschrift aus dem Jauerschen Tageblatt vom 18.10.1914 zum besseren Verstehen vorangeben.

[3.]
[Zwischentext]
[Toronto,
6. Juli 1977]

Nachträglich füge ich folgendes hinzu:

Während ich auf der Schreibmaschine meine Erinnerungen schrieb, steht plötzlich unser Maler-Sohn Verner vor mir und fragt: »Bist Du immer noch mit Deinen Patenten für die Silikose-Verhütung beschäftigt? Schade für die verlorene Zeit und das viele Geld, was Du geopfert hast!«

»Nein, dieses Mal hast Du Dich geirrt. Ich schreibe meine Memoiren.« »Für wen?«, fragt er lachend, »für Dich, für mich?«, fragt er verwundert. »Daran bin ich vollständig uninteressiert, und ich verspreche Dir, sie nicht zu lesen. Papa, hast Du denn noch nicht die Nase voll von dem, was wir alles hinter uns haben? Ich komme gerade von meinem Militärdienst zurück, von meinem Regiment des Chasseurs, als Besatzungssoldat in Speyer und was habe ich von meiner Jugend gehabt? Am Tage vor der Kristallnacht musste ich als Nichtarier das Gymnasium in der Obertertia verlassen und am darauffolgenden Morgen hatten mich 2 Gestapo-Beamte bei Nacht und Nebel aus meinem Bett geholt und brachten mich wie einen Schwerverbrecher in das Gestapo Gefängnis, im Alter von 15 Jahren. Um ein Haar hätten wir nicht nach Frankreich emigrieren können. Im Februar 1939 kamen wir mit je 10 Mark in der Tasche in Frankreich an, wo es Ausländern strengstens untersagt war, zu arbeiten. Dann kam der Krieg und Mama und Karla sowie ich wurden in getrennten Lagern an der spanischen Grenze interniert. Du warst in der Fremdenlegion, wodurch wir das Glück hatten, dass wir aus den Lagern befreit wurden, aber von all dem, was da folgte, hast Du in der Sahara nichts erfahren. Ein ganzes Jahr war ich in einem Zimmer eines französischen Gendarms versteckt, dessen 2 Söhne zum Arbeitsdienst von den Deutschen herangeholt wurden. Als es dann für mich brenzlig wurde, musste ich verschwinden und ging in die F.F.I., bis die Deutschen Frankreich verließen. Dass Mama und Karla 3 lange Jahre in verlassenen Bauernhäusern fast keine Nacht geschlafen haben aus Angst vor der Gestapo, weißt Du auch nicht. Sie sahen die plombierten Viehwagen gefüllt mit Juden, die nach dem Osten transportiert wurden und alles, was wir erlebt haben, willst Du wirklich festhalten? Tue mir den Gefallen und verschone mich mit allem, was an unsere Vergangenheit erinnert. Hast Du mal daran gedacht, was aus meiner weiteren Schulausbildung werden wird?«

Verner hatte schon Jahre vorher seine Zelte in Cagnes sur mer aufgeschlagen, eine kleine Kunststadt, die ihr Renommee in der Welt dem unsterblichen Maler RENOIR zu verdanken hat. Dass Verner eine verlorene Jugend hinter sich hat, wissen wir nur zu gut und für seine ablehnende Haltung, meine Erinnerungen zu lesen, haben wir volles Verständnis.

Und nun beginne ich meine Ausführungen mit einer Abschrift aus dem Jauerschen Tageblatt vom 18. Oktober 1914 über die unselige Kampfhandlung vom 24. September 1914 des Unteroffiziers Klemt.

[4.]
[Jauer, 18. Oktober 1914]
Jauersches Tageblatt/ Amtlicher Anzeiger

»Ein Tag der Ehre für unser Regiment« [von G. Klemt]

24. September 1914

Am 23. September kamen wir in Hannonville, einem Dorfe am Fuße der Cote Lorraine an. Von der Treppe seines Quartiers rief uns unser Oberst zu: »Kerls, nehmt was Ihr kriegen könnt, es kommen ein paar schwere Tage.« Wohl sagte sich ein jeder von uns, dass wir nun wieder eine böse Suppe auszulöffeln hätten, aber was kam, übertraf doch alle Erwartungen. Früh 6.30 Uhr rückten wir ab. Vor uns lagen, vom Sonnenschein vergoldet, die herrlichen Buchenwälder an den Hängen und oben auf den Höhen des Gebirges. In Serpentinen führt uns die Straße zur Höhe hinauf. Vor uns donnert unsere schwere Artillerie, teilweise gute Bekannte, deren wir noch dankbar seit Virton und Amel gedenken. An dem vollständig ausgeplünderten Forsthause stehen die Bespannungen, wir marschieren vorbei, im Vorübergehen mit den Bekannten Grüße tauschend. Unsere Brigade hat den Befehl, die Artilleriestellungen zu gewinnen, also müssen wir viel weiter vor. 2 km weiter wird gehalten.

Der Befehl »Sturmriemen herunter« macht jedem klar, dass es nun rangeht. Rechts und links der Chaussee formiert sich das Bataillon, wir stehen links des Weges in Gruppenkolonnen im Walde, krepierende Schrapnells sind die ersten Grüße, die uns der Feind herübersendet. Jubelnde Rufe treiben uns an die Chaussee, wo soeben ein Auto mit österreichischen Artilleristen vorüberfährt. Mit »Hurra« und »Hoch Österreich« werden unsere neuen Waffenbrüder begrüßt und schon sieht man den echten Wiener in eifriger Unterhaltung mit dem preußischen Musketier. Ein scharfer Knall macht die Erde erzittern und heulend saust ein Projektil der österreichischen 30,5 Mörserbatterie, von denen ein Geschoss gegen 8 Zentner Eisen und Sprengstoff enthält, hinüber nach den französischen Sperrforts, ihnen deutsch-österreichische eiserne Grüße übermittelnd. Liebesbriefe mögen ja nicht drin gewesen sein, aber jedenfalls schrieben sie eine ganz deutliche Handschrift. 2 Stunden hatten wir in dem Wald gelegen, dann kam der Befehl zum Vorgehen. In Zugkolonne geht die Kompanie vor. Alles staunt über die gewaltigen österreichischen Mörser und deren »Rohrpostbriefe«, wie man scherzhaft die Granaten nennt. Aber schon wird es ernst. Wir sind heran bis an die Stellung der 46er und gehen hindurch. Vor uns knattert Gewehrfeuer, Hauptmann Spangenberg wird von 2 Mann zurückgeführt. Er hat einen Schuss am Kopf erhalten. Wir kommen an eine Lichtung, prasselnd, heulend, pfeifend schlägt's bei uns ein, Tod und Verderben in unsere Reihen tragend. Unter den ersten Gefallenen befindet sich Leutnant Müller, unser Kompanieführer, der erst gestern die Kompanie übernommen hatte. Leutnant Streit übernimmt das Kommando über die 1. Kompanie. Hauptmann Röhr von der 3. Kompanie kommt, die rechte Hand schüttelnd, zurück, 3 Finger sind ihm abgeschossen. Leutnant Gronnenberg wird mit schwerem Knieschuss zurückgebracht und kurze Zeit darauf Major v. Bojan; Oberleutnant Witte übernimmt das Bataillon. Ruhig wie auf dem Exerzierplatz ruft er: »Das Bataillon hört auf mein Kommando, Leutnant de Niem übernimmt die 1. Kompanie.« Immer toller wird das Feuer und immer größer unsere Verluste. Leutnant Streit fällt durch Kopfschuss tödlich getroffen. Fast gleichzeitig mit ihm sinkt unser allgemein beliebter Sergeant Standke zusammen. Feldwebel Havel hat kurz vorher den tödlichen Schuss erhalten. Vom Feinde ist vorläufig nichts zu sehen. Von den Bäumen herab, vor uns, links und rechts von uns schlägt es klatschend in die Bäume. Da und dort sinkt ein Kamerad getroffen zusammen, französische Artillerie greift in den Kampf ein und krachend schlagen berstend die Granaten ein. Vor, nur vor, dieser Gedanke beseelt alle. Schon werden die ersten Franzmänner entdeckt. Von den Bäumen werden sie heruntergeknallt wie Eichhörnchen, unten mit Kolben und Seitengewehren »warm« empfangen, brauchen sie keinen Arzt mehr. Wir kämpfen nicht mehr gegen ehrliche Feinde, sondern gegen tückische Räuber. Springend geht's über die Lichtung hinüber – da, dort, in den Hecken stecken sie drin, nun aber drauf, Pardon wird nicht gegeben. Stehend, freihändig, höchstens kniend wird geschossen, an Deckung denkt niemand mehr. Wir kommen an eine Mulde, tote und verwundete Rothosen liegen massenhaft umher, die Verwundeten werden erschlagen oder erstochen, denn schon wissen wir, dass diese Lumpen, wenn wir vorbei sind, uns im Rücken befeuern.

Mit der größten Erbitterung wird gekämpft. Dort liegt ein Franzmann lang ausgestreckt, das Gesicht auf den Boden. Er stellt sich aber nur tot. Der Fußtritt eines strammen Musketiers belehrt ihn, dass wir da sind. Sich umdrehend ruft er »Pardon«, aber schon ist er mit den Worten: »Siehst Du, Du B...., so stechen Eure Dinger« auf der Erde festgenagelt. Neben mir das unheimliche Krachen kommt von den Kolbenschlägen her, die ein 154er wuchtig auf einen französischen Kahlkopf niedersausen lässt. Wohlweislich benutzte er zu der Arbeit ein französisches Gewehr, um das seinige nicht zu zerschlagen. Leute mit besonders weichem Gemüt geben verwundeten Franzosen die Gnadenkugel, die anderen hauen und stechen nach Möglichkeit. Tapfer haben die Gegner sich geschlagen, es waren Elitetruppen, die wir vor uns hatten, auf 30–10 Meter ließen sie uns herankommen, dann war es allerdings zu spät. Massenhaft weggeworfene Tornister und Waffen zeugen davon, dass sie fliehen wollten, aber das Entsetzen beim Anblick der feldgrauen »Unholde« hat ihnen die Füße gelähmt und mitten im schmalen Stege hat ihnen die deutsche Kugel ihr »Stopp« zugerufen. An dem Eingang der Laubhütten liegen sie, vergeblich um Pardon winselnd, leicht und schwer verwundet, unsere braven Musketiere ersparen dem Vaterlande die teure Verpflegung der vielen Feinde. Die Offiziere, das Gewehr eines Verwundeten in der Hand, beteiligen sich am Kampfe und gehen mutig unserem Vorgehen voran. Der Gedanke der Franzosen, uns von den Laubhütten tüchtig in die Flanke zu feuern, ist zunichte geworden, denn nicht auf der Grande

Tranchée, sondern quer durch den dichten Wald dringen wir vor und haben so den Spieß umgedreht. Die Grande Nation hat sich aber wieder mal verrechnet, wie schon so manches Mal in diesem Kriege. Ich glaube den Herrn französischen Strategen, dass es ganz schön gewesen wäre, unsere vorbeimarschierenden Gruppenkolonnen zu beschießen, aber sie haben wohl geglaubt, unsere Herren Offiziere hätten so flache Verstandskästen, wie die ihrigen. Weiter vorn sind die Brüder beim Schmoren, der eine hat beinahe eine Leber gar gekocht, wir haben seine revidiert und dafür gesorgt, dass er durch die Rindleber nicht Magenbeschwerden bekam. In liebenswürdiger Weise ließen sie uns in den Tornistern ihre Fleischkonserven zurück, für die unsere Leute starkes Verständnis zeigen. Einige unserer Musketiere revidieren mitten im Feuer die Tornister, um sofort danach wieder vorzugehen. Die Verbände haben sich gelöst, Mannschaften aller Kompanien vermischt mit Königsgrenadieren gehen gruppenweise, einzeln, zu zweien und dreien vor, der Angriff hat sich in eine Menge Einzelkämpfe aufgelöst, aber tapfer und unerschrocken schlagen sich alle. Von den entkommenen Franzosen ist sicher keiner mehr in den durchschrittenen Waldabschnitt zurückgekommen, denn zum Hexenkessel war der Wald durch unsere »grauen Teufel« geworden. Mancher von uns sinkt noch um, wir müssen ihn liegen lassen, denn Vorwärts, Vorwärts ist der allgemeine Drang.

Seine Königl. Hoheit Prinz Oskar von Preußen befindet sich unausgesetzt in der vorderen Linie, anfeuernd und durch sein gutes Beispiel alles mitreißend. Major Hinsch ist bei ihm. Er sagte: »Diese braven 154er haben jeder das Eiserne Kreuz verdient.« Prinz Oskar selbst äußerte: »Mit diesen Grenadieren und 154ern kann man die Hölle stürmen.« Am weitesten rechts sind zwei Mann der 1. Kompanie etwa 50 Meter vor unsere Angriffslinie geraten. Hinter ihnen klappert's und rauscht's in den Büschen. Vor ihnen flieht der Feind über einen Weg. Das war ein Fressen für unsere Beiden. Wie auf dem Schießstande wird jeder Schuss gezielt und ruhig abgegeben. Du, das ist meiner – du, meiner liegt auch – über 20 Mann liegen, beinahe übereinander, wo die beiden ihre Räumungsarbeit verrichteten. Die meisten Franzosen kommen waffenlos, ohne Tornister, nur das Kochgeschirr am Riemen auf dem Rücken hängend, zurück. Da bald dafür gesorgt wurde, dass sie in keinen Sessel mehr passten, kam es auf Beschädigung des Körperteils – wo man gewöhnlich drauf sitzt – nicht an, die franz. Kochgeschirre boten nämlich dahin ein vorzügliches Ziel.

Leutnant de Niem, unser jetziger Kompanieführer, sammelt vom Bataillon was er erlangen kann, um wenigstens eine kleine geordnete Truppe gegen etwaige Zwischenfälle bereit zu halten. Er ist der einzige noch unverwundete Offizier des I. Bataillons, der am 8. August von Jauer mit abrückte. Schon bei Virton zeichnete er sich aus und betrat als erster deutscher Offizier das Dorf als Führer einer Patrouille mit 2 Mann, während die Rothosen auf der anderen Seite abzogen. Er erhielt hierfür das Eiserne Kreuz. Noch immer treffen wir Kerle auf den Bäumen an, sie bitten um Pardon und werfen die Waffen herunter – wir haben ihnen den Abstieg erleichtert. Der Kampf dauert fort, bergauf und bergab geht's unausgesetzt kämpfend, bis die Dämmerung hereinbricht. In rasendem Feuer wird die Höhe gestürmt, den Abhang hinunter über die von franz. Artillerie bestrichene Straße und die andere Höhe hinauf. Oben stehen Holzhaufen, die dahinter liegenden Hülsen zeigen uns, dass die Feinde von hier auf uns geschossen hatten, da kracht und hagelt es wieder auf uns nieder. Wie Hagelkörner schlagen die Geschosse bei uns ein. Das Feuer kommt von links. »Front nach der Sonne« erscholl das Kommando der Offiziere. Wir liegen nur wenige 100 Meter vor der feindl. Artillerie, aber wir können sie nicht nehmen. Vom Regiment 154 sind nur 2 Offiziere und etwa 240 Mann hier, von den Grenadieren sind noch weniger da. Prinz Oskar ist immer noch bei uns. Noch eine bange Viertelstunde, dann erlischt das feindliche Feuer, die franz. Artillerie ist mit ihrer Bedeckungsmannschaft zurückgegangen und beschießt nur den jenseitigen Hang der Höhe in der Meinung, wir wären bis dahin vorgegangen. Aber dahin stellen wir uns nicht gerade immer, wo sie hin schießen.

Mit Blut ist das Königs-Grenadier-Regiment mit dem Regiment 154 zusammen geschweißt worden, wie schon damals bei Virton und nicht mit Unrecht nannte uns Prinz Oskar »die Königsbrigade«, denn gleichmäßig haben sich beide Regimenter die Blutarbeit geteilt. Gerne hätten wir auch der franz. Artillerie noch etwas ausgewischt, aber unsere schwachen Kräfte erlaubten es nicht. Wir sind in der Kampfeswut 4 Kilometer über die befohlene Linie nach vorn »durchgebrannt«. Rechts, links, hinter uns ist nichts von eigenen Truppen. Wir haben jegliche Fühlung verloren und stehen im fremden Gelände vor einem starken Feinde. Ausharren ist gleichbedeutend mit nutzloser Vernichtung der Truppe und schweren Herzens sammelt unser tapferer Führer Oberlt. Witte, jetzt Führer der 4. Kompanie den Rest des Bataillons. Außer ihm ist nur noch Ltd. Majer vom 3. Bat. von Offizieren bei uns. Es sammeln sich etwa 240 Unteroffiziere und Mannschaften vom Regiment und still, traurig darüber, den schwer erkämpften Boden aufgeben zu müssen, traten wir den Rückmarsch an.

Silbern steigt die Mondsichel am dunklen Abendhimmel empor und sternklar ist die Nacht. Ist das der Rest des Regiments, der hier zurückkehrt? Wo ist der Bruder, der Freund, der liebe Kamerad? Das sind die bangen Fragen, die unsere Herzen bewegen. Wer zeigt uns den Weg? Laufen wir nicht etwa doch noch blind dem Feinde in die Hände? Suchend bestreicht die feindliche Artillerie von Zeit zu Zeit den Weg, auf dem wir zurückkehren. Sie will sich rächen an uns. Still, ohne ein Wort zu sprechen, marschiert die Truppe dahin, nur das Rauschen der Tritte ist hörbar und hallt hinaus in die dunkle Nacht. Wir kommen über eine freie Fläche, vom Walde her dringt das Stöhnen Verwundeter an unser Ohr. Da, plötzlich ein lauter Hilferuf eines verwundeten Kameraden. Er hat unsere Tritte vernommen, nun muss ihm geholfen werden. Doch grausam treibt uns die eiserne Pflicht weiter, wir dürfen nicht halten, und ungehört verhallt sein leiser Ruf im Walde, die kalte Nacht wird ihm wohl sein mattes Auge für immer geschlossen haben. Ruh wohl, Kamerad, uns treibt die Pflicht weiter. Dein Vater vergisst Dich nicht. Am Wege liegt ein Schwerverwundeter. Schon streckt der Erbarmer Tod seine Hände nach ihm aus. Wir lassen ihn liegen. Er fühlt schon keinen Schmerz mehr. Vier Kameraden schleppen einen Verwundeten in der Zeltbahn mit. Er fiel dicht bei uns und soll nicht ein Opfer der französischen Bestialität werden. Am Querweg hat die Spitze eine Gestalt entdeckt, die waffenlos über die Straße flüchtet. Ein kurzes »Halt«, ein scharfer Knall, dröhnend schallt es im Walde nach, dann wieder dumpfe Stille. Wir haben unsere Vorposten erreicht, ein Automobil will gerade umdrehen. Das Licht ist bemerkt worden, ein Knall, dann ein Surren der Sprengstücke, eine Granate ist dicht neben uns eingeschlagen. Mein Nebenmann ist leicht am Knie verletzt, ich selbst bekomme einen matten Steinsplitter gegen den Fuß geschleudert. Etwas eilig verlassen wir die unheimliche Stelle. Doch wo ist nun der Rest des Bataillons? An der Straße hält der Bursche mit 2 Pferden. Er sucht unseren Herrn General Falkenhayner. Wir finden ihn und erfahren, dass das Bataillon nach Don Martin zur Artilleriedeckung abmarschiert ist. Der Weg dahin ist für unsere ermatteten Glieder zu weit. Rechts in den Wald tretend legen wir uns zu unruhigem Schlummer nieder. Hin und wieder durchzittert der Knall einer berstenden Granate die stille Nacht, uns aufschreckend aus unserer Ruhe. Dem einen oder dem anderen malt der Traumgott ein liebliches Bild. Ein

Dankgebet auf den Lippen schlummerten wir dem kommenden Tage entgegen.

Unteroff.z. G. KLEMT, 1. Komp.Inf.Rgt. 154

Heimkehr vom Kampf

Still sinkt die Nacht hernieder,
Verdeckt des Tages Grau'n,
Vom Dunklen Abendhimmel
Die Sterne niederschau'n.

Im Walde ächzt und stöhnt es,
Als wie von dumpfer Qual,
Der Hilfeschrei da drüben
Schallt wohl zum letzten Mal.

Hier auf dem Weg, gesenkt den Blick,
So kehren wir vom Kampf zurück;
Wohl Trauer zeigt sich auf jedem Gesicht,
Doch helfen – helfen können wir nicht.

Leb' wohl Kamerad, zu stiller Ruh',
Dir drückt ein Engel das Auge zu;
Wir können nicht, – wir müssen fort,
Verrat umlauert diesen Ort.

Sind wir der Rest vom Regiment?
Die Frage uns im Herzen brennt.
Wie ist die Richtung? Wer zeigt den Weg?
Der Tod, er herrscht auf jedem Steg.

Am Querweg – »Halt«! dann scharfer Knall
Weckt im Walde dröhnenden Widerhall;
Dann wieder ruhig ist die Nacht,
Bis wir gelangen zu deutscher Wacht.

An der Straße geht der Trupp zur Ruh',
Ermattung drückt uns die Augen zu,
Im Traume umgaukelt uns süß und mild,
Von Schlesiens Heimat ein liebliches Bild.

Und wenn ihr die braven Soldaten nicht kennt?!
Wir waren vom Jauerschen Regiment!

Unteroffizier KLEMT, 1. Komp. Infanterie-Rgt. 154
Obige Angaben bestätigt:
de Niem, Leutnant und Kompanieführer

Die Originalzeitung befindet sich in meinem Besitz. Ich nahm sie 1939 bei meiner Auswanderung nach Frankreich trotz aller Kontrolle mit meinen übrigen Erinnerungen mit.

Wenige Wochen nach dem Erscheinen des Klemtschen Artikels, der von Beruf Volksschullehrer war, fiel ein Exemplar in die Hände der Franzosen. Ob durch einen Toten, Gefangenen oder sonst wie, kann ich nicht wissen. Jedenfalls gab der Klemtsche Artikel Anlass zu einem Notenaustausch zwischen Frankreich und der Schweiz. Hiermit hatten die Franzosen ein Dokument in den Händen, wonach die Deutschen gegen das internationale Abkommen hinsichtlich der Behandlung von Gefangenen und Verwundeten verstoßen haben.

Soweit der Bericht des UOfz. Klemt, der weder Deutschland noch unserem Regiment zur Ehre gereichte. Die Kameraden waren über die Verherrlichung des Leutnants de Niem ungehalten, da nicht er, sondern V.Feldw. Zürndorfer den Rest des Bataillons, den er bis in die vorderste Linie mit sich gerissen hatte, wieder in die Ausgangsstellung zurückbrachte. Hier angekommen kam ihm Lt. de Niem entgegen und er meldete ihm vorschriftsmäßig: »Rest des Bataillons zur Stelle«, wovon ich Zeuge war. Ufz. Klemt betont die Heldentat seines Komp. Führers de Niem, der das Eiserne Kreuz für das Betreten eines von den Franzosen verlassenen Dorfes erhielt, verschweigt aber die Leistungen von V.Feldw. Zürndorfer.

Nach der Schlacht von Virton am 22. August 1914, wo sich Zürndorfer besonders auszeichnete und dafür das Eiserne Kreuz erhielt, äußerte sich Ufz. Klemt im Bataillons Büro bereits ärgerlich gegenüber Kameraden, worunter sich ein Freund von mir befand, wie folgt: »Es ist eine Schande für unser Regiment, dass als Erster ein Reservist und dazu noch ein Jude das Eiserne Kreuz erhalten hat.«

Wäre unser Hauptmann Röhr nicht am 24. September 1914 verwundet worden, hätte er V.Feldw. Zürndorfer zum EK I. Klasse und zur Beförderung zum Offizier vorgeschlagen. Fest steht, dass Klemt die Worte des Kaisers bei Ausbruch des Krieges an das deutsche Volk nicht verstanden hat. »Ich kenne keine Parteien mehr, ich kenne nur noch Deutsche.«

Die Folgen des Klemtschen Berichts waren von unvorhersehbarer schwerer Bedeutung. Mitte Oktober wurde bekanntgegeben, dass Berichte über Kampfhandlungen vor ihrer Veröffentlichung der zuständigen Militärbehörde zwecks Zensur vorgelegt werden müssen. Hieraus entnahmen wir, dass dieses im Zusammenhang mit dem Klemtschen Artikel stehen musste.

[5.]
[Zwischentext]
[Ohne Datum]

Wenige Tage später ließ unser Oberleutnant, Nachfolger des verwundeten Hauptmanns Röhr, uns rufen und teilte mit, dass die Franzosen eine Zeitung besitzen, woraus u.a. hervorgeht, dass am 24. September 1914 ein Befehl zur Tötung von Verwundeten und Gefangenen gegeben wurde. Er habe zu melden, wer den Befehl gegeben hat und fragte, wer hierüber nähere Angaben machen könnte. Alles schwieg. Auf seine Frage, ob wir den Befehl gehört hätten, wurde allgemein geantwortet: »Der Befehl ist von Mund zu Mund weitergegeben worden.« Einen Namen wusste keiner zu nennen.

Die Deutschen antworteten den Franzosen, dass ihnen von einem solchen Befehl nichts bekannt ist und sie nicht wissen, wer einen solchen Befehl hätte geben können.

Daraufhin übten die Franzosen Selbstjustiz. Zunächst wurde bekannt, dass wir uns vor franz. Gefangenschaft hüten sollten, da diese sämtliche Teilnehmer, aus deren Papieren die Anwesenheit am 24. Sept. 1914 hervorgeht, in besonderen Straflagern unterbringen.

Im Mai 1915 erhielt ich einen Brief von Zürndorfer aus dem Lazarett, worin er mir mitteilte, dass er bei einem Angriff auf die franz. Stellung am 5.5.1915 verwundet wurde. Der Angriff wurde von den Franzosen zurückgeschlagen und die Deutschen verloren vom Regiment 720 Mann, davon alleine 541 Mann vom I. Bataillon. Deutscherseits wurde ein Parlamentarier zu den Franzosen geschickt und es wurde um Waffenstillstand zum Abtransport der Verwundeten und Toten gebeten. Die Franzosen lehnten mit der Bemerkung ab, dass sie den 24. Sept. 1914 nicht vergessen haben.

1921 traf ich einen ehemaligen Kameraden meines Regiments in Bochum. Er erzählte mir, dass er erst vor einigen Tagen aus franz. Gefangenschaft gekommen wäre. Dass er noch lebe, sei ein Wunder, meinte er, denn nur wenige haben die Gefangenschaft überlebt. Sie mussten in Steinbrüchen arbeiten und sind durch die schlechte Nahrung an Typhus erkrankt. Als er in Gefangenschaft kam, wurden seine Militärpapiere geprüft. Man stellte fest, dass er am 24. September 1914 teilgenommen hatte, woraufhin er entsprechend behandelt und ins Straflager gebracht wurde. Er hatte hoch und heilig geschworen, dass seine 2. Kompanie in Reserve lag und am Kampf nicht teilgenommen hatte, aber man glaubte ihm nicht. Er war sehr verbittert und hasste alle Franzosen.

Plötzlich sah ich mich im Geiste an seiner Stelle und mir wurde bewusst, dass mich das gleiche Schicksal ergangen [sic!] wäre. Mir hätte man auch trotz aller Beteuerungen, Franzosen vor dem Befehl geschützt zu haben, nicht geglaubt.

Aus den obigen Angaben ist zu ersehen, dass die Franzosen sich für den 24.9.1914 gerächt haben.

[6.]
[Kriegsbeginn, Schlacht bei Virton, 22. August 1914, Schlacht auf den Maashöhen, 24. September 1914]
[Ohne Datum]

Der Krieg ist eine Geißel der Menschheit und ist alt wie Methusalem. Schon im biblischen Zeitalter wussten die Völker, »dass der Beste nicht in Frieden leben kann, wenn es dem bösen Nachbarn nicht gefällt«, oder »wer den Frieden will, für den Krieg gerüstet sein muss.« Dieser Zustand wird solange anhalten, bis Verstöße gegen die Humanität geändert werden. Die Siegermächte, die auf einer Auslieferungsliste in Verbindung mit dem Versailler Vertrag die sogenannten Kriegsverbrecher des I. Weltkrieges zur Aburteilung verlangten, haben aus Großmütigkeit hierauf verzichtet. Wäre die Verurteilung auch nur gelinde vorgenommen worden, wäre der Welt ein Hitler erspart geblieben und die Einfälle in die verschiedenen Länder ohne vorherige Kriegserklärung nicht geschehen.

Schon bei der Mobilmachung des I. Weltkrieges verstieß Deutschland gegen die Haager Konvention, indem es ohne vorherige Kriegserklärung in Belgien einmarschierte. Deutschland verscherzte sich die Sympathien der Welt, als es erklärte: »Die internationalen Verträge sind nicht mehr wert als ein Fetzen Papier.« Durch diese Äußerung wurde auch die Genfer Konvention, hinsichtlich der Behandlung von Gefangenen, Verwundeten und Zivilpersonen, hinfällig, was zu dem bitteren Ende des II. Weltkrieges führte. Jedenfalls wäre der Welt ein II. Weltkrieg erspart geblieben, wenn die Kriegsverbrecher nach dem I. Weltkrieg gehängt worden wären.

Gestatten Sie mir, dass ich einige Angaben über meine Jugendzeit bis zum Ausbruch des I. Weltkrieges mache. Ich bin als Sohn deutscher Eltern, jüdischen Glaubens, am 22. Mai 1889 in Bochum geboren. Mein Vater gründete 1882 die Firma »Isaac Baer OHG«. Er verstarb im Jahre 1908 im Alter von 52 Jahren an einer Staublunge, die er sich in seinem Gewerbebetrieb zugezogen hatte. Meine Mutter führte die Firma als Alleininhaberin weiter. Von 1907 bis 1910 befand ich mich in einem 3-jährigen Lehrverhältnis mit der Fa. Orenstein und Koppel AG in Berlin. Von 1910 bis 1911 diente ich als Einjährig-Freiwilliger und Offiziersaspirant im Füsilier-Regiment

Nr. 39 in Düsseldorf, wo ich es bis zum Unteroffizier brachte, aber meine Prüfung nicht bestand, da ich mich angeblich nicht zum Offizier eignen würde.

Richtig ist, dass das Preußische Offizierskorps judenrein war. Nach meiner militärischen Dienstzeit trat ich als Prokurist in das elterliche Geschäft ein und war der Vertraute meiner Mutter. Am 1. August 1914 musste ich mich bei der Mobilmachung des I. Weltkrieges als Reservist zur Verfügung stellen zusammen mit anderen 1000 Bochumern. Unter diesen befanden sich viele alte Freunde, mit denen ich aufgewachsen bin. Nachdem die Einzelnen namentlich aufgerufen worden sind, mussten sich die Unteroffiziere vor der Front aufstellen, und ich war nicht wenig erstaunt, meinen Freund Josef Zürndorfer wiederzusehen, der zu meiner größten Überraschung einen Offiziersdegen mit sich trug und im Rang eines Vize-Feldwebels stand. Z. sagte mir gleich, dass er es bedaure, nicht mit seinem Württembergischen Regiment in den Krieg zu ziehen, denn in dem Preußischen Regiment 154 besteht keine Aussicht zur Beförderung zum Offizier, da das Preußische Offizierskorps judenrein ist. Z. war von Beruf Verkäufer in einem großen Textilwarenhaus, und wir gehörten der gleichen liberalen jüdischen Gemeinde an. Ich lernte ihn näher in einem Tangoclub kennen. Tango war sein Hobby.

Als die Begleitsoldaten befragt wurden, wo das Regiment 154 liegt, sagten sie in Niederschlesien, aber niemand hatte von der Stadt Jauer gehört. Allgemein war man der Annahme, dass es zum östlichen Kriegsschauplatz geht, und wir fühlten uns erleichtert. Als wir in den Viehwagen mit Bänken untergebracht waren, sang alles mit Begeisterung »Siegreich wollen wir Frankreich schlagen ...« und »Lieb Vaterland magst ruhig sein ...«. Nach Einkleidung in Jauer wurden wir am 8.8.1914 an die Front geschickt und alles war erstarrt, als die Lokomotive sich nach dem Westen in Bewegung setzte. Die begeisterten Lieder auf der Hinfahrt waren verstummt und erst als wir über den Rhein fuhren, sang alles wieder begeistert: »Zum Rhein, zum Rhein, wir wollen des Sturmes Hüter sein ...«. Am 10.8. wurden wir in Busendorf/Lothringen ausgeladen. Am 19.8. marschierten wir über die belgische Grenze, wo uns eine feindselig eingestellte Zivilbevölkerung empfing. Sie weigerte sich, uns Quartier zu geben, Trinkwasser auf die Straße zu stellen, wonach die durstende Truppe verlangte und scheute sich nicht, Petroleum in die Brunnen zu gießen. So kam es in der Nacht zum 22.8. zum Zusammenstoß der feindlichen Armeen. Hierüber Näheres zu berichten, möchte ich mir ersparen, da diese Schlacht bei Longwy in der Geschichte des Regiments 154 festgehalten ist. Wir standen einer starken Übermacht gegenüber und wir konnten von Glück sagen, dass wir den Feind zurückschlagen konnten. Beiliegender Ausschnitt über den Kampf am 22.8. dürfte Sie im Zusammenhang mit meinem ausführlichen Bericht über die Erstürmung der Maas-Höhen am 24.9. interessieren. Am 22.8. war Zürndorfer der Mann des Tages, und ich fühle mich moralisch verpflichtet, seinen Namen posthum zu ehren. Was uns Soldaten an diesem Tage besonders beeindruckte, war die Besichtigung des Kriegsschauplatzes durch unseren Kaiser in Begleitung des Kronprinzen und seines Gefolges. Er sprach uns seine Anerkennung für unser tapferes Verhalten aus und sagte, dass der Krieg bald zu Ende sei und wir zu dem bevorstehenden Weihnachtsfest wieder alle zusammen mit unserer Familie vereint seien.

Unsere Division trat den Rückmarsch nach dem Süden an und nachdem wir durch Luxemburg, Lothringen und die Wövre Ebene marschiert waren, näherten wir uns dem Schauplatz Verdun. Nachdem die Stadt Etain am Fuße der Maas-Höhen erobert wurde, rief unser Oberst von der Treppe seines Quartiers: »Kerls, nehmt was ihr kriegen könnt; es kommen ein paar schwere Tage.« Daraufhin wurde die Stadt geplündert und alles mitgenommen, was die Soldaten zum Mitbringen für ihre Familie zu Weihnachten gebrauchen konnten. In den Weinkellern wurden die Weinfässer willkürlich aufgeschlagen und der Wein in Kochgeschirren mit ins Quartier genommen. Ganz Verwegene sprengten die Geldschränke und packten die Scheine in die Tasche. Obwohl wir noch einige Kilometer von Metz entfernt waren, fanden sie Mittelsmänner, die ihnen das Gewünschte besorgten, vor allem Cognac und Zigaretten. Unser Oberst hatte Recht, der Soldat kann alles vertragen, nur nicht eine Reihe von guten Tagen. In der Nacht zum 24.9. wurden durch Trommeln und Trompeten alle alarmiert und das Durcheinander auf dem dunklen Heuboden, wo ich mit meinen 25 Leuten zusammen lag, war unbeschreiblich. Da es verboten war, offenes Licht zu machen, stellte ich meine Taschenlampe zur Verfügung und trotzdem war es sehr schwer, besonders durch den Alkoholverbrauch am Abend vorher, die Leute aus dem Heu zu bekommen und pünktlich zum Sammelplatz zu bringen. Die Stimmung war gedrückt, da starker Kanonendonner in der Ferne schon zu hören war. Nach etwa 4-stündigem Marsch kamen wir auf den Höhen an. In der Zwischenzeit sind viele zur Besinnung gekommen und haben sich von dem gestohlenen Gut erleichtert, das seitlich in die Büsche flog. Auf den Höhen angekommen wurden die Gewehre und Tornister abgelegt und den Soldaten erlaubt, sich in der Nähe auszuruhen. Ich war glücklich, meine Trophäen eines französischen

Sergeanten, der schwer verwundet bei dem Angriff am 22.8. neben mir zusammenbrach, nicht mehr in meinem Kanister zu wissen, denn schon beim Aufwachen im alten Quartier quälte mich mein Gewissen, und ich war mir darüber klar, dass mir sein Bajonett und seine Mütze bei einer Gefangennahme durch die Franzosen zum Verhängnis werden würde. So hatte ich die Andenken an den Gefallenen im Heu zurückgelassen.

Auf dem Plateau schien die warme Sonne, der Himmel war herrlich blau und der Anblick des riesigen Waldes gab einem das Gefühl, »wie Gott in Frankreich zu leben«, wenn nicht der Artilleriedonner und das Gewehr aus nächster Ferne zu hören gewesen wäre. Nachdem ich mich mit verschiedenen Kameraden unterhalten hatte, legte ich mich ins Gras, sah in den blauen Himmel und meine Gedanken aus der Jugendzeit wurden lebendig. Mir erschien plötzlich meine Mutter im Gespräch mit einigen Angestellten, und ich stehe vor ihr mit meinem kleinen Pappkarton, der typisch für jeden Abschied nehmenden Krieger ist. Ich wollte den Abschied kurz und schmerzlos machen, nahm ihre Hand und sagte: »Mutter, lasse es dir gut gehen. Der moderne Krieg dauert nicht lange. In kurzer Zeit werden wir uns wiedersehen.« Tränen traten in ihre Augen und sie sagte: »Lass mich Dich segnen.« Das war ein peinlicher Augenblick für mich in Gegenwart der Angestellten, wodurch die Autorität ihres Chefs verloren gehen konnte, denn mit 25 Jahren ist man ja kein Kind mehr.

Plötzlich wurde ich durch Hurra-Rufe aufgeweckt, denn vor uns hielten die österreichischen motorisierten Soldaten. Sie unterhielten sich mit uns sehr freundlich und gaben auf jede Frage eine passende Antwort. Wir erfuhren, dass es sich um 30,5 cm Mörser handelt, die in den Skoda-Werken in der Tschechoslowakei hergestellt werden und fähig sind, die Festung Verdun zur Kapitulation zu bringen. Die Geschütze seien einzig dastehend in der Welt, müssen aber vorher in Beton eingebettet werden. Auf die Frage, ob der Feind sie nicht belästige, antworteten sie, dass sie durch Gewehrschüsse aus dem Wald gegenüber der Grande Tranchée beschossen werden und auf den Bäumen franz. Beobachter sitzen, die mit der Artillerie in Verdun in telegraphischer Verbindung stehen. Auf diese Weise hätten sie schon vor einigen Tagen ein Geschütz verloren. Zu ihrem Schutz ist ein deutsches Infanterie-Regiment vorgesehen, das leider viele Verwundete und Tote zu beklagen hat.

Das Vorschieben einer so schweren Artillerie bis nahe an den Feind hatte uns alle sehr gewundert und kam uns wie ein Husarenstreich vor.

Etwas später beobachte ich Vize-Feldwebel Zürndorfer im Gespräch mit seinen drei neu angekommenen Offizieren. Auf den ersten Blick stach die grobe ungebügelte Uniform des Vize-Feldwebels Z. von den Uniformen der anderen drei Offiziere ab. Dafür hatte er aber zwei neue Tapferkeitsmedaillen, die ein Ersatz für die fehlenden Offiziersstreifen waren.

Alles wartete gespannt auf die Rückkehr unseres Hauptmannes, der zum Befehlsempfang beim General war. Von Ferne sahen wir die berittenen Offiziere herankommen und dabei auch den Schimmel unseres Hauptmannes. Schon hörten wir den Befehl: »An die Gewehre.« Unser Hauptmann verlangte die Zusammenkunft der Sergeanten und teilte ihnen mit, dass unsere Division den Sturm zusammen mit den 7. Königsgrenadieren und unserem 154. Regiment an der Spitze vornimmt. Unser Regimentskommandeur bestimmt die 3. Kompanie als Spitzenkompanie. Zugführer Lt. d. R. Hübner ging als Erster mit seiner Gruppe vor und bestimmte die beiden Flügelgruppen, Unteroffz. Baer und Unteroffz. Pohl. Die beiden Flügelgruppen wurden als Spitze vorgeschickt.

Unser Hauptmann erwähnte vor dem Abmarsch noch folgendes: »Ich habe etwas Unangenehmes erfahren. Unsere Leute fanden an einem Waldrand eine deutsche Patrouille vor, bestehend aus 8 Mann und einem Unteroffizier, die mit den Beinen an den Bäumen aufgehängt waren.« Er fügte hinzu: »Diese Meldung lag unserem Divisions-General vor. Es darf kein Pardon gegeben werden und es dürfen keine Gefangenen und Verwundeten gemacht werden. Sagt es allen weiter. Rächt Eure Kameraden.«

Nun beginne ich mit dem, was ich am 24.9.1914 als kleiner Unterführer in meinem Bereich und aus meiner Froschperspektive gesehen, erlebt habe.

Lt. Hübner gab seinen beiden Flügelgruppen, Unteroffz. Pohl und Unteroffz. Baer den Befehl, in weiten seitlichen Abständen auf den der Chaussee gegenüber liegenden Wald zu stürmen und in demselben bis zum ersten Waldweg vorzugehen, dort liegen zu bleiben bis er mit seinen übrigen Mannschaften angekommen ist. Wir führten den Befehl aus und rannten auf den Wald zu. Hier fanden wir das erste natürliche Hindernis, womit wir nicht gerechnet haben, und zwar eine Rotdornhecke ganz entlang. Die Hecke ersetzte den Franzen [sic!] den Stacheldraht, der uns bis zum Ende des Krieges schwer zu schaffen machte. Wir versuchten, mit aufgepflanzten Bajonetten uns durch die Hecke zu arbeiten, doch zappelten wir an der Wand wie Mücken im Spinnennetz. Endlich war es uns gelungen, das Hindernis zu überwinden. Wir sammelten uns unter den dicken Buchen und stürmten dann weiter vor. Ein Glück, dass die über unsere Köpfe hinweg sausenden Geschosse bisher noch keinen getroffen hatten, denn die Baumschützen konnten uns hinter dem Rotdornhindernis nicht sehen. Ein Waldgefecht war uns bisher völlig fremd, und wir mussten uns zunächst an die Geräusche gewöhnen, die die Geschosse, Granaten und Schrapnells, verursachten. Wir sahen, wie Blätter und Zweige von den Bäumen rieselten. Die Einschläge in die Bäume hörten sich wie der Knall von Sektpfropfen an. Was uns besonders bedrückte war, dass wir keinen Schützen sahen. Beim Vorgehen sahen wir erstmalig einen abgeschossenen Franzosen, den wir durch seine rote Hose und Käppi direkt erkannten. Er trug an seinen Füßen Klettereisen. Bald hatten auch wir den ersten Toten. Beim weiteren Vorgehen rief mir der Grenadier Drebus plötzlich zu: »Vorsicht Unteroffz., legen sie sich direkt auf mich«, was ich auch tat. Auf meine Frage, ob er etwas gesehen hatte, zeigte er auf einen Raum und im gleichen Augenblick ließ er den Kopf fallen. Als ich herunterguckte, sah ich in seinem Nacken eine kleine Schusswunde und spürte unter mir ein Zucken des Körpers. Instinktiv legte ich mein Gewehr beiseite und stellte mich tot. Als es weiter vorging, nahm ich mein Gewehr wieder auf und versuchte in Gedanken beim Aufstehen Drebus mit hochzuziehen. Sein Körper war aber völlig leblos, so dass ich ihn fallen ließ und mit den anderen weiterzog.

Wir sprangen dann von einem Baum zum anderen, um Schutz zu suchen und waren glücklich, wenn wir eine Strecke hinter uns hatten. An dem Wege angekommen, versteckten wir uns hinter einer Hecke, wo wir erfuhren, dass man einen Verwundeten mitgebracht hatte. Hier erwarteten wir die Ankunft unseres Zugführers, Leutnant Hübner, mit seinen übrigen Leuten. Beim Warten hatten wir den Begriff für Zeit und Raum verloren. Wie eine Erlösung erfuhren wir die Ankunft unseres Leutnants mit dem Rest seiner Leute, der uns sagen ließ, liegen zu bleiben bis der Hauptmann mit seiner Kompanie eingetroffen ist. Ich hörte plötzlich Rufe: »Wo liegt Uffz. Baer?« Es war mein Hauptmann, der atemsuchend sich der Länge nach neben mich legte. »Hier bleiben wir liegen bis auf neuen Befehl«, gab er von sich, »sind sie verwundet, Uoffz.? Sie bluten ja am Kopf.« »Nein, Herr Hauptmann, so sehen unsere beiden Gruppen aus, die sich durch die Rotdornhecken vor dem Walde durchschlagen mussten.« Dann kamen von links verschiedene Rufe. Befehl der Division: »Es darf kein Pardon gegeben werden und es dürfen keine Gefangenen und Verwundeten gemacht werden.« Plötzlich hörten wir: »Befehl von Königlicher Hoheit, Prinz Oskar, es soll weiter vorgegangen werden.« Mein Hauptmann sagte sofort, er würde nicht mitmachen, bis er den Befehl direkt bekommt. Es wäre möglich, dass Prinz Oskar eigenmächtig handelt. Selbst der Angriff unter Hurra-Rufen, Trommeln und Trompeten, die wir deutlich vernahmen, brachte meinen Hauptmann nicht aus der Ruhe. Seit seiner Ankunft wurden wir von den Franzosen mit Gewehrfeuer überschüttet, wovon uns aber keine Kugel traf. Dieses Feuer ließ plötzlich nach, worauf ich meinem Hauptmann sagte, dass der uns gegenüberliegende Feind sich auf einer Höhe befindet und im Rückzug begriffen ist, was ich aus dem Schweigen der Geschosse schließen konnte. Er gab zur Antwort: »Versuchen Sie mit Uffz. Pohl und 2 Gruppen die Höhe zu prüfen. Nehmen Sie sich einen Hornisten mit, der beim Ansturm der Höhe das Signal gibt.« Oben angekommen fanden wir ein Plateau mit Holzstapeln vor. Dahinter lagen ein toter und ein verwundeter Franzose. Auf den Feuerstellen fanden wir 20 Essgeschirre, die die Franzosen im Stich gelassen hatten, um sich auf die hintere Front zurückzuziehen. Einer unserer Leute ging sofort mit seinem Gewehr auf den Verwundeten zu und schlug ihm über den Kopf. Da er zu einem weiteren Schlag ausholen wollte, riss ich ihn zurück und sagte zu den Versammelten: »Wer es noch einmal wagt, einen Gefangenen oder Verwundeten umzubringen, der wird von mir auf der Stelle erschossen.« Einen anderen Soldaten an den Waffenrock fassend, gab ich den Befehl, dem Sterbenden den Gnadenschuss zu geben. Daraufhin gingen wir alle zu unserem Hauptmann zurück und ich erstattete ihm Meldung. Kurz darauf ließ er seine Kompanie hinter einem Abhang neu formieren und ich wurde zu ihm gerufen. »Uffz. Baer, Sie gehen mit dem Gefreiten Hutmacher und Gefreiten Schlaszus unseren Weg weiter nach rechts und stellen Verbindung mit dem 2. Bataillon her.« Darauf zogen wir durch den einsamen schmalen Waldweg. Überall tosendes Gewehr- und Artilleriefeuer und ringsherum nur dichter Wald. Nachdem wir ein Stück des Weges hinter uns hatten, sagte ich zu meinen beiden Begleitern: »Jungens, ich traue dem Braten nicht, die Schweine sitzen irgendwo versteckt. Lasst uns zunächst unsere Gewehre laden und steckt die 6. Patrone in den Lauf.« Ich war gerade im Begriff, die Kammer zu schließen, als mir ein Franzose seitwärts aus dem Gebüsch vor meine Gewehrmündung springt. »Pardon« und das Fortwerfen seines Gewehrs waren eins. Er stand mit erhobenen Armen. Ein Fingerdruck und es hätte genügt. Ich schenkte ihm das Leben. Er hielt mir ein Foto seiner Frau und 2 kleinen Kindern entgegen und sah mich flehend an. Mit Mühe hielt ich die beiden Kameraden zurück. Mit vorgehaltenem Gewehr fragte ich ihn, ob er bereit wäre, nähere Angaben über seine Formationen zu machen. Er willigte ein und wir vier nahmen Deckung im Gebüsch. Meine Gefreiten begannen sogleich mit dem Durchsuchen seiner Taschen nach Zigaretten und anderen

Genüssen und stellten darauf fest, dass seine Feldflasche mit Rotwein gefüllt war. Nachdem sie mir die Flasche zum ersten Trunk angeboten hatten, beschäftigte ich mich mit der Anfertigung einer Skizze und der Meldung, dass 2 Kompanien von seinem Regiment in westlicher Richtung geflüchtet waren. Als wir uns erhoben, sahen wir in einer Entfernung von ca. 80 m plötzlich Franzosen seitlich aus dem Gebüsch herausspringen und in Richtung unseres Weges weiterrennen. Ohne ein Wort zu sprechen, erhoben wir drei die Gewehre und schossen in die fliehende Menge hinein, wobei uns die roten Hosen als Zielscheibe willkommen waren. Wir schätzten die Zahl der Fliehenden auf 30 bis 40 Mann, die sich in dem Gebüsch geschickt Laubhütten gebaut hatten. Inzwischen hörten wir das Hurra und Trommeln des 2. Bataillons, so dass wir annahmen, dass durch dieses Kampfgeschrei die Flucht der Franzosen hervorgerufen wurde. Nachdem wir die Reihe der vor uns liegenden Toten, ungefähr 20 bis 30 Mann, noch einmal übersahen, kamen wir zu dem Entschluss, mit dem gefangenen Franzosen zu unserer Ausgangsstellung zurückzugehen, um nicht das Opfer der Geschosse des unter »Hurra« vorgehenden 2. Bataillons zu werden.

Anstelle unserer Kompanie stellten wir eine andere Kompanie im Liegen am Abhang fest. Sie lag als Reserve in geschützter Stellung. Beim Anblick des ersten lebenden Gefangenen machte sich die Verbitterung der Leute mit derben Worten Luft. Auch für sie war er der erste lebende Gefangene des Tages. Ich übergab dem Gefreiten Schlaszus die Meldung, mit dem Gefangenen zum Bataillonsstab zu gehen. Schlaszus erzählte mir später, dass er auf diesem Weg einen Granatensplitter im Oberschenkel erhalten hatte und ins Lazarett kam. Zum Gefreiten Preuss sagte ich: »Komm, wir beide gehen jetzt nach vorn zu unserer Kompanie.«

Dieser Weg bis zu unseren kämpfenden Kameraden bleibt mir unvergesslich. Das Bewusstsein, die Unsrigen im Kampf mit dem Feinde zu wissen, ließ uns nach vorn eilen. Rechts und links des Weges lagen Verwundete, um die sich Kameraden bemühten. Hier bat mich ein Verwundeter meiner Korporalschaft um Verbandsstoff, dort bettelte ein braver Kamerad unserer Kompanie mit Brustschuss um einen Schluck Wasser. Ich reichte ihm meine Flasche mit dem letzten Tropfen und säuberte danach mit der Handfläche das blutige Mundstück. Der Gedanke an meine etwaige Verwundung demoralisierte mich, zumal mich der Durst nach dem ungewohnten Genuss des Weines aus der Feldflasche des Gefangenen zu quälen begann.

Beim Vorgehen kam uns unser Hauptmann Röhr mit blutiger zerschossener Hand entgegen, begleitet von seinem Burschen und einigen anderen Kameraden. Sie besaßen alle keinen Verbandsstoff und waren hilflos. Als er mich sah, zeigte er mir schüttelnd seine blutige zerfetzte Hand ohne ein Wort zu sprechen. Ich löste meine Halsbinde und band damit seinen Arm ab, um das Bluten zu stillen. Dankbaren Auges blickte er mich dabei an und nahm mit den Worten von mir wehmütig Abschied: »Uffz., machen Sie Ihre Sache gut.«

Nach seiner Genesung wurde Hauptmann Röhr an der Ostfront zum Major befördert und bedankte sich noch einmal herzlich in einem ausführlichen Brief an mich, der im Original mit meinen übrigen Kriegsdokumenten in den Archiven das Bundesministerium für Verteidigung, Bonn, liegt.

Wenige Minuten nach dem Zusammentreffen mit Hpt. Röhr fand ich unter anderen Verwundeten und Toten meinen Zugführer Lt. Hübner. Er war an die Stelle meines Zugführers Lt. von Schlichteisen getreten, der wenige Wochen vorher an meiner Seite bei Virton fiel. Von den beiden, mit ihm eingetroffenen Offz.Stv., war einer gefallen, der andere schwer verwundet. Beim Anblick meines sterbenden Zugführers, um den sich sein Bursche bemühte, ihm die blutende Bauchwunde zu stillen, wuchs mein Verantwortungsgefühl. Ich war der Rangälteste des I. Zuges. Und wer führt das Kommando der Kompanie? Vz.Feldw. Zürndorfer. Und wo ist er? In vorderster Linie. Ihm muss ich beistehen und über das Geschehene berichten.

Vorstürmende des 7. Regiments mischten sich mit den Unsrigen. Obwohl sie führerlos waren, widersetzten sie sich meinem Befehl, mit mir nach vorn zu gehen. Einem solchen Befehl unterstehen sie nur ihrem eigenen Regiment, bemerkten sie. Der verworrenen Situation Rechnung tragend, ließ ich bei jedem Verwundeten einen Mann zurück, da es keine Sanitäter gab. Alles andere musste erbarmungslos mit vor und ich sammelte 12–14 Mann um mich. Angesteckt durch das Verhalten der 7er, murrten auch meine Leute und verwiesen auf die Sinnlosigkeit eines weiteren Vorgehens. Ich berichtete ihnen von dem Ausscheiden unseres Hauptmanns und sämtlicher Zugführer bis auf Vz.Feldw. Zürndorfer, der wohl vorn sein musste, worauf alle mir folgten.

Da erschien plötzlich eine Gruppe Offiziere. Der Regimentsstab der 7er-Königsgrenadiere mit Prinz Oskar, ihrem Kommandeur, an der Spitze. Auf mich zueilend erfasste er meine Schulter und mit weitgeöffneten Augen, um meinen Beistand flehend, sagte er: »154er verlasst mich nicht.«

(Beiliegendes, nachträglich von einem Kunstmaler angefertigtes Bild, entnahm ich der Regimentsgeschichte der 7er. Es ist der Wirklichkeit getreu. Die Spuren des vorangegangenen Kampfes sind aber der Beweis dafür, dass nicht er, wohl aber die, die diese Spuren hinterlassen haben, an der Spitze sind. Auch sah ich nicht einen verwundeten Franzosen, wie rechts auf dem Bild angedeutet.

Sie erwartete durch die beiden nachstürmenden Grenadiere das gleiche Schicksal ihrer Kameraden.)[2]

Mit dem Gewehr in der Linken und seinem Seitengewehr, das er einem toten Franzosen entnommen hatte, forderte er drohend die zurückgebliebenen 7er und auch die sich um die Verwundeten bemühenden 154er auf, vorzugehen. Und durch seine anfeuernden Worte: »Vorwärts, vorwärts, wir müssen noch die feindlichen Batterien stürmen«, wurden alle mitgerissen.

Mit meinen Leuten vorwärtsstürmend erreichten wir die lichte Höhe eines Waldes. Hier erhielten wir mörderisches Artilleriefeuer. Alles stürmte auseinander, als eine dicht vor uns einschlagende Granate zwei meiner Leute schwer verwundete. Es gab eine Panik und die Leute waren nicht zu bewegen, während des Granathagels aus ihrer Deckung zu kommen. Ich aber musste vor zur kämpfenden Kompanie. Leider folgten mir beim Vorgehen nur 6 Mann. In der Senkung angekommen, wollten wir in einen Waldweg laufen, als sich mir ein unvergessliches Bild bot. 7er-Grenadiere drängten im Waldweg des Abhanges in Massen zurück. Alles schrie: »Alles zurück, alles zurück.« In ihrer Mitte Verwundete mit sich schleppend, hockte, alles überragend, der nackte blutige Oberkörper eines Mannes auf den Schultern zweier Kameraden.

Von dieser zurückflutenden Masse wurden wir in dem schmalen Wege mit zurückgedrängt. Der Gedanke, dass die Grenadiere die in vorderster Reihe kämpfende Truppe des V.Fldw. Zürndorfer im Stich gelassen hatten, raffte mich auf und mit erhobenem Gewehr gegen die Masse stemmend rief ich: »Alles vor. Wer über meine Schwelle zurückgeht, schlage ich auf der Stelle nieder. Schämt Ihr Euch nicht, Eure Kameraden vorne im Stich zu lassen? Die Verwundeten können zurück, alles andere geht wieder vor.«

Langsam machten die 7er-Grenadiere kehrt, und ich trieb sie vor mir her mit hochgehobenem Kolben über die Höhe zurück. Köllermann, Massmann, beide noch unter den Lebenden, hielten immer treu zu mir.

Bald stießen wir auf Teile unserer kämpfenden Kompanie und erfuhren, dass V.Fldw. Zürndorfer diese als Dienstältester führte. Hier hörte ich von dem weiteren Ausfall von beiden Offz.Stv., wovon

---

2   Das hier bezeichnete Bild findet sich nicht in den »Erinnerungssplittern«. Auch an anderen Stellen erwähnt Baer Dokumente, die er dem Text beifügen wolle, was er aber nicht in allen Fällen einlöste. Auf entsprechende Kommentierungen wird im Folgenden verzichtet.

der eine gefallen, der andere schwer verwundet wurde. Ich habe ihre Namen nicht mehr im Gedächtnis, da die Beiden wenige Tage vorher, wie bereits erwähnt, mit dem Ersatz eingetroffen waren.

Im Vorgehen zeigte mir V.Fldw. Zürndorfer stolz zwei Treffer. Einer ging ihm durch die Rocktasche, der andere durch Tornister und Kochgeschirr. Auf meine Frage, was denn eigentlich los sei, sagte er kurz: »Wir haben Befehl, die Batterien zu stürmen. Dann haben wir es geschafft.« Mir die Richtung weisend fuhr der fort: »Dort stehen sie, keine 800 m von hier. Das müssen sie doch schon am Abprotzen merken. Ich habe unserem Hauptmann versprochen, sie zu holen.«

Ich machte Z. darauf aufmerksam, dass wir von rechts nicht gedeckt sind und fragte ihn, ob er damit einverstanden sei, wenn ich mich mit meinen Leuten nach rechts halte. Wir vereinbarten, dass nach Ertönen seines Hornsignals ich mit seinen Leuten zusammen vorgehen soll. Ich schätzte seinen Anhang auf etwa 70–80 Mann. Mit mir gingen freiwillig Uoffz. Stegbauer und 12 Kameraden, darunter 2 Grenadiere und ein Tambour.

Wieder führte unser Weg durch eine Schneise, seitlich mit dichtem Unterholz versehen. Schnurgerade lief sie soweit das Auge sehen konnte. Plötzlich erhielten wir Infanteriefeuer und schon sahen wir auf kurzer Entfernung seitlich aus dem Gebüsch Franzosen auftauchen und davonrennen. »Jetzt laut Hurra schreien und Trommler macht ordentlich Krach!« rief ich. Je lauter wir brüllten, umso größer wurde die Zahl der Fliehenden. Sie sprangen aus ihren seitlichen Behausungen, die sie sich kunstgerecht aus Ästen und Zweigen gebaut hatten. Im Laufen hielten wir das Gewehr an die Wange. Das Ziel konnten wir nicht verfehlen. Im Laufen warfen die Franzosen Tornister und Gewehre von sich und ungezählte Tote und Verwundete blieben zurück. Gegen 4 oder 5 Uhr am Waldausgang angelangt – wir waren nur noch 2 Uoffz. und 8 Mann -, sahen wir vor uns eine Chaussee. Auf der anderen Seite war eine Lichtung und dann wieder Wald. Karten besaßen wir nicht und wo der Feind steckte, wussten wir auch nicht. Wald und nochmals Wald, mal Lichtung, mal Dickicht, bergan, bergab, Schneisen und wieder Wald, etwas anderes sahen wir nicht. Eins war uns allen klar, Überraschungen standen uns jeden Augenblick bevor.

Wenn ich V.Fldw. Zürndorfer nicht versprochen hätte, bei der Erstürmung der Batterie seinen rechten Flügel zu sichern, wären wir an dieser Stelle liegen geblieben. Die Chaussee entlang hagelte es Geschosse. Vereinzelt lagen dort tote Deutsche und Franzosen. Demnach mussten die unsrigen die Chaussee schon überschritten haben.

Eine Feuerpause abwarten, dann Sprung über die Chaussee und über die Lichtung hinweg in den Wald. Wir waren nur noch 2 Uoffz. und 4 Mann. Links andauerndes lebhaftes Feuer. Wir gingen im Walde etwa 200 m vor, warfen uns hin und warteten. Das Feuer mussten wir über uns ergehen lassen. Die feindliche Batterie schoss aus etwa 100 m Entfernung. Uoffz. Stegbauer sagte, das seien Kartätschen. Bei jedem Abschuss empfanden wir einen heftigen Luftdruck, um gleich darauf hochgesogen zu werden. Wir waren uns darüber klar, dass sich die Franzosen hier zur Gegenwehr festgesetzt hatten und unser Angriff ins Stocken geraten war.

Inzwischen zeigte sich eine blutrote Sonnenscheibe am westlichen Horizont über Verdun, die ich in dieser Glut nie wieder erlebt habe. Wir beschlossen, zusammen zu bleiben. Der Mann, den ich mit Meldung nach hinten gesandt hatte, kam nicht mehr zurück. Dichtes Unterholz hinderte uns an einer Verbindung mit V.Fldw's. Abteilung, die unserer Berechnung nach nicht weit von uns links liegen musste. Aus allen Ecken pfiffen Geschosse. Wir vereinbarten nun doch, zur Chaussee zurückzugehen, um von hier aus wieder auf Z. Abteilung zu stoßen.

Als wir zum Waldausgang kamen, hielt uns ein Ruf an: »Wohin der Uoffz.?« Ich gewahrte rechts vor mir am Waldrande einige Offiziere liegen und antwortete: »Ich komme von vorn, ohne Verstärkung können wir nichts machen.« Darauf die Antwort: »Kommen Sie mit Ihren Leuten hierher und nehmen Sie Richtung nach der untergehenden Sonne.«

Wir taten, wie uns befohlen und verteilten uns auf die liegende Gruppe. So lag ich neben einem Offizier, ich glaube, es war der Regimentsadjutant der 7er-Grenadiere, denn direkt neben ihm lag der Kommandeur, Prinz Oskar. Unter einem Geschosshagel und Artilleriefeuer verblieben wir solange, bis sich die blutrote Sonnenscheibe gen Westen neigte, um zu versinken. Mit der schwindenden Sonne ließ das Infanterie- und Artilleriefeuer nach, welches fast eine Stunde ununterbrochen gewütet hatte. Ein Wunder, dass nicht einer von unserer Gruppe getroffen wurde.

Da kroch mit einem Male ein junger Leutnant der 7er-Grenadiere an unsere Gruppe heran und fragte nach Seiner Kgl. Hoheit. »Melde Königlicher Hoheit gehorsamst, Major Hinsch durch Bauchschuss tödlich verwundet.« Prinz Oskar, dessen unnatürliches Verhalten ich Gelegenheit hatte, dauernd zu beobachten, erwiderte kurz: »Kenne ich nicht.« Worauf der Leutnant antwortete: »Kgl. Hoheit kennen doch Major Hinsch. Kgl. Hoheit haben doch des Öfteren mit ihm Whist gespielt.« Darauf den Kopf erhebend und sich in Richtung des Fragenden wendend, sagte Prinz Oskar erneut: »Kenne ich nicht.« Der Leutnant verschwand, um nach wenigen Minuten wieder vor

Prinz Oskar zu erscheinen. Er ließ eine von vier Männern getragene Zeltbahn niederlegen, worauf mit entblößtem blutigen Unterleib der tote Major lag. »Melde Kgl. Hoheit, Major Hinsch zur Stelle.« Prinz Oskar drehte den Kopf zur Seite, erhob sich schwerfällig und rief tieferschüttert beim Anblick des Toten: »Das ist ja mein Freund Hinsch!« Nach dem letzten Worte brach er zusammen und viel zu Boden.

Das Feuer hatte wenige Minuten vor dieser Szene an Heftigkeit nachgelassen, so dass gerade um diese Zeit, als wir den Prinzen bis zum Wege trugen, eine eigenartige Ruhe herrschte.

Ein Offz. der 7er-Grenadiere erschien mit V.Fldw. Zürndorfer und bald darauf kam der Befehl zum Rückmarsch. »Sammeln! 154er diesseits, 7er-Grenadiere jenseits der Straße.« Dann erschienen 2 Personenautos, die Prinz Oskar, den toten Major Hinsch sowie den Regimentsstab mit zurücknahmen.

Nachdem der Rest des Regiments 154 in schwacher Kompaniestärke angetreten war – vom 7er-Grenadierregiment sammelte sich kaum die Hälfte unserer Stärke -, führte V.Fldw. Zürndorfer den spärlichen Rest zur Ausgangsstelle zurück. Erst später haben wir erfahren, dass wir fast 3 km über die von der Division befohlene Linie vorgestürmt waren.

Zur Erinnerung an jenen Tag hatte mir Prinz Oskar später sein Bild mit eigenhändig geschriebener Widmung zukommen lassen, was sich ebenfalls in den Archiven des Bundesministeriums für Verteidigung befindet.

Von den kaleidoskopartigen Eindrücken dieses Tages begleitet mich durch mein Leben das Verhalten eines verwundeten Franzosen. Auf unserem Rückmarsch, der unheimlich im schwindenden Abendrot war, sahen wir auf der Höhe des Chausseegrabens einen verwundeten Franzosen sitzen, der sich die Hose aufgeschnitten hatte, um seinen verwundeten Oberschenkel zu verbinden. Plötzlich lief aus unserer Gruppe ein Soldat mit erhobenem Kolben aus den Reihen in Richtung des Verwundeten, um ihm den Todesstoß zu geben. In Seelenruhe rief der Franzose: »Halt Kamerad, Du Kamerad, ich Kamerad, nichts kaputt.« Aus unseren Reihen kamen die Rufe: »Verdammtes Schwein, lass doch den Menschen leben.« Darauf ließ der Soldat sein Gewehr sinken und trat in die Reihen zurück.

Auf dem Rückmarsch sahen wir viele Sterbende und Verwundete, denen nicht mehr zu helfen war. Sie fühlten, dass sie in die Hände des Feindes fallen werden, denn Sanitäter haben versagt, wie auch aus beiliegendem Ausschnitt aus der Regimentsgeschichte der 154er vom 24.9.1914 zu ersehen ist.

In unserer Ausgangsstellung angekommen, empfing uns unser dienstältester Vorgesetzter, Feldwebel Schimke, mit den Worten: »Wo kommt Ihr denn her? Ich habe für Euch nichts mehr zum Essen da, außer kalten Reis. Auch keinen Kaffee mehr. Geht zu Euren Kompanien zurück und die 3. Kompanie legt sich hier im Chausseegraben zur Ruhe (der angefüllt von Leichen war). Wagt nicht, Licht zu machen. Die Artillerie stöbert uns sonst sofort auf. Mit Ihnen, Uoffz. Baer, habe ich ein Wort zu sprechen. Über Sie liegt eine Meldung vor, wonach Sie sich geweigert haben, einen Divisionsbefehl auszuführen und Ihren Untergebenen mit Erschießen gedroht haben, wenn sie Gefangene und Verwundete töten würden. Morgen Vormittag um 11 Uhr melden Sie sich vor einem Kriegsgericht im Bataillonsgeschäftszimmer. Ich werde Sie wohl nie wieder sehen, denn Sie wissen, dass Gehorsamsverweigerung vor dem Feinde innerhalb 24 Stunden mit Erschießen bestraft wird.«

Wie ich die Nacht verbracht habe, kann ich nicht mehr schildern. Am nächsten Morgen wurde ich vor 4 Offiziere gerufen, von denen der Adjutant des Regiments mir die Zeugenaussage meiner Handlung vorlas. Ich wurde aufgefordert, mich zu der Anklage zu äußern. Ich antwortete: »Als Offiziersschüler wurde ich belehrt, dass ein Abkommen in Genf besteht, was auch Deutschland mit den übrigen internationalen Staaten unterschrieben hat, was in Kriegszeiten alle Verstöße gegen Gefangene, Verwundete und Privatpersonen, soweit diese gegen die Humanität verstoßen, regelt.« Der Adjutant besprach sich daraufhin mit den anderen und antwortete: »Von einer Bestrafung kommen Sie nicht weg. Ich bestrafe Sie mit Nichtbeförderung solange Sie beim Regiment sind. Sollte Ihnen jedoch an einer Beförderung liegen, gebe ich Ihnen die Gelegenheit, sich einen anderen Truppenteil zu suchen.«

Ich bat gleich um meine Versetzung als Kampfflieger zur Fliegertruppe. An diesem Tage wurde bereits mit dem Bau der Unterstände begonnen und es wurde festgestellt, dass Franzosen, die mit dem Leben davon gekommen waren, sich im Wald auf ihrer Seite in Sicherheit gebracht hatten. Darum gab die Division Anweisung, das Hintergelände im Wald durch Patrouillen absuchen zu lassen. Der Zug des V.Fldw. Zürndorfer hatte das Gelände hinter dem 1. Bataillon auf überlebende Franzosen abzusuchen, und ich war mit dabei.

Es war ein herrlicher sonniger Herbsttag, der uns auf andere Gedanken brachte. Nach etwa zwei Kilometern standen wir vor einer Waldlichtung, wo 15 lebende Franzosen wie versteinert versammelt waren. Das ganze wirkte wie in einem Wachskabinett. Wir umzingelten die Gruppe und Z. gab zwei sich nähernden Franzosen, die Wasser heranschleppten, ein Zeichen, sich zu beeilen. Als diese ihre franz. Kameraden erreicht hatten, gab Z. seinen Leuten den Befehl, sich zum Erschießen aufzustellen. Er selbst zog seine Armeepistole hervor und auf sein Kommando: »Legt an, Feuer«, schoss er mit seiner Pistole als Erster auf die Gruppe.

Nachdem die Formalität erledigt war, fragte ich Z., ob das Erschießen unbedingt notwendig gewesen war und warum man sie nicht gefangen genommen hatte. Z. erwiderte mit seinen kalten graublauen Augen: »Uoffz. Baer, Befehl ist Befehl.«

Weihnachten hatte ich das große Glück, lebend aus dieser Waldhölle vor Verdun herauszukommen. Ich wurde der Fliegerabteilung II in Posen zugeteilt. Kurz danach wurde meine Kompanie durch franz. Artilleriefeuer schwer heimgesucht, worüber mir mein Kompanieführer der 3. schriftlich nach Posen Nachricht gab. Er führte auch die Namen der Toten und Verwundeten auf, mit denen ich eng verbunden war. Gleichzeitig dankte er mir für meine Treue, die ich dem Vaterlande erwiesen hatte und fügte als Anerkennung im Namen unseres Kaisers und Königs das Eiserne Kreuz II. Klasse bei.

-.-.-.-.-.-

[7.]
[Zwischentext]
[Ohne Datum]

Seit dem Tage »Ehre für unser Regiment 154« wurde das Rad der Weltgeschichte unaufhaltsam vorwärts getrieben und meldete der Welt von der Einführung eines neuen Militärstrafgesetzbuches der Bundesrepublik Deutschland im Jahre 1953. Hiernach wurde im Par. 1 Folgendes verankert: »Befehle, die gegen die Humanität und deren Einrichtungen verstoßen, sind ungültig.«

Es ist bewundernswert, dass die Bundesrepublik Deutschland mit dieser Klärung allein unter den demokratischen Staaten steht, was nicht ausgeschlossen ist, dass die übrigen demokratischen Länder eines Tages sich dem neuen Militärstrafgesetzbuch anpassen werden. Mir hat dieses Gesetz mein seelisches Gleichgewicht zurückgegeben und meine Ehre rehabilitiert, denn das Gefühl, mich einem Militärbefehl im I. Weltkrieg widersetzt zu haben, hat mich nicht zur Ruhe kommen lassen.

Wäre das Militärstrafgesetzbuch der BRD schon zur Zeit der Weimarer Republik eingeführt worden, wäre Deutschland und nicht zuletzt der ganzen Welt viel Unheil erspart geblieben und der

»unbekannte Gefreite« des I. Weltkrieges, Adolf Hitler, wäre nicht an die Macht gekommen.

[8.]
Mein Traum
[Haut de Cagnes
A.M., Herbst 1953]

Soll man alte Kriegsdokumente und die damit verbundenen Erinnerungen über Bord werfen? Die Antwort meiner Frau und Kinder lautet: »Ja!«

Ich kann es nicht, denn sie sind mir zu sehr ans Herz gewachsen. Ich kann nicht anders als von Zeit zu Zeit in ihnen herumzukramen. So vertiefte ich mich eines Abends in die Regimentsgeschichte meines ehemaligen I.R. 154 und das der 7er-Grenadiere. Wie immer, bleiben die letzten seelischen Eindrücke im Unterbewusstsein wach und zaubern ungezählte kaleidoskopartige wechselnde Bilder hervor, wobei ein unerfassbarer Mechanismus seine Hand im Spiele haben muss, so lange, bis der Schlaf sich deiner erbarmt.

Wie wunderbar, ich schwebe einer Feder, nein, einem Hauch gleich im Äther. Von Erdenschwere keine Spur. Bin ich ein Gott? Immer höher schwebe ich, eine Wolkenschicht nach der anderen zurücklassend. Plötzlich schwebe ich auf der gleichen Stelle und staune über das riesige Wolkengewölbe, einer Kathedrale gleich. Mein Blick fällt auf Tausende schwebende Gestalten in hauchartigen Gewändern. Sie bilden einen Halbkreis, wie, wenn sie über den Bänken eines Stadions schweben. Ihre Gesichter haben die Hautfarbe vieler fremder Nationen. Alle schauen mich an, aber mit welch sonderbaren gläsernen und leuchtenden Augen. Ihre Gesichtszüge sind bei den schwebenden Bewegungen und der weiten Entfernung nicht erkennbar. Ihre Blicke kann ich auf die Dauer nicht ertragen, denn ihre Augen sind nicht die von Sterblichen. In der Mitte des Halbkreises schwebt eine übernatürlich große Gestalt in einem Wolkengebilde. Bei seinem Anblick wird mir wunderlich zumute. Sein langer weißer Bart schwingt im Rhythmus des Schwebens mit und unter seinen buschigen weißen Augenbrauen schaut mich ein gütiges Augenpaar beobachtend an. Zwei Hörner überragen sein langes gewelltes weißes Haupt, ganz so wie Michelangelo Moses in Marmor gestaltet hat. Vor ihm auf einem Wolkentisch ruht eine schwere steinerne Tafel, so geformt wie die Gesetzestafel. In der rechten Hand hält er einen schweren steinernen Griffel. – Totenstille – Der ehrliche Blick des Patriarchen lässt meinen Blick nach unten sinken, und ich bin verwundert über die harten Farben meines gestreiften Pyjamas, die so gar nicht in das Milieu des Wolkengebildes passen. ›Wo bist Du und wo kommst Du her?‹, frage ich mich und wie ich den Blick wieder erhebe und in die Augen des Patriarchen sehe, beginnt er zu sprechen, wobei er die Spitze seines Griffels auf die Tafel setzt: »Du bist Leo Baer, geboren zu Bochum am 22. Mai 1889. Dein Vater, unser Seelenbruder, ist der Kaufmann Isaac Baer, geboren zu Allner, Reg.Bez. Köln, israelitischer Religion. Deine Mutter, unsere Seelenschwester, ist Karoline, geborene Bonn, geboren zu Dremmel, Reg.Bez. Aachen, israelitischer Religion. Deine Groß- und Urgroßeltern väterlicherseits und ebenso mütterlicherseits sind gebürtig im Rheinland. Treffen diese Angaben auf Dich zu?«

»Jawohl, der bin ich.«

Darauf zeigt sich der Patriarch in seiner ganzen Größe und den Griffel wieder auf die Tafel legend, erhebt er seinen Blick gen Himmel und spricht feierlich: »Gott der Allmächtige hat mich berufen, über Dich Gericht zu halten und zu prüfen, ob Du trotz der verbrochenen Missetaten würdig bist, als Seelenbruder im Reiche des ›Ewigen Friedens‹ aufgenommen zu werden.« Seinen strengen Blick auf mich richtend fährt er fort: »Versammelt sind hier alle Seelenbrüder, die mit Dir den 24. September 1914 erlebten. Viele hierunter kennen Dich aus der Jugendzeit, denn Du weißt, dass die bei Kriegsausbruch aufgerufene Reserve Deines Regiments zum größten Teil aus Bochumern bestand. Nachdem Petrus meldete, dass nun auch Du endlich im Vorraum zum Reich des ›Ewigen Friedens‹ angelangt bist, protestierten seltsamer Weise nur die anwesenden Seelenbrüder gegen Deine Aufnahme. Eine andere Missetat ist auf der Tafel nicht verzeichnet. Ich kann wohl sagen, ein Sonderfall. Dafür ist aber das Verbrechen, dessen Dich die anwesenden Seelenbrüder anklagen, von allen Verbrechen das Fürchterlichste.«

Seine Hörner beginnen zu wachsen und mit erhobenen Augenbrauen und runzliger Stirn spricht er die harten vorwurfsvollen Worte: »Sie klagen Dich an, in Deinem Bericht über den Verlauf der Kampfhandlung am 24. September 1914 die Wahrheit unterschlagen und somit dazu beigetragen zu haben, den kommenden II. Weltkrieg zu verherrlichen. Dein Originalbericht liegt mir vor! Du warst auf Erden ein Kriegsverherrlicher und Kriegsverherrlicher finden vor Gott dem Allmächtigen keine Gnade, ohne Unterschied der Nation, der Rasse und Religion. Kriegsverherrlicher teilen wir in zwei Kategorien ein. Die einen, die den Krieg verherrlichen aus reinem Ehrgeiz und Gier nach Bereicherung, sich aber während der Dauer des Krieges außerhalb der Gefahr halten, und die anderen, die sich und die anderen für den Krieg begeistern, selbst aber bereitwilligst aus Idealismus zur Hingabe ihres Lebens bereit sind.

Jedenfalls stehen Kriegsverbrecher im Reich des ›Ewigen Friedens‹ in weit höherem Ansehen. Du aber bis ein Kriegsverherrlicher!«

Ich fahre zusammen und kralle meine Fingernägel in den Stoff meines Pyjamas. Ich suche nach einem Halt. Aus meiner zugeschnürten Kehle bringe ich noch soeben die Worte hervor: »Ehrwürdiger hoher Richter – Ich ein Kriegsverbrecher?«

»Jawohl, Du bist einer von denen. Es wird sich bald herausstellen. Kriegsverherrlicher sind weit schlimmer als Kriegsverbrecher, denn diese haben nichts anderes verbrochen, als die Befehle ihrer Gebieter, ob Kaiser, König, Präsident, Führer oder Häuptling des kleinsten Tribus, gewissenhaft ausgeübt zu haben. Sie sind nur die Opfer der Kriegsverherrlicher oder, was im Grunde genommen dasselbe ist, der Kriegshetzer. Das ist auch der Grund, warum wir allen Gebietern auf Erden Absolution erteilen. – Gestehst Du, dass Du schuldig bist?«

»Ich verweigere die Antwort auf diese Frage.«

»Vor Eintritt in die Verhandlung stelle ich Dir noch eine Frage. Es ist Dein gutes Recht, auch diese nicht zu beantworten. Ich sehe Dir Deine Erbärmlichkeit an. – Erhebe Deinen Blick wieder zu mir! Du hast noch viel Kraft und Ausdauer aufzubringen, bis das Urteil über Dich ergangen ist. Die Beantwortung meiner Frage könnte vielleicht mein Urteil im günstigen Sinne beeinflussen, obwohl ich erst den einstimmigen Beschluss aller Seelenbrüder feststellen muss. – Nimm Dich zusammen, vielleicht können noch Wunder geschehen! Ich stelle Dir die Frage, welche Motive haben Dich zum Schreiben Deines Berichtes bewogen?«

Seine Hörner sind wieder kleiner geworden und seine Augenbrauen überschatten seine treuherzigen Augen. Ich atme tief und antworte ruhig: »Ehrwürdiger hoher Richter! – Ich bin das Produkt meiner Erziehung und meiner Umgebung. Als ich im Januar 1928 den Bericht schrieb, war ich 39 Jahre alt. Wenn ehrwürdiger hoher Richter mich um diese Zeit gefragt hätten, wen liebst Du mehr, Dein Deutschland oder Deine Religion?, so hätte ich geantwortet: Ich habe beide gleich lieb, so wie Kinder, Vater und Mutter gleich lieb haben. Mich hatte die Niederlage Deutschlands 1918 schwer getroffen und die Fahnenflucht meines Kaisers kann ich ihm über sein Grab hinaus nicht verzeihen. Ich schwor mit vielen meiner ehemaligen Kameraden, im Leben nie die Waffe gegen Frankreich zu richten. Nach dem Zusammenbruch 1918 hatten wir uns wiedergefunden und zu einer Kameradenvereinigung zusammengeschlossen, ohne Unterschied des Standes, der politischen und religiösen Richtung. Dem Vorstand dieses Vereins ›Ehemaliger 154er‹ habe ich bis zum Erlass der Nürnberger Gesetze 1935 angehört. Freud und Leid haben wir zusammen getragen und stets unserer gefallenen Kameraden in Ehren gedacht. Nicht einer unserer Kameraden, den uns nach dem Kriege der Tod entriss, ist ins Grab gebettet worden, ohne dass ich nicht durch persönliche Anwesenheit meine Verbundenheit bezeugte. So kam es, dass ich im Jahre 1928 dem Aufruf unseres Hauptmanns d. R. Duvernoy nachkam und ihm meinen Bericht über den 24. September 1914 zustellte. Da ich einer von den wenigen überlebenden Augenzeugen der Ereignisse jenes Tages war, hielt ich mich hierzu moralisch verpflichtet. So schrieb ich diesen Bericht objektiv und frei von Voreingenommenheit, einzig aus dem Beweggrund, in Zukunft von der treuen Pflichterfüllung aller, der an dieser Kampfhandlung beteiligten Kameraden, Zeugnis zu geben. Ich habe nichts begangen, was mit der Ehre meines ehemaligen wahren Vaterlandes nicht in Einklang zu bringen ist!«

Nach diesen meinen Worten erhebt sich nach einigem Zögern der Patriarch und wendet sich den im Halbkreis schwebenden Gestalten zu, die mich nicht aus ihren undefinierbaren Augen lassen. Ich suche nach einem Halt unter meinen Füßen. Umsonst, ich schwebe.

Mit einem Male verdunkelt sich der Raum. Nur noch schwach ist der Rücken und das herunterhängende weiße Haar des Patriarchen zu erkennen. Die Augen der schwebenden Gestalten erscheinen wie unzählbare leuchtende Sterne und ein sonderbares Funkelspiel setzt ein. Die Sternchen werfen kleine Blitze in Richtung des Patriarchen und werden von ihm innerhalb des Halbkreises wieder zurückgeschleudert. Meine Ohren nehmen ein Knistergeräusch wahr, wie es nur elektrische Funken hervorbringen können.

›Könnte ich doch wieder zurück in mein friedliches Haut de Cagnes, wo ich so zufrieden und glücklich lebte.‹

Ein Versuch, zurückzuweichen, scheint mir zu gelingen, doch plötzlich wird es wieder hell und das gütige Gesicht des Patriarchen wendet sich mir zu: »Nun komm zunächst einmal etwas näher. Warum stehst Du so verängstigt da? Fürchte Dich nicht, das Reich des ›Ewigen Friedens‹ meint es gut mit Dir! So, da bleib stehen und höre mich in aller Ruhe an! Ich habe Dir vieles zu sagen.«

Mit einem Mal kommt das Schamgefühl in mir auf und ich stelle mir die Frage: ›Warum musst Du ausgerechnet in deinem Pyjama vor dem göttlichen Richter stehen?‹

Wie, wenn der Patriarch meine Gedanken erraten hat, spricht er lächelnd: »In Deinem Pyjama wirkst Du wirklich lächerlich. Du hättest vor Deinem hohen Richter wohl doch in einer anderen Aufmachung erscheinen können? Du stehst aber sowieso nur als nackter Erdensohn vor mir. – Nun zur Sache: Du hattest soeben Gelegenheit, einer Szene beizuwohnen, wie sie sich in unserer Sphäre abspielt. Ich habe allen Seelenbrüdern Deine Aussage sowie den Inhalt Deiner zur Entlastung dienenden Dokumente mitgeteilt. Vorweg will ich Dich aber wissen lassen, dass alle Seelen Deiner ehemaligen deutschen und französischen Kameraden Dir trotz Deines nicht ganz korrekten Verhaltens Absolution erteilen und sich freuen, Dich bald als ihren Seelenbruder in ihrer Mitte aufzunehmen.

Du musst wissen, dass die Seelenbrüder die Sprache der Erdensöhne und ebenso ihr Geschreibsel verachten. Sie verstehen nur die Seelensprache des ›Ewigen Reichs des Friedens‹. Daher ist auch das Sprachengewirr der irdischen Völker für sie kein Problem. Für sämtliche Sprachen bin ich sachverständig und von Gott dem Allmächtigen seit Erschaffung der Welt als Dolmetscher ernannt. Der Erdensohn sieht in mir eine menschliche Gestalt, doch bin auch ich nicht mehr als ein Hauch wie alle anderen Seelenbrüder. Bevor sich die Himmelspforte Dir zum Eintritt in das Reich des ›Ewigen Friedens‹ öffnet, wünschen wir aber noch Verschiedenes von Dir zu erfahren. Wie bereits erwähnt, verachten die Seelenbrüder die Sprachen und Geschreibsel der Erdensöhne. In ihrem Ansehen allein stehen von Herzen kommende Gebete und von dem Geschriebenen nur die göttlich heilige Schrift und nicht zuletzt die Werke all derer, die sich in Wort und Schrift für den wahren Frieden auf Erden eingesetzt haben. Zu diesen wackeren Erdensöhnen zählen wir Fritz von Unruh und Maurice Genevoix sowie Lamarque[3] und unseren Seelenbruder Henri Barbusse. Selbst der damalige Uffz. Klemt, Volksschullehrer hinter dem Eisernen Vorhang, hat die Kampfhandlung des 24. September 1914 in seinem Bericht in der Jauerschen Zeitung »Ein Tag der Ehre für unser Regiment« ehrlich wiedergegeben, so ganz anders als Du in Deinem Bericht. Er hatte eben mehr Glück als Maurice Genevoix, dem die Zensur verschiedene weiße Folien in seinem Buch »Sous Verdun« hinterließ. Auf Erden sind diese wackeren Männer Märtyrer, doch der Himmel segnet sie.

Kritisch werden die Kriegsberichterstatter betrachtet, die in allen Ländern versuchen, aus einer Niederlage einen Sieg zu machen. Vor allem aber die Schreiber von Regimentsgeschichten, die nur das Heroische betonen. Unter diesen Berichterstattern war auch unser Seelenbruder Swen Hedin. Der Himmel hat sich seiner erbarmt, denn ihm allein gilt der Dank der Nachwelt für die Entdeckung des Blutquells, aus dem das Hohenzollernblut der 6

---

[3] Im Unterschied zu den drei anderen im Text genannten Autoren gehört »Lamarque« nicht zu den bekannten pazifistischen Schriftstellern nach dem Ersten Weltkrieg. Möglicherweise verschrieb sich Baer und meinte Erich-Maria Remarque?

kräftigen Kaisersöhne während des I. Weltkrieges floss. Auch im Reiche des ewigen Friedens bezeugt er seine treue Verbundenheit mit dem Hohenzollerngeschlecht.

Doch zur Sache. Kannst Du mir Fritz v. Unruhs Frage beantworten: »Warum verschweigt Prinz Oskar Euch, was er auf der Cote Lorraine gesehen hat?«

Ich denke nach. Was kann ich antworten? Ich kann doch nicht wissen, was er gesehen hat. »Nein, ehrwürdiger hoher Richter, diese Frage vermag ich nicht zu beantworten.«

»Also nein«, sagt der Patriarch seinen langen Bart kraulend und fährt fort: »Ich stellte diese Frage im Zusammenhang mit dem Konterfei, das Dir Prinz Oskar 1915 mit der eigenhändig geschriebenen Widmung dedizierte. ›Zur Erinnerung an den gemeinsam durchgemachten Sturm auf der Cote Lorraine, an dem unvergesslichen 24.9.14, als ich Kommandeur der Königsgrenadiere war.‹ Aus welchem Anlass sandte Dir der Prinz das Bild?«

»Ich war um diese Zeit Instrukteur für Flugzeugbewaffnung auf dem Flugplatz Döberitz und gab einer Gruppe von Offizieren, worunter sich sein Vetter Prinz Sigismund befand, Unterricht. Während einer Pause zog dieser mich, mir eine Zigarette anbietend, ins Gespräch und fragte mich, wo ich denn meine Auszeichnung erworben hätte. Als ich ihm erzählte, dass ich am 24.9.14 mit seinem Vetter Oskar den Sturm zusammen erlebte, bat er mich, ausführlich zu berichten. Er wusste auch von dem Herzkrampf und war an dem kleinsten Vorgang interessiert. Hierauf gab er mir die Adresse von Prinz Oskar und bat mich, ihm zu schreiben. Er würde sich gewiss freuen. Ich tat dieses unter Wiedergabe der Begebenheiten, wie ich sie in meinem Bericht niedergelegt habe. Daraufhin sandte mir Prinz Oskar dieses Bild im Silberrahmen.

Eines Tages wird auch Prinz Oskar, so wie ich, vor dem ehrwürdigen hohen Richter stehen und wird aussagen, was er an jenem Tage auf der Cote Lorraine gesehen hat.«

Der Patriarch blickt mich mit finsteren Augen an und nach einem kurzen Nachdenken auf die Tafel schauend spricht er: »Wir kommen so nicht weiter. Ich will mal auf den Kern der Sache eingehen. An jenem unseligen Tage verloren die Sturmbataillone an Toten und Verwundeten:

IR 154	17 Offiziere	370 Uffz. und Mannschaft
7er-Grenadiere	14 Offiziere	313 Uffz. und Mannschaft
zusammen:	31 Offiziere	683 Uffz. und Mannschaft

Die Verluste auf Seiten der Franzosen waren weit höher. Vor einem kleinen Kampfabschnitt zähltet Ihr mehr als 200 Tote. Hieraus kannst Du die Gesamtverluste errechnen.«

Während der Errechnung der Verluste verspürte ich eine unheimliche Schwüle und schon donnerten seine Worte.

»All das verflossene Blut kommt zum größten Teil über Prinz Oskar und Dich!«

Ich bin einer Ohnmacht nahe und beginne zu wanken. Nein, das ist zu viel. Wie komme ich nur wieder von hier fort? Träumst du und liegst in deinem Bett und ist es nur ein Alpdruck, der dich quält? Stehe ich wirklich vor dem vom Allmächtigen berufenen Richter, um Rechenschaft abzulegen – Momento Mori?

Ich höre im Unterbewusstsein die Stimme des Patriarchen: »Erdensohn« und nochmals »Erdensohn, komm wieder zu Dir und wanke nicht. Nimm Dich zusammen, ich werde Dich trösten. Der Himmel hat Erbarmen mit Euch Beiden. Die Seelenbrüder stehen für Eure Unschuld ein. Höre in Ruhe ihre Begründung an, die ich jetzt verdolmetsche.«

Das Alpdrücken lässt nach, und ich vermag wieder freier zu atmen. Warum nur diese seelische Marter?

Mit der Würde eines Richters bei der Urteilsbegründung fährt der Patriarch fort: »Fest steht, dass Prinz Oskar am 24.9.14 2 Bataillone seines Grenadierregiments entgegen dem Befehl der Division über die befohlene Linie hinaus in den leibeszerfetzenden Angriff befahl. Ich bediene mich hier der Worte von Fritz von Unruh in seinem Buch ›Flügel der Nyke‹. Eine solche Handlungsweise kommt einem Ungehorsam gleich. Auf der anderen Seite steht aber jedem Soldaten während der Kampfhandlung das Recht, selbst die Pflicht, zu, in entscheidenden Augenblicken eigenmächtig zu handeln, wenn eine solche Handlung zu einem Erfolg führt. Die Umstände beweisen dies. Die heroische Tat und sein guter Wille, diesen Erfolg zu erreichen, sind unverkennbar. Die Schuld an der Niederlage des Prinzen trifft in weit größerem Maße den Divisionsgeneral, da dieser die gewünschte Verstärkung nicht geschickt hat. Über die Hälfte der beiden Regimenter lag während der Kampfhandlung in Reserve, doch der Divisionsgeneral hielt sich strikt an den ihm erteilten Befehl, die befohlene Linie nicht zu überschreiten. Außerdem hätte ihn ein Erfolg seines 28-jährigen Regimentskommandeurs, Prinz Oskar, in tiefster Seele getroffen. Der junge Hohenzollernspross musste zur Raison gebracht werden. Eure Devise lautete: ›Mit Gott für König und Vaterland.‹ Auch Du trugst sie auf Deinem Koppelschloss mit silbern geprägter Aufschrift. Gott der

Allmächtige, an den die zivilisierten Völker alle glauben, verurteilt den Krieg, für den so viele Erdensöhne sich begeistern. Glaub daher nur nicht an die Gotteslästerung Friedrichs des Großen: ›Gott ist immer auf Seiten der stärksten Bataillone‹. Zu Beginn der beiden Weltkriege besaß Deutschland die stärksten Bataillone, doch Gott hatte die Deutschen während der Kriege immer verlassen. Dich, mein Erdensohn, hat Gott nicht verlassen, wohl aber Dein König und Dein Vaterland. Selbst Dein Kaiser, von Gottes Gnaden, ist Dir sein Versprechen: ›Der Dank des Vaterlandes ist Euch gewiss‹ noch schuldig geblieben.

An jenem verhängnisvollen 24. warst Du in dem großen Verband ein kleiner passionierter Unteroffizier, der, wie alle anderen ehrgeizigen Soldaten, an den Feldmarschallstab glaubte, den auch Du in Deinem Tornister mit Dir trugst. Du hörtest die Befehle und Sturmsignale des Prinzen Oskar und beeinflusstest, aus edler Gesinnung heraus, Deinen Hauptmann zur Einwilligung in den Befehl zum Mitstürmen. Obwohl Dein Hauptmann Bedenken äußerte, konntest Du als kleiner Unterführer nicht wissen, dass Prinz Oskar entgegen dem Divisionsbefehl handelte, denn er konnte ebenso gut den nachträglichen Befehl zum Weitervorgehen erhalten haben. Dein Regiment aber hatte hierzu den Befehl nie gegeben und dadurch kam es, dass Deinem, zum Sturm befohlenen 1. Bataillon keine Reserven folgten. Und wenn Euer spärlicher Rest mitsamt Prinz Oskar mit oder ohne Herzkrampf auf dem Kampfplatz geblieben wäre, hätte sich an der Gesamtlage nichts geändert und der gleiche Bericht des ›Großen Hauptquartiers‹ vom 24. September 1914 hätte in Deiner Bochumer Zeitung nicht anders im Druck erscheinen können: ›Die Entscheidung ist noch nicht gefallen. Ein Kampf mit fortgehenden Teilerfolgen … Auf dem westlichen Kriegsschauplatz sind im Allgemeinen keine wesentlichen Ereignisse eingetreten. Einzelne Teilkämpfe waren den deutschen Waffen günstig.‹

Für das tapfere Verhalten aller, die Ihr unter dem Befehl des Prinzen Oskar dem Feinde entgegengestürmt seid, lohnt Euch der Himmel. An Tapferkeit und treuer Pflichterfüllung war der Kaisersohn ein Vorbild, und wenn er demnächst, wie Du, vor mir erscheinen wird, gibt es nichts, was er an Erlebtem auf der Cote Lorraine zu verschweigen hätte. Prinz Oskar ist ein Held und auch ein Mann, der beten kann. Ich erinnere Dich an die Zeilen, die er aus Anlass des 1. Jahrestages jenes Geschehens seinem nachfolgenden Regimentskommandeur geschrieben hatte: ›Ich kann von meinen braven Königsgrenadieren das Unmöglichste verlangen. Sie leisten immer noch mehr und lassen einen auch in der Hölle nicht im Stich.

Gott wolle mit dem Regiment weiter sein und es weitere Lorbeeren an seine alten Fahnen heften lassen. Das ist mein Gebet für sie alle‹.

Ich frage Dich, meinen Erdensohn, kannst Du auch so innigst beten?«

»Nein, mein hochwürdiger Richter. Seit jenem 24. vermag ich nicht mehr zu beten.«

Mit hochgezogenen erstaunten Augen sieht mich der Patriarch an und spricht: »Das wagst Du trauriger Erdensohn mir im Angesichte des Todes zu bekennen?«

»Ich habe an diesem Tage gemordet, entgegen dem göttlichen Gebot: Du sollst nicht töten!«

»Du tatest dies auf Befehl.«

»Ob mit oder ohne Befehl, ich habe getötet. Ich habe getötet am heiligen Versöhnungstag, der mir als oberstes Gebot vorschreibt, mich mit meinen Mitmenschen auszusöhnen. Euer Ehrwürden wissen sehr wohl aus den Eintragungen, dass ich jüdischer Abstammung bin. Mir bleibt der Eintritt in den Nichtarierhimmel verwehrt.«

»Ich weiß, braver Erdensohn, Du hast als Jude auf der irdischen Welt viel erdulden müssen an Leid, Demütigungen und enttäuschten Hoffnungen, die man Dir schon am 8. Tage Deiner Geburt beschnitt, doch was erzählst Du mir als Sohn des auserwählten Volkes von einem Nichtarierhimmel? Von dessen Vorhandensein ist uns nichts bekannt. Lebtest Du wirklich in dem Glauben, dass es unter den Sterblichen im Reiche des ewigen Friedens auch nur den geringsten Unterschied gäbe? Armer Tor. Glaubst Du denn, dass man Dich demnächst unter den Seelenbrüdern an dem Fehlen des Stückchens Hautes, das man Dir bei der feierlichen Aufnahme in den Bund Deiner Väter nahm, als Sohn des alten Volkes erkennen wird? Haben sterbliche Menschenhirne Dich dies wirklich glauben gemacht?«

»Jawohl, ehrwürdiger Richter. Noch zuletzt, als ich 1952 mit meiner Frau in Quebec ankam.«

»Wie, in Kanada, dem von Europäern entdeckten und bevölkerten Erdteil? Darüber musst Du Näheres berichten, denn davon weiß ich noch nichts.«

»Emigrationsbeamte erschienen sogleich auf Deck unseres Schiffes und prüften die Papiere der Passagiere. So kam auch ich an die Reihe: »Nationalität?« »Französisch!« »Sie sind zu Bochum in Deutschland geboren?« »Jawohl.« »Ihr Schwiegersohn heißt David Goldberg und sorgt für Ihren Unterhalt?« »Jawohl.« »Dem Namen nach ist Ihr Schwiegersohn wohl Hebräer?« Ich antwortete: »Meines Wissens ist er geborener Kanadier jüdischen Glaubens.« »Ihr Schwiegersohn ist Hebräer und ebenso wenig Kanadier wie Sie

Franzose sind. Sie sind Hebräer. Wie kommen Sie zu der Aussage, dass Sie französischer Nationalität sind?«

Auf diesen Empfang war ich nicht vorbereitet und entgegnete: »Die Fragen auf dem mir vorliegenden Fragebogen habe ich gewissenhaft beantwortet. Auf die Frage meiner Muttersprache habe ich mit ›Deutsch‹ geantwortet, auf die nach meiner Religion mit ›Jüdisch‹ und nun behaupten Sie, ich sei ›Hebräer‹.« Der Beamte antwortete: »Und ein solcher sind Sie.« Er strich ›Französisch‹ aus und an diese Stelle schrieb er ›Hebräer‹.

Dieser Vorgang genügte uns, um den Entschluss zu fassen, unser beider Lebensabende in Frankreich zu beschließen, um demnächst einmal in den französischen Himmel zu kommen, wo ich jetzt stehe.«

»Es gibt auch keinen französischen Himmel, ebenso wenig wie es keinen kanadischen Himmel gibt. Es gibt allein ein einziges ewiges Reich im Himmel, wo die Seelen aller Erdensöhne ohne Unterschied der Rasse, Nation und des Glaubens aufgenommen werden. Und wenn Du demnächst die Seele des kanadischen Emigrationsbeamten wiedertreffen solltest, dann vergib ihm, denn er handelte auf Geheiß seiner vorgesetzten Stelle. – Bist Du nun beruhigt?«

»Ja, ehrwürdiger hoher Richter, jetzt verlange ich nicht mehr nach dem schönen Haut de Cagnes zurück und sehne mich nach dem Reich des ewigen Friedens!«

»Dein Wunsch wird Dir erfüllt werden. Warte noch eine Weile bis ich die Unterhaltung den Seelenbrüdern inspiriert habe.«

Der Patriarch wendet sich wieder den Seelen zu. Es wird dunkel. Ich höre Geknister und sehe das Aufleuchten der unzähligen kleinen Blitze. Vor mir in der hellen Wolke, bemerke ich nur den mir zugewendeten Rücken und das lange weiße Haupthaar des Patriarchen. Mit einem Mal spüre ich unter meinen Füßen festen Boden. Ich sehe grünen Wiesengrund. Mein Körper wird durch eine Schwere bedrückt. Lehmige schwere Soldatenstiefel habe ich an. Aha, mich drückt der Feldmarschallstab im Tornister und meine rechte Hand umklammert ein richtiges Infanteriegewehr Modell 98. Ich trage eine feldgraue Uniform mit Tressen auf den Ärmelumschlägen und seitwärts finde ich an meinem Gurt das Etui mit Browning, welches ich wie meinen Augapfel hüte, für den Fall, dass ich mich in einer hilflosen Lage befinde. Ich fühle meinen Helm und das Seitengewehr. Nichts fehlt. Nur nicht mehr im Pyjama zu sein. Ha, ich bin ein ganzer Kerl! Ich stampfe den Wiesenboden und sehe mich siegesbewusst um. Ich kann es noch nicht recht glauben. Da wird es wieder hell und wieder erscheint das alte Bild.

Der Patriarch wendet sich mir lächelnd zu und betrachtet mich in meinem neuen Aufwand.

»Na, wie gefällt Dir Deine Uniform? Ich freue mich, den Unteroffizier Baer von der 3. Kompanie des I.R. 154 vor mir zu sehen. Nun hör zu, was ich Dir zu sagen habe. Wenn gleich die Seelen Deiner Kameraden vor Dir erscheinen, verhalte Dich still und wage nur nicht auf die Fragen zu antworten. Nur wenn ich Dich frage, darfst Du antworten. Hast Du mich verstanden?« »Jawohl!« antwortete ich klar und deutlich.

Der Patriarch lässt sich in seiner hellen Wolke nieder, lehnt sich wie in einem tiefen Klubsessel rücklings an und streichelt behaglich seinen Bart. Da! ein greller Blitz zuckt auf und blendet meine Augen, die ich für eine Weile geschlossen halten muss. Wie ich versuche, sie an das grelle Licht zu gewöhnen, entstehen vor mir seltsame Gebilde.

Ich stehe auf einer wiesigen Anhöhe und überschaue ein weit ausgedehntes ebenes Gelände und seitwärts ist der Wald. Auf dem Boden liegen wirr durcheinander tote deutsche und französische Soldaten im hellen Sonnenschein. Ich erkenne sogleich das Schlachtfeld von Virton. Da erhebt sich ein Toter und es nähert sich mir ein französischer Sergeant mit offenem Mantel, roten Hosen und ebensolchem Käppi. Er hält wenige Schritte vor mir und lächelt mit seinem frischen wettergebräunten Gesicht, worauf sich ein kleiner schwarzer Schnurbart abzeichnet. Ich traue meinen Augen und Ohren nicht, als er zu sprechen anfängt: »Bon jour, mon vieux, comment allez vous? (Ich schreibe in Deutsch weiter.) Weißt Du denn nicht, wer ich bin? Ich wurde am 22. August schwer verwundet und lag nicht weit entfernt von Dir, als Ihr gegen Mittag diese Höhe erstürmtet. Ich weiß, dass Eure Verwundeten vor den unsrigen zurückgebracht wurden, aber selbst um Eure Verwundeten kümmerte man sich wenig, denn unsere Artillerie hatte Euer Feldlazarett da hinten im Walde übel zugerichtet und viele Verwundete, die sich nicht retten konnten, wurden nochmals verwundet oder fanden den Tod.«

Ein deutscher Soldat, mein Nachbar aus Bochum, August Schipper, erscheint und sagt: »Stimmt genau, Leo, ich war darunter. Ich kroch mit meinen vier Wunden im Körper mit vielen anderen in den Wald, wo man mich erst nach 3 Tagen noch lebend auffand, und ich konnte noch ein paar schöne Friedensjahre verleben.«

Der Sergeant fährt fort: »Die folgende Nacht war für mich und viele Verwundete unerträglich und unser Stöhnen war umsonst. Das Brüllen der umherirrenden Kühe, deren ungemolkene Euter schmerzten, war für uns Verwundete grausam anzuhören. Am anderen Morgen, nachdem meine Truppe sich in der Nacht von

Euch losgelöst hatte, kamst Du mit zwei Deiner Kameraden an mir vorbei, und ich flehte Dich um Wasser an. Du hast mich aus Deiner Feldflasche trinken lassen, obgleich mein Mund blutig war.«

»Wir drei sind aus Deiner Korporalschaft. Wir lagen nicht weit von dem Sergeanten. Erkennst Du uns nicht wieder? Uns rafften die MG-Kugeln gleich beim Sturm hin.«

Der vierte Kamerad spricht: »Ich freue mich so, Dich wiederzusehen. Ich bin Heinrich Trappe. Du hast mich mit meinem Kopfschuss liegen gesehen. Bei Deinem ersten Urlaub kam mein Vater, der bei Deinem Vater schon bald 30 Jahre arbeitete, zu Dir und fragte Dich: »Was macht unser Heini? Hast Du ihn gesehen?« Du fragtest meinen Vater, ob er denn vom Regiment keine Nachricht erhalten habe. »Doch«, sagte mein Vater, »ich habe Bescheid bekommen, dass unser Heini vermisst ist. Glaubst Du, Leo, dass unser Heini wieder zurückkommt?« Du tröstetest ihn, indem Du sagtest: »Heini wird wiederkommen. Er ist sicher in französischer Gefangenschaft.« Das war brav von Dir, denn bis zu ihrem Tode haben sie auf ein Wiedersehen gehofft. Jetzt sind sie mit mir im Reich des ewigen Friedens vereint.« Er lächelt mich dankbar an und sagt: »Leo, nicht lange mehr und auch wir sind vereint und Deine Eltern werden sich auch freuen.« Sein Gesicht wird wächsern, und ich sehe seine blutige Kopfwunde.

Der Sergeant fährt fort zu sprechen: »Du gabst Deinen beiden Kameraden den Auftrag, mich bis zu dem nahen kleinen Wäldchen zu bringen, damit ich aus der heißen Sonne herauskam. Ihr trugt mich dann in den Schatten eines großen Baumes. Ihr zähltet 7 Einschüsse an meinem Körper. Helfen konntet Ihr mir nicht. Am gleichen Abend kamt Ihr drei wieder zu mir und wart erstaunt, dass ich noch lebe. Ich konnte nur die Lippen etwas bewegen und Du hattest mich verstanden. Du gabst mir noch einmal zu trinken, obwohl sauberes Wasser für Euch vorne so gut wie gar nicht vorhanden war. Als Ihr drei am darauffolgenden Morgen mich wieder aufsuchtet, war mein Geist im ewigen Reiche des Friedens. Um mich herum zerstreut lagen meine Briefsachen und ebenso meine leere Brieftasche. Leichenfledderer stahlen mein Geld und meine Uhr. Du bücktest Dich und hast den Brief von meiner Frau gelesen. Dann hobst Du ein Foto auf, worauf meine Frau mit unserem Kind auf dem Arm und ich zusammen zu sehen waren. Du nahmst das Seitengewehr und mein Käppi, worin meine Adresse stand, tatest das Bild hinein und gingst mit Deinen Leuten davon. Ich habe Deine Gedanken gelesen. Du wolltest die Sachen als Andenken mit nach Hause nehmen und meiner Frau berichten, unter welchen Umständen ich gefallen bin.«

Der Sergeant wird von dem Patriarchen unterbrochen: »War das so?« fragt er mich. »Jawohl, das war aber nicht auf der Cote Lorraine.« Der Patriarch überhört meine Antwort und gibt dem Sergeanten ein Zeichen weiterzusprechen.

»Das war Euer Glück, dass während des Kampfes die Sonne nicht durch den dichten Bodennebel dringen konnte, sonst hätten wir Euch in dem Talkessel bis auf den Letzten umgebracht. Da wir in dem Nebel nicht so weit vordringen konnten, habt Ihr auch nicht allzu viele tote und verwundete Franzosen gesehen.«

Lächelnd erhebt sich V.Feldwebel Zürndorfer, legt die Hand auf die Schulter des Sergeanten und spricht: »Halt! Mein Lieber. Als die Sonne durchbrach und ich merkte, aus welchem Loch der Wind pfiff, war ich es, der Euch durch mein organisiertes Flankenfeuer zum Schweigen brachte und es nicht so weit hat kommen lassen. Schau mal jenseits über die Ackerfelder mit den aufgestellten Getreidegarben. Hier liegen Deine Kameraden. Sehen sie nicht aus wie umgeworfene Panoptikumfiguren? Sie sind noch in der gleichen Position, wie sie kniend auf uns schossen. Mit den Wangen an die Gewehrkolben gepresst, sehen sie aus, als ob sie noch leben. Die Hafergarben hindern sie am Umfallen sowie ihre Bajonettspitzen, die in der Erde stecken. Ich gab den Befehl: ›Alles in die Hafergarben halten!‹ Hatten sie nicht einen schönen Tod? Es waren viele Hunderte, die daran glauben mussten.«

Schon während Zürndorfer sprach, sammelten sich die Toten in einem seltsamen Gemisch von Farben ihrer Uniform. Alles lachte und Verschiedene riefen meinen Namen und winkten mir zu. Mein blutjunger Zugführer Lt. v. Schlichteisen drängt sich durch das Gewühl nach vorn und wahrhaftig, er legt seine Hand auf meine Schulter und spricht: »Uffz. Baer, nun lass uns aber nicht mehr lange auf Dich warten!«

Eine lebende Menschenhand hatte meine Schulter berührt, und ich schloss für einen Augenblick meine Augen. Als ich sie wieder öffnete, waren alle toten Kameraden, bis auf den franz. Sergeanten, fort. Dieser steht an der gleichen Stelle und ist erstaunlich verändert, ganz so, wie ich ihn zum letzten Mal tot habe liegen gesehen, ohne Käppi, mit wirren schwarzen Haaren, die der Schweiß an seine Stirn kleben ließ. An seinen Mundwinkeln und Wangen haftet das geronnene Blut und sein Gesicht ist wie das eines Toten gefärbt. Seine großen braunen Augen sind die eines Lebenden. Mich eine Weile still ansehend beginnt er zu sprechen: »Wenn Du glaubst, mon vieux, dass ich Dich vergessen habe, irrst Du Dich. Ich sah den Rest Deiner zusammengeschossenen Kompanie unweit von mir antreten und Ihr marschiertet weg von Verdun und gabt Euren eroberten Boden auf. Euch stand an Märschen viel bevor, bis Ihr am

23. September in Hannonville Quartier bezogt. Hier habt Ihr Euch noch einmal einen guten Tag gemacht. Der Wein an der Cote ist gut, nur schade, dass Ihr die Verschlussstücke der gefüllten Weinfässer mit Euren Picken entfernt habt, um so Eure Kochgeschirre mit Wein zu füllen. Dass Ihr hierbei bis über die Knöchel in dem kostbaren Getränk watetet, das war Euch gleich. Du siehst, ich weiß alles. Mitten in der Nacht schlugen Eure Trommler und Hornisten Alarm und weckten Euch aus Eurem bleiernen Schlaf. Du lagst mit Deiner Korporalschaft im Heu einer Scheune und wecktest Deine Leute brüllend: »Alles auf, fertigmachen! Alarm!« Ihr Alle ahntet nichts Gutes, denn Euer Kommandeur hatte schon am Vortage etwas zu verstehen gegeben, obwohl das dumpfe Donnern der Geschütze noch ziemlich weit ab war. Beim schwachen Schein Deiner Taschenlampe machtest Du Dich fertig. Mit deinen Stiefeln hattest Du schwere Mühe, sie über Deine geschwollenen Füße zu ziehen, und Dich drückte Furcht vor dem Dir und Deinen Kameraden Bevorstehenden. Beim Ordnen Deines Tornisters erschrakst Du beim Anblick meines Käppis und Seitengewehrs. Blitzartig fragtest Du Dich, ob Du diese Andenken weiter mitschleppen solltest oder nicht, denn wenn Dich bei den Märschen der Tornister drückte, gabst Du meinen Sachen immer die Schuld. Du nahmst plötzlich mein Käppi, schleudertest [es] hoch im Bogen über das Heu und stecktest mein Seitengewehr tief in den Heuhaufen hinein. Dich quälte dein Gewissen und der Gedanke daran, dass Du mit meinen Sachen in Gefangenschaft geraten könntest, gruselte Dich.

Glaubtest Du, mit dieser Handlung die Erinnerung an mich zu Grabe getragen zu haben? Mein Geist begleitete Dich auf Deinem Lebensweg. Ich weiß, Du hast Schweres auf Erden noch erdulden müssen. Mein Geist folgte Dir nach Afrika, wo Du als Kriegsfreiwilliger Dich zur französischen Fremdenlegion meldetest. Ich sah Dich auf der Wachstube, als Du Deinen wachhabenden Sergeanten batest, an seinem Tisch Platz nehmen zu dürfen, um bei gedämpftem Licht einen Brief an Deine Frau zu schreiben. Der Sergeant gab Dir hierzu bereitwilligst die Erlaubnis. Du legtest Dein Käppi auf den Tisch und Dein Blick fiel auf das Käppi des Sergeanten. Er fragte Dich nach Deinem Alter und der Zahl Deiner Kinder. Ob Du wüsstest, wo sie sich aufhielten und ob Du am I. Weltkrieg teilgenommen hättest. Er bot Dir eine Zigarette an und weißt Du, was sich dann in den kleinen Rauchwölkchen Eurer Zigaretten abspielte? Du fuhrst zusammen beim Anblick des Käppis mit der goldenen Tresse. Du fasstest nach Deinem Seitengewehr, das rund geformt und aus Stahl war, ganz so wie das Meine. Du wurdest bleich beim Anblick des gutmütigen Gesichts Deines Sergeanten. Sein schwarz gescheiteltes Haar und die dunklen Augen waren wie die Meinen.

Und trug er nicht auch den gleichen kleinen schwarzen Schnurbart wie ich? Du glaubtest zu träumen, doch das Schnarchen Deiner Kameraden auf den Holzpritschen erinnerte Dich an die Gegenwart. Dann sammeltest Du Deine Gedanken und begannst zu schreiben. Du schriebst nur wenige Zeilen, stecktest den Bogen in die Tasche und zogst vor, Dich auf der Pritsche auszuruhen. Ich weiß, worüber Du nachgedacht hast. Das Kommando des Wachhabenden: »Die Nächsten fertig machen für die Ablösung!« weckte Dich auf. Draußen auf einsamem Platz am Pulverlager standest Du Wache, auf der Schulter Dein Gewehr. Ein selten schöner Sternenhimmel, wie Du ihn in Deinem Leben noch nie gesehen hattest. Zum Greifen tief hingen die Sterne und um Dich herum war Stille wie im Grab, bis auf das Heulen der Hyänen.«

Wie ist mir? – Ich tappe auf Sand! – Sand? Ja, Sand. Ich habe schwere Schnürstiefel an den Füßen und Wickelgamaschen um meine Waden. Die Mantelecken sind umgeschlagen nach Franzosen-Art. Träume ich? Meine Hand ergreift den harten Schirm eines Käppis. Die andere Hand umfasst ein französisches Seitengewehr aus rundem Stahlgehäuse, so ganz anders als mein deutsches Seitengewehr. Ich schaue in den unermesslich weiten Sternenhimmel. Ja, es ist wahr, ich bin ein wahrer Fremdenlegionär. Mir kommt der Kantsche Ausspruch zum Bewusstsein: »Der besternte Himmel über mir und das moralische Gesetz in mir.« Nur aus einer solchen Stimmung heraus konnte Kant diese Worte gefunden haben. Ich frage mich, wie kommst Du nur hierher? Stimmt, Du bist ja kein Deutscher mehr. Ich nehme mein Gewehr von der Schulter, stelle den Kolben auf den Sand und denke an Frau und Kinder. So lange ohne Nachricht, was mag aus ihnen nach dem Einmarsch der Deutschen in Paris geworden sein?

Doch wer steht da dicht vor mir? Es ist der französische Sergeant von Virton. Aus seinen Augen rinnen Tränen. Sie rinnen über das verkrustete Blut auf seinen Wangen und so rinnen auch meine Tränen. Wahre Tränen und ich versuche, sie mit meinem Handrücken wegzuwische.

»Ja, ja, mon vieux, ich war es, der damals vor Dir stand und Dich weinen sah! Ich stand schon vor Dir, als Deine Hand nach den Sternen fasste. Mein Geist war in einem der nahen Sterne! Mein Geist begleitet Dich weiter, ob in Afrika oder Kanada und erst recht in meinem Vaterlande, da, wo im Süden auch meine Heimat war. Ich bin glücklich, Dich wieder so nahe zu haben.«

Der Sergeant löst sich in Nebel auf und die Nebelgestalten schweben wieder im Hintergrund. Der Patriarch ergreift das Wort.

»In etwa dürfte die Erzählung unseres Seelenbruders mit den Ereignissen am 24.9.1914 übereinstimmen. Fahren wir daher bei

Hannonville fort. Der Begriff für Zeit und Raum ist für uns belanglos. Erzähle, wie es weiterging.«

Wie es kam, weiß ich nicht. Ich sehe den Patriarchen unmittelbar in der gleichen angelehnten Haltung. Seine Gestalt wirkt übermenschlich groß und erstmalig fallen mir die Runzeln in seinem Gesicht auf. Aus seinen Augen strahlt Güte und seine kleinen Hörner beängstigen mich nicht mehr. Ich erzähle: »Frühmorgens marschierte das Bataillon in Richtung auf die östlichen Abhänge der Cote Lorraine, um die Höhe zu erreichen. Aus der Ferne hörten wir schwaches Gewehr- und Artilleriefeuer. Ungefähr auf halbem Wege machten wir Halt und ruhten uns längere Zeit aus. Die Kompanieführer des Bataillons wurden zum Regimentsstab beordert. Bei der Rückkehr unseres Hauptmanns hieß es: »Sämtliche Zug- und Gruppenführer antreten.«

Der Raum verdunkelt sich und bald darauf blitzt es wieder auf. Wie aus Nebel auftauchend, stehen die Zug- und Gruppenführer vor unserem Kompanieführer, Hauptmann Röhr. Alles bekannte Gesichter. Aller Augen sind auf den Kompanieführer gerichtet, und ich höre seine leibhaftige Stimme: »Ich komme vom Regimentsstabe und habe Folgendes zu berichten: Es steht fest, dass es bald losgehen wird. Ein Regiment unserer Division steht bereits mit dem Feind im Gefecht. Es gibt da Verschiedenes, was den Leuten noch vorher bekanntzugeben ist. Sie wissen, dass auch unsere Leute geräubert haben, besonders da in Etain. Diese Sachen schleppen sie mit sich im Tornister, um sie mal als Andenken ihren Angehörigen mitzubringen. Der Regimentskommandeur macht auf die Gefahr aufmerksam, für den Fall, dass die Leute mit derartigen Sachen in die Hände der Franzosen fallen würden. Es ist ihm zu Ohren gekommen, dass die Franzosen kurzes Federlesen machen und so leicht keiner mit dem Leben davonkommt. Raten Sie daher ihren Leuten, das gestohlene Gut möglichst aus den Tornistern zu entfernen. Weit gefährlicher ist aber das Mitsichtragen von Käppis, Seitengewehren oder sonstigen Kriegserinnerungen, die aus feindlichem Heeresgut bestehen.

Und dann noch etwas Fürchterliches. Es ist festgestellt worden, dass die Franzosen eine Patrouille, bestehend aus 1 Utoffz. und 8 Mann gefangen genommen, sie lebend mit den Beinen an Ästen angebunden und getötet haben. Es handelt sich hier um Kameraden unseres Schwesterregiments, der 7er-Grenadiere. Diese Bestialität der Franzosen ist unglaublich. Pardon darf nicht gegeben werden. Rächt Eure Kameraden! Berichten Sie das Ihren Leuten! Danke, wegtreten.«

Im Nebel verschwindet die Szene. Ein Soldat in feldmarschmäßiger Ausrüstung erscheint und spricht: »Hallo, Utoffz. Ich bin der Musketier Wilhelm Trebus, doch Du nanntest mich »Sioux«. Du sagtest, dass ich das Äußere und alle Eigenschaften eines Indianers besitze. Weißt Du noch, wie ich neben Dir im Kugelregen auf der Höhe bei Virton den ersten lebenden Gefangenen im Kriechen aus dem Gestrüpp neben uns herausholte? Wer da die Nasenspitze nur heraushielt, hatte einen weg. Daher auch die vielen Kopfschüsse bei uns. War ich nicht immer treu an Deiner Seite? Wie wir auf der Tranchee de Calonne mit unseren 2 Gruppen als Spitze vom Regiment aus dem dornigen Unterholz herauskamen, bleibt mir ein Rätsel. Wir sahen auch schön aus durch die Risswunden im Gesicht und an den Händen. Es war unser Glück, dass wir an der Spitze waren, denn wir verloren nur 2 Mann bis wir die befohlene Linie erreichten. Die Baumschützen zielten dagegen auf die nachfolgenden Kameraden der Kompanie. Unser Hauptmann kam nach und legte sich neben Dich. Er war ein braver Vorgesetzter, streng aber gerecht und schon mein Hauptmann als Rekrut. Er hatte unserem Hornisten den Befehl zum Sturmsignal gegeben, und als wir auf Dein Kommando vorsprangen, sah ich noch, wie er mitten im Blasen durch eine Kugel getroffen umfiel. Als wir außer Atem waren, gabst Du den Befehl zum Halten und Deckung zu nehmen, gerade in einer Lichtung im Buchenwalde. Waren das nicht herrliche kräftige Bäume mit dem saftigen Grün? Vom Herbst war noch nicht viel zu spüren. Die vereinzelt herunterrieselnden Blätter schüttelte nicht der Herbst von den Bäumen, wohl aber die Baumschützen beim Abfeuern der Gewehre auf uns. Ich lag vor einem dicken Baum in Stellung, als ich unweit in einem dichten Baum an einem roten Fleck einen Baumschützen entdeckte. Du und Utoffz. Pohl schauten zurück und Ihr fragtet Euch, ob wohl die anderen bald folgen werden. In diesem Augenblick war es, als ich Dir zuschrie: »Utoffz., nehmen Sie schnell volle Deckung hinter diesem Baum.« In Deiner Bestürzung kamst Du zu mir gerannt und warfst Dich der Länge nach auf mich. Auf Deine Frage: »Siehst Du was?« zeigte ich mit meiner Hand in die Richtung des Baumes und in diesem Augenblick hatte ich einen Genickschuss weg. Du bliebst ruhig auf mir liegen und als Du das Kommando: »Sprung auf, Marsch, Marsch« gabst, zogst Du meinen Körper mit hoch. Wusstest Du denn nicht, dass meine Seele längst schon nicht mehr hier war?«

Ein Kolonialsoldat, so wie er auf bunten Abbildungen vom 70/71 Krieg, mit Eisenhaken an den Füßen, sein Gewehr am Riemen auf dem Rücken, kletterte vom Baum herunter und ging lächelnd auf Trebus zu: »C'est moi, qui t'a donné le coup de grâce, au milieu de ton cou; tu sais mon vieux, on me reconnaît comme le meilleur tireur au régiment!« »Hast Du denn nicht meinen Utoffz. bemerkt, der über mir lag?« »C'est le type là qui nous regarde? Parbleu! non! J'ai cru ue c'est toi qui était mort. Je n'aime pas ces types là et je regret de ne l'avoir pas touché, au lieu de toi!« »Was ist dann später aus Dir geworden?« »Oh, on m'a traité a la manière du sous-officier Klemt, warm empfangen!«

Der Nebel nimmt die Beiden auf. Ich werde plötzlich von einer Wolke umhüllt und fortgetragen. Ich stehe nun vor einem Krankenhausbett im Bochumer Marien-Hospital, worin mein schwer leidender Kriegskamerad Gustav Woker liegt. Es ist 1935 und ich bin in Zivil gekleidet. Wehmütig lächelt mich Gustav an und spricht: »Das ist lieb von Dir, dass Du mich besuchen kommst. Du darfst ruhig laut ›Guten Tag‹ sagen, denn alle, die hier auf dem Zimmer liegen, freuen sich, den alten Gruß zu hören. Ja, Leo, das hat uns noch gerade gefehlt. Ausgerechnet dieser »Schlawiner« will Deutschland aus dem Dreck ziehen. Ich muss so oft an Dich denken. Du weißt, ich bin ein gläubiger Katholik und Du kennst auch meine Eltern. (Sein Bruder Josef verstarb 1954. Ich war mit ihm zusammen in der 3/154.) Du darfst mir nicht böse sein, wenn ich mich nicht im 154er-Verein habe sehen lassen. Ich kann das Tamtam in der Seele nicht ertragen. Die nationalen Verbände haben viel mit dazu beigetragen, damit dieser »Schlawiner« ans Ruder kam. Weißt Du schon, dass unser Junge in die Hitlerjugend musste? Er ist nun schon 1/2 Jahr aus der Schule und konnte doch keine Lehrstelle finden, wenn er nicht dazu gehörte. Meine Tage sind gezählt, und wer soll meine Frau ernähren? Von meiner kleinen Pension später kann sie nicht leben. Setz Dich doch zu mir ans Bett; das laute Sprechen fällt mir zu schwer. So – gib mir Deine Hand. Sie ist etwas kalt und feucht – ich mache nicht mehr lange. Sag mal, Leo, sind wir beide nicht ebenso gute Deutsche wie die über 100%igen Nazis, diese verfluchten Hunde? Ich bin ja so glücklich, mich mit Dir noch einmal aussprechen zu können. Weißt Du, dass ich Dir ewigen Dank schulde? Weißt Du noch, damals auf der Cote Lorraine am 24. September? Weißt Du, was Du da getan hast? Als wir die Holzstapel stürmten, lag doch hinter einem solchen ein verwundeter Franzose, dem zwei von unseren Leuten mit ihren Gewehrkolben gerade den Kopf einschlugen. Du sprangst hinzu und brülltest: »Zurück, Ihr verfluchten Hunde, schämt Ihr Euch nicht, so mit einem hilflosen Verwundeten umzugehen?« Die Beiden ließen von dem Armen ab und knurrten: »Befehl ist Befehl.« Du schautest auf den zitternden Körper mit dem verunstalteten Kopf und gleich packtest Du einen von den Beiden bei der Brust, zogst ihn vor den Sterbenden und gabst ihm den Befehl: »Gib ihm den Gnadenschuss!« Nachdem er so lag, zogst Du Deinen Revolver aus der Tasche, sammeltest alle um Dich und mit dem Revolver auf uns haltend sagtest Du, jedes Wort betonend: »Das ist das letzte Mal, dass Ihr Euch an einem Verwundeten vergriffen habt. Sollte ich nur noch einmal so etwas wieder sehen, knalle ich den Betreffenden ab wie einen räudigen Hund. Hütet Euch!«

Über Deinen Befehl war ich zuerst entsetzt. Offengestanden, das hatte ich Dir nicht zugetraut. Doch bald darauf habe ich eingesehen, dass Du recht daran getan hattest. Deinen Mut, gegen den Divisionsbefehl und den Befehl unseres Hauptmannes zu handeln, habe ich Zeit meines Lebens bewundert. So hattest Du auch mich von einer bitteren Pflicht entbunden und das vergesse ich Dir nicht. – Sag mal Leo, hast Du selbst geglaubt, was Du uns von der an den Beinen erhängten Patrouille der 7er erzähltest? Ich frage Dich im Angesicht meines Todes. Sage mir bitte die Wahrheit! Warum antwortest Du nicht? Sprich doch!«

Er zieht seine Hand aus der meinen und das Bett mit ihm verschwindet im Nebel. Ich höre seine immer schwächer werdende Stimme: »Leo, jetzt bleiben wir für immer vereint.«

Ein neues Bild beginnt sich im Nebel zu entwickeln. Ich stehe wieder in Uniform auf meinem alten Platz. Ein französischer Soldat, ungefähr 40 Jahre alt, der einen schwächlichen Eindruck macht, ist erfreut, mich wiederzusehen: »Vraiement heureux de te revoir mon vieux! Wie schmeckte Dir mein Wein und meine Zigaretten, nachdem ich mich in einer Waldschneise auf der Cote Dir ergeben hatte? Ich fühlte mich sehr schwach und konnte das Tempo meiner zurückweichenden Kameraden nicht mehr einhalten. Du musstest wohl Erbarmen mit mir gehabt haben, als ich sogleich die Hände hochhielt und dann Dir das Foto meiner Frau mit meinen 3 Kindern zeigte. Du hattest mich zuerst gerade nicht zärtlich angefasst, als Du mich nach meinem Truppenteil fragtest, mais helas, c'est la Guerre! Auf Deine erste Frage antwortete ich: »Nos troupes sont toutes en route pour Berlin«, worauf Du mir zurückgabst: »Etes vous fou?« Du machtest in Deinem Notizbuch eine Croquis und dann wolltest Du so vieles von mir wissen, was ich unmöglich als Poilu wissen konnte. Ich konnte Dir nicht mehr sagen als die Nummer meines Regimentes und dass wir hier 2 Kompanien waren. Dafür versprachst Du mir, mich am Leben zu lassen. Nachdem Du mit Deinen beiden Kameraden meinen Wein getrunken und genug geraucht hattest, gabst Du Befehl zum Fertigmachen, und so folgte ich Dir, während die beiden Korporale hinter mir hergingen bis zu dem Ausgang der Schneise, wo auf einem Abhang Eure Soldaten in Gruppen auf dem Bauch lagen. Als sie uns kommen sahen, richteten sie sich auf und aus ihren Rufen ahnte ich nichts Gutes. Mit zornigen Blicken guckten sie Dich und mich abwechselnd an, doch ich hatte Vertrauen zu Dir.«

Ein Untoffz. von Riesengestalt (Utoffz. Ostermann) erscheint und sagt zu dem Gefangenen: »Halt, mein Lieber, von da ab verstehe ich besser zu erzählen. Die Kompanie, die am Abhang in Reserve lag, gab ihrem Unwillen darüber Ausdruck, dass Dich Dein Utoffz. leben ließ. Ein junger Leutnant stürzte sich auf den Utoffz. und brüllte ihn an: »Warum haben Sie den Divisionsbefehl, »Keine Verwundeten und Gefangenen zu machen«, nicht ausgeführt?«

Dein Utoffz. erwiderte: »Der Gefangene muss am Leben bleiben, er hat wichtige Aussagen zu machen. Der Gefreite Schlaszus soll ihn mit meiner Meldung zum Bataillonsstab bringen!«

Dein Utoffz. hatte kaum ausgesprochen, als der junge Leutnant mein Gewehr entriss, es umkehrte und Dir mit dem Kolben einen Schlag auf Deinen Kopf versetzte, dass Dein Käppi zu Boden fiel. Der Kolben glitt an Deiner Wange herunter und traf Deine Schulter. Daraufhin brachst Du zusammen, erfasstest aber sogleich die Beine Deines Utoffz. und zogst Dich an seinem Rock wieder hoch. Dein Utoffz. stellte sich schützend zwischen Dich und den Leutnant und sagte wieder: »Herr Leutnant, lassen Sie den Mann leben. Er bringt wichtige Meldung!« Der Leutnant wandte sich ab und gab mir mein Gewehr zurück. Im gleichen Augenblick sprang der Kompanieführer in Kavallerieuniform auf, zog seinen Hirschfänger aus der Gamasche und wollte Dir den tödlichen Stoß versetzen. Wiederum war es Dein Utoffz., der sich schützend vor Dich stellte und sprach: »Halt, Herr Rittmeister. Das Leben des Gefangenen geht über mich. Er muss am Leben bleiben. Er bringt wichtige Meldung.« Der Rittmeister ließ seinen Hirschfänger sinken mit den Worten: »Das ist sein Glück.«

Dein Utoffz. gab darauf Befehl: »Gefreiter Schlaszus, bringen Sie den Gefangenen lebend zum Bataillonskommandeur und nehmen Sie meine Meldung mit.«

Nun werde ich weiter erzählen, kam es von dem franz. Gefangenen. »Ja, so war es. Mein Ohr und meine Wange bluteten von dem Kolbenschlag. Du hast vielleicht nicht gehört, was ich dem Utoffz. sagte, als ich mich nach dem Kolbenschlag an seinem Körper hochrichtete? Ich flehte ihn an, Kamerade, aide moi Pardon. Der Gefreite Schlaszus erfasste meinen Arm, zog mich beiseite und kommandierte: »Allez hopp!« und wir gingen zurück. Unterwegs drohten viele Soldaten und fluchten. Verschiedene wollten an mich heran, doch mein Begleiter konnte sie abwehren. 100 Meter weiter hat mich dann doch einer niedergestochen. Nicht wahr, Utoffz., so hatte es Dir der Gefreite Schlaszus erzählt, als er aus dem Lazarett entlassen wurde? Dem braven Jungen hatte ein Granatsplitter den Oberschenkel zerfetzt, wenige Augenblicke später als meine Seele ins Reich des Ewigen Friedens zog. Hab Du und Deine Kameraden meinen Dank. Möge der Himmel Eure brave Tat belohnen.«

Er schaut mich noch eine Weile mit seinem blutenden Gesicht an, winkt mir zu und verschwindet im Nebel.

Utoffz. Ostermann bleibt stehen. Wir sind beide Nachbarkinder aus Bochum. Er ist von Beruf Schmied und arbeitete bei Kriegsausbruch in der Schmiede seines Vaters. Ein Prachtkerl mit schwerem schwarzem Haar. Der Krieg hatte aus ihm einen anderen Menschen gemacht, und er begann zu trinken. Auf einer Patrouille durch das entvölkerte Etain war er zu Geld gekommen und seine Brieftasche war voll gespickt mit Geldscheinen, die er durch den Kantinenfeldwebel in Metz in deutsches Geld umwechseln ließ. So hielt er sich in Ruhestellung immer an der Kantine auf und trank. Er erkrankte einige Wochen später und starb am 3.11.1914 im Res. Laz.Zabern, angeblich an Typhus.

Nach dem Vorfall mit dem Gefangenen spricht Utoffz. Ostermann zum Gefr. Preuß und mir etwas abseits von den Leuten der Kompanie.

»Habt Ihr beide Durst? Da trinkt mal und stärkt Euch nach dem, was wir schon heute hinter uns haben. So, Leo, ich weiß, dass Du auch nicht gerne hineinspuckst. Macht nur ordentliche Schlucke. Ihr braucht kein Mitleid mit mir zu haben. Ich habe noch einen Liter im Tornister und bei der Bagage habe ich immer noch Reserve. Jetzt komme ich an die Reihe! So was ist gut gegen die Hitze. So, nun macht noch einmal einen festen Schluck. Wer weiß, wann und wo Ihr so eine Gelegenheit wieder haben werdet.

Das war eben ein schönes Theater mit dem armen Gefangenen. Dieser Hampelmann, und so was nennt sich preußischer Offizier. Mir steht die Sch… schon bis hier! Da, nehmt noch einen, dann ist die Flasche wenigstens leer. Nein, Ihr habt gerade Wein von dem Gefangenen getrunken und wollt nicht mehr? Ihr seid Kerle! Ihr kamt da soeben aus der Waldschneise heraus; was habt Ihr da gemacht? Wie, der Hauptmann hat Dich, Leo, mit 2 Gefreiten mit dem Auftrag in die Gegend geschickt? Der Alte muss wohl nicht normal sein, Euch zwischen zwei Feuer zu schicken, um Verbindung herzustellen mit dem 2. Bataillon. Es darf nicht über die befohlene Linie hinaus vorgegangen werden. Ich komme eben vom Bataillonsstab zurück, wo ich für den Alten eine Meldung abzugeben hatte. Du hättest den Bataillonskommandeur nur einmal fluchen hören sollen, weil unsere Kompanie mit den 7ern mit vorgestürmt ist. Was da vorne im Kampf steht, ist verloren. Kein Schwanz kommt daraus zurück. Sieh Dir nur die Verwundeten an, die man nach hinten schleppt. Sanitäter sind nicht vorhanden, so wie in der Schlacht bei Longwy am 22.8.1914. Viele liegen bis zum Ende des Kampfes im Urwald herum, bis sie gefunden werden. Was sagst Du? Ich soll mit Euch nach vorn gehen? Ihr beide wollt wirklich nach vorne? Du hast recht, wir dürfen sie nicht im Stich lassen.«

(Bemerkung: Utoffz. Ostermann hielt nach wenigen Minuten bei einem Verwundeten. »Leo, da liegt mein Freund Carl. Dem muss ich helfen. Komm Preuß, bleib bei mir und hilf mir, Carl zurückzutragen.«)

Utoffz. Ostermann verschwindet mir zuwinkend im Nebel und V.Feldw. Zürndorfer erscheint. »Wie, das ist alles, was Du an Verstärkung mitbringst? Was ist denn da hinten eigentlich los? Wie, unser Major und Hauptmann verwundet und Lt. Hübner hast Du auch verwundet gesehen? Von den beiden neuen Zugführern ist der Offz. Stellvertreter gefallen und der V.Feldw. neben mir verwundet worden. Dann bin ich wohl jetzt Kompanieführer? Im Augenblick ist es ziemlich ruhig hier. Gleich geht's zum Sturm auf die Batterien. Dort stehen sie, keine 800 m von hier. Das musst Du doch schon am Abprotzen merken. Sieh Dir mal an, was ich heute für einen Dussel hatte! Zwei Treffer, einer zerschlug mir das Kochgeschirr und ging durch den Tornister, der andere hier durch die Tasche. Siehst du das Loch? Sieh Dir mal meine Brieftasche an. Alle Briefe durchschossen. Und hier das Gebetbuch, das Dir und mir der Rabbiner, Dr. David, sandte. Übrigens weißt Du, dass wir heute Versöhnungstag haben? Was hast Du da gesagt? Wie kann das unser Herrgott alles mit ansehen? Es ist Krieg und im Krieg rechnen Feiertage nicht. Das nimmt Dir der Herrgott nicht übel, denn Du erfüllst Deine Pflicht fürs Vaterland. Da fangen die Batterien wieder an zu feuern. Hör mal zu, ich habe Dir noch etwas zu sagen. Du weißt, meine Mutter ist vor kurzem gestorben. Ich erhielt die Nachricht bei der Postverteilung nach der Schlacht bei Virton. Auch mein Vater lebt nicht mehr. Wenn ich fallen sollte, begrab mich da, wo die anderen Kameraden liegen. Ich habe es schriftlich in meinem Brustbeutel, für den Fall, dass Du von meinem Tode nichts erfahren solltest. Und hier lies noch schnell mein Testament.«

(Testament: Ich bin in den Krieg gezogen, um Deutschland zum Siege zu verhelfen, aber ich bin auch in den Krieg gezogen, um die Gleichberechtigung meiner jüdischen Glaubensbrüder zu erkämpfen. …)

Zürndorfer spricht weiter: »Wir gehen zusammen mit den Grenadieren an die Batterien heran! Wir stehen in Verbindung mit dem Bataillonskommandeur. Du gehst mit Deinen Leuten jetzt rechts heraus und deckst unsere rechte Flanke. Ich wünsche Euch viel Glück. Die Sache muss klappen.«

Lächelnd, mit der Hand winkend, verschwindet er im Nebel.

(Anmerkung: Ich entledige mich einer kleinen Freundespflicht, wenn ich als Erinnerung an Zürndorfer einige Unterlagen den Ausführungen beifüge, wenngleich er nur einer unter den ungezählten Helden war.)

Wer grüßt mich denn da wie hingezaubert? Mein Zugführer Lt. d. R. Hübner. Wahrhaftig, er lächelt in seiner funkelnagelneuen Uniform. So haben seine Leute ihn nie gesehen. Mit seinen Utoffz. hat er nie ein freundliches Wort gewechselt. Er ist vom Scheitel bis zur Sohle ein von sich eingenommener neuer preuß. Reserveoffizier. Schade nur, dass Du nicht schon bei Virton dabei warst, Du weißt noch nicht, was gespielt wird, haben wir im Stillen gedacht.

»Ach, da bist Du ja mein lieber Utoffz.! Wie ich mich freue, Dich wiederzusehen. Wie konntest Du aber nur so zu mir sein, als ich da so schwer verwundet lag?«

Er fällt ganz sachte nach hinten über und ich erblicke seinen blutigen Unterleib. Sein Rock ist auseinandergebreitet und seine Hosen heruntergezogen.

Er sieht mich mit halb gebrochenen Augen an.

»Warum hast Du Dich nicht um mich gekümmert? Ich sah Dich doch so flehend an? Ich höre noch Deine Stimme: ›Was geht denn hier vor?‹«

»Fünf Kameraden haben sich um mich bemüht, doch Du gabst den Befehl, dass nur mein Bursche bei mir bleiben sollte und die anderen vier mussten Dir folgen. Du zogst mit Deinen Leuten ab, ohne Dich noch einmal nach mir umzudrehen. Ich wollte doch noch einmal zu gerne mit Dir sprechen. Glaub mir, mein lieber Utoffz., ich hatte Deine Gedanken erraten. Ich bin Dir darum nicht böse. Komm reiche mir Deine Hand!«

Ich fasse in ein Nichts. Die Szene wechselt schnell. Um mich herum erscheint alles im Licht der untergehenden blutroten Sonne. Der Rest, der vom Sturm übriggebliebenen 154ern unter dem Kommando von Feldw. Zürndorfer, marschiert zurück. Zu meiner Linken sind die Utoffz. Stegbauer, Exner und Pohl. (Alle drei sind wenige Monate später gefallen.) Vor mir marschieren schwankend feldgraue Gestalten, die sich untereinander unterhalten. Ich höre den mir unvergesslichen tapferen Schallert, ein Berliner, der einige Wochen vorher bei Virton ein Geschoss durch seine rechte Ferse bekam und sich mit der vereiterten Wunde weiterschleppte, sagen: »Da ham wa mal eine scheene Scheiße ausjefressen.« Ein anderer: »Geh mir ja weg mit den Königsgrenadieren. Ihr Regimentsstab hat sich schnell verduftet. Habt Ihr gesehen, wie sie Prinz Oskar ohnmächtig abschleppten? Hauen alle ab, ohne sich um uns zu kümmern. Was wird aus all den Verwundeten, die da schreien? Wie weit mag es noch bis zur Reservestellung des Regiments sein? Wo sind wir überhaupt? Ob sie uns doch nicht zum Schluss noch abschnappen? Die Schweine lassen uns doch nicht mit ihren Granaten und Schrapnells in Ruhe. Die wissen genau, dass wir abmarschiert sind. Arme Teufel, die da jammern.«

»Die armen franz. Verwundeten können einem auch leid tun.« »Quatsch, die werden alle von ihren Leuten nachher abgeholt.«

»Die Sonne verschwindet, es wird dunkel.« »Verstehst Du, was die Franzosen rufen?« »Wir sollen ihnen helfen und [sie] mitnehmen und Wasser wollen sie, genau wie die unsrigen.«

Utoffz. Stegbauer stößt mich heftig an: »Sieh Dir das an.«

Ich erstarre vor Entsetzen. Da sitzt am Grabenrand der Chaussee in aller Seelenruhe ein verwundeter Franzose mit aufgeschnittenem Hosenbein und verbindet sich seine Wunde. Einer der Unsrigen verlässt die Reihen und läuft mit gesenktem Gewehrkolben auf ihn los. Kurz vor dem Franzosen haltend erhebt er das Gewehr, um ihn mit dem Kolben zu erschlagen.

Der Franzose schaut ihn ruhig an. Mit der linken Hand den Verband haltend und die rechte erhebend ruft er laut und ruhig: »Camerade, nix caputt, Du Camerade, ich Camerade, nix caputt!« Und wie [durch] ein Wunder lässt der Deutsche den Kolben sinken, dreht sich um und läuft in die Reihen zurück. Ich konnte nur noch brüllen: »Verdammter Hund.« Dann höre ich wieder Stimmen aus den Reihen. »Hast Du denn von heute noch nicht die Schnauze voll?« »Hat der denn heute noch nicht genug abgemurkst?« Ich höre V.Feldw. Zürndorfer den Utoffz. fragen: »Weiß einer von Ihnen, wo wir sind? Hat jemand vielleicht eine Karte? Ich weiß nicht, ob wir auf dem richtigen Weg sind, denn er führt scheinbar nach Nordwest. Das Regiment hat keine Verbindung mit uns aufrechterhalten. Hoffentlich kommen wir aus diesem Dreck heraus!« Mir ist alles gleich. Der Anblick des verwundeten Franzosen und seine Haltung gaben mir den Rest. »Was hast Du, Leo?«, fragte Utoffz. Stegbauer, »da trink mal, mein letzter Schluck, den ich für mich in Reserve hielt. Du willst doch jetzt nicht schlappmachen? Ich habe auch die Schnauze voll. Unser Hauptmann erzählte uns vorige Woche, die Kronprinzenarmee hat Verdun umzingelt und die Franzosen holen sich nachts Rüben, um nicht zu verhungern.«

Utoffz. Exner: »Das sah heute verdammt nicht nach einer Umzingelung aus. Mir steht der Dreck bis zum Halse, und ich glaube gar nichts mehr.«

Unsere Kolonne marschiert schwerfällig und lässt kein Marschtempo aufkommen, da man sich vorne Verwundeter angenommen hatte, die man mitschleppt. Wir überholen 2 deutsche Verwundete, die versuchen, sich mühselig zurück zu schleppen. »Erbarmt Euch doch unser. Wir können nicht mehr.« Einer aus den Reihen ruft: »Heinrich?« »Ja, Wilhelm.« Ich sage zu meinen Vordermännern: »Los verteilt Eure Gewehre und nehmt die beiden mit. Nein, nicht Du, Schallert, mit Deinen lahmen Knochen. Wilhelm, gib mir Dein Gewehr!« Vor Schmerzen stöhnend werden die beiden Verwundeten mitgeschleppt. Ich höre die Stimme von V.Feldw. Zürndorfer. »Wir müssen machen, dass wir schnell zurückkommen. Wir können doch unmöglich alle Verwundeten mitnehmen. Das ist doch Sache der Sanitäter.« Eine Stimme: »Haben Sie, Herr Feldw., überhaupt heute schon einen Sanitäter gesehen? Ich wenigstens nicht.« So marschieren wir weiter. Plötzlich ertönt ein lauter Ruf: »Wer da?« Antwort: »154er.« Und wahrhaftig, im Halbdunkel sehen wir einen Offizier. V.Feldw. Z. meldet: »Rest des Regiments 154er auf dem Rückmarsch.« Worauf der Befehl des Offiziers, ein Oberleutnant, kam: »Das Ganze hört auf mein Kommando!«

Mir fällt ein Stein vom Herzen. Endlich nimmt man sich unser wieder an. Der Marsch geht im Dunklen weiter, und ich sehe das Blinkzeichen einer Taschenlampe. Wir erreichen unseren Regimentsstab und die Versprengten werden zu den einzelnen Kompanien geführt.

Ich höre Rufe: »3. Kompanie?« »Ja, hier.« dann höre ich meinen Namen. »Utoffz. Baer!« »Ja, hier«, rufe ich.

Mein Bochumer Schulfreund, Gefr. Fritz Rosenthal, der im Regiment wegen seines langen schwarzen Vollbartes bekannt war, steht vor mir. Er ist Befehlsempfänger beim Batl.Stab.

»Bist Du es, Leo?« Er umarmt mich und ist freudig erregt. »Verwundete sagten mir schon, dass sie mit Dir zusammen vorne waren. Wie freue ich mich, Dich wiederzusehen. Meine 4. Kompanie wurde als Reserve zurückbehalten. Hatten die ein Schwein. Du brauchst mir nicht zu sagen, was vorne los war. Wir sind genau im Bilde. Was hattet Ihr nötig, über die von der Division befohlene Linie weiter vorzugehen? Prinz Oskar, der Rgts.Kdr. der 7er, hatte eigenmächtig und entgegen dem Befehl gehandelt. Wir sind im Bilde. Das 1. Batl. hat furchtbare Verluste. Du bist sicherlich hungrig und durstig? Da, trink!« Ich trinke den kleinen Rest.

»Ja, ja«, fährt R. fort, »und das alles an unserem höchsten Feiertag. Du weißt doch, dass heute Jomkipur »Versöhnungstag« ist? Ja, Du sprachst ja heute im Laufe des Gefechts mit Zürndorfer darüber. Er hatte 2 Treffer abbekommen. Der eine durchschlug seinen Tornister, der andere seine rechte Rocktasche mit Briefen und das Gebetbuch, das uns unser Rabbiner sandte.« R. verschwindet im Dunkeln und steht dann wieder im strahlenden Sonnenlicht vor mir. Sein schwarzer kräftiger Vollbart reicht bis auf seine Brust, wo das funkelnagelneue schwarz-weiße Band des Eisernen Kreuzes zu sehen ist. Er trägt Utoffz.Tressen am Kragen, die durch den Bart kaum sichtbar sind. Er spricht: »Ich kann mich doch so schlecht von Dir trennen. Weißt Du noch, als ich Dich im Graben aufsuchte, um mich mit Dir zu unterhalten? Die Kugeln pfiffen von allen Seiten über unsere Köpfe hinweg. Verschiedene Kameraden wurden kurz vorher durch Querschläger verwundet. Du warst sehr ernst und sagtest, dass meine Mutter Dir einen Brief geschrieben hat. An Deiner Stimme merkte ich, dass etwas nicht stimmen musste. Du brachtest mir dann auch schonend die Nachricht bei, dass mein Bruder Paul in Flandern beim Sturm über eine Kanalbrücke als Erster jenseits des Ufers mit der Fahne schwarz-weiß-rot in der Hand und singend ›Deutschland, Deutschland über alles‹ gefallen ist. Während wir uns unterhielten, pfiffen plötzlich Kugeln, die aus der Flanke kamen, an unseren Köpfen vorbei und Du fordertest mich auf, mit Dir in Deinen Unterstand zu kommen. Ich lehnte es ab und sagte Dir, es ist mir doch alles egal. So oder so. Als ich Dich meinen Entschluss wissen ließ, nicht mehr als Befehlsempfänger zu bleiben und wieder zurück in die vordere Linie zurückzuwollen, hattest Du versucht, mich davon abzuhalten. Du hast mir gesagt, ich sollte den Posten als Befehlsempfänger so lange behalten, bis ich an die Front kommandiert werde. Ich sollte an meine Mutter denken. Ich ging aber von meinem Entschluss nicht ab und wenige Tage darauf stand ich wieder in der Kompanie. Nicht lange danach musste ich bei einem Angriff auf den feindlichen Graben dran glauben. Ein Schwarzer durchschnitt mir meinen Hals.«

Er hebt mit seiner Hand den Bart hoch und fragt: »Hier, siehst Du die Narbe noch?«

Ich sehe eine klaffende blutige Wunde, die sich von einem Ohr zum anderen zieht.

»Die Kompanie hatte mich als vermisst gemeldet, denn nachdem wir zurückgeschlagen wurden, blieb ich auf dem Vorfeld liegen bis über ein Jahr später der Graben genommen wurde und [man] mich fand. Man nahm mir meine Erkennungsmarke ab und grub mich ein. Ich bin schon lange mit meinen Eltern und Hans vereint. Auf Erden waren meine Eltern im Glauben, dass ich eines Tages noch einmal zurückkehren würde. Auf der Ehrenliste der Gefallenen habt Ihr meinen Namen nicht genannt. Ist aber nicht schlimm, Leo, bei uns im Reiche des Ewigen Friedens sind Namen Schall und Rauch.«

(Anmerkung: Über ein Jahr später, nachdem der Angriff auf den feindlichen Graben blutig zurückgeschlagen wurde, berichteten mir zwei Kameraden des umgekommenen Rosenthal im strengsten Vertrauen, dass sie den verwesten Toten an seinem Bart und seinen Unteroffiziertressen erkannt haben, und die Erkennungsmarke deckte sich mit ihren Vermutungen. Diese Nachricht erhielt ich erst nach dem I. Weltkrieg im Jahre 1928. So kam Rosenthal doch noch auf die Gefallenenliste.)

Nachdenkend verschwindet Rosenthal in einer dunklen Rauchwolke.

Durch die dunkle Wolke, in der ich schwebe, dringt Mondschein und eine abgeblendete Laterne lässt eine Feldküche erscheinen. In diesem Zwielicht nähert sich Feldwebel Schimke mit seinem von Alkohol geröteten vollen Gesicht. Eine kräftige, gesunde Erscheinung, die eines Bauern. Sein Auftreten, seine Augen, seine Stimme entsprechen dem Typ eines älteren aktiven typischen Feldwebels und auch sein Buch fehlt nicht in der Öffnung seines Waffenrocks oben auf seiner breiten Brust. Er bleibt vor den Rückkehrern stehen und begrüßt sie: »Wo kommt Ihr denn her? Wo habt Ihr Euch den Tag über herumgetrieben? Die Feldküche ist auf Euch nicht eingerichtet. Glaubt Ihr vielleicht, dass ich für Euch extra Essen fertig mache? Legt Euch da in den Wald zu den übrigen und wartet bis morgen!«

Unsere Blicke begegnen sich. Diese gefühllosen Augen. Dieses ausdruckslose Gesicht! Mir fehlt die Luft zum Atmen und ich keuche. Ich weiß nicht, was mich in diesem Augenblick überkommt, aber mit erhobenem Gewehr stürze ich mich auf ihn und schreie: »Verfluchter Hund, Du wagst es, vor meinen Augen zu erscheinen? Zur Hölle mit Dir!«

Mit all meiner Körperkraft saust mein Kolben auf seinen dicken Schädel nieder. Ich komme zu mir. Ich stehe noch am gleichen Ort. Meine Hände sind leer und krampfen sich zusammen. Verschwunden ist die Erscheinung des Feldw. Schimke. Verwundert halte ich in meinem Pyjama Ausschau. Die Nebelgestalten der ehemaligen Kameraden schweben ruhig weiter, und ich schaue in die gütigen Augen des Patriarchen. Seine angelehnte Haltung hat er beibehalten und spricht ruhig und gelassen: »Aus Deiner Handlung soeben muss ich feststellen, dass Du ein ungehorsamer und auch brutaler Erdensohn bist. Du hast unserem lieben Seelenbruder großes Unrecht angetan. Nach dem I. Weltkrieg ging er nach Jauer zurück, wo er als Küster in den Dienst Gottes eintrat. Er verstand die Glockenstränge zu Ehren des Herrn bewundernswert zu ziehen. Schon früh in seinen vierziger Lebensjahren suchte er den Weg zum Reiche des ewigen Friedens.«

»Ehrwürdiger hoher Richter, lass mich wieder zurück auf Erden. Lass mich wieder zurück nach dem schönen friedlichen Haut de Cagnes.«

»Nein, Du bleibst hier, es gibt kein Zurück! Wie darfst Du wagen, auch nur über einen unserer Seelenbrüder zu urteilen oder gar Schlechtes zu denken? Warum hast Du Deinen alten Feldwebel nicht weitersprechen lassen und ihn hieran durch Deine drohenden Worte gehindert?«

»Ich will ihn nicht wiedersehen. Lass mich doch wieder zurück, ehrwürdiger hoher Richter.«

»Nein, es gibt kein Zurück! Du bist schuldig, da Du den Mut nicht hast, ihn anzuhören.«

»Ehrwürden, lasst ihn weitersprechen.«

Wie zuvor stehe ich als Utoffz., den Kolben meines Gewehrs nach unten gerichtet, da. Mich friedlich anlächelnd steht Feldwebel Schimke vor mir, wie von Sonnenschein bestrahlt.

»Das, was ich soeben sagte, hast Du, mein lieber Unteroffizier, missverstanden. Ich weiß sehr wohl, dass Ihr mit den 7er-Grenadieren weit vorgestürmt seid und tapfer gekämpft habt. Ihr habt aber gegen den Divisionsbefehl gehandelt. Die 3 obersten Pflichten eines Soldaten lauten: Treue, Gehorsam und Mut. Ihr habt gegen den Gehorsam verstoßen. Ich sah doch bald darauf ein, dass ich Euch des Essens wegen Unrecht getan hatte. Hatte ich Euch in der Nacht nicht wecken lassen, um Euer Essen zu empfangen? Hatte ich Euch nicht kalten Reis mit Fleisch verabreicht, das ich irgendwo auftreiben konnte? Konnte ich anders handeln als Mutter der Kompanie? Glaub nur nicht, dass es mir so einerlei war, Euch vorne im Feuer zu wissen. Die Kameraden haben Dir ja wohl berichtet, dass ich mich hinten, wenn die Granaten einschlugen, unter der Gulaschkanone verkroch, wo ich inbrünstig für Euch betete und laut flennte. Du verkennst Deinen Feldwebel Schimke.

Am anderen Morgen beim Antreten fragte ich Dich, warum erscheinen Sie ohne Halsbinde, Utoffz.? Du gabst mir zur Antwort: »Ich habe mit meiner Halsbinde mangels Verbandsstoff unserem Herrn Hauptmann die Ader abgebunden. Ich bitte Herrn Feldwebel, mir eine andere zu geben.« Gewiss habe ich Dir dann gesagt, ich habe keine Halsbinden. Wagen Sie es nicht noch einmal, ohne Halsbinde vor mir zu erscheinen. Es liegen hier so viele tote Kameraden herum, die noch alle Halsbinden tragen. Haben Sie mich verstanden, Utoffz.? – Das klingt hart, doch die Vorschriften waren nun mal so.

Nach der Schlacht bei Virton erhielt ich den Befehl, sämtliche Leute der Kompanie mit Zeltbahnen, Spaten und Picken auszurüsten. Jeder Vierte trug nur eine Zeltbahn bei unserem Abmarsch aus der Garnison und an Schanzzeug hatte es uns auch gefehlt. Das Fehlende musste den Gefallenen oder Verwundeten abgenommen werden. Gewiss hatten die Zeltbahnen den Geruch nach Leichen und geronnenem Blut angenommen, besonders die Zeltbahnen, die wir aus dem zerschossenen Feldlazarett mit den großen Blutlachen herausholten. Jedenfalls habe ich den Befehl gewissenhaft erfüllt. Als ich Dich nach der Schlacht mit Deiner Korporalschaft zum Fleisch- und Brotempfang mit Zeltbahnen kommandierte, sagtest Du: »Herr Feldwebel, verschiedene meiner Leute beklagen sich über den üblichen Leichengeruch und die Blutflecken in ihren Zeltbahnen. Sie haben keine Möglichkeit, infolge Wassermangels, eine Säuberung vorzunehmen. Ich bitte Herrn Feldwebel, die Leute mit den blutigen und nach Leichen riechenden Feldbahnen von dem Fleisch- und Brottransport auszuschließen und hierfür andere mit sauberen Zeltbahnen zu bestimmen.« Gewiss schwoll mein Kopf rot an, denn Du musst verstehen, dass ich der Belehrung eines Reserve-Unteroffiziers bei meiner langjährigen Dienstzeit nicht bedurfte. Wenn ich Dir antwortete, Blutflecken hin, Blutflecken her, neue Zeltbahnen bekommen beim Fleischtransport auch Blutflecken, so darfst Du mir dieses nicht nachtragen. Im Krieg darf man nicht so empfindlich sein, da kann man die Vorschrift der Hygiene nicht so befolgen wie man gerne möchte.«

V.Feldw. Zürndorfer erscheint und legt seinen Arm um Schimke. »Sag, lieber Seelenbruder Zürndorfer, sind wir nicht wahre Seelenbrüder?« V.Feldw. Z. lächelt ihn an und spricht: »Ja, mein lieber Seelenbruder Schimke. Auf Erden habe ich Dich richtig erkannt. Du warst der Inbegriff eines aktiven preußischen Feldwebels.« Schimke spricht weiter zu Z.: »Gewiss habe ich meinem Herzen nach der Schlacht von Virton Luft gemacht, als Du als einer der Ersten als Reservist und Jude das Eiserne Kreuz erhieltst und dazu noch vor unserem Herrn Hauptmann. Unser altes preußisches Regiment gehört zum V. Armeekorps und sein Offizierskorps ist judenrein. (Diese Bemerkung habe ich Z. gegenüber verschwiegen.) Nun, mein lieber Seelenbruder Z., es war doch nicht meine Schuld, dass Dich die Offiziere unseres Regiments bei der Wahl haben durchfallen lassen. In Deinem württembergischen Regiment wäre Dir das als Offiziersaspirant nicht passiert. Ich weiß, da kennt man wie in Bayern und Baden dieses Vorurteil nicht. Dafür bist Du aber in etwa durch Deine Beförderung zum Offiziers-Stellvertreter belohnt worden. Hast Du mir auch nur das Geringste vorzuwerfen?«

V.Feldw. Z. erscheint in Uniform als Fliegerleutnant.

»Aber mein lieber Schimke, wer macht Dir nur den geringsten Vorwurf? Ich kann Dir nur das beste Zeugnis ausstellen.«

Fldw. Schimke schlägt seine Hacken zusammen und sagt strahlend vor Genugtuung: »Danke, Herr Leutnant.«

Lt. Z. vergeht in ein Nichts und Fldw. Schimke blickt mich strafend an. »Anders liegt die Sache bei Dir. In einem aktiven Regiment kommen alle Aktiven in erster Linie und genießen Bevorzugungen in Bezug auf Beförderung, Auszeichnung und Sondervorteile. So würdest Du ebenso diese Tradition wahren, wenn Du an meiner Stelle gewesen wärest. In 2. Linie kommen die Reservisten. Als wir bei Ausbruch des Krieges erfuhren, dass unser Regiment mit Reservisten aus dem roten Industriebezirk auf Kriegsstärke angefüllt werden soll, ahnten wir nichts Gutes. Na, und wie habt Ihr Euch gleich nach Eurer Ankunft in Jauer aufgeführt bis Ihr einige Tage später alle in Uniform gesteckt wurdet und man Gewalt über Euch bekam? Besoffen wie die Schweine habt Ihr Euch. Unsere Jauerschen Würste habt Ihr gefressen und selbst unsere Weiber nicht in Ruhe gelassen. Ihr fühltet Euch wie die Herren der Welt und wir hinter dem schlesischen Bahnhof waren für Euch Dreck. Und unter dieser Bande warst Du auch. Der größte Teil nannte Dich bei Deinem Vornamen und mit diesen Roten Elementen begannst Du bereits auf dem Transport nach dem Westen aus ein und derselben Flasche zu trinken. Glaubtest Du, mir hiermit zu imponieren? Die Disziplin stand in Gefahr. »Ich werde Dich schon kleinkriegen, wart ab«, habe ich mir gesagt. Wunderst Du Dich daher, wenn ich Dich zu allen Sonderdiensten bevorzugt heranholte, wie bei Einteilung von Wachen, Beaufsichtigungen und was noch mehr, wenn wir nach den schweren Märschen in Ruhequartiere kamen? Du aber wolltest meine Allmacht nicht anerkennen. Ich hatte aber einen langen Arm. Das war mein Schwager, der Bataillonsfeldwebel, der mit mir und meinen treuen aktiven Unteroffizieren in meinem Zimmer, wenn das Regiment in Ruhestellung war, beim Wein und Schnaps die Zeit verbrachte. Du hast mit dem Ausscheiden unseres Hauptmanns einen großen Verlust erlitten, denn er war es, der Dich nach Virton bereits zum Eisernen Kreuz vorgeschlagen hatte und Dich zum V.Feldw. befördern wollte, denn Du warst der rangälteste Utoffz. in der Kompanie, warst schon 1911 als Einjähriger Utoffz. und hattest an der Ausbildung zum Offizier teilgenommen. Das war ich, der Dir mit Hilfe des Bataillonsfeldwebels einen Strich durch alles machte. Weißt Du denn nicht, was Du alles auf dem Kerbholz hattest? Warte, ich werde Deinem Gedächtnis etwas nachhelfen.«

Fldw. Schimke zieht sein dickes Notizbuch aus der Öffnung seines Waffenrockes und fährt fort: »In der Nacht zum 21. September hatte Dich die Offiziersrunde auf der Feldwache im Schleusenhäuschen an der Maasbrücke in Deiner Eigenschaft als Wachhabender außerhalb der Wachstube in einer Ecke auf einem Bündel Stroh liegend schlafend aufgefunden. Du schliefst und schnarchtest wie ein Murmeltier. Zwei kräftige Tritte des Lt. Streit in Dein Gesäß weckten Dich erst auf und brachten Dich zur Besinnung. Auf das Vorhalten des Offiziers hast Du geantwortet: »Ich habe nicht geschlafen, ich habe mich nur ausgeruht. Habe vorher dem Gefreiten den Befehl erteilt, mich kurze Zeit zu vertreten.« Und wie sah es in der Wachstube aus? Kein Gefreiter zu sehen und Deine Leute lagen in tiefem Schlaf. Das war Pech. Um diese Zeit war Dein Gefreiter gerade dabei, unten an der Maas seine Aalschnüre auszulegen. Dieser Vorgang wurde der Kompanie gemeldet und ich gebe auch zu, Dir gesagt zu haben: »Wachvergehen vor dem Feinde wird mit dem Tode bestraft. Noch heute wird das Standgericht das Urteil fällen.« Dank es Deinem Hauptmann und unserem Seelenbruder Lt. Streit, die sich für Dich eingesetzt haben. Letzterer hatte Dich von Virton in angenehmer Erinnerung. Dein Gefreiter erhielt 14 Tage strammen Arrest und mangels Gefängnisses und nach dem Kriegsausbruch, sollte er für jeden Tag zwei Stunden an das Rad gebunden werden, wenn wir in Ruhestellung sind. So weit ist es nicht gekommen. Er wurde am 24. September schwer verwundet.

Hör weiter zu, was hier am 24. September vermerkt ist.

Du hast Dich dem Divisionsbefehl widersetzt, der wie folgt lautete: »Keine Verwundeten und Gefangenen zu machen.« Nicht allein, dass Du Dich diesem Befehl widersetztest, hast Du auch Deine Leute dagegen aufgewiegelt. Das riecht nach Meuterei. Du hast auch nicht den Befehl unseres Hauptmannes befolgt, welchen er den Zug- und Gruppenführern kurze Zeit vor Beginn des Kampfes erteilte. War Dir das recht, was die Franzosen an Greuelheiten mit der 7er-Grenadier-Patrouille anstellten? Wunderst Du Dich daher, dass Deine Auszeichnung und Beförderung ausblieb? Mein Schwager, der Bataillonskommandeur und nicht zuletzt ich hatten lange Arme.

Wenn auch nichts nachkam, glaubst Du, all das wäre in Vergessenheit geraten? Und jetzt kommt der 6. November 1914. Dass Du nach diesem Zeitpunkt noch fast 4 Jahrzehnte auf Erden wandeln durftest, kannst Du als größtes Geschenk des Allmächtigen ansehen. Hattest Du doch zum zweiten Mal einen Divisionsbefehl nicht zur Ausführung gebracht.

Im Oktober begann man innerhalb unserer Division mit der Ausbildung von Handgranatenwerfern. Unter Führung eines Utoffz. standen 8 Mann jedem einzelnen Bataillon zur besonderen Verfügung. Jede Kompanie musste hierzu 2 Mann stellen und die 3. Kompanie den Unteroffizier. Da sich kein Unteroffizier freiwillig meldete, wurdest Du von Zürndorfer dazu kommandiert. Dass Du ein tapferer Soldat warst, daran habe ich nie gezweifelt und auch

Deine 8 Mann waren die verwegensten im Bataillon. Ich muss mich in Einzelheiten ergehen, damit Du mich richtig verstehst. Ich stehe vor Dir, um mich zu rechtfertigen.

In der Nacht zum 8. November verließ das 1. Bataillon Thillot und nahm morgens im dichten Nebel die Ablösung vor. Am Vorabend erhieltst Du den Befehl, sofort nach Ankunft festzustellen, wie weit der feindliche Graben von dem unsrigen entfernt ist, ungeachtet der Horchposten, die sich hinter Laubgeflecht versteckt halten. Nach der Patrouille brachtet Ihr einen Toten und 2 verwundete Kameraden zurück und Du selbst erhieltst einen Streifschuss am Oberarm. Der im Graben anwesende Bataillonskommandeur erwartete Deine Meldung und ersuchte Dich um eine Skizze. Beim Zuschauen Deiner Arbeit fiel ihm auf, dass Blut von Deiner Hand auf das Papier niederfiel und fragte: »Sind Sie verwundet?« Du gabst zur Antwort: »Es kann nicht schlimm sein, denn ich verspüre kaum Schmerzen.« Der Kommandeur beorderte sofort einen Sanitäter, der Dir einen Notverband machte. Während man Dich so verband, fragte der Kommandeur im Beisein unseres neuen Kompanieführers Ober-Lt. Markert: »Utoffz., Sie kommen mir bekannt vor. Lagen wir nicht bei Virton zusammen?« »Jawohl, Herr Hauptmann«, war Deine Antwort, worauf er Dich verwundert anschaute und fragte: »Nanu, und Sie haben das Eiserne Kreuz noch nicht erhalten?« »Nein, Herr Hauptmann.« Der Bataillonsführer wechselte einige Worte mit unserem Kompanieführer und bedankte sich für Deine Meldung und Skizze. Die Kompanie rückte nach einigen Tagen in Ruhestellung nach Thillot, wo ich an einem Abend die Unteroffiziere der Kompanie zum Befehlsempfang in meinem Zimmer antreten ließ. Mich schmückte an diesem Abend das Eiserne Kreuz, das Seine Majestät der Kaiser mir wegen Tapferkeit vor dem Feinde verliehen hatte.

Sofort tratest Du vor und sprachst: »Im Namen der Unteroffiziere erlaube ich mir, Herrn Feldwebel zu seiner Auszeichnung zu gratulieren.« »Unteroffiziere, ich danke Ihnen vielmals. Übrigens kann ich Ihnen, Utoffz. Baer die erfreuliche Mitteilung machen, dass Sie nach mir als Erster die Auszeichnung erhalten.« Du hättest von da ab schweigen sollen und wir beide wären gute Freunde geworden. Weißt Du, was Du mir hierauf geantwortet hattest? »Herr Feldwebel, ich habe so lange gewartet, dass es auf ein paar Tage mehr nicht mehr ankommt. Ich bin aber erfreut, feststellen zu dürfen, dass Herr Feldwebel vor mir die Auszeichnung verdient hat.« Weißt Du, dass Du meine Ehre auf das Tiefste verletzt hattest, mir vor versammelten Unteroffizieren so etwas zu sagen? Von diesem Augenblick an habe ich Dich gehasst, gestehe auch, dass ich Dich gefürchtet habe. Schon allein die Vorstellung, dass Du eines Tages mein Vorgesetzter werden könntest, war für mich unerträglich.

Nach einigen Tagen seid Ihr dann wieder auf der Cote in Stellung gegangen und habt die 7er abgelöst. Ihr stelltet bald fest, dass der Feind in der Zwischenzeit eine Sappe bis auf 150 m Entfernung vorgetrieben und einen Parallelgraben von ca. 50 m Breite ausgehoben hatte.

Divisionsbefehl: »Der Graben wird heute Abend besetzt.« Die näheren Befehle warteten wir ab. Die 3. Kompanie in Verbindung mit dem Handgranatentrupp sollte den Sturm ausführen. Die freiwilligen Granatwerfer hatten sich um 3.00 Uhr bei Dir zu stellen und Du erhieltest den Befehl, um 5.00 Uhr beim Bataillonsstab mit Deinen Leuten zu erscheinen, zwecks Entgegennahme näherer Befehle.«

Es erscheinen die Musketiere Kaczmarek (gef. 29.1.15), Schallert (gef. 7.5.15) sowie einige nicht wiedererkennbare feldgraue Gestalten. Schallert ergreift das Wort: »Seelenbruder Schimke, von da ab will ick mal weitererzählen, denn Du warst ja nich dabei. Wat bin ick glicklich, det ick meinen ollen Unteroffizier noch mal vor die Augen krieje. Wat, Unteroffizier, wir beede haben doch zusammen so allerhand jedreht, aber dat wat ich jetzt erzähl, war doch ne tolle Sache. Als wir zur befohlenen Stunde weit hinter unserer Linie beim Bataillonsstab ankamen, meldetest Du Dich mit unserem Trupp zur Stelle. Der Hauptmann hatte lange mit Dir gesprochen und Du gabst ihm eine ebenso lange Antwort.«

Schallert verschwindet und ich erkenne unseren Hauptmann, der im Range des Bataillonskommandeurs steht. Er trägt den Divisionsbefehl vor. »Unteroffiziere, hören Sie zu. Die 3. Kompanie stürmt in Verbindung mit Ihrem Handgranatentrupp das neue Grabenstück. Hierzu gehen folgende Vorbereitungen der Division zwecks Unterstützung voraus. Heute Abend, Punkt 8.10 Uhr beginnen die Artillerieregimenter unserer Division mit einer Salve auf das Grabenstück. Sofort nach Beendigung der Salve beschießen sämtliche Maschinengewehrkompanien das Grabenstück. Nach Stoppen des M.G.-Feuers setzt unsere Artillerie wieder zu einer Salve ein. Sobald diese 2. Salve verklungen ist, beginnen die M.Gs wiederum ihren Beschuss. Nach Stoppen des 2. M.G.-Beschusses setzt die Artillerie zur 3. Salve an. Nachdem diese 3. Artilleriesalve verklungen ist und die M.G. zum 3. Male zu feuern beginnen, ist der Augenblick für Sie und Ihre Leute gekommen, um aus dem Graben zu steigen und Eure Handgranaten in das Grabenstück zu werfen. Mit dem Beginn des 3. M.G.-Beschusses entsteht eine Geschossgarbe über Euren Köpfen. Die 3. Kompanie steht in ihrem Graben zum Sturm bereit, um nach der Detonation Eurer Handgranaten gemeinsam den feindlichen Graben zu stürmen. Unteroffiziere, wiederholen Sie den Befehl.«

Der Hauptmann gab nun seinem Adjutanten den Auftrag, eine Flasche Rotwein mit 2 Gläsern zu bringen. Er reichte mir ein gefülltes Glas, füllte das seinige und trank mit den Worten: »Utoffz., ich trinke auf ein gutes Gelingen heute Abend. Wenn die Sache klappt, erhalten Sie das Eiserne Kreuz II. Klasse und jeder von Euch bekommt 5 Tage Urlaub.«

Die Szene wechselt, vor mir im Graben vor meinem Unterstand, in dem meine Leute Karten spielen, steht Offz.Stellv. Kolbe (gef. 5.5.15). Er wurde nach dem 24. September 1914 mein Zugführer. »Wenn es dunkel wird, Utoffz., schicken Sie einen Ihrer Leute mit einem Kochgeschirr in den Unterstand des Kompanieführers zum Rum-Empfang. Sie wissen ja, mit Beginn der 3. Infanteriesalve geht's raus aus dem Graben. Die Leute der Kompanie erhalten auch einen Becher Rum und wenn Ihr mehr haben wollt, sorge ich dafür. Um 8.10 Uhr, wenn die erste Artilleriesalve beginnt, kommen Sie mit Ihren Leuten vor meinen Unterstand.«

Neues Bild. Ich bin mit meinen Leuten zusammen im Unterstand und Kaczmarek spricht: »Utoffz., trinken Sie doch. Wenn der Rum alle ist, kann ich neuen im Kochgeschirr holen.« Ein anderer: »Der Utoffz. hat Recht, wenn er uns das Trinken verbietet. Wir fliegen sonst noch mit unseren eigenen Handgranaten in die Luft, wenn wir die Zünder herausziehen und nicht schnell genug fortwerfen.« Schallert: »Man soll nicht globen, dass es Krieg ist. Sonne Stille, man hört kaum eenen Schuss weit und breit. Det wird'n schönes Theater geben, wenn mal unsere Artillerie losgeht. Wat hab's Se jesagt? Erst 3 Salven Artillerie abwarten und wenn dann die M.Gs loslegen ran an die Buletten? Na, dat wird lustig. Ick habe mehr Angst vor unserer Artillerie als vor den Franzosen.« Ein anderer: »Da oben beim Divisionsstab müssen sie wohl nicht alle klar bei Verstand sein; wegen so einem kleinen Graben so ein Theater zu machen.« Ein anderer: »Was verstehst Du schon davon? Du musst bedenken, dass es heute zum ersten Sturm auf einen feindlichen Graben geht.« Schallert: »Und so wat nennste schon Sturm?«

8 Uhr naht heran und wir melden uns beim Offz.Stellv. Kolbe. Die Mannschaften der Kompanie stehen mit aufgerolltem Mantel und aufgepflanztem Bajonett zum Sturmangriff bereit. Totenstille auf der Cote Lorraine. Da – 8.10 Uhr. Unsere Artillerie richtet ihr Feuer auf den feindlichen Graben, doch die Geschosse landen wahllos. Al-

les duckt sich, aus Furcht, von dem eigenen Artilleriefeuer getroffen zu werden. Die Salve hält ziemlich lange an und die ruhige Abendstimmung ist dahin. Alles zählt mit. Achtung, 1. MG-Salve, Schluss und gleich die 2. Artilleriesalve. Auf der anderen Seite beginnt die Artillerie zu schießen und heftiges M.G.-Feuer und Gewehrfeuer setzt ein. Wie, wenn die Franzosen einen Angriff an der ganzen Front auf der Höhe erwartet hätten, schießen sie auf uns los, was ihre Läufe halten können. Meine Leute machen Bemerkungen wie: »Die Hornochsen, da beim Divisionsstab«, oder »Die haben uns was Schönes eingebrockt«, oder Fragen wie: »Utoffz., warum hat man unsere Gruppe nicht allein vorgeschickt? Wir hätten die Sache ohne den Tamtam gemacht.« Wir können uns noch im Kriechen vorarbeiten, wenn die Schießerei so weitergeht, kommt kein Schwanz von der Kompanie zurück.« Verschiedene Unteroffiziere kommen schnell noch zu mir, die alle nichts Gutes ahnen. Auf der anderen Seite werden die Reserven herangeholt und das Feuer steigt. Der Geschosshagel, der gegen die Schutzschilder prasselt, hört sich an, als ob Hände voll Erbsen gegen Fensterscheiben geworfen werden. Geschosse fliegen längs des Grabens, Querschläger hauen über unsere Köpfe und die ersten Verluste sind da. Die 3. Artilleriesalve verklingt und die M.G.s beginnen mit der Salve im Bogen über unsere Köpfe hinweg und schon brüllt mich Offz.Stellv. Kolbe an: »Heraus, sind Sie noch nicht mit Ihren Leuten heraus? Mit dieser 3. M.G.-Salve müssen Sie heraus.« »Ich gehe bei diesem Feuer nicht mit meinen Leuten heraus.« war meine Antwort, die Situation in Ruhe überschauend. »Divisionsbefehl! Sind Sie wahnsinnig geworden oder vielleicht besoffen? Heraus! Sofort heraus! Das ist Gehorsamsverweigerung vor dem Feinde.« Ruhig und bestimmt gebe ich zurück: »Ich verweigere den Gehorsam nicht, ich werde den Graben allein mit meinen Leuten nehmen, sobald das Feuer drüben sich gelegt hat.« Kolbe zieht seinen Browning, hält ihn mir vor die Brust und schreit: »Ich zähle bis drei, wenn Sie nicht aus dem Graben sind, schieße ich Sie nieder.« »Nur langsam«, rufen meine Leute und drängen sich im Dunkeln an ihn heran. »Sie schießen nicht, unser Unteroffizier hat Recht. Das ist der reinste Wahnsinn und Selbstmord. Nur ruhig, wir holen den Graben schon, wenn das Feuer nachlässt.« Kolbe rennt fort und kommt bald wieder zurück. »Unteroffizier, sofort zu Herrn O.Lt. Markert kommen.«

In seinem Unterstande stehen die Zugführer: Ltd. Schäfer (gef. 26.12.14), Lt. Jahn (gef. 5.5.15), Offz.Stellv. Zürndorfer und Kolbe. OberLt. Markert, ein vorbildlicher Kompanieführer, empfängt mich mit den Worten: »Sie weigern sich, den Divisionsbefehl zur Ausführung zu bringen?« »Nein, Herr O.Lt., ich weigere mich nicht und das Gleiche habe ich Herrn Off.St. Kolbe gesagt. Ich werde mit meinen Leuten herausgehen, sobald das Feuer sich gelegt hat.«

O.Lt. Markert zieht seinen Revolver aus dem Etui und ihn auf meine Brust richtend sagt er: »Ich frage Sie zum letzten Mal, wollen Sie heraus, ja oder nein?«

Ich öffne schnell meinen Waffenrock und meine Brust hinhaltend sage ich: »Herr Oberleutnant dürfen ruhig schießen. Mit mir verlieren Sie nur einen Mann. Führe ich den Befehl aus, verliert Herr O.Ltd. seine ganze Kompanie. Haben Herr O.Lt. sich denn nicht einmal persönlich davon überzeugt, was sich draußen abspielt? Ich verspreche Herrn O.Lt. mit meinen Leuten den Graben allein zu holen, sobald das Feuer sich gelegt hat.«

O.Lt. Markert sieht mich wie erstarrt an und sagt nach wenigen Augenblicken: »Augenblick, Utoffz., ich werde telefonieren mit dem Bataillonskommandeur.« Er geht an den Apparat und trägt den Sachverhalt korrekt vor und bittet zum Schluss den Bataillonskommandeur, sich persönlich von der Tatsache zu überzeugen. »Der Bataillonskommandeur wird gleich hier erscheinen und weitere Maßnahmen treffen. Gehen Sie wieder zu Ihren Leuten und halten Sie sich zu meiner weiteren Verfügung.«

Unweit von unserem Standort mündet der Laufgraben in unsere erste Linie und diesen Graben muss der B.Kdr. passieren. Nach einer guten halben Stunde erscheint der B.Kdr. mit seinem Adjutanten am Grabeneingang gerade im Augenblick, als Sanitäter mit Verwundeten in den Laufgraben einbiegen wollen. Der korpulente B.Kdr. bleibt in dem engen Laufgraben stehen und die Sanitäter brüllen: »Verdammte Schweine, wollt Ihr nicht Platz machen, damit unsere Verwundeten durchkommen.«

Das feindliche Artillerie- und Gewehrfeuer und das Gebläff der M.Gs wird immer noch stärker und die Kugeln pfeifen nur so um die Köpfe. »Ist hier die 3. Kompanie? Wo ist der Kompanieführer. Ich bin der Bataillonskommandeur.«

Gesichter sind in der Dunkelheit nicht zu erkennen und ich spreche die gebückte beleibte Gestalt an: »Ich bin der Unteroffizier vom Handgranatentrupp. Ich werde Herrn Hauptmann zu Herrn Oberleutnant Markert führen.« »Hier ist ja die Hölle los, unglaublich.« Ich bemerke darauf: »Ich werde die Sappe mit meinen Leuten allein holen, sobald das Feuer sich gelegt hat.«

Er antwortet nichts hierauf und am Unterstand des Kompanieführers angelangt, sehe ich ihn und seinen Adjutanten im Lichtschein nach Zuschlagen der Tür verschwinden. Jetzt muss die Entscheidung fallen, es geht um meinen Kopf. Liebe Freunde fragen mich aufgeregt, wie auf heißen Kohlen stehend: »Was ist los? Warum gehst Du nicht heraus? Mach Dich nicht unglücklich. Du hast Recht, dass Du nicht mitmachst, der Karren ist verfahren.«

Plötzlich kommt das Kommando vom Unterstand: »Sturmangriff fällt aus.« Was aus mir wird, weiß ich nicht. Offz.St. kommt zu mir und fordert mich auf, zu meinen Leuten zu gehen und mich bis zum anderen Morgen bereit zu halten. Meine Leute machen noch ein paar gleichgültige Bemerkungen und fallen bald in bleiernen Schlaf. Ich finde keine Ruhe bei den Gedanken an die Folgen meiner Handlungsweise.

»So, Seelenbruder Schimke, jetzt kannst Du weiter erzählen, was Du uns in dem Unterstand zugerufen hast.«

Feldwebel Schimke steht in gebückter Haltung vor dem Eingang unseres Unterstandes. »Kommt mal heraus, Ihr Feiglinge. Was habe ich soeben gehört? Ich bin auf Befehl unseres Kompanieführers von unten hierher beordert worden und schon muss ich am frühen Morgen von so einer Schweinerei erfahren. Was, Sie Utoffz. haben den Gehorsam vor dem Feinde verweigert? Über Sie wird das Standgericht noch heute das Urteil fällen und Ihr acht könnt Euch auch auf etwas gefasst machen. Sie Utoffz., stehen in einigen Stunden an der Wand. Da gibt's kein Erbarmen.«

Gegen 10 Uhr bringt mir mein Freund, Gefr. Rosenthal, vertraulich die Nachricht, dass der Hauptmann abgesetzt und durch einen anderen ersetzt worden ist. Dicke Luft im Regiment. Mehr wusste er nicht zu berichten.

Der Bat.Kdr. ist tatsächlich zur Disposition gestellt worden und wenige Jahre hierauf gestorben.

Der abgedankte Hauptmann erscheint vor mir im schwarzen Zivilanzug und Zylinder in der Hand. Er wendet sich Feldw. Schimke zu: »Aber mein lieber Seelenbruder Schimke, wie darfst Du den Utoffz. und seine Leute mit Feiglingen titulieren? Nicht die Leute des Handgranatentrupps sind schuldig, sondern die, die vom grünen Tisch aus die Befehle gegeben haben. Das war ich, der den Divisionsbefehl nicht zur Ausübung brachte, indem ich dem Kompanieführer den Befehl erteilte: »Sturm fällt aus.« Du siehst aber, lieber Seelenbruder, meinen Zylinder, den ich fortan auf Erden tragen muss.«

(Nach dem I. Weltkrieg, Ende der 1920er Jahre, kam unser ehem. Regimentskommandeur, Oberst Dr. Friedrichs, aus Anlass der Fahnenweihe unseres 154er Regiment in meine Heimatstadt Bochum, wo wir im Kameradenkreise diesen Vorgang besprachen. Mein Freund Heinrich Küper stellte die Frage: »Können sich Exzellenz des Unteroffiziers erinnern, der im Oktober 1914 den Divisionsbefehl nicht ausgeführt hat?«

Der alte Herr, hoch in den 70er Jahren, entschuldigte sich, dass bei den vielen Kameraden unmöglich er alle wieder erkennen könne. Als mein Freund ihm nachhalf und von der sofortigen Zurdispositionsstellung des damaligen Bataillonskommandeurs sprach, lenkte der alte Rgt.Kdr. ein: »Aber selbstverständlich. Dieser Vorgang hatte mich über 1 Jahr Schriftwechsel mit der Division gekostet. Ich bin genau im Bilde.« Auf meine Frage, ob z. Zt. mein Verhalten als Feigheit ausgelegt worden sei, gab er mir zurück: »Nein, mein lieber Kamerad, von Feigheit ist nie die Rede gewesen. Jedenfalls bin ich glücklich, in meinem Leben Ihre persönliche Bekanntschaft machen zu dürfen. Glauben Sie mir nur, das, was Sie als kleiner Unterführer im entscheidenden Augenblick einsahen, dass der Divisionsbefehl ein glatter Wahnsinn war, hatte ich auch eingesehen. Bis ich die da oben mal so weit hatte, dass sie mir Recht gaben, hatte über 1 Jahr gedauert. Endlich hatte man eingesehen, dass man in einem Regimentsbereich über den Kopf seines Kommandeurs hinweg keine Befehle erteilen darf, ohne vorher mit demselben überlegt zu haben. Ich habe es sogar fertig gebracht, dass, wenn es sich, wie in Ihrem Falle um eine Aufgabe im Bereiche einer Kompanie handelt, selbst der Kompanieführer zur Beratung hinzugezogen wird. Damals wurde weder der Bat. Kdr. noch der Kompanieführer zu einer vorherigen Besprechung beordert. Meine Anregung wurde erst bald 1 Jahr später überall an der Front befolgt. Und das waren Sie damals, der das voraussah.«)

Ein neues Bild entwickelt sich, doch nur Feldwebel Schimke steht wieder vor mir: »Dass ich Dich mit Deinen Leuten Feigling genannt habe und Dir mit der Todesstrafe drohte, war der Ausdruck meines Hasses für Deine kränkenden Worte in Gegenwart aller Unteroffiziere der Kompanie, als Du mir in ihrem Auftrage zu meiner Auszeichnung gratuliertest. Du weißt, ich habe einen langen Arm und mein Schwager ist Feldwebel beim Bataillon. Jetzt sollst Du auch wissen, dass ich es war, der den Bataillons-Adjutanten unterrichtet hatte, der Dich wissen ließ, dass es in unserem Regiment so gut wie ausgeschlossen ist, Offizier zu werden. Er sprach wie folgt zu Dir: »Uns ist zu Ohren gekommen, dass Sie sich mit Ihren Untergebenen selbst im Dienst duzen und aus ein und derselben Flasche trinken. Solange ein solches Verhältnis zwischen Ihnen und Ihren Untergebenen besteht, kommen Sie für eine Beförderung zum Offizier nicht in Frage. Ich empfehle Ihnen, sollte Ihnen an einer Beförderung etwas liegen, sich ein anderes Truppenteil zu suchen.«
So kam es, dass Du einige Wochen darauf von unserem Regiment zum Ersatz-Regiment in Jauer zurückgeschickt wurdest und

von dort zu den Fliegern kamst. Siehst Du, ich bin ein Teil von jener Kraft, die das Böse will und doch das Gute schafft.

Ich selbst hatte schon Anfang 1915 die Nase vom Krieg voll, dazu noch immer in voller Deckung. Nein, ich war durchaus kein Held.«

Schimke hat die Uniform gegen einen schwarzen Küsteranzug vertauscht und trägt auf dem Kopf den Küsterhut und ich stehe wieder in meinem Pyjama.

Schimke fährt fort: »Schau an, was aus mir preußischen Feldwebel geworden ist. Meine wenigen Monate, die ich an der Front Dienst tat, hat man mir nicht hoch angerechnet. Kurz darauf, als Du das Regiment verlassen hattest, kam auch ich infolge Krankheit zurück. Als Ihr Bochumer Kameraden 1928 von den Jauerschen Kameraden eingeladen wurdet, habe ich mich auf den Veranstaltungen nicht sehen lassen. Aus Scham, will ich Dir gestehen, aber auch aus Furcht und nicht zuletzt vor Dir. Heute sehe ich ein, dass ich Dir großes Leid zugefügt habe, doch auch das wurde mir neben meinen vielen anderen Untaten vergeben und meine Seele konnte wie alle anderen leichtbeschwingt in das Reich des Ewigen Friedens schweben. Wir alten preußischen Feldwebel sind nun mal alle auf Erden gleich, und ohne uns wird Deutschland nie einen Krieg gewinnen. Auf Erden bleibt Befehl – Befehl und der Segen des Himmels ruht über allen, die ihn gewissenhaft ausgeführt haben.«

Ich höre schrille Klänge einer Armesünderglocke. Sie lassen mich erschauern. Steht eine Hinrichtung bevor? Ich höre alles übertönend die gütige Stimme des Patriarchen: »Verzeihst auch Du Erdensohn unserem Seelenbruder Schimke?« Wie gütig mich seine großen treuen Augen anschauen.

»Ja, ehrwürdiger hoher Richter.«

Vor mir erscheint wieder Utoffz. Rosenthal in einer dunklen Rauchwolke: »Bravo, Leo, Du musst allen Seelenbrüdern Absolution erteilen. Schade, dass ich Deinen guten Rat nicht befolgt habe, als ich noch Gefreiter beim Bat.Stab war. Ich hätte wie der unbekannte Gefreite des I. Weltkrieges mich bis zum Schluss ebenso drücken können und mich für zurückgebliebene Gefangene mit dem E.K. I belohnen lassen. Nein Leo, ich wollte als Jude mir keine Drückebergerei nachsagen lassen. Übrigens wirst Du Hitler auch noch zu sehen bekommen und sich mit ihm unterhalten. Doch dieses Vorrecht kommt hier in erster Linie den alten Frontsoldaten unseres Regiments zu. Zwar halten sich die Gegner des Systems etwas abseits von den echten und entnazifizierten Nazis, im Grunde genommen gibt es unter den Seelenbrüdern keinerlei Unterschiede. Hier ist Hitler nicht mehr und weniger als ich. Warum siehst Du mich so entgeistert an?

Auf Erden will nicht einer Nazi gewesen sein und hier ist überhaupt nicht mehr die Rede davon. Hat denn Hitler nicht sein Bestes gewollt und dem deutschen Volk Frieden, Arbeit und Brot versprochen? Er wollte doch nicht, dass auch nur ein Volksgenosse hungert und friert. Solche Versprechen auf Erden stehen hier hoch im Ansehen. Leo, sag, hast Du nach all dem Erlebten tatsächlich den Krieg auf Erden verherrlicht?«

Meine Zunge versagt. Ich kaue, aber schmecke nicht die kalte Reisration, die Fldw. Schimke uns Nachzüglern verabreichte. Vor meinen Augen dunkelt es und ich sehe den Uoffz. Rosenthal nicht mehr. Am Chausseerand der Grande Chaussee de Calonne, die von Metz nach Verdun führt lege ich Gewehr und Tornister nieder und meinen Kopf auf letzteren bettend, versuche ich in Schweiß gebadet zu schlafen. Die körperlichen und seelischen Anstrengungen des vergangenen Tages lassen den Schlaf nicht aufkommen. Alles durchlebe ich aufs Neue. Bin ich im Himmel? Träume ich? Ich schrecke zusammen, denn meine Hand spürt plötzlich etwas Nasses und Kaltes. Instinktiv wasche ich sie im Gras ab. Das Kommando »Antreten« weckt die Schläfer auf. Um mich herum liegen ungezählte tote und verstümmelte Franzosen zum großen Teil Kolonialsoldaten, bunte Uniformfetzen und verstreute Gliedmaßen. Ihre Gesichter sind wie aus Wachs. Lag ich doch in der Nacht neben einem zerstümmelten Rumpf, dessen blutiger Kopf in Armlänge mir im Schlaf zur Seite lag. Entsetzt sehe ich meine blutige rechte Hand. Wie, Du bist verwundet? ›Pas du tout, mon vieux,‹ lacht mich da ein leibhaftiger Kolonialsoldat an. Alles das, was am Boden tot und zerfetzt um mich herum liegt, nimmt lebende menschliche Gestalt an und 20–30 franz. Soldaten versammeln sich um mich und lachen mich mit strahlenden Augen an und als ob ein jeder mit mir sprechen will.

»He, he mon petit Boche. Du bist nicht verwundet. Deine Hand ist nur rot von dem Blute meines Herzens.«

Dann sprachen einige wie im Chor: »Bevor Du Dich zum Schlafen niedergelegt hattest, bist Du auf unsere Leiber getreten. Du konntest im Dunklen auch nicht sehen. Hier, nimm unsere Hände. Wir tragen Dir nichts nach. Nous sommes maintenant tous des camerades.«

Immer mehr sammeln sich Soldatengestalten um mich, in französischer und deutscher Uniform. Deutlich erkenne ich Gesichter, die mir fremd und vertraut sind. Offiziere, Unteroffiziere und Mannschaften im bunten Durcheinander im trauten Verein. Alle winken mir zu und Freude strahlt aus ihren Augen. Im Chor rufen sie: »Willkommen. Willkommen bei uns.« Zu Hunderten, nein, zu

Tausenden stehen sie um mich herum. Eine Reihe die andere überragend, wie in einem Stadion. Direkt vor mir stehen Joseph Kraus, Karl Abromeit und Albert Weber aus meiner Korporalschaft, die sich als treue Freunde mit den Armen umschlungen halten. Kraus war der einzige Bayer und zog als Reservist mit seiner Tracht und besticktem Leibgürtel – Grüß Di Gott – von Bochum mit uns ins Feld. Er war mir ans Herz gewachsen und wich nie von meiner Seite. ›Seppl‹, rief ich aus und alle 3 kommen auf mich zu. Einer nach dem anderen umarmt mich mit Tränen in den Augen.

Seppel spricht: »Wie freue ich mich, meinen Uffz. Baer wiederzusehen und wie lange habe ich hierauf gewartet. Erinnern Sie sich noch der Geschichte, die ich Ihnen in Thillot am Kamin beim Braten der gestohlenen Kartoffeln erzählt habe? Sie fragten mich, was ich denn da für ein seltenes Abzeichen an meinem Rock trage. Das war genau am Vorabend des 8. Nov. 1914, kurz bevor wir uns wieder in Marsch setzten, um in unsere alte Stellung zu rücken. Ich war ja auch einer von den 8 Freiwilligen, die sich zu Ihrer Patrouille meldeten, um gleich bei Ankunft im Graben, im Morgengrauen festzustellen, wie weit der feindliche Graben von dem unseren entfernt war. Wir krochen dann in dem dichten Unterholz und nassem Tau pfeilförmig vor. Sie an der Spitze und zu jeder Seite 4 Mann. Ich war halblinks direkt hinter Ihnen. Wenige Meter vor einem Horchposten bemerkte ich einen hinter Laubgeflecht liegenden Franzosen. Ich sprang auf, um ihn mit einem Kolbenschlag umzubringen. Ich höre Sie noch rufen: »Leg Dich hin Seppel«, als mich ein Schuss mitten durchs Herz traf und gleich darauf fuhr meine Seele ins Himmelreich. Ich kann Ihnen auch noch genau sagen, was sich darauf ereignete. Es prasselte nur so aus dem feindlichen Graben, wo man einen Angriff erwartete. Nach mir erhieltest Du einen leichten Streifschuss am Oberarm. Du gabst den Befehl: »Zurück und Tote und Verwundete mitnehmen.« Ihr brachtet mich und die Verwundeten zurück. Was ich aber noch sah, wollen Sie noch später hören. Doch zurück auf das Abzeichen, wonach Sie fragten. Ich löste es von meiner Brust und gab es Ihnen in die Hand. Es war ein wertloses, aus Aluminium gepresstes Flugzeug mit einer blau-weiß-roten Schärpe, worauf gedruckt stand: »Aviation Francaise 1914.« Was ich Ihnen dann erzählte, das sollen Sie aus dem Munde von Abromeit und Weber hören.«

»Kennen Sie mich noch, den Abromeit? Waren wir drei am 24.9.14 nicht immer mit Ihnen in vorderster Linie? In einer Waldschneise lag ein toter Franzose, an dem ich ein buntes Abzeichen sah. Es stellte ein Flugzeug dar mit franz. Worten auf blau-weiß-roter Schärpe. Ich wollte es zur Erinnerung mit nach Hause bringen und heftete das Ding an meinen Rock. Nur wenige Minuten später schlug eine Granate ein und ein Splitter riss meinen Leib auf. Mit mir wurden noch andere tödlich getroffen und verwundet. Man hat sich um mich zu schaffen gemacht und auch bis ins Feldlazarett gebracht, wo abends meine Seele gen Himmel flog. Näheres wird Weber berichten.«

»Ja, Utoffz. Baer, ich habe als Freund meine Schuldigkeit getan. Es fehlte uns an Verbandszeug und seine Wunde war groß. Sie sahen es nicht gern, dass zu viele bei Verwundeten zurückblieben, und ich wollte Sie nicht im Stich lassen, da vorne immer weniger wurden. Ich nahm Abromeits Brieftasche, seine Uhr und was ich sonst in seinen Taschen fand an mich und zuletzt das Abzeichen. Bis auf die Uhr und das Abzeichen übergab ich alles andere am folgenden Tage Fldw. Schimke. Das Abzeichen steckte ich an meinen Rock und die Uhr kam mir wie gerufen, da meine Uhr durch den Regen verrostet war. Mitwisser von der Uhr war Seppel, der wusste, dass ich Abromeits Angehörige kannte, denn ich wollte sie nach dem Kriege persönlich den Angehörigen aushändigen. Sie wissen sehr wohl, dass ich nicht für den Krieg geboren war. Wenige Tage vorher war ich noch in der Heimat. Ich wurde als Ersatz-Reservist eingezogen und ein Tag vor dem Ausrücken ins Feld notgetraut. Wie oft habe ich Ihnen von meiner Frau, die ich über alles liebte, erzählt. Anschließend an das Waldgefecht am 24.9.14 blieben wir in unserem neu angelegten Schützengraben. Ich freute mich so auf die versprochene Ablösung. Wie Sie aber wissen, durchschlug am Vormittag eine Schrapnellkugel meine Schädeldecke und meine Seele stieg gen Himmel. Ich weiß genau, was darauf geschah, doch Seppel erzählt weiter.«

»Feldw. Schimke war wie ein Wunder erstmalig in vorderster Linie. Nach Erhalt der Meldung von dem Tode Webers kam der Befehl durch: »Utoffz. Baer und 2 Mann beerdigen Weber am Rande der Grande Tranchée de Calonne.« »Nicht so schnell, der Tote ist ja noch warm. Als Erstes wollen wir ihm ein Kreuz anfertigen«, sagten Sie zu uns und »Du, Seppel, geh heraus und suche 2 kräftige Birkenäste und bring einige Feldblumen mit.« Gerade waren Sie dabei, die Fläche am Querholz für die Inschrift zu schnitzen, als Sie Feldw. Schimke anbrüllte: »Habe ich Ihnen nicht befohlen, den Toten sofort zu beerdigen?« »Sobald ich mit dem Kreuz fertig bin, Herr Feldw.«, gaben Sie zur Antwort. »Ich verlange von Ihnen, dass mein Befehl sofort ausgeführt wird. Das Kreuz können Sie draußen fertig machen!« Und Sie gehorchten. Man half uns mit, Weber über den Grabenrand zu heben und wir zwei trugen ihn bis an die Stelle, die

Sie unter einer starken Buche am Rande der Grande Tranchée aussuchten. Während Sie die Arbeit an dem Kreuz vornahmen, gruben wir mit unseren Picken das Loch, das sehr steinig war und schwere Arbeit erforderte. Gerade als wir die Hälfte der Tiefe erreichten, entlud wie aus heiterem Himmel ein Schrapnell seine Ladung mit heftigem Knall direkt über unserer Buche. Um uns herum klatschten die Kugeln in die Erde und Geäst und Blätter fielen nach. »Schluss! Die Franzosen haben uns aufgespürt. Die Tiefe genügt, lasst uns Weber ins Grab legen.« Ich leerte Webers Taschen und übergab Ihnen seine Brieftasche und einen Packen Liebesbriefe von seiner Frau, die er mir immer zum Lesen gab, seine Brieftasche, seine Uhr und zuletzt löste ich das Abzeichen von seinem Rock. »Dieses Ding da behalte ich für mich, Herr Utoffz. Es ist für mich ein Andenken an Weber. Aber die Uhr gehört seinem Freunde Abromeit.« Ich holte aus der Brieftasche die Adresse von Abromeits Angehörigen, damit sie auch die Uhr zugeschickt erhalten konnten. Darauf legten wir Weber in seine Ruhestätte und deckten ihn in aller Hast mit Steinen und Erde zu, ungeachtet der Schrapnelle und Gewehrkugeln. Dann pflanzten Sie das Kreuz auf den Hügel und legten den Feldblumenstrauß aufs Grab. »Seppel«, sagten Sie, »da schauen die Stiefelspitzen noch heraus, wollen wir sie noch schnell mit Steinen zudecken?« Das taten wir noch und dann brachten wir uns schnellstens im Graben in Sicherheit. Hier holten Sie mich beiseite und fragten: »Hast Du etwas dagegen, wenn ich die Uhr behalte und sie Abromeits Angehörigen zurückgebe, wenn der Krieg zu Ende ist? Meine Uhr ist verrostet und geht nicht mehr.« Ich willigte ein. Sie schrieben dann einen herzlichen Beileidsbrief an Webers Frau und drückten auch gleichzeitig mein Beileid aus, da ich so recht nicht schreiben konnte.«

Abromeit unterbricht Seppel: »Ich weiß, Herr Utoffz., Sie haben Ihr Versprechen eingelöst. Ich danke herzlichst für diesen Dienst. Meine Lieben haben sich ja auch schriftlich bedankt.« (s. Brief)

Seppel fährt fort: »Sie brachten dann Webers Sachen zu Feldw. Schimke, der im Kompanieführer-Unterstand war. »Befehl ausgeführt. Weber begraben. Hier sind seine Sachen«, meldeten Sie. »Was soll dieser Brief an Frau Weber?« fragte Feldw. Schimke barsch. Sie gaben zur Antwort: »Weber gehörte meiner Korporalschaft an und ich brachte in diesem Brief mein und der Korporalschafts Beileid zum Ausdruck.« Den Brief zerriss er vor Ihren Augen und brüllte: »Das ist nicht Ihre Sache, das ist Sache der Kompanie, verstanden?« »Jawohl.«

Weber: »Herzlichen Dank, 1. Utoffz., für die letzte Ehrenerweisung meiner irdischen Reste. Ich habe alles aus dem Himmelreich mit angesehen. Ich weiß, dass Ihr Euch noch um meine Stiefelspitzen zu schaffen machtet und auch die Sache mit dem Brief an meine liebe junge Frau, mit der ich, wie ich Ihnen erzählte, nur eine Nacht schlafen konnte, ist mir bekannt. Bevor Seppel weiter erzählt, müssen Sie wissen, dass ich zusah, wie Abromeit das Abzeichen einem toten Franzosen vom Rocke nahm. Die blau-weiß-roten Farben der Schärpe leuchteten so schön durch die heiße Sonne des blutigen Tages.

Das Abzeichen, das Ihnen Seppel gab, hielten Sie immer noch in der Hand. Es war nicht mehr als eine billige bunte Ansteckbrosche aus Aluminium. Folgende Gedanken gingen plötzlich durch Ihren Kopf. Was erzählte mir Seppel? Wer trug nicht alles dieses Abzeichen innerhalb so kurzer Zeit? Der tote Franzose, Abromeit, Weber und Seppel.«

Seppel erzählt weiter: »Und dann fragten Sie mich, ob ich Ihnen das Abzeichen nicht schenken wollte, denn Sie wollten es als Andenken in Ehren halten. Ich höre Sie noch leise vor sich hinsprechen: »Ein Franzose, Abromeit und Weber, beide aus meiner Korporalschaft.« Unsere Blicke trafen sich und mir tief in die Augen schauend, reichten Sie mir Ihre Hand und sagten nur: »Danke Seppel!« Das Abzeichen befestigten Sie an Ihrer linken Brustseite, genauso, wie ich es trug, und kurz darauf stand die Kompanie in Thillot abmarschbereit, um in unsere alte Stellung auf der Cote zu rücken. Feldw. Schimke nimmt noch eine kurze Besichtigung vor, bleibt vor Ihnen stehen und fragt: »Was soll das Ding da?« Mit dem Finger auf das Abzeichen deutend. »Ein kleines Erinnerungszeichen, Herr Feldw.« »Runter mit dem Ding, verstanden?« Gehorsam machten Sie das Abzeichen ab und hielten es im Innern Ihrer Hand. Während des Marsches steckten Sie es unterhalb Ihrer linken Patronentasche fest. Gleich bei unserer Ankunft in unserem Graben, frühmorgens, nassgeschwitzt, kam das Kommando: »Die Patrouille des Utoffz. Baer heraus aus dem Graben.« Wie glücklich und hoffnungsvoll waren wir, zu wissen, dass uns der dichte Bodennebel schützen würde. Nicht lange darauf hatte ich meinen Herzschuss weg. Wissen Sie aber auch mein 1. Utoffz., was ich beobachtet habe, als meine Seele dem Himmelreich entgegen schwebte? Sie packten im Liegen mit Ihrer rechten Hand nach dem Abzeichen unterhalb der linken Patronentasche und dann kam wie aus der Pistole geschossen Ihr Kommando: »Alles zurück!« Und im Augenblick, wo Sie sich umwenden wollten, erhielten Sie Ihren Streifschuss. Ich weiß aber auch genau, was Sie in diesem Augenblick empfanden. Lassen Sie uns doch aus Ihrem Munde hören, was sich da abspielte.«

»Ja, meine lieben Kameraden, in dem Augenblick, wo ich Seppel umsinken sah, dachte ich an das Abzeichen, das ich nur 1 Nacht an mir trug. Ich suchte es mit meiner rechten Hand unterhalb der Patronentasche, doch fasste ich ins Leere. Beim Vorkriechen durch das Gestrüpp ging das Abzeichen verloren. Meine rechte Hand suchte nach dem Abzeichen, um es abzureißen und mit aller Kraft von mir zu werfen. Wie ich Seppel tot am Boden liegen sah, war auch ich lebendig tot. Ich war der Nächste, der daran glauben musste. Mein Entschluss war gefasst. Nicht mehr morden. Fort von hier, um nicht mehr den dicken Kopf mit dem vom Alkohol aufgedunsenen Gesicht zu sehen und seine brutale Stimme zu hören.«

»Wie entstellt sahen Sie aus, als Sie dem Bataillonskommandeur Meldung erstatten mussten«, fuhr Seppel fort. »Sie waren nicht mehr der alte Utoffz. Baer. Wie, wenn nicht geschehen, meldeten Sie: Utoffz. Baer von Patrouille zurück. 1 Toter, 2 Verwundete mit zurückgebracht. Bitte Herrn Hauptmann um ein Papier, um eine Skizze anfertigen zu können.« Der Hauptmann gab Ihnen sein Notizheft und sagte: »Sie wissen ja, worauf es ankommt. Das Regiment will vor allem wissen, wie weit der feindliche Graben von dem unsrigen entfernt ist und wie er befestigt ist. Die 7er Grenadiere, die wir ablösen, hatten keine Feststellungen treffen können.« Beim Zeichnen tropfte Blut auf das Papier. Die Morgenhelle war eben durchgebrochen. »Sie bluten ja, Utoffz., Sie sind verwundet.« »Nur ein leichter Streifschuss am Oberarm«, antworteten Sie. »Hören Sie sofort mit dem Zeichnen auf.« Und an die Umstehenden gerichtet sagte er: »Holen Sie sofort einen Sanitäter.« Dieser zog Ihnen den Rock aus, wusch die kleine Fleischwunde sauber und legte einen leichten Verband an. »Ein Salonschuss«, sagte lächelnd der Unterarzt. »In 2 bis 3 Tagen ist alles geheilt.«

Ich weiß, die liebevolle Behandlung des Hauptmanns und des Unterarztes taten Dir gut und bald darauf war die Skizze fertig. Sie reichten sie dem Hauptmann, der sich dafür bedankte. »Sagen Sie mal, Utoffz., habe ich nicht schon früher mit Ihnen zu tun gehabt?«, meinte der Hauptmann. »Haben Sie das Eiserne Kreuz noch immer nicht?« Du antwortest: »Ich wurde verschiedene Male hierzu eingereicht, Herr Hauptmann, doch mein Kompaniefeldwebel Schimke, der es erhalten hat, sagte, dass ich als Nächster an die Reihe käme.«

Hierauf wandte sich der Hauptmann an unseren Kompanieführer, Ober-Lt. Markert: »Sorgen Sie dafür, dass Utoffz. Baer als Erster das Eiserne Kreuz erhält.« »Jawohl, Herr Hauptmann.« »Ich weiß, dass Ober-Lt. Markert den Befehl erst am 25. Dez. 14 ausführen konnte, denn Schimkes Arm war länger und die Machtbefugnisse eines Bataillonsfeldwebels als sein Schwager waren weit mächtiger als die eines Kompanieführers. Aber was bedeuten schon Orden und Ehrenzeichen im Himmelreich. Schau Dich um. Findest du auch nur einen Seelenbruder mit einem Orden, den wir drei ebenso wie Sie ehrlich auf Erden verdient haben? Trägt auch nur einer von uns Ungezählten ein Verdienstkreuz oder eine rote Rosette der Ehrenlegion?«

Um mich herum sind die Kameraden in bunten Uniformen verschwunden und an ihrer Stelle schweben wieder Nebelgestalten und aus den Augenhöhlen sprühen die Funken. Nur noch Seppel steht leibhaft vor mir und spricht weiter: »In Ihrem gestreiften Pyjama sehen Sie ja drollig aus. So etwas Ähnliches trugen Sie doch auch im KZ Oranienburg. Wo haben Sie denn die Nummer und den Judenstern gelassen?«

Als ich etwas antworten wollte, verwandelte sich auch Seppel in eine Nebelgestalt und ich hörte seine Stimme wie aus weiter Ferne.

»Warum zögerst Du, lieber Erdensohn? Bleib bei uns und schüttle das irdische Joch ab. Solange der Ehrgeiz auf Erden nach Orden und Ehrenzeichen anhält, wird es nie Frieden geben. Du weißt sehr wohl, dass ich in den Bergen meines geliebten Bayernlandes nur ein Schäfer war und nur soeben meinen Namen zu schreiben wusste. Aber wie wohl fühle ich mich unter den Seelenbrüdern, die aus aller Herren Länder stammen. Hier sind Befehle: »Keine Verwundete und Gefangene zu machen« unbekannt. Du brauchst Dir auch keine Sorgen um die Einhaltung der monatlichen Mietzahlungen zu machen. Über Eure Klubsessel, Perserteppiche, silbernes Essgeschirr mitsamt Euren Villen und Autos lächeln wir nur. Hier ist das wahre Paradies. Hör auf meinen Rat als treuer Kamerad. Es gibt kein Zurück, da auch Du mein Abzeichen trugst.«

Während ich zitternd vor Erregung und Unentschlossenheit in meiner Wolke schwebe, kommt meine Mutter, mein Vater und meine Schwester gleich Engelsgestalten auf mich zugeflogen. Nacheinander umarmen und küssen sie mich, genau wie auf Erden. »Reiche uns Deine Hand und folge uns.«

In diesem Augenblick erschreckt mich ein Geräusch. Noch sind meine Augen von den strahlenden Kristallwänden einer Riesengrotte geblendet und meine Ohren von Orgeltönen und Posaunenklängen bezaubert, wie es nur in einem Traum sein kann.

Ich komme plötzlich zu mir und stelle fest, dass das Geräusch der Krach ist, der mich jeden Alltagmorgen Punkt 6 Uhr aus dem

Schlaf rüttelt. Immer der gleiche Müllwagen mit dem knarrenden Geräusch der Räder, dem harten Hufschlag des schweren Gaules und dem Klirren der blechernen Mülleimer. In diese Geräusche mischte sich noch das laute und langgezogene »Hooo – Haaa« des Fuhrmanns. Wie oft habe ich ihn über alle Berge gewünscht, wenn er mich um meinen Morgenschlaf brachte. Doch heute Morgen hätte ich ihn aus Glückseligkeit umarmen können. Es war, als ob ich der Mutter Erde wieder zurückgegeben worden bin. Ganz furchtbar hatte mich der Traum gequält und schweißgebadet versuchte ich meine Gedanken zu sammeln. Sind Träume wirklich Schäume, wie der Volksmund sagt? Nein, bis auf die Phantasiegestalten im Himmel, hatte sich alles in Wirklichkeit ereignet. Doch was ich in diesem Trumm erlebt habe, ist im Vergleich zu den übrigen Erlebnissen meines Lebens ein kleiner Bruchteil. Das Schicksal hat es immerhin noch gut mit mir gemeint und ich bin als fünfter Träger der Fliegerbrosche noch unter den Lebenden.

-.-.-.-.-.-.-

[9.]
[Die letzten Kriegstage]
[Ohne Datum]

Wissen sollst Du, lieber Leser, dass ich im Januar 1915 bereits als Flugschüler bei der Fliegerabteilung in Posen war und am 14. November 1918 auf Bitte meines Hauptmanns Funk – Kommandant des Armeeflugparks 17 – zwei Briefe dem Kommandanten der Flieger-Ersatzabteilung in Köln persönlich abliefern musste.

Infolge Waffenstillstandes und Revolution in Deutschland war unser Flugpark vom Eisenbahn-, Telefon- und Telegrammverkehr abgeschnitten und es bestand per Fuß keine Möglichkeit, den Rückzug in die Heimat anzutreten. Der Flugzeugpark bei Nivelle wurde von der feindseligen belgischen Bevölkerung vollständig abgeschnitten. Mein Kamerad und ich wussten, dass der Flug reiner Selbstmord ist, da infolge starken Nebels eine Orientierung so gut wie unmöglich war und wir uns nur des Kompasses bedienen mussten. Nach einer Zwischenlandung am Rheinufer gelang es meinem Flugzeugführer und mir den Kölner Flugplatz trotz Dunkelheit und Nebel zu erreichen, da wir ein starkes Feuer auf dem Flugplatz entdeckten. Ich konnte die Briefe persönlich abliefern und erhielt die unten abgebildete Quittung des V.Feldwebels. Sämtliche Offiziere hatten sich vor dem Soldatenrat in Sicherheit gebracht.

Am darauffolgenden Morgen bestiegen wir wieder unser Flugzeug und wollten trotz starken Nebels in der Umgebung meiner Heimatstadt Bochum landen, wo ich mir bei meinem Urlaub einen Landeplatz ausgesucht hatte. Mein Kamerad wollte nach Mülheim a. d. R. weiterfliegen.

Schon kurz nach dem Aufstieg verloren wir die Orientierung, da vom Industriebezirk nicht das Geringste zu sehen war. Ich schlug vor, die Richtung nach dem Münsterland zu nehmen, da dort infolge des flachen Ackerlandes eher eine Möglichkeit zum Landen bestand. Als wir den ersten grünen Boden (Frühsaat) hinter der Nebelwand sahen, entschlossen wir uns zur Landung. Die Räder des Flugzeuges konnten jedoch aufgrund des aufgeweichten Bodens nicht ausrollen und das Flugzeug überschlug sich. Bauern und Rotgardisten halfen uns aus dem Flugzeugwrack und wollten uns verhaften, da wir zwei Maschinengewehre mit 1000 Patronen mit uns führten. Sie hielten uns für Gegenrevolutionäre. Unsere Achselstücke rissen sie herunter und bemächtigten sich unserer Brownings, die wir noch am Gürtel trugen, da wir uns gegen die Belgier beim Auftanken schützen mussten.

Mit heiler Haut bin ich noch einmal davon gekommen. Die berüchtigte Fliegerbrosche wurde mir zum Talisman.

Beim Absturz, der für mich eine Ewigkeit dauerte, tat ich das Gelübde, dass ich meine spätere Frau, Else Marx, heiraten werde, wenn ich lebend aus diesem Unglück herauskäme. Ca. 60 Jahre konnten wir glücklich zusammen leben. Am 27. April 1978 ist meine geliebte Frau, Lebensgefährtin und Mutter von unseren zwei Kindern im Alter von 87 Jahren gestorben.

-.-.-.-.-.-

Die Wurzeln der unzähligen Untaten des 1000-jährigen Reiches sind in der totalen Kapitulation des I. Weltkrieges und der Fahnenflucht des Kaisers nach Holland zu suchen. In den ersten Jahren nach dem I. Weltkrieg wurde der unbekannte Gefreite, österreichischer Staatsangehörigkeit, von seinen Beratern und Mitgliedern der NSDAP zum Retter Deutschlands auserwählt, was ihm nach 14-jähriger Lügenpropaganda auch gelungen ist. Das war aber nicht mehr das Deutschland der Denker und Dichter, deren Wunschtraum es war, »das an Deutschlands Wesen die Welt genese«. Auch hatte Hitler

[10.]
[Zwischentext]
[Ohne Datum]

den Ausspruch von Schiller vergessen: »Wo rohe Kräfte sinnlos walten, kann sich kein Gebild gestalten.«

Bis zur Nürnberger Gesetzgebung 1935 hat mein Herz nur für Deutschland geschlagen, aber nach der Kristallnacht, KZ und gezwungener Immigration hat sich mein Herz in einen Eisblock verwandelt, der erst nach meiner Ankunft in der Fremdenlegion in Frankreich langsam aufzutauen begann, wo ich mich wieder zur Gattung Mensch zählen durfte.

Wie bereits erwähnt, wurde mein seelisches Gleichgewicht richtig wieder hergestellt nach der Herausgabe des neuen Militärstrafgesetzbuches für die Deutsche Bundeswehr. Ich habe damals einen Brief an das Bundesversicherungsministerium geschrieben, der in einer Rundfunksendung des RIAS wiedergegeben worden ist. (Siehe Anlage: Deutsche Soldaten jüdischen Glaubens – Rundfunkvortrag von Oberst Gerd Schmückle im RIAS.)

Was die deutschen Juden nach der Gründung des 1000-jährigen Reiches an Erniedrigungen und Demütigungen über sich ergehen haben lassen müssen, ist genügend in der internationalen Presse veröffentlicht worden. Das trifft aber nicht allein auf die Juden zu, sondern auch auf alle diejenigen, die sich weigerten, den deutschen Gruß mit ausgestrecktem Arm zu erwidern. Hiervon gab es rund 5 Millionen arische Deutsche, die für die Führung Hitlers kein Verständnis hatten und dieses mit dem Tode büßen mussten. Über diese Zahl spricht heute kein Mensch, obwohl sie in den Archiven der Bundesrepublik verankert sind. Warum dieser Märtyrer, Menschen aller Schichten, in der Öffentlichkeit nicht gedacht wird, ist mir ein Rätsel.

Dass Hitler uns Juden nicht für wehrfähig hielt, ist eine bittere Pille, die wir geschluckt haben. Wir sind deshalb Herrn Dr. hc. Franz Josef Strauß besonders dankbar, da er 1960 in seiner Eigenschaft als Bundesverteidigungsminister die Ehre der geschändeten Namen der 12.000 gefallenen Deutschen jüdischen Glaubens im I. Weltkriege wieder hergestellt hat.

Die Namen aller gefallenen Juden wurden wieder auf öffentlichen Ehrenmälern verewigt. Dr. Strauß war auch allein dazu berufen, das passende Geleitwort zu der neuen Herausgabe des Buches »Kriegsbriefe gefallener deutscher Juden« zu schreiben, welches ebenfalls in der Anlage beiliegt.

Nun folgen noch einige Aufzeichnungen von besonderen Erlebnissen und Gegebenheiten, die mich in den Jahren während des I. und II. Weltkrieges und 50er Jahre besonders berührten. Alle Ereignisse kann ich nicht aufführen, da diese so zahlreich sind, wie die Tropfen im Meer und nicht mit Druckerschwärze erfasst werden können.

Bundesverteidigungsminister Franz Josef Strauß hat veranlasst, ein Buch für die Bundeswehr neu aufzulegen, das vor wenigen Tagen wieder aufgefunden und ihm zugesandt worden war. Das Buch trägt den Titel »Kriegsbriefe gefallener deutscher Juden« aus dem I. Weltkrieg. Seine Titelzeichnung stammt von Max Liebermann.

Das Buch erschüttert zuerst durch die Jahreszahl, in der es erschienen ist: 1935, also dem gleichen Jahr, in dem die Machthaber des 3. Reiches die Rassengesetzgebung erließen. Mit quälender Gewissheit spürt man beim Lesen des Buches den verzweifelten Versuch seiner jüdischen Herausgeber, die sogenannten Arierparagraphen auf diese Weise stumpf zu machen und der deutschen Öffentlichkeit zu sagen: »So waren und so sind wir jüdischen Mitbürger, nicht aber so wie uns die Propaganda verzeichnet.«

Über 18% der jüdischen Minderheit haben als Soldaten im I. Weltkrieg auf deutscher Seite gekämpft. 12.000 von ihnen ließen ihr Leben. Ihre Briefe – angesichts des Todes geschrieben – sind eine Hinterlassenschaft für uns alle.

Aus manchem dieser Briefe tönt ein metallischer Klang, der sich nur nachempfinden lässt, wenn man sich bewusst bleibt, dass diese Kriegsbriefe geschrieben sind in dem historischen Augenblick, da die europäischen Nationalstaaten – auf dem Höhepunkt ihrer politischen und militärischen Macht, ausgerüstet mit dem grimmigen und grotesken Willen, sich gegenseitig zu vernichten – ihre Bürger zu einem Patriotismus entflammten, dessen Zielsetzung uns heute seltsam fremd berührt.

Auch mag der Zeitpunkt der Herausgabe des Buches im Jahre 1935 und die heimliche Absicht, die antijüdische Flut auf diese Weise einzudämmen, bei der Auswahl des einen oder anderen Briefes eine besondere Rolle gespielt haben. Vaterlandsliebe, Opfermut und die Fähigkeit des jüdischen Volkes, tapfer im Elend zu sein, auch im Schmutz eines Weltkrieges, durchzieht alle Briefe. Aber auch eine große Hoffnung, die der Leutnant Berthold Elsass, gefallen im Jahre 1916, mitteilte, als er einem Freunde schrieb: »Ich bin der einzige jüdische Offizier im Regiment ... Das hätten wir beide uns doch nicht träumen lassen, auch noch solch einen mörderischen Weltkrieg mitmachen zu müssen. Aber hoffentlich erreichen wir Juden mit diesem Krieg auch endlich die Gleichberechtigung in jeder Weise.«

[11.]
Deutsche Soldaten jüdischen Glaubens
Rundfunkvortrag von Oberst Gerd Schmückle[4] im RIAS [Berlin, 30. März 1961]

---

4   Anmerkung Leo Baer: »Oberst Schmückle (53) ist z. Z. Generalmajor und Stellvertretender des Stabes im europäischen Nato-Hauptquartier (Shaope). Toronto, Ont., den 4. Juni 1971«.

Nun, der Dank des Vaterlandes fiel anders aus. 24 Jahre später zog wiederum ein Elsass, diesmal als Soldat der deutschen Wehrmacht, in den Krieg. Als die Schnüffler des Systems – nach dem Frankreichfeldzug – seine jüdische Abstammung entdeckten, wurde er aus der Armee entfernt, mit Vater und Mutter ins KZ geworfen, der Vater umgebracht, er und seine Mutter schließlich mit knapper Not befreit.

Freilich, bis sich Handlanger für solche Aktionen fanden, brauchte es zwanzig Jahre einer vergifteten Propaganda. Bestimmte politische Kreise richteten zwischen den beiden Weltkriegen alle Mittel moderner Propagandaapparaturen gegen die jüdischen Mitbürger. Die schamlose Idee der »negativen Symbolfigur« wurde geboren. Der Jude im Allgemeinen und der Soldat jüdischer Abstammung im Besonderen wurde ihr erstes Opfer. Die Begriffe »Soldat« und »Jude« – raffiniert zueinander und gegeneinander in Verbindung gesetzt – sollten bei der Bevölkerung eine Kettenreaktion negativer Empfindungen gegen die Juden auslösen, Empfindungen wie »Feigheit, Korruption, Verrat, Novemberverbrecher«.

Das war das Ziel der Propaganda. Es wurde weitgehend erreicht. Der perfekte Rufmord glückte. Allerdings: Die Gegenkräfte, lange Zeit stark und fähig genug, durch Gegeninformationen zu wirken, unterschätzten die Gefahr der Entwicklung so sehr, dass auch ihr Versagen in der geschichtlichen Bilanz eingetragen sein wird.

In der Natur der Sache lag es, dass sich die bösen Tendenzen im 3. Reich verstärkten, dass es immer schwieriger wurde, ihnen erfolgreichen Widerstand zu leisten. In den Augenblicken, da die Angst den jüdischen Mitbürgern das Herz leerte, standen sie meist allein. So auch jener Frontoffizier jüdischen Glaubens, den die SA zum Straßenreinigen befahl. Er erbat eine kurze Zeit, sich umkleiden zu dürfen und erschien wieder – in der Uniform seines Frontregiments, dekoriert mit hohen Auszeichnungen.

Dann ging er, flankiert von den SA-Männern, zum Straßenkehren. Die demütigende Szene verwandelte sich rasch ins Gegenteil. Die Passanten protestierten offen und empört gegen die SA.

Ich meine, dieser Offizier jüdischen Glaubens hat ein Beispiel der Tapferkeit gegeben, die zur guten Tradition des deutschen Soldaten gehört.

Die Flut der Propagandawellen freilich ließ sich – auch durch solche Einzelaktionen – nicht mehr eindämmen. Adolf Hitler schreckte nicht einmal vor der Anordnung zurück, die Namen der im I. Weltkrieg für Deutschland gefallenen Juden auf allen Ehrenmalen zu löschen.

Bundesverteidigungsminister Franz Josef Strauß hat vor längerer Zeit das zuständige Ministerium gebeten, die Landesregierungen zu ersuchen, diese schändliche Handlungsweise an den gefallenen Frontsoldaten jüdischer Abstammung überall rückgängig zu machen. Daraufhin erhielt er folgenden Brief eines ehemals deutschen Juden, der heute in Südfrankreich lebt:

»Sehr geehrter Minister«, heißt es in seinem Schreiben.
»Durch die Zeitung brachte ich in Erfahrung, dass Sie es sich zur Aufgabe gestellt haben, das während des Dritten Reiches geschändete Andenken der 12.000 im Ersten Weltkrieg gefallenen Deutschen jüdischen Glaubens wieder herzustellen. Für diese gezeigte edle Geste danke ich Ihnen bewegten Herzens, umso mehr, als sie mir als ehemaliger Frontkämpfer auf deutscher Seite mein seelisches Gleichgewicht wieder herstellen. Allein schon Ihre Anregung trägt zu einer moralischen Wiedergutmachung bei, die ich weit höher bewerte, als alle Anstrengungen auf dem Gebiete der materiellen Wiedergutmachung. Dass mir die Nazis meine Staatszugehörigkeit, meine Ehre und mein Hab und Gut genommen haben, hat mich schwer mitgenommen, doch die Wunde, die sie mir durch die Schändung der Gedenktafel für die 30 Gefallenen in der Bochumer Synagoge schlugen, wird Zeit meines Lebens nicht zur Heilung kommen. In der Kristallnacht brachten es Nazihorden fertig, bevor sie die Synagoge anzündeten, die Bronzetafel und Bronzeschrift herauszubrechen und das so gewonnene Metall an den Althändler zu verkaufen und das Geld hierfür in Alkohol umzuwerten, um in ihrem Rausch die hierauf folgenden Exzesse besser durchführen zu können. Von dem geschändeten Ehrenmal erlaube ich mir, anbei einige Unterlagen beizufügen mit der Bitte, solche an die zuständige Stelle weiterzuleiten.
    Ich kenne keinen Unterschied in Bezug auf die religiösen Bekenntnisse gefallener deutscher Soldaten …
    Auch dürfen Sie versichert sein, dass nach alldem Geschehenen meine Liebe zu meinem alten wahren deutschen Vaterland nicht erloschen ist.
    Als Beweis hierfür und auch Dankbarkeit für Ihre Bestrebungen zur Wiederherstellung des Andenkens meiner jüdischen deutschen Kameraden, erlaube ich mir, Ihnen einige Dokumente aus dem Ersten Weltkrieg, die ich nach meiner Odyssee gerettet habe, als Geschenk anzubieten. Mein letzter Wille ging dahin,

dass meine Angehörigen sie mit mir zusammen ins Grab legen sollten.

Diese Dokumente Ihnen persönlich überreichen zu dürfen, ist mein Wunsch.«

Das war der Brief. Ähnlich bittere Gefühle mögen viele Männer jüdischer Abstammung empfinden, die – ohne zu ahnen, dass sie unter die sogenannten Arierparagraphen fielen – in der Wehrmacht dienten. Viele von ihnen haben die Feldzüge der ersten Kriegsjahre als tapfere Soldaten mitgemacht, bis man ihre Abstammung entdeckte. Dann wurden sie aus der Wehrmacht entfernt. Ein böses Kapitel der deutschen Militärgeschichte und ein Beweis, dass die Wehrmacht in ihrem inneren Gefüge damals bereits so geschwächt war, dass sie eine ihrer besten Traditionen, nämlich in der Gefahr zu dem Kameraden zu stehen, Zug um Zug vergaß. Manche dieser Männer wurden im KZ physisch und psychisch vernichtet, fast alle für immer seelisch verwundet.

Meine Hörerinnen und Hörer! Das Schicksal der deutschen Soldaten jüdischen Glaubens und jüdischer Abstammung gehört unlöslich zu der Geschichte der deutschen Armee. Deshalb wird das militärgeschichtliche Forschungsamt in Freiburg für die Bundeswehr die Linien ihres Leidensweges für unser Geschichtsbewusstsein erschließen. Ich glaube, diese Arbeit ist wichtiger als manche historische Untersuchung, die aufklärt, ob der eine oder andere Kampfverband an diesem oder jenem Tag, um diese oder jene Uhrzeit angegriffen hat oder davongelaufen ist.

Es ist nach Ansicht des Bundesverteidigungsministers und uns allen nötig, das Schicksal der deutschen Soldaten jüdischen Glaubens und jüdischer Abstammung in das Geschichtsbild der Bundeswehr aufzunehmen, denn Tradition, will sie richtig verstanden sein, kann nicht nur das Erbe im Guten, sondern muss auch das Bewusstsein des Erbes im belasteten Sinne enthalten. Nur so kann die Bundeswehr redlich bleiben bei ihrem Versuch, aus der Geschichte zu lernen, um Gegenwart und Zukunft zu bewältigen.

[12.]
Kriegsbriefe gefallener deutscher Juden
Geleitwort von Franz Josef Strauß
[Bonn, Sommer 1961]

Der Verleger wünscht ein Geleitwort für die neu bearbeitete Wiederauflage der »Kriegsbriefe gefallener deutscher Juden«. Diesem Wunsch füge ich mich gern, denn die Frage ist durchaus berechtigt: »Was veranlasst ausgerechnet den deutschen Verteidigungsminister, dieses Buch herauszugeben?«

Diese Beantwortung der Frage will ich weit abheben von der Problematik der jüdischen Assimilation in Deutschland, ihren Gegnern und Befürwortern, ihren Folgen, auch von ihrer historischen Wertung. Würde ich versuchen, von der Frage der jüdischen Assimilation auszugehen, dann wäre diese Wiederauflage der Kriegsbriefe deutscher Juden einer Fülle von Missdeutungen ausgesetzt, von denen keine mit meiner wahren Absicht übereinstimmt.

Um es vorwegzunehmen: Drei Gründe bewegten mich zur Wiederauflage dieses Buches – zuallererst der Wunsch mitzuhelfen, das von den Nationalsozialisten geschändete Bild des jüdischen Mitbürgers und Soldaten in Deutschland wieder in das rechte Licht zu rücken. Den Vorwurf, mir damit ein allzu einfaches Ziel zu setzen, nehme ich auf mich, denn in der Tat nimmt sich meine Absicht neben dem großen Problem des Antisemitismus und den damit verbundenen Ungeheuerlichkeiten recht bescheiden aus. Doch nützen, so meine ich, kluge Betrachtungen über das Judentum alleine wenig bei Menschen, in deren Köpfe eine bösartige Propaganda jahrelang die Unmenschlichkeit in Form des Rassenhasses hineinzupumpen versucht hat.

Den unmenschlichen Hass über die Dauer ihres Lebens und ihrer Herrschaft hinaus zu erhalten, war das erklärte Ziel Hitlers und seiner Leute. Die Totalitären erfanden frühzeitig die Methode der Aktivierung von Gefühlen gegen Einzelpersonen und Menschengruppen mit dem Ziel, die menschliche Barmherzigkeit zu zerstören, die Bande der Nächstenliebe zu zerreißen, die Achtung der Menschenwürde, die Gleichheit von Schuld und Verantwortung vor Gott zu höhnen, die Bindung der Menschen untereinander aufzulösen, um schließlich mit eisernem Terror über sie herrschen zu können. Alle Propagandaapparaturen wurden auf das Opfer mit dem Ziel eingestellt, ihm kaltblütig Ruf, Ansehen und Würde zu rauben.

Der jüdische Mitbürger wurde so zum Gezeichneten, zum Verzeichneten. Er durfte nicht mehr Mensch, nicht mehr Ebenbild Gottes sein. Er wurde zum Untermenschen, zum Unmenschen gestempelt, mit Brandmalen versehen, ähnlich denen, die Fleischbeschauer in Schlachthöfen benutzen. Der Mensch wurde zur Sache degradiert, zum Vergnügungsmaterial für KZ-Wächter, zum Verarbeitungsmaterial in der überdimensionalen

Tötungsmaschinerie. Die Systematik, in der jeder einzelne als Individuum ausgelöscht wurde, war wohlüberlegt: Der Anspruch, Mensch zu sein unter Menschen, wurde bestritten und geleugnet, die Rechte in der Gemeinschaft wurden aufgehoben.

Der Prozess lief mit einer grauenhaften Präzision ab, und am Ende vergisst man allzu leicht, wie er begonnen hat, nämlich mit der Verunstaltung eines Menschenbildes mit Hilfe des Gegenprinzips zu dem Wort: »Gott schuf den Menschen ihm zum Bilde.« Immer und überall war und bleibt es die Absicht der Totalitären, den Beweis von der völligen Wert- und Nutzlosigkeit des Menschenlebens zu führen.

Die Kriegsbriefe gefallener deutscher Juden zeigen uns die andere Auffassung; sie zeigen uns eine Generation jüdischer Mitbürger, in ihrer Haltung, Gesinnung und Vaterlandsliebe ganz Kinder ihrer Zeit, manchmal für unser Gefühl etwas zu pathetisch, eingenommen vom Stolz und kriegerischen Temperament des Nationalstaates, befeuert von einem Patriotismus, dessen Zielsetzung uns heute seltsam fremd berührt und der nur aus der Zeit heraus zu verstehen ist.

Hunderttausend Männer jüdischen Glaubens und jüdischer Abstammung hatten die graue Uniform des Deutschen Reiches angezogen, mehr als jeder Dritte von ihnen wurde dekoriert, über 2.000 waren Offiziere, 1.200 Militärärzte und Beamte. Im Kampf und im guten Glauben an ihr Vaterland fielen 12.000 jüdische Soldaten. Der jüngste Kriegsfreiwillige des deutschen Heeres, Josef Zippes, war ebenso Jude gewesen wie Wilhelm Frankl, einer der ersten Pour-le-merite-Träger der deutschen Fliegertruppen.

Frankl fiel 1917 im Luftkampf. Zwanzig Jahre später ist sein Name in der Liste der Pour-le-merite-Träger unauffindbar. Er ist ausgelöscht, denn Juden durften nach der offiziellen Anschauung des Hitler-Reiches nicht tapfer gewesen, sie durften nicht einmal – so verrückt es klingt – für Deutschland gefallen sein. Die Namen ihrer Gefallenen, so wollten es die Nationalsozialisten, mussten von den Ehrenmalen verschwinden. Himmler ließ seinen Terror auch auf die deutschen jüdischen Frontkämpfer los, jagte sie über die Grenzen, ließ sie in KZs, Judenlager, Gettos und Gaskammern werfen, stellte sie kurzerhand an die Wand.

Hier lässt sich einwenden, Hitler habe den deutschen jüdischen Frontkämpfern doch nichtmehr und nicht anderes angetan als Millionen Juden, wo immer er ihrer hatte habhaft werden können. Was also bedeutet ein schmales Bändchen ihrer Kriegsbriefe Besonderes für unsere Erkenntnis des Schrecklichen?

Die Frage stößt auf den zweiten Grund, der mich veranlasst, dieses Buch neu aufzulegen.

Die Ungeheuerlichkeit des Juden- und Völkermordes, die Größenordnungen, in denen sich die Verbrecher austobten, entziehen sich leicht der menschlichen Vorstellungskraft und damit dem Mitleiden. Es gehört zur Methode moderner totalitärer Herrschaftsformen – sie haben nie gezögert, sich damit öffentlich zu brüsten -, ihre tollen Aktionen und Lügen bis zu Dimensionen zu steigern, denen selbst eine entfesselte Phantasie nicht folgen kann. Dem Betrachter verzerren sich dadurch die Perspektiven. Ja, es kann ihm erscheinen, sobald er sich außerstande sieht, das Verrückte in den Kategorien der Totalitären zu begreifen, dass der Ermordete – und nicht der Mörder – schuldig sei. Er mag, geblendet vom Anblick so schrecklicher Tötungen, versucht sein, in die grausame Frage auszuweichen: Was müssen diese Menschen verbrochen haben, um dieser Strafe teilhaftig geworden zu sein? Diese Wirkung zu erzielen, war wiederum ein erklärtes Ziel Hitlers.

Obwohl es mich nicht befriedigen kann, dass die Geschichte der Menschheit fast ausschließlich an der Elle der Jahreszahlen von Schlachten gemessen wird, empfinde ich doch die Tiefe der Furchen, die der zweimalige grauenvolle Opfergang auf die Schlachtfelder in die Seele der heute lebenden Generationen gezogen hat. Mit der Veröffentlichung der Kriegsbriefe möchte ich den Blick auf einen Ausschnitt der bösen Ereignisse lenken, der dem menschlichen Begreifen fassbar bleibt. Denn ich glaube, dass im Bewusstsein jedes Menschen und jedes Volkes auch dem Undank des Vaterlandes seinen Frontsoldaten gegenüber bestimmte Grenzen gesetzt sind, soweit sich mit dem Begriff Undank – der manchmal etwas billig verwendet wird – überhaupt ausdrücken lässt, was den deutschen jüdischen Frontsoldaten geschehen ist.

Sie glaubten, als sie Hitlers Terror zu spüren bekamen, zunächst an ein Missverständnis, an einen schrecklichen Irrtum, der sich wie alle Irrtümer aufklären lassen müsse. In Wahrheit war auch ihnen das Los schon geworfen. Aber wie andere Deutsche, standen auch sie den Methoden der totalitären Politik psychologisch unvorbereitet und daher ebenso ahnungs- wie fassungslos gegenüber. Sie hofften in und urteilten mit den gewohnten sittlichen Maßstäben – bis sie eines Schlechteren belehrt wurden.

Nichts, aber auch gar nichts konnte die Totalitären von ihren kaltblütigen Planungen abbringen, nicht das Opfer der Gefallenen, nicht die erwiesene Liebe zum Vaterland, nicht die

Staatstreue, nicht einmal die politische, wirtschaftliche oder militärische Zweckmäßigkeit.

Die offene Zweckwidrigkeit staatlicher Maßnahmen scheint mir geradezu das Symbol totalitärer Herrschaftsformen zu sein. Die Verfolgungen staatstreuer Menschen, das Löschen der Namen Gefallener an Ehrenmalen, die Weigerung mitten im Krieg, schwerbeschädigten jüdischen Frontkämpfern weiterhin Schwerbeschädigtenausweise auszustellen, die Judentransporte zu einem Zeitpunkt, in dem die Waggons der Reichsbahn nicht ausreichten, die kämpfenden Truppen zu versorgen – dies alles trägt das Signum der Irrationalität und konsequenter Tollheit. Hitler geht so weit, in seinen Tischgesprächen zu sagen, er werde sich im Falle eines Sieges »rigoros auf den Standpunkt stellen, dass er jede Stadt zusammenschlage, wenn nicht die Juden herauskämen …«

Hier handelt es sich nicht, wie von Leichtgläubigen behauptet wird, um den Ausspruch eines Verrückten, sondern um die symptomatische Formulierung eines totalitären Herrschers, der neue furchtbare Gesetze aufstellt, der – trotz nationaler Phrasen – anational handelt und schließlich – völlig konsequent – die Sondertruppen seines besonderen Geistes im eigenen Land wie fremde Eroberer auftreten lässt.

Natürlich ging es auch Hitler nur scheinbar um die Ausrottung eines einzigen Volkes, andere sollten folgen, aber auch politische Gegner und eigene Gefolgsleute, mitunter ganze Schichten der Hierarchie. So will es das System, das sich nicht allein mit der oben erwähnten Verunstaltung des Menschenbildes begnügt, sondern kaltblütig einen Schritt weitergeht, um das Gegenprinzip der Augustinischen These zu verwirklichen, die lautet: initium ut esset, reatus est homo – damit ein Anfang sei, wurde der Mensch geschaffen. Keiner der gefallenen deutschen Juden, deren Kriegsbriefe uns vorliegen, konnte ahnen, dass eine solche Herrschaftsform über Deutschland hereinbrechen würde. Sie starben für ihre Heimat, für ihr Vaterland und viele in der Hoffnung auf eine bessere Zukunft Deutschlands und der Juden in Deutschland. Ich meine, dass ihr Schicksal, ihr Tod, ihr Hoffen unlöslich zur Geschichte der deutschen Armee gehört. Das ist der dritte Grund, der mich zur Wiederauflage dieses Buches veranlasst. Es ist nötig, die Schicksale der deutschen jüdischen Soldaten, ihre Treue zur Heimat, ihre Tapferkeit im militärischen Kampf, als Teil [der] Tradition der Bundeswehr zu sehen. Dazu gehört auch der Leidensweg, den ihnen die Totalitären, die ihr Hauptquartier zwölf Jahre lang in Deutschland aufgeschlagen hatten, bereitet haben.

Diese Kriegsbriefe wurden im Jahre 1935 veröffentlicht, eine Jahreszahl, die deutlich zeigt, um was es damals ging. Wahrscheinlich war es der letzte Versuch, auf diese Weise am Gewissen der Machthaber zu rütteln, der anti-jüdischen Propaganda entgegenzuwirken und die sogenannten Arierparagraphen der bevorstehenden Nürnberger Gesetze stumpf zu machen.

In der Tat waren und sind diese Kriegsbriefe ein wunderbarer Beweis für die patriotische Haltung der deutschen Juden und ein schlagender Gegenbeweis gegen die Nazi-Propaganda, die bemüht war, den jüdischen Mitbürgern als von Natur feige, korrupt und verräterisch hinzustellen. Die Nationalsozialisten fühlten sich damals schon durch den Titel des Buches gestört. Sie ordneten eine Änderung des Titels an, weil er »eine Profanierung eines Weistums der deutschen Nation darstelle«. In den Nürnberger Gesetzen, die ein halbes Jahr nach der Erstveröffentlichung der Kriegsbriefe erlassen wurden, fielen alle Sonderregelungen für die ehemaligen deutschen jüdischen Frontsoldaten, die Hindenburg 1933 noch durchgesetzt hatte, fort. Von nun an waren die Juden in Deutschland nur als Opfer des Systems gleichberechtigt, als Mitbürger ausgegliedert, als Menschen deklassiert.

Himmler, in dessen Hand die Verhaftungs- und Tötungsaktionen lagen, verkündete seiner Mannschaft damals, Humanität sei Rückenmarkserweichung. Doch gab es in Deutschland auch Ausnahmen, großartige Aktionen der Hilfsbereitschaft, der Nächstenliebe, der Humanität. In ihrem Sinne sucht heute die Bundeswehr ihren Weg. Die Kriegsbriefe gefallener deutscher jüdischer Soldaten sollen sie dabei begleiten als Warnung vor dem Bösen, dem Rassenhass, den modernen totalitären Herrschaftsformen, als Beispiel für Vaterlandsliebe, Leidensfähigkeit und Treue.

[13.]
Erinnerungen an Reservist Carl Völker während des I. Weltkrieges
[Menton, Mai 1962]

Wer ist schon Carl Völker unter den nach Millionen zählenden Frontkämpfern? Diese Frage bleibt unbeantwortet. Es sind meine persönlichen Erlebnisse mit Völker, die mich durchs Leben verfolgen wie mein eigener Schatten. Carl Völker war der Sohn einer mir benachbarten, wenig begüterten Familie. Ich kenne ihn von Kindheit an. Von seinem eigentlichen Beruf habe ich Näheres nie erfahren. Es war als klassenbewusster Proletarier und Alkoholiker bekannt, der es mit dem Strafgesetzbuch nicht so genau nahm.

Er war ein Hüne von Mann. Seine Gestalt erinnerte an einen Ringkämpfer und seine Haltung, sein Gang sowie sein struppiger rötlicher Schnurrbart kamen den Allüren eines schweren Jungens gleich.

Am Mobilmachungstag sahen wir uns im Versammlungslokal der eingezogenen Reservisten wieder. Völker begrüßte mich überschwänglich und bat mich dafür zu sorgen, dass er in meine Korporalschaft käme. Das Schicksal hatte es gut mit mir gemeint, dass er einer anderen Kompanie zugeteilt wurde. Erst nach der schweren 3-tägigen Schlacht von Longwy, am 18. - 21.8.1914 begrüßte mich Völker, sichtbar erfreut, mich unter den Überlebenden zu finden. Darauf hielt er mir einen blutgetränkten bläulichen Tuchfetzen mit vielen anhaftenden Orden mit Gold und Brillanten besetzt hin und sagte: »Diese Orden habe ich gerade einem gefallenen franz. General aus dem Waffenrock herausgeschnitten. Ich schenke sie Dir zum Andenken und wenn wir Weihnachten wieder in Bochum sind, kannst Du ja einen ausgeben.« Ich schlug das unheimliche Geschenk aus und empfahl ihm, die Orden so schnell wie möglich in den nächsten Chausseegraben zu werfen. Hierauf packte er mit seinen blutigen Fingern den Fetzen zusammen und verschwand.

Dann marschierten wir im Eiltempo in Richtung Verdun und mein Bataillon bezog in dem Städtchen Etain, das die Franzosen tags zuvor verlassen hatten, Quartier. Nach den vorangegangenen anstrengenden Märschen bei großer Hitze lebten wir einen Tag und eine Nacht in diesem Ort wie »Gott in Frankreich«. Aus Angst vor den Deutschen hielten sich die Bewohner versteckt und es wurde geplündert, was nicht niet- und nagelfest war. Alles wurde mitgenommen, Frauen- und Kinderschuhe, Kleider, Seidenstoffe in Rollen und wer weiß was noch mehr. – »Wo alles liebt, kann Karl allein nicht hassen.«

Ich ging in einen Kolonialwarenladen, ein Anblick, der mir fremd war. Hunger hatte ich nicht, doch ein Verlangen nach Tabak und einer Pfeife, die ich verloren hatte. Aus dem Regal holte ich mir einige Pakete Tabak und suchte mir eine Pfeife nach meinem Wunsch aus mit einem langen Stiel. Nachdem ich sie mit dem schwarzen Tabak gefüllt und angesteckt hatte und im Freien wunschlos meinen Spaziergang fortsetzte, wurde es mir plötzlich speiübel und ich spürte kalten Schweiß ausbrechen. In diesem jämmerlichen Augenblick begrüßte mich Gefr. Hans Ostermann, Sohn eines Schmiedemeisters in allernächster Nachbarschaft. Er war ein prachtvoller, gut erzogener Bürgersohn und von Statur bald wie Karl Völker.

»Brauchst Du Geld, Leo?« fragte er mich und hielt mir ein Bündel Papiergeld hin. »Karl Völker und ich haben ein paar Geldschränke gesprengt und wir können nicht mehr mitschleppen als in unsere Tornister und Taschen geht. Nimm.« Ich sah in seine gläsernen großen schwarzen Augen und Alkoholgeruch verriet, dass er geistesabwesend war. »Was soll ich mit den franz. Geldscheinen anfangen?« antwortete ich und schlug sein Angebot aus.

Wenige Tage später wurde mir Gefr. Ostermann bei einer Patrouille in dem blutigen Waldgefecht auf den Maashöhen zugeteilt. Kaum hatten wir uns von der Kompanie entfernt und befanden uns in einer Waldschneise holte er aus seiner Hosentasche eine Flasche Cognac heraus und forderte mich auf, einen Schluck zu nehmen. Es war ein unerträglich heißer Tag und da die Wasserreserve längst aus war und auch ich überdurstig war, markierte ich einen festen Schluck, da ich die Folgen des Alkohols zu genau kannte.

»Hans, hör auf mit Deinem Saufen, das Dich kaputt macht.«

»Ja, Leo, das ist es, was ich will. Ich kann das Morden nicht ertragen. Ich will mich kaputt saufen.«

Dann fragte ich ihn, wie er denn immer an den Cognac käme.

»Ja, Du weißt, dass ich mit Völker in Etain ein paar Geldschränke gesprengt haben. Unser Kantinenfeldwebel, der mit seinem Wagen in Metz die Einkäufe besorgt, wechselt dort unsere Geldscheine um und so kommen wir an unseren Cognac.«

Kurz hierauf wurde er Unteroffz., erkrankte jedoch nach etwa 2 Wochen und starb in einem Metzer Lazarett, angeblich an Typhus.

Die Truppen bereiteten sich zum Stellungskampf nach dem 24.9.1914 vor. Die ersten Gräben waren mangels praktischer Erfahrung provisorisch und bei anhaltendem Regen unerträglich. Während einer kalten Herbstnacht hockte ich mit meinen Leuten in einem Unterstand, vollkommen durchnässt von dem tagelang anhaltenden Regen und dem schlammigen Boden. Plötzlich wurde ich von einer rauen Stimme aufgeweckt: »Liegt Unteroffz. Baer hier?« »Ja, hier.« Es war Karl Völker. »Frierst Du, Leo? Ich habe Dir eine Flasche Cognac mitgebracht, die Dich warm machen soll.«

Ich traute meinen Augen und Ohren nicht. Ich forderte ihn auf, in den Unterstand zu kommen, wo er die Flasche entkorkte und mir zum Trinken hinhielt. Dann trank er. Der Unterstand war dürftig beleuchtet. »Karl, Du hast doch nichts dagegen, wenn meine Leute auch einen Schluck nehmen?« »Lass sie auch einen Schluck machen.«

Nachdem ein jeder einen Schluck genommen hat und glücklich und dankbar war, genau wie ich, behielt ich den Rest für mich in Reserve. Dann ging ich mit Völker zurück in den Graben und versicherte ihm, dass ich seine Geste im Leben nicht vergessen werde. Ich fragte ihn, wie er es fertig brächte, immer Cognacvorrat zu haben. Er erzählte mir genau die gleiche Geschichte mit den gesprengten

Geldschränken und von dem Geldwechseln durch Vermittlung des Kantinenfeldwebels und mit Hilfe des »Küchenbullens«, der ihm immer Cognac in der »Gulaschkanone« heraufbrächte.

Am darauffolgenden Morgen, in aller Frühe, wurde ich zum Kompanieführer befohlen, einem vor wenigen Tagen aus der Garnison angekommenen Oberleutnant. »Mir ist zu Ohren gekommen, dass Sie mit Ihren Untergebenen aus einer Flasche Alkohol getrunken haben. Ich kenne Sie noch nicht lange, aber für eine Beförderung kommen Sie für mich nicht infrage. Sie sind als Vorgesetzter unmöglich.«

Ich antwortete hierauf militärisch: »Jawohl, Herr Oberleutnant« und machte eine stramme Kehrtwendung.

Erst später erfuhr der Oberleutnant von meinem angängigen Verfahren wegen Nichtausführung eines dienstlichen Befehls vor dem Feinde am 24.9.1914. Mir wurde dann freigestellt, einen anderen Truppenteil zu wählen, falls ich Wert auf Beförderung legen sollte. Im Jahre 1915 schrieben mir Kriegskameraden, als ich bei der Fliegertruppe war, dass Carl Völker in seinem Suff eine gesicherte Handgranate durch das Fenster des ihm verhassten Bataillonsfeldwebels, der beim Kartenspielen und Weintrinken war, geworfen hatte. Er wurde in ein Irren-Krankenhaus gebracht und ich hörte erst nach dem I. Weltkrieg wieder von ihm.

Eines Tages ließ mich meine Hausangestellte wissen, dass ein Herr Völker für mich eine Kiste Apfelsinen abgegeben und schöne Grüße bestellt hatte.

Einige Jahre später, als ich mit meinem Bruder Otto zum Mittagessen gehen wollte, hörte ich auf der Straße meinen Namen rufen. Carl Völker stieg aus seinem Lastwagen und lud mich mit meinem Bruder zu einem Glas Bier ein. Wir waren zufällig direkt vor einer Wirtschaft.

»Vielen Dank, Carl, meine Frau erwartet uns um 12.00 Uhr zum Mittagessen und da müssen wir pünktlich sein.«

»Das darfst Du mir nicht ausschlagen. Ruf Deine Frau an, dass Du 5 Minuten später kommst.«

Ich willigte ein und Völker bestellte an der Theke sofort für jeden einen Cognac und ein Glas Bier. Seine Augen waren wie früher gläsern und er roch nach Alkohol. Auf meine Frage, was er von Beruf sei, antwortete er: »Gemüsehändler.« Da dachte ich an seine Apfelsinen und bedankte mich bei dieser Gelegenheit. Die erste Runde war ausgetrunken und ich bestellte die zweite.

»Nein, Leo, das dulde ich nicht. Ich bezahle, denn ich habe Dich eingeladen.« Es kamen dann noch andere Gäste hinzu, die mithörten.

»Warum trittst Du nicht als Mitglied unserem 154er-Verein bei«, fragte ich, worauf er prompt zur Antwort gab: »Du weißt doch, Leo, dass ich immer noch der KPD angehöre und so lange ich lebe, trete ich keiner militärischen Vereinigung bei. Hast Du denn immer noch nicht die Nase voll vom Kriege?« Er bestellte die 3. Runde, doch ich gab vor, sofort gehen zu müssen. Dann führte Völker das Wort: »Weißt Du noch, Leo, wie wir in dem neuen vorgeschobenen Graben standen, den die Franzosen unter Artilleriebeschuss nahmen und wir einen Toten und zwei Verwundete hatten? Die Franzosen hatten sich tags zuvor auf den Graben, der an einem Wegeknick auf der Chaussee nach Verdun führte, eingeschossen und Du hattest das Kommando über die Feldwache während der Nacht. Weißt Du noch, als der Beschuss immer schlimmer wurde, Du den Befehl zum Verlassen des Grabens gabst und wir im angrenzenden Wald volle Deckung nehmen sollten? Ich höre Dein Kommando noch: »Alles heraus aus den Gräben, auch die beiden Verwundeten.«

Da lächelte mein Bruder und scherzte: »Du hast immer nur von Deinen Heldentaten erzählt, aber nie, dass Du stiften gegangen bist.« Ich sagte hierauf zu Völker: »Carl, Du irrst Dich, einen solchen Befehl habe ich nicht gegeben.« Es war mir wirklich peinlich, diese Wahrheit in Gegenwart anderer an der Biertheke zu hören.

»Das steht fest, wenn Du den Befehl nicht gegeben hättest, wäre nicht ein Schwanz von uns übrig geblieben, denn der Graben von kaum 20 m war eine Stunde später vollständig zusammengeschossen.« So fühlte ich mich wenigstens meinem Bruder gegenüber rehabilitiert. Als ich meinen Befehl in Abrede stellte, wurde Völker wütend und sein Kopf schwoll blutrot an. Die Moral von der Geschicht: »Im Wirtshaus soll man keine Kriegserlebnisse wiedergeben!«

[14.] Erinnerungen an die Kristallnacht
[Ohne Datum]

Wir kauften unser Obst und Gemüse in einem Laden in der Brückstraße in Bochum. Der Inhaber, Herr Feling, war Holländer und sein junger Bruder, in den Dreißigern, bediente meine Frau stets mit Zuvorkommenheit und immer zu unserer Zufriedenheit. Meine Frau hielt ihn für einen Gegner des Nazi-Systems und wir suchten am Tage nach der Kristallnacht den Laden wieder auf, um einzukaufen. Als Holländer konnte Feling sich freier aussprechen, und doch tat er das nur, wenn niemand zugegen war. Das war an dem Morgen der Fall.

»Was sagen Sie zu dieser Unmenschlichkeit, Herr Baer?«

»Was soll ich dazu sagen?«

»Nein, Herr Baer, ich kann so etwas nicht verstehen. Goebbels, die germanische Nachgeburt, gab im Radio bekannt, dass das spontan aus der Volkswut heraus gemacht wurde. Das ich nicht laut lachen muss. Das Urteil vieler hier im Laden ging dahin, dass dieser Streich eine Schande für Deutschland ist und ebenso sprechen meine besten Freunde. Aber wissen Sie, Her Baer, man kann nicht vorsichtig genug beim Sprechen sein. Ich selbst als Holländer muss sehr vorsichtig sein. Doch bin ich Ihnen gegenüber ehrlich. Meine Schwester in Düsseldorf ist doch eine ausgesprochene Nazitriene. Unglaublich fanatisch. Heute Morgen kam sie von Düsseldorf und erzählte mir, was sie am Vorabend erlebt hat: »Stell Dir vor, ist die SA in der Nacht in die 4. Etage des Juden Cohn eingedrungen, der direkt uns gegenüber wohnt, und haben die ganzen Sachen, selbst das Klavier, auf die Straße geworfen. Alle haben sich gefreut. Doch da sehe ich, wie so ein SA-Mann einen Vogelbauer mit dem Kanarienvogel hinauswirft. Als ich das sah, bekam ich einen Schock und mir brach bald das Herz. Das hatte mich doch so gepackt, dass mir der Nationalsozialismus zum Elend wurde. Nein, diese Brutalität. Nicht einmal so ein Tierchen lassen sie in Ruhe. Nein, nein, ich will nichts mehr mit den Nazis zu tun haben und melde sofort meinen Austritt aus der Partei an.« Na, was sagen Sie nun dazu, Herr Baer! Wissen Sie auch, dass die Weiber noch fanatischer sein können als die Männer? Es hat etwas lange gedauert, bis meine Schwester die Nase voll bekommen hat.«

»Unter uns, Herr Feling«, antwortete ich, »gewiss war das grausam, doch ich bin davon überzeugt, dass, wenn die SA anstatt des Kanarienvögelchens den Juden Cohn aus dem Fenster geworfen hätte, hätte Ihre Schwester das gleiche Mitleid nicht empfunden. Sie wäre dann auch noch weiter treues Mitglied der NSDAP geblieben.«

Herr Feling sah mich mit großen erstaunten Augen an und meinte: »Sie können wirklich Recht haben!«

Kurz nach meiner Rückkehr aus dem Geschäft wurde ich von zwei Gestapo-Beamten verhaftet und ins Polizeigefängnis transportiert.

Deutschland, den 13. November 1938

Nachts gegen 3 Uhr wurden die Häftlinge im Gefängnis des Polizeipräsidiums zu Bochum geweckt und aufgefordert, auf den Hof zu gehen, wo durch Scheinwerfer beleuchtet verschiedene Personen-Autobusse auf uns warteten. Also geht's doch ins Konzentrationslager! bemerkten einige unter uns. Alle uns bei unserer Ankunft abgenommenen Sachen sowie auch Geld, wurden wieder an die Besitzer ausgeteilt.

Der Transport der Bochumer Juden endete vor dem Dortmunder Gefängnisplatz, wo die übrigen Juden aus anderen Städten gesammelt und für den Eisenbahntransport in ein Lager zusammengestellt wurden. Schupobeamte in großer Zahl unter Aufsicht eines Schupo-Hauptmannes übernahmen von Bochum aus die Überwachung. Wir standen seit Morgengrauen Stunden lang und warteten auf das, was da noch alles kommen wird. Mit einem Mal erschienen die Schupobeamten mit Körben und verteilten eine gefüllte Papiertüte an Jedermann, mit der Bemerkung, dass dieses unsere Ration für die Dauer des Transports sei. Noch wusste keiner, wohin es ging und aus Neugier musste jeder den Inhalt der Tüte kontrollieren, der aus 2 Doppelschnitten mit dünn bestrichener Margarine bestand. Plötzlich kam Bewegung in die Reihen. Ein Schupo hatte einem Häftling mit der Faust ins Gesicht geschlagen und mit einem Fußtritt traktiert. Die Ursache hierzu ist mir unbekannt. Sofort ertönte die Stimme des Schupo-Hauptmannes: »Die Wachtmeister alle antreten!« Etwa 20 Mann stellten sich in strammer Haltung auf und die Stimme des Schupo-Hauptmannes fuhr fort: »Ich habe soeben festgestellt, wie ein Wachtmeister einen Häftling tätlich angefasst, ihn ins Gesicht geschlagen und getreten hat. Ich verwarne Sie. Sollte ich noch einmal derartiges feststellen, werde ich jeden ohne Ausnahme zur Verantwortung ziehen. Rührt Euch!« Er schaute dann auf seine Uhr und gab den Befehl: »Laden und sichern!« Für alte Soldaten bedeutete dieser Befehl nichts Gutes. Waren wir denn so schwere Verbrecher?

Es war gegen Mittag, als wir über die Straßen zum nahe gelegenen Bahnhof gebracht wurden. Da stand der Sonderzug, aus modernen Waggons bestehend, bereit. Nachdem wir noch eine Zeitlang von den Passanten des Bahnsteiges mit verwunderten, mitleidigen und leider auch schadenfrohen Blicken gestreift wurden, setzte sich der Zug in östlicher Richtung in Bewegung. Jede Tür war mit Schupo besetzt. Befehl: Fenster dürfen nicht geöffnet werden! Unterhaltung mit den Wachmannschaften streng verboten!

[15.]
Hoch klingt das Lied vom braven Mann!
[Ohne Datum]

Wir kommen nicht nach Dachau, ging das Gerücht. Nur nicht nach dem berüchtigten Dachau. Der Mangel an Rauchmaterial wurde von vielen schmerzlich empfunden. Man begann gleich mit dem Essen der Butterbrote und die allgemeine Stimmung, von der man nicht sagen kann, dass sie gedrückt war, hielt bis zur Dämmerung an und alles erweckte den Anschein, als ob wir an einer Fahrt ins Blaue teilnehmen würden. Wir haben alle von Konzentrationslagern erzählen gehört, von Entbehrungen, von auf der Flucht Erschossenen und Misshandlungen, doch glaubte jeder, dass ihm bei guter Führung kein großes Leid zugefügt würde und letzten Endes sind wir ja keine Verbrecher, nur leider die Opfer des Attentates auf den Gesandtschaftsrat von Rath in Paris, verübt durch unseren Glaubensbruder Grünspan. Mit diesem Fanatiker haben wir doch nichts gemein. Die zigtausend Juden, die man in ganz Deutschland zusammenzieht, kann man als Geisel doch nicht alle umbringen und die Freiheitsberaubung bei einigermaßen menschlicher Behandlung ist Sühne genug. Hinter Hannover erfuhren wir das Endziel unserer Reise – Station Oranienburg bei Berlin. Dann werden wir wohl nach Sachsenhausen kommen.

Richtig, der Zug hielt auf der Station Oranienburg und von hier soll er auf ein totes Anschlussgleis transportiert werden. Der Zug hielt noch nicht ganz, als auch schon von allen Seiten das blendende Licht von Scheinwerfern in unsere Waggons drang. Türen wurden aufgerissen und in einem ohrenbetäubenden Gebrüll hörte man: »Raus Ihr verdammten Judenschweine! Seid Ihr noch nicht heraus?« Kolbenschläge sausten auf uns nieder. »Seid Ihr noch nicht heraus, verfluchte Schweinebande?«

Ich hatte das seltene Glück, in dem langen Durchgangswagen nicht unweit von der Tür zu sitzen und weiß nur, dass ich nach einem heftigen Tritt nach draußen flog und auf dem Boden liegend mit Stiefeln der SS traktiert wurde. »Auf, auf, alles antreten!« Es entstand ein unentwirrbares Menschenknäuel. Einige Meter abseits standen schwere Maschinengewehre, die von der Bedienungsmannschaft wie in offener Feldschlacht bedient wurden. Das Geräusch, das das Einführen von Patronengurten in die Zuführer der M.G.'s machte durch Aufschlagen der Stahlteile, tappte auf unsere Nerven. All das muss sich in wenigen Sekunden abgespielt haben, denn plötzlich hörten wir die, alles Höllengeschrei übertönende Stimme des begleitenden Schupo-Hauptmannes: »Ich bin der verantwortliche Transportleiter. Raus aus den Waggons! Lassen Sie die Häftlinge in Ruhe. Ich bin der Transportleiter! Unverschämtheit.« Doch nach und nach ging die Stimme des Schupo-Hauptmannes in dem Geschrei der Verwundeten und dem Gebrüll von verdammten

Judenschweinen, schnell antreten, wollt Ihr wohl usw. klagend unter, so wie die Stimme des Predigers in der Wüste.

Armer edler Schupo-Hauptmann. Der Himmel möge Dich für Deinen guten Willen belohnen. Leider weißt Du nicht, was aus uns anschließend hieran geworden ist. Ebenso wissen auch wir leider nicht, was aus Dir geworden ist.

[16.] Eine Unterhaltung im KZ Oranienburg
[Ohne Datum]

November 1938

Wer kennt Dich nicht, Du tägliche »halbstündliche Ruhepause«? Der Teufel hatte sie ersonnen und so benannt. In Wirklichkeit war es ein Appell, zu dem auf ein Pfeifsignal die Tausenden von Häftlingen der »Klinkerwerke« die Anwesenheitskontrolle aufrecht stehend über sich ergehen lassen mussten. Nach dieser Formalität schrien die Kapos »Essen und Rauchen!« An das Kommando »Trinken« hatte der Teufel nicht gedacht. Vom kargen Morgenfrühstück bis 12 Uhr Mittag ist bei unmenschlicher Arbeit eine lange Zeit und wer die Energie aufbringen konnte, einige Reste Brot aufzubewahren, wurde wie ein Wunder bestaunt und beneidet. Auf das Fortwerfen eines Zigarettenstummels warteten viele, um wenigstens noch einmal daran zu ziehen. An dem nächsten Pfeifsignal merkten wir, wie schnell eine halbe Stunde vergeht.

Während einer solchen Pause stand ich neben einem politischen Häftling. Er trug das rote Dreieck und an seiner pergamentartigen Gesichtshaut erkannte ich sogleich den Jahre lang an KZ gewohnten Häftling. Obwohl jede Unterhaltung streng verboten war, stieß er mich an und aus seinem Mundwinkel kam es flüsternd: »Na, Alter, wie gefällt es Dir denn hier?«

Worauf ich ihm ebenso vorsichtig antwortete: »Danke, ganz gut.«

»Hast Du Dir das hier so vorgestellt?«

»So gerade nicht.«

»Das freut mich zu hören. Immer, wenn ich Neuankömmlinge frage, höre ich die gleiche Antwort. Es müssen noch hundert Tausende hierher gebracht werden, damit man draußen erfährt, was hier gespielt wird. Wer kümmert sich um Dein Schicksal außer Deinen nächsten Angehörigen und Freunden? Die übrigen Millionen deutschen Volksgenossen tanzen, singen und hören am warmen Ofen sitzend das Radio. Glaubst Du wirklich, dass man über uns nachdenkt, wenn nicht zufällig der eine oder andere in der Zeitung liest und am Radio hört, »der oder der auf der Flucht erschossen«? Sie wollen überhaupt am liebsten gar nicht an uns erinnert werden. Wie denkst Du darüber?«

»Genau wie Du.«

»Du bist noch nicht lange hier. Dein Judenstern ist noch so schön sauber. Ich gebe Dir den Rat, ihn ordentlich mit Dreck zu beschmieren, damit die Wachtposten und die SS-Männer sehen, dass Du ein guter Arbeiter bist. Dadurch kannst Du manchem Tritt entgehen. Glaub mir, es hat seinen Vorteil. Wie kommt es, dass Du mit Deinen weißen Haaren bei uns in den Klinkerwerken arbeitest? Bist Du denn noch unter 50?«

»Leider bin ich erst 49 Jahre und 6 Monate. Ich hatte mich abseits zu den Männern über 50 gestellt, doch führt man leider eine Liste. Wie alt bist Du denn und was hast Du ausgefressen, dass Du hier bist?«

»Ich bin 30 Jahre alt und von Beruf kommunistischer Schriftsteller. Schau her, ich bin einer von den Alten mit meiner dreistelligen Nummer. Mit Deinen paar Tagen, seitdem Du hier bist, kannst Du gar nicht mitreden.«

»Hoho, langsam«, sagte ich.

»Dann erzähl mal, was Du schon hier erlebt hast.«

Ich begann zu erzählen: »Ich war bei dem Judentransport von 5–600 Mann. Auf dem Wege bis zum Eingangstor hatten die SS zwei von uns erschlagen und Du hast doch sicher auch die blutigen Köpfe gesehen, als wir einmarschierten und uns vor dem elektrischen Draht aufstellen mussten. Das war eines Freitag abends gegen 7.00 Uhr und genau 24 Stunden bis Samstagabend hatte man uns schikaniert, ohne Essen, Trinken und ohne unser Bedürfnis machen zu können. Man hatte uns in der Nacht von Donnerstag auf Freitag aus dem Bochumer Gefängnis herausgeholt und mit ein paar Schnitten Brot mit Margarine bestrichen in den Zug gesetzt und nach hier transportiert. Mein erstes Essen bekam ich erst Sonntagmittag.«

»Das ich nicht lache. Wie, 2 Tote von 5 bis 600 Mann? Dann will ich Dir mal erzählen, wie das bei uns war. Ich war vor über 3 Jahren im Moor, da bei Papenburg. Das Lager wurde aufgelöst und nach hier verlegt. Wir waren 45 Mann, alles Kommunisten. Auf dem Wege bis zum Lager ließen wir 14 Tote und schleppten die Verwundeten mit uns ins Lager, wo wir sie im Geheimen pflegten. Du weißt ja vielleicht schon, was es heißt, sich krank zu melden. Das ist nur eines meiner Erlebnisse und Du sprichst von 2 Toten.«

»Au«, sagte ich, »das ist bitter.«

»Du siehst ja gerade nicht so aus, als ob Du einen Dachschaden hast. Man kann sich mal mit Dir unterhalten. Ich frage Dich, kann die Weltgeschichte Greueltaten aufweisen, die auch nur im geringsten an die der Nazis reichen?«

»Ich glaube ja. Denk an das Mittelalter mit seinen Scheiterhaufen, denk an die Christenverfolgungen im alten Rom, wo man im Forum die Christen den Löwen zum Fraß vorwarf.«

»In gewisser Beziehung hast Du recht. Alles das ist unmenschlich. Ich beneide die Menschen, die durch die Scheiterhaufen verbrannt und durch die hungrigen Löwen zerfleischt ihren Tod fanden. Bedenk, dass sie nur wenige Sekunden die Pein zu überstehen hatten. Die Nazis quälen uns langsam zu Tode, und ich weiß, dass ich diesem qualvollen Tode nicht entgehen werde. Zählst Du denn nicht täglich am Morgen die Särge der »auf der Flucht Erschossenen«, der an »Herzschlag« und »Lungenentzündung« umgekommenen Toten? Du kannst genau errechnen, wenn das so weitergeht, dass nach Verlauf von 2–3 Jahren von den 15.000 nicht einer mehr übrig ist. Gewiss waren Nero und seine Anhänger Sadisten, wenn sie im Forum der Zerfleischung der Christen zugesehen haben, aber ein Prankenschlag und ein Biss eines ausgehungerten Löwen hatte genügt. Hier siehst Du anstelle der Löwen die SS, die Dich mit ihren spitzen lackierten Stiefeln in den Leib treten. Das sind ihre Pranken und anstelle der Löwenzähne traktieren sie Dir Deinen Schädel mit dem Knauf ihrer Revolver. Sie quälen uns hier langsam und grausam zu Tode. Gibst Du zu, dass die Weltgeschichte keine schlimmeren Sadisten aufweisen kann, wie es die Nazis sind?«

In Gedanken versunken vergaß ich, zu antworten. Mich mit seinem Ellenbogen anstoßend sagte er: »He, gib mir wenigstens eine Antwort!«

»Du magst recht haben«, erwiderte ich.

Bald darauf ertönte das Pfeifsignal. Die halbe Stunde Pause war vorüber und alles stob wie der Wind auseinander, um sich zur eingeteilten Gruppe zu begeben.

Ich habe meinen Nebenmann nie wiedergesehen.

Zurück zur Arbeit brüllten die SS-Männer: »Wollt Ihr Saujuden nicht schneller laufen. Ihr bewegt Euch ja wie die Geldschränke.« Dann sausten die Reitpeitschen blindlings in die Menge. Abgehetzt kamen wir auf unseren Arbeitsplätzen an. Hier mussten wir im Laufschritt die Sandmengen an die befohlene Stelle tragen, und zwar in unseren eigenen Jacken, die wir mit dem Rückteil nach vorne anziehen mussten. Im Schweiß gebadet war der Rücken bei der Kälte entblößt und viele blieben wegen Erschöpfung im Sande liegen.

[17.]
Pastor Professor Dr. Ehrenberg[5] Gemeinsames Schicksal vom 10.11. bis 16.12.1938
[Toronto, März 1971]

Sein Name ist ein Begriff und viele Bochumer gedenken seiner in Ehrfurcht und Dankbarkeit.

Am Tage nach der Kristallnacht wurden die männlichen Juden einschließlich Schüler ab 15 Jahren in Schutzhaft genommen und in das Gefängnis des Bochumer Polizeipräsidiums eingeliefert, angeblich als Geisel für das an dem Gesandtschaftsrat von Rath in Paris begangene Attentat des polnischen Juden Grünspan. Die Behandlung war menschenunwürdig. Bald darauf drang das Gerücht in unsere überfüllten Zellen, dass Pastor Professor Dr. Ehrenberg und Rabbiner Dr. David auch unter den Verhafteten wären. Dies gereichte uns nicht zum Troste. Obwohl wir von seiner jüdischen Abstammung wussten, war es für uns unverständlich, dass ihn seine protestantischen Glaubensbrüder so fallen lassen konnten.

Obwohl ich Pastor Ehrenberg nur per Renommee und Ansehen kannte, machte ich erst Ende November 1938 in meiner Baracke des KZ Sachsenhausen seine Bekanntschaft. Es war um die Schlafenszeit und die Häftlinge lagen bereits wie die Sardinen, nach Vorschrift auf der Seite liegend, auf dem mit Stroh bedeckten Boden bis zur Eingangstür zusammengepfercht. Einige zu dekorativen Zwecken dienenden Holzbetten mit Strohsäcken waren den Ältesten vorbehalten, eine beneidenswerte Bevorzugung. Ich saß auf meinem Bett nahe dem Eingang, als sich ein Häftling mir näherte und sich seinen Weg über die ausgestreckten schimpfenden Häftlinge suchte. Sein Gesicht konnte ich infolge der schwachen Beleuchtung nicht erkennen. Er sprach mich höflich an und fragte, ob ich wohl meinen Strohsack mit ihm teilen würde. Meine Baracke sei ihm nur zum Schlafen zugeteilt worden und wie ich mich überzeugen konnte, fände er auf dem Boden keinen Platz mehr. »Wenn Dich mein Husten nicht stört und Du Dich entgegengesetzt ausstreckst, habe ich nichts dagegen«, gab ich zur Antwort und schon erlosch das Licht. Das Duzen war unter den Häftlingen ohne Unterschied der Person obligatorisch. »Aus welcher Stadt kommst Du?«, fragte er, worauf ich antwortete: »Aus Bochum.« »Ich bin Pastor Ehrenberg. Kennst Du mich vielleicht?« »Leider nur per Renommee und Ansehen.« Als ich darauf meinen Namen nannte, gab er zurück, dass ich ihm auch nicht unbekannt sei.

Er war wortkarg, und ich hatte immer das Empfinden, als ob er das schwerste Kreuz im Lager zu schleppen hätte.

Eines Tages erkannte mich ein Bochumer Häftling mit dem politischen roten Dreieck-Zeichen, der mich fragte, ob ich wüsste,

---

5   Vorbemerkung Leo Baer: »Die folgenden Berichte von Dr. Ehrenberg und Dr. David habe ich dem Archiv der Stadt Bochum im März 1971 zur Verfügung gestellt.«

welche Funktion Pastor Ehrenberg ausübe, da ich doch sein Schlafgenosse sei. Als ich mit »nein« antwortete, fuhr er fort: »Ich arbeite mit ihm zusammen in der Leichenhalle. Ich helfe mit, die Toten einzusargen und transportiere mit anderen die Särge, die Du ja auch jeden Morgen siehst. Pastor Ehrenberg erfüllt die seelsorgerischen Formalitäten, füllt die Totenscheine aus mit der Todesursache und setzt die Angehörigen von dem Todesfall in Kenntnis. Es ist uns streng verboten, hierüber zu sprechen und doch sollst Du es wissen. Du wirst doch hoffentlich dicht halten.«

Am Abend fragte ich ihn nach seiner Beschäftigung und erhielt die Antwort: »Frag mich nicht, ich gebe Dir keine Antwort.« Ich verstand. Das war der Grund für seine Niedergeschlagenheit. Bis heute habe ich hierüber geschwiegen und selbst meine Frau erfährt erst jetzt hiervon.

Jeden Morgen, wenn er Abschied nahm, drückte er mir die Hand und flüsterte mir zu: »Gott behüte Dich.«

Eines Abends fragte er mich, warum ich so schweigsam sei und ob ich mich nicht wohl fühle. Worauf ich ihm mein Erlebnis vom Rabbiner Dr. David erzählte, welches ich auf den folgenden Seiten niedergeschrieben habe. Er bemühte sich, mich zu beruhigen und endete mit den tröstlichen Worten: »Hab weiter Gottvertrauen.« Er war entsetzt, als ich hierauf sagte, dass mein Gottvertrauen stark angeschlagen ist. »Wie kannst Du nur so sprechen?« »Mein lieber Pastor Ehrenberg, ich stand während des Krieges in vorderster Linie vor Verdun und auf unser aller Koppelschlösser stand ›Mit Gott, für König und Vaterland‹. Mich haben alle Drei im Stich gelassen.«

Er schwieg und kurz darauf erlosch das Licht und dann durfte nicht mehr gesprochen werden. Wir streckten uns in gewohnter Weise auf dem Strohsack aus und hörten nur das Husten und Stöhnen der Kranken. Wir zitterten vor Kälte in unserer dünnen Häftlingskleidung und waren glücklich, uns unter 2 Wolldecken wärmen zu dürfen. Ich fieberte und hustete so, dass an Schlaf nicht zu denken war, dazu noch die Ermattung des Körpers infolge der schweren Arbeit und dem Hungergefühl durch die unzureichende Nahrung und nicht zuletzt der seelischen Erregung. Nach einer Weile näherte sich Pastor Ehrenberg in sitzender Haltung und flüsterte mir tröstende Worte ins Ohr, Worte, die mein Rabbiner Dr. David nicht wohltuender hätte finden können.

Dann kam die Stunde des Abschieds.

[18.]
Rabbiner Dr. David der Bochumer Synagogengemeinde
[Toronto, März 1971]

Dr. David, geborener Rheinländer in Wormser Gegend, wo seine Vorfahren schon über 1.000 Jahre ansässig waren, trat sein seelsorgerisches Amt um die Wende des XX. Jahrhunderts in Bochum an und emigrierte 1939 nach England. Er war das Vorbild eines deutschen Staatsbürgers jüdischen Glaubens und in diesem Geiste hatte er seine Gemeinde beseelt.

1912 gehörte ich zu seinen ersten Konfirmanden. Obwohl liberal eingestellt, gehörte er der orthodoxen Richtung an. Neben seiner seelsorgerischen Tätigkeit erteilte er den Religionsunterricht an den höheren Schulen für die jüdischen Schüler. Er war der Typ des Seelsorgers der damaligen Epoche: reserviert, autoritär und gewissenhaft in seinen Obliegenheiten. Er erzog seine Schüler zur Vaterlandsliebe. So brachte er der Jugend bei, dass man das deutsche Vaterland ebenso lieb haben könnte, wie die jüdische Religion, wie Vater und Mutter. Während des I. Weltkrieges händigte er jedem Eingezogenen seiner Gemeinde ein kleines Feld-Gebetbuch aus, das die eigenhändig geschriebene Widmung trug: »Gott segne und behüte Dich.« Rabbiner Dr. David.

Ein solches Exemplar, von einer französischen Kugel zerfetzt, gehörte meinem Kompaniekameraden, der später als Flieger abgestürzt ist, Leutnant d.R. Zürndorfer. Ich habe dieses Feldgebetbuch zusammen mit anderen Dokumenten dem damaligen Bundesverteidigungsminister F. J. Strauß dediziert. Alljährlich bis zum Tage der Machtergreifung durch die NSDAP hielten abwechselnd die Geistlichen der katholischen, protestantischen und jüdischen Religionsgemeinschaften eine öffentliche Ansprache. So auch Rab. Dr. David, dessen sich viele Bochumer noch erinnern. Dr. David war ein Seelsorger mit viel Takt und Herzensbildung und geachtet und beliebt bei den Vertretern aller Konfessionen. Leider begann dieses harmonische Verhältnis sich zu lockern. Ein Beispiel für seine Vaterlandsliebe.

Wenige Tage vor der Machtergreifung begegnete ich Dr. David in der Stadt, als sich ein Umzug der SA mit Kapelle und vorangetragener Hakenkreuzfahne näherte. Wir folgten dem Beispiel vieler anderer, um dem Fahnenzug zu entgehen. Nachdem das Horst-Wessel-Lied mit dem Refrain » … und wenn das Judenblut vom Messer spritzt« verklungen war, unterbrach ich das Schweigen und fragte meinen Rabbiner: »Was mag da kommen, wenn Hitler an die Macht kommen sollte?« Dem Sinn nach antwortete er: »Dann müssen wir Juden uns eben damit abfinden. Der Bibel nach haben wir Juden ebenso wie unsere christlichen Brüder die Verpflichtung, das Oberhaupt des Staates, in dem wir leben, anzuerkennen und zu respektieren. Auch geht aus der Geschichte hervor, dass man sich einen Tyrannen nicht fortwünschen soll, da oft der Nachfolger weit grausamer war.« Diese Antwort brachte mich zum Schweigen.

Während meiner Schulzeit vor ca. 65 Jahren wurde während des Religionsunterrichts das um diese Zeit weniger aktuelle Thema »Zionismus« behandelt. So erfuhren wir, dass schon seit dem Mittelalter sowohl bei Christen als auch Juden die Sehnsucht nach dem Heiligen Land gleich groß war, doch alle Opfer an Blut und Gut von Kreuzrittern und Juden waren umsonst. Auch erfuhren wir von der Audienz, die Kaiser Wilhelm bei seinem Besuch in Palästina gegen Ende der 90er Jahre dem Zionistenführer gewährte. Dieser stellte dem Kaiser die Frage, wie er sich zu der zionistischen Bewegung stelle, worauf der Kaiser antwortete: »Ich stehe Ihrer Bewegung sympathisch gegenüber.« Die gleiche Ansicht vertrat auch Dr. David. Diese Sympathie hat Dr. David bis zu seinem Tode in Manchester, Anfang der 60er Jahre, im Alter von ca. 82 Jahren bewahrt, ohne Mitglied des zionistischen Verbandes gewesen zu sein.

An Kunst und Wissenschaft war Dr. David sehr interessiert, was u.a. seine Zugehörigkeit als Vorsitzender des Bochumer Literaturvereins beweist. Nach der Machtergreifung befolgt er gewissenhaft die Parole des »Zentralvereins deutscher Staatsbürger jüdischen Glaubens« sowie des »Reichsbundes jüdischer Soldaten« in Berlin, wonach evtl. Auseinandersetzungen mit dem NS-System auf friedlichem Wege geführt werden sollten – im Weimarschen und nicht im Potsdamschen Geiste. Ungeachtet des den Juden angetanen Unrechts, vermittelte Dr. David seiner Gemeinde das Gebet in abgeänderter Form für den Führer Adolf Hitler, wie es auch die Geistlichen der anderen Konfessionen getan haben. Dieses Gebet war aber bar jeglicher Inbrunst, gedrückt und gezwungen, ganz im Gegensatz zu den Gebeten im I. und II. Reich für Kaiser und König. In seinen Predigten bemühte er sich, die Moral seiner Gemeindemitglieder zu heben. Immer betonte er trotz aller Diffamierungen, dass die Juden auf ihre Rassenzugehörigkeit stolz sein dürfen und ihr Stammbaum bis auf König David zurückzuführen ist. Sie waren es, die der Welt die Bibel geschenkt haben. Dennoch wurde im Laufe der Jahre seine Gemeinde immer kleiner. Als Hirte musste er mit ansehen, wie seine Schafe infolge unzureichender Nahrung auf dem steinigen Boden und aus Furcht vor den Wölfen das Weite suchten – 6 Jahre lang bis zur Kristallnacht. In dieser Nacht ging die Synagoge in Flammen auf und hierdurch fand die seelsorgerische Tätigkeit des Rabbiners ihr Ende. Am darauffolgenden Morgen wurde er durch Polizeibeamte in seiner Wohnung verhaftet und mit ihm die Männer seiner Gemeinde in »Schutzhaft« gebracht. Über das, was sich im Bochumer Gefängnis des Polizeipräsidiums und im KZ Oranienburg abspielte, zu berichten, würde zu weit führen.

Ich beschränke mich daher nur auf das, was Dr. David über sich ergehen hat lassen.

Am 14. November 1938 wurden ca. 500 Häftlinge von Dortmund aus in einem Sonderzug nach Oranienburg gebracht, worunter sich auch die Bochumer Juden befanden. Bei Scheinwerferbeleuchtung drangen SS in die Waggons und schlugen unter Gebrüll mit ihren Karabinerkolben auf die Neuankömmlinge ein.

Was sich hierauf auf dem Wege bis ins KZ abgespielt hatte, ist schwer wiederzugeben. Im Lager wurden die Häftlinge auf einen Platz vor dem elektrischen Draht in Reihen aufgestellt. Hierauf stellten die SS Plakate mit der Aufschrift:

> Wir sind die Mörder des Gesandtschaftsrats von Rath.
> Wir sind die Schänder der deutschen Kultur.
> Wir sind schuld an Deutschlands Unglück.
> Wir sind Volksbetrüger.

Ein SS-Mann vor der Front forderte die Häftlinge auf, die Aufschrift auf den Plakaten genau anzusehen und nach einer Weile sagte er: »Das Gelesene werdet Ihr im Chor laut und deutlich sprechen.« Nachdem er das erste Plakat zeigte, gab er ein Zeichen zum Einsetzen. Der erste Versuch war schwach.

»Ich werde es Euch schon beibringen.« Der Chor wurde genau 24 Stunden gedrillt. 24 Stunden in aufrechter Haltung, ohne Essen, Trinken und ohne ein Bedürfnis verrichten zu können, kommen einer Ewigkeit gleich. SS-Männer schlichen durch die Reihen und kontrollierten, ob jeder auch kräftig mitsprach. Sich umzusehen war verboten. Mitten in der Nacht bei heller Beleuchtung hörte ich eine Stimme: »Warum hast Du Saujude nicht mitgesprochen? Was bist Du von Beruf – Rabbiner?« Es folgten schallende Ohrfeigen. Hiernach rief er dem »Kapellmeister« zu: »Ich schicke Dir einen Rabbiner, der nicht mitsprechen will.« Obwohl durch unser Gebrüll und das der SS-Männer abgestumpft, waren aller Augen auf die Szene gerichtet. Als erstes sollte er rufen: »Wir sind schuld an Deutschlands Unglück.« Der Rabbiner blieb stumm. Nach einer Misshandlung erneut aufgefordert, hörten wir eine schwache Stimme. »Ich höre nichts«, sagte der »Kapellmeister« und befahl ihm, sich ca. 100 m entfernt aufzustellen und beorderte 2 SS-Männer mitzugehen. Bis die gewünschte Lautstärke erreicht war, bedurfte es einer grausamen Prozedur.

Dann sah ich ihn von der Arbeit kommend im Lager mit alten Häftlingen auf einem Steinhaufen hockend wieder. Bei eisiger Kälte waren diese damit beschäftigt, mit einem Stück Eisen in den Händen den Putz von alten Ziegelsteinen zu entfernen. Ein trauriger

Anblick in der dünnen Häftlingskleidung und ohne Kopfbedeckung. Ihre Gesichter und Hände waren blau-rot angelaufen. Als sich mein Blick mit dem von Dr. David traf, nickte er mir lächelnd zu und ich ebenso.

Am Vortage meiner Auswanderung nach Frankreich am 22.2.1939, suchte ich ihn in seiner Wohnung in der Bergstraße auf, um mich von ihm und seiner Frau zu verabschieden. Zunächst konnte ich mich nicht genug darüber wundern, dass seine Wohnungseinrichtung unversehrt geblieben war. Ich schloss hieraus, dass die Verantwortlichen der Bochumer NSDAP seinen Namen nicht auf die Liste der Bochumer Juden gesetzt hatten, wonach diese während der Kristallnacht misshandelt und deren Wohnungs- und Geschäftseinrichtungen zerstört werden sollten. Nachdem ich ihn von meiner Auswanderung mit Frau und beiden Kindern in Kenntnis gesetzt hatte, wünschte er uns für die Zukunft viel Glück. Als ich ihn darauf nach dem Stand seiner Auswanderung fragte, gab er zurück, dass bis jetzt eine Möglichkeit zur Auswanderung nicht bestehe. Darüber wunderte ich mich umso mehr, als seine Frau die amerikanische Staatsbürgerschaft besaß und sein Adoptivsohn bereits 1933 nach Amerika ausgewandert war, wo er als Arzt praktizierte. Hierauf erfuhr ich, dass die Auswanderung seiner Frau kein Problem sei, doch wollte sie ohne ihn nicht auswandern.

Inzwischen war eine neue amerikanische Verfügung erlassen worden, wonach die gleichen Rechte nicht auf den angeheirateten Teil zutreffen. »Wie sieht es denn mit Ihnen als Rabbiner nach Palästina aus?« fragte ich ihn. »Zu diesen zuständigen Stellen habe ich keine Beziehungen. Doch setze ich meine letzte Hoffnung auf meinen Freund, Rabbiner Dr. Leo Baeck in Berlin«, erwiderte er. Dieser beschaffte ihnen dann die Visen nach England, wo beide in einem Altersheim in Manchester Asyl fanden. Da Dr. David der englischen Sprache nicht mächtig war, fungierte er als Seelsorger h.c. für deutsche Immigranten bis zu seinem Tode Anfang der 60er Jahre. Seine Frau verstarb wenige Jahre danach.

Wie sehr man den deutschen Emigranten, Rab. Dr. David, auch in England schätzte, dürfte daraus hervorgehen, dass man seinen Leichnam in der Synagoge in Manchester aufbahrte, eine Ehrung, die nur einem emeritierten Rabbiner zuteil wird.

[19.]
Gestapo-Kommissar Wnug
[Ohne Datum]

Bochum, Mitte Dezember 1938

Innerhalb 24 Stunden mussten sich die aus dem KZ Entlassenen mit ihrem Entlassungsschein bei der zuständigen Gestapo des Polizeipräsidiums zurückmelden.

So trat auch ich, gebrochen an Leib und Seele, mich vor Husten schüttelnd, in das berüchtigte und gefürchtete Büro der Gestapo ein. Einer von den 3 Beamten, die sich unterhielten, empfing mich barsch mit den Worten: »Was wollen Sie hier?« »Mich aus dem KZ Oranienburg zurückmelden.« »Wer sind Sie?« »Leo Baer«, worauf ein anderer sagte: »Kommen Sie mit in mein Büro.«

Er öffnete die Tür und hieß mich eintreten, wonach er die Tür nach unserem Eintritt hinter sich schloss.

»Ich bin Gestapo-Kommissar Wnug. Erzählen Sie mal, Herr Baer, wie ist Ihnen der Aufenthalt im Lager bekommen?« »Danke, Herr Kommissar, ganz gut.«

Darauf nahm er vor seinem Schreibtisch Platz und forderte mich auf, ein Gleiches zu tun, auf einen Stuhl vor seinem Schreibtisch weisend. Nach all den erlittenen Demütigungen traute ich meine Ohren nicht und nichts Gutes ahnend nahm ich Platz.

»Na, sehen Sie, Sie sind auch wieder zurück, so wie ich es Ihrer Frau versprochen hatte. Sie brauchte daher nicht so zu weinen. Mit der Zeit kommen alle anderen auch zurück. Sie haben in den »Klinkerwerken« gearbeitet, ist das richtig?« »Jawohl, Herr Kommissar.« »Haben Sie an Körpergewicht abgenommen?«

Seine Erscheinung war nicht unsympathisch. Er war um etwa 10 Jahre jünger als ich, und da er väterlich auf mich einsprach, wagte ich ihm zu antworten: »Ich habe während der 5 Wochen 9 kg verloren und wenn Herr Kommissar mich vorher gekannt hätte, hätten Sie die Frage vielleicht nicht gestellt.«

»Sie husten ja ganz fürchterlich. Was haben Sie denn da an ihren Ohren?«

Meine Ohren waren erfroren und mit blutigen Krusten behaftet. Ich antwortete gelassen: »Die sind mir erfroren«, und zeigte ihm auch meine geschwollenen Hände.

»Sie haben ja jetzt Zeit, sich zu pflegen und Ihren Husten werden Sie auch bald los. Doch zur Sache. Sie haben sich bereits verpflichtet, mit ihrer Familie auf schnellstem Wege Deutschland zu verlassen. Es ist meine Pflicht, Sie hierzu nochmals aufzufordern. Ich gebe Ihnen den Rat, dies möglichst schnell zu tun, wenn Sie nicht Gefahr laufen wollen, wieder dahin zu kommen, wo Sie gerade hergekommen sind. Dann kann ich aber nicht dafür garantieren, dass Sie noch einmal zurückkommen. Dasselbe gilt selbstverständlich auch für Ihre Familie. Haben Sie bereits diesbezügliche Schritte unternommen?«

»Nein, Herr Kommissar, und offen gestanden ich weiß nicht, in welches Land ich mit meiner Familie gehen soll. Es ist sehr schwer, die Visen zu erhalten, zumal ich im Auslande keine Verwandten und Freunde habe.«

»Aber hören Sie mal. Ihr Juden seid doch international und habt in der ganzen Welt Eure Beziehungen.«

»Ich habe derer leider keine. Aber sagen Sie mir, Herr Kommissar, was habe ich verbrochen, dass ich Deutschland verlassen muss. Habe ich irgendetwas getan, was mit der Ehre meines Vaterlandes nicht in Einklang zu bringen ist?«

»Sie sind Jude und die Gesetze sind nun mal gemacht.«

Er schaute mich nachdenkend an und fuhr fort, jedes Wort prononcierend: »Ich wünschte, ich wäre an Ihrer Stelle!«

Mein Situationsvermögen drohte mich zu verlassen, und ich fand keine anderen Worte als: »Sie wollen unter diesen Verhältnissen Jude sein?«

»Hören Sie. Deutschland rüstet auf und der Krieg ist unvermeidlich. Das wissen Sie so gut wie ich. In Bezug auf den Ausgang des Krieges sehe ich schwarz. Die ehemaligen Feindmächte werden sich wieder gegen uns zusammenschließen. Wir werden den Krieg wieder verlieren und was wird dann aus uns Gestapo-Beamten werden? Sie werden dann im Auslande sein und oft an meine Worte zurückdenken. Könnte ich doch nur auch heraus. Verstehen Sie nun, warum ich Sie beneide? Sehen Sie zu, dass Sie so schnell wie möglich herauskommen. Ich wünsche Ihnen alles Gute.«

Darauf erhob er sich und reichte mir die Hand zum Abschied.

Nach Kriegsende fand ich bald den Kontakt mit meinem Bruder Otto in Herne, der mit Frau und Sohn der Hölle entkommen war. Als darauf die Zeit kam, wo die ehemaligen Parteigenossen auf der Suche nach den »sogenannten Persilscheinen« waren, schrieb mir mein Bruder, dass er sich vor der großen Zahl der Bittsteller nicht retten könnte. Alle verlangen sie nach Deiner Adresse. Obwohl ich meinen Bruder schon früher gebeten hatte, niemandem ohne mein vorheriges Einverständnis diese herauszugeben, schrieb ich ihm nochmals und bat ihn, allen nach meiner Adresse Fragenden zu bestellen: »Mein Bruder musste mit seinem jüdischen Schicksal ohne Ihre Hilfe alleine fertig werden und so müssen Sie es auch mit Ihrem Nazi-Schicksal.«

Später erfuhr ich durch meinen Bruder, dass auch der ehemalige Gestapo-Kommissar bei ihm war und nach meiner Adresse gefragt hatte. Inzwischen ist er wieder in Amt und Würden aufgrund von Leumundszeugnissen anderer Glaubensbrüder. Als ich der ehemaligen Gemeindesekretärin die Geschichte von Herrn Wnug erzählte, sagte sie: »Er hatte mir und vielen anderen große Dienste erwiesen und ich bin über das Happy End erfreut.«

[20.]
Eine »seltene« deutsche Mutter
[Ohne Datum]

Bochum, Ende Dezember 1938

Beim Einzug in unsere Baracke im KZ Oranienburg hatte mich unser Kapo (Barackenältester) sofort erkannt.
»Na, Baer, Du bist auch hier; das ist aber schön.«
»Woher kennst Du mich?«
»Ich bin doch auch Bochumer und wohne in der Wörthstraße, da wo Du Deinen Betrieb hattest, neben dem Bochumer Verein.«
Er hatte mir geholfen, wo er nur konnte und hat mir viel Liebes erwiesen, was ich ihm nie vergessen kann. Eines Tages erzählte er mir seine Leidensgeschichte: »An meiner zweistelligen Nummer siehst Du, dass ich einer von den wenigen Alten bin, die übrig geblieben sind. Ich bin Kommunist und war schon 33 dabei. Durch meine Frau, von der ich geschieden bin, habe ich mich mit meiner Mutter verkracht. Auf meine Briefe gibt sie mir keine Antwort. Du musst mir versprechen, sie aufzusuchen, denn Du hast Aussicht, vor mir entlassen zu werden.«

Eines Tages brachte er mir die vertrauliche Nachricht, dass ich auf der Liste der am darauffolgenden Tage Entlassenen stünde. »Denkst Du auch an Dein Versprechen, meine Mutter aufzusuchen und ihr Grüße von mir auszurichten? Du würdest mir einen großen Gefallen erweisen, wenn Du ihr etwas Geld geben würdest, das sie mir zuschicken möchte. Du weißt, dass ich alle 6 Wochen bis zu 15 Mark empfangen darf, und wo ich bis jetzt weder Post noch Geld erhalten habe, weißt Du wohl selbst, was das für mich bedeutet. Versprichst Du mir, das zu tun?«
»Das ist doch eine Selbstverständlichkeit, Fritz.«
»Leo, gib mir Deine Hand darauf. Meinen Namen und Nummer kennst Du und meine Mutter wohnt Wörthstraße. Das ist Dir bekannt. Morgen musst Du mir alles wiederholen, präge Dir meine

Personalien gut ein. Nur mach Dir keine Notizen. Das könnte Dir und mir zum Verhängnis werden.«

Als ich am anderen Morgen von ihm Abschied nahm, musste ich seine Nummer und Anschrift noch einmal hersagen. Er reichte mir die Hand und sagte zum Schluss: »Gib mir Dein Ehrenwort, dass Du Dein Versprechen einlöst.«

Ich tat so. Nachdem ich mich von meiner hartnäckigen Bronchitis erholt hatte, war mein erster Weg nach der Wörthstraße. Ich fand das Haus, das den Charakter der übrigen Arbeiterhäuser hatte und auf mein Anklopfen hörte ich eine Frauenstimme »herein« sagen. Ich trat ein und grüßte mit »Guten Morgen.« Ein deutliches »Heil Hitler« war die Antwort. »Sind Sie vielleicht Frau Weber?« »Jawohl, das bin ich und was wünschen Sie?«

Vor mir stand eine saubere, gut aussehende Arbeiterfrau. Die große gepflegte Küche, durch einen Küchenherd angenehm geheizt, machte einen zufriedenen Eindruck. Neben dem Herd saß ein gelähmter junger Mann, ihr Sohn, Mitte der Zwanziger, mit einem teilnahmslosen Gesichtsausdruck. Über dem Tisch an der Wand hing ein großes unter Glas eingerahmtes Foto von Hitler.

»Ich komme von Ihrem Sohn Fritz, um Ihnen Grüße von ihm auszurichten.« »Von Fritz?« frage sie erstaunt. »Wo waren Sie denn mit ihm zusammen?« »Im KZ Oranienburg.«

»Wieso im KZ Oranienburg«, tat sie erstaunt, »und wie kommen Sie denn dahin?«

In dieser Frage lag zugleich großes Misstrauen. »Wie man so in der heutigen Zeit dahinkommen kann. Es interessiert Sie wohl sicher, etwas Näheres über Ihren Sohn zu hören. Ich war 5 Wochen mit ihm in ein- und derselben Baracke.«

»Ich will von Fritz nichts mehr wissen. Der ist Kommunist und hat mir mit seiner Frau viel Kummer bereitet.«

»Ich verstehe sehr wohl, denn er hat mir verschiedenes erzählt. Er hängt aber sehr an seiner Mutter und ist sehr traurig, dass Sie ihm nicht einmal auf seine wiederholten Briefe geantwortet hat.«

»Was glauben Sie denn. Ich werde mich hüten zu schreiben. Diese Briefe werden alle kontrolliert und ich will nicht meine Unterstützung verlieren, da man weiß, dass Fritz Kommunist ist.«

An ihrem ausgesprochenen breiten Dialekt erkannte ich sofort die Ostpreußin, was ich vergaß, vorweg zu erwähnen.

»Als Mutter haben Sie dennoch das Recht, ihm ein paar liebe kurze Zeilen zu schreiben. Sie wissen ja, dass das Leben im KZ hart ist und ein paar Zeilen von der Mutter helfen, die Moral zu heben. Da Fritz mir sagte, dass Sie mit jedem Pfennig rechnen müssen, hatte ich ihm versprochen, Ihnen etwas Geld zu geben, das Sie, als nahestehende Verwandte, ihm schicken können. Ich lasse Ihnen daher 15 Mark hier, ein Betrag, den Fritz bei guter Führung alle 6 Wochen empfangen darf.«

Ich legte das Geld auf den Tisch und sie sah mich mit großen Augen an und sagte empört: »Nein, nehmen Sie das Geld wieder an sich. Ich habe mit Fritz nichts mehr zu tun.«

»Aber liebe Frau Weber, vergessen Sie nicht, dass Fritz Ihr Sohn, Ihr eigenes Fleisch und Blut ist! Fritz leidet große Not.«

Das Geld auf dem Tisch mit der Hand mir zuschiebend befahl sie mir: »Nehmen Sie das Geld zurück. Ich sage es Ihnen nochmals, ich will keinerlei Verbindung mehr mit Fritz. Man soll mir meine Pension nicht nehmen.«

Ich tat es und verließ mit einem »Guten Morgen« den Raum mit den hinterher folgenden Worten »Heil Hitler«. Draußen angekommen schöpfte ich frische Dezemberluft und sagte zu mir: »So weit ist es in Deutschland schon gekommen.«

Am anderen Tage kaufte ich eine Postanweisung mit fingierter Unterschrift bzw. Absender. Auf dem Wege zur Post traf ich 2 Bekannte, die gerade aus dem KZ zurückkamen. »Freu Dich, dass Du die 8 kalten Tage nicht mehr mit durchmachen brauchtest«, sagten sie u.a.

»Ich bin gerade im Begriff meinem Kapo ein paar Mark zu schicken, so wie ich es ihm versprochen habe.«

»Um Gottes Willen, mach den Mann nicht unglücklich. Alle Kapos, die in den letzten Tagen Geld erhalten haben, sind schwer bestraft worden. Sie alle sind über den Bock gezogen worden. Die Lagerleitung hatte in Erfahrung gebracht, dass dieses Geld von entlassenen Häftlingen stammt. Tu das Leid Deinem Kapo nicht an.«

Ich brach das gegebene Ehrenwort.

[21.]
Fremdenlegionär Polack
[Cagnes sur mer, Oktober 1953]

Frühling 1941 im Süden Algeriens

Ein Dutzend Fremdenlegionäre sammelten sich eines Abends nach dem Abendessen und beschlossen, ein kühles Plätzchen unter den Palmen an dem Ufer des Qued (arabische Bezeichnung für Fluss) aufzusuchen, um die ihnen bis zum Zapfenstreich zur Verfügung stehende freie Zeit auszukosten. Die wohltuende Ruhe und Kühle, der herrliche Anblick der paradiesähnlichen Landschaft bei untergehender Sonne und nicht zuletzt die Plauderei, bezahlte man gern mit einer halben Stunde Weg. Alle trugen sie ein weißes Band um den Ärmel gemäß der Verordnung der Siegermächte, als äußeres

Zeichen der Demobilisierung. Dieser Vorgang vollzog sich bereits am 1. Oktober 1940 in der Garnisonsstadt Siddi Bel-Abbes, wo die Tausenden von Gegnern des Systems zu Arbeitskompanien zusammengefasst und nach dem Süden Algeriens transportiert wurden. Die Zahl setzte sich vorwiegend aus nichtarischen Flüchtlingen aus Hitlers Reich und ebensolchen aus Spanien und Italien zusammen.

Mit dem Auftauchen von Mitgliedern der deutsch-italienischen Waffenstillstandskommission, wenige Tage nach dem Einmarsch in Paris, in der Garnisonsstadt, waren wir auf das Schlimmste gefasst. Unsere Nervosität steigerte sich bis aufs Äußerste, als wir eine Bekanntmachung in der Zeitung fanden, wonach sämtliche ehemaligen deutschen Staatsangehörigen, die in der Feindmacht Dienst tun, nach Par. … des Militär-Strafgesetzbuches zur Verantwortung gezogen werden.

Über unser Schicksal hing das Damokles-Schwert und in unserer ungewissen Lage fühlten wir uns alle nicht sehr wohl, was jeden Einzelnen schwer bedrückte. An eine Flucht durch die Sahara bis zum Senegal war nicht zu denken. Werden uns die Franzosen an Hitler doch noch eines Tages ausliefern? Hatte man uns aus diesem Grunde nach dem Süden gebracht, um uns ohne Schwierigkeiten in einem Konzentrationslager am »sichersten« zu wissen? War nicht unser Leben dem im KZ gleich? Für diejenigen, die es erlebt hatten, war das Leben in der Arbeitskompanie erträglicher. Jedenfalls fehlte es den Männern in der Gruppe nicht an Gesprächsstoff und einer begann: »Lasst nur ja den Kopf nicht hängen. Ich glaube an den Sieg der Verbündeten. Glaubt mir, England ist stark und hat einen langen Arm und hat noch nie einen Krieg verloren. Der stärkste Verbündete der Alliierten ist die Zeit. Das müsst Ihr doch noch vom I. Weltkrieg her wissen. Deutschland wird diesen Krieg nie und nimmer gewinnen. Ich kenne die Welt, ich habe sie dreimal umreist und kenne die Macht Englands.« Der so sprach war der Sohn eines Münchener Bankiers. Er war im I. Weltkrieg Artillerieoffizier.

Ein anderer erwiderte: »Ja, ja, Du immer mit Deinem England. Du bist ja genau im Bilde. Die ganze Misere verdanken wir den Engländern. Du tust gerade so, als ob Du von der Niederlage in Dunkerque nie etwas gehört hast. Und wie gehen die Deutschen in Russland und in den Balkanstaaten vor! Es wird nicht mehr lange dauern und ganz Frankreich wird durch sie besetzt sein. Von Amerika ist nicht viel zu erwarten. Die haben genug mit den Japs zu tun. Du weißt doch, dass die Achse von Berlin über Rom bis nach Tokio reicht. Ich für meine Person glaube nicht an den Sieg der Alliierten.«

Der Münchener erwiderte: »Und wenn Ihr alle hier der gleichen Ansicht unseres Kameraden sein solltet, was ich nicht annehme, so glaube ich dennoch an den Sieg der Alliierten. Im I. Weltkrieg sah es zu Anfang ähnlich aus. Die Deutschen gewannen die Schlachten und doch verloren sie den Krieg. Gewiss war Dunkerque für die Engländer eine verlorene Schlacht und auch ein Prestigeverlust. Dass die Engländer diesen wieder durch die Niederlage Hitlers bei seinem 1. Landungsversuch wettgemacht haben, ist eine Tatsache. Ihr kennt doch den deutschen Steuermann, der als Deserteur mit den vielen anderen zu uns gestoßen ist. Er hatte mir die Niederlage der Deutschen vor der Südküste Englands beschrieben. Er hatte sein Boot gegen den Befehl seines Offiziers umgedreht und wäre um ein Haar ein Opfer der Flammen geworden. Die Engländer hatten mit Hilfe von Flugzeugen Öl und Petroleum aufs Meer gegossen und bei Ankunft der Schiffe durch Brandbomben zur Entzündung gebracht. Das Meer war ein Flammenmeer und was sich an Schiffen nicht hatte retten können, ist umgekommen. Die Verluste waren so groß, dass Hitler einen zweiten Angriff nicht wagen wird. Nach Aussage des Steuermannes haben die deutschen Zeitungen die Niederlage verschwiegen. Aus Furcht vor den Folgen seines Verhaltens desertierte er. Im Ganzen sind über 150 deutsche Deserteure mit uns zusammen. Sie befinden sich in der gleichen Lage und tragen das gleiche Schicksal wie wir. Von ihnen werdet ihr interessante Neuigkeiten hören. Lasst Euch mal erzählen, was die für den Winterfeldzug in Russland nicht entsprechend ausgerüsteten Soldaten haben durchmachen müssen. Ein zweiter und dritter Winter wird kommen und je länger der Krieg dauert, desto weniger werden die Rohstoffvorräte, denn woher soll der Treibstoff für die Autos und Flugzeuge kommen? Selbst wenn die Deutschen Moskau erobern sollten, ist der Krieg noch nicht entschieden. Der Blitzkrieg mit seinen Erfolgen ist vorbei und mit dem Erstarren der Fronten fällt die Moral der siegesgewohnten Soldaten. Glaubt Ihr vielleicht, dass die Amerikaner und Engländer schlafen und sich nicht für den weiteren Kampf vorbereiten? Ihr werdet es bald erleben, dass sie eines Tages in Nordafrika oder Europa landen. Ich höre oft den englischen Sender in deutscher und englischer Sprache und mute mir zu, mit der Gesamtlage vertrauter zu sein als Ihr.« Hierauf bemerkte ein anderer: »Dein Wort in Gottes Ohren. Hast Du auch mal an die Folgen einer Niederlage Hitlers gedacht? Ich darf nicht daran denken, was die Nazis vorher mit uns anstellen werden. Uns bleibt nichts anderes übrig, als in Geduld die kommende Entwicklung der Dinge abzuwarten.« Die Stimmung war bedrückt und nach einigen Augenblicken sagte einer: »Es ist jetzt an der Zeit, unsere Weinflaschen aus dem Fluss zu holen. Der Wein wird die nötige Kühle haben.« Einige holten Sardinenbüchsen aus den Hosentaschen, die geöffnet und umhergereicht wurden. Der kühle rote Algerienwein trug langsam dazu bei, die Stimmung zu heben. »Wer ist eigentlich der Älteste unter uns? Das bist doch sicher Du, Baer?«

Ich antwortete: »Kann sein. Ich bin 52 Jahre alt.« Polack sagte: »Dann bin ich wohl mit meinen 49 Jahren der Nächste.« Ein Mitte Zwanziger bemerkte daraufhin: »Der Dienst während der Ausbildungszeit ist Dir, Baer, sicherlich schwergefallen?« Der junge Jakubowski nahm mir die Antwort weg: »Baer war ein guter Soldat und hat sich vor nichts gedrückt. Auf Märschen marschierten wir wiederholt Seite an Seite. Als er mich mal nach meinem Alter fragte, wollte er nicht glauben, dass ich erst 17 Jahre war, zumal ich bald einen Kopf größer bin als er. Baer sagte, er wäre dreimal so alt wie ich und meinte, er habe einen Sohn in meinem Alter. Weißt Du noch, Baer, dass wir uns zusammen an unserem ersten Sonntagsausgang haben fotografieren lassen?« »Wenn ich Baer betrachte, werde ich immer an meinen Vater erinnert, der genauso alt ist. Du musst doch in Deinem Leben schon allerhand durchgemacht haben«, sagte ein anderer. Ich bemerkte darauf: »Das dürft Ihr mir wohl glauben. Es ist keiner unter uns, der Schwereres in seinem Leben hinter sich hat.«

»Los, Baer, erzähl uns mal etwas aus Deinem Leben!« Aller Augen waren auf mich gerichtet und so begann ich mit meiner Erzählung:

Als mein Vater starb, war ich 19 Jahre alt. Auf seinem Sterbebett gab er mir seinen Segen und schloss mit den Worten: «Bleib ehrlich und brav und bleib Deiner Mutter treu!« Er starb genau in meinem heutigen Alter. Mein Vater hatte anfangs der 80er Jahre geheiratet und sich selbständig gemacht. Er betrieb ein Rohproduktengeschäft, das um die Zeit seines Todes 60 Arbeiter und Angestellte beschäftigte und sich zu den renommiertesten Firmen Deutschlands zählen durfte. Ich war der Älteste von den 4 Söhnen. Unsere einzige Schwester war um einige Jahre älter als ich und war 3 Jahre zuvor in Ehestand getreten, womit meine Eltern nicht so recht einverstanden waren. Mein Vater hatte kaum die Augen geschlossen, als die Nachricht von dem Konkurs des groß aufgezogenen Unternehmens meines Schwagers meine Mutter schwer enttäuschte. Meine Mutter war die Alleininhaberin der väterlichen Firma und trug alleine die Bürde. Ihr zur Seite stand ein langjähriger Angestellter, der ihr mit Rat und Tat zur Seite stand. Der Wunsch meiner Eltern war, dass ich nach einer gründlichen kaufmännischen Lehre im elterlichen Geschäft mitarbeiten sollte. Mein Wunsch, Ingenieur zu studieren, wurde nicht akzeptiert und ich musste in die Lehre der Weltfirma Orenstein & Koppel AG in Berlin. Im Anschluss hieran diente ich als Einjähriger freiwillig beim 39. Grenadier-Regiment in Düsseldorf. Im Anschluss an meine Dienstzeit 1911 trat ich in das elterliche Unternehmen ein, wo ich meinen um 10 Jahre älteren Schwager als Mitarbeiter vorfand. Kurze Zeit nach seinem Konkurs nahm meine Mutter ihre Tochter mit Mann und 2 kleinen Kindern im Elternhaus auf und hatte sich selbstschuldnerisch verpflichtet, die Gläubiger 100%ig zu befriedigen. Die aus der Firma gezogene nicht unerhebliche Mitgift und die Verpflichtung zur Zahlung der Schulden aus dem Konkurs meines Schwagers erschütterten die elterliche Firma bis ins Mark. Mein Schwager versuchte aus egoistischen Motiven, meine Mutter, den langjährigen Angestellten und mich zu verdrängen. Oft hatte meine Mutter mir ihr Herz ausgeschüttet. Ich begann kaum meine Tätigkeit, als die Firma ein weiterer harter Schlag traf. Eines Morgens weckte mich in der Früh ein telefonischer Anruf unseres Meisters, der auf einer Zeche den Abbau einer Fördermaschine überwachte. Er forderte mich auf, schnellstens zu kommen, da in der Nacht ein Brand entstanden ist, der auf unser Verschulden zurückgeführt wird. Die Direktion der Zeche erwartete mich schon am Eingangstor. Man machte meine Firma für allen entstandenen Schaden an Gebäuden und sogar Ausfall der Kohlenförderung schadensersatzpflichtig. Gegen alle Schäden, aber nicht gegen Feuer war meine Firma versichert. Diesen Millionen zählenden Schaden konnte meine Firma nicht aufbringen.

Meine Arbeiter hatten um 6 Uhr abends die Arbeitsstätte verlassen und aus dem Munde des kontrollierenden Beamten erfuhr ich in Gegenwart meiner Leute, dass er um 12 Uhr nachts die Arbeitsstätte passiert und nichts Auffälliges bemerkt habe. Aufgrund dieser Aussage erklärte ich mich bereit, den Prozess aufzunehmen. Der Fall endete damit, dass die Feuerversicherung der Zeche den Schaden anerkannte. Ihr seht, dass ich schon in jungen Jahren Verantwortung tragen musste. Bei Ausbruch des I. Weltkrieges wurde ich als Unteroffizier sofort eingezogen und rückte mit einem schlesischen aktiven Regiment nach der Westfront aus. Ich kam Anfang 1915 zur Fliegertruppe und habe bis zur letzten Stunde mitgemacht. Am 14. November 1918, kurz vor der Übergabe unseres Flugplatzes an die einmarschierenden Amerikaner in Nivelles, Belgien, flog ich mit einer wichtigen Meldung im dicksten Nebel zum Flugplatz Köln. Es war dies das letzte Flugzeug der 17. Armee. Auf dem Weiterflug nach Bochum, meiner Heimatstadt, wo ich mich während meines Urlaubs schon nach Landungsplätzen umgesehen hatte, verlor ich die Orientierung aufgrund des starken Nebels und stürzte etwa 30 km nördlich von Bochum ab. Bauern holten mich aus den Trümmern heraus und diesen Tag rechne ich zu meinem

2. Geburtstag. Was ich bei der Infanterie mitgemacht habe, darüber schweigt des Sängers Höflichkeit.

Während der Kriegsjahre, 1916, starb meine Mutter. Ein Nachttelegramm, welches ihr die Nachricht von der Einberufung ihres jüngsten, 18-jährigen Sohnes brachte, hatte sie stark getroffen und von diesem Augenblick an war es mit ihr aus. Am Tage der Beerdigung waren wir 4 Brüder anwesend. Mein 2. Bruder kam gerade aus der Champagne an, als man den Sarg in den Wagen hob. Er hatte als Telefonist die Todesnachricht selbst aufgenommen und trotz Urlaubssperre den Urlaub durchgesetzt. Am 1. Januar 1919 wurde das Erbe in Gegenwart eines Notars in fünf gleiche Teile aufgeteilt. Meine Schwester übertrug ihren Anteil auf ihren Mann und so übernahm mein Schwager mit mir zusammen die elterliche Firma mit der Verpflichtung, meine drei Brüder im Laufe der kommenden Jahre abzufinden.

Einer meiner Brüder ist 100%ig kriegsbeschädigt. Er wurde 1937 vom Staat abgefunden und emigrierte mit seiner Frau und 2 Kindern nach Peru.

Die Inflationsjahre waren weniger erfreulich. Mein Schwager und der langjährige Angestellte waren rückständig und machten sich über meine Ansicht, dass man die Substanz erhalten muss, lustig. 1922 brach mein Schwager an einem Nervenleiden zusammen und musste in ein Sanatorium. Ich brachte die Firma über die Klippen der Stabilisierung und bis 1928 stand sie in voller Blüte. Die internationale Wirtschaftskrise verursachte einen Vermögensverlust von 70%. Wir hatten furchtbare Jahre durchmachen müssen und standen bei der Bank mit eingefrorenem erheblichem Kredit, was uns Jahre hinaus schwer zu schaffen machte. Dann kam das Hitlerjahr 1933. Meine Firma firmierte unter dem Namen »Isaac Baer«. Dies hatte den einzigen Vorteil, dass ich den Vornamen Israel nicht zusätzlichen anzunehmen brauchte. Ihr wisst ja, dass die Namen der übrigen beiden Erzväter, Abraham und Jakob, als rein arisch anerkannt wurden. Ich muss gestehen, dass der größte Teil meiner arischen Geschäftsfreunde die Beziehungen mit der Firma, aller Gewalt zum Trotz, noch bis zum Jahre 1938, 9. November – Kristallnacht, aufrechterhalten hatten. Der Verkehr mit den Behörden war ab 1935 wie abgeschnitten. In diesem Jahr verstarb meine Schwester an den Folgen einer Embolie. Um ihr Leben zu retten, hatte man ihr beide Beine oberhalb der Knie amputiert. Zuvor ließen wir Prof. Haberer kommen, eine Kapazität auf diesem Gebiet. Auch er stellte die gleiche Diagnose. Um meine Schwester schonend vorzubereiten, sollte ich ihr sagen, dass nur das rechte Bein unterhalb des Knies abgenommen wird, wozu sie ihre Einwilligung geben sollte. Sie hätte zu wählen, zwischen Verlängerung ihres Lebens oder dem Tod. Sie gab ihre Einwilligung. Ihr Mann war hierzu nicht fähig. Er fing laut an zu weinen, als er von der bevorstehenden Operation erfuhr. In den letzten Stunden fragte meine Schwester nur nach mir und nicht nach ihrem Mann. Am Tage der Beerdigung war mein Schwager untröstbar, aber ich erhielt kurz danach die unglaubliche Nachricht, dass er bereits am 9. Tage nach der Beisetzung schon wieder in gemütlichem Kreise getanzt hatte. Als ich ihn dieserhalb zur Rede stellte, gab er mir zur Antwort: »Frl. X hatte mich zum Tanz aufgefordert und ich konnte doch nicht absagen.« Nach diesen Worten war mein Schwager für mich erledigt. In diesen schweren Zeiten scheute ich mich vor einer Separation, doch da der Boykott sich mehr und mehr fühlbar machte, schlug ich Anfang 1938 meinem Schwager vor, die Firma zu liquidieren und das übrigbleibende Vermögen unter uns aufzuteilen. Er lehnte dies ab und verwies auf unseren Gesellschaftsvertrag, wonach ihm das Recht im Falle meines Austritts zustehe, die Firma alleine zu führen. Er fragte mich dann, unter welchen Bedingungen ich zum Austritt bereit sei. Meine Bedingungen lauteten: »Ich trat am 1. November 1938 aus der Firma aus und überlasse Dir die Firma mit allen Aktiven und Passiven, während Du mich von diesem Tage an von sämtlichen Verpflichtungen gegenüber der Firma entbindest.« Diesen Vorschlag akzeptierte mein Schwager auf der Stelle. Ich beantragte darauf sofort meinen Austritt beim Amtsgericht und war der glücklichste Mensch in der unglücklichsten Zeit meines Lebens. Bei der Formulierung des Vertrages vor dem Notar weigerte sich plötzlich mein Schwager, seine Unterschrift zu geben. Monat zu Monat hatte er mich mit den notariellen Akt vertröstet und der Rückgang der Firma hielt mit jedem Monat Schritt. Ab 1. November ließ ich mich im Büro nicht mehr sehen. 8 Tage später erlebten wir die Kristallnacht. Wir wohnten mit der Familie meines Schwagers in ein und demselben Haus, doch durch eine eiserne Wand getrennt. Meine Tochter war zu dieser Zeit in der Lehre in Neuenahr und wir waren um ihr Schicksal besorgt. Von unserem Fenster aus hörten wir das Geklirr der zerschlagenen Scheiben und das Gebrüll der herumziehenden Nazihorden. Zweimal hatte sich eine Horde vor unserem Hause angesammelt und gegen die Türen geschlagen. Gegen 5 Uhr morgens erbrachen sie die Haustür und Fenster und wir hörten, wie sie im Parterre die Büroeinrichtung zerschlugen. Dann stiegen die Horden die Treppen herauf und riefen meinen Namen. »Volksverräter, kommt mit herunter«, sagte der erste SA-Mann mit rot gedunsenem Kopf und glühenden Augen. Als ich ihm ruhig erwiderte, dass ich kein Volksverräter sei und die Hand auf seine Schulter legte, brüllte er: »Verdammter Jude, fass mich nicht an.« Er spuckte dann auf die Stelle, wo ich ihn an der Schulter berührt hatte. Dann ging er mit einer Brechstange auf mich los. Wie ein Wunder ließ er durch die beruhigenden Worte meiner Frau die Eisenstange sinken und sagte: »Komm mit uns herunter.« Ich musste ihnen ins Büro folgen, das sich in einem unbeschreiblichen Zustand der Verwüstung befand. Türen, Fenster, Bilder, Schreibmaschinen, Akten, alles lag durcheinander. Nachdem ich über die am Boden liegende Standuhr stieg, wurde ich von zwei Herren in Zivilkleidung empfangen, die mich ruhig fragten: »Sind Sie der Inhaber der Firma?« Worauf ich antwortete: »Das ist mein Schwager Hugo Hirschberg seit dem 1. November.« »Wie heißen Sie?« »Leo Baer.« »Also gut, Sie können sich davon überzeugen, dass nichts beschädigt worden ist und wir den Geldschrank nicht geöffnet haben. Haben Sie sich davon überzeugt? Unterschreiben Sie!« Ich unterschrieb. Darauf sagte der andere: »Von morgen ab geht die Firma Isaac Baer auf die Deutsche Arbeitsfront über. Nehmen Sie die Lohnbücher der Angestellten an sich und übergeben Sie diese morgen dem Vertreter der Deutschen Arbeitsfront. Sie können wieder gehen!« Am anderen Tage landete ich im Bochumer Gefängnis des Polizeipräsidiums und 4 Tage später im KZ Oranienburg. Das Weitere zu beschreiben, erübrigt sich. Nach 5 Wochen wurde ich entlassen, ebenso zwei meiner Brüder mit der Bedingung, so schnell wie möglich mit unseren Familien Deutschland zu verlassen und über das Erlebte zu schweigen.

Mein Schwager ist vom KZ verschont geblieben, doch weiß ich nicht, was aus ihm geworden ist.

Aufgrund meiner Spezialkenntnisse auf dem Gebiet der Flugzeugbewaffnung hatte ich die Möglichkeit, auf legalem Wege mit meiner Familie nach Frankreich zu emigrieren. So kamen wir vier mit je 10 RM am 23. Februar 1939 abends in Paris Garde Du Nord an. Ihr wisst wohl, wie alles dann so weiter geht. Strengstes Arbeitsverbot für Ausländer und nichts wie Sorgen, um von einem Tag zum anderen am Leben zu bleiben. Bis zu meinem 50. Geburtstag hatte ich noch nie Almosen in Empfang genommen. An diesem Tage erhielten wir das erste Geld eines Komitees. Zum Leben zu wenig und zum Sterben zu viel. Wir aßen mittags immer in ein und derselben Wirtschaft »Aux Chauffeurs« und bestellten für uns 4 nur 3 Portionen. Mein Junge hatte mit seinen 15 Jahren einen unbändigen Appetit und verstand es immer, diesen zu stillen. Das, was die aufstehenden Gäste auf den Tischen an Brot und Gemüse übrig gelassen, wurde von ihm in einem unbewachten Augenblick herübergeholt. Zum Schluss wischte er mit Brot seinen Teller so sauber, dass man glaubte, die Glasur käme herunter. Ich muss Euch sagen, dass er durch den Verkauf seiner gemalten Bilder mit dazu beigetragen hatte, das Leben uns zu erleichtern, ebenso unsere damals 18jährige Tochter durch Anfertigung von kunstgewerblichen Blumen usw. So hielten wir uns über Wasser bis zum Ausbruch des Krieges. Ich landete mit meinem Koffer mit der vorgeschriebenen Reisedecke und Proviant für 3 Tage im Lager »Stade Colombes«, wo man uns nach 14 Tagen die erste warme Suppe verabreichte. Unsere Hotelwirtin hatte mir eine leichte baumwollene Decke überlassen, doch die Nächte auf den Zementbänken des Stadions begannen schon kalt zu werden. Im Lager Francillon, wo die Männer von 50 bis 65 Jahren untergebracht waren, sah es sehr trostlos aus und der Entschluss zum Eintritt in die Legion fiel mir nicht schwer, zumal aus dem Inhalt eines Briefes meiner Frau, den ich tags zuvor empfing, viel Trauriges zu entnehmen war. Infolge der vielen Flüchtlinge mussten die Komitees ihre Tore schließen, da sie dem Andrang nicht gewachsen waren. Das Versprechen des Lagerkommandanten, dass wir mit Franzosen in Bezug auf Rechte gleichgestellt werden und wie alle Familien der Soldaten Allocation beziehen, wenn wir in die Fremdenlegion eintreten, gab meinem Entschluss den Ausschlag. Und so bin ich mit Euch zusammen und teile mit Euch das gleiche Los.«

»Bist Du fertig, Baer? Jetzt werde ich Euch mal aus meinem Leben erzählen«, sagte Pollack. Und durch die anderen ermutigt begann er: »Gewiss hat Baer viel mitgemacht und ich bin nur wenige Jahre jünger wie er. Was er an Verantwortung seit seiner Jugendzeit getragen hat, ist nichts Besonderes. Das haben wir alle mehr oder weniger kennengelernt. Den I. Weltkrieg habe ich auch mitgemacht.« Er stand auf und hob sein Hosenbein hoch: »Hier seht ihr die Ein- und Ausschussstellen von 2 M.G.-Kugeln.« Dann zog er seinen Rock aus und sagte: »Seht hier die Folgen eines Granatsplitters. Habt Ihr's gesehen? Also im Krieg war ich auch. Die Inflationszeit nach dem Krieg haben wir ja alle mit ihren Nebenerscheinungen und Folgen über uns ergehen lassen müssen, ebenso die Stabilisierung der Wirtschaftskrise. Glaubt ja, dass ich hiervon ein Liedchen pfeifen kann. Das Geschäftsleben bringt Sorgen mit sich, für den einen mehr und den anderen weniger. Am 9. November zerschlugen die Nazibanden die Büroeinrichtung von Baer, nicht wahr? Sie drangen auch bei mir in meine Wohnung ein in Frankfurt. Meine Frau erhielt sofort einen Schlag mit einer Eisenstange auf den Kopf und brach tot vor mir zusammen. Den anderen Tag holten sie mich mit meinen beiden Söhnen und brachten uns ins KZ Buchenwald. Nachdem wir ein paar Tage da waren, gab ein SS-Mann meinem ältesten Sohn den Befehl, auf dem Rasen vor dem Drahtverhau das Papier zusammenzusuchen. Ihr wisst, dass man diese verbotene Zone nicht betreten durfte. Kaum war er auf dem Rasen, erhielt er von hinten einen Schuss und ich sah ihn tot zusammenbrechen. Auch ich war ungefähr 5 Wochen im KZ und wurde wie Baer als ehemaliger Kriegsteilnehmer und politisch Unbelasteter unter den gleichen Bedingungen entlassen. Mein Sohn musste im Lager bleiben. Ob er noch lebt, weiß ich nicht. Vorige Woche war ich mit Baer zusammen und er erzählte mir, dass er einen Brief von seiner Frau mit einem 10-Frankenschein erhalten hatte. Seine Frau schrieb ihm, dass sie mit ihrer Tochter aus dem Lager Gurs entlassen wurden, weil ihr Mann französischer Soldat geworden ist. Auch sein Sohn ist entlassen worden und nach langem Suchen jetzt wieder mit Mutter und Schwester in Basses Pyrennees vereint. Auch ich ging seinerzeit über die Grenze schwarz und nicht legal wie Baer. Das war vor 2 Jahren und seit dieser Zeit habe ich nicht einmal einen Brief oder Postkarte erhalten. Von wem auch, und weiß ich, ob mein Sohn noch lebt? Gewiss, Baer hat auch Schweres mitgemacht.«

Polack sprach nicht mehr weiter und es entstand eine Totenstille. Ich blickte in die Richtung der untergehenden Sonne. Sie war inzwischen hinter den Dünen der Wüste untergegangen und man sah nur noch ihre Ausstrahlungen, die den Himmel rot färbten. Das Schweigen unterbrach einer der Kameraden: »Es wird Zeit, dass wir aufbrechen, wenn wir noch rechtzeitig zum Zapfenstreich zurück sein wollen.«

Mir war der Hals wie zugeschnürt. In meiner Flasche stellte ich noch einen Rest Wein fest, den ich hintereinander austrank und dann machte ich mich mit den übrigen Kameraden auf den Weg. Erst als wir kurz vor der Kaserne das Hornsignal hörten, wurden wir daran erinnert, wo wir waren.

[22.]
[Zwischentext]
[Menton,
November 1958]

Du wirst Dich über meine ausführliche Erzählung lustig machen, lieber Leser, doch vergiss nicht, dass das Erlebte der vergangenen Jahre noch immer schmerzlich in mir nachwirkt. In der Fremdenlegion kommt man sich klein und hässlich vor. Eben nur die Erinnerung an alte gute Zeiten konnte zur Hebung der Moral beitragen und in den Dünen der Sahara ist die Zeit nicht kostbar. Der Gesprächsstoff der anderen war nicht anders, zumal die Magenfrage hierbei auch eine nicht unerhebliche Rolle spielte. In diese Umgebung passten keine wissenschaftlichen Themen.

[23]
Deserteur Morta
[Ohne Datum]

1950 in Deutschland

Bei einem Besuch in meiner ehemaligen Vaterstadt Bochum, wo wegen Wiedergutmachung meine Anwesenheit erforderlich war, kam ich der herzlichen Einladung meiner ehemaligen Kriegskameraden vom 154. I.R. während des I. Weltkrieges gerne nach. Ihr Verhalten bis zu meiner Emigration im Februar 1939 war korrekt, und da ich bis zu den Nürnberger Gesetzen 1935 dem Vorstand des Regimentsvereins angehörte, hatte ich nicht die geringsten Hemmungen, einige gemütliche Stunden in ihrem Kreise zu verbringen. So waren wir eines Abends in einem gemütlich kleinen Raum in der Wirtschaft Hasselkuss, 14 oder 15 alte Kameraden um einen Tisch versammelt. Das Bier war eine Stiftung der Schlegel-Brauerei und jeder wollte durch Bestellung einer Runde Klaren mir eine kleine Liebeserzeugung entgegenbringen. Auch an Gesprächsstoff hat es nicht gemangelt. Wir alle waren so richtig im Fahrwasser, als einer mich aufforderte, meine Erlebnisse in der Fremdenlegion wiederzugeben.

»Wie weit hast Du es da gebracht?«

»Nicht weiter wie Adolf – Korporal!« war meine Antwort.

Alle lachten und einer sagte: »Weißt Du, Leo, was man sich während der Kriegszeit erzählte? Du hättest als Major bei den Amerikanern ein Bombengeschwader geführt, zumal Du ja im I. Weltkrieg bei unserer Fliegertruppe warst.«

»Ich bedaure, es nicht gewesen zu sein. Bei den Franzosen kamen die Angehörigen der Feindmächte weder für die Fliegerei noch motorisierten Truppen infrage und so auch für mich nur die Fußtruppe. Letzten Endes ist es ja auch gleich, wo und wie man seine Pflicht als Soldat erfüllt. Als ich mich bei Ausbruch des Krieges freiwillig für die Fremdenlegion meldete, war ich 50 1/2 Jahre alt und als ich das erste Mal das Gewehr in die Hand nahm, war ich nach all den vielen hinter mir liegenden Jahren der Ächtung wieder einmal ein Mann. Wie Ihr wisst, hatte man mir im KZ mein für Deutschland schlagendes Herz aus der Brust gerissen.«

»Leo, erzähl uns doch mal, was Du in der Fremdenlegion erlebt hast.«

»Das möchte ich schon, doch dazu würde der Abend nicht ausreichen. Wie Ihr wisst, habe ich die Nationalität gewechselt und bin inzwischen Franzose geworden, und in meinem Alter wechselt man nicht die Nationalität wie ein schmutziges Hemd. Frankreich ist mir zum 2. Vaterland geworden, für das ich stehe und falle, so wie ich es einst für Deutschland tat. Wo soll ich mit meiner Erzählung beginnen und wo aufhören, und alles kann und darf ich Euch nicht erzählen. Doch ein Erlebnis, das seit gestern wieder wach geworden ist, dürfte Euch interessieren: Mit der Kapitulation Frankreichs im Juli 1940 lieferte die damalige provisorische Regierung Vichy auch ganz Nordafrika an die Achsenmächte aus. Das war für alle Fremdenlegionäre als Feinde des Systems ein harter Schlag. Nicht allein für die ehemaligen deutschen Staatsangehörigen, sondern auch für die ehemaligen Spanienkämpfer und nicht zuletzt für die Gegner Mussolinis. Es muss aber doch ein Abkommen zwischen den Achsenmächten und der Vichyregierung zustande gekommen sein, das diesen Komplex betraf. Ich weiß zwar nichts Bestimmtes, denn es kam folgendermaßen: Die Mannschaftsstärke der Fremdenlegion um die Zeit des Kriegsausbruches durfte beibehalten werden. Angehörige der Achsenmächte durften nicht mehr für die Fremdenlegion engagiert werden, ferner sollte jedem Fremdenlegionär arabischer Abstammung freigestellt werden, in seine Heimat zurückzukehren. Alle Fremdenlegionäre, die sich seit Kriegsausbruch für die Dauer des Krieges freiwillig gemeldet hatten, wurden demobilisiert bzw. entwaffnet und in Arbeitskompanien eingeteilt. Ich schätze diese Zahl weit über 5.000 Mann. Alle wurden vorgeschickt, worunter ich mich auch befand, und zwar nach dem Süden Algeriens, wo die Sahara sich stark bemerkbar macht und wo der seit Jahren geplante Eisenbahnbau durch die Sahara verwirklicht werden sollte. Dieses Projekt lag im Interesse Frankreichs sowie auch der Achsenmächte. Wir trugen unsere Legionsuniform mit weißer Armbinde und hatten offiziell mit der Fremdenlegion nichts mehr zu tun. Das muss ich Frankreich zur hohen Ehre anrechnen. Es hatte nicht einen Mann ausgeliefert, der die Uniform des französischen Soldaten getragen hatte. In der Arbeitskompanie herrschte Disziplin und vieles wurde von der Fremdenlegion übernommen. Es gab eine ständige Wache, jedoch ohne Waffen, und der Hornist blies die gleichen Signale. Auch erhielten wir jede Dekade 5 Frs. Das reichte zur Beschaffung von einem Liter Rotwein und einigen Paketen Zigaretten. Algerien ist ein fruchtbares und landschaftlich traumhaft schönes Land. An die vielen Schönheiten denke ich oft zurück.

Doch zur Sache: Es war in den ersten Monaten des Jahres 1941, als vor unseren Baracken etwa 150 deutsche Deserteure eintrafen. Sie kamen aus der Gegend von Marseille und machten einen demoralisierten Eindruck. Im Hafen von Oran sind sie französischen Kolonialsoldaten übergeben worden, die sie auch bei uns ablieferten.«

»Wie, deutsche Deserteure?« bemerkte einer verwundert.

»Jawohl, deutsche Deserteure«, antwortete ich und fuhr fort: »diese deutschen Deserteure wurden auf die einzelnen Baracken verteilt und so kamen in meine Baracke 6 von diesen Deserteuren.

Als Korporal und Barackenältester wies ich ihnen ihre Betten zu. Durchschnittlich waren in jeder Baracke 30 Betten. Auf uns wirkte das Erscheinen dieser Kategorie von Menschen eigenartig. Allgemein hieß es, dass sie sich uns anpassen sollten. Sie waren nicht wenig überrascht, als sie erfuhren, wer wir waren. Sie sprachen alle nur deutsch und es gab unter uns solche, die angaben, nur französisch zu sprechen, um jeden Verkehr mit ihnen zu meiden. Dann ging das Gerücht: Nehmt Euch vor den Deserteuren in acht. Es sind verschiedene verkappte Nazis unter ihnen, die für die Gestapo arbeiten.

Auf jeden Fall waren sie alle glücklich, unter Menschen zu sein und entsprechend behandelt zu werden. Bei uns hatten sie nicht den Himmel auf Erden und obwohl sie vor Glück und Seligkeit geweint hatten und Frankreich nicht genug danken konnten, dass es ihre Köpfe gerettet hatte, brach schon nach einigen Wochen Unzufriedenheit aus und sie verglichen unsere misslichen Verhältnisse mit dem vollen Trog in Paris unter Adolf's Zeiten. In ihren Lagern bei Marseille, wo die Franzosen alle Deserteure sammelten, hatten sie sich aus Angst, in die Hände der Deutschen zu fallen, freiwillig zur Fremdenlegion gemeldet. Die Fremdenlegion hatte sie nach der bestehenden Abmachung zurückgewiesen und an die Arbeiterkompanie weitergeleitet. Das mussten sie als Demütigung empfunden haben und als eines Tages eine Bekanntmachung an die Bürotür gehängt wurde, wonach alle deutschen Staatsangehörigen arischer Abstammung, die in der Fremdenlegion Dienst tun, die Möglichkeit zur Rückkehr nach Deutschland hatten, standen immer Gruppen von Deserteuren zusammen und besprachen dieses Ereignis. Für Auskünfte wurde ein Sonderbüro errichtet, wo der diensttuende Offizier die erforderlichen Auskünfte geben konnte.

Halt! Ich muss wieder zurück auf den Tag der Ankunft der Deserteure. Einer der Deserteure meiner Baracke kam zu mir und sagte: »Entschuldigen Sie, Korporal, Sie heißen Baer? Ich hörte auch Ihren Vornamen Leo. Sind Sie vielleicht Herr Leo Baer aus Bochum? Ich bin nämlich aus Bochum und kannte einen Leo Baer, der eine große Ähnlichkeit mit Ihnen hat. Er war allerdings nicht so mager und hatte nicht so einen buschigen Schnurrbart. Ich heiße Morta und mein Vater hatte an der Ecke der gleichen Straße ein Lebensmittelgeschäft. Wohnten Sie nicht damals auf der Wrangelstraße und gingen Sie nicht jeden Morgen in Ihr Büro in der Gerberstraße? Ich war oft in der Wohnung von Leo Baer, um Kolonialwaren abzuliefern. Sind Sie vielleicht Herr Leo Baer?«

Ich antwortete: »Sie müssen sich irren. Ich lebte immer in Berlin. In Bochum bin ich nie gewesen.«

»Dann entschuldigen Sie bitte. Ich glaubte, meiner Sache sicher zu sein«, gab Morta zurück.

Während der ganzen Zeit hatte ich unter den vielen Tausenden nicht einen Bekannten getroffen und ausgerechnet dieser Morta erschien nun auf der Bildfläche. Einige Tage hatte ich mich mit meiner großen Lüge herumgetragen und da wollte es der Zufall, dass ich Morta auf einem Spaziergang durch das Garnisonsstädtchen traf. »Komm mal her, Morta, ich habe mit Dir etwas zu besprechen. Komm, wir wollen einen zusammen trinken.« »Ich danke Ihnen«, antwortete er erfreut und wir suchten eine bescheidene Kneipe auf. Geld wurde auch bei mir groß geschrieben und wenn ich mal etwas mehr in der Tasche hatte, dann verdankte ich das meiner Frau, die es sich am Munde absparte.

»Du fragtest mich dieser Tage, ob ich Leo Baer aus Bochum sei und ich sagte Dir nein. Ich bin der Leo Baer, den Du kennst.«

»Als Sie es verneinten, sah ich meinen Irrtum ein, doch freue ich mich, mit Ihnen zusammen zu sein«, antwortete Morta.

»Sag ruhig Du zu mir solange wir außer Dienst sind und lass uns alte Erinnerungen austauschen. Wie alt bist Du, Morta?«

»Ich bin fast 22 Jahre.«

»Du warst doch gewiss ein guter Nazi?«

»Das war ich mal. Das musst Du verstehen. Rechne mal nach, wie alt ich 1933 war. Ich war im schulpflichtigen Alter, als wir durch Hitlers Idee begeistert wurden. Was habe ich schon von Politik und was in der Welt vorgeht verstanden? Wir hatten viel Spaß in der Hitlerjugend, der ich mich auch nicht ausschließen konnte. Natürlich zog uns das romantische Soldatenleben an und so kam es, dass ich mich zur Luftwaffe meldete.«

»Ich erinnere mich Deiner, besonders aber Deiner Eltern und Schwester. Dein Vater war alles andere als ein Nazi. Er war ein ehrenhafter und fleißiger Mann und meines Wissens nach ein guter Katholik.«

»Stimmt genau. Manche Ohrfeige habe ich einstecken müssen. Ich empfinde heute ein gewisses Reuegefühl, zumal ich nach all dem Erlebten die Welt mit anderen Augen betrachte.«

»Wie fühlst Du Dich denn in Deiner neuen Umgebung?«

»Ich bin glücklich und zufrieden, auch alle meine Kameraden. Es ging doch um unserer aller Köpfe. Im unbesetzten Frankreich roch es schon stark nach Gestapo. Gewiss führten wir in Paris ein herrliches Leben, denn wir erhielten an Löhnung 5 Mark pro Tag. Du hättest mal unsere Unterkunft sehen sollen, die modernste Einrichtung. Wir setzten uns an gedeckte Tische und wurden von Weibern bedient. Daran darf ich gar nicht zurückdenken. Allein schon der Gedanke, dass ich seit meiner Desertation ohne jede Verbindung bin und sein werde, drückt mich schwer.«

»Wie lange bist Du denn schon ohne Kontakt von Deinen Lieben?«

»Das wird bald 1/2 Jahr.«

Wir tranken einander zu und nach einer kurzen Pause fuhr Morta fort: »Du sollst erfahren, wie es kam, dass ich desertierte. Ich lernte eine liebe Französin kennen, mit der ich mich an einem Abend amüsierte. Sie forderte mich auf, die Nacht mit ihr zu verbringen. Obwohl ich keinen Urlaub hatte, gab ich nach. Diese Nacht war mir 3 Tage Arrest wert. Den darauffolgenden Tag verbrachten wir ebenfalls zusammen und als ich abends von ihr Abschied nehmen wollte, um zum Zapfenstreich zurück zu sein, unterlag ich den Launen meiner Jugend. Ich wusste sehr wohl, dass ein unerlaubtes Fernbleiben vom Heer über 24 Stunden hinaus schwer bestraft wird und ich war am anderen Morgen entschlossen, nicht mehr zu meiner Formation zurückzugehen. Nachdem ich das ganze Geld mit meinem Mädel verjubelt hatte, blieb mir nichts anderes übrig, als zu desertieren. Beim Überschreiten der Demarkationslinie war mir mein Mädel noch behilflich. Drüben angekommen meldete ich mich bei der französischen Behörde und man brachte mich in die Gegend von Marseilles, wohin alle Deserteure gebracht wurden. Das ist alles, was ich verbrochen habe.«

»Wenn Du nichts Schlimmeres begangen hast, bist Du in meinen Augen kein schlechter Mensch. Doch alles im Leben ist Schicksal. Wer weiß, wofür alles gut ist. Lass nur nicht den Kopf hängen und trage alles mit Würde. Du bist noch jung. Denk mal an mich, was ich alles hinter mir habe.«

Auf dem Rückweg zur Kaserne erzählte ich Morta aus meinem Leben.

Eine Woche war vergangen, als mich eines Tages Morta ansprach: »Ich muss mich mit Dir einmal aussprechen und Dich um Deinen Rat bitten. Du kennst ja auch die Bekanntmachung an der Bürotür. Diese Verordnung trifft auch auf uns Deserteure zu. Verschiedene von uns waren gestern auf dem Auskunftsbüro und haben mit dem Leutnant gesprochen. Ich hatte ihm meinen Fall vorgetragen und er sagte folgendes: »Ihr Fall ist unbedeutend. Bei Ihnen handelt es sich nicht um Desertation, sondern nur um ein unerlaubtes Entfernen von Ihrer Truppe. Ein solches Vergehen während der Besatzungszeit wird mit 14 Tagen Arrest nachträglich bestraft. Desertation in offener Feldschlacht ist ganz etwas anderes. Für den Fall, dass Sie sich zurückmelden, würden Sie natürlich wie alle Übrigen eine kurze Zeit in ein Umschulungslager kommen und wenn Sie sich dann freiwillig für die Ostfront melden, wird Ihnen Absolution erteilt.« »Geben Sie mir ehrlich Ihren Rat."

»Der ist nicht so leicht zu geben.« Nach langem Nachdenken fragte ich: »Ist dem Leutnant bekannt, unter welchen Verhältnissen Ihr hier lebt?«

»Aber natürlich. Er kann sich nicht genug darüber wundern, wie wir dieses Leben überhaupt bis jetzt ertragen konnten. Er ist bis ins Kleinste unterrichtet.«

»Du hast Heimweh nach Deinen Lieben und Deutschland? Das geht vielen Tausenden hier genauso. Doch sag mal ehrlich: Würdest Du hier bleiben, wenn die Verpflegung, Löhnung und Behandlung eine bessere wäre und vor allem bei nicht so schwerer Arbeit?«

»Ja«, antwortete er sofort.

»Und nun sollst Du hören, was ich Dir zu sagen habe. Stelle Dir vor, dass ich als deutscher Leutnant vor Dir stehe. Das gilt für alle Deserteure, die beabsichtigen, sich zurückzumelden. Ich weiß genau, wo Euch der Schuh drückt, doch zuerst muss ich Eurem Gedächtnis etwas nachhelfen. Habt Ihr vergessen, wie glücklich Ihr wart, als Ihr lebend hier ankamt? Habt Ihr aus Dankbarkeit nicht ein Gelübde getan, wonach Ihr Zeit Eures Lebens Frankreich dankbar sein werdet? Nun wird Euch mit einem Mal Gelegenheit gegeben, nach Deutschland zurückzugehen, wozu Ihr auch entschlossen seid. Ihr Alle, wie Ihr hier seid, seid große Schweinehunde, die verdienen, totgeschlagen zu werden. Ich kenne Eure dreckige Gesinnung zur Genüge. Nicht einer unter Euch wäre zwecks Auskunft an mich herangetreten, wenn das Fressen und so weiter besser gewesen wäre. Und doch nur des Fressens wegen verkauft Ihr Eure Gesinnung. Wer andere Motive für seinen Entschluss zur Rückkehr nach Deutschland anzugeben hat, möge vortreten. – Morta, würdest Du vortreten?«

»Offengestanden nein«, erwiderte Morta. »Doch hör mal Baer, Du musst mich verstehen. Es wird uns nun mal Gelegenheit geboten und ich möchte doch noch einmal meine Eltern wiedersehen.«

»Tu das, was Du mit Deinem Gewissen vereinbaren kannst. Ich rate Dir weder zu noch ab.«

Morta zählte zu den 32 Mann, die sich für die Rückkehr nach Deutschland entschieden hatten. Sie wurden von uns getrennt und am Tage der Abreise kam Morta zu mir, um Abschied zu nehmen. Seine Augen waren voller Tränen, vielleicht vor Glück. Wir reichten uns die Hände und ich sagte ihm: »Ob wir uns im Leben wiedersehen werden, weiß Gott allein. Grüß mir Deine Lieben, vor allem Deinen Vater. Du weißt, dass die Familien meiner beiden Brüder Albert und Otto und die meines Schwagers Hugo Hirschberg in Deutschland zurückgeblieben sind. Ob sie noch leben, weiß ich nicht. Grüß sie von mir für den Fall, dass Du sie noch einmal zu sehen bekommst und berichte ihnen, wo Du mit mir zuletzt zusammen warst. Vielleicht werde ich sie nie wiedersehen. Vergiss auch nicht, liebe Nachbarn von mir zu grüßen, die die vornehme Gesinnung Deines Vaters bewahrt haben.«

Als die 32 zum Abmarsch angetreten waren, stimmten sie das Horst-Wessel-Lied an. Kaum hatten sie damit begonnen, als die Wachtmannschaft dazwischen kam und der französische Sergeant mit lauter Stimme befahl: »Ruhe. Solange Ihr unter französischer Oberhoheit steht, verbiete ich Euch das Singen nationaler Lieder. Wenn Ihr in Marseille den Deutschen ausgeliefert werdet, könnt Ihr singen, so viel Ihr wollt.«

Ich sah sie dann in Marsch setzen und guckte ihnen nach, bis sie um die Ecke verschwanden. Von diesem Zeitpunkt an bis heute sind bald 9 Jahre vergangen. Lasst mich eine Pause machen, bis ich weiter fortfahre. Ich hatte keine Gelegenheit, Abendbrot zu essen und verspüre einen großen Hunger.«

»Was willst Du essen, Leo?« fragten verschiedene Kameraden.

Der Wirt wurde gerufen und für Essen und Trinken wurde sofort gesorgt. »Junge, Junge, Du kannst erzählen. Wir sind gespannt, wie die Geschichte weitergeht.«

Gestärkt an Leib und Seele fuhr ich fort: »Nach meiner Befreiung im Jahre 1945 fand ich wenige Monate nach der bedingungslosen Kapitulation der Deutschen den ersten Kontakt mit meinem Bruder Otto in Herne, der mit Frau und Sohn der Hölle entkommen war. Meinem Bruder Albert gelang es, mit seiner Familie noch im Jahre 1940 nach Brasilien zu entkommen. Mein Schwager fand einen fürchterlichen Hungertod im Rigaer Konzentrationslager. In meinem ersten Brief an Otto fragte ich ihn, ob Morta Grüße von mir ausgerichtet hat. Otto antwortete, dass das Haus von Morta durch Bomben zerstört sei und niemand ihm sagen konnte, wo sich die Familie Morta aufhält bzw. ob sie überhaupt noch am Leben ist.

Wie es der Zufall will, erfuhr ich, dass Morta ein Lebensmittelgeschäft in Gerthe aufgemacht hat und als ich gestern Nachmittag von den Schwiegereltern des Sohnes meines Bruders Otto zum Kaffee eingeladen war, beschloss ich, Morta aufzusuchen. Mein Bruder begleitete mich, doch als wir das Haus fanden, war die Ladentür verschlossen. Ich erkundigte mich in der Bäckerei im gleichen Haus und erhielt die Auskunft, dass Herr Morta jeden Augenblick erscheinen müsste. Auf die Frage, ob ich Frau Morta sprechen könnte, gab die Bäckersfrau mir zur Antwort: »Frau Morta ist nach München gereist, um das Grab ihres Sohnes zu besuchen und zu schmücken. Seit Ausgang des Krieges fährt sie um die Allerseelenzeit immer dahin.«

»Haben Mortas vielleicht noch einen Sohn?« »Nein, sie hatten nur den einen.« Wir wollten nun nicht länger warten und ich schrieb einen Zettel, den ich hinterließ: Lieber Herr Morta. Ich war mit Ihrem verstorbenen Sohn in Afrika zusammen während des Krieges. Sollten Sie Interesse daran haben, Näheres über ihn zu erfahren, suchen Sie mich bitte bei Familie W. auf, wo ich mit meiner Frau zum Kaffee eingeladen bin. Sie werden sich gewiss noch meiner erinnern. Leo Baer.

Wir saßen um den Kaffeetisch in gemütlicher Stimmung vereint, als nach Verlauf einer halben Stunde Herr Morta erschien. Nach herzlicher Begrüßung sagte er: »Inzwischen haben Sie ja erfahren, dass mein Sohn nicht mehr lebt und meine Frau in München an seinem Grabe weilt. Er hatte alles Schwere überstanden. Als er bei dem Vormarsch der Amerikaner aus dem Zuchthaus Landsberg entlassen wurde, sandte er uns am gleichen Tage ein Telegramm, das besagte, dass er mit einem Motorrad nach Bochum unterwegs sei. Wir erfuhren aber die traurige Nachricht, dass er im Augenblick, als er das Motorrad besteigen wollte, an einem Lungenschlag tödlich zusammenbrach.«

»Hatte Ihr Sohn meine ihm aufgetragenen Grüße an Sie ausgerichtet?« fragte ich nach vorausgegangenen ausgesprochenen Worten des Beileids. »Mein Sohn hatte mir nie Grüße von Ihnen ausrichten können, denn in der Zwischenzeit hatte ich ihn nie wiedergesehen. Wo und wann waren Sie denn mit meinem Sohn zusammen?«

»Das war in der ersten Hälfte des Jahres 1941 im Süden Algeriens.« Ich erzählte dann in großen Zügen, was für den Vater von Interesse war.

Dann fuhr Morta fort: »Und ich kann Ihnen von da ab das Weitere erzählen. In Marseille übergaben die Franzosen den Transport den Deutschen, von wo sie nach Paris weitergebracht wurden. Hier kamen sie vor das Kriegsgericht und wurden sofort abgeurteilt. Von den 32 Mann wurden 17 Mann sofort standrechtlich erschossen und die übrigen erhielten Zuchthausstrafen von 5 bis 15 Jahren. Mein Sohn kam als einziger mit der Mindeststrafe davon. Er wurde dann in ein Straflager im Moor in Norddeutschland geschickt, wo er schwer erkrankte. Meine Frau erhielt die Erlaubnis, ihn zu besuchen. Die Dauer des Besuches war auf eine Stunde bemessen und sie sprach mit ihrem Sohn in Gegenwart eines Geistlichen und eines Obersturmführers. Nachdem er sich etwas von seiner Krankheit erholt hatte, wurde er für einen Stoßtrupp nach Russland eingeteilt. Mein Sohn fühlte sich aber noch so schwach sowie auch ein anderer Kamerad, dass sie beide erklärten, dass sie den Anstrengungen noch nicht gewachsen sind. Darauf kamen beide ins Zuchthaus der ehemaligen Festung Landsberg.«

»Nun verstehe ich, warum meine Grüße Sie nicht erreichen konnten.«

Das war die Geschichte von dem Deserteur Morta. Verdammt hart war das Urteil des deutschen Kriegsgerichts in Paris. Von 32 mussten 17 mit dem Tode büßen. Totenstille um mich herum. Zu meiner linken Seite saß der Volksschullehrer Heinrich Küper mit dem ich zusammen beim 154. IR im Westen stand. Er wurde Leutnant und war ein mustergültiger Soldat. Im II. Weltkrieg wurde er Hauptmann. Seine Haare sind schneeweiß geworden und sein markantes und sympathisches Gesicht und nicht zuletzt seine vornehme Gesinnung repräsentierten den Typ des konservativen preußischen Offiziers. Aus seiner nationalen Einstellung hatte er nie einen Hehl gemacht, doch auch nur die geringste Neigung zum Antisemitismus lag ihm fern. Er ist der Sohn eines Landwirtes und sein Bruder war unter Hitler Minister für Milch- und Fettbewirtschaftung. Er holte tief Atem, biss auf die Zähne und antwortete als Einziger: »Deserteure gehören an die Wand.«

Diese Worte wirkten wie Hammerschläge und die Augen der Kameraden waren wechselnd auf Küper und mich gerichtet. »Heinrich, wie kannst Du so hart sein«, sagte ich ruhig. »Sicher, der Name Deserteur allein hat schon etwas Anrüchiges und ich bin der Letzte, der die Handlungsweise eines Deserteurs gleich welcher Nation entschuldigen kann. Kannst Du im Falle dieser 32 Deserteure das vorherige Versprechen des Leutnants mit der Ehre eines deutschen Offiziers in Einklang bringen?« Wie aus Stein gemeißelt gab Küper mit der Faust auf den Tisch schlagend von sich: »Leo, Du kannst sagen, was Du willst, Deserteure gehören an die Wand.«

Nicht einer der Anwesenden sprach ein Wort und ich unterbrach wiederum das Schweigen: »Heinrich, bin ich denn nicht auch ein Deserteur? Habe ich Deutschland nicht auch verlassen und die Waffe gegen mein ehemaliges Vaterland gerichtet?«

»Nein, Leo, das ist bei Dir etwas ganz anderes«, woraufhin sich Küper von seinem Stuhl erhob und ohne ein Wort des Abschiedes den Raum verließ.

[24.] Erlebnis mit Deutschen in Bad Freudenstadt in den 50er Jahren
[Toronto, Dezember 1972]

Etwa 10 Jahre nach Beendigung des II. Weltkrieges nahmen wir erstmalig wieder Kontakt mit der Inhaberin des »Hauses Mohn« in Freudenstadt auf, wo wir verschiedene Male mit den Kindern unseren Urlaub verbracht hatten und unvergesslich schöne Stunden erlebten. Die Inhaberin der Pension war die Frau des Oberpostdirektors in Freudenstadt und eine überzeugte Protestantin, aber politisch und religiös tolerant.

Auf unseren Brief erhielten wir Antwort von der Schwester, die uns den Tod der Frau Mohn mitteilte. Dann folgte eine ausführliche Beschreibung des Bombardements der Franzosen, einige Tage vor Waffenstillstand. Ihr Haus wurde fast ganz zerbombt und wie ein Wunder ist das meiner Schwester dedizierte Foto mit den beiden Kindern, das immer auf ihrem Schreibtisch stand, erhalten geblieben. Sie lud uns dann herzlich ein, für 4 Wochen ihre Gäste zu sein, was wir ihr nicht ausschlagen durften.

Wir nahmen die Einladung dankend an und bedauerten es nicht.

Das Frühstück, immer ein Genuss, wurde an einem Tisch mit anderen Gästen eingenommen. Die Unterhaltung war neutral. Die Gäste hatten durch unsere Gastgeberin unser Schicksal erfahren und ließ eine politische Aussprache nicht hochkommen.

Nach einigen Tagen saßen wir mit einem gleichaltrigen Arztehepaar und einer Dame aus Pommern zusammen. Sie erzählte von ihrem Flüchtlingsleid, gewissermaßen um zu betonen, dass auch viele andere ein Schicksal aufzuweisen haben. Dann ließ die Frau des Arztes uns wissen, dass sie ihren einzigen Sohn im Krieg verloren haben, wovon wir mit großem Bedauern Kenntnis nahmen.

Sie kam dann auf die Aburteilung des Nürnberger Kriegsgerichtes zu sprechen und fand es empörend, dass man so edle Menschen erhängte. Die Amerikaner hätten unmenschlich gehandelt.

Ich bemerkte, dass dies nicht allein die Amerikaner, sondern auch die Engländer, Franzosen und selbst die Russen waren, mit denen Hitler doch ein Freundschaftsbündnis abgeschlossen hatte. Hierauf antwortete der Arzt: »Aber die Siegermächte hätten doch die Generäle als Soldaten behandeln müssen und sie erschießen.«

»Nein«, sagte ich, »für diese Verbrecher waren Kugeln zu schade. Sie waren noch nicht einmal die Stricke zum Erhängen wert. Und für diese edlen Nazis haben Sie selbst Ihren eigenen Sohn geopfert.«

Eisiges Schweigen. Sie zogen sich mit uns zurück und wir sahen das Doktorenehepaar nie wieder.

Am anderen Tage ließ uns die Besitzerin wissen, dass die Frau des Arztes einen Galleanfall erlitten hat und im Bett liegen muss. Drei Tage später reiste das Arztehepaar ab.

[25.]
Brauereibesitzer Moritz Fiege
[Ohne Datum]

Deutschland 1950

Als ich eines Tages bei meinem Bruder Otto in Herne war, kam ein Anruf von Moritz Fiege. Er begrüßte mich herzlich am Telefon mit dem Bemerken, dass er mich unbedingt wiedersehen muss. »Wenn Du nicht mehrere Etagen hoch wohnst, bin ich in einer halben Stunde bei Dir!«

Ich erfuhr, dass seine Villa von einer Bombe getroffen und er mit seiner toten Tochter aus den Trümmern herausgeholt wurde, wobei er ein Bein eingebüßt hat.

Fiege, der viele Ehrenämter bekleidete, er war z.B. Stadtverordneter und Vorsitzender der katholischen Kirchengemeinde, umarmte mich beim Wiedersehen und weinte bitterlich. Er sagte: »Leo, wir Deutschen haben unser Schicksal verdient.« Diese Worte wirkten wie Balsam auf das zerrissene Herz und gaben mir mein seelisches Gleichgewicht wieder zurück. Wir verbrachten einige nette Stunden und tauschten viele Erinnerungen aus. Ich erzählte ihm von meinem Schicksal, von der Beschlagnahmung meines Vermögens durch die DAF, meinem Aufenthalt im KZ Sachsenhausen, von meiner Entlassung und der Bedingung der sofortigen Auswanderung mit meiner Familie, wie ich mit je 10 Mark in der Tasche in Frankreich landete und als Kriegsfreiwilliger bei Ausbruch des II. Weltkrieges mich für die französische Fremdenlegion meldete. Als ehemaliger feindlicher Ausländer kam ich für die Fliegerei oder eine andere mechanisierte Truppe nicht in Frage und landete als Infanterist im I. Regiment der Fremdenlegion im Süden der Sahara. Auf der Fahne meines Regiments waren die Worte gestickt: Marshe Ou Creve.

Ich wusste, dass die Frau von Fiege im Sommer 1938 verstorben war. Als wir uns damals im August/September 1938 in der Stadt trafen, sagte er mir in einer nervösen Stimmung: »Leo, es ist Schluss. Ich sehe schwarz. Ich rate Dir, so schnell wie möglich mit Deiner Familie Deutschland zu verlassen. Die deutsche Arbeitsfront hat sämtlichen Arbeitgebern, die noch nicht der Arbeitsfront beigetreten sind, ein Ultimatum gestellt, wonach sie Gefahr laufen, ihr Firmenvermögen zu verlieren, wenn sie nicht beitreten. Nach dieser Sitzung habe ich mich nun schweren Herzens entschlossen, der Partei beizutreten. Ich bin Dir gegenüber ehrlich. Wenn Du mich mit meinem Parteiabzeichen sehen solltest, dann weißt Du, dass ich mitmachen musste, damit ich nicht meine Existenz verliere.«

Ich war mit Fiege seit der höheren Schule befreundet und nach Beendigung des I. Weltkrieges waren wir viel zusammen. Wir tauschten unsere Erfahrungen auf wirtschaftlichem Gebiete aus, da er seine Brauerei modernisierte und ich um diese Zeit meinen

Betrieb im Hafen von Wanne-Eickel neu aufbaute. Hierdurch waren wir bei der Bank in Schulden geraten und hatten beide unsere Sorgen.

Als er mich bei dem Gespräch in der Stadt zur Auswanderung aufforderte, gab ich ihm zur Antwort, dass mein Vermögen vom Staat beschlagnahmt sei und ich nicht einmal das Reisegeld für Frau und Kinder besitze. Ich sagte ihm, dass ich entschlossen sei, bis zum Letzten durchzuhalten. Mag da kommen, was will.

Fiege erzählte mir, dass er nach dem Kriege seine Brauerei wieder aufgebaut hat und sein einziger Sohn sein Nachfolger ist.

Immer, wenn ich mich in Bochum aufhielt, erfreute ich mich mit seinem auserwählten Fiege-Pils.

Anhang

Abkürzungsverzeichnis Teil I

ACSP	Archiv für Christliche-Soziale Politik der Hanns-Seidel-Stiftung
AfW	Amt für Wiedergutmachung
BA	Bochumer Anzeiger
BEG	Bundesentschädigungsgesetz
BfG	Bank für Gemeinwirtschaft
BOGESTRA	Bochum-Gelsenkirchener Straßenbahnen AG
BRüG	Bundesrückerstattungsgesetz
DAF	Deutsche Arbeitsfront
DDP	Deutsche Demokratische Partei
DVL	Deutsche Versuchsanstalt für Luftfahrt
ebd.	ebenda
EK I	Eisernes Kreuz I. Klasse
EK II	Eisernes Kreuz II. Klasse
EVDG	»engagé volontaire pour la durée de la guerre«
FamA	Familienarchiv
F.F.I.	Forces Françaises de l'Intérieur
Gestapo	Geheime Staatspolizei
GTE	Groupements de Travailleurs Etrangers
IGF	Institut für Gefahrstoff-Forschung der Berufsgenossenschaft Rohstoffe und chemische Industrie
IR	Infanterie-Regiment
IRO	International Refugee Organization
JDC	Joint Distribution Committee
JTC	Jewish Trust Corporation
KAA	Kreis-Anerkennungs-Ausschuss
KPD	Kommunistische Partei Deutschlands

KSHA	Kreissonderhilfsausschuss
KZ	Konzentrationslager
MG	Maschinengewehr
MS	Märkischer Sprecher
MSPD	Mehrheitssozialdemokratische Partei Deutschlands
NS	Nationalsozialismus
NSDAP	Nationalsozialistische Deutsche Arbeiterpartei
OB	Oberbürgermeister
OStD	Oberstadtdirektor
RJF	Reichsbund Jüdischer Frontsoldaten
RM	Reichsmark
RP	Regierungspräsident
SA	Sturmabteilung [der NSDAP]
SPD	Sozialdemokratische Partei Deutschlands
SS	Schutzstaffel [der NSDAP]
StadtA	Stadtarchiv
StaMs	Landesarchiv NRW, Abteilung Westfalen/NRW Staatsarchiv Münster
TH	Technische Hochschule
UNHCR	United Nations High Commissioner for Refugees
USPD	Unabhängige Sozialdemokratische Partei Deutschlands
Vgl.	Vergleiche
VVN	Vereinigung der Verfolgten des Nazi-Regimes
WAZ	Westdeutsche Allgemeine Zeitung
ZA	Zeitungsausschnittsammlung
z. B.	zum Beispiel
ZGS	Zeitgeschichtliche Sammlung

Abkürzungsverzeichnis Teil II

AG	Aktien-Gesellschaft
Bat./Batl.	Bataillon
Bat.Kdr./B.Kdr.	Bataillonskommandeur
Batl.Stab	Bataillonsstab
Dez.	Dezember
d. R.	der Reserve
EK/E.K.	Eisernes Kreuz
Fa.	Firma
Feldw./Fldw.	Feldwebel
feindl.	feindlichen
F. F. I.	Forces françaises de l'interieur
franz.	französische
F. J. Strauß	Franz Josef Strauß
Frs.	Francs
gef.	gefallen
Gefr.	Gefreiter
Gestapo	Geheime Staatspolizei
Hpt.	Hauptmann
I. R./IR.	Infanterie-Regiment
Königl./Kgl.	Königliche
Komp.	Kompanie
Komp.Inf.Rgt. Komp. Infanterie-Rgt.	Kompanie Infanterie-Regiment
KZ	Konzentrationslager
KPD	Kommunistische Partei Deutschlands
Ltd./Lt.	Leutnant
Lt. d. R.	Leutnant der Reserve
MG-Kugeln	Maschinengewehrkugeln
M.G.-Feuer	Maschinengewehrfeuer
M.Gs/M.G.s/ M.G./M.G.'s	Maschinengewehre
Mühlheim a. d. R.	Mülheim an der Ruhr
Nov.	November
NSDAP	Nationalsozialistische Deutsche Arbeiterpartei
Oberlt./ Ober-Lt./ O.Lt./OberLt./ O.Lt./O.Ltd.	Oberleutnant
OHG	Offene Handelsgesellschaft
Offz.	Offizier

Offz.Stv./Offz.Stellv./Off.St. / Offz.St	Offiziers-Stellvertreter
Ont.	Ontario
Par.	Paragraph
Preuß.	Preußisch
Reg.Bez.	Regierungsbezirk
Res.Laz.	Reservelazarett
Rgt.Kdr./Rgts.Kdr.	Regimentskommandeur
R.	Rosenthal
Rab.	Rabbiner
RM	Reichsmark
Sept.	September
SA	Sturmabteilung
SS	Schutzstaffel
Unteroffz./Untoffz./Uffz./Ufz./Uoffz./UOfz./Utoffz.	Unteroffizier
v.	von
V.Feldwebel / V.Feldw./V.Fldw./Vz.Feldw.	Vize-Feldwebel
Z.	Zürndorfer
z.Zt.	zur Zeit

Abbildungsnachweis

Abb. 1–3	Familienarchiv Baer-Goldberg
Abb. 4–5	Das Niederschlesische Infanterie-Regiment Nr. 154 im Frieden und im Krieg, hg. vom Verein der Offiziere »Alt 154« e.V. Jauer, Diesdorf o. J. [1935], S. 89 und S. 94
Abb. 6–14	Musée de la guerre en Gaume
Abb. 15	Ingrid Wölk, Stadtarchiv – Bochumer Zentrum für Stadtgeschichte
Abb. 16–17	Märkischer Sprecher, 26.9. und 1.10.1914
Abb. 18–19	Ingrid Wölk, Stadtarchiv – Bochumer Zentrum für Stadtgeschichte
Abb. 20–22	Das Niederschlesische Infanterie-Regiment Nr. 154 im Frieden und im Krieg, hg. vom Verein der Offiziere »Alt 154« e.V. Jauer, Diesdorf o. J. [1935], S. 120 b und S. 144 a
Abb. 23	Katalog Deutsche Jüdische Soldaten, hg. vom Militärgeschichtlichen Forschungsamt, Potsdam, Hamburg-Berlin-Bonn 1996, S. 178
Abb. 24	Bochumer Anzeiger, 23.9.1915
Abb. 25–29	Familienarchiv Baer-Goldberg
Abb. 30	Stadtarchiv – Bochumer Zentrum für Stadtgeschichte, Fotosammlung, F II E 3
Abb. 31–32	Familienarchiv Baer-Goldberg
Abb. 33	Stadtarchiv – Bochumer Zentrum für Stadtgeschichte, Fotosammlung, F III
Abb. 34–37	Familienarchiv Baer-Goldberg
Abb. 38	Archiv der Privatbrauerei Moritz Fiege, Bochum
Abb. 39	Andreas Halwer, Stadtarchiv – Bochumer Zentrum für Stadtgeschichte
Abb. 40–41	Deutsches Patent- und Markenamt, München, Patentschrift Nr. 615 390, 10.7.1935 und Gebrauchsmusterrolle Nr. 1416297, 13.9.1937
Abb. 42	Landeskirchliches Archiv Bielefeld, Personalakte Ehrenberg
Abb. 43	Referat für Kommunikation der Stadt Bochum, Nr. 00400–29
Abb. 44–45	Familienarchiv Baer-Goldberg
Abb. 46	Andreas Halwer, Stadtarchiv – Bochumer Zentrum für Stadtgeschichte
Abb. 47–51	Familienarchiv Baer-Goldberg
Abb. 52–56	Archiv Nathalie Baer
Abb. 57	Nice Matin, 4.5.1991
Abb. 58–64	Archiv Nathalie Baer
Abb. 65	Familienarchiv Baer-Goldberg
Abb. 66–71	Deutsches Patent- und Markenamt, München, Patentschrift Nr. 975 789, 20.9.1962; Patentschrift Nr. 1 163 152, 20.8.1964; Patentschrift Nr. 1 865 909, 24.1.1963; Patentschrift Nr. 1 942 103, 14.7.1966; Patentschrift Nr. 1 232 089, 27.7.1967
Abb. 72	Bundesarchiv, Bild 183–64381–0016 / CC-BY-SA 3.0
Abb. 73–74	Referat für Kommunikation der Stadt Bochum, Nr. 3556-17 und Nr. 04370-10 A
Abb. 75–84	Familienarchiv Baer-Goldberg

Quellen und Literatur

A Unveröffentlichte Quellen

Archiv Nathalie Baer
Fotos/Unterlagen zu Werner Baer

Archiv für Christlich-Soziale Politik der Hanns-Seidel-Stiftung (ACSP)
Nachlass Strauß

Archiv der Privatbrauerei Moritz Fiege, Bochum
Fotosammlung

Bundesarchiv, Koblenz
Fotosammlung

Familienarchiv Baer-Goldberg
Fotos/Dokumente Familie Baer

Landesarchiv NRW, Abteilung Westfalen/NRW Staatsarchiv Münster (StaMs)
RP Arnsberg, Gauleitung Westfalen-Süd, Gauwirtschaftsberater Nr. 469
RP Arnsberg, Oberfinanzdirektion Münster, Devisenstelle Nr. 226
RP Arnsberg, Wiedergutmachungen (Entschädigungen),
   Einzelfallakten: Nr. 427165; Nr. 424 531; Nr. 424 532; Nr. 462 257
RP Arnsberg, Rückerstattungen, Einzelfallakten: Nr. 2285; Nr. 9545; Q 121 Nr. 2284

Landeskirchliches Archiv, Bielefeld
Fotosammlung

Musée de la guerre en Gaume, Virton-Latour
Fotosammlung

Referat für Kommunikation der Stadt Bochum
Fotosammlung

Stadtarchiv Bochum (StadtA Bo)
A L-D 113/1–2
B 212 und B 1752
BO 10/239; BO 11/591; BO 23/12; BO 23/38; BO 41A (unverzeichnet);
   BO 41, Zugang Nr. 659/1625, Bd. 1; BO 41, Zugang Nr. 659/1596, Bd. 3
Fotosammlung
NAP 23/3; NAP 70/2; NAP 70/4
Teilnachlass Dr. Richard Erny (unverzeichnet)
Kartei Wiedergutmachungsamt Stadt Bochum, Z.K.Nr. 424 532
Plakatsammlung
Personenstandsunterlagen Stadt Bochum
Registratur
ZA-Slg. V K 5;
ZGS A 4 39 (früher: I A 3); ZGS A 1 62

Interviews / Gespräche
Mrs. Starr (Steven-Spielberg-Foundation)/Karla Goldberg, Toronto, 19.3.1996

Ingrid Wölk/Marianne Altenburg, Bochum, 27.5.1999
Ingrid Wölk/Gerhard Breuer, Bochum, 13.12.2007
Ingrid Wölk/Dr. Lutz Budraß, Ruhr-Universität Bochum, Bochum, 12.9.2008
Ingrid Wölk/Volker Frielinghaus, Bochum, 17.11.2010
Ingrid Wölk/Karla Goldberg, Toronto, 7.8.2002
Ingrid Wölk/Marianne Keller, Toronto, 8.8.2002
Ingrid Wölk/Irma Lohmann, Bochum, 10.12.2003

Briefe und e-mails
Nathalie Baer, Nizza, 20.2.2009 und 23.11.2011
Karla Goldberg, Toronto, 23.9.1999 und 31.1.2000
Gary Goldberg, Toronto, März 2009
Dr. Dirk Dahmann, IGF Bochum, 19.9.2011
Dr. Klaus Wisotzky, Haus der Geschichte/Stadtarchiv Essen, 14.2.2011

B Veröffentlichte Quellen und Datenbanken

Ansprachen
Jean Dauphin, Les habitants des Latour fusillés à Ethe, le 24 août 1914 et leurs familles, Jours de tristesse, 24.8.1994
Jean Dauphin, 22, 23 et 24 Août 1914 où l'impossible oubli (La bataille des Frontières), 2005

Datenbanken und Internetquellen
Datenbank des Deutschen Patent- und Markenamtes (www.dpma.de)
Datenbank Jüdische Grabsteinepigraphik (http://www.steinheim-institut.de/)
www.adlershof.de/geschichte
www.dhm.de
www.gutowski.de/Katalog (Historische Wertpapiere)
www.lernen-aus-der-geschichte.de: Zeitzeugenbericht Paul Niedermann
www.moritz-fiege.de/ueber_uns/historie.
https://www.stadtarchiv.mannheim.de: Chronik der Stadt Mannheim
http://www.topographie.de
https://de.wikipedia.org

Gesetze und Verordnungen
Bundesentschädigungsgesetz (BEG), 1953
Bundesrückerstattungsgesetz (BRüG), 1957
Gesetz über die Rechtsstellung der Soldaten, 1956
Haager Landkriegsordnung, 1907
Reichsbürgergesetz und Folgeverordnungen, 1935f.
Rückerstattungsgesetz für die britische Zone (Gesetz Nr. 59), 1949

Zeitungen
Aufbau. Das Jüdische Monatsmagazin
Bochumer Anzeiger
»Der Gemeindebote«, Beilage zur Allgemeinen Zeitung des Judentums
Frankfurter Zeitung

Israelitisches Familienblatt
Jauersches Tageblatt. Amtlicher Anzeiger
Märkischer Sprecher. Kreisblatt für den Kreis Bochum
Nice-Matin
Volksblatt Bochum. Zeitung der SPD
Westdeutsche Allgemeine Zeitung

Sonstiges
Adressbücher der Stadt Bochum, StadtA Bo, ZK 4
Führer durch das Bochumer Gewerbe 1925, StadtA Bo, ZK 4
Museumsflyer des Musée des Guerres en Gaume/Musée Baillet-Latour, Latour 2014

C Literaturauswahl

Werner Abelshauser, Der Kruppkonzern im Dritten Reich und in der Nachkriegszeit 1933 bis 1951, in: Lothar Gall (Hg.), Krupp im 20. Jahrhundert, Berlin 2002

Rupert Angermaier, Die Wiedergutmachung an die Juden als moralische Pflicht, in: Freiburger Rundbrief. Zeitschrift für schriftlich-jüdische Begegnung, V. Folge 1952/53, Nr. 17/18, August 1952

Hans Georg Bachmann, Militärgerichtsbarkeit der Deutschen Wehrmacht 1939–1945 und Wehrdienstgerichtsbarkeit in der Bundeswehr seit 1947, in: www.deutsches-wehrrecht.de/Aufsaetze/UBWV_2009_407.pdf

Jean-Jaques Becker/Gerd Krumeich, Der große Krieg. Deutschland und Frankreich im Ersten Weltkrieg 1914–1918, Essen 2010

Michael Berger, Eisernes Kreuz und Davidstern: die Geschichte Jüdischer Soldaten in Deutschen Armeen, Berlin 2006

E. Bircher, Die Schlacht bei Ethe-Virton am 22. August 1914, Berlin 1930

Bochumer Zentrum für Stadtgeschichte (Hg.), Sieben und neunzig Sachen. Sammeln, bewahren, zeigen. Bochum 1910–2007, Essen 2007

Günter Brakelmann, Hans Ehrenberg: ein judenchristliches Schicksal in Deutschland, 2 Bde., Waltrop 1997 und 1999

Bertolt Brecht, Das Verhör des Lukullus, Hörspiel, Edition Suhrkamp 1999

Roger Chickering, Das Deutsche Reich und der Erste Weltkrieg, München 2005 (2. Aufl.)

Robert Deville, Carnet de route d'un artilleur: Virton, la Marne, Paris 1916

Ulrich Dunker, Der Reichsbund Jüdischer Frontsoldaten 1919–1938. Geschichte eines jüdischen Abwehrvereins, Düsseldorf 1977

Evangelische Stadtakademie Bochum/Stadtarchiv Bochum/Verein »Erinnern für die Zukunft«, Gedenkbuch Opfer der Shoa aus Bochum und Wattenscheid, Bochum 2000

Ruth Fabian/Corinna Coulmas, Die deutsche Emigration in Frankreich nach 1933, München 1978

Joachim Carl Fest, Hermann Göring. Der zweite Mann, in: Fest, Das Gesicht des Dritten Reichs. Profile einer totalitären Herrschaft, München und Zürich 1993

Peter Friedemann, Johannes Zauleck – Ein deutsches Pfarrerleben zwischen Kaiserreich und Diktatur, Bielefeld 1990

Hannah Franzki, Mit Recht Erinnern. Völkerrechtliche Ahndung von Kriegsverbrechen zwischen Aufarbeitungsimperativ und selektiver Geschichtsschreibung, in: Geschichte in Wissenschaft und Unterricht, Jg. 63, Heft 7/8, Juli/August 2012

Anna Gansel, Die Rückerstattung, in: forum historiae iuris 2001: www.rewi-hu berlin.de/FHI/seminar/0105gansel.htm

Günter Gleising, Kapp-Putsch und Märzrevolution 1920 (I). Ereignisse und Schauplätze in Bochum und Umgebung, Bochum 2010

Günter Gleising, Kapp-Putsch und Märzrevolution 1920 (II). Gräber und Denkmäler zwischen Rhein und Weser erzählen Geschichte, Bochum 2014

Manfred Görtemaker, Deutschland im 19. Jahrhundert. Entwicklungslinien, Opladen 1996

Constantin Goschler, Wiedergutmachung. Westdeutschland und die Verfolgten des Nationalsozialismus 1945–1954, München 1992

Constantin Goschler, Die Opfer-Politik der Rückerstattung in Westdeutschland, in: Constantin Goschler/Jürgen Lillteicher (Hg.), »Arisierung« und Restitution. Die Rückerstattung jüdischen Eigentums in Deutschland und Österreich nach 1945 und 1989, Göttingen 2002

Constantin Goschler, Schuld und Schulden. Die Politik der Wiedergutmachung für NS-Verfolgte seit 1945, Göttingen 2005

Gerd Hardach, Der Erste Weltkrieg, in: Wolfram Fischer (Hg.), Geschichte der Weltwirtschaft im 20. Jahrhundert, Bd. 2, München 1973

Klaus-Dietmar Henke (Hg.), Die Dresdner Bank im Dritten Reich, München 2006

Hans Herzfeld, Erster Weltkrieg und Friede von Versailles, in: Propyläen Weltgeschichte. Eine Universalgeschichte, hg. von Golo Mann, Bd. 9, Frankfurt a. M. 1986

Alfred Hinz, Die »Arisierung« jüdischen Haus- und Grundbesitzes durch die Stadtgemeinde Bochum unter der NS-Herrschaft und die Restitution nach Kriegsende, Bochum 2002 (Hausarbeit)

Gerhard Hirschfeld/Gerd Krumeich/Irina Renz (Hg.), Enzyklopädie Erster Weltkrieg, 2. Aufl., Paderborn 2014

John Horne/Alan Kramer, Deutsche Kriegsgreuel 1914. Die umstrittene Wahrheit, Hamburg 2004

Joachim Huske, Die Steinkohlenzechen im Ruhrrevier, 3. Aufl., Bochum 2006

Christoph Jahr, Episode oder Wasserscheide? Der deutsche Antisemitismus, in: Haus der Geschichte Baden Württemberg (Hg.), »Hoffet mit daheim auf fröhlichere Zeit«: Juden und Christen im Ersten Weltkrieg. Laupheimer Gespräche 2013, Heidelberg 2014

Christoph Jahr: Ders., Der Krieg, Antisemitismus und nationale Integration. Neue Studien zur Geschichte der Juden im Ersten Weltkrieg und des Antisemitismus, in: MEDAON 15/2014: http://www.medaon.de/pdf/MEDAON_15_Jahr.pdf

Alfons Kenkmann/Christoph Spieker/Bernd Walter (Hg.): Wiedergutmachung als Auftrag, Essen 2007

Marlene Klatt, Unbequeme Vergangenheit. Antisemitismus, Judenverfolgung und Wiedergutmachung in Westfalen 1925–1965, Paderborn 2009

Franz Knipping, Frankreich in der Zeit der Weltkriege (1914–1945), in: Ploetz. Geschichte der Weltkriege, hg. von Andreas Hillgruber/Jost Dülffer, Freiburg 1981

Karl Arnold Kortum, Nachricht vom ehemaligen und jetzigen Zustande der Stadt Bochum, Nachdruck Bochum 1990

Alan Kramer, Deutsche Kriegsgräuel im Ersten Weltkrieg?, in: Geschichte in Wissenschaft und Unterricht, Jg. 63, Heft 7/8, Juli/August 2012

Wilhelm Kranzler (Hg.), Für Vaterland und Ehre. Wahrheitsgetreue Geschichte des großen Krieges von 1914/15, Hamburg o. J.

Kriegsbriefe gefallener deutscher Juden. Mit einem Geleitwort von Franz Josef Strauß, Stuttgart 1961

Gerd Krumeich, Der Erste Weltkrieg – Die 101 wichtigsten Fragen, München 2014

Jürgen Lillteicher, Die Rückerstattung jüdischen Eigentums in Westdeutschland nach dem Zweiten Weltkrieg. Eine Studie über Verfolgungserfahrung, Rechtsstaatlichkeit und Vergangenheitspolitik 1945–1971, Freiburg (Diss.) 2002

Eckard Michels, Deutsche in der Fremdenlegion 1870–1965, Paderborn 1999

Militärgeschichtliches Forschungsamt (Hg.), Deutsche Jüdische Soldaten, 1914–1945. Katalog zur Sonderausstellung im Wehrgeschichtlichen Museum Schloss Rastatt 16. April–31. Oktober 1981, Freiburg 1981

Militärgeschichtliches Forschungsamt, Potsdam/Moses Mendelssohn Zentrum, Potsdam/Centrum Judaicum, Berlin (Hg.), Deutsche Jüdische Soldaten. Von der Epoche der Emanzipation bis zum Zeitalter der Weltkriege. Katalog zur Ausstellung des Militärgeschichtlichen Forschungsamtes, Hamburg-Berlin-Bonn 1996

Jürgen Mittag/Ingrid Wölk (Hg.), Bochum und das Ruhrgebiet, Essen 2005

Moritz Neumann, Im Zweifel nach Deutschland. Geschichte einer Flucht und Rückkehr, Springe 2005

Michael Philipp (Hg.), Gurs – ein Internierungslager in Südfrankreich 1939–1943. Literarische Zeugnisse, Briefe und Berichte, Hamburg 1991

Antoine Prost, Verdun, in: Piere Nora (Hg.), Erinnerungsorte Frankreichs, München 2005

Putzger, Historischer Weltatlas, 103. Aufl., Berlin 2001

Reichsbund Jüdischer Frontsoldaten (Hg.), Die jüdischen Gefallenen des deutschen Heeres, der deutschen Marine und der deutschen Schutztruppen 1914–1918, Hamburg 1932

Reichsbund Jüdischer Frontsoldaten (Hg.), Kriegsbriefe gefallener Deutscher Juden, Berlin 1935

Manfred Freiherr von Richthofen, Der rote Kampfflieger, Berlin-Wien 1917

Gerd Schmückle, Ohne Pauken und Trompeten. Erinnerungen an Krieg und Frieden, München 1984

Hubert Schneider, Die »Entjudung« des Wohnraums – »Judenhäuser« in Bochum, Berlin 2010

Hubert Schneider, Leben nach dem Überleben: Juden in Bochum nach 1945, Berlin 2014

Hubert Schneider, Dr. Carl Rawitzki (1879–1963), Der vergessene Ehrenbürger der Stadt Bochum, in: Bochumer Zeitpunkte. Beiträge zur Stadtgeschichte, Heimatkunde und Denkmalpflege Nr. 30

Hans-Jürgen Schröder, Deutsch-französische Wirtschaftsbeziehungen 1936–1939, in: Klaus Hildebrand/Karl Ferdinand Werner (Hg.), Deutschland und Frankreich 1936–1939. 15. deutsch-französisches Historikerkolloquium des Deutschen Historischen Instituts in Paris, München/Zürich 1981

Max Seippel, Bochum einst und jetzt, Bochum 1901

Stadtarchiv Bochum (Ingrid Wölk) (Hg.), Vom Boykott bis zur Vernichtung. Leben, Verfolgung, Vertreibung und Vernichtung der Juden in Bochum und Wattenscheid 1933–1945, Bochum 2002

Stadtarchiv Horb (Hg.), In Stein gehauen – Lebensspuren auf dem Rexinger Judenfriedhof. Dokumentation des Friedhofs und des Schicksals der 300 Jahre in Rexingen ansässigen jüdischen Gemeinde. Jüdische Friedhöfe der Stadt Horb, Bd. 1, Stuttgart 1997

Hans-Ulrich Thamer, Verführung und Gewalt. Deutschland 1933–1945, Berlin 1994

Felix A. Theilhaber, Die Juden im Weltkriege. Mit besonderer Berücksichtigung der Verhältnisse für Deutschland, Berlin 1916

Felix A. Theilhaber, Jüdische Flieger im Weltkrieg, Berlin 1924

Fritz von Unruh, Flügel der Nike, in: Ders., Sämtliche Werke, Endgültige Ausgabe, hg. im Einvernehmen mit dem Autor von Hanns Martin Elster, Bd. 7, Berlin 1970

Verein der Offiziere, »Alt 154« e.V. (Hg.), Das 5. Niederschlesische Infanterie-Regiment Nr. 154 im Frieden und im Kriege, Jauer, Diesdorf o. J. (1935)

Klaus Wisotzky/Ingrid Wölk, Fremd(e) im Revier!? Zuwanderung und Fremdsein im Ruhrgebiet, Essen 2010

Maik Wogersien, Die Rückerstattung von ungerechtfertigt entzogenen Vermögensgegenständen. Eine Quellenstudie zur Wiedergutmachung nationalsozialistischen Unrechts aufgrund des Gesetzes Nr. 59 der britischen Militärregierung, Diss. Jur., Münster 2000

Danksagung

Dieses Buch ist – mit zahlreichen Unterbrechungen! – über einen langen Zeitraum entstanden. Ausgangspunkt waren die »Erinnerungssplitter eines deutschen Juden an zwei Weltkriege«, die zuerst über die mittlerweile verstorbene Bochumerin Marianne Altenburg ins Stadtarchiv Bochum gelangten. Ohne Frau Altenburg wäre das autobiografische Manuskript Leo Baers in Bochum vermutlich unentdeckt geblieben und dieses Buch nicht zustande gekommen. So ist sie die Erste, der ich – posthum – sehr herzlich danke.

Die Baer-Familienbiografie und deren Einordnung in den historischen Kontext beruht auf der Auswertung umfangreichen Archivmaterials. Für die Unterstützung bei der Recherche danke ich dem Bundesarchiv (auch wenn dort kein für die Publikation relevantes Material recherchiert werden konnte), dem Archiv für Christlich-Soziale Politik der Hanns-Seidel-Stiftung, dem Deutschen Patent- und Markenamt und ganz besonders dem Landesarchiv NRW, Abteilung Westfalen, in Münster, dessen Mitarbeiterinnen und Mitarbeiter im Benutzerdienst beim Durchdringen der oft schwierigen Überlieferung zum Thema Rückerstattung und Wiedergutmachung behilflich waren. Stellvertretend für alle sei Beate Dördelmann genannt.

Erhellendes Material fand ich auch in meinem eigenen Archiv, dem Stadtarchiv – Bochumer Zentrum für Stadtgeschichte. Auch hier leisteten die Kolleginnen und Kollegen Hilfestellung bei der Recherche und machten Bestände zugänglich und wichtiges Material damit auffindbar. Einige von ihnen namentlich zu nennen verbietet sich, weil die Gefahr, den einen oder die andere dabei zu vergessen, zu groß ist. So sei an dieser Stelle allen Mitarbeiterinnen und Mitarbeitern des Bochumer Zentrums für Stadtgeschichte außerordentlich herzlich gedankt!

Für die Bereitstellung von ergänzendem Bildmaterial danke ich den damit betrauten Mitarbeiterinnen und Mitarbeitern des Bundesarchivs, des Landeskirchlichen Archivs, Bielefeld, des Musée de la guerre en Gaume, Virton-Latour, des Referates für Kommunikation der Stadt Bochum und des Archivs der Privatbrauerei Moritz Fiege, Bochum.

Mit Informationen und fachlichem Rat versorgten mich Lutz Budraß, Ruhr-Universität Bochum, Dirk Dahmann, IGF Bochum, Walter Gantenberg, Bochum, und Klaus Wisotzky, Haus der Essener Geschichte/Stadtarchiv, denen ebenfalls herzlich gedankt sei.

Weiter danke ich Gerhard Breuer und Volker Frielinghaus, die Leo beziehungsweise Werner Baer in den Nachkriegsjahren begegnet waren und darüber berichteten. Auch Irma Lohmann, deren Ehemann Walter Lohmann den Baers bei der Emigration finanziell behilflich gewesen war, lieferte Hintergrundinformationen; auch ihr danke ich posthum.

Für das Interview in Toronto, vor allem aber dafür, dass sie den Kontakt zur Familie Goldberg herstellte, schulde ich Marianne Keller, Toronto, großen Dank!

Unverzichtbar bei der Vorbereitung dieses Buches für die Drucklegung war die unermüdliche Hilfe zweier Kolleginnen: Während Monika Wiborni mich bei der Auswahl des Bildmaterials unterstützte und alle Fotos technisch für den Druck bearbeitete, übernahm Angelika Karg sämtliche Korrekturarbeiten und war mir bei der einen oder anderen stilistischen Frage eine wichtige Ratgeberin. Zudem fertigte sie die Abschrift der »Erinnerungssplitter« Leo Baers für die Publikation und stellte die Informationen für den Anhang zusammen. Beiden danke ich sehr.

Dank gebührt auch dem Klartext-Verlag unter der Leitung von Ludger Claßen, der das Buch in sein Verlagsprogramm aufgenommen hat, und ganz besonders auch Wilhelm Lietz, der die noch unfertigen Texte fast immer als Erster las und dessen Ermutigungen ein Ansporn waren, das Werk zu Ende zu bringen.

Der letzte Absatz dieser Danksagung gehört den Familien Baer und Goldberg. Genannt seien zunächst die Enkelsöhne Leo Baers, Marty, Gary und Roby Goldberg, Toronto, die mit ihren Eltern, Karla und David Goldberg, übereinkamen, mir das Familienarchiv zu öffnen. Gary Goldberg führte im Auftrag der Familie die Korrespondenz, begleitete meine Arbeit mit Sympathie und Interesse und ließ mir jede erdenkliche Unterstützung zukommen. Vielen Dank dafür! Auch Baers Enkeltochter Nathalie Baer, Nizza, bin ich zu Dank verpflichtet. Ohne sie und das Material, das sie mir überließ, wäre es mir schwergefallen, mir ein Bild von dem Maler Verner (Werner Baer) zu machen.

Kaum zu überschätzen ist die Rolle des 2008 verstorbenen David Goldberg, den ich in Bochum kennenlernte und in Toronto wiedertraf. An seine Güte und Freundlichkeit erinnere ich mich gern.

Seine Frau Karla überlebte ihn um zwei Jahre. Sie starb im September 2010. Karla Goldberg, geborene Baer, war es, die mir ein lebendiges Bild vom Charakter ihres Vaters vermittelte, um dessen Geschichte es in diesem Buch in erster Linie geht. Aber auch Karla Goldberg selbst war eine bemerkenswerte Persönlichkeit. Ihre Schilderung des Überlebenskampfs jüdischer NS-Verfolgter im Zweiten Weltkrieg im südfranzösischen Untergrund hat mich tief beeindruckt. Ihr ist dieses Buch gewidmet.